汉代文化转型与文学流变

Cultural Transformation and Literary
Evolution in Han Dynasty

许志刚 杨 允 著

图书在版编目(CIP)数据

汉代文化转型与文学流变/许志刚,杨允著.—北京:北京大学出版社,2016.1
（国家社科基金后期资助项目）

ISBN 978-7-301-26721-9

Ⅰ.①汉… Ⅱ.①许… ②杨… Ⅲ.①中国文学—古典文学研究—汉代 Ⅳ.①I206.2

中国版本图书馆 CIP 数据核字(2016)第 000338 号

书　　名	汉代文化转型与文学流变 HANDAI WENHUA ZHUANXING YU WENXUE LIUBIAN
著作责任者	许志刚　杨　允　著
责任编辑	徐　迈
标准书号	ISBN 978-7-301-26721-9
出版发行	北京大学出版社
地　　址	北京市海淀区成府路 205 号　100871
网　　址	http://www.pup.cn
电子信箱	pkuwsz@126.com
新浪微博	@北京大学出版社
电　　话	邮购部 62752015　发行部 62750672　编辑部 62756467
印　刷　者	北京宏伟双华印刷有限公司
经　销　者	新华书店
	730 毫米×1020 毫米　16 开本　19.5 印张　338 千字 2016 年 1 月第 1 版　2016 年 1 月第 1 次印刷
定　　价	48.00 元

未经许可，不得以任何方式复制或抄袭本书之部分或全部内容。
版权所有，侵权必究
举报电话：010-62752024　电子信箱：fd@pup.pku.edu.cn
图书如有印装质量问题，请与出版部联系，电话：010-62756370

国家社科基金后期资助项目
出版说明

　　后期资助项目是国家社科基金设立的一类重要项目,旨在鼓励广大社科研究者潜心治学,支持基础研究多出优秀成果。它是经过严格评审,从接近完成的科研成果中遴选立项的。为扩大后期资助项目的影响,更好地推动学术发展,促进成果转化,全国哲学社会科学规划办公室按照"统一设计、统一标识、统一版式、形成系列"的总体要求,组织出版国家社科基金后期资助项目成果。

全国哲学社会科学规划办公室

目　录

绪论 …………………………………………………………………（ 1 ）

第一章　汉初多元文化与诸侯王文学 ……………………………（ 24 ）
　　第一节　汉初文学的秦文化语境 ………………………………（ 25 ）
　　第二节　黄老道家与汉初文学 …………………………………（ 39 ）
　　第三节　诸侯王文化与文学 ……………………………………（ 56 ）
　　第四节　贾谊的思想与文学创作 ………………………………（ 77 ）

第二章　汉代文化建构与辉煌的大汉文学 ………………………（ 90 ）
　　第一节　儒家与黄老争胜：文化转型中的思想激荡 …………（ 91 ）
　　第二节　汉家典法与文化建构 …………………………………（ 99 ）
　　第三节　大汉盛世情怀与文学精神 ……………………………（109）
　　第四节　董仲舒《春秋》学的现实关怀 ………………………（125）
　　第五节　旷世辞宗司马相如 ……………………………………（133）
　　第六节　千古良史　不朽文豪：司马迁与《史记》 …………（147）

第三章　广建文物声名与发展文学形态 …………………………（184）
　　第一节　称制临决经义与主流学术调整 ………………………（185）
　　第二节　汉代中期文学的多元发展 ……………………………（202）
　　第三节　渊默深思　清静自处：扬雄的思想与文学 …………（226）
　　第四节　博学精思　述古鉴今：刘向的文学成就 ……………（233）
　　第五节　班固的文学成就 ………………………………………（239）

第四章　汉家文化重构与文学走向 ………………………………（254）
　　第一节　主流文化的裂变与重构 ………………………………（254）
　　第二节　文学思想的二重建构 …………………………………（263）

第三节 岩穴幽隐与士人精神家园 …………………………（275）
第四节 文网禁锢与激昂文学 ………………………………（289）

参考文献 ………………………………………………………（303）

后记 ……………………………………………………………（307）

绪 论

汉代文化是既不同于周文化,又区别于秦文化的文化体系,它给予此后中国长达二千年的古代文化以根深蒂固的影响。汉代文学就是在这一语境下生存、发展的。汉代文化的转型构成了汉代文学流变的外部动力,制衡了汉代文学的发展态势。

一、汉代文化转型与汉代文学分期

在长达四百年的汉代历史中,汉家文化处于不断的发展中,主流文化与非主流文化的关系调整,成为汉家文化建构、转型的基本内容,也显示出文化发展的阶段性特征。文化的形态制约着文学主体的精神、性格及审美取向,成为文学流变的外部驱动力。汉代文化、文人性格情感、汉代文学三者紧密关联。汉代的审美取向、文人性格的时代性差异和一个时代文学的整体风貌,都可以从汉代文化建构与转型的不同层面得到阐释。

汉代文化的转型与汉代文学分期有着连动性特征,汉代文化的转型催生出汉代文学流变的阶段性。纵观汉代文学与文化发展,可以明显划分为四个阶段,即发展期、鼎盛期、整合期、震荡期。这四个阶段的文学也表现出审美取向、文学精神和文学风貌的差异。

(一) 汉代文化发展期的文学

汉代文化发展期包括高祖至景帝在位的六十余年。汉王朝刚刚建立之时,经陆贾等人批评、诱导,对秦王朝因暴力统治导致灭亡的教训引以为戒,废除以"挟书令"为标志的毁灭文化、残害人民的法令。同时,以曹参为代表的决策者自觉地探索主流文化建设,确立了黄老学说在汉初政治思想中的主导地位。主流文化以"无为而治"的平和态度对待各种文化,为社会的发展、个人才能的发挥提供宽松环境。不同体系的文化在汉初政治、经济乃至精神生活中异彩纷呈。

《汉书·文帝纪》赞曰:"孝文皇帝即位二十三年,宫室、苑囿、车骑、服御无所增益。有不便,辄弛以利民。尝欲作露台,召匠计之,直百金。上曰:'百金,中人十家之产也。吾奉先帝宫室,常恐羞之,何以台为!'身衣弋绨,所幸慎夫人衣不曳地,帷帐无文绣,以示敦朴,为天下先。治霸陵,皆瓦器,不得以金、银、铜、锡为饰,因其山,不起坟。"①文帝不扩建宫廷,陵墓建设务求节俭,他还要求最宠爱的夫人穿衣朴素,都表现出上层统治阶级以敦朴为主调的审美取向。

有人向文帝进献千里马,文帝诏曰:"鸾旗在前,属车在后,吉行日五十里,师行三十里,朕乘千里之马,独先安之?"文帝退还千里马,并给献马者运送的补偿。其实,千里马不过是奢华的符号,它的价值在于突显主人的权势、尊贵与奢华,而不在于拥有者真的骑着它日行千里。文帝就此事又下诏曰:"朕不受献也,其令四方毋求来献。"不仅千里马,还包括其他足以炫耀权势的奢华之物,文帝一概拒绝接受。于是,"逸游之乐绝,奇丽之赂塞,郑、卫之倡微矣"②,在赏心悦目的娱乐、爱好等方面,也都体现出统治者崇尚敦朴之美的基调。这一审美取向的文化基因出自道家以素朴为美、以自然为美的思想主张。

崇尚敦朴的思想倾向不仅体现在文帝的言行中,还体现在窦皇后对皇室后代及外戚的约束中。窦皇后毕生都坚定地信奉黄老学说,不论她为皇后时期,还是皇太后、太皇太后时期,都努力践行、维护这一思想学说。她要求王室子弟和窦氏子弟都学习《黄帝》《老子》等道家经典,并且要奉行黄老思想③,这是汉初以主流文化教育、约束后人的典型范例。

长沙马王堆汉墓出土的大量简帛文书中,既有《老子》及佚书、《周易》及佚书,还有定名为《春秋事语》《战国纵横家书》等佚书。这些出土文献表明诸侯王与中央王朝的文化建设是同构的,体现出以黄老思想为基础的主流文化在汉初传播范围之广。

汉代统治者借助黄老之学创建宽松的政治氛围,同时移植秦文化,建构汉初文化的基础。虽然汉初士人的学术修养和思想观点存在较大差异,却都能找到适当的机会而有所作为,刑名之学如晁错,儒学如伏生,纵横之术如蒯通,黄老思想如张良,他们在政治生活中发挥不同的作用。各种学说都在黄老道家"无为而治"的环境中生存发展。

发展期的汉初文坛以敦朴之美为基调,文人的审美取向和艺术修养趣舍万殊,文学创作各呈异彩。不仅文人之间存在明显的思想差异,甚至有些杰出文人自身的知识结构也体现多元性特征,如贾谊、枚乘等优秀作家都在归本黄老的前提下,博采各家学派之长,以至于他们的作品表现出丰富的思想内涵和艺术旨趣。

---

① [汉]班固:《汉书》,北京:中华书局,1962年,第134页。
② 同上书,第2832页。
③ [汉]司马迁:《史记》,北京:中华书局,1982年,第1975页。

(二) 汉代文化鼎盛期的文学

汉王朝文化鼎盛期主要为武帝统治的五十余年。这一时期,汉王朝国力强盛,北方平息匈奴的侵扰,南方安抚百越的争斗。统治阶层积极推进文化建设,建立以独尊儒术为标志的主流思想与官方学术,以封禅为标志的礼乐制度,以《太初历》为标志的历数、服色制度。这一时期的文坛充满活力,昂扬的气势和巨丽的风格成为时代的主调。贤能俊杰奋发向上,各展才华,共同创建辉煌的盛世文化和盛世文学。

《汉书·武帝纪》比较了发展期同鼎盛期文化与文学的差异:"汉承百王之弊,高祖拨乱反正,文、景务在养民,至于稽古礼文之事,犹多阙焉。孝武初立,卓然罢黜百家,表章六经。遂畴咨海内,举其俊茂,与之立功。兴太学,修郊祀,改正朔,定历数,协音律,作诗乐,建封禅,礼百神,绍周后,号令文章,焕焉可述。"①

文帝时,贾谊、公孙臣等上书,建议朝廷改正朔、易服色、法制度,建立汉王朝自己的文化体系。文帝认为各方面准备都很不够,未予采纳②。武帝却以刻不容缓的态度推进文化建构,如饥似渴地征召贤良之士,帮助他实现盛世宏图伟业。《汉书·严朱吾丘主父徐严终王贾传》载,主父偃、徐乐、严安几乎同时上书谈论世务,武帝召见三人,感慨地说:"公皆安在?何相见之晚也!"然后拜三人为郎中③。武帝的感慨表现出他建设盛世文化的紧迫感和对贤能人才的渴求。

武帝即位,便在大臣的辅助下改变汉初以黄老道家为主导的文化格局,扶植儒家思想学说在主流文化领域的地位。《史记·儒林列传》云:"及今上即位,赵绾、王臧之属明儒学,而上亦乡之,于是招方正贤良文学之士。""绌黄老、刑名百家之言,延文学儒者数百人,而公孙弘以《春秋》白衣为天子三公,封以平津侯。天下之学士靡然乡风矣。"④武帝采纳董仲舒的建议,尊崇儒家思想,改变汉初仅立《诗经》博士的做法,设置五经博士,兴办太学,明确要求各地推荐人才必须以儒家学术为根基。

武帝即位之初,赵绾提出举贤良要考量儒学修养,要避免"治申、商、韩非、苏秦、张仪之言"⑤者入选。然而,这只是当时对贤良的普遍要求。武帝最亲幸的大臣都不是纯儒。

公孙弘是武帝最器重的大臣,以举贤良入朝,数年间拜相、封侯。公孙弘

---

① [汉]班固:《汉书》,第212页。
② [汉]司马迁:《史记》,第2492、1381页。
③ [汉]班固:《汉书》,第2802页。
④ [汉]司马迁:《史记》,第3118页。
⑤ [汉]班固:《汉书》,第156页。

年四十余才学《春秋》杂说,武帝"察其行慎厚,辩论有余,习文法吏事,缘饰以儒术,上说(悦)之"①。公孙弘在官吏任职方面很内行,又能将自己的言行装点上儒学的文采。公孙弘平步青云并非因儒家思想修养突出,而是他的性格,他在官场的综合能力得到武帝肯定。

主父偃、严助学长短纵横术,又学《春秋》。严助为会稽太守,数年不向朝廷汇报。武帝令其上疏,曰:"具以《春秋》对,毋以苏秦从横。"②武帝要求严助回答时不能用纵横家说,表明武帝知道他的学养并非完全建立在儒家学说基础上,但这并未影响他成为武帝最信任、最亲近的大臣。

严安在上疏中引用阴阳学大师邹衍的观点,可见他的思想倾向并非完全建立在儒家思想根基上。东方朔谈论问题"不根持论",即缺少正确的理论依据,他上书陈述农战强国之计,所引用的都是商鞅、韩非等法家的思想观点③,这表明他对法家思想观点还懂一些,对儒家的思想、观点则很陌生。

上述众人都是武帝最信任的大臣,从武帝对他们的态度可以看出,当时虽强调选拔人才要以儒学为基础,但并不排斥兼有其他学术素养的人才。

封禅是汉代文化建设中的大事,也是汉家文化的重要组成部分。武帝与公卿诸生议封禅典礼,群儒说不清封禅的仪式等事项,武帝便采纳公孙卿等方士的主张④。可见在文化建设方面,武帝重视儒家思想学说,同时,对其他体系的文化和学说也兼收并蓄。

武帝时期,大力推动主流文化建设,妥善应对非主流文化在社会生活中的生存与作用。汉代文化建构正是以儒家思想体系为主导思想,辅以刑名、黄老等学说,扬弃秦文化、周文化、楚文化而构成主流鲜明的文化格局。汉代主流文化地位突出,也为非主流文化留有发展的空间,使其在社会生活与政治中发挥活力和作用。

建元三年(前138),闽越举兵围东瓯,东瓯向汉王朝告急,请求救援。在朝廷讨论中,太尉田蚡认为这是越人间互相攻击,不值得朝廷救援,并说秦朝就已放弃他们。严助反驳田蚡,指出秦不关注越人是因国力不足,并不是有意放弃,更特别批评太尉田蚡以秦为榜样的错误:"且秦举咸阳而弃之,何但越也!今小国以穷困来告急,天子不振,尚安所诉,又何以子万国乎?"⑤严助的论辩表现出对秦王朝的蔑视,洋溢着大汉盛世精神。

---

① [汉]班固:《汉书》,第2618页。
② 同上书,第2789页。
③ 同上书,第2775页。
④ [汉]司马迁:《史记》,第1397—1398页。
⑤ [汉]班固:《汉书》,第2776页。

枚乘的作品和司马相如的《子虚赋》都产生于景帝时,但景帝不好辞赋。武帝为太子时便喜欢读辞赋作品,仰慕枚乘,即位后以安车蒲轮征召枚乘。枚乘年老体弱,死于途中。这是令武帝遗憾的事。武帝偶读《子虚赋》,非常赞赏,慨叹:"朕独不得与此人同时哉!"①这两件事反映出汉代帝王阅读趣味乃至审美取向的差异,固然同景帝、武帝个人的文学修养有关,同时在一定程度上也反映出两个时代审美取向的变化。

司马相如在武帝面前谈及《子虚赋》曰:"然此乃诸侯之事,未足观也,请为天子游猎赋。"②这不仅仅涉及文学创作内容的变化,更预示了时代精神的改变。他在《上林赋》中假托亡是公之口说:"且夫齐、楚之事又焉足道邪!君未睹夫巨丽也,独不闻天子之上林乎?"③诸侯之声势,与天子上林苑的巨丽之美,被视为时代精神和审美取向转变的标志。

汉初以黄老思想为主导的无为而治的政治态度和以敦朴为核心的审美取向,已经无法满足新时代的需求。

《西京杂记》载司马相如的创作状态和体会,是要"控引天地,错综古今","苞括宇宙,总览人物"。这样的"赋家之心",乃是创造盛世杰作的动力之源。《西京杂记》又云:"司马长卿赋,时人皆称典而丽,虽诗人之作不能加也。扬子云曰:'长卿赋不从人间来,神化所主耳!'"④《汉书·艺文志》也以"竞为侈丽闳衍之词"概括司马相如等人辞赋的特征。

这里说的侈丽闳衍、丽以则、丽以淫、典而丽,核心都围绕一个"丽"字。这些论述正道出了以司马相如为代表的汉赋艺术的基本特点,即巨丽、侈丽。这是当时主流文学艺术精神的凝结,也是文学创作与时代审美的结晶。

这个时期涌现出司马相如、司马迁两个伟大的作家以及庞大的文人群体。他们的思想、个性和艺术修养存在明显的差异,但他们都是这一时代的精英,都在文化与文学中表现出极大的创造性。他们的审美追求、文学精神,他们在文学范式、文体样式、艺术风格等方面的成就,都表现出时代特色。

(三) 汉代文化整合期的文学

汉代文化整合期是指从昭帝至东汉中期,时间跨度较大,而以宣帝、章帝统治时期为代表。这一阶段文化建设的突出特点是主流文化的强化和主流文化内部的修饰,以周代礼乐文明修补、完善汉家典法,同时,排斥非主流文化,导致汉家文化从多元和谐走向单一闭锁。这一时期突出的文化工程是宣

---

① [汉]司马迁:《史记》,第3002页。
② 同上书,第3002页。
③ 同上书,第3016页。
④ [宋]李昉等编:《太平御览》,北京:中华书局,1960年,第2645页。

帝主持石渠阁论议、章帝主持白虎殿论议,都是强化儒家思想的主流地位,调整以《春秋》学为代表的官方学术内部结构,调整儒家学说内部结构的重要举措。

武帝时,董仲舒、公孙弘都以《春秋》公羊学显赫一时。公羊学以微言大义的方式解释经典,亲和政治,受到武帝特殊重视,公羊学成为主流文化的学术核心。公孙弘平步青云,拜相封侯;董仲舒时献高论,成为当时的思想领袖。武帝推崇公羊学,超拔这一学派出身的士人,诏令太子学习《公羊春秋》。公羊学大行于世。

宣帝即位,听说自己祖父卫太子受诏学习《公羊春秋》,但又违背武帝意旨,私下学习《穀梁春秋》,他于是也倾向于《穀梁》学。宣帝的学术意趣得到丞相韦贤及其他大臣的支持,遂从郎大夫中选拔一些人学习《穀梁春秋》,培植这一学派的力量。经十余年的积累,以穀梁学为根基的士人在朝廷已形成队伍。甘露元年(前53),宣帝亲自在石渠阁召集群儒讨论五经异义,裁定对经典的解说,重点比较《公羊春秋》《穀梁春秋》异同。在讨论中,穀梁学优势明显,于是,《穀梁春秋》得到特殊扶持,盛行于世。

章帝效法宣帝"临决五经异义"的做法,亲自主持白虎殿论议,讲议五经同异,与诸儒共同研讨经义,这次会议之后,《古文尚书》《毛诗》《左氏春秋》虽不立学官,但都选择名师讲授,并选一批学子做他们的弟子。这表明古文经学已经得到朝廷的扶持,获得了良好的发展契机。

石渠论议和白虎论议是汉王朝强化主流文化建设,掌控官方学术的重要工程。公羊家等今文经学派以微言大义方式阐释经典,为迎合人主又时有曲解经义现象发生,而且章句繁多,碎裂经义的庸俗烦琐学风,常使学子不得要领。这两次学术讨论也较多地表现出对经典文本的回归,表现出对经典所宣扬的周文化的借鉴与整合。这两次天子"临决经义"也造成权力干预学术的极端范例。

这一时期主流文化的整合深刻规约着文人的学养、性格乃至审美取向。扬雄在《法言》中谈到做人,要求将言、行、貌都纳入儒家规范中,"好书而不要诸仲尼,书肆也;好说而不要诸仲尼,说铃也"①,言论、著述都要符合孔子的思想观点,否则,读书再多也不过是陈列贩卖典籍的书摊店铺而已。他贬低刑名、纵横等学说为邪门歪道。汉代民间谚语说:"遗子黄金满籯,不如一经。"②这足以表明官方学术强化的程度。这个时代的文人多循规蹈矩的法度之士,多彬彬之儒,言必称儒家经典,文人的个性表现出理性特征,文学也

---

① 汪荣宝:《法言义疏》,北京:中华书局,1987年,第74页。
② [汉]班固:《汉书》,第3107页。

显示出内敛深沉的特点。扬雄曾倾心辞赋创作,于成帝时先后献《甘泉赋》等作品,但后来却蔑视辞赋,称之为"童子雕虫篆刻",是"壮夫不为"的小技艺,他从此转向思想理论著述,默而好深湛之思。刘向广泛采集经传说记中的记载,著为文章,述前人,寓借鉴,寄讽喻,警戒世人。班固在《两都赋》及《汉书》中都表现出对法度之美的认同。

(四) 汉代文化震荡期的文学

汉代文化震荡期指东汉中期至汉末。这一时期,汉家主流文化失去权威,古文经学对谶纬谬说和今文经学的批判表明主流文化的分裂与重构。外戚、宦官对权势、利益的追逐导致政纲废弛,体制破败。

汉代文化震荡突出体现在鸿都门学的设立和"党锢"事件中。灵帝设鸿都门学,以辞赋、书画等技艺用人,授以高官厚禄,为他们画像立赞,与汉代名臣并列。这完全改变了汉王朝以儒家经术选拔人才的传统,所重用的人不能承担治理国家的责任,同时,也阻塞了大批士人进入仕途的门路。另一方面,朝政败坏,官场黑暗,引起士人的普遍不满,士人清议朝政,品评吏治,统治者害怕士人的舆论,便以党锢之名,罗织罪状,残酷迫害士人。朝廷以暴力钳制舆论,党锢不断扩大,殃及门生、故吏、父子、兄弟,往往一案牵连数百人。

在朝廷忽视主流文化建设之时,思想界却存在着对主流学术执着坚守的力量。贾逵因势利导,为《左传》争立博士做出贡献,马融、郑玄持续努力进行古文经学的研究与传播,特别是郑玄同《公羊》学者何休展开论战,何休拜伏,古文经学胜出。郑玄为"三礼"作注,为毛诗作笺,对周代的典章制度和文艺思想作了充分的阐述,这些学者给走向衰败的汉代主流文化提供了极好的补充。

在这一文化转型期,文坛也在激荡、裂变中向两个截然不同的方向发展,文学之士分道扬镳。一些守节之士羞于媚事权贵,对政治感到失望,无意仕进,淡泊名利,向道家思想寻求人生寄托。他们多高蹈隐逸之行,"岩穴"成为一些文人重要的生活去向和精神栖居地。他们歌颂隐逸生活与情趣,开辟文学的新天地。另一种倾向是秉持正义、气节,坚持人格操守,关心社稷民生,欲扶大厦于将倾,拯社稷于危亡,救百姓于苦难,他们视道义为超越个体生命的价值。此时的文学表现出审美取向的转变,生命意识升华,人文精神高张。激切慷慨的风貌,成为这一时期入世文学的鲜明色调。

二、汉代文学范式

汉代文化的建构与转型在较深刻的层面给予文学范式以动力。汉代文化的不同形态环绕着成长中的文人,制衡他们的性格,涵育他们的审美取向,从而使文坛精英以高度的艺术修养创造文学范式。

汉代主流文化要求文学从属于政治。董仲舒在《春秋繁露·楚庄王》中论述改制作乐云:"制为应天改之,乐为应人作之,彼之所受命者,必民之所同乐也。是故大改制于初,所以明天命也;更作乐于终,所以见天功也;缘天下之所新乐,而为之文,且以和政,且以兴德。天下未遍合和,王者不虚作乐。乐者,盈于内而动发于外者也,应其治时,制礼作乐以成之。"①

董仲舒以儒家功利文艺观为基础,结合汉王朝主流文化建构而提出自己的主张。在儒家思想看来,文艺是圣王统治方略的一个方面,是实现其治民心、化民性,达成天下大治的重要手段。《礼记·乐记》云:"礼以道其志,乐以和其声,政以一其行,刑以防其奸。礼乐刑政,其极一也,所以同民心而出治道也。"②董仲舒所阐述的正是建立在儒家思想基础上的功利文学观。颂圣德、移人心,是主流文化对文学的期许。实现这样的目标,文学也就失去其审美功能,沦为政治和主流文化的奴仆。

班固《两都赋序》曰:"至于武、宣之世,乃崇礼官,考文章,内设金马、石渠之署,外兴乐府协律之事,以兴废继绝,润色鸿业。"③这是班固对汉代鼎盛时期学术、文艺的评价。这一评价是否合于汉代文坛历史事实,是否渗透了班固对这一时期文学艺术性质的误读,较少有人分辨。但"润色鸿业"却被很多学人接受,并援引为对汉代文学属性的基本概括。班固《两都赋序》对汉代文学还有进一步的论述:"故言语侍从之臣,若司马相如、虞丘寿王、东方朔、枚皋、王褒、刘向之属,朝夕论思,日月献纳。而公卿大臣御史大夫倪宽、太常孔臧、太中大夫董仲舒、宗正刘德、太子太傅萧望之等,时时闲作。或以抒下情而通讽谕,或以宣上德而尽忠孝,雍容揄扬,著于后嗣,抑亦雅颂之亚也。故孝成之世,论而录之。盖奏御者千有余篇,而后大汉之文章,炳焉与三代同风。"④这里说的"宣上德",乃是"润色鸿业"之类,他也肯定了"抒下情"的文学创作。

实际上,汉代文学并非主流文化的奴仆。主流文化规约文学艺术,而文学艺术一方面受到主流文化的影响、制约,另一方面却更多地植根于时代生活、作家的审美取向,植根于作家来自现实生活的感受。

汉代杰出文人将文学视为人生的最高追求,为之付出极大热情。枚乘在七国反叛前曾两次上书吴王刘濞,谏阻其与朝廷对抗,吴王不听,终于败亡。汉平七国之乱,枚乘因预先警诫吴王而知名。景帝召拜枚乘为弘农都尉。可

---

① [清]苏舆:《春秋繁露义证》,北京:中华书局,1992年,第19—20页。
② [清]朱彬:《礼记训纂》,北京:中华书局,1996年,第560页。
③ [南朝梁]萧统编,[唐]李善注:《文选》,北京:中华书局,1977年,第21页。
④ [汉]司马迁:《史记》,第2999页。

是,枚乘多年为大国上宾,与英俊相处,切磋文艺,不愿做郡吏。于是托病辞官,回到梁园。梁园宾客都善于创作辞赋,枚乘成就最高。司马相如早期入朝为郎,任景帝的武骑常侍,随从天子狩猎。司马相如好文学,并不喜欢武骑常侍的职务。此时梁孝王来朝,随行的邹阳、枚乘、庄忌夫子等都是著名文士。相如见后非常羡慕,于是托病免职,客游梁。相如与诸文士交游数年,创作了《子虚赋》。在枚乘和司马相如看来,处身宽松的环境中进行文学创作比官场俸禄更合于他们的人生追求。司马迁遭宫刑,身心受到重创,"肠一日而九回,居则忽忽若有所亡,出则不知所如往。每念斯耻,汗未尝不发背沾衣也。""所以隐忍苟活,函粪土之中而不辞者,恨私心有所不尽,鄙没世而文采不表于后也。""仆窃不逊,近自托于无能之辞,网罗天下放失旧闻,考之行事,稽其成败兴坏之理,凡百三十篇,亦欲以究天人之际,通古今之变,成一家之言。草创未就,适会此祸,惜其不成,是以就极刑而无愠色。仆诚已著此书,藏之名山,传之其人,通邑大都,则仆偿前辱之责,虽万被戮,岂有悔哉!"①在司马迁的心中,文章著述事业是他人生的最高追求,也是他超越生命、荣辱的精神支柱。

在这样一些杰出作家的共同努力下,汉代文学范式得以确立。汉代文学范式可分为四种类型:

(一) 润色鸿业

班固《两都赋序》中所谓"宣上德而尽忠孝"的文学自然属于这一范式。其实,不仅班固有此论述。司马迁著《史记》,以孔子修《春秋》为自己的榜样,他回答上大夫壶遂时引用先人的话说:"《春秋》采善贬恶,推三代之德,褒周室,非独刺讥而已也。"他将《春秋》记事分为褒与刺两大类,"采善""推三代之德,褒周室",属于颂扬一类。司马迁等杰出作家生活于汉王朝鼎盛时期,文化建设和国家实力的发展,都是作家们亲见亲历。他们充分感受到时代精神,从而将自己的文学创作融入盛世伟业中,称赞、颂扬这些辉煌的功业,肯定圣主、贤臣在这伟业中的贡献,是文人情怀自然的、必然的表现。因此,司马迁说:"且余掌其官,废明圣盛德不载,灭功臣、贤大夫之业不述,堕先人所言,罪莫大焉。"司马迁、班固将歌颂时代,颂扬王朝真实的功业视为己任,否则便以为失职。因此,"润色鸿业"成为汉代文学的特点之一。

然而,应充分看到,在汉代"润色鸿业"的文学中,也存在一些比较复杂的现象。一些符瑞、谶纬乱象被当作时代伟业,滥入歌咏中。《汉书·礼乐志》载,武帝定郊祀之礼,祠太一于甘泉,祭后土于汾阴,乃命乐府,采诗夜诵,

---

① [汉]班固:《汉书》,第 2733—2736 页。

以李延年为协律都尉,多举司马相如等数十人造为诗赋,略论律吕,以合八音之调,作《郊祀歌》十九章。其中《齐房》十三云:

> 齐房产草,九茎连叶,宫童效异,披图案谍。玄气之精,回复此都,蔓蔓日茂,芝成灵华。①

这是文学侍从于元封二年(前109)见灵芝生于甘泉齐房而作。王充《论衡·佚文》载,永平中,"神雀群集",明帝诏群臣作赋颂上奏。班固、贾逵、傅毅、杨终、侯讽等人各呈《神雀颂》,五篇作品被称为"文比金玉"。

在这些创作中,圣德的光辉致使文人的个性迷失,他们所歌咏的盛德也经不住历史的检验,颂美中渗入功利性动机。宣帝讲论六艺群书,对文学艺术表现出浓厚兴趣。益州刺史王襄为讨好宣帝,令王褒作《中和》《乐职》《宣布》等诗,又选童子歌唱,赞美宣帝的盛德。王褒作颂,是承命而为,在不知不觉中被纳入王襄阿事主上的活动中。章帝时,傅毅为兰台令史,拜郎中。明帝去世后,祭祀时赞美明帝的颂歌还未确定,傅毅便仿照《诗经·周颂·清庙》作《显宗颂》十篇,极力夸大赞扬明帝的功德。傅毅因此获得朝廷嘉许②,这也正是他所追求的。至于所谓"孝明皇帝功德最盛",显然不合于历史事实。

有些作家在润色鸿业的名目下粉饰现实,虚夸功德,撰写阿谀奉承的作品,不仅虚美天子,甚至阿谀权贵,如扬雄的《剧秦美新》、班固的《窦将军北征颂》等,颇遭后人诟病。

(二) 辩丽可喜、娱悦耳目

汉代文坛还有一些表现闲适逸趣的作品,其作者以枚皋、王褒等最突出。枚皋是武帝最亲幸的文学侍从,"上有所感,辄使赋之",凡天子弋猎、射驭、狗马、蹴鞠、刻镂等休闲娱乐活动,乃至皇子出生、天子东巡狩,封泰山,塞决河等大事,受命献赋,援笔立成。"又言为赋乃俳","其文骫骳,曲随其事,皆得其意,颇诙笑,不甚闲靡"③。枚皋在文学创作中追求幽默、华美,归之于赏心悦目的艺术效果。王褒是宣帝的文学侍从,经常与张子侨随从天子放猎,所幸宫馆,每每献歌献赋,天子品其高下,赏赐锦帛。有的大臣认为这些作品都是些无关宏旨、"淫靡不急"的休闲之作,不应赏赐与提倡。

对辞赋"淫靡不急"的批评,是从功利作用角度苛责文学,要求文学承载

---

① [汉]班固:《汉书》,第1065页。
② [南朝宋]范晔:《后汉书》,北京:中华书局,1965年,第2610—2613页。
③ [汉]班固:《汉书》,第2366—2367页。

政治功用。殊不知统治者在强调功利文学的同时,也需要休闲、娱乐,需要"辩丽可喜"的艺术。武帝、宣帝都喜欢郑、卫歌舞,喜欢枚皋、王褒等人的作品,表现出他们审美情趣的双向需求。宣帝曰:"不有博弈者乎,为之犹贤乎已!辞赋大者与古诗同义,小者辩丽可喜。辟如女工有绮縠,音乐有郑、卫,今世俗犹皆以此虞说耳目。辞赋比之,尚有仁义风谕,鸟兽草木多闻之观,贤于倡优博弈远矣。"①宣帝肯定赏心悦目一类文学艺术存在的合理性,表现出汉代审美取向对这一文学范式的认同。

(三) 抒下情、发愤著书

班固《两都赋序》谈到另一类文学则是"或以抒下情而通讽谕",是否"通讽谕"姑且不论,但他肯定了"抒下情"在文学中的普遍性与合理性。司马迁在《报任少卿书》中指出,前代不朽典籍"大抵贤圣发愤之所为作也。此人皆意有所郁结,不得通其道,故述往事,思来者",是这些圣贤"舒其愤,思垂空文以自见"的成果②。

汉代文人因经历坎坷、不幸,或者因世道不公,而将其愤懑怨悒诉诸文学,将他们的喜怒哀乐表现于文学作品中。贾谊才华出众,受到周勃等权臣妒忌、排挤,被贬长沙。他听说长沙卑湿,多病损寿,自己又被贬谪去,意不自得。心情郁闷,在渡湘水时,作赋以吊屈原。贾谊满腔不平、愤慨,在湘江边、在屈原身上找到共鸣。杨恽与几个亲戚、朋友间的谈话,竟被朝廷定为不敬之罪,"遭遇变故,横被口语,身幽北阙,妻子满狱"③。后侥幸免死,废为庶人。遭此沉重打击,杨恽愤懑不平,又无法诉说,遂以田家耕作、斗酒自劳的生活寻求解脱,但这又引起朝廷非议,认为他应闭门思过,作可怜状以求朝廷垂怜、宽宥。于是,杨恽在《报孙会宗书》中将自己压抑多年的情感诉诸笔端。

蒙怨含屈、横遭猜忌、无端斥逐、怀才不遇,种种复杂心态、情感,都在汉代文人笔下表现出来,于是,有伤士不遇,有怀古伤今,有思幽、述行,充分展现出汉代文人内心的波澜与不平。这是多数文人创作的主要动因,比"润色鸿业"获取荣名的功利动机,具有更强烈的、更直接的驱动作用。

(四) 忧黍离而叹民生

汉代杰出文人将文学视为不朽的盛事,不戚戚于个人得失,身在江海之中,心存魏阙之下,黍离之忧、民生之叹与个体精神融合。善恶美丑、道义顺逆、庶民疾苦、社稷兴亡,无不萦绕心间。应物兴怀,感物吟志,憨同类而伤不

---

① [汉]班固:《汉书》,第2829页。
② 同上书,第2735页。
③ 同上书,第2895页。

平,在文学创作中表现出深沉的人文关怀,以及对人生与社会的深刻思考。

司马迁对崇德守节不得善终,暴虐不仁竟从所欲的现象深致不平:"若至近世,操行不轨,专犯忌讳,而终身逸乐,富厚累世不绝。或择地而蹈之,时然后出言,行不由径,非公正不发愤,而遇祸灾者,不可胜数也。余甚惑焉,傥所谓天道,是邪非邪?"①他要"究天人之际,通古今之变,成一家之言",撰写垂宪千古的《史记》。司马相如将社稷之情、黍离之思与个体精神交融在一起,创作出洋溢着时代精神的《上林赋》。他关注个体际遇、情感的复杂状态,在富贵与情感的不对称中,表现出作者对人性美与艺术美的追寻,创作了影响深远的《长门赋》。

三、文体新变与文学走向

汉代文学发展进程中,产生了许多优秀作品,同时也伴随着文体演变与艺术创新。这是汉代文学的辉煌成就,也是汉代文学在文学史上的重要贡献。汉代文化转型以潜在的力量作用于文学体式的发展演变,在各类文体演变中的作用也不相同。

(一) 汉代的辞赋观念与辞赋分体

汉代主要的文学样式是辞赋体文学。汉代文人学习、借鉴屈原为代表的楚文学艺术的辉煌成就,在文学理论层面给予多方面阐释,在文学实践中努力创新,促进了辞与赋文体分立,使这一文学样式在汉代文坛成为主要的文学样式,并取得了丰硕的成果。

1. 屈原作品的文体归类。

在汉代文论中,赋是一个大的文体概念。《汉书·艺文志·诗赋略》云:"(序)诗赋为五种。"②即分为五类,其中四类为赋:第一类有屈原、唐勒、宋玉及汉代作家贾谊、枚乘、司马相如、淮南王刘安、吾丘寿王、倪宽、张子侨、刘向、王褒等;第二类有陆贾、枚皋、严助、朱买臣、司马迁、萧望之、扬雄等;第三类有荀子、秦时杂赋、广川惠王刘越、长沙王群臣、张偃、贾充等;第四类杂赋十二家,都是失去作者名的作品,如《客主赋》十八篇、《杂行出及颂德赋》二十四篇、《杂四夷及兵赋》二十篇、《杂中贤失意赋》十二篇、《杂思慕悲哀死赋》等。

《汉书·艺文志》采用了刘向、刘歆《别录》《七略》的成果,因此这里的记载代表了刘向、刘歆、班固的共同认识。从《诗赋略》的记载看,屈原、宋玉、贾谊、司马相如的作品都称为赋,这表明在当时文体观念中,赋这一文体范畴较为宽泛,它涵盖了后世文体观念中辞与赋的作品类型。

---

① [汉]司马迁:《史记》,第2124—2125页。
② [汉]班固:《汉书》,第1756页。

《汉书·艺文志·诗赋略》又云:"春秋之后,周道浸坏,聘问歌咏不行于列国,学《诗》之士逸在布衣,而贤人失志之赋作矣。大儒孙卿及楚臣屈原离谗忧国,皆作赋以风,咸有恻隐古诗之义。其后宋玉、唐勒;汉兴,枚乘,司马相如,下及扬子云,竞为侈丽闳衍之词,没其风谕之义。"①这里论述了屈原创作动因和讽喻宗旨,同时,这段论述所表达的文体观念则是范围宽泛的赋。

《汉书·贾谊传》载,贾谊被贬为长沙王太傅,"意不自得,及度湘水,为赋以吊屈原。屈原,楚贤臣也,被谗放逐,作《离骚赋》"②。《汉书·扬雄传》云:"赋莫深于《离骚》。"③《汉书·地理志》云:"楚贤臣屈原被谗放流,作《离骚》诸赋以自伤悼。后有宋玉、唐勒之属慕而述之,皆以显名。"④这些记载都明确地将《离骚》称为赋。

在汉代文人的认识中,赋是较为宽泛的文体概念,它涵盖了屈原、宋玉、司马相如、扬雄等人的作品,而不作进一步的文体区分。

汉代文人对赋这一文体的定性源自其对文学同音乐关系的考察。

周代的诗都是配乐歌唱的。春秋时期,上层贵族交往中经常要歌唱、演奏诗篇、诗的某些章节,也有的朗诵诗篇、章节乃至诗句。后一种形式当时称之为赋诗。赋诗在交谈中运用较为便捷,人们用赋诗的方式委婉地表达自己的想法、意图,同时,也使《诗经》的传播方式发生了改变,即脱离了音乐而以朗诵的方式独立传播。

楚人的诗本是歌唱的,屈原运用这一文体创作了长篇抒情诗,它保持了原有的歌唱性标志"乱曰",但已不配乐歌唱,而是以朗诵的方式诉诸世人。屈原的作品是原创的,而春秋时贤士大夫所赋的诗是前代作品,但朗诵的方式却是相同的。因此,《汉书·艺文志》引《传》曰:"不歌而诵谓之赋。"⑤又说:"自孝武立乐府而采歌谣,于是有代赵之讴,秦楚之风,皆感于哀乐,缘事而发。"⑥"歌"与"不歌"即入乐、不入乐,这些采于各地的歌谣就是入乐的作品,采集之后交乐府配乐演唱。而那些不能配乐歌唱的文学样式,则统称之为赋。汉代文人以宽泛的赋体概念观照楚文学与汉代文学,便产生了上述对屈原、枚乘、司马相如等诸多作家作品的文体归类。

2. 辞赋概念的提出。

《史记·屈原贾生列传》云:"屈原既死之后,楚有宋玉、唐勒、景差之徒

---

① [汉]班固:《汉书》,第1756页。
② 同上书,第2222页。
③ 同上书,第3583页。
④ 同上书,第1668页。
⑤ 同上书,第1755页。
⑥ 同上书,第1756页。

者,皆好辞而以赋见称。"①这里所谓"辞",指的是文辞,并非谓文体之辞,所谓的"好辞"是指他们文辞华美,而以善于赋体文学创作见称。

《史记·司马相如列传》云:(司马相如)"以赀为郎,事孝景帝,为武骑常侍,非其好也。会景帝不好辞赋。"②这里所谓辞赋,乃是对这类文体的称谓,表明在司马迁的时代,赋体文学作品也称为辞赋。

《汉书·贾邹枚路传》云:枚乘"复游梁,梁客皆善属辞赋,乘尤高。"③这里称赞梁孝王宾客枚乘、路乔如、公孙诡、邹阳等都擅长辞赋体文学创作。《汉书·严朱吾丘主父徐严终王贾传》载宣帝语云:"辞赋大者与古诗同义,小者辩丽可喜。辟如女工有绮縠,音乐有郑卫,今世俗犹皆以此虞说耳目,辞赋比之,尚有仁义风谕,鸟兽草木多闻之观,贤于倡优博弈远矣。"④又《汉书·扬雄传》云:"雄少而好学,……非其意,虽富贵不事也。顾尝好辞赋。"⑤这里都以辞赋专指赋体文学作品,可见辞赋也是当时人对赋体文学的概称。

这里的辞赋是对屈原、宋玉、司马相如、枚乘、路乔如等人作品的统称,后人所说的《楚辞》、汉赋都包括在内。在这样语境中的"辞赋"也是含义较为宽泛的概念。"辞赋"和"赋"的含义大体相近,尚不具备文体学意义的区分。两相比较,关系到文体定性的语境中,汉代文坛都用"赋"这一概念。这表明"辞赋"概念是新产生的,它的内涵和运用语境还缺少明确清晰的界定。

《汉书·扬雄传》篇末赞说,扬雄认为:"赋莫深于《离骚》,反而广之;辞莫丽于相如,作四赋。"⑥这里将"赋"与"辞"对举,将《离骚》视为赋的典范,而将司马相如的作品视为辞的代表。这段论述不应与后世文论中有关"赋""辞"两种文体的观点相混淆。扬雄《法言·吾子》说:"诗人之赋丽以则,辞人之赋丽以淫。"⑦在他看来,《离骚》是"丽以则"的作品,是"法度所存,贤人君子诗赋之正"⑧的作品,而司马相如的作品"必推类而言,极丽靡之辞,闳侈巨衍,竞于使人不能加"⑨,是"丽以淫"的作品。《离骚》与司马相如正是在这个意义上,被定格为"赋"与"辞"的代表。

3. 辞体与《楚辞》。

汉代文坛对"辞赋"和"赋"作为文体的认识尚处于发展中,推动文体概

---

① [汉]司马迁:《史记》,第2491页。
② 同上书,第2999页。
③ [汉]班固:《汉书》,第2365页。
④ 同上书,第2829页。
⑤ 同上书,第3514页。
⑥ 同上书,第3583页。
⑦ 汪荣宝:《法言义疏》,北京:中华书局,1987年,第49页。
⑧ [汉]班固:《汉书》,第3575页。
⑨ 同上书,第3575页。

念发展的重要动力来自屈原作品的传播。

王逸《楚辞章句叙》记载屈原作品流传情况说："楚人高其行义，玮其文采，以相教传。"①楚人景仰屈原的人格，喜爱其作品，用以教育子弟，促进其作品的广泛流传。《汉书·淮南衡山济北王传》载，淮南王刘安辩博善为文辞，受到武帝特别尊重，武帝命他作《离骚传》，早朝受诏，中午呈上。武帝为了解决阅读障碍而要刘安作传，同时，这也是见于记载的第一篇解说《离骚》的文献。《史记·屈原贾生列传》太史公曰："余读《离骚》《天问》《招魂》《哀郢》，悲其志。适长沙，观屈原所自沉渊，未尝不垂涕，想见其为人。"②这些记载可以证明屈原作品在汉代流传的状况，即楚地和中央王畿藏书室都有传本。

《史记·酷吏列传》载，朱买臣"以楚辞"受到武帝宠信，任侍中，为太中大夫③。《汉书·严朱吾丘主父徐严终王贾传》载，朱买臣受召见，在武帝前"说《春秋》，言楚词，帝甚说之，拜买臣为中大夫，与严助俱侍中。"④"以楚辞"、"言楚词"义同，就是诵读楚辞。宣帝征召九江被公，令他诵读《楚辞》。《汉书·地理志》云："而吴有严助、朱买臣，贵显汉朝，文辞并发，故世传《楚辞》。"⑤朱买臣和九江被公都善于用楚声诵读"楚辞"，由此可以看出武帝、宣帝时已将屈原、宋玉的作品称为"楚辞"了。但是，当时人能见到这些文本，却不能以楚声诵读，朱买臣和九江被公熟悉楚声，故以读"楚辞"为特长而受到重视。

《汉书·艺文志》云："至成帝时，以书颇散亡，使谒者陈农求遗书于天下。诏光禄大夫刘向校经传诸子诗赋，步兵校尉任宏校兵书，太史令尹咸校数术，侍医李柱国校方技。每一书已，向辄条其篇目，撮其指意，录而奏之。"⑥王逸《楚辞章句叙》云："逮至刘向，典校经书，分为十六卷。"⑦刘向编辑《楚辞》，将屈原的作品和后人追思的作品编辑在一起，这是对朱买臣、九江被公等人诵读作品的汇集、校正。

考察王逸《楚辞章句》篇目，全书除屈原作品外，还收录宋玉的《九辩》《招魂》，贾谊的《惜誓》，淮南小山的《招隐士》，东方朔的《七谏》，严忌的《哀时命》，王褒的《九怀》，刘向的《九叹》，以及王逸自己作的《九思》。这部书是

---

① 郭绍虞主编：《中国历代文论选》，上海：上海古籍出版社，2001年，第149页。
② [汉]司马迁：《史记》，第2503页。
③ 同上书，第3143页。
④ [汉]班固：《汉书》，第2791页。
⑤ 同上书，第1668页。
⑥ 同上书，第1701页。
⑦ 郭绍虞主编：《中国历代文论选》，第149页。

将屈原及追慕者具有共同特点的作品编辑在一起,而称之为《楚辞》。于是,《楚辞》既作为一类作品选集的书名传世,又表明人们对这些作品文体性质的认识已经发生变化。

4. "辞赋"文体观念与创作实际。

汉代文坛对"辞赋"作为文体范畴的认识较为模糊,在文体理论阐述上也不够清晰,但作者在创作中趋舍各异,抒情类创作都以屈原为榜样,而体物则以宋玉为楷模,发展、创造具有汉代特点的文体样式。

汉代作家在文学创作中,为更好地表现自己的审美理想和艺术精神,运用前人创造的文体,又不为旧文体所束缚,以自己的精神感情驾驭文体样式,推动文体创新,促进辞与赋分途,并推动辞与赋各自的文体转型。

汉代文坛所说的"辞",主要特征是贤人失志,"朗丽以哀志","绮靡以伤情",也就是以抒情为主。《文心雕龙·辨骚》云:"固知《楚辞》者,体慢于三代,而风雅于战国,乃《雅》《颂》之博徒,而词赋之英杰也。观其骨鲠所树,肌肤所附,虽取镕经意,亦自铸伟辞。故《骚经》《九章》,朗丽以哀志;《九歌》《九辩》,绮靡以伤情;《远游》《天问》,瑰诡而慧巧,《招魂》《招隐》,耀艳而深华;《卜居》摽放言之致,《渔父》寄独往之才。故能气往轹古,辞来切今,惊采绝艳,难与并能矣。"①

贾谊的《惜誓》、严忌的《哀时命》、淮南小山的《招隐士》,都收录在《楚辞》一书中,这些作品多缅怀屈原,甚至作品中的文学意象也多与屈原笔下的意象相近,如贾谊的《惜誓》云:

攀北极而一息兮,吸沆瀣以充虚。飞朱鸟使先驱兮,驾太一之象舆;苍龙蚴虬于左骖兮,白虎骋而为右骓;建日月以为盖兮,载玉女于后车;驰骛于杳冥之中兮,休息乎昆仑之墟。②

这里的北极、朱鸟、苍龙、白虎、玉女、昆仑等文学意象皆与屈原作品同,而且作品中的艺术联想也可看出《离骚》的痕迹。这都是贤人失志之赋,带有明显的抒情特点。

司马相如也运用辞体抒情,却不为楚辞樊篱所囿,推动抒情文学超越楚境、进入汉界。他的《长门赋》就是这方面的代表作。《长门赋》在构思方面有取于《湘君》《湘夫人》《山鬼》,托言代笔,与作品人物融合为一。但在文学意象的创造,艺术境界的描绘等方面,完全摆脱了楚辞的影响,不再描绘奇幻

---

① [清]黄叔琳:《增订文心雕龙校注》,第51页。
② 吴云、李春台:《贾谊集校注》,第345页。

瑰丽的意象与境界,而是转向现实的形象、境界创造,深入细致也更真实地展现宫廷的环境,展现嫔妃奢华的物质生活与情感落寞间的不对称,在对人性需求与艺术美的探寻中,表现出作者艺术创新的勇气和可贵建树。

司马相如对辞体的创新,极大地丰富了这一文体的艺术表现力,为汉代文人创作抒情之作提供了成功经验,推动了这类文学样式的发展。司马迁的《悲士不遇赋》、扬雄的《逐贫赋》、班婕妤的《自悼赋》、班彪的《北征赋》、崔骃作《慰志赋》等纪行赋、述志赋诸作,都以赋抒情,形成了与体物赋不同的样式,也就是后来被视作"辞"或"楚辞体"的文体。

汉代文坛所说的赋,与作为抒情的辞不同,其主要特征是:"铺采摛文,体物写志","遂客主以首引"①。

《汉书·艺文志·诗赋略》云:"其后宋玉、唐勒;汉兴,枚乘,司马相如,下及扬子云,竞为侈丽闳衍之词,没其风谕之义。"②这里强调"风谕之义",未免过于狭隘,但所谓"竞为侈丽闳衍之词",则阐述了赋体文学的外部特征。《史记·司马相如列传》云:"相如以'子虚',虚言也,为楚称;'乌有先生'者,乌有此事也,为齐难;'无是公'者,无是人也,明天子之义。故空借此三人为辞,以推天子诸侯之苑囿。其卒章归之于节俭,因以风谏。"③天子诸侯之苑囿乃作品的内容,而"空借此三人为辞",乃是作品形式方面的重要特征。《文心雕龙·诠赋》云:"赋者,铺也,铺采摛文,体物写志也。""然赋也者,受命于诗人,拓宇于《楚辞》也。于是荀况《礼》《智》,宋玉《风》《钓》,爰锡名号,与诗画境,六义附庸,蔚成大国。遂客主以首引,极声貌以穷文,斯盖别诗之原始,命赋之厥初也。"④

从这些论述可以看出,赋的内容是体物写志,其风格特点是侈丽闳衍,其表现形式是假设客主问对以展开。这样的体制是宋玉创立的。宋玉的赋都有序,都虚拟两个或多个人物形象,在序中通过人物对话,引出故事,构成作品的背景、语境,然后,以赋重点渲染,铺叙成篇。如《高唐赋序》言楚襄王与宋玉游于云梦之台,望高唐之观。其上独有云气,变化无穷。宋玉讲述巫山神女故事,然后,宋玉受楚王命赋之。其他作品的结构也基本相同。

司马相如是体物写志赋文体新变的重要推动者和杰出作家。他的《子虚赋》《上林赋》不再沿袭宋玉作品形式中"序言——赋"的常见结构,而是简单介绍子虚、乌有、亡是公三个人物,而且,作品中人物不再使用将楚王、宋

---

① [清]黄叔琳:《增订文心雕龙校注》,第95、96页。
② [汉]班固:《汉书》,第1756页。
③ [汉]司马迁:《史记》,第3002页。
④ [清]黄叔琳:《增订文心雕龙校注》,第95、96页。

玉、唐勒等真实人物文学化的做法,而是使作品中人物的名字带有明显的虚拟性特征。作品不用叙述背景的序,而是以畋猎为核心,展现齐、楚诸侯与天子的声势,同时将作品的宗旨融入侈靡绚丽的体物描摹中,以人物为筋脉,构成波澜,转折跌宕。司马相如的《子虚赋》《上林赋》在文体方面实现新变,通过铺张扬厉的体物描写,昂扬奋发、巨丽恢宏的精神灌注,标志着汉代文学主流体式卓然矗立,他的作品也成为旷世经典。

王褒的《洞箫赋》在赋体演变中跨出一大步。这是一篇咏物赋,作品不再遵循虚拟人物假设问对的套路,而是以一个旁观者的视角展开作品,追踪寻原,从洞箫材质之源即竹的生长,到洞箫制作,次及演奏者即盲乐师,然后描写演奏乐曲之效,使体物赋为之一变。

班固的《两都赋》在虚拟人物和假设问对的形式方面,遵循司马相如的范例,然而,在对否定性事物作夸饰铺陈及作品宗旨的表现方面,却做了较大改变。

《两都赋》分为《西都赋》和《东都赋》两部分,即上下篇。作品虚拟"西都宾""东都主人"两个人物,通过他们的谈话构成过渡。《西都赋》通过"西都宾"之口,极言西京品物之盛,形胜为中土之最,坚城深池,华阙崇殿,冠于天下。《东都赋》则通过"东都主人"之口,否定了"西都宾"所代表的旧的京都美理想和京都意识,着力描绘洛阳的法度,也就是后汉的制度之美,宣扬重声教、崇文德、尚礼治的法度建设成果。

司马相如的《子虚赋》《上林赋》极尽铺张描写之能事,最后写天子茫然而思,感叹"太奢侈",即狩猎享乐太过,归之节俭。体物赋对本不赞成的事物的铺张描写与作品的讽喻意义,被扬雄称为"劝百讽一"的表现原则。班固的《两都赋》改变体物赋形式结构中"劝"与"讽"篇幅相差悬殊的模式,其下篇《东都赋》通篇是讽喻、诱导,是对作品宗旨的充分展开。班固的《两都赋》在文体演进与艺术表现方面都取得了可贵的成就。

从以上论述可见,汉代文坛对文体的自觉认识是较为缓慢的,而作家在文学创作实践中却是积极的。他们以自己的创作推动文体发展,也在文体演变中造就一些辉煌的杰作。

(二) 纪传体史书与传记文学创立

在汉代文学领域,文体创新和文学创作都取得伟大成就的作家,当属司马迁。司马迁是站在传统和时代最高点的伟大作家,不能简单地以某种文化诠释他的心灵与成就。

司马迁开创了纪传体史书的撰写方式。司马迁生活时代之前的史书分为记言、记事两类,《尚书》《国语》《战国策》以记言为主,《左传》《世本》为记事体。两种文体史书都只能记载历史事件的某些现象或言论,无法深入了解历史事件的本末与规律。

司马迁撰写《史记》兼采记言、记事体史书的优点,创立本纪、世家、列传、表、书五体。本纪以天子为中心线索,记天下大事,并为天下系年,为历史发展之经;世家记封国传代的家族,为各历史时期之纬;列传记载历史之经纬上有杰出贡献的人和具体事迹;各表记载历史事件之纲目,从宏观角度记载天下兴衰变化;书更是司马迁的独创,广泛记载了文化、经济乃至天文等方面的制度与思想观点。

司马迁的《史记》借鉴孔子撰写《春秋》的成功经验,创立《史记》书法。司马迁称赞《春秋》,将其视为立言不朽的最高典范,他对《春秋》大义、《春秋》书法有精深的研究与领悟。《春秋》秉笔直书,寓褒贬,明善恶,《史记》不止于此,不仅诉诸价值判断,还诉诸审美判断,要在叙事中取得鲜明生动的效果,不仅叙事以见义理,还要以情感人,写出人物性格、命运与历史事件的关联。司马迁继承、发展《春秋》书法,在《史记》中体现出高超的叙事艺术,即《史记》书法。《史记》书法的艺术内涵十分丰富,主要体现在秉笔直书、辞微指博、微辞婉讽、精气充溢、见微知著、同中见异、传主视角、宾主呼应等方面。

司马迁通过《史记》的撰写,究天人之际,通古今之变,揭示历史发展规律;不虚美、不隐恶,严守历史真实性原则;寓褒贬,明善恶,阐述自己对历史、社会、人生的认识。司马迁的《史记》成为史学著作的光辉典范,此后历代官修史书无不采用纪传体例。

(三) 论议散文楷式昭备

汉代散文同文化的关系非常密切。汉代各阶段文化的内涵与转型较为直接地灌注于散文创作中。文人对时代精神的感悟,以及他们的个性与才气都在散文创作中得以彰显。尽管汉代各个时期议论文的风貌也不尽相同,有时激昂博辩,有时睿智沉静,但都以"辩知闳达,溢于文辞"为其基本特征。

武帝曾论及当时士大夫的文章与才华:

> 方今公孙丞相、兒(倪)大夫、董仲舒、夏侯始昌、司马相如、吾丘寿王、主父偃、朱买臣、严助、汲黯、胶仓、终军、严安、徐乐、司马迁之伦,皆辩知闳达,溢于文辞。①

武帝往往通过章、奏、书、记等作品考量文士的政治见解和文学才华。东

---

① [汉]班固:《汉书》,第2863页。

方朔想要改变其处境,上书陈农战强国之计,然而,他在上书中专用商鞅、韩非等法家的思想观点,已经背离了主流文化的规范,同时,他的文章轻率、诙谐,缺乏严肃的宗旨与态度,这就在知人善任的武帝面前暴露出他从政的缺陷,其终不见用乃是必然结果。相反的,一切具备从政素养,又有才华的士人,通过上呈章、奏、书、记等作品展示自己,获得发展的契机。

《论衡·佚文篇》云:"孝武之时,诏百官对策,董仲舒策文最善。王莽时,使郎吏上奏,刘子骏章尤美。美善不空,才高知深之验也。《易》曰:'圣人之情见于辞。'文辞美恶,足以观才。"①汉代文人不仅以诗赋抒情言志,一些优秀作家在书、论、章、表的创作中,都可以表现其个性、情感,还能表现出独特的风格。

倪宽为廷尉文学卒史,张汤为廷尉,廷尉府尽用文史法律之吏,倪宽被认为"不习事",受冷落。后廷尉有疑难事上奏,接连被退回。倪宽草拟奏章,立即通过。武帝问张汤:"前奏非俗吏所及,谁为之者?"张汤说是倪宽。武帝曰:"吾固闻之久矣。"②倪宽同俗吏的区别,在于俗吏都是就事论事,只是把具体问题解释清楚,倪宽以儒家思想观点谈案件,能发掘出具体事件背后具有的普遍性意义,所以比俗吏高出一筹。武帝从张汤断案章奏中发现了倪宽为异才。

司马相如《难蜀父老》云:"盖世必有非常之人,然后有非常之事;有非常之事,然后有非常之功。"③汉代盛世文学气象恢宏,襟怀博大,厉志竭精,奋发有为。非常之功、非常之事、非常之人都见诸文学,这其中与当时政治文化契合最紧密的就是汉代论、说、章、奏、书、记等体式的散文。

王充《论衡·佚文篇》云:"文人宜遵五经六艺为文,诸子传书为文,造论著说为文,上书奏记为文,文德之操为文。立五文在世,皆当贤也。造论著说之文,尤宜劳焉。何则?发胸中之思,论世俗之事,非徒讽古经、续故文也。论发胸臆,文成手中。"④王充将文章分为五类,包括对经学和诸子的阐释、书表奏记等,最受重视的乃是针对各种现实问题而阐述自己观点的议论文。王充的论述也反映出汉代散文的核心是情见于辞,辞以观才。

汉初移植秦文化,同时,也将秦代散文样式移植到汉代文坛。《文心雕龙·诏策》云:"秦并天下,改命曰制。汉初定仪则,则命有四品:一曰策书,二曰制书,三曰诏书,四曰戒敕。"⑤蔡邕《独断》云:"凡群臣上书于天子者有

---

① [汉]王充:《论衡》,上海:上海人民出版社,1974年,第312页。
② [汉]班固:《汉书》,第2629页。
③ [汉]司马迁:《史记》,第3050页。
④ [汉]王充:《论衡》,第313页。
⑤ [清]黄叔琳:《增订文心雕龙校注》,第264页。

四名:一曰章,二曰奏,三曰表,四曰驳议。"①《文心雕龙·章表》云:"秦初定制,改书曰奏。汉定礼仪,则有四品:一曰章,二曰奏,三曰表,四曰议。章以谢恩,奏以按劾,表以陈请,议以执异。"②

《文心雕龙·议对》云:"迄至有汉,始立驳议。驳者,杂也,杂议不纯,故曰驳也。自两汉文明,楷式昭备,蔼蔼多士,发言盈庭,若贾谊之遍代诸生,可谓捷于议也。至如主父之驳挟弓,安国之辨匈奴,贾捐之陈于珠崖,刘歆之辨于祖宗。虽质文不同,得事要矣。"③汉初至武帝时,朝廷每有大事,则令臣僚廷议,天子根据他们的论辩做出决定。这是汉代政治生活中的可贵传统,它使杰出政治家的聪明才智得以发挥,也有利于朝廷做出正确决断,汉代强盛时期的很多决策都是这样产生的。这一文化发展态势也赋予散文以特殊的发展空间。

汉代散文文体的分化既有来自政治文化的某些规约,更得力于作者的创作实践。文体伴随优秀作家的文学创作演变确立。其实,文体的创新、定型,进而成为众多作家遵循的楷式,又为众多作家模拟以至于成为感情抒发的桎梏。于是,不断孕育新的转型与突破,是汉代文学中文体演进的规律。同时,这也是文坛新锐发挥才智的机缘。

汉代文学精英基于对情感宣泄的需求,出于阐述自己思想观点的需求,尽情发挥而不受文体形式的拘束。他们的创作推动了文学的发展,同时,也推动了文体的发展。文以传意,体以文立,文精而体定。

萧统编辑《文选》,在大量汉代文学作品中选择优秀的经典,从而将优秀作品与文体一并提供给读者。《文选》中诏书类二篇,皆汉武帝之作;表类首选孔融《荐祢衡表》和诸葛亮《出师表》;上书类选邹阳、司马相如、枚乘作品;书信类选李陵、司马迁、杨恽、孔融作品;檄文类选司马相如、陈琳作品。其他设论、史论、史述赞、论等各类别都以汉代文人的优秀作品为典范。

文帝以躬行节俭著称,他去世前还给世人留下一篇充分表现出他的人生态度与审美追求的遗诏。这篇千古奇文,更是一个最高统治者临终前的内心独白。文帝以超然的态度谈到自己的死,"死者天地之理,物之自然"④,要臣民不必过分悲伤。文中讲述对自己死后丧事的态度和具体安排,否定"厚葬以破业,重服以伤生"的传统,要臣民哭祭从简,丧服从俭,陵墓要因山川自然而建,还明确安排后宫包括夫人、美人、良人、八子、七子、长使、少使等七个等

---

① [汉]蔡邕:《独断》,上海:上海古籍出版社,1990年,第4页。
② [清]黄叔琳:《增订文心雕龙校注》,第306页。
③ 同上书,第332页。
④ [汉]班固:《汉书》,第132页。

级的嫔妃都要遣归家。遗诏讲述自己死亡时的心情极为平静,就像在谈一次外出巡视般轻松,谈到死后种种安排时,又十分清醒、周到。他四十七岁去世,身边的嫔妃还很年轻,放回本家,令其嫁人,这是其他帝王无可比拟的襟怀与情感。这篇遗诏充分表现出文帝修德爱民的情怀,表现出他以敦朴为核心的审美理想和人生态度。诏诰散文以发布政治告言为基本内容,而这篇遗诏要求太子和臣僚们遵循他奉行的节俭原则,安排好自己的身后之事。这在诏诰散文中无疑是一个新的变化,同时也是汉代诏诰散文的杰作。

贾谊关注汉初社会的重大问题,当时阶级矛盾尖锐,诸侯强盛,并公然与中央王朝分庭抗礼,于是,他多次上疏陈述自己对政治问题的关切,陈述自己解决政治危机的方略。在《新书·大都》一文中,贾谊以古鉴今,论述楚灵王扩建城池,造成臣与公子弃疾权力分散、各拥实力,导致宫廷内乱、灵王败亡而死的结局。贾谊感慨道:"为计若此,岂不痛也哉!悲夫!本细末大,驰必至心。时乎!时乎!可痛惜者此也!"

贾谊在上疏中关注汉初社会的重大问题,揭示当时阶级矛盾之尖锐,揭示汉王朝潜在的严重危机,分析透辟,感情激切。这篇文章也成为古代章奏散文的典范。

汉王朝对诸侯王百般猜忌、打击,罗织罪名陷害、铲除诸侯王。诸侯王进退维谷,在惴惴不安中度日。建元三年,武帝置酒接待前来朝见的诸侯王,中山王刘胜闻乐声而泣,武帝问其故,刘胜即席对答,这就是中山王刘胜的《闻乐对》。这是一篇诚挚的充满感情的散文。它既表达了诸侯王受迫害的委屈、不平,又十分委婉含蓄,以情感动武帝,以理说服朝廷,收到良好的效果。中山王刘胜的《闻乐对》,表面看是刘胜在宴席间回答武帝的谈话记录,实则是精心撰写,在恰当时机诉诸武帝,公之于世的情辞并茂的佳作。

司马相如的《谏猎书》等都是章奏体散文的经典。司马相如的《喻巴蜀檄》和刘歆的《移太常博士书》乃是推动移檄体散文新变的重要作品。

汉代文人的文学才能和情感表现于各类文学样式中。《艺概·文概》云:"西汉文无体不备,言大道则董仲舒,该百家则《淮南子》,叙事则司马迁,论事则贾谊,辞章则司马相如。人知数子之文纯粹、旁礴、窈眇、昭晰、雍容各有所至,尤当于其原委穷之。"[1]汉代对策、论难、章奏等各体散文杰作被古代作家视为散文的典范,很多未被纳入现代学术视野的奏、议、论、对,在当时的文坛却是抒情达意的妙文佳构。

---

[1] [清]刘熙载:《艺概》,上海:上海古籍出版社,1978年,第10页。

本书认为研究汉代文学应在广泛检阅传世文献和出土文献的基础上,充分发掘、汲取古代文论的成果。本书考察汉代文化转型同汉代文学流变的历史原貌,阐释作家个性与艺术创造在汉代文学流变中的贡献,试图发掘更多有艺术价值的文学文本和文学现象,力求为汉代文学研究提供一点新的思考。

第一章　汉初多元文化与诸侯王文学

刘邦建立汉王朝至景帝末(前206—前141)的六十余年,为汉代文化与文学发展的第一阶段。这一时期汉代文化建设表现出探索性与过渡性的特征。当时,最高统治集团和士人都在努力探索适合于当前政治与社会现实的文化,文学之士也在作品中表现出对汉家文化及其文学精神的向往。

刘邦、萧何、曹参是汉初统治集团的核心。萧、曹是建立汉王朝的功臣,又相继为相国,在汉王朝的巩固与文化建设方面发挥了不可替代的作用。刘邦、萧何、曹参等人都出生于战国后期,亲身经历过秦王朝的严酷统治。刘邦生于秦昭王五十一年(前256)①,秦时为亭长;萧何为沛主吏掾;曹参秦时为沛狱掾。他们的经历处境,决定了他们都在一定程度上对秦文化有所了解和接受,也对秦的暴政有过深切的感受。刘邦曾多次赴咸阳服徭役。秦始皇统一天下之后,为扩大修建自己的陵墓,调集徒役七十余万人。刘邦又以亭长身份为沛县送徒役到郦山,参与到始皇陵的建造工程中。萧何虽未经历过这些繁重的徭役之苦,但对服役之人却很关心。《史记·萧相国世家》载,萧何为"沛主吏掾。高祖为布衣时,何数以吏事护高祖。高祖为亭长,常左右之。高祖以吏繇咸阳,吏皆送奉钱三,何独以五。秦御史监郡者,与从事常辩之。何乃给泗水卒史事,第一。秦御史欲入言征何,何固请,得毋行"②。泗水监郡御史赏识萧何的才能,欲向朝廷推荐。由此也可以看出萧何对秦王朝政治、文化的熟悉,并能在这些方面显示出超越常人的能力。

在刘邦统治时期,王朝政治无比紧迫的要务是消灭韩信、彭越等势力强大的诸侯,巩固刚刚建立的政权。同时,刘邦等统治者缺少深厚的文化素养,对文化建设的重要性和必要性都认识不足。因此,在政治方面也缺少明确的主张。新王朝建立,上层集团和社会都缺少必要的秩序和基本的文化规范。他们面对礼仪文化和法令的无序显得十分被动,他们缺少知识储备,只能以亲身体会并接受的文化为基础,将移植前代文化作为自己进行文化建设的捷径。惠帝二年,萧何去世,曹参继任相国。曹参为相国仅三年便去世了,但在

---

① 《史记集解》引皇甫谧曰:"高祖以秦昭王五十一年生,至汉十二年,年六十二。"见《史记》,第392页。
② [汉]司马迁:《史记》,第2013—2014页。

他主持下,汉初政治的主导思想即黄老思想得以确立。

汉初政治体制实行分封制,不同于秦王朝实行的郡县制。为了稳定新王朝,刘邦集团不得不满足六国旧贵族和一部分功臣的欲望,分封诸侯,同时,为了巩固刚建立的政权,又分封刘氏子弟为诸侯,构成制衡力量。《汉书·诸侯王表》云:"汉兴之初,海内新定,同姓寡少,惩戒亡秦孤立之败,于是剖裂疆土,立二等之爵。功臣侯者百有余邑,尊王子弟,大启九国。……而海内晏如,亡狂狡之忧,卒折诸吕之难,成太宗之业者,亦赖之于诸侯也。"①《汉书·高惠高后文功臣表》云:"讫(高祖)十二年,侯者百四十有三人。"②《史记·汉兴以来诸侯王年表》谓:汉兴,诸侯王"大者或五六郡,连城数十,置百官宫观,僭于天子"③,汉王朝直接管辖之地"凡十五郡,而公主、列侯颇食邑其中"④。分封功臣与刘氏子弟是为了将本不强大的统治力量延伸到边远地区,也起到对中央王朝的屏藩和拱卫作用。但是,分封诸侯王这一政策的实施,在屏藩和拱卫汉王朝的同时,也必不可免地造成中央王朝与诸侯的并立,成为汉初多元政治与文化的社会基础。

上述几方面的文化氛围共同构成汉初文学发展的前提与外部环境。

第一节　汉初文学的秦文化语境

刘邦在数年间平定天下,建立汉王朝。对于统治这样庞大的国家,刘邦集团并没有充分的思想准备和文化储备,而摆在新王朝面前的却是一个必须立即着手治理的国家。于是,他们自觉不自觉地将秦王朝的治国办法及秦文化,移植到新生的汉家政治土壤中。

秦文化至少在三个层面深刻影响、制约着汉初社会与文学:政治思想层面,朝廷礼仪层面,职官设置层面。这是汉初文学生存与发展的环境。汉初士人都生活在这样的文化氛围中,他们面对社会现实所生发的感慨,大多萌生于这样的现实中。

一、力征与文治的反思

汉初统治集团的主要成员在秦王朝统治时期都处身社会下层。刘邦秦时为亭长,处理乡间纠纷,萧何为沛主吏掾,曹参秦时为沛狱掾,都是小吏。

---

① [汉]班固:《汉书》,第393—394页。
② 同上书,第527页。
③ [汉]司马迁:《史记》,第802页。
④ 同上。

在新王朝文化建设方面,他们都缺少必要的知识储备与修养。

刘邦出身微贱,尚武轻文,长年的战争经历,使他只知良将、谋臣的作用,而不承认儒士的社会作用。汉王朝建立后,他面对的迫切问题是削平叛乱、巩固王朝政权,至于国家长治久安的大政方针和文化建设,尚未进入他的视野。刘邦承认知识分子在战争中直接或间接地发挥作用,他称张良、萧何、韩信为"人杰",称赞他们"运筹策帷帐之中,决胜于千里之外";"镇国家,抚百姓,给馈饷,不绝粮道";"连百万之军,战必胜,攻必取"①,肯定他们在破秦、灭楚战争中的贡献。

刘邦周围的武将集团也以战功自负,以身被数十创的流血拼杀为荣。他们否定文人的作用,甚至否定本集团中不在战场拼杀的任何人。这一点在刘邦封赏萧何时就表现得很突出。《史记·萧相国世家》云:"群臣争功,岁余功不决。高祖以萧何功最盛,封为酂侯,所食邑多。功臣皆曰:'臣等身被坚执锐,多者百余战,少者数十合,攻城略地,大小各有差。今萧何未尝有汗马之劳,徒持文墨议论,不战,顾反居臣等上,何也?'"②虽然刘邦对萧何的功劳给予充分的肯定,但只重攻城略地之功却是当时统治集团的普遍认识。

汉代政权建立之初,社会各方人士都是在长达数百年诸侯分立的文化氛围中成长起来的,又亲身经历了秦楚、楚汉之际诸侯间的兴衰争斗。在汉初政治文化建构过程中,汉王朝最高统治者经历了从否定文化到自觉探寻文化发展的思想转变,汉代士人则以强烈的使命意识和自觉精神促进了汉家文化的建构。

刘邦不喜欢儒生,甚至轻视、侮辱他们,《史记·郦生陆贾列传》云:"沛公不好儒,诸客冠儒冠来者,沛公辄解其冠,溲溺其中。与人言,常大骂。"③他宁愿礼遇酒徒,也不相信儒生会有什么作用。在这方面,刘邦的认识还不如陈胜。陈胜为楚王,山东儒生带着孔氏家族的礼器投奔他,他还接纳孔子后裔孔鲋为博士。刘邦则拒绝接纳儒生,更不喜欢他们的言论。尽管士人阶层处在极为不利的生存环境,他们仍然从上下两个方面发挥作用,促进汉初文化建设。从上层来说,他们直接批评、引导决策者,使他们认识到凭借武力可以夺取政权,却不能有效地建设新的王朝,进而以切实有效的思想与宏观决策影响统治者。这是对秦以力征经营天下,将文化视为暴力统治的辅助手段的政治思想的批判与否定。一些学者如申公、伏生等执着于学术事业,坚

---

① [汉]司马迁:《史记》,第 381 页。
② 同上书,第 2015 页。
③ 同上书,第 2692 页。

信文化建设的意义,他们身居民间,聚徒讲授《诗》《书》,以卓有成效的教育和学术传播,为新王朝培养人才,建立政治文化基础。

陆贾在汉初文化转型中发挥了重要的作用。他针对上层统治者的失误,力矫统治集团重力征、轻文治的错误倾向,他在刘邦面前时时引用《诗》《书》。刘邦骂他说:"乃公居马上而得之,安事《诗》《书》!"陆贾反驳说:"居马上得之,宁可以马上治之乎?且汤武逆取而以顺守之,文武并用,长久之术也。昔者吴王夫差、智伯极武而亡;秦任刑法不变,卒灭赵氏。乡使秦已并天下,行仁义,法先圣,陛下安得而有之?"刘邦虽然不高兴,但也自知理亏,便让陆贾撰文论述秦灭亡的教训,论述古代王朝成败的规律。陆贾以王朝兴衰为核心,撰文十二篇,每上奏一篇,都发人深省,刘邦称善,左右呼万岁。陆贾的文章结集后定名《新语》①。

刘邦居马上得天下,本质上与秦兼并六国实现统一没有区别。特别是刘邦的态度,完全拒绝士人对文化建设的呼吁,内心深处隐然存在着暴力崇拜倾向,如不及时矫正,就必然会产生一个仅仅改换姓氏的暴力政权。汉政权建立之初的定位与走向,就存在着尖锐的思想冲突。陆生的批评是对刘邦的严重警示:不与秦的残暴统治划清界限,就会迅速灭亡,不总结秦的覆辙,就会不知不觉地陷入秦王朝灭亡的魔咒。这场简短的交锋表现出上层统治者同有远见的士人在治国基本思想上的矛盾,揭示了最高统治者一定程度上对暴力统治的迷恋,也说明敏感的士人对汉王朝是否重蹈秦迅速败亡覆辙的忧虑以及对人民命运的关切。

陆贾"粗述存亡之征",似乎论述得并不充分,但他提出以秦为鉴的命题,对曾亲见庞大的秦王朝迅速败亡,而今登上政治舞台的新统治者来说,无疑具有极大的震撼力。他的文章在当时起到了振聋发聩的作用,使得刘邦及上层统治集团开始认识到避免秦败亡覆辙的紧迫感。陆贾成功地将文学引导到总结秦兴亡教训的主题上,以至于这一主题成为论说文的时代性话题。

以秦为鉴,避免汉王朝重蹈秦以暴力经营天下的覆辙,这一警策性的论述为刘氏统治集团所接受,连樊哙这样的鲁莽将军也能将现实问题与秦的失败联系在一起。《史记·樊郦滕灌列传》云:

> 高祖尝病甚,恶见人,卧禁中,诏户者无得入群臣。群臣绛、灌等莫敢入。十余日,哙乃排闼直入,大臣随之。上独枕一宦者卧。哙等见上

---

① [汉]司马迁:《史记》,第2699页。

流涕曰:"始陛下与臣等起丰、沛,定天下,何其壮也!今天下已定,又何惫也!且陛下病甚,大臣震恐,不见臣等计事,顾独与一宦者绝乎?且陛下独不见赵高之事乎?"高帝笑而起。①

由此可见,秦衰亡过程中的许多教训已引起汉初统治集团的高度警觉。

又如汉十二年,刘邦想要废太子而立赵王如意,叔孙通进谏说:"昔者晋献公以骊姬之故废太子,立奚齐,晋国乱者数十年,为天下笑。秦以不蚤定扶苏,令赵高得以诈立胡亥,自使灭祀,此陛下所亲见。今太子仁孝,天下皆闻之;吕后与陛下攻苦食啖,其可背哉!陛下必欲废嫡而立少,臣愿先伏诛,以颈血污地。"刘邦表示愿意采纳他的意见②。

文帝时,贾山撰《至言》,借秦为喻,阐述治乱之道。其文云:

> 昔者,秦政力并万国,富有天下,破六国以为郡县,筑长城以为关塞。秦地之固,大小之势,轻重之权,其与一家之富,一夫之强,胡可胜计也!然而兵破于陈涉,地夺于刘氏者,何也?秦王贪狼暴虐,残贼天下,穷困万民,以适其欲也。……秦皇帝以千八百国之民自养,力罢不能胜其役,财尽不能胜其求。一君之身耳,所以自养者驰骋弋猎之娱,天下弗能供也。劳罢者不得休息,饥寒者不得衣食,亡罪而死刑者无所告诉,人与之为怨,家与之为仇,故天下坏也。③

贾山认为,秦虽拥有强大的兵力、坚固的地势,但"秦王贪狼暴虐,残贼天下,穷困万民,以适其欲",以残暴、贪婪的统治造成人民的贫困、疲弊,与天下人民为敌,导致其灭亡。这样警策的论述对汉初统治者具有深刻的教育意义。当时文帝率豪俊之臣,方正之士热衷于狩猎,虽与秦的贪狼暴虐有本质的区别,却也起到警示作用。"其言多激切,善指事意,然终不加罚。"④朝廷也能从积极的方面看待这些以秦为鉴的言论。

贾谊是汉初最杰出的政治家、思想家与文学家。他的文学成就将在下文论述,此处仅就他在"以秦为鉴"这一时代话语中的观点、意义作些探讨。《过秦论》是汉代此类话题中成就最高的作品,是贾谊政论散文的代表作。司马迁在《史记》中引述这组文章为《秦始皇本纪》《陈涉世家》篇末的论赞,

---

① [汉]司马迁:《史记》,第 2659 页。
② 同上书,第 2724—2725 页。
③ [汉]班固:《汉书》,第 2331—2332 页。
④ 同上书,第 2337 页。

班固《汉书·项羽传》篇末也以此文为论赞,后世论散文者无不对此文称颂备至。

贾谊在《过秦论》中指出:"周五序得其道,而千余岁不绝;秦本末并失,故不长久。由此观之,安危之统相去远矣。"又云:"君子为国,观之上古,验之当世,参以人事,察盛衰之理,审权势之宜,去就有序,变化有时,故旷日长久而社稷安矣。"全篇宗旨在此数语中。《过秦论》分上中下三篇,论述秦兼并群雄,统一天下的强盛,以及秦王朝由盛而衰,迅速败亡的经验教训。上篇以精练的语言概述秦统一天下的经历,自孝公至秦始皇七代君臣雄心勃勃,持续扩张,蚕食诸侯,六国贤君良将无所用其谋。秦追亡逐北,伏尸百万,流血漂橹,因利乘便,宰割天下,分裂河山,强国请伏,弱国入朝,吞二周而亡诸侯。然而,秦建立统一的中央王朝,却仅仅维持了十几年的短暂统治。贾谊对秦灭亡教训总结:"一夫作难而七庙堕,身死人手,为天下笑者,何也?仁义不施,而攻守之势异也。"在这样的总结中,人们往往注意到这句话的前半部分,即"仁义不施"导致秦的灭亡。然而,文章上篇论及秦壮大的过程中,从未行仁义,而以六国诸公子为代表的贤士仁君却无法对抗强秦,这似乎与"仁义不施"而导致秦败亡说有些矛盾。诸侯谋弱秦,人才、兵力、土地皆过于秦,仁义也胜于秦,然而,纵散约解,强国请伏,非关仁义之事。下文论陈涉,极言其与秦对比,与六国对比,皆弱,然而秦迅速灭亡,结论"仁义不施,而攻守之势异也";而陈涉"非有仲尼、墨翟之贤",也无关于仁义,此仅可见秦不施仁义,至于自弱,此亦待下文展开。其实,纵览秦强盛到衰败的过程,并非仅仅仁义的决定性作用。贾谊主张治国应重仁义,此仅一个方面,在他看来,"攻守之势"不同,仁义的作用也不同。上篇限于所论的中心不同,未将观点作全面展开,而是留在中、下篇进行论证。

中篇论始皇、二世治国失误,即"正(政)之非",提出兼并与守国根本策略的不同:"并兼者高诈力,安定者贵顺权,此言取与守不同术也。"战国兼并之时,虽有六国诸公子之贤,终究未能扭转局面,是因为秦与六国的历史证明"并兼者高诈力"。贾谊《新书·时变》也阐述了这一观点,他指出:"秦国失理,天下大败。众掩寡,知欺愚,勇劫惧,壮凌衰;攻击夺者为贤,善突盗者为哲。"[1]而秦的统治者没认识到"攻守之势"已经发生了变化,适得其反,"秦王怀贪鄙之心,行自奋之智,不信功臣,不亲士民,废王道,立私权,禁文书而酷刑法,先诈力而后仁义,以暴虐为天下始"。守天下之时,仍然坚持诈力、暴虐,而与人民的期望相反。贾谊认为,安民为治理之要务,"故先王见终始之

---

[1] 吴云、李春台:《贾谊集校注》,第86页。

变,知存亡之机,是以牧民之道,务在安之而已"。然而,二世不能安之,"自君卿以下至于众庶,人怀自危之心,亲处穷苦之实,咸不安其位,故易动也。是以陈涉不用汤、武之贤,不藉公侯之尊,奋臂于大泽而天下响应者,其民危也"。

下篇论子婴救世之误,进一步言势与仁义的关系。"自缪公以来至于秦王二十余君,常为诸侯雄。岂世世贤哉? 其势居然也。且天下尝同心并力而攻秦矣……然困于阻险而不能进……岂勇力智慧不足哉? 形不利、势不便也。"这里补充论述了秦兼并六国时势与诈力的作用。贾谊认为陈涉起义之后,山东虽乱,只要秦"守险塞而军,高垒毋战,闭关据厄,荷戟而守之",以待反秦义军疲蔽,"秦之地可全而有",甚至"不患不得意于海内"。这里所谓"其救败非",就是指子婴君臣不知用势、用险,放弃了"秦地被山带河以为固,四塞之国"的优势。

《过秦论》分析秦的盛衰及论天下大事,归结为重"势"、重"仁义"。贾谊以"势"与"仁义"论史议政,这是他史学思想与政治思想的两大支点。他的这一基本观点在其他政论文中也得到充分的发挥。可以看出,贾谊的思想受韩非的影响较多。贾谊思想的学派属性,《史记·太史公自序》称"贾生、晁错明申、商"①,将其归于法家,要比《汉书·艺文志》将其归于儒家更能揭示其思想的本质。

陆贾、贾谊所阐述的"以秦为鉴"的思想及他们撰写的政论散文,取得了政治思想方面的成功,也获得了极大的文学成就,同时,他们也引发了政论散文创作对当下时局与政治问题的殷切关注。陆贾、贾谊批评秦灭绝典籍,实施暴力统治的论述,旨在帮助汉王朝统治者在立国之初就要在政治思想的基本点上摆脱秦的影响,他们的论述具有强烈的现实针对性与紧迫性,对于汉初最高统治者如何治理新王朝,如何汲取秦迅速灭亡的教训,起到振聋发聩的作用。此后,这一论题也时时为矫正秦文化的影响而被提起。

《汉书·儒林传》云:"汉兴,高祖过鲁,申公以弟子从师(按,指齐人浮丘伯)入见于鲁南宫。"②《史记·儒林列传》云:"伏生者,济南人也。故为秦博士。孝文帝时,欲求能治《尚书》者,天下无有,乃闻伏生能治,欲召之。是时伏生年九十余,老,不能行,于是乃诏太常使掌故朝错往受之。"③刘邦于鲁见浮丘伯及其弟子,文帝欲征伏生,又诏令晁错跟随伏生学习《尚书》,都表现

---

① [汉]司马迁:《史记》,第3319页。
② [汉]班固:《汉书》,第3608页。
③ [汉]司马迁:《史记》,第3124页。

出汉初统治者对文化的兴趣,表现出他们同秦始皇残灭文化的差异。《汉书·惠帝纪》载,四年,"省法令妨吏民者;除挟书律"①。更以明确的法令表现出同秦奉行愚民政策划清界限的立场。这些都是对陆贾等人论秦教训的直接回应。

二、秦礼汉用:新瓶与旧酒

汉王朝建立之初,统治集团内部及整个社会都因长期的战争而处于秩序混乱的状态。《史记·刘敬叔孙通列传》云:"汉五年,已并天下,诸侯共尊汉王为皇帝于定陶,叔孙通就其仪号。高帝悉去秦苛仪法,为简易。群臣饮酒争功,醉或妄呼,拔剑击柱,高帝患之。"②这些饮酒、呼号等行为固然表现出刘邦与群臣间亲密淳朴的感情,也表现出他们同出身于社会下层的平等关系。但也因刘邦"悉去秦苛仪法"而产生上层集团内部的无序,导致众将对权威的藐视。汉初统治集团已经由秦朝"苛仪法"转向其相反的无序状态,无法施行上层社会管理,自然也更谈不上整个国家的治理。

贾谊批评秦以功利制衡臣民所造成的恶劣的后果:"秦俗日败。故秦人家富子壮则出分,家贫子壮则出赘。借父耰锄,虑有德色;母取箕帚,立而谇语。抱哺其子,与公并倨;妇姑不相说,则反唇而相稽。其慈子耆利,不同禽兽者亡几耳。"又指出这一颓风对汉王朝的直接影响:"然其遗风余俗,犹尚未改。今世以侈靡相竞,而上亡制度,弃礼谊,捐廉耻,日甚,可谓月异而岁不同矣。逐利不耳,虑非顾行也,今其甚者杀父兄矣。盗者剟寝户之帘,搴两庙之器,白昼大都之中剽吏而夺之金。矫伪者出几十万石粟,赋六百余万钱,乘传而行郡国,此其亡行义之尤至者也。而大臣特以簿书不报,期会之间,以为大故。至于俗流失,世败坏,因恬而不知怪,虑不动于耳目,以为是适然耳。"③朝廷探寻国家治理与社会秩序稳定发展之时,秦文化的阴影在政治文化的各个领域显示作用,乃至将秦文化大量移植于汉初社会,将汉代新瓶中注入秦文化的旧酒。

《史记·刘敬叔孙通列传》记载,叔孙通深知刘邦对统治集团内部混乱状态的反感,乃曰:"夫儒者难与进取,可与守成。臣愿征鲁诸生,与臣弟子共起朝仪。"④叔孙通召集鲁地儒生与他的弟子演习、制定朝仪。汉七年(前200)十月,诸侯群臣上朝,庆贺长乐宫建成,并欢庆新一年的开始。叔孙通与

---

① [汉]班固:《汉书》,第90页。
② [汉]司马迁:《史记》,第2722页。
③ 吴云、李春台:《贾谊集校注》,第360、361页。
④ [汉]司马迁:《史记》,第2722页。

诸儒生将秦朝廷礼仪移植为汉王朝君臣大礼：

> 汉七年，长乐宫成，诸侯群臣朝十月。仪：先平明，谒者治礼，引以次入殿门。廷中陈车骑戍卒卫官，设兵，张旗志。传曰"趋"。殿下郎中侠陛，陛数百人。功臣、列侯、诸将军、军吏以次陈西方，东乡；文官丞相以下陈东方，西乡。大行设九宾，胪句传。于是皇帝辇出房，百官执戟传警，引诸侯王以下至吏六百石以次奉贺。自诸侯王以下莫不震恐肃敬。至礼毕，尽伏，置法酒。诸侍坐殿上皆伏抑首，以尊卑次起上寿。觞九行，谒者言"罢酒"。御史执法举不如仪者辄引去。竟朝置酒，无敢喧哗失礼者。于是高帝曰："吾乃今日知为皇帝之贵也！"拜通为奉常，赐金五百斤。通因进曰："诸弟子儒生随臣久矣，与共为仪，愿陛下官之。"高帝悉以为郎。通出，皆以五百金赐诸生。诸生乃喜曰："叔孙生圣人，知当世务。"①

叔孙通以秦王朝尊君卑臣的礼仪改造汉王朝君臣关系，刘邦感受到天子的高贵尊显，诸侯大臣再不敢以战友与弟兄的态度看待刘邦，而是认识到尊卑的差别，感受到皇帝的天威，怀着诚惶诚恐的心情，拜伏在天子面前。刘邦享受到皇帝的威福，高高在上地接受群臣朝拜，无比高兴。

制定朝廷大礼仅仅是叔孙通移植秦文化的一个方面，汉初的重要礼仪几乎都是他主持建立的。汉五年，诸侯上疏拥戴刘邦为皇帝。于是诸侯王及太尉卢绾与博士叔孙通等三百人，选择良日上尊号，刘邦即皇帝位于氾水之阳。上尊号、择良日即是由博士叔孙通主持完成的。

此外，宗庙仪式与礼乐，也是汉初统治者急于解决的秩序问题。《汉书·礼乐志》云：

> 汉兴，乐家有制氏，以雅乐声律世世在大乐官，但能纪其铿锵鼓舞，而不能言其义。高祖时，叔孙通因秦乐人制宗庙乐。大祝迎神于庙门，奏《嘉至》，犹古降神之乐也。皇帝入庙门，奏《永至》，以为行步之节，犹古《采荠》《肆夏》也。乾豆上，奏《登歌》，独上歌，不以管弦乱人声，欲在位者遍闻之，犹古《清庙》之歌也。《登歌》再终，下奏《休成》之乐，美神明既飨也。皇帝就酒东厢，坐定，奏《永安》之乐，美礼已成也。②

---

① [汉]班固：《汉书》，第2127—2129页。
② 同上书，第1043页。

叔孙通率领秦乐人制宗庙乐,制作了祭祀高祖的乐舞,即《武德》《文始》《五行》等。《武德》舞作于高祖四年(前203),赞美高祖振武除乱的丰功伟绩。《文始》舞是依据舜《招》舞改制的,高祖六年更名曰《文始》,作为汉朝的乐舞。《五行》舞,是以周舞为蓝本,秦始皇二十六年将这乐舞更名曰《五行》,叔孙通将它用于高祖庙乐舞中。高祖六年又作《昭容》乐、《礼容》乐。这都是直接移植秦人祭祖乐舞。因此,《汉书·礼乐志》云:"大氐皆因秦旧事焉。"①其中一些乐舞如《文始》《五行》等又被用于文帝、景帝、武帝庙奏祭祀中。

在叔孙通的主持下,汉初急需解决的朝廷礼仪、宗庙祭祀礼仪等重大场合的礼乐文化建设,实现了秦礼汉用,改变了朝廷的无序混乱状态,顺利地解决了汉王朝重大典礼的实践问题。叔孙通对秦文化的移植是在缺乏比较的情况下采取的应急措施。高祖感叹:"吾乃今日知为天子之贵也!"这句话道出了秦文化的核心价值,即尊君卑臣的本质,也道出了汉初文化建设的走向。初步实践使刘邦感受到被自己推翻的王朝有值得珍惜的东西。此后,在进行更全面的汉家文化建设中,有些内容是可以改变或调整的,但尊君卑臣的核心价值,却是不能改变的。

刘邦集团是推翻暴秦统治的主要力量之一,也是推翻秦王朝的最大受益者。他们是秦始皇的臣民,也是这个暴君的掘墓人。这种地位决定了刘邦对秦既仇恨又崇拜、羡慕的双重心理。刘邦作为秦王朝下层小吏要押送刑人徒隶,赴咸阳服徭役,参与修建秦始皇陵的艰苦劳作。他奔波劳苦,地位虽高于刑徒,却是大量徭役的直接参与者,有时还与刑徒的命运紧密相连。《史记·高祖本纪》云:"高祖以亭长为县送徒郦山,徒多道亡。自度比至皆亡之,到丰西泽中,止饮,夜乃解纵所送徒。曰:'公等皆去,吾亦从此逝矣!'徒中壮士愿从者十余人。"②这样的社会地位和身家安全缺乏保障的处境,在关键时很自然地爆发出对秦的仇恨,走上反抗暴秦的道路。另一方面,秦始皇的严威与巨大成功也令他欣羡万分。《史记·高祖本纪》云:"高祖常繇咸阳,纵观,观秦皇帝,喟然太息曰:'嗟乎,大丈夫当如此也!'"③这一慨叹充分表现出他的人生取向。《汉书·礼乐志》云:"汉兴,拨乱反正,日不暇给,犹命叔孙通制礼仪,以正君臣之位。高祖说(悦)而叹曰:'吾乃今日知为天子之贵也!'"高祖的又一次慨叹是他找到了凌驾万民之上的感觉,更表现出对秦文化的由衷钦羡,并从亲历亲受中产生对秦文化的高度认同。

---

① [汉]班固:《汉书》,第1044页。
② [汉]司马迁:《史记》,第347页。
③ 同上书,第344页。

在维护皇权方面,秦始皇还制订了一些显示独尊地位的标志性术语:天子尊号为"皇帝",天子自称曰"朕",天子发布的命为"制",令为"诏"。《史记·秦始皇本纪》裴骃《集解》引蔡邕曰:"朕,我也。古者上下共称之,贵贱不嫌,则可以同号之义也。皋陶与舜言'朕言惠,可底行'。屈原曰'朕皇考'。至秦,然后天子独以为称。汉因而不改。"①从称号、自称,到发布命令、告示,都纳入尊君卑臣的秦文化体系中。汉初统治者将这些皇权的标志性用语全部移植,以彰显自己的崇高与威严。《史记·礼书》云:"至秦有天下,悉内六国礼仪,采择其善,虽不合圣制,其尊君抑臣,朝廷济济,依古以来。至于高祖,光有四海,叔孙通颇有所增益减损,大抵皆袭秦故。自天子称号下至佐僚及宫室官名,少所变改。"②这些尊君卑臣的朝廷礼仪经过汉王朝的长期实践与修补,成为汉代文化的核心部分,也被汉以后封建王朝统治者视为治理臣僚、愚民的法宝,视为维护皇帝权威、利益的金科玉律。

此外,汉初朝廷在宗教信仰方面也受秦的直接影响。《史记·封禅书》云:(汉王)二年,东击项籍而还入关,问:"故秦时上帝祠何帝也?"对曰:"四帝,有白、青、黄、赤帝之祠。"高祖曰:"吾闻天有五帝,而有四,何也?"乃立五帝祀,"悉召故秦祝官,复置太祝、太宰,如其故仪礼"③。汉高祖不仅礼拜秦时诸神,还任用秦时主持祭祀的官员,连同祭神仪式,全盘迁入汉王朝,为自己祈求福祉。

在律历方面,汉初沿用秦正朔,以十月为岁首。据《史记·张丞相列传》载,张苍精通历法,秦时为御史,善于推算律历。刘邦为汉王,任用张苍为计相。他认为以高祖十月始至霸上,而秦朝用的历法是颛顼历,本以十月为岁首,于是建议刘邦沿用秦历。《史记·历书》云:汉兴,"是时天下初定,方纲纪大基,高后女主,皆未遑,故袭秦正朔服色"④。这都是张苍主持历法的结果。

对此,有识之士提出改正朔的建议,他们认为作为王朝的开端,也应有自己的律历,不应照搬秦的历法。《史记·屈原贾生列传》云:"贾生以为汉兴至孝文二十余年,天下和洽,而固当改正朔,易服色,法制度,定官名,兴礼乐。乃悉草具其事仪法,色尚黄,数用五,为官名,悉更秦之法。孝文帝初即位,谦让未遑也。"⑤贾谊明确提出了在正朔、服色、制度、官名、礼乐等方面要区别于秦的主张,而且草拟了具体的构想,表现出超人的智慧与见的。同时,他的

---

① [汉]司马迁:《史记》,第237页。
② 同上书,第1160页。
③ 同上书,第1378页。
④ 同上书,第2681、1260页。
⑤ 同上书,第2492页。

政治见解也得到文帝赏识。但是,他的政治主张引起拥戴文帝即位的众老臣的妒忌与排挤,未能得到文帝的支持。

这时,鲁人公孙臣也上书说:"始秦得水德,今汉受之,推终始传,则汉当土德,土德之应黄龙见。宜改正朔,易服色,色上黄。"张苍凭借权势否定了"改正朔"的意见。此时,赵人新垣平以望气言吉凶受到文帝重视,他也多次谈论更改历法、服色等事。但新垣平还谈了很多祭祀五帝的事,又制造祥瑞的骗局,致使文帝做了些荒诞事。后有人上书告新垣平所说的望气、事神、祥瑞等多为诈骗,新垣平被诛。正当的文化建设与祥瑞欺诈混淆,从此以后,文帝竟然连对改正朔、服色等文化建设也不感兴趣了①。

秦文化中还有一个恋鼎情结,也为汉初统治者所认同并继承。史书记载禹铸九鼎,《史记·封禅书》云:"禹收九牧之金,铸九鼎,皆尝亨鬺上帝、鬼神。"②《汉书·郊祀志》也有同样的记载。此后,殷、周王朝的统治者都将这九鼎视为国宝,作为王权的象征而珍藏之。秦灭周与六国,独占九鼎。但鼎却不知所终。在一些方士的阐释中,九鼎"遭圣则兴,迁鼎于夏、商。周德衰,宋之社亡,鼎乃沦没,伏而不见"③。

《史记·秦始皇本纪》云:"始皇还,过彭城,斋戒祷祠,欲出周鼎泗水。使千人没水求之,弗得。"④秦皇寻鼎梦断,汉帝继续梦里追寻。《史记·封禅书》云:"(新垣)平言曰:'周鼎亡在泗水中,今河溢通泗,臣望东北汾阴直有金宝气,意周鼎其出乎?兆见不迎则不至。'于是上使使治庙汾阴南,临河,欲祠出周鼎。"⑤《史记·孝文本纪》云:"赵人新垣平以望气见,因说上设立渭阳五庙,欲出周鼎。"⑥方士独具慧眼,发现了鼎散发出的"金宝气",天子便热热闹闹地去迎接,接不成,又指责方士"所言气神事皆诈也。下平吏治,诛夷新垣平"⑦。文帝以敦朴、节俭著称,却对秦始皇的恋鼎梦饶有兴趣。

汉初移植的秦文化强调尊君卑臣,由尊君卑臣衍生出天子家族的高贵。皇帝之女为公主,必与诸侯结婚,称为"尚主"。"尚主"的列侯不居于自己的封国,而与公主居京城。《汉书·卫青霍去病列传》云:"初,青既尊贵,而平阳侯曹寿有恶疾就国,长公主问:'列侯谁贤者?'左右皆言大将军。主笑曰:'此出吾家,常骑从我,奈何?'左右曰:'于今尊贵无比。'于是长公主风白皇

---

① [汉]司马迁:《史记》,第1381、1260、430页。
② 同上书,第1392页。
③ 同上书,第1392页。
④ 同上书,第248页。
⑤ 同上书,第1383页。
⑥ 同上书,第430页。
⑦ 同上书,第1383页。

后,皇后言之,上乃诏青尚平阳主。与主合葬,起冢象卢山云。"①卫青是平阳公主家仆所生,则他与公主年龄相差悬殊,况且卫青已为大将军,三子为列侯,早已成家。但只要公主选中,就要奉天子命成婚。因为这是皇家的恩宠,臣子不能选择。

《史记·绛侯周勃世家》载,文帝的女儿与周勃的长子周胜之结婚,称为"尚主"。《集解》引韦昭曰:"尚,奉也。不敢言娶。"同公主结婚不能说娶妻,而要称为"尚",也就是侍奉。这被视为皇家的恩惠。太子周胜之与公主结婚,夫妻关系不融洽,以杀人罪处死②。

《汉书·樊郦滕灌傅靳周传》载,夏侯婴的曾孙夏侯颇尚主。公主随母亲姓,号孙公主,故夏侯婴的子孙也都称为孙氏。公主随外公姓,夏侯颇的子孙竟也随公主改为孙姓。

对此,《后汉书·荀韩钟陈列传》载荀爽对策曰:"《春秋》之义,王姬嫁齐,使鲁主之,不以天子之尊加于诸侯也。今汉承秦法,设尚主之仪,以妻制夫,以卑临尊,违乾坤之道,失阳唱之义。……宜改尚主之制,以称乾坤之性。"③对公主的尊重乃是尊君卑臣制度之延伸,皇帝之女下嫁诸侯、大臣,公主在夫家拥有尊贵的地位,荀爽称"以妻制夫,以卑临尊",在汉家礼法中,"尚主"为荣耀之事,子孙能随公主的姓,也在恩宠之列,所谓的"夫为妻纲"在"尚主"的家庭中自然要被颠覆。

秦礼汉用的范围很广,甚至娱乐活动也不乏例证。如《汉书·武帝纪》云:"(元封三年)作角抵戏,三百里内皆观。"又云:"京师民观角抵于上林平乐馆。"④角抵,春秋战国时称为"搏",即摔跤,作为游戏的方式,很受欢迎。秦更名角抵。汉王朝也以此作为娱乐活动,引起君臣民众广泛兴趣。

汉初统治者对秦的礼制、文化由最初的满足应急之需,到后来发展为对秦王朝礼仪的认同和移植,并使之成为汉家文化构建的核心成分。

三、百官设置皆袭秦故

《史记·礼书》云:"至秦有天下,悉内六国礼仪,采择其善,虽不合圣制,其尊君抑臣,朝廷济济,依古以来。至于高祖,光有四海,叔孙通颇有所增益减损,大抵皆袭秦故。自天子称号下至佐僚及宫室官名,少所变改。"⑤这就是说,汉初官府佐僚的设置,都是从秦王朝移植的。

---

① [汉]班固:《汉书》,第2490页。
② [汉]司马迁:《史记》,第2073页。
③ [南朝宋]范晔:《后汉书》,第2053页。
④ [汉]班固:《汉书》,第194、198页。
⑤ [汉]司马迁:《史记》,第1159—1160页。

汉代三公即丞相、太尉、御史大夫的设定及其职责,都与秦同。《汉书·百官公卿表》云:"相国、丞相,皆秦官,金印紫绶,掌丞天子助理万机。秦有左右,高帝即位,置一丞相,十一年更名相国,绿绶。"①丞相协助天子管理国家政务,一人之下,万民之上,地位最高。担任丞相意味着为天子分忧、操劳,也在特殊情况下替天子受过。这是秦王朝官僚体制中最高位的设置。

《史记·萧相国世家》载,相国萧何为民请曰:"长安地狭,上林中多空地,弃,愿令民得入田,毋收稿为禽兽食。"刘邦大怒曰:"相国多受贾人财物,乃为请吾苑!"遂将萧何交付廷尉,囚禁狱中。数日后,王卫尉侍奉刘邦时问曰:"相国何大罪,陛下系之暴也?"刘邦曰:"吾闻李斯相秦皇帝,有善归主,有恶自与。今相国多受贾竖金而为民请吾苑,以自媚于民,故系治之。"王卫尉曰:"夫职事苟有便于民而请之,真宰相事。陛下奈何乃疑相国受贾人钱乎!且陛下距楚数岁,陈豨、黥布反,陛下自将而往,当是时,相国守关中,摇足则关以西非陛下有也。相国不以此时为利,今乃利贾人之金乎?且秦以不闻其过亡天下,李斯之分过,又何足法哉。陛下何疑宰相之浅也。"刘邦不悦,但还是命人持节赦出萧何。萧何徒跣谢罪。刘邦曰:"相国休矣!相国为民请苑,吾不许,我不过为桀纣主,而相国为贤相。吾故系相国,欲令百姓闻吾过也。"②设丞相为天子分劳,其策略和主导思想都是吸收秦的制度和统治经验。而且对丞相作用的考核,也以李斯"有善归主,有恶自与"为依据,这表明刘邦对秦文化中尊君的制度内涵极为赞同。

太尉也是沿袭秦制而设立的。汉初名将周勃与其子周亚夫曾任太尉并做出重要贡献。从他们的经历中也可以看出汉王朝对太尉设置与人选的认识。

《史记·高祖本纪》载,刘邦临终前对吕后说:"周勃重厚少文,然安刘氏者必勃也,可令为太尉。"③惠帝六年(前189),置太尉官,以周勃为太尉。《汉书·百官公卿表》云:"太尉,秦官,金印紫绶,掌武事。"④握重兵,权倾朝野,甚至不奉诏而专断于外。最高统治者只有在国家危急时才将这样的权力交付大臣。吕后崩,吕禄为汉上将军,吕产以吕王为汉相国,一文一武,把持朝廷大权。太尉周勃与丞相陈平合谋,终于铲除诸吕而迎立文帝。

《史记·绛侯周勃世家》载,周勃已称病归相印,返回封地。其后人有上书告周勃欲反,文帝命廷尉逮捕周勃,下狱整治。因周勃长子周胜之娶公主

---

① [汉]班固:《汉书》,第724页。
② [汉]司马迁:《史记》,第2018—2019页。
③ 同上书,第392页。
④ [汉]班固:《汉书》,第725页。

为妻,而且周勃曾将得到的封赏,赠送给薄太后的弟弟薄昭,与薄家关系密切。于是,薄昭在薄太后面前为周勃辩护,太后也认为周勃没有谋反。太后斥责文帝说:"绛侯绾皇帝玺,将兵于北军,不以此时反,今居一小县,顾欲反邪!"周勃因此被赦免。然而,他的儿子周亚夫却没有这样幸运。景帝以周亚夫为太尉。《史记·绛侯周勃世家》云:"梁上书言景帝,景帝使使诏救梁。太尉不奉诏,坚壁不出,而使轻骑兵弓高侯等绝吴楚兵后食道。……太尉出精兵追击,大破之。"①他的权势与耿直的性格,都令景帝不放心。景帝从他对自己的几次顶撞和不满意中得出结论:"此怏怏者非少主臣也!"于是,找个莫须有的罪名将其下狱②。

另据《史记·魏其武安侯列传》载,吴楚反叛朝廷,景帝拜周亚夫为太尉,率领三十六将军,往击吴楚。同时,又召窦太后的侄儿窦婴,拜为大将军。窦婴守荥阳,监督齐、赵兵。这既是太尉与大将军的战略合作,也表明朝廷不愿将全部兵权交给一个大臣。

武帝时,军队的大权更明确地交外戚掌管。武帝即位之初,以魏其侯窦婴为丞相,以武安侯田蚡为太尉。窦婴是窦太后的侄儿,田蚡乃是王太后同母弟,两代太后家中人掌握军队比外人更令自己放心。

其后,武帝不置太尉。元朔五年(前124)征匈奴,武帝令车骑将军卫青将三万骑,出高阙;苏建、李沮、公孙贺、李蔡四将军,都归车骑将军卫青统率,出兵朔方。抗击匈奴获胜,率军回朝。至关塞,武帝命使者持大将军印,提升车骑将军卫青为大将军,诸将都归大将军统领。

元狩四年(前119)春,武帝令大将军卫青、骠骑将军霍去病各率五万骑,连同其他将军,出征匈奴,汉军大胜。霍去病深入匈奴腹地,在狼居胥山、姑衍举行祭天地仪式,登临翰海,俘虏、杀敌七万余人。于是,武帝增设大司马职位,卫青、霍去病都晋级为大司马。《史记索隐》曰:"如淳云'本无大司马,今新置耳'。案:前谓太尉,其官又省,今武帝始置此位,卫将军、霍骠骑皆加此官。"③

太尉乃秦王朝设立的主管军事的最高官位。汉初统治者选拔良将,命为太尉,周勃、周亚夫得以施展怀抱,在巩固汉政权方面建立殊勋。武帝时,既要调集强大的军事力量征战四方,又对手握重兵的大臣心怀疑忌,遂将军队交与外戚。太皇窦太后、王太后、卫皇后三代皇后的兄弟、宗子,是武帝最放心的人,甚至于比刘氏宗亲还要可靠。同姓王的权力日益削弱,还每每以谋

---

① [汉]司马迁:《史记》,第2072、2076页。
② 同上书,第2072—2079页。
③ 同上书,第2938页。

反的罪名被诛灭,足见他对同姓诸侯王的猜疑与打击。而三代皇后的亲人都要依附于皇后,正如《汉书·窦田灌韩传》中高遂劝说窦婴所云:"能富贵将军者,上也;能亲将军者,太后也。"①任用这些人掌握军队,皇帝放心,外戚得以建功立业,封侯建号,一举多得。

与此相类的还有武帝对李广利的任用。李广利是武帝新宠幸的李夫人之兄。《汉书·外戚传》云:"(卫)皇后立七年,而男立为太子。后色衰,赵之王夫人、中山李夫人有宠,皆蚤卒。""李夫人病笃,上自临候之",曰:"夫人弟一见我,将加赐千金,而予兄弟尊官。""及夫人卒,上以后礼葬焉。其后,上以夫人兄李广利为贰师将军,封海西侯,延年为协律都尉。"②李广利虽没登上太尉或大司马的高位,但掌握了大量军队,为其立功提供便利条件。霍去病毕竟是个英勇善战的将领,而李广利只是个庸才。《汉书·傅常郑甘陈段传》援引刘向的话:"贰师将军李广利,捐五万之师,靡亿万之费,经四年之劳,而仅获骏马三十匹,虽斩宛王毋鼓之首,犹不足以复费,其私罪恶甚多;孝武以为万里征伐,不录其过,遂封拜两侯、三卿、二千石百有余人。"③武帝任用外戚掌握军队的做法带给后代极大的影响,以至于成为汉代政治、军事中极其重要的现象。

汉王朝的开创者刘邦、萧何、曹参等人被动地吸收秦文化,而一批秦王朝遗老如叔孙通等人也将秦的文化移植到汉王朝。汉初有识之士对秦文化的反对、批评之声不断,都是从秦重功利、严刑罚,而轻德治等方面着眼,特别是要汉王朝统治者汲取秦以暴力统治导致灭亡的教训。至于秦文化中尊君卑臣,强化统治等政治思想与施政原则,都被汉王朝承袭下来。汉朝几代士人、儒生努力,建立起德刑并用、高扬儒术、兼采刑名的汉家文化。宣帝所谓"汉家自有制度",乃是对区别于秦、周文化而独具特色的汉家文化的一种宣示。

第二节 黄老道家与汉初文学

对于汉初黄老道家学说的特点,《史记》《汉书》的说法已有不同,甚至在对汉初文人思想的学术界定方面也有很大差异。本书认为,对这一学说基本特征的论述,司马谈《论六家要指》的概括较为清楚。其文云:

> 道家使人精神专一,动合无形,赡足万物。其为术也,因阴阳之大

---

① [汉]班固:《汉书》,第 2376 页。
② 同上书,第 3950—3952 页。
③ 同上书,第 3017—3018 页。

顺,采儒墨之善,撮名法之要,与时迁移,应物变化,立俗施事,无所不宜,指约而易操,事少而功多。儒者则不然。以为人主天下之仪表也,主倡而臣和,主先而臣随。如此则主劳而臣逸。至于大道之要,去健羡,绌聪明,释此而任术。夫神大用则竭,形大劳则敝。形神骚动,欲与天地长久,非所闻也。

道家无为,又曰无不为,其实易行,其辞难知。其术以虚无为本,以因循为用。无成势,无常形,故能究万物之情。不为物先,不为物后,故能为万物主。有法无法,因时为业;有度无度,因物与合。故曰"圣人不朽,时变是守。虚者道之常也,因者君之纲"也。①

司马谈所论述的道德家或道家,即当时的黄老学说。他阐述了黄老的核心思想和它的包容性特征。其基本主张是,"去健羡,绌聪明","以虚无为本,以因循为用","道家无为,又曰无不为"。这就是他所说的"大道之要",即黄老道家的核心思想。健即是刚,去健即去刚守柔,知雄守雌。羡即欲,去其欲,即清心寡欲。"绌聪明"即"绝圣弃智"。清静无为是黄老道家的核心思想。

在这基础上,黄老学说对其他各家的学说采取较为宽松的开放姿态。因此司马谈说:"其为术也,因阴阳之大顺,采儒墨之善,撮名法之要,与时迁移,应物变化,立俗施事,无所不宜。"黄老学说不是封闭式的思想体系,它之所以能在汉初社会生活中产生巨大的作用,在于它的基本内核与外部扩展结构有很大的关系。它的外部扩展兼容了其他主要学派的有生命力的要素,于阴阳、儒、墨、名、法各有所取,形成一个主色调鲜明,而又具有包容性的思想体系。明确认识汉初黄老的这一特点,才能正确理解当时一些看似完全不同的人与思想主张却被同归于黄老之中,也可以理解在被归于其他流派作家的作品中却流露出较为明显的黄老倾向。

一、黄老思想与汉初政治文化走向

曹参是汉初统治集团中最早思考并自觉地探索治国方略的人。他是刘邦集团的主要将领,全身受伤七十余处,攻城略地,功劳最多。灭项羽后,刘邦为削弱韩信势力,将他从齐王转封楚王,而封自己长子刘肥为齐王,命曹参为齐相国。曹参很快完成从冲锋征战的将军到治国安民的相国的转变。

---

① [汉]司马迁:《史记》,第3289、3292页。

《史记·曹相国世家》云:"参之相齐,齐七十城。天下初定,悼惠王富于春秋,参尽召长老诸生,问所以安集百姓,如齐故诸儒以百数,言人人殊,参未知所定。闻胶西有盖公,善治黄老言,使人厚币请之。既见盖公,盖公为言治道贵清静而民自定,推此类具言之。参于是避正堂,舍盖公焉。其治要用黄老术,故相齐九年,齐国安集,大称贤相。"①曹参经过比较、权衡长老、众儒和盖公的治国主张,对盖公"治道贵清静"的思想极为认同,表现出上层统治者思想的深刻转变。曹参"避正堂,舍盖公","其治要用黄老术",表现出对盖公特殊的尊重,将其视为自己思想指导者,便于时时请教,进而将盖公"治道贵清静"的主张奉为治国的主导性原则。

高祖六年(前201),曹参为齐相国,至惠帝二年(前193)入朝为相国,前后九年,齐国人民安定、富裕。这与当时天下经济破败,人民穷困艰难的现实形成鲜明对比。曹参治齐既是他自己治国经验的积累,也是将黄老思想、学说用于政治指导的有效实践,表明在当时社会状况下,黄老"清静无为"的思想对重建社会经济、安定人民,是十分有效的。

《史记·高祖本纪》载,高祖病重,吕后问:"陛下百岁后,萧相国即死,令谁代之?"高祖曰:"曹参可。"《史记·萧相国世家》载,萧何病重,孝惠亲自去看望相国,遂问曰:"君即百岁后,谁可代君者?"对曰:"知臣莫如主。"孝惠曰:"曹参何如?"萧何顿首曰:"帝得之矣!臣死不恨矣!"②刘邦、萧何共同认定曹参是未来相国的唯一人选。他的治国才能已经得到最高统治集团的充分肯定。

曹参任相国仅三年。然而,在这三年间,惠帝暗弱,吕后忙于对刘邦宠姬进行报复,忙于为吕氏家族争夺权力,治国之事决定于相国。相国的职责是"掌丞天子助理万机"③,是协助天子管理国家政务。曹参任相国后,遵循萧何所制定的大政方针,无所更改:"参代何为汉相国,举事无所变更,一遵萧何约束。择郡国吏木讷于文辞,重厚长者,即召除为丞相史。吏之言文刻深,欲务声名者,辄斥去之。日夜饮醇酒。卿大夫已下吏及宾客见参不事事,来者皆欲有言。至者,参辄饮以醇酒,间之,欲有所言,复饮之,醉而后去,终莫得开说,以为常。"④相国署下的职员,都选用不善于文辞的忠厚长者;在日常工作中也绝少干预百姓生计产业,将黄老道家"清静无为"的思想用于治国方略中。

---

① [汉]司马迁:《史记》,第2028—2029页。
② 同上书,第391—392页,第2019页。
③ [汉]班固:《汉书》,第724页。
④ [汉]司马迁:《史记》,第391—392页,第2029页。

曹参作为相国理应为天子分忧、操劳,而他竟日夜饮酒,无所作为,朝中卿大夫已下吏及宾客都不理解,惠帝也很不满。惠帝怪相国不治事,以为"岂少朕与?"①曹参问惠帝:"陛下自察圣武孰与高帝?""陛下观臣能孰与萧何贤?"惠帝的结论是新一代君臣皆逊色于前代君臣。曹参曰:"陛下言之是也。且高帝与萧何定天下,法令既明,今陛下垂拱,参等守职,遵而勿失,不亦可乎?"惠帝曰:"善。君休矣!"②

统治集团核心人物曹参与惠帝之间的这次对话,使惠帝认识到新一代君臣治国才能方面不如刘邦、萧何,因而要延续他们的一系列决策。但这也恰恰说明,在探寻汉王朝治国主导思想方面,曹参的作用已经远不是"大称贤相"所能涵盖的。从曹参的行动中可以看出汉初统治集团已经意识到必须自觉地探求治国的指导思想,并通过切实有效地政策建设新王朝的政治、经济和文化。曹参入朝为相国三年,将黄老道家力主"清静"的思想作为治理王朝的基本原则,在具体政策法令方面,则"举事无所变更,壹遵萧何约束。"百姓歌之曰:"萧何为法,顜若画一;曹参代之,守而勿失。载其清净,民以宁一。"③"载其清净(静)"乃是曹参对汉王朝的最大贡献。

汉初统治者采取与民休息的政策,大力减轻人民负担,减少税赋,节省官府开支,促进经济发展和社会秩序的重建。曹参开始自觉地探寻政治建设的深层问题、政治的走向,寻求解决烦琐事物的关键,故能从纷繁复杂的事物中探索并发现足以决定汉王朝一定历史阶段的根本性问题。曹参将黄老清静作为王朝的主流思想,这一转变在文帝统治的二十三年间得到鲜明的体现。《史记·曹相国世家》曰:"参为汉相国,清静极言合道。然百姓离秦之酷后,参与休息无为,故天下俱称其美矣。"④正是在他的主持下,"文景之治"的坚实基础得以奠定。

文帝与窦皇后信奉黄老学说,将这一学说的精髓运用于国家治理和王室生活中,并用此约束皇室与亲戚,在统治阶层大力传播黄老学说。窦太后是黄老学说的坚定信奉者。《史记·外戚世家》云:"窦太后好黄帝、老子言,帝及太子、诸窦不得不读《黄帝》《老子》,尊其术。"⑤不仅她自己信奉黄老学说,还要求景帝、皇子及窦氏子弟都要学习黄老著作,在皇室和外戚中推行其学说,可见窦太后对这一学说信仰之虔诚。

不仅如此,窦太后还竭力维护黄老学说在朝廷政治领域的主导地位,对

---

① [汉]司马迁:《史记》,第 2030 页。
② 同上书,第 2030 页。
③ 同上书,第 2031 页。
④ 同上书,第 2031 页。
⑤ 同上书,第 1975 页。

一些官员、士人贬损黄老道家的言行极为不满,甚至予以打击。《史记·魏其武安侯列传》云:"(窦)太后好黄老之言,而魏其、武安、赵绾、王臧等务隆推儒术,贬道家言,是以窦太后滋不说魏其等。及建元二年,御史大夫赵绾请无奏事东宫,窦太后大怒,乃罢逐赵绾、王臧等,而免丞相、太尉,以柏至侯许昌为丞相,武强侯庄青翟为御史大夫。"①《史记·儒林列传》云:"及至孝景,不任儒者,而窦太后又好黄老之术,故诸博士具官待问,未有进者。"②窦太后喜爱黄老之学,竟然不允许士人对这一学派提出批评。如辕固生认为《老子》一书教人清心寡欲,避祸理身,不能提供治国良策,他说"此是家人言耳。"③这本是各人认识的不同,窦太后却认为素以博学著称的辕固生诋毁自己信仰的学说,是个无能的儒生,便命他进入猪圈杀猪,如杀不死,将进一步惩罚他。景帝知道太后感情用事,又因太后失明,遂给辕固生一把锋利的刀,助辕固生将猪刺死。太后不便更多惩罚,仅仅罢免其博士一职。

窦太后对黄老思想的信奉与维护,与文帝躬行黄老有直接的关系。《史记·礼书》云:"孝文好道家之学。"④《汉书·刑法志》云:"及孝文即位,躬修玄默,劝趣农桑,减省租赋。而将相皆旧功臣,少文多质,惩恶亡秦之政,论议务在宽厚,耻言人之过失。化行天下,告讦之俗易。吏安其官,民乐其业,畜积岁增,户口浸息。风流笃厚,禁罔疏阔。"⑤不过,《史记·儒林列传》云:"孝文帝本好刑名之言。"⑥虽与前文所记不同,当也是"本于黄老而主刑名",其学术根基在于黄老,至于国家治理、任用官吏,则多有所取于用刑名之学。

文帝笃信黄老清静无为的思想,然而,他对这一学说的体会与实践同曹参有较大差别。《史记·孝文本纪》云:

> 孝文帝从代来,即位二十三年,宫室、苑囿、狗马、服御无所增益,有不便,辄弛以利民。尝欲作露台,召匠计之,直百金。上曰:"百金中民十家之产,吾奉先帝宫室,常恐羞之,何以台为!"上常衣绨衣,所幸慎夫人,令衣不得曳地,帏帐不得文绣,以示敦朴,为天下先。治霸陵皆以瓦器,不得以金银铜锡为饰,不治坟,欲为省,毋烦民。⑦

---

① [汉]司马迁:《史记》,第2843页。
② 同上书,第3117页。
③ 同上书,第3123页。
④ 同上书,第1160页。
⑤ [汉]班固:《汉书》,第1097页。
⑥ [汉]司马迁:《史记》,第3117页。
⑦ 同上书,第433页。

《汉书·文帝纪》赞引上述文字进而曰:"(孝文皇帝)专务以德化民,是以海内殷富,兴于礼义,断狱数百,几致刑措。呜呼,仁哉!"①班固盛赞文帝"专务以德化民",并以德怀四夷,使远人来服,似乎体现出儒家所宣称的修身、齐家、治国、平天下的道德效应。其实,文帝对宫室、服饰、陵寝的态度并非儒家思想的体现。在儒家学说中,宫室、服饰、陵寝等都被视为君主威仪的重要符号。威仪就是与贵族的等级名分相适宜的仪容。威的意义在于令卑贱者望而生畏,以确保高贵者的威严与社会地位;仪的作用在于躬行礼仪,以引人效法,实现率先垂范的作用。正如北宫文子所云:"有威而可畏谓之威;有仪而可象谓之仪。君有君之威仪,其臣畏而爱之,则而象之,故能有其国家,令闻长世;臣有臣之威仪,其下畏而爱之,故能守其官职,保族宜家。顺是以下皆如是,是以上下能相固也。"②北宫文子这段话明确道出了周代崇尚威仪的真谛,也清楚说明了威仪与礼的关系。

炫耀威仪是宗周文化的重要部分,也是儒家强化尊卑等级的核心主张。鲁大夫臧哀伯把装点贵族威仪的服饰、仪仗的范围及其意义,讲得十分清楚。他指出,人们穿戴的衮、冕、带、裳等物,都是用以表明其等级地位的"度";他们的衣服上所绣的火、龙、黼黻等,则是用以表明其等级的"文";至于他们的车马所装饰的旗帜、飘带、鸾铃等,则是用来表明其等级的"声"③。这里所说的"度",指其等级的界限;所谓的"文""声"等,则是尊贵、显赫的标志。同人们的仪容相比,这些服饰、仪仗等物更具有等级尊卑的象征意义。因此,也引起人们格外的关注。周代常说的"习威仪",就是昭显象征尊卑之等的"文章",以"明贵贱,辨等列,顺少长"④。昭显威仪文章,便是把象征尊者等级地位的外物显示给人们,引起人们心理上的尊敬、畏惧和行为上的恭顺、服从,从而实现尊卑秩序的稳定⑤。

很显然,文帝并不认为需要在宫室、服饰、陵寝等物质方面彰显威仪,以维护自己的统治。文帝对待物质生活的态度与高祖也有很大的差别。

《史记·高祖本纪》载,萧丞相营作未央宫,立东阙、北阙、前殿、武库、太仓。高祖出征归来,见宫阙壮丽雄伟,怒谓萧何曰:"天下匈匈苦战数岁,成败未可知,是何治宫室过度也?"萧何曰:"天下方未定,故可因遂就宫室。且夫天子四海为家,非壮丽无以重威,且无令后世有以加也。"高祖乃悦⑥。

---

① [汉]班固:《汉书》,第135页。
② [清]洪亮吉:《春秋左传诂》,第629—630页。
③ 同上书,第311页。
④ 同上书,第196页。
⑤ 见许志刚《诗经艺术论》,沈阳:辽海出版社,2006年,第21—22页。
⑥ [汉]司马迁:《史记》,第385—386页。

文帝并不以"壮丽""重威"表现自己凌驾万民之上的尊严。无文绣的帷帐,随葬的瓦器,因山修建的霸陵,种种敦朴,表现出对人民生计的关怀,同时也表现出对自然之美的认同。此外,文帝临终前还给世人留下一个极为重要的表现他自己人生态度与审美追求的遗诏:

> 朕闻之:盖天下万物之萌生,靡不有死。死者天地之理,物之自然,奚可甚哀!当今之世,咸嘉生而恶死,厚葬以破业,重服以伤生,吾甚不取。且朕既不德,无以佐百姓。今崩,又使重服久临,以罹寒暑之数,哀人父子;伤长老之志,损其饮食,绝鬼神之祭祀,以重吾不德,谓天下何!朕获保宗庙,以眇眇之身托于天下君王之上,二十有余年矣。赖天之灵,社稷之福,方内安宁,靡有兵革。朕既不敏,常畏过行,以羞先帝之遗德;惟年之久长,惧于不终。今乃幸以天年得复供养于高庙,朕之不明与嘉之,其奚哀念之有!其令天下吏民,令到出临三日,皆释服。无禁取妇、嫁女、祠祀、饮酒、食肉。自当给丧事服临者,皆无践;绖带无过三寸;无布车及兵器;无发民哭临宫殿中。殿中当临者,皆以旦夕各十五举音,礼皆罢。非旦夕临时,禁无得擅哭临。以下,服大红十五日,小红十四日,纤七日,释服。它不在令中者,皆以此令比类从事。布告天下,使明知朕意。霸陵山川因其故,无有所改。归夫人以下至少使。令中尉亚夫为车骑将军,属国悍为将屯将军,郎中令武为复土将军,发近县见卒万六千人,发内史卒万五千人,藏郭穿复土属将军武。①

这是一篇千古奇文。文帝以超然的态度谈到自己的死,"死者天地之理,物之自然",要臣民不必过分悲伤。文中讲述对自己死后丧事的态度和具体安排,否定"厚葬以破业,重服以伤生"的传统,要臣民哭祭从简,丧服从俭,陵墓要因山川自然而建,还明确安排后宫包括夫人、美人、良人、八子、七子、长使、少使等七个等级的嫔妃皆遣归家。文帝讲到自己的死亡时极为平静,就像在谈一次外出巡视般轻松,谈到死后种种安排时,又十分清醒、周到。他享年四十七,身边的嫔妃还很年轻,放回本家,令其嫁人,《史记集解》引应劭曰:"皆遣归家,重绝人类也。"即让她们过新的生活。这篇遗诏充分表现出黄老道家对待生死的淡定和理性,是迷恋奢华享乐或"嘉生而恶死"者无法领会的妙文。

曹参、文帝、窦太后等人信奉并躬行黄老道家学说,对黄老学说在汉初思

---

① [汉]司马迁:《史记》,第433—434页。文帝遗诏引自《汉书·文帝纪》,《史记》所载文字略有不同。见《汉书》,第131—132页。

想领域超越其他各派学说成为主流文化的思想理论基础,起到极大的作用。

曹参通过对各个学术流派治国主张的比较,确立黄老思想的主流地位,奉行清静无为、与民休息的理论主张,矫正秦王朝残暴的刑法与政令,确立了汉初文化建设的基础与走向。

刘歆《移太常博士书》指出:"陵夷至于暴秦,燔经书,杀儒士,设挟书之法,行是古之罪,道术由是遂灭。"①秦施行严酷的愚民、虐民政策,文化事业遭到严重的摧残,士人受到残酷迫害。鉴于这样的文化灾难,汉初统治者首先要解除暴秦强加于人民的文化枷锁和精神禁锢。《汉书·惠帝纪》云:"(四年)省法令妨吏民者;除挟书律。"②废除妨碍、限制人民的法令,自当包括"有敢偶语诗书者""以古非今"等思想、言行方面的禁令;废除挟书律,则是对"诗、书、百家语"和"秦记"以外所有书籍的解放,是对士人掌握图书,传播文化知识的解放,是对秦愚民政策的彻底矫正。这是开启汉家文化建设的关键性政令。曹参推行的政令已不限于对萧何所定律令的延续,而是在黄老"清静无为"思想的观照下,矫正秦残灭文化的暴政,建立一个黄老语境下的宽松氛围,一个有利于文化发展的外部环境。

"法令妨吏民者"就是指秦残灭文化,以暴力钳制思想的种种法令。"法令妨吏民者"其实质也是削弱统治根基,造成统治阶级与人民尖锐对立的逆举。秦的这些法令如不废止,就仍然是悬在人民头上的利剑,给人民特别是士人造成高压与恐慌。曹参废止一些倒行逆施的法令,及时地为汉初文化思想的发展创造宽松的环境。文帝在这方面也采取了进一步的措施。文帝二年(前178)发布《日食求言诏》,要求臣民进言批评"朕之过失""以匡朕之不逮"。同年,又发布《除诽谤妖言法诏》,其文云:

> 古之治天下,朝有进善之旌,诽谤之木,所以通治道而来谏者。今法有诽谤、妖言之罪,是使众臣不敢尽情,而上无由闻过失也。将何以来远方之贤良?其除之。民或祝诅上,以相约结而后相谩,吏以为大逆,其有他言,而吏又以为诽谤。此细民之愚无知抵死,朕甚不取。自今以来,有犯此者勿听治。③

秦王朝动辄以言论残害士人,设定"诽谤""妖言""偶语诗书""以古非今"种种罪名,滥杀无辜。文帝《除诽谤妖言法诏》是对秦思想禁锢、限制言论等暴

---

① [汉]班固:《汉书》,第1968页。
② 同上书,第90页。
③ [汉]司马迁:《史记》,第423—424页。

政的矫正,是对汉家文化建设的具有根本意义的推动。于是,士人藏书、讲学、论道得到法令的保护。在黄老思想为主流的政治格局下,汉初文化思想活跃,学术健康发展,促进了"文景之治"的到来。

二、黄老道家学说的传播

黄老学说在汉初赢得最高层统治者的信奉,将其运用于国家政治、养生处身等方面,影响广泛、深远,是其他学说无可企及的。黄老学说的基本内核与外部扩展结构,导致信奉并实践这一思想的群体的复杂化,导致黄老文本的多样化。因此形成汉初黄老思想的特殊格局,也是黄老学说传播者的特殊格局。归本黄老的文人往往是在黄老基础上对其他学派思想采取兼收并蓄态度的文人,在他们思想中体现出黄老学说的基本内核与外部扩展有机结合的特点。当时的俊杰之士或"主刑名",或取法术,或采儒家之善,逐渐形成以黄老为基调,与汉初政治、经济和社会现实相适应的思想体系。

黄老学派传承不似儒家那样清楚,但也可以看出一些踪迹。据《史记·乐毅列传》载,乐毅家族的后人有乐瑕公、乐臣公,战国后期,二人见秦将灭赵,遂逃亡至齐高密。"乐臣公善修黄帝、老子之言,显闻于齐,称贤师。""乐臣公学黄帝、老子,其本师号曰河上丈人,不知其所出。河上丈人教安期生,安期生教毛翕公,毛翕公教乐瑕公,乐瑕公教乐臣公,乐臣公教盖公。盖公教于齐高密、胶西,为曹相国师。"《史记索隐》解释"乐臣公"云:"本亦作'巨公'也。"乐臣公或写作巨公,乃字形相近而误。又《史记·田叔列传》云:"(田叔)其先,齐田氏苗裔也。叔喜剑,学黄老术于乐巨公所。"①

在黄老道家的传承序列中,安期生也是极具影响力的大师。《史记·田儋列传》云:"(蒯通)善齐人安期生。安期生尝干项羽,项羽不能用其策。已而项羽欲封此两人,两人终不肯受,亡去。"②从这一记载看,安期生当与蒯通年岁相仿,都生活于秦末、汉初。

但在另一些记载中,安期生名气更大,甚至超越学术大师的修养和能力,而被赋予一些传奇色彩。《史记·封禅书》记载三个方士的经历与安期生有关,齐方士公孙卿自称受秘书于申公,并且说:"申公,齐人。与安期生通,受黄帝言,无书,独有此鼎书。"又有李少君对武帝说:"臣尝游海上,见安期生,安期生食巨枣,大如瓜。安期生仙者,通蓬莱中,合则见人,不合则隐。"于是武帝遣方士入海寻求蓬莱安期生等仙人,又亲祠灶神,热衷于炼丹、炼金等黄白之术。同书又载栾大对武帝说:"臣常往来海中,见安期、羡门之属。顾以

---

① [汉]司马迁:《史记》,第2436、2775页。
② 同上书,第2649页。

臣为贱,不信臣。"①在方士自炫的言谈中,安期生已由黄老道家的大师羽化为蓬莱仙人。

经过李少君的渲染、鼓动,武帝开始迷信炼丹等方术,又派遣方士入海求蓬莱安期生等仙人。后来李少君病死,武帝认为他并未死,而是羽化成仙,于是又命人接受李少君的秘方,继续寻访蓬莱安期生。从此,方士纷纷入朝言神仙事。

关于安期生被羽化、仙化之事,本文不再赘述。从上述考察可以看出,乐臣公一系黄老道家的传授对汉初思想影响巨大。乐臣公的弟子以盖公、田叔为最知名,在汉初政坛发生很大的作用,同时,他们也以奉行和传播黄老道家学说著称。盖公为黄老学派的代表人物,也是开创黄老学派在汉初思想界主流地位的大师。曹参在黄老学说的传播方面所作出的贡献是其他人无法比拟的。"其治要用黄老术",他明确提出了黄老学说在汉初政治中的指导意义;他师事黄老学术大师盖公,"避正堂,舍盖公"就是方便随时请教;他将"治道贵清静"运用于治国实践中。曹参既解决了汉初政治纷繁复杂的难题,同时也使人们认识了黄老学说的理论价值和意义。

张良比曹参接受黄老学说还要早,他运用这一学说解决战争、政治中的问题,并以这一思想确立自己的人生旨趣。远在曹参归依黄老之前,他就以卓尔不群的言行昭示了黄老思想的光辉。《汉书·艺文志·道家》载《太公》二百三十七篇。其中《谋》八十一篇,《言》七十一篇,《兵》八十五篇。班固自注曰:"吕望为周师尚父,本有道者。或有近世又以为太公术者所增加也。"张良师从黄石公,得黄老道家之学,协助刘邦夺得天下。这段经历在汉代谶纬之说中更被神化,《史记索引》引《诗纬》云:"风后,黄帝师,又化为老子,以书授张良。"②张良学习《太公兵法》,十年后,刘邦起兵,张良以奇谋辅佐刘邦,"所与上从容言天下事甚众"③。《史记·留侯世家》所载可称为一言可以兴邦的典范。

汉王朝建立后,诸将争功,高祖曰:"运筹策帷帐中,决胜千里外,子房功也。自择齐三万户。"张良曰:"始臣起下邳,与上会留,此天以臣授陛下。陛下用臣计,幸而时中,臣愿封留足矣,不敢当三万户。"④诸将争功,争位次,唯独张良力辞三万户侯的封赏,表现出黄老道家澹泊名利、功成不居的人生态度。张良体弱多病,用黄老养生之术,辟谷服药,静居行气,练气功导引术,晚

---

① [汉]司马迁:《史记》,第1393、1385、1390页。
② 同上书,第2049页。
③ 同上书,第2047页。
④ 同上书,第2042页。

年更是杜门谢客,并且"因疾不视事"。他自称:"家世相韩,及韩灭,不爱万金之资,为韩报仇强秦,天下振动。今以三寸舌为帝者师,封万户,位列侯,此布衣之极,于良足矣。愿弃人间事,欲从赤松子游耳。"①张良不受厚封,愿弃人间事,从赤松子游,学辟谷导引之术,都是黄老思想的体现。马王堆汉墓出土的帛书中就有《导引图》《养生图》,也是黄老修身养性的重要文献,表明《史记·留侯世家》中的相关记载是可信的。

汲黯在汉王朝四百余年历史中以面谏廷诤著称。他也是黄老道家的信奉者与传播者。《史记·汲郑列传》云:"黯为人性倨,少礼,面折,不能容人之过。合己者善待之,不合己者不能忍见,士亦以此不附焉。然好学,游侠,任气节,内行修洁,好直谏,数犯主之颜色。"汲黯经常犯颜直谏。武帝曾让严助评论汲黯的人品才能,严助曰:"使黯任职居官,无以逾人。然至其辅少主,守城深坚,招之不来,麾之不去,虽自谓贲育亦不能夺之矣。"武帝肯定地说:"古有社稷之臣,至如黯,近之矣。"②可见汲黯的人格风范得到武帝和大臣的认同。

汲黯信奉并躬行黄老道家思想主张,其"拜为中大夫,以数切谏,不得久留内,迁为东海太守。黯学黄老之言,治官理民,好清静,择丞史而任之。其治,责大指而已,不苛小。黯多病,卧闺阁内不出。岁余,东海大治。称之"。他以黄老清静之旨治理东海,与曹参治齐颇有相近之处。他在政治与思想方面几乎步曹参后尘。"治务在无为而已,弘大体,不拘文法",颇有曹参遗风,但他"内行修洁,好直谏,数犯主之颜色",却是清心寡欲的黄老学者所不能及的③。

此外,还有一些记载可以看出黄老学说的流传轨迹。

据《史记·太史公自序》载:"(司马谈)学天官于唐都,受易于杨何,习道论于黄子。"④黄子是司马迁对其父亲老师的尊称,在《史记》中黄子亦称黄生。据《史记·儒林列传》云:"清河王太傅辕固生者,齐人也。以治诗,孝景时为博士。与黄生争论景帝前。黄生曰:'汤、武非受命,乃弑也。'辕固生曰:'不然。夫桀纣虐乱,天下之心皆归汤武,汤武与天下之心而诛桀纣,桀纣之民不为之使而归汤武,汤武不得已而立,非受命为何?'黄生曰:'冠虽敝,必加于首;履虽新,必关于足。何者,上下之分也。今桀纣虽失道,然君上也;汤武虽圣,臣下也。夫主有失行,臣下不能正言匡过以尊天子,反因过而诛

---

① [汉]司马迁:《史记》,第2048页。
② 同上书,第3106、3107页。
③ 同上书,第3105页。
④ 同上书,第3288页。

之,代立践南面,非弑而何也?'辕固生曰:'必若所云,是高帝代秦即天子之位,非邪?'于是景帝曰:'食肉不食马肝,不为不知味;言学者无言汤武受命,不为愚。'"①辕固生所论以人心为本,近于孟子;而黄生此论则将君臣尊卑的等级看得过于僵化,与黄老思想的"以虚无为本,以因循为用",未尽相合。

汉代有些人也曾学习或喜好黄老道家学说,可是他们的言行中却仅限于对这一学说表层的接触,甚至距黄老的真谛很远。

陈平也学黄老道家,《史记·陈丞相世家》曰:"陈丞相平少时,本好黄帝、老子之术。"②但他为人行事却较少遵循黄老宗旨。故陈平曰:"我多阴谋,是道家之所禁。吾世即废,亦已矣,终不能复起,以吾多阴祸也。"③陈平六出奇计,在关键时刻解决了刘邦的难题。他的奇计往往带有阴谋的性质,如陈平施以金银在楚军中行反间计,使项羽怀疑钟离昧、亚父范增等,造成项羽集团核心的分裂。又如刘邦进兵平城,"为匈奴所围,七日不得食。高帝用陈平奇计,使单于阏氏,围以得开。高帝既出,其计秘,世莫得闻"④。所谓"其计秘,世莫得闻",就是说如果将这计策公开,不仅让世人觉得陈平为人阴损,连采纳这些计策的刘邦也不够磊落。陈平自知其计谋与道家精神不合。然而,他重视的是有利于自己的结果,至于过程与手段,在他看来是不必论其正邪是非的。

郑庄好黄老之言。《史记·汲郑列传》云:"郑庄以任侠自喜,脱张羽于厄,声闻梁楚之间。孝景时,为太子舍人。……庄好黄老之言,其慕长者如恐不见。年少官薄,然其游知交皆其大父行,天下有名之士也。"⑤

处士王生信奉并践行黄老学说。《史记·张释之冯唐列传》载,王生善于阐述黄老道家的思想主张。他身为处士,曾被召见于朝。三公九卿按班站立,王生年迈行动不便,他的袜带开了,要廷尉张释之为他系袜带。张释之便跪下替他系好。别人指责王生曰:"独奈何廷辱张廷尉,使跪结袜?"王生曰:"吾老且贱,自度终无益于张廷尉。张廷尉方今天下名臣,吾故聊辱廷尉,使跪结袜,欲以重之。"⑥张释之尊敬王生,王生觉得自己不能为他做有益的事,便当众要求廷尉张释之替他系袜带。在常人看来,王生的要求极其无理,而且有辱廷尉的威望,其实,王生要以自己的傲慢显示张释之谦恭的品德。此事后,公卿大夫都称赞王生,也更敬重张释之。

---

① [汉]司马迁:《史记》,第3122—3123页。
② 同上书,第2062页。
③ 同上书,第2062页。
④ 同上书,第2057页。
⑤ 同上书,第3112页。
⑥ 同上书,第2756页。

塞侯直不疑也信奉黄老道家学说。《史记·万石张叔列传》载:在吴楚反时,直不疑将兵抗击叛军有功。景帝拜他为御史大夫,封为塞侯。"不疑学老子言。其所临,为官如故,唯恐人知其为吏迹也。不好立名称,称为长者。"①他为官主清静,不以博取虚名为意。

从以上论列可以看出,汉初喜好黄帝、老子之术者很多,然而,各人思想与学术修养有较大差异,社会地位不同,因此在黄老学说的传播中所起作用也显著不同。

陈平、张良都以奇谋著称,都在重要的关键的问题上为刘邦排忧解难。张良的计谋多带有战略意义,并运用黄老学说于养生治身。陈平的计谋多挑拨离间,利用人们狭隘、阴暗的弱点,带有阴险的性质,"是道家之所禁"。

汲黯与曹参都运用黄老清静无为的学说于仕途和人生,但两人的言行却大相径庭。曹参为汉相国后奉行无为而治的国策,自己则终日纵酒。卿大夫等官吏及宾客见曹参不理政务,都想向他进谏。但他们到相国府,曹参总是邀请他们饮酒,酒醉后散去,不给他们说话的机会。曹参的做法是闹中取静,与民休息。汲黯为东海太守,以黄老之言治官理民,好清静,将政务交给丞史处理。他治理郡务,掌握大的原则,不苟求细节。这与曹参治齐相似。然而,汲黯为人性格高傲,不拘礼节,常当面批评,不能容人过错,对合得来的人很亲近,对不合己意的人拒之门外。在他的言行中显示出凛然不可犯的正气,足为千古士大夫精神典范。

至于盖公、王生、黄生等乃是传播黄老道家思想的学者,与居官食禄的士大夫自有不同。

三、黄老道家文献与文学

黄老道家大师给曹参、张良、汲黯等以人生指点和思想影响,同时,他们还有大量著作传世。《汉书·艺文志》记载了黄老道家经典,近年考古发掘也出土了数量可观的黄老文献,这些是对汉初黄老学说传播的有力证明。以下略作疏理:

(一)《汉书·艺文志》记载的黄老学派

据《汉书·艺文志》载,流传至汉代的道家学者三十七人,流传的作品共九百九十三篇,计有:

《伊尹》五十一篇。(注曰:"汤相。")

《太公》二百三十七篇。(注曰:"吕望为周师尚父,本有道者。或有近世

---

① [汉]司马迁:《史记》,第 2770—2771 页。

又以为太公术者所增加也。")按,《太公》一书分三部分,即《谋》八十一篇,《言》七十一篇,《兵》八十五篇。

《辛甲》二十九篇。(注曰:"纣臣,七十五谏而去,周封之。")

《鬻子》二十二篇。(注曰:"名熊,为周师,自文王以下问焉,周封为楚祖。")

《管子》八十六篇。(注曰:"名夷吾,相齐桓公,九合诸侯,不以兵车也。有《列传》。")

《老子邻氏经传》四篇。(注曰:"姓李,名耳,邻氏传其学。")

《老子傅氏经说》三十七篇。(注曰:"述老子学。")

《老子徐氏经说》六篇。(注曰:"字少季,临淮人,传《老子》。")

刘向《说老子》四篇。

《文子》九篇。(注曰:"老子弟子,与孔子并时,而称周平王问,似依托者也。")

《蜎子》十三篇。(注曰:"名渊,楚人,老子弟子。")

《关尹子》九篇。(注曰:"名喜,为关吏,老子过关,喜去吏而从之。")

《庄子》五十二篇。(注曰:"名周,宋人。")

《列子》八篇。(注曰:"名圄寇,先庄子,庄子称之。")

《老成子》十八篇。

《长卢子》九篇。(注曰:"楚人。")

《王狄子》一篇。

《公子牟》四篇。(注曰:"魏之公子也。先庄子,庄子称之。")

《田子》二十五篇。(注曰:"名骈,齐人,游稷下,号天口骈。")

《老莱子》十六篇。(注曰:"楚人,与孔子同时。")

《黔娄子》四篇。(注曰:"齐隐士,守道不诎,威王下之。")

《宫孙子》二篇。

《鹖冠子》一篇。(注曰:"楚人,居深山,以鹖为冠。")

《周训》十四篇。

《黄帝四经》四篇。

《黄帝铭》六篇。

《黄帝君臣》十篇。(注曰:"起六国时,与《老子》相似也。")

《杂黄帝》五十八篇。(注曰:"六国时贤者所作。")

《力牧》二十二篇。(注曰:"六国时所作,托之力牧。力牧,黄帝相。")

《孙子》十六篇。(注曰:"六国时。")

《捷子》二篇。(注曰:"齐人,武帝时说。")

《曹羽》二篇。(注曰:"楚人,武帝时说于齐王。")
《郎中婴齐》十二篇。(注曰:"武帝时。")
《臣君子》二篇。(注曰:"蜀人。")
《郑长者》一篇。(注曰:"六国时。先韩子,韩子称之。")
《楚子》三篇。
《道家言》二篇。(注曰:"近世,不知作者。")

此外,《淮南子》对黄老思想颇多阐释,《汉书·艺文志》却归于杂家。

《汉书·艺文志》所载道家作品或言论见于汉初文学作品颇多,可与《汉书·艺文志》所载参互印证,也可看出黄老道家的影响。《汉书·艺文志》所载道家著作中,《老子》《庄子》《蜎子》《公子牟》都受到《七发》中吴客的称誉。

枚乘《七发》通过吴客与楚太子两个人物的对话,表现出对楚太子追求物质享乐和纵欲无度的生活态度的否定。吴客为楚太子讲述的物质生活享乐,实际表现出他的否定态度,他所提供的治病良方,表现出贵生思想。以贵生为主,亦黄老之流也。其文云:

> 将为太子奏方术之士,有资略者,若庄周、魏牟、杨朱、墨翟、便蜎、詹何之伦。使之论天下之释微,理万物之是非。孔老览观,孟子持筹而算之,万不失一。此亦天下要言妙道也,太子岂欲闻之乎?于是太子据几而起曰:涣乎若一听圣人辩士之言。涊然汗出,霍然病已。①

作品中,吴客向楚太子推荐奏"方术之士有资略者"即思想家,为楚太子"论天下之释微,理万物之是非",阐述"天下要言妙道",吴客谈到的黄老道家人物有老子、庄周、魏牟、便蜎、詹何等五人。

这里突出标举以老子、庄周为首的黄老道家,老子、庄周为道家主要代表人物自不必说,魏牟、便蜎、詹何也是黄老道家学派的重要学者。便蜎即《汉书·艺文志》所载之蜎子。《艺文志》注曰:"名渊,楚人,老子弟子。"②据此注释,当以蜎为姓。蜎渊或作便蜎、蜎蠉。《淮南子》曰:"虽有钩箴芒距,微纶芳饵,加之以詹何、娟嬛之数,犹不能与网罟争得也。"③高诱曰:"蜎蠉,白公时人。"《宋玉集》曰:"宋玉与登徒子,偕受钓于玄渊。"《七略》曰:"蜎子,名渊,楚人也。"《七发》中的便蜎,《淮南子》中的蜎蠉,《宋玉集》中的玄渊,

---

① [梁]萧统编,[唐]李善注:《文选》,北京:中华书局,1977年,第484页。
② [汉]班固:《汉书》,第1730页。
③ 何宁:《淮南子集释》,北京:中华书局,1998年版,第26页。

《七略》中的蜎子,实为同一人,以声通字讹而有书写不同。① 另据《史记·孟子荀卿列传》云:"慎到,赵人。田骈、接子,齐人。环渊,楚人。皆学黄老道德之术,因发明序其指意。故慎到著十二论,环渊著上下篇,而田骈、接子皆有所论焉。"②便蜎即环渊,亦即蜎子,学黄老道德之术,并著上下篇以阐述黄老思想,而上下篇的结构似乎也有《老子》的影子。

《七发》中的魏牟即《汉书·艺文志》中《公子牟》的作者。《艺文志》原注曰:"魏之公子也。先庄子,庄子称之。"③公子牟是魏之公子,亦称魏牟,封于中山,故又称中山牟。《庄子·让王》云:"魏牟,万乘之公子也,其隐岩穴也,难为于布衣之士。虽未至乎道,可谓有其意矣。"④他弃万乘公子之荣华,身隐岩穴之间,虽未能完全忘却"魏阙之下"的荣华梦,而被视为"未至乎道"。但按着黄老道家的理念修身养性,已是寻常势利中人不可想象的。魏牟有过万乘公子之荣华,又转向岩穴幽隐的人生,表现出明显的黄老思想,所以《七发》的作者假托他的形象为楚太子讲述人生体会。

《庄子·秋水》载魏牟批评公孔龙曰:

> 且夫知不知是非之竟,而犹欲观于庄子之言,是犹使蚊负山,商蚷驰河也,必不胜任矣。且夫知不知论极妙之言而自适一时之利者,是非埳井之蛙与?且彼方趾黄泉而登大皇,无南无北,奭然四解,沦于不测;无东无西,始于玄冥,反于大通。子乃规规然而求之以察,索之以辩,是直用管窥天,用锥指地也,不亦小乎!子往矣!且子独不闻夫寿陵余子之学行于邯郸与?未得国能,又失其故行矣,直匍匐而归耳。今子不去,将忘子之故,失子之业。⑤

魏牟批评说,公孙龙谈论庄子,就像井蛙谈论大海,无异于"用管窥天,用锥指地",甚至于像邯郸学步那样,新的本事没学到,原有的能力也丧失了。从其言论中可以明显看出他对庄子乃至黄老思想的坚守与阐述。

《七发》中的詹何不见于《汉书·艺文志》,《庄子》《列子》《吕氏春秋》《淮南子》等书或作詹何、詹子、瞻子。他也是黄老道家大师。《庄子·让王》称他为瞻子,并记载他与魏牟的对话:

---

① [梁]萧统编,[唐]李善注:《文选》,第484页。
② [汉]司马迁:《史记》,第2347页。
③ [汉]班固:《汉书》,第1730页。
④ [清]郭庆藩:《庄子集释》,北京:中华书局,1997年,第980—981页。
⑤ 同上书,第601页。

> 中山公子牟谓瞻子曰:"身在江海之上,心居乎魏阙之下,奈何?"瞻子曰:"重生。重生则利轻。"中山公子牟曰:"虽知之,未能自胜也。"瞻子曰:"不能自胜则从,神无恶乎? 不能自胜而强不从者,此之谓重伤。重伤之人,无寿类矣。"①

从这则记载看,詹何是黄老道家中人,而且,他对道的修养还要高于魏牟,故在两人的对话中,魏牟有问道之意。

便蜎、詹何两位黄老学者同出现在《七发》和《淮南子》中,当非偶然。作品中通过吴客之口推荐的哲人以庄子为首,而在人数上也以道家居多数。凡此都表现出作者对黄老思想接受的程度。

(二) 出土文献与汉初黄老学说

近年考古发掘的西汉墓出土了大量竹简、帛书,考察这些出土文献的学术属性,可以看出当时思想文化的某些倾向。

1. 山东临沂银雀山西汉墓出土竹简。

《孙子兵法》十三篇,孙子佚文五篇,《孙膑兵法》十六篇,《尉缭子》五篇,《六韬》十四篇。

《晏子》。

《守法守令》《务过》《为国之过》。

《唐勒》赋。

佚书政论、兵法、阴阳、占侯之类数十篇。

2. 长沙马王堆汉墓出土帛书二十多种。

《老子》甲本。

《五行》《九主》《明君》《德圣》。(按,这四部书抄写于《老子》甲本卷后。)

《老子》乙本。

《经法》《十六经》《称》《道原》。(按,这四部古佚书抄写于《老子》乙本卷前,原有篇题,学术界合称为《黄帝书》。)

《六十四卦》。

《二三子问》。(按,此文抄写于《六十四卦》卷后,原无题。)

《系辞》。

《要》一千六百四十八、《昭力》、《缪和》六千。(按,这三篇抄写于《系辞》卷后,篇题与字数标识为原文所有。)

《春秋事语》《战国纵横家书》。(按,这两部书原无题,乃整理者所

---

① [清]郭庆藩:《庄子集释》,第 979—980 页。

定名。)

《阴阳五行》《五星占》《天文杂占》《出行占》《木人占》《相马经》《筑城图》等。

《养生方》《胎产方》《合阴阳》《十问》《天下至道谈》等。

3. 阜阳双古堆西汉墓竹简。

《周易》《庄子》《吕氏春秋》。

《万物》《苍颉篇》。

《诗经》。

《离骚》《涉江》。

4. 河北定州八角廊西汉中山怀王墓竹简。

《太公》《文子》《日书》。

《论语》《儒家者言》《哀公问五义》《保傅》。

从以上列举的与汉初文学相关的墓葬出土文献可以看出，临沂银雀山西汉墓出土竹简以兵法居多，而《史记·留侯世家》及《汉书·艺文志》亦将兵法归于黄老道家中。

长沙马王堆汉墓为汉初长沙王丞相轪侯利仓及其妻、儿的墓。出土帛书中黄老道家文献数量多、范围广，不仅有思想理论著作，还有星占、养生类文献。这些文献可以作为对张良辟谷、行导引术的记载的脚注，也可以看出汉初黄老学说传播的基本面貌。

阜阳双古堆西汉墓为第三代汝阴侯共侯夏侯赐之墓①，其随葬文献既有儒家经典，又有黄老道家经典，乃是博学之人。

河北定州八角廊汉墓墓主为中山怀王。宣帝五凤三年（前55）薨，此时儒家学说已被确立为王朝主流文化。然而，墓中随葬竹简文献仍然是儒家与黄老道家典籍并存。可见在所谓"罢黜百家，独尊儒术"的形势下，黄老学说及其典籍依然在传播。因此，所谓的"独尊儒术"固然可以通过政权将儒家学说推上"独尊"的地位，也可以运用专制手段遏止百家之学同政治的关系，但要禁绝其流传却是不可能的。具有深远理论价值的思想学说，绝不是强权或暴力所能扼杀、禁绝的。

第三节　诸侯王文化与文学

刘邦分封诸侯，乃出于不得已。汉五年，刘邦与齐王韩信、建成侯彭越期

---

① 发掘报告及胡平生《〈阜阳汉简诗经〉研究》认为墓主为第二代汝阴侯夏侯灶，殊未确。见许志刚《阜阳汉简〈诗经〉年代考辨》，载《山西大学学报》2015年第3期。

会而击项羽,决战于固陵。韩信、彭越之兵不听调遣,刘邦孤军作战,汉军大败。刘邦向张良问计,张良说:"楚兵且破,信、越未有分地,其不至固宜。君王能与共分天下,今可立致也。即不能,事未可知也。君王能自陈以东傅海,尽与韩信;睢阳以北至穀城,以与彭越:使各自为战,则楚易败也。"刘邦采纳他的计谋,派使者告诉韩信、彭越说:"并力击楚。楚破,自陈以东傅海与齐王,睢阳以北至穀城与彭相国。"韩信、彭越承诺进兵。于是,数路大军会战垓下,灭项羽①。这是刘邦为笼络拥有实力的人,共同消灭项羽而采取的灵活策略。刘邦先后封八人为王,即齐王韩信、梁王彭越、赵王张耳、韩王信、燕王卢绾、淮南王英布、临江王共敖、长沙王吴芮。很显然,这是张良为刘邦制订的联合主要力量打击项羽的策略,是刘邦最终取得胜利的重要决策。这一策略的实施,有效地帮助刘邦消灭项羽,统一天下,建立汉王朝。

此后,刘邦将"谋反"的罪名强加于异姓王头上,除长沙王吴芮外,韩信、彭越、英布等帮助刘邦建立汉家江山的七王,被逐一铲除。

为镇抚四海,巩固初建的汉家王朝,在铲除韩信、彭越等异姓王之后,刘邦封子弟同姓为九国王者。如《高祖本纪》云:"(十一年)夏,梁王彭越谋反,废迁蜀;复欲反,遂夷三族。立子恢为梁王,子友为淮阳王。"②

刘邦不相信异姓王,不肯将兵权、土地和人民交给异姓,即使是对他认为功劳第一的萧何,也是如此。《史记·萧相国世家》载,汉十一年(前196),刘邦亲自率军征讨反叛的陈豨,听说韩信被诛,便派使臣拜丞相萧何为相国,增加五千户的封赏,又调一都尉率五百士卒作为相国护卫。众人纷纷前来祝贺,唯独召平前去吊问。召平对萧何说:"祸自此始矣。上暴露于外而君守于中,非被矢石之事而益君封置卫者,以今者淮阴侯新反于中,疑君心矣。夫置卫卫君,非以宠君也。愿君让封勿受,悉以家私财佐军,则上心说。"萧何采纳他的计谋,高帝大喜。汉十二年秋,黥布反,刘邦亲自率军击之,其间多次派人慰问相国萧何。萧何认为皇帝率军出征,自己应多勤勉安抚百姓,于是尽其所有以支持军队。有的门客却对他说:"君灭族不久矣。夫君位为相国,功第一,可复加哉?然君初入关中,得百姓心,十余年矣,皆附君,常复孳孳得民和。上所为数问君者,畏君倾动关中。今君胡不多买田地,贱贳贷以自污?上心乃安。"萧何听从他的计谋,多买土地,与民争利。刘邦返回长安,民众拦道上书,诉说相国低价强买民田宅数千万。萧何拜见皇帝,刘邦笑曰:"夫相国乃利民!"将众民上书都交付相国,曰:"君自谢民。"萧何随即为民请求,建议放弃上林,让人民去那里种地。刘邦大怒,说他接受贾人财

---

① [汉]司马迁:《史记》,第331—332页。
② 同上书,第389页。

物,出卖皇家园林,将其下狱严惩①。

萧何谨慎小心地为刘邦守卫根据地,还要"悉以家私财佐军",不仅如此,他还"贱强买民田宅数千万"以自污,他要塑造一个卑琐的、与民争利的相国形象,以使刘邦放心。尽管萧何谨小慎微地自我保护,但他还是无法掩饰对经济破败、民不聊生的现实的关心,建言准许百姓入上林苑耕种。刘邦大怒,认为他收买民心,竟下廷尉以治罪。可见刘邦封异姓乃出于无奈,越是像韩信、萧何这样有能力的人,他越猜疑,一旦局势转好,就要翦灭异姓王,代之以自己的子弟。

刘邦定天下,与大臣立白马盟曰:"非刘氏而王,天下共击之。"②这表明分封诸侯王是当时巩固汉政权的必要措施,同时,刘邦又要严格控制封诸侯王的范围,即要刘氏子弟拱卫汉王朝。即便这样,他对刘姓诸侯王也要叮嘱他们忠于汉王朝。《史记·吴王濞列传》载,汉十一年秋,刘邦消灭了淮南王英布,又担心吴越人强悍,缺少强有力的王侯镇伏他们,乃立刘濞为吴王。吴拥有三郡五十三城,是疆域很大的诸侯国。刘邦特别警告刘濞:"汉后五十年东南有乱者,岂若邪?然天下同姓为一家也,慎无反!"对这样严厉的告诫,刘濞顿首回答:"不敢。"③

刘邦封功臣,设二等爵,大者王,小者侯。高祖有八子:长男肥为齐王,余皆孝惠弟,如意为赵王,恒为代王,恢为梁王,友为淮阳王,长为淮南王,建为燕王。高祖弟交为楚王,兄子濞为吴王。刘氏子弟外,功臣侯者137人。汉王朝直接统治地区有三河、东郡、颍川、南阳,自江陵以西至蜀,北自云中至陇西,与京兆共十五郡,而公主、列侯的食邑还在这十五郡中,其余广大地区都是诸侯的王领地。特别是齐、楚几大诸侯王,据有辽阔的领地。《史记·吴王濞列传》云:"昔高帝初定天下,昆弟少,诸子弱,大封同姓。故王孽子悼惠王王齐七十余城,庶弟元王王楚四十余城,兄子濞王吴五十余城。封三庶孽,分天下半。"④足见诸侯王势力之强大。这些诸侯王在一定时期内起到拱卫汉王朝的作用。

这些刘姓诸侯王拥有辽阔的疆域,雄厚的财力,汇集大批人才,在汉初乃至西汉前期的政治文化中发挥特殊的作用,也构成了汉初文学的外部环境。

一、诸侯王的人生与文学追求

刘邦封子弟为诸侯王以镇抚异姓王领地,但对诸侯王朝廷也采取限制压

---

① [汉]司马迁:《史记》,第2017、2018页。
② 同上书,第400、406页。
③ 同上书,第2821页。
④ 同上书,第2824—2825页。

抑的政策。《史记·五宗世家》云:"高祖时诸侯皆赋,得自除内史以下,汉独为置丞相,黄金印。诸侯自除御史、廷尉正、博士,拟于天子。自吴楚反后,五宗王世,汉为置二千石,去'丞相'曰'相',银印。诸侯独得食租税,夺之权。其后诸侯贫者或乘牛车也。"①

为限制诸侯王的权力,汉朝廷为诸侯国派遣丞相乃至上层官吏,使他们直接对汉王朝负责,而不依附于诸侯王。如曹参相齐,而齐的国政由丞相主持,故曹参可以确立黄老学说为指导思想,曹参入朝,又叮嘱继任的齐相以施政原则。

诸侯王统治一方,却没有调动军队的权力。凡出兵,要有汉朝廷的虎符方可。《史记·齐悼惠王世家》云:"王欲发兵,非有汉虎符验也。"②《史记·吴王濞列传》载弓高侯谓胶西王曰:"王苟以(晁)错不善,何不以闻?乃未有诏虎符,擅发兵击义国。以此观之,意非欲诛错也。"③可见诸侯王不得调兵。这是基于皇帝对诸侯王的防范。

《史记·五宗世家》载景帝的两个儿子赵王刘彭祖和中山靖王刘胜的对话,也透露出汉朝廷对诸侯王人生的规范意图。赵王刘彭祖不喜欢建设宫室,而热衷政治。他曾上书愿督捕国中盗贼,还经常夜晚率士卒在邯郸巡行。众多使臣、过客都因彭祖严查,不敢居留邯郸。中山靖王刘胜则沉湎酒色中,他的子女竟有120人。他常与赵王刘彭祖互相批评,他说:"兄为王,专代吏治事。王者当日听音乐声色。"赵王刘彭祖也批评他说:"中山王徒日淫,不佐天子拊循百姓,何以称为藩臣!"④对比两人,"拊循百姓",赢得人民拥戴,乃是危险的事,所谓"佐天子"不过是赵王刘彭祖一厢情愿,汉天子只希望他们沉湎于酒色中。"日听音乐声色",庸庸碌碌地生活,乃是诸侯王保全自己和家人的人生,是令汉天子放心的人生策略。

《史记·淮南衡山列传》载张苍、冯敬等人论淮南厉王刘长罪状,也有助于认识当时诸侯王的处境。其文云:

> 丞相臣张苍、典客臣冯敬、行御史大夫事宗正臣逸、廷尉臣贺、备盗贼中尉臣福昧死言:淮南王长废先帝法,不听天子诏,居处无度,为黄屋盖乘舆,出入拟于天子;擅为法令,不用汉法及所置吏,以其郎中春为丞相;聚收汉、诸侯人及有罪亡者,匿与居,为治家室,赐其财物爵禄田宅,

---

① [汉]司马迁:《史记》,第2104页。
② 同上书,第2001页。
③ 同上书,第2836页。
④ 同上书,第2099页。

爵或至关内侯,奉以二千石,所不当得,欲以有为。大夫但、士五开章等七十人与棘蒲侯太子奇谋反,欲以危宗庙社稷。使开章阴告长,与谋使闽越及匈奴发其兵。开章之淮南见长,长数与坐语饮食,为家室娶妇,以二千石俸奉之。开章使人告但,已言之王。春使使报但等。吏觉知,使长安尉奇等往捕开章。长匿不予,与故中尉蕑忌谋,杀以闭口。为棺椁衣衾,葬之肥陵邑,谩吏曰"不知安在"。又详聚土,树表其上,曰"开章死,埋此下"。及长身自贼杀无罪者一人;令吏论杀无罪者六人;为亡命弃市罪诈捕命者以除罪;擅罪人,罪人无告劾,系治城旦舂以上十四人;赦免罪人,死罪十八人,城旦舂以下五十八人;赐人爵关内侯以下九十四人。前日长病,陛下忧苦之,使使者赐书、枣脯。长不欲受赐,不肯见拜使者。南海民处庐江界中者反,淮南吏卒击之。陛下以淮南民贫苦,遣使者赐长帛五千匹,以赐吏卒劳苦者。长不欲受赐,谩言曰"无劳苦者"。南海民王织上书献璧皇帝,忌擅燔其书,不以闻。吏请召治忌,长不遣,谩言曰"忌病"。春又请长,愿入见,长怒曰"女欲离我自附汉"。长当弃市,臣请论如法。①

淮南厉王刘长"废先帝法"的罪行很多,其主要表现在威仪方面很随意,僭越尊卑等级;不用汉法和汉王朝所置官吏,这等于去掉朝廷耳目,任用自己的亲信;聚收汉、诸侯人及有罪亡者,在他看来是尊贤养士,而汉天子看来这无异于培植党羽。仅这几项足可定其谋反之罪。

诸侯王的人生道路同他们的命运紧密相连。很多诸侯王觉察汉王朝的猜忌心理,也深知自己不仅不能有所作为,还可能遭到杀身灭门之祸,便像中山靖王胜那样。声色狗马的享乐生活不是他们自己的选择,而是汉王朝通过各种渠道暗示、指点给他们的人生。

天子对诸侯王无端猜忌、打击,一代又一代大臣以罗织罪名、陷害诸侯王为立功晋身之阶,以致不断有诸侯王"谋反"被诛。诸侯王处在安危存亡的忧虑中,其中高明者不得已而用委婉的方式进行抗争。

建元三年(前138),代王刘登、长沙王刘发、中山王刘胜、济川王刘明入朝,武帝设酒宴招待四位诸侯王。中山王刘胜听到席间音乐而泣。武帝问其故,刘胜对曰:

> 臣闻悲者不可为累欷,思者不可为叹息。故高渐离击筑易水之上,

---

① [汉]司马迁:《史记》,第3077—3078页。

荆轲为之低而不食;雍门子壹微吟,孟尝君为之于邑。今臣心结日久,每闻幼眇之声,不知涕泣之横集也。

夫众呴漂山,聚蚊成雷,朋党执虎,十夫桡椎。是以文王拘于牖里,孔子厄于陈、蔡。此乃庶庶之成风,增积之生害也。臣身远与寡,莫为之先。众口铄金,积毁销骨,丛轻折轴,羽翮飞肉,纷惊逢罗,潸然出涕。

臣闻白日晒光,幽隐皆照;明月曜夜,蚊虻宵见。然云蒸列布,杳冥昼昏;尘埃布覆,昧不见泰山。何则?物有蔽之也。今臣雍阏不得闻,逸言之徒蜂生,道辽路远,曾莫为臣闻,臣窃自悲也。

臣闻社鼷不灌,屋鼠不熏。何则?所托者然也。臣虽薄也,得蒙肺附;位虽卑也,得为东藩,属又称兄。今群臣非有葭莩之亲,鸿毛之重,群居党议,朋友相为,使夫宗室摈却,骨肉冰释。斯伯奇所以流离,比干所以横分也。《诗》云"我心忧伤,怒焉如捣;假寐永叹,唯忧用老;心之忧矣,疢如疾首",臣之谓也。①

中山王刘胜的《闻乐对》是一篇感人至深的散文。刘胜以生动的比喻,诚恳的陈述,表达了诸侯王共同的感受与心声,揭示了诸侯王生存环境的险恶。他将残害诸侯王的险恶用心归之于"群居党议"的"逸言之徒"。从这篇谈话中也可以看出,中山靖王刘胜为人乐酒好色,乃是不得不如此的人生选择。他在武帝置酒宴请诸侯王的恰当时机,作了一篇情辞并茂的问对,以委婉的语言,揭示出汉王朝铲除诸侯王以强化中央集权的本质。

这篇问对又是在武帝置酒宴请诸侯王之时,既有较为宽松的环境,又有几大诸侯王在场,因此产生了良好的效果,武帝将诛杀诸侯王的政策改变为削弱诸侯王势力的政策。"于是上乃厚诸侯之礼,省有司所奏诸侯事,加亲亲之恩焉。其后更用主父偃谋,令诸侯以私恩自裂地分其子弟,而汉为定制封号,辄别属汉郡。汉有厚恩,而诸侯地稍自分析弱小云。"汉王朝施行推恩令,命诸侯王自裂地分其子弟。尽管诸侯王削弱了,但总不至于逐一被残杀。

这些诸侯王中,齐、楚、吴、淮南、梁先后强大。据《汉书·荆燕吴传》载,齐悼惠王拥有七十二城,楚元王拥有四十城,吴王拥有五十余城,从地域的广狭,到官吏的设置,宫廷的建设,钱粮财富,大国诸侯王领地的实力与汉王朝相去无几,这就不能不成为朝廷隐忧,同时,也成为大国诸侯王的潜在危机。

诸侯王在政治、军事方面受到限制,于是有的诸侯王在文化建设方面用力较多,也取得显著成绩。《汉书·地理志》载,吴王濞"招致天下之娱游子

---

① [汉]班固:《汉书》,第2422—2425页。

弟,枚乘、邹阳、严夫子之徒兴于文、景之际"。① 吴王濞以骁勇骄奢著称,虽招致天下才俊之士,却未能有所作为。反而是枚乘、邹阳等人的远见卓识和过人才华得以施展。楚元王自己多才艺,学习鲁诗,尊重鲁诗学的创始人,还以《诗》传家。《汉书·楚元王传》云:"楚元王交字游,高祖同父少弟也。好书,多材艺。少时尝与鲁穆生、白生、申公俱受《诗》于浮丘伯。""元王既至楚,以穆生、白生、申公为中大夫。高后时,浮丘伯在长安,元王遣子郢客与申公俱卒业。文帝时,闻申公为《诗》最精,以为博士。元王好《诗》,诸子皆读《诗》,申公始为《诗》传,号《鲁诗》。元王亦次之《诗》传,号曰《元王诗》,世或有之。""元王敬礼申公等,穆生不耆酒,元王每置酒,常为穆生设醴。"② 与楚相邻的汝阴侯也喜欢诗,阜阳双古堆汉墓即汝阴侯夏侯婴后代之墓,时代为景帝朝。墓中出土竹简本《诗经》《周易》,多少可以看出墓主平时阅读的好尚。中山怀王刘脩墓出土《儒家者言》《论语》《文子》《六韬》等,这表明墓主中山怀王对儒家与黄老之书都有极大的兴趣。在文化建设方面更为热衷且取得更大成效的,当属淮南王、梁孝王与河间献王,详见下文。

此外,还有些汉墓出土的文献也可看出汉代文化建设的某些特征。如银雀山汉墓出土大量兵法典籍《孙子兵法》《孙膑兵法》《尉缭子》《六韬》等。这表明墓主可能是诸侯,也可能是在王国掌军事,至少他喜爱、精通兵法。马王堆汉墓共有三座墓,分别是汉初长沙国丞相轪侯利仓及其妻、儿的墓。这三座墓出土两种版本的帛书《老子》并佚书,还有《周易》并佚书、医书等,可以看出墓主对黄老之学有特殊的偏爱。

吴、楚、齐、梁等诸侯国在政治、军事方面受到限制,却在文化方面各有不同取向,以黄老思想为主,刑、名、纵横、儒家各派亦呈异彩。文学之士多聚集在几大诸侯国,表现出潇洒自适的个性与文学追求。

二、河间献王的礼乐文学

河间献王及其文士的活动构成当时的文学中心之一,其突出的是对文献的整理,对文学经典的研究、传播,对礼乐的整理与传播,特别是为《毛诗》《左传》《周礼》等古文经学的传播奠定了坚实的基础。

据《汉书·景十三王传》载,河间献王刘德是景帝之妃栗姬所生,"以孝景前二年立,修学好古,实事求是,从民得善书,必为好写与之,留其真,加金帛赐以招之。由是,四方道术之人不远千里,或有先祖旧书,多奉以奏献王者。故得书多,与汉朝等。是时,淮南王安亦好书,所招致率多浮辩。献王所

---

① [汉]班固:《汉书》,第853页。
② 同上书,第1921—1923页。

得书,皆古文先秦旧书,《周官》《尚书》《礼》《礼记》《孟子》《老子》之属,皆经、传、说、记,七十子之徒所论。其学举六艺,立《毛氏诗》《左氏春秋》博士。修礼乐,被服儒术,造次必于儒者。山东诸儒者从而游。武帝时,献王来朝,献雅乐,对三雍宫,及诏策所问三十余事。其对,推道术而言,得事之中,文约指明"①。

《汉书·景十三王传》篇末赞语对河间献王给予了很高的评价。赞曰:

> 昔鲁哀公有言:"寡人生于深宫之中,长于妇人之手,未尝知忧,未尝知惧。"信哉斯言也! 虽欲不危亡,不可得已。是故古人以宴安为鸩毒,亡德而富贵,谓之不幸。汉兴,至于孝平,诸侯王以百数,率多骄淫失道。何则? 沉溺放恣之中,居势使然也。自凡人犹系于习俗,而况哀公之伦乎! 夫唯大雅,卓尔不群,河间献王近之矣。②

这是对河间献王在汉代众多诸侯王中地位与影响的高度评价,也是对他在文化、学术方面所做贡献的肯定。本传所载之外,献王的事迹还可从不同的角度进行考察。《春秋繁露·五行对》载河间献王向董仲舒请教《孝经》的义理,董仲舒为他阐述了"夫孝,天之经,地之义"这一命题的深刻含义,献王连称"善哉!"③表明献王在儒家文化修养方面的重视。

河间献王在士人中享有极高的声望,引起武帝的猜忌,甚至讥刺他有不臣之心。《史记·五宗世家》裴骃《集解》引《汉名臣奏》杜业奏曰:"河间献王经术通明,积德累行,天下雄俊众儒皆归之。孝武帝时,献王朝,被服造次必于仁义。问以五策,献王辄对无穷。孝武帝艴然难之,谓献王曰:'汤以七十里,文王百里,王其勉之。'王知其意,归即纵酒听乐,因以终。"④这是对河间献王的严重警告。很显然,武帝希望诸侯王都像中山靖王刘胜那样,懂得他们应该"日听音乐声色",在享乐中消耗精力。于是,河间献王不得不放弃对道德与文化的兴趣,效法那些贪图享乐、醉心声色犬马的诸侯王,纵酒听乐以度余年。优秀的文化、学术领袖被迫转向声色犬马的生活,这是武帝在告诫中为他指明的唯一出路。

河间献王表现出对儒家思想文化的尊崇,"修礼乐,被服儒术,造次必于儒者","山东诸儒多从而游"等,使自己统治的河间成为汉初文化、学术的中

---

① [汉]班固:《汉书》,第 2410—2411 页。
② 同上书,第 2436 页。
③ [清]苏舆:《春秋繁露义证》,北京:中华书局,1992 年,第 314—315 页。
④ [汉]司马迁:《史记》,第 2094 页。

心。而"其学举六艺",表现出他对儒家经典的广泛关注。"立《毛氏诗》《左氏春秋》博士",他将这两门尚未引起学术界重视的专门之学,在自己的王国内给以提倡,对《周官》《礼》《礼记》等三礼文本的收集,都显示出他的远见卓识,都为后来经学的发展预设了广阔的发展空间。

《汉书·儒林传》云:"毛公,赵人也。治《诗》,为河间献王博士,授同国贯长卿。长卿授解延年。延年为阿武令,授徐敖。敖授九江陈侠,为王莽讲学大夫。由是言《毛诗》者,本之徐敖。"又云:"汉兴,北平侯张苍及梁大傅贾谊、京兆尹张敞、太中大夫刘公子皆修《春秋左氏传》。谊为《左氏传》训故,授赵人贯公,为河间献王博士,子长卿为荡阴令,授清河张禹长子。禹与萧望之同时为御史,数为望之言《左氏》,望之善之,上书数以称说。后望之为太子太傅,荐禹于宣帝,征禹待诏,未及问,会疾死。"①由此可见,河间献王对前代文献进行研究整理,十分重视文献的来源、传授的根基。这也表明他的学术理念,他扶持学术的基本思想远远高于那些狭隘的、急功近利的统治者。

河间献王通过对前代文献的梳理,在雅乐、古乐的收集、整理方面也颇有成就。《汉书·礼乐志》云:"汉典寝而不著,民臣莫有言者。又通没之后,河间献王采礼乐古事,稍稍增辑,至五百余篇。"②从这则记载看,河间献王是以古礼修订秦礼。又《汉书·礼乐志》载:"汉兴,乐家有制氏,以雅乐声律世世在大乐官,但能纪其铿锵鼓舞,而不能言其义。""是时,河间献王有雅材,亦以为治道非礼乐不成,因献所集雅乐。天子下大乐官,常存肄之,岁时以备数,然不常御,常御及郊庙皆非雅声。""汉兴,制氏以雅乐声律,世在乐官,颇能纪其铿锵鼓舞,而不能言其义。……武帝时,河间献王好儒,与毛生等共采《周官》及诸子言乐事者,以作《乐记》,献八佾之舞,与制氏不相远。其内史丞王定传之,以授常山王禹。"③河间献王与毛生所作的《乐记》,被称为"河间乐"。但是,汉王朝对河间献王所献的雅乐不感兴趣。这同当时普遍喜欢郑卫俗乐的风尚和审美取向有关,同时,也与排斥诸侯王文化的汉家心理存在直接关系。

《汉书·礼乐志》云:

> 至成帝时,谒者常山王禹世受河间乐,能说其义,其弟子宋晔等上书言之,下大夫博士平当等考试。当以为:"汉承秦灭道之后,赖先帝圣德,博受兼听,修废官,立大学,河间献王聘求幽隐,修兴雅乐以助化。

---

① [汉]班固:《汉书》,第3614、3620页。
② 同上书,第1035页。
③ 同上书,第1043、1070、1712页。

时,大儒公孙弘、董仲舒等皆以为音中正雅,立之大乐。春秋乡射,作于学官,希阔不讲。故自公卿大夫观听者,但闻铿锵,不晓其意,而欲以风谕众庶,其道无由。是以行之百有余年,德化至今未成。今晔等守习孤学,大指归于兴助教化。衰微之学,兴废在人。宜领属雅乐,以继绝表微。孔子曰:'人能弘道,非道弘人。'河间区区,小国藩臣,以好学修古,能有所存,民到于今称之,况于圣主广被之资,修起旧文,放郑近雅,述而不作,信而好古,于以风示海内,扬名后世,诚非小功小美也。"事下公卿,以为久远难分明,当议复寝。①

尽管有博士平当等人审核推荐,更有公孙弘、董仲舒等大儒的认同,《河间乐》却终不能得到汉王朝的肯定。河间献王修学好古,在文化学术方面成果显著,其个人遭遇体现出汉王朝压抑诸侯王政策的新趋势:不但压抑诸侯王,还排斥他们褒奖的文化与学术,这就给《毛诗》《左传》《周官》等古文经学的发展预设了障碍。河间献王收集整理的雅乐献于朝廷后,也只不过是藏于大乐官充数而已②。

三、梁园文学群体

据《史记·梁孝王世家》载,梁孝王刘武为景帝同母弟,深得景帝与窦太后宠爱。景帝未立太子时与梁王燕饮,在酒后耳热时说,自己死后传位梁王。梁王辞谢,虽知这并非真心话,心内却很喜悦。太后也十分高兴。

七国谋反时,梁孝王坚守睢阳城阻止吴、楚进攻长安。吴、楚叛乱平定,梁击杀叛军及俘虏人数与汉王朝相差无几,功勋卓著。于是,更受景帝与太后宠爱,领土扩大,占据天下膏腴之地,拥有四十余城。景帝、窦太后的赏赐不可胜道。尤其得赐天子旌旗仪杖,"出称跸,入言警"③,仪仗排场都和天子出行一样。梁孝王入朝,享受超越君臣常礼的接待。景帝遣使臣持节到函谷关迎接梁王,入朝后,景帝经常与梁王同辇出入,同车游猎。梁王的侍中、侍郎等随从出入天子殿门,与汉宫廷侍从一样畅通无阻。

梁孝王筑东苑,方圆三百余里,名曰兔园。苑中有落猿岩、栖龙岫、雁池、鹤洲、凫岛等景观。各宫观相连,奇果佳树,珍禽异兽,应有尽有。宫室、平台间以复道相连,绵延三十余里。梁孝王招延四方豪杰,天下游说之士,纷纷聚

---

① [汉]班固:《汉书》,第1071—1072页。
② 徐复观《两汉思想史》论汉王朝排斥河间献王及河间学术,其说甚是。详见该书第一卷,第109—112页,上海:华东师范大学出版社,2001年。
③ [汉]司马迁:《史记》,第2858页。

于其中。韩安国、张羽、羊胜、公孙诡、枚乘、邹阳、庄忌、司马相如等都成为梁王宾客①。

　　韩安国字长孺,梁成安人。他学习《韩非子》为代表的法家学说,事梁孝王为中大夫。韩安国有智略,善解纷乱难事。吴、楚反时,孝王使韩安国及张羽为将,抵御吴兵,在平定七国之乱中立战功。梁王恃宠,出入用景帝所赐车旗仪仗,僭于天子。为此,景帝心中不悦。太后也谴责梁使者,责怪梁王行为过分。韩安国为梁使,见大长公主,婉言陈说,解释疑惑,消除梁王危机。公孙诡、羊胜鼓动梁王争取做帝位继承人,遭汉王朝大臣反对后,更暗中使人刺杀袁盎等持反对意见的大臣十余人。汉王朝使臣至梁多次搜捕刺客,都无法实现。韩安国听说公孙诡、羊胜藏匿在梁王宫中,便入见梁王,晓以大义。梁王悲伤哭泣,对韩安国表示要交出二人。当日公孙诡、羊胜自杀。汉使还报,梁王的危机再次得以消除。韩安国因此受到景帝、太后重视,武帝时为汉朝廷御史大夫,位列三公②。

　　丁宽也是梁园宾客。《汉书·儒林传》载,丁宽字子襄,梁人。丁宽出身寒微,为项生随从。项生拜田何为师,学习《周易》,丁宽对《周易》的领会超过项生,于是也成为田何弟子。学成,丁宽东归,田何谓门人曰:"《易》以东矣。"丁宽至洛阳,又跟随周王孙学习,学术造诣大有长进。景帝时,丁宽为梁孝王率兵抵抗吴、楚,号丁将军。丁宽作《易说》《小章句》等著作,在《周易》传授方面,他也开创了重要门派③。可见,丁宽是军事将领,也是《易》学大师。

　　公孙诡为齐人,多奇邪计。初见梁王,获赐千金,官至中尉,号称公孙将军。梁王想晋升公孙诡为梁内史,未获朝廷批准。邹阳游于梁,羊胜、公孙诡嫉妒邹阳,在梁孝王面前进谗言。孝王怒,欲杀邹阳。邹阳从狱中上书才获得解脱。公孙诡与羊胜劝说梁王谋求成为景帝继承人,并派人刺杀袁盎等大臣,事情败露后,朝廷遣使缉捕,二人被迫自杀。

　　邹阳在梁孝王宾客中文学成就突出。《汉书·贾邹枚路传》记载,邹阳,齐人。吴王刘濞招致四方游士,邹阳与吴严忌、枚乘等入吴为宾客。他们都以文辩著称。吴王因自己儿子与汉太子争斗而死,怨恨朝廷,称疾不朝,进而野心滋长,图谋不轨。邹阳上书谏阻,吴王不听。此时,梁孝王受到朝廷恩宠,也接纳宾客。于是邹阳、枚乘、庄忌见吴王野心膨胀,又不听劝阻,都离开吴,转而游梁。邹阳为人有智略,慷慨不苟合。他发现公孙诡、羊胜为梁王策

---

① [汉]司马迁:《史记》,第2082—2085页。
② 同上书,第2857—2860页。
③ 事见《汉书》第3597—3598页。

划的几件大事都超越规矩,不是诸侯王应做的事,便极力劝谏。梁孝王听信羊胜、公孙诡的谗言,将邹阳下狱。邹阳从狱中上书梁王,梁王悔悟,当即释放邹阳,并待为上宾。后来梁王事败,担心被诛,想起邹阳的警告,以千金相谢,并求其设法解脱罪责。邹阳向王美人(即后来的王皇后,武帝母)的兄长王信陈说利害,王美人婉言劝说景帝,朝廷不再追究梁王,一场危机才得以缓和①。《汉书·艺文志》纵横家载《邹阳》七篇,今书已亡。其《上书吴王》《于狱中上书自明》两文见于《汉书》本传及《文选》,是汉代散文名作。此外邹阳还有辞赋传于世。

庄忌,吴人,当时人称庄夫子,避明帝讳,史书作严忌。庄忌与邹阳、枚乘都是著名文士,经历也相同,先为吴王宾客,后游梁。只是他在吴、梁,发现君主越轨的行为并不敢强谏。庄忌也是梁园以文章知名的宾客。《汉书·艺文志》载庄夫子赋二十四篇②。

枚乘是梁园文学群体中的佼佼者。枚乘先事吴王刘濞,为郎中。他发现吴王与汉王朝结怨,流露出不臣之意。枚乘上书谏吴王,不被采纳,于是离开吴,入梁为宾客。后吴王与六国谋反,枚乘于梁再次上书吴王,陈说大义。吴王仍不听枚乘劝告,导致灭亡。汉王朝平定七国之乱,枚乘谏吴王的事广为传播,景帝召拜乘为弘农都尉。枚乘长期作为大国上宾,与英俊并游,得其所好,不乐为郡吏,遂以病辞官,重新回到梁。

梁园的文化氛围令文学之士感到惬意,其才华也得以施展。景帝肯定枚乘的政治远见,拜枚乘为弘农都尉。而枚乘尤其热衷文学,因此,在他看来,在梁园做宾客胜于在朝为官。枚乘在文学与仕途之间的抉择,表现出其文学意识的自觉。同时,也可以看出梁园确实为文学之士提供了适合其才能发挥的良好环境。梁孝王去世,枚乘才返回家乡淮阴。枚乘是梁园文学群体中成就最高的作家。武帝为太子时就仰慕枚乘的大名,即位后,派遣安车蒲轮征召枚乘,遗憾的是枚乘年老,死于途中。枚乘是梁园文学群体的杰出代表。《汉书·艺文志》载枚乘赋九篇,其《梁王菟园赋》《忘忧馆柳赋》均为前人所称道。

司马相如青少年时期,好读书,又学击剑。他初入仕途时,以赀为郎,在景帝周围任武骑常侍,随从天子狩猎。这远不符合相如的志向,意颇不自得。梁孝王来朝这一偶然事件改变了司马相如的人生道路和事业的发展。梁王入朝时,随从游说的文人墨客甚众,枚乘等著名作家亦在其间。相如见后非常羡慕,遂假托有病,辞去武骑常侍,客游梁。相如得与诸宾客交。

---

① [汉]班固:《汉书》,第2353—2355页。
② 同上书,第2338、2343页。

刘武为梁王共二十五年,相如是在最后几年才到这个群体中来的。他游梁数年后创作了《子虚赋》。可是,他的文学成就没能引起梁园君臣的特别关注,这篇作品的成就也被老一辈作家枚乘的光辉所掩盖。然而,这篇作品却具有更强大的生命力。此时相如的才华和作品尚未受到客观的、公正的评价。当时的梁王及上层文学受众都在仰视、钦羡枚乘,而没注意到梁园文学群体中的重要变化。《子虚赋》在更深刻的层面上表现出从梁园时代向着后梁园时代过渡的文学精神,其艺术匠心也足令相如的前辈相形见绌。

《西京杂记》卷四载梁孝王与宾客游乐盛况:梁孝王游于忘忧之馆,召集游士,让他们作赋。枚乘作《柳赋》,路乔如作《鹤赋》,公孙诡作《文鹿赋》,邹阳作《酒赋》,公孙乘作《月赋》,羊胜作《屏风赋》。韩安国作《几赋》不成,邹阳代作。邹阳、韩安国被罚酒三升,枚乘、路乔如获赐每人五匹绢。从此成为汉初文坛的佳话。

梁园文士中当时最知名、最受梁王尊重的非枚乘莫属。他在散文与辞赋创作中均取得突出成就,《七发》等作为他赢得极大的声誉。枚乘是政治敏锐性很强的作家。他游吴期间,发现吴王刘濞怨望汉王朝而有谋逆的倾向,遂上书劝谏。吴王不采纳他的进谏,他又再次上书劝说。枚乘两次上书表现出鲜明的政治敏锐性和政治立场,以及在大是大非面前的清醒的头脑和远见卓识。他的散文说理充分,义正词严,同时又表现出对旧主的关切。可惜吴王利令智昏,拒不纳谏。

枚乘的《七发》最为著名。《七发》假设楚太子、吴客两个人物,以楚太子有病,吴客前往探病、分析病因,献治病良方为线索展开。作品围绕上层贵族生活的七个方面进行描写,以此启发太子。这几方面的生活都是太子习以为常的事,只是作者将每个方面的内容都夸大到极致境界。欣赏音乐,便以特殊的材料制成琴,请最有名的琴师、乐师,唱出"天下至悲"之歌;享用佳肴,则选最鲜美的肉、菜,令最知味的人做出"天下之至美"的菜肴;游戏,则驰逐争胜,乘坚车、驾良马,使最著名的驭手和勇士驾车;游乐遣兴,则登台纵目,置酒高会,既有博辩之士撰文,又有美女侍御。吴客的描绘都属于人间难得的享乐,是太子素日优越生活的极端化写照。这四方面的描绘与太子耽乐其间的生活只有程度的差别,而没有本质的不同,都属于"宫居而闺处"的范围。因此,不论吴客如何渲染,还是无法激发太子的兴趣。随即,吴客引导太子将注意力越过宫墙,以较有益于健康的贵族生活方式启发太子。他讲述田猎的盛况,"极犬马之才,困野兽之足",纵火逐兽,兵车雷运;猎获物众多,酒宴丰盛,均为宫苑所罕见。他讲述曲江观涛的恢宏气象,波涛未起时,可以澡溉胸怀;波涌涛起的不同阶段,鸟不及飞,鱼不及回,以吞噬一切的气势和力量构成"天下怪异诡观"。对这两方面生活,太子有兴趣,身体有起色,阳气见于眉宇之间,但却因久病乏力,不能参与。最后,吴客建议太子在思想和人生境界方面有所改进,要他倾听思想家阐述天下之精微和万物之是非,要听取"天下要言妙道",这是同太子以往的享乐生活完全不同的精神生活,终于,太子据几而起,霍然病已。

作品中前四方面的内容本是作者所否定的,然而却假托吴客之口加以渲染,表面铺张性的描绘同作者的是非判断构成鲜明的比照。对此,无论读者还是作品中假设的楚太子,都是清楚的。作者要将其所否定的方面推向极端,以警世人。同时,与之前所讲述的田猎、观涛两方面生活的描写构成跌宕之势,表明吴客所讲述的内容同太子习以为常的生活有较大的差别,因此太子的态度、作者所强调的程度,各有不同。

作品通过虚拟的吴客与楚太子两个人物,表现出两种不同的人生态度。楚太子追求物质享乐,沉湎于宫廷享乐之中,纵欲无度,奢靡已极。吴客是个具有较高文化修养的人。他的人生追求与楚太子的人生差异不在彼此物质条件方面,而在于他们的人生观和思想境界的不同。他引导楚太子多听圣人、辩士之言,就是要听取那些阐述天下万物之理的精辟思想与观点,则吴客乃是文化素养很高的士人形象。

枚乘在《七发》中对自己的见地充满了自信,对其所要表现的对象善于作淋漓尽致的描写,以至于使文章具有充溢的气势和舒展的意象。作品讽喻的意图在主客对话间,在对物质生活与精神生活的铺陈中表现得清楚明白。《七发》对贵族生活的方方面面作了充分的铺排渲染,特别是狩猎、观涛两段文字,写得生动、精彩、极富想象力。

《七发》所描写的上层贵族生活的七个方面,乃吴客之设想,他引导楚太子重新看待、认识自己的宫廷生活,围绕致病之因,以危害健康的程度,依此展现其生活环境。又作品展开的主体形象为循循善诱之智者,机智有余,激情不足,也缺少一定的主体感,篇末要言妙道,固为讽喻,对楚太子的开导,然亦隐然以自己的陈述为"要言妙道"。

《七发》铺张扬厉的文风、恢宏博大的气度、以表面赞扬的声口、过分夸张的笔法、描写否定性事物的表现方法,都与屈原、宋玉代表的楚赋大异其趣,而呈现出新的审美取向和艺术风格,昭示出汉家文学的走向。

这样的文学氛围与文学群体也深受后世诗人骚客的羡慕。谢惠连作《雪赋》极力颂美梁园文学之盛。在作品中虚构出风雪岁暮的兔园,梁王"乃置旨酒,命宾友,召邹生,延枚叟;相如末至,居客之右"。于是,授简于司马大夫,命他作赋。赋成,邹阳乃作《积雪之歌》和《白雪之歌》,梁王命枚乘为

《乱》。谢灵运也曾盛赞梁园文学群体，他的《拟魏太子邺中集诗八首序》云："梁孝王时有邹枚严马。游者美矣，而其主不文。"

梁孝王自己似乎不如淮南王那样富有文采。他是文学活动的组织者和品评者，而梁园文学群体则代表了那个时代文学的杰出成就。

四、淮南王学术与文学

淮南王刘安，其父为淮南厉王刘长，死于流放途中。文帝闻民歌讽刺"兄弟二人不能相容"，于是乃封厉王之子，刘安以阜陵侯晋封为淮南王。武帝时，廷尉张汤等穷治淮南王谋反罪，刘安自杀。《史记·淮南衡山列传》云："所连引与淮南王谋反列侯、二千石、豪杰数千人，皆以罪轻重受诛。"①这一事件中，只要同淮南王有所牵连，列侯、二千石高官，甚至是武帝宠信的大臣严助，都不能免。《史记·平准书》云："淮南、衡山、江都王谋反迹见，而公卿寻端治之，竟其党与，而坐死者数万人。"②《汉书·五行志》云："武帝元狩元年十二月，大雨雪，民多冻死。是岁，淮南、衡山王谋反，发觉，皆自杀。使者行郡国，治党与，坐死者数万人。"③"淮南狱"是汉代历史上对诸侯王最沉重的打击，也是对士大夫精神的严重扭曲。

淮南王刘安喜好读书著述，善于鼓琴，不喜弋猎狗马驰骋，对领地人民较为宽厚。他想以行阴德安抚百姓，他又喜欢养士，招致宾客方术之士数千人。高诱《淮南子叙》曰："天下方术之士多往归焉。于是遂与苏飞、李尚、左吴、田由、雷被、毛被、伍被、晋昌等八人，及诸儒大山、小山之徒，共讲论道德，总统仁义。"《汉书·蒯伍江息夫传》云："（伍被）以材能称，为淮南中郎。是时淮南王安好术学，折节下士，招致英隽以百数，被为冠首。"④在西汉诸侯王中，"招致宾客方术之士数千人"，而又自身致力于文化、学术的，当以淮南王为最突出。

《汉书·淮南衡山济北传》云："时武帝方好艺文，以安属为诸父，辩博善为文辞，甚尊重之。每为报书及赐，常召司马相如等视草乃遣。初，安入朝，献所作《内篇》，新出，上爱秘之。使为《离骚传》，旦受诏，日食时上。又献《颂德》及《长安都国颂》。每宴见，谈说得失及方技赋颂，昏莫然后罢。"⑤淮南王刘安有很高的艺术天分和修养，有些书可以同宾客一起撰写，而《离骚传》乃是天子指定的题目，则不能由宾客代笔。《离骚传》即《离骚赋》，是"约

---

① [汉]司马迁:《史记》，第3093页。
② 同上书，第1424页。
③ [汉]班固:《汉书》，第1424页。
④ 同上书，第2167页。
⑤ 同上书，第2145页。

其大旨而为之"(王念孙语),即概括地论述《离骚》的艺术成就和特点。"每为报书及赐,常召司马相如等视草乃遣",也因他文采出众,武帝才令司马相如等人代笔与之交流。《汉书·艺文志》载淮南王赋八十二篇,可谓高产作家,足见他个人的文学修养与创作均十分突出。

《汉书·艺文志》杂家类载《淮南内》二十一篇,《淮南外》三十三篇;诗赋略载淮南王赋八十二篇,淮南王群臣赋四十四篇;六艺略《易》类载《淮南道训》二篇,注曰"淮南王安聘明《易》者九人,号九师法"①;兵权谋类注曰"省伊尹、太公、《管子》《孙卿子》《鹖冠子》《苏子》、蒯通、陆贾、淮南王二百五十九种"②。可见淮南王有些著作未载入《艺文志》中。从这些著作可见淮南王刘安才华出众,他的群臣、宾客也多有著述。

淮南王的赋现今有《屏风赋》,见于《艺文类聚》《古文苑》等书,真伪尚待考证。他的《离骚传》经司马迁摘录引用,得以广泛流传。虽属于残篇剩简,还是可以看出他的一些思想倾向。《史记·屈原贾生列传》引《离骚传》云:

> 《国风》好色而不淫,《小雅》怨诽而不乱。若《离骚》者,可谓兼之矣。上称帝喾,下道齐桓,中述汤武,以刺世事。明道德之广崇,治乱之条贯,靡不毕见。其文约,其辞微,其志洁,其行廉,其称文小而其指极大,举类迩而见义远。其志洁,故其称物芳。其行廉,故死而不容自疏。濯淖污泥之中,蝉蜕于浊秽,以浮游尘埃之外,不获世之滋垢,皭然泥而不滓者也。推此志也,虽与日月争光可也。③

刘安认为《离骚》一诗继承了《诗经》的宝贵传统,其所表达的爱、恨情感是合理的,合于"好色而不淫""怨诽而不乱"的度;他肯定诗中那些古代圣主贤君的颂美,并且认为诗中对历史传说人物的歌咏,都能"明道德之广崇,治乱之条贯",具有明显的现实意义;刘安极力赞美屈原的人格操守,称赞他"濯淖污泥之中",却能"泥而不滓",称赞他如"蝉蜕于浊秽,以浮游尘埃之外",在污浊的环境中,保持个人操守的独立与完美。刘安盛赞屈原的情感、操守可与日月争光,这无异于说他是最伟大的诗人。在《离骚赋》中,刘安对屈原作品中的艺术语言、艺术表现给予很高的评价,阐述了作品文本与意蕴的关系。"其文约,其辞微",指点人们应认识诗歌语言的特殊性,不能停留在文辞表面理解诗歌的意蕴,而应从文学语言的概括性与委婉性方面理解诗的内涵,

---

① [清]王先谦:《汉书补注》,北京:中华书局,1983年,第866页。
② [汉]班固:《汉书》,第1757页。
③ [汉]司马迁:《史记》,第2482页。

"其称文小而其指极大,举类迩而见义远",也从言与意的角度论及诗性把握的问题。这是刘安对诗人情感与诗歌艺术精辟的理论概括,是其对古代文学思想的杰出贡献。

淮南宾客有《招隐士》一首,收入《楚辞章句》中。王逸《楚辞章句》云:"《招隐士》者,淮南小山之所作也。昔淮南王安,博雅好古,招怀天下俊伟之士。自八公之徒,咸慕其德,而归其仁,各竭才智,著作篇章,分造辞赋,以类相从,故或称小山,或称大山。其义犹《诗》有《小雅》《大雅》也。小山之徒,闵伤屈原,又怪其文升天乘云,役使百神,似若仙者,虽身沉没,名德显闻,与隐处山泽无异,故作《招隐士》之赋,以章其志也。"①作品歌咏春日山谷中,"桂树丛生""山气巃嵸",猿啸虎嗥,幽深野趣,王孙游而不归。但是,到了岁暮,一切都变了。物盛而衰,乐极则哀,蟪蛄悲鸣,白鹿麏麚、猕猴熊罴,"慕类兮以悲",对山林倾危,草木凋零,都悲哀呼号,这就更不适合贤者所居。于是,诗人呼唤:"王孙兮归来!山中兮不可以久留。"②这篇作品表现出作者对"王孙"境遇的同情,以及对其处深山淹留不归深感惋惜。

淮南王及其宾客的文学追求与成就是多方面的。"八公之徒,咸慕其德,而归其仁,各竭才智,著作篇章,分造辞赋"③,可见这里的文学环境非常适合这些宾客才能的发挥。淮南王君臣在赋体文学方面的成就堪称当时文坛盛事。

《淮南内》传于世,即今之《淮南子》。由淮南王及其宾客撰写《淮南子》亦称《淮南鸿烈》,书中黄老道家色彩鲜明,其中《原道》篇与《文子·原道》基本同,马王堆帛书《老子》乙本前古佚书也有一篇题目为《道原》,都是当时重要论题。《淮南子》以阐述黄老道家思想为主要倾向。对此,高诱论述得较为深刻。其《淮南子叙》曰:

> 天下方术之士多往归焉。于是遂与苏飞、李尚、左吴、田由、雷被、毛被、伍被、晋昌等八人,及诸儒大山、小山之徒,共讲论道德,总统仁义,而著此书。其旨近《老子》,淡泊无为,蹈虚守静,出入经道。言其大也,则焘天载地;说其细也,则沦于无垠,及古今治乱存亡祸福,世间诡异瑰奇之事。其义也著,其文也富,物事之类,无所不载,然其大较归之于道,号曰《鸿烈》。鸿,大也;烈,明也,以为大明道之言也。故夫学者不论《淮

---

① [宋]洪兴祖:《楚辞补注》,北京:中华书局,1983年,第232页。
② 同上书,第232—234页。
③ 同上书,第232页。

南》,则不知大道之深也。①

高似孙也论及《淮南子》与黄老道家的关系。《子略》曰:

> 少爱读《楚辞》淮南小山篇,声峻瑰磊,他人制作不可企攀者。又慕其《离骚》,有传窈窕,多思致。每曰:"淮南,天下奇才也。"又读其书二十篇,篇中文章,无所不有,如与《庄》《列》《吕氏春秋》《韩非子》诸篇相经纬表里。何其意之杂出,文之沿复也?《淮南》之奇,出于《离骚》;《淮南》之放,得于《庄》《列》;《淮南》之议论,错于不韦之流;其精好者,又如《玉杯》《繁露》之书,是又非独出于淮南。所谓苏飞、李尚、左吴、田由、雷被、毛被、伍被、大山、小山诸人,各以才智辩谋,出奇驰隽,所以其书驳然不一。虽然,淮南一时所延,盖又非止苏飞之流也。当是时,孝武皇帝隽锐好奇,盖又有甚于淮南。《内篇》一陈,与帝心合,内少君,下王母,聘方士,搜蓬莱,神仙谲怪,日日作新,其有感于《淮南》所谓昆仑增城、璇室悬圃、弱水流沙者乎!武帝虽不仙,犹享多寿,王何为者,卒不克终。士之误人,一至于此。然其文字殊多新特,士之厌常玩俗者,往往爱其书,况其推测物理,探索阴阳,大有卓然出人意表者。②

高诱所说的"旨近《老子》,淡泊无为,蹈虚守静,出入经道",简明扼要而又准确地概括了《淮南子》的基本思想倾向,正是从这一点上我们可以明确地判断其学派归属。

其实,《淮南子》书中已揭示其写作宗旨。《淮南子·要略》云:

> 文王欲以卑弱制强暴,以为天下去残除贼而成王道,故太公之谋生焉。

> 若刘氏之书,观天地之象,通古今之事,权事而立制,度形而施宜,原道之心,合三王之风,以储与扈冶。玄眇之中,精摇靡览,弃其畛挈,斟其淑静,以统天下,理万物,应变化,通殊类,非循一迹之路,守一隅之指,拘系牵连于物,而不与世推移也。故置之寻常而不塞,布之天下而不窕。③

高诱称其"旨近《老子》",只能说是总体倾向的判断,实际上黄老学派内部又

---

① 何宁:《淮南子集释》,第5—6页。
② [宋]高似孙:《史略 子略》,沈阳:辽宁教育出版社,1998年,第59—60页。引文标点略作修改。
③ 何宁:《淮南子集释》,第1458、1462—1463页。

有不同的分支。《淮南子·原道训》竟然全用《文子》同篇之原文,这就是完全采纳了《文子》思想观点。《要略》论诸家以黄老之太公居首,其他儒、墨、管、纵横、刑名、商鞅之法列后,最终以《淮南鸿烈》一书为纵览万宗,独论道兼取众长。这表明《淮南子》在黄老学派中尤以太公和文子为宗。文中自谓"非循一迹之路,守一隅之指",则明言其主于黄老,却不拘系于某家学说,而兼取诸家之长。

《淮南子》主张以"淡泊无为,蹈虚守静"为核心,在此基础上构建刘安及其宾客的思想体系。《淮南子·要略》云:

> 《原道》者,卢牟六合,混沌万物,象太一之容,测窈冥之深,以翔虚无之轸,托小以苞大,守约以治广,使人知先后之祸福,动静之利害。诚通其志,浩然可以大观矣。欲一言而寤,则尊天而保真;欲再言而通,则贱物而贵身。①

这里概括地论述了《原道训》的主要观点是"尊天而保真""贱物而贵身"。对此,《原道训》作了充分的论证。

> 是故圣人内修其本,而不外饰其末,保其精神,偃其智故。漠然无为,而无不为也;澹然无治,而无不治也。所谓无为者,不先物为也;所谓无不为者,因物之所为也。所谓无治者,不易自然也;所谓无不治者,因物之相然也。
>
> 是故至人之治也,掩其聪明,灭其文章,依道废智,与民同出于公。约其所守,寡其所求,去其诱慕,除其嗜欲,损其思虑。约其所守则察,寡其所求则得。②

因"贵身",故"圣人内修其本""保其精神",重视内在精神,无为外物所累,这也是"保真"。只有修其本,修其内在精神,才能摆脱外物的掣肘而遗世独立,这是黄老道家在现实世界的基本立足点。由此强调个人与外界的关系,即"无为"而"无不为"。

在此基础上,《原道训》论述了黄老思想中"清静""柔弱""虚无"等范畴的内涵:

---

① 何宁:《淮南子集释》,第 1439—1440 页。
② 同上书,第 48、60—61 页。

> 是故清静者,德之至也;而柔弱者,道之要也;虚无恬愉者,万物之用也。肃然应感,殷然反本,则沦于无形矣。所谓无形者,一之谓也。所谓一者,无匹合于天下者也。卓然独立,块然独处,上通九天,下贯九野。员不中规,方不中矩。大浑而为一,叶累而无根。怀囊天地,为道关门。①

> 静漠恬澹,所以养性也;和愉虚无,所以养德也。外不滑内,则性得其宜;性不动和,则德安其位。养生以经世,抱德以终年,可谓能体道矣。②

"清静""柔弱""虚无"都是内在的性与德的需要,是修道的必然。

《淮南子·原道训》论述了对天然的追求,表达了对朴素、质与白的肯定,阐述了对人为、人工的否定,与之相适应的,即是对"曲巧伪诈"的否定。其文云:

> 所谓天者,纯粹朴素,质直皓白,未始有与杂糅者也。所谓人者,偶䁔智故,曲巧伪诈,所以俯仰于世人而与俗交者也。故牛岐蹄而戴角,马被髦而全足者,天也;络马之口,穿牛之鼻者,人也。循天者,与道游者也;随人者,与俗交者也。夫井鱼不可与语大,拘于隘也;夏虫不可与语寒,笃于时也;曲士不可与语至道,拘于俗、束于教也。故圣人不以人滑天,不以欲乱情,不谋而当,不言而信,不虑而得,不为而成,精通于灵府,与造化者为人。③

在《淮南子》看来,对天然的追求,表现于主体同外界的关系就是无为和无不为。作者以牛马的生理差异解释"天然":牛蹄分瓣的,马蹄不分瓣;牛头上生角,而马颈上长鬃毛。人为地改变牛马之性,给马戴上笼头,给牛鼻穿洞戴环,则是违背天然的事。这样的对比论述,清楚地表明作者对"无为""清静""虚无"等理念的阐扬。同时,这样的论述,也表现出作者的审美取向,肯定天然的美、质朴的美,否定人为的、雕琢的、破坏外物固有性状的行为。雕琢的、人为的形态,被视为"偶䁔智故,曲巧伪诈",造成对美的破坏。

在《淮南子》中,"不先物为"的"无为",就是不为物设置先决条件;"因物之所为"的"无不为",就是顺应物的性质。"不易自然""因物之相然",都

---

① 何宁:《淮南子集释》,第57—58页。
② 同上书,第152页。
③ 同上书,第41—43页。

体现出对物的天然之性的守护。这里的"无为""无不为"都以承认以物的天性为前提。否则,就会破坏物固有的美。《修务训》云:

> 今夫毛嫱西施,天下之美人。若使之衔腐鼠,蒙狸皮,衣豹裘,带死蛇,则布衣韦带之人过者,莫不左右睥睨而掩鼻。尝试使之施芳泽,正蛾眉,设笄珥,衣阿锡,曳齐纨,粉白黛黑,佩玉环揄步,杂芝若,笼蒙目视,冶由笑,目流眺,口曾挠,奇牙出,靥酺摇,则虽王公大人有严志颉颃之行者,无不惮悇痒心而悦其色矣!①

《淮南子》反对仁义礼乐文化,推崇人的天性,提倡修道而至于灭欲去情的内心修炼。《本经训》云:

> 神明定于天下,而心反其初;心反其初,而民性善;民性善而天地阴阳从而包之,则财足而人赡矣;贪鄙忿争不得生焉。由此观之,则仁义不用矣。道德定于天下而民纯朴,则目不营于色,耳不淫于声,坐俳而歌谣,被发而浮游,虽有毛嫱、西施之色,不知悦也。②

"清静""虚无"的内在的性与德,导致对色、声、乐的冷漠,这是因为当内在的道充盈,纯朴之性得以实现后,自然就会对外物美丑无所动心。

《淮南子》对文学的认识,强调内在精神,主张内质的真与朴,并认为内在的质决定外在的文。质为主,文从属,是内在精神自然的显示。《本经训》云:

> 太清之治也,和顺以寂漠,质真而素朴,闲静而不躁,推移而无故,在内而合乎道,出外而调于义,发动而成于文。③

刘安及其宾客强调内在的质,文艺才有生命力。他们认为,好的乐歌等艺术品"作之上古,施及千岁,而文不灭",能够千古流传,并具有永恒的感人力量,就在于其内在精神的充盈,在于道的为其内涵。"抱质效诚,感动天地,神谕方外。"④

---

① 何宁:《淮南子集释》,第1363—1366页。
② 同上书,第569页。
③ 同上书,第555页。
④ 同上书,第620页。

第四节　贾谊的思想与文学创作

贾谊是汉代著名的政治家,也是汉初文坛最杰出的作家。他以渊博的学识、敏锐的政治见解、卓越的艺术才华,屹立于汉初文坛,创作出汉代文坛的最优秀的散文与辞赋作品。

一、贾谊的文学经历、思想倾向与作品

贾谊,洛阳人,生于高祖七年(前200)。年十八,能诵诗书,才华出众,善于著述,称于郡中。河南守吴公听说他是杰出人才,召置门下,甚幸爱。文帝初立,闻河南守吴公治理公平为天下第一,征以为廷尉。吴公受到重用,乃荐贾谊于朝廷。文帝召为博士。这时,贾谊二十余岁,在朝臣中最年轻。每诏令议下,诸老先生未能言,贾谊尽为之对,人人都觉得贾谊说出了自己的意见。于是,诸老先生都承认贾谊的才能。文帝十分赏识贾谊,不到一年,升其至太中大夫。

贾谊认为汉兴二十余年,天下和洽,应进行汉家文化建设,提议改正朔,易服色、制度,定官名,兴礼乐。于是,他草拟仪法,提出色上黄,数用五,更改官名,不用秦制,建立汉家自己的文化。这些主张都具有长远眼光的意义。但当时周勃、灌婴、张相如、冯敬时等掌权老臣不懂文化建设,又对贾谊年少超拔心怀妒忌、排斥,故而阻挠文帝采纳他的建议。文帝对将自己推上帝位的诸老臣不能不有所顾忌。同时,在文化建设方面,又有张苍等固守秦文化的势力进行阻挠。于是,对贾谊有关重农抑商、列侯就国等解决当前政治问题的意见多被采纳,而他的文化构想则被搁置。

贾谊以特殊才干受到文帝的赏识与超拔,却遭遇周勃、灌婴等权臣排挤。周勃等污蔑贾谊"年少初学,专欲擅权,纷乱诸事"①。文帝后来也疏远贾谊,不用其议,更将其贬为长沙王太傅。四年后,文帝征召贾谊入见。此时文帝正坐在宣室受釐(享用祭祀带回的肉食),因有感于鬼神事,进而向贾谊问鬼神之本。贾谊遂论述鬼神崇拜的原委。至夜半,文帝曰:"吾久不见贾生,自以为过之,今不及也。"②此时,文帝的统治根基已稳固,又对贾谊尽释前嫌,也更加信任。此时文帝最宠爱的小儿子刘揖封于梁,便令贾谊为梁王太傅。

在为梁王太傅期间,贾谊研究儒家经典,为《左氏传训故》,并传授赵人贯公。同时,他深入分析天下形势和社会矛盾,写出很多政论散文,并上疏朝

---

① [汉]司马迁:《史记》,第2492页。
② 同上书,第2503页。

廷,阐述自己的治国方略。梁王辑坠马死,贾谊自伤为太傅没尽到责任,不久抑郁而死,年仅三十三岁。

《汉书·艺文志》载贾谊赋七篇。《鹏鸟赋》全文见于《史记》《汉书》本传及《文选》,而《艺文类聚》《太平御览》等类书亦有所摘引。《吊屈原赋》,《文选》《艺文类聚》《太平御览》引此赋并题作《吊屈原文》。《史记》《汉书》本传载此赋。《旱云赋》见于《古文苑》。《虡赋》见于《艺文类聚》《初学记》《太平御览》等类书的摘引。《惜誓》见于《楚辞》。王逸《叙》云:"《惜誓》者,不知谁所作也。或曰贾谊,疑不能明也。惜者,哀也。誓者,信也,约也。言哀惜怀王与己信约而复背之也。古者君臣将共为治,必以信誓相约,然后言乃从而身以亲也。盖刺怀王有始而无终也。"①

贾谊思想的学派倾向是个较为复杂的问题。古人对此往往只注重他的某一倾向,而忽略对他的思想作全面考察。如《史记·太史公自序》云"贾生、晁错明申、商",认为他的思想中体现出法家的观点主张。而《汉书·儒林传》称,贾谊传习《春秋左氏传》,撰《左氏传训故》,授赵人贯公,贯公为河间献王博士;《汉书·艺文志》儒家类载"《贾谊》五十八篇"②,这些表明刘向、刘歆和班固将贾谊归于儒家,并且是儒家经典的重要传人。

我们认为,贾谊的学术修养不同于后世士人,他广泛学习前代哲人的宝贵精神财富,不专修某家某派的成果,而是博采各家之长形成兼容并包的思想观点。贾谊的思想表现于他的作品中,见诸政治和文学的实践中,因此要深入分析他的作品,包括他的政论散文和辞赋,以确凿的证据作为他思想学派属性的定位依据。

贾谊的作品很多。《汉书·艺文志》记载有:儒家载《贾谊》五十八篇;阴阳家类载《五曹官制》五篇(注曰:"汉制,似贾谊所条")③;诗赋略载贾谊赋七篇。《五曹官制》五篇,原注亦疑似之词,本书不列入讨论范围中。《汉书·艺文志》载《贾谊》五十八篇,当为刘向校书定著之本。《隋书·经籍志》载《贾子》十卷原注曰:"录一卷。汉梁太傅贾谊撰。"④即今传本之《新书》。

贾谊《新书》自宋以来颇多争议。《文献通考·经籍考》载《朱子语录》曰:"贾谊《新书》除了《汉书》中所载,余亦难得粹者,看来只是贾谊一杂记稿耳。中间事事有些个。"又引陈振孙《直斋书录解题》曰:"《汉志》,五十八篇。今书首载《过秦书》,末为《吊湘赋》,余皆录《汉书》语,且略节谊本传于第十

---

① [宋]洪兴祖:《楚辞补注》,第227页。
② [汉]班固:《汉书》,第1726页。
③ 同上书,第1734页。
④ [唐]魏徵等:《隋书》,第997页。

一卷中。其非《汉书》所有者,辄浅驳不足观,决非谊本书也。"①《四库全书总目》对朱熹、陈振孙的说法皆有所批评,云:"疑谊《过秦论》《治安策》等本皆为五十八篇之一,后原本散佚,好事者因取本传所有诸篇,离析其文,各为标目,以足五十八篇之数,故饾饤至此。其书不全真,亦不全伪。"②诸说虽有所不同,但都以《汉书》所引贾谊文为判定真伪依据,凡《汉书》未引之文,皆视为伪作,又认为《新书》各篇皆应合于《汉书》所载。此论殊不足取。

余嘉锡《四库提要辨证》云:"班固于谊本传录其《治安策》,先言'谊数上疏陈政事,多所欲匡建,其大略曰'云云,夫曰'大略',则原书固当更详于此矣。《传赞》又曰:'谊之所陈,略施行矣。及欲改定制度,以汉为土德,色上黄,数用五,及欲试属国施五饵三表,以系单于,其术固已疏矣。凡所著述五十八篇,掇其切于世事者,著于传。'颜师古《注》亦曰:'谊上疏言可为长太息者六,今此至三而止,盖史家直取其要切者耳。'然则班固于其所上之疏,凡以为疏而不切者,皆不加采掇。其他泛陈古义,不涉世事者,更无论也。故凡载于《汉书》者,乃从五十八篇之中撷其精华。"③笔者认为,余嘉锡的观点较为可信。从贾谊《新书》与《汉书》所载贾谊文可以归结出三点认识:其一,贾谊《新书》与《汉书》所载贾谊文均可信;其二,班固选取贾谊著作标准明确,其与世事关联不密者,即使精彩之文亦不取;其三,班固从贾谊的政事上疏中精选辑录,比之《新书》中上疏之原稿,《汉书·贾谊传》所引文本有所不同。故论述贾谊对政事的观点当以《新书》为据,而不应限于班固辑录的《陈政事疏》。

贾谊思想的学派倾向在《新书》中表现得较为明显。贾谊《新书》时时引述前贤的思想观点和精辟的言论,并记载先哲的言行作为阐述自己观点的论据。管子、老子、孔子、晏子、鹖子、髡子等思想家的思想观点,都为《新书》所称引,其中以对管子、老子、孔子的引述为多。在对上述诸思想家的引述中,存在明显的领域差异,即他针对社会现实而提出的政治主张与策略,同他谈论文化问题,两个领域的议题所涉及的哲人有明显的不同。

在论述礼乐文化建构时,贾谊多引孔子的观点强调尊卑等级的差别。《新书·审微》云:

> 礼:天子之乐宫县(悬),诸侯之乐轩县(悬),大夫直县(悬),士有琴瑟。叔孙于奚者,卫之大夫也;曲县(悬)者,卫君之乐体也;繁缨者,君

---

① [元]马端临:《文献通考》,第1714页。
② [清]永瑢等:《四库全书总目》,北京:中华书局,1965年版,第771页。
③ 余嘉锡:《四库提要辨证》,北京:中华书局,1980年,第541—542页。

之驾饰也。齐人攻卫,叔孙于奚率师逆之,大败齐师。卫于是赏以温,叔孙于奚辞温,而请曲县、繁缨以朝,卫君许之。孔子闻之,曰:"惜乎!不如多与之邑。夫乐者,所以载国;国者,所以载君。彼乐亡而礼从之,礼亡而政从之,政亡而国从之,国亡而君从之。惜乎!不如多与之邑。"①

在论述政事时,贾谊多引用管子、老子、鹖子、髳子、孔子、晏子等思想家的思想观点,其中以对管子、鹖子的引述为多。如《新书·俗激》批评"邪俗日长,民相然席于无廉丑,行义非循"的社会现实,其文云:

管子曰:"四维:一曰礼,二曰义,三曰廉,四曰丑。""四维不张,国乃灭亡。"使管子愚无识人也则可,使管子而少知治体,则是岂不可为寒心?今世以侈靡相竞,而上无制度,弃礼义、捐廉丑日甚,可谓月异而岁不同矣。逐利乎否耳,虑非顾行也。今其甚者,到大父矣,贼大母矣,踝妪矣,刺兄矣。盗者虑探柱下之金,掇寝户之帘,搴两庙之器,白昼大都之中剽吏而夺之金,矫伪者出几十万石粟,赋六百余万钱,乘传而行诸侯,此其无行义之尤至者已。其余猖蹶而趋之者,乃豕羊驱而往。是类管子谓"四维不张"者与!窃为陛下惜之。②

这段论述也涉及制度、文化问题,但其批评社会种种乱象,提出治理的基本原则,不取儒家学说,而用《管子》"四维"说。

贾谊《新书·修政语下》载周文王、武王、成王问政于鹖子,较为集中地引述了鹖子的思想。其文云:

周武王问于粥子曰:"寡人愿守而必存,攻而必得,战而必胜,则吾为此奈何?"粥子曰:"唯。攻守而胜乎同器,而和与严其备也。故曰:和可以守而严可以守,而严不若和之固也。和可以攻而严可以攻,而严不若和之得也;和可以战而严可以战,而严不若和之胜也。则唯由和而可也。"③

在和与严的比较中,鹖子主和,不主严。这与《老子》的柔刚说有相通之处。

从以上论述可见,贾谊的政论散文表现出明显的黄老道家思想。但同

---

① 吴云、李春台:《贾谊集校注》,第68—69页。
② 同上书,第81页。
③ 同上书,第296页。

时,我们还应注意到,《新书》中有些批评黄老"无为"的内容。《新书·孽产子》论述贫富对立的社会现象及人民的困境,指出:

> 且试观事理,夫百人作之,不能衣一人也,欲天下之无寒,胡可得也?一人耕之,十人聚而食之,欲天下之无饥,胡可得也?饥寒切于民之肌肤,欲其无为奸邪盗贼,不可得也。国已素屈矣,奸邪盗贼特须时耳,岁适不为,如云而起耳。若夫不为,见室满,胡可胜抚也?夫镈地而有安上者,殆未有也。
>
> 今也平居则无茈施,不敬而素宽,有故必困。然而献计者类曰"无动为大"耳。夫"无动"而可以振天下之败者,何等也?悲夫!俗至不敬也,至无等也,至冒其上也,进计者,犹曰"无为",可为长大息者此也。①

贾谊批评黄老学派在国家治理方面的"无为"思想。在他看来,"无为"的主张,固然可以有效地减轻人民负担,恢复和发展农业经济。但当面临汉王朝与诸侯王之间的矛盾,以及尖锐的社会矛盾时,仍然施行"清静无为"的黄老思想,则显然缺少力度。"无为"无法解决其间的利益冲突,无法消除大国诸侯王对汉王朝的潜在威胁。

比较分析贾谊《新书》中这些论述,可以看出,汉初黄老道家学说主张"秉要执本,清虚以自守,卑弱以自持"②、"去健羡,黜聪明"③、"以虚无为本,以因循为用"④,主张阴柔、清静,顺乎自然。在这种核心思想的基础上,不同学者对待具体问题的思想、态度与主张也存在一定的差异。我们绝不能因贾谊对"无为"主张的批评,而认为他反对黄老学说。贾谊的治国思想主和,不主严,也就是主张在阴柔、清静、顺乎自然的思想前提下,治理社会纷繁复杂的矛盾。这同曹参在纵酒佚乐状态下的与民休息的"无为",还是有一定差别的。

二、贾谊政论散文的成就

贾谊的政论散文继承了战国散文博辩雄肆的传统,直指时弊,在气势昂扬的论辩中,又贯注强烈的感情。贾谊的政论散文陈述自己的政治主张,表现出卓越的政治见解与理论主张,标志汉代散文体制的确立。

---

① 吴云、李春台:《贾谊集校注》,第 96 页。
② [汉]班固:《汉书》,第 1732 页。
③ [汉]司马迁:《史记》,第 3289 页。
④ 同上书,第 3292 页。

贾谊的政论散文以《过秦论》最具代表性。贾谊在《过秦论》中为汉王朝统治者提供了正反两方面榜样,"周王序得其道,千余载不绝;秦本末并失,故不能长"。周王朝传国千余载不绝,秦至三世而亡,他将两个鲜明的榜样摆在汉天子面前,重点阐述秦短祚速亡的教训。

《过秦论》分上、中、下三篇,论述秦兼并群雄,统一天下的强盛,及秦王朝由盛而衰,迅速败亡的经验教训。上篇论述秦自孝公至秦始皇七代君主持续奋斗,攻城野战,残灭天下诸侯,建立统一天下的伟业。但秦朝仅统治十几年,"一夫作难而七庙堕",在陈胜率领天下义军的打击下,崩溃瓦解。在这样尖锐的对比中,贾谊提出"仁义不施,而攻守之势异也"。他以这样警策的命题惊醒汉初统治者,不要重蹈暴秦覆辙。中篇论始皇、二世治国失误,即"正(政)之非",秦建立王朝统治之后,没认识到"攻守之势"已经发生了变化,过去与诸侯为敌,可以凭借诡诈暴力取得胜利;而今面对天下人民,却仍然"先诈力而后仁义,以暴虐为天下始"。废王道而立私爱,焚文书而酷刑法,统治者是在与天下人民为敌。下篇论子婴救世之误,进一步言势与仁义的关系。贾谊希望汉王朝统治者汲取暴秦的教训,希望他们尽快放弃征战时对诈力的崇拜,施行仁义之政。《过秦论》具有深远的理论意义和鲜明的现实意义。作品以秦的兴与亡对比、秦与六国对比、秦与陈涉对比、陈涉与六国对比,论述秦居攻势时之强,秦居守势时之弱,使文章具有很强的说理效果,又能以气势慑服读者。贾谊对经济、政治的考察,注重对势的格局进行分析。这表明他吸收了法家注重势与术的思想观点而融入自己的论说中。

贾谊关注社会现实中的重大问题,时时上疏陈述自己的政治主张与治国方略。《新书·数宁》云:"臣窃惟事势,可痛惜者一,可为流涕者二,可为长大息者六。若其他倍理而伤道者,难遍以疏举。"这是贾谊对当时一些紧迫性问题的纲领性概括。他希望文帝能清醒的认识当下的政治局面和现实问题。他批评一些大臣掩盖现实危机,报喜不报忧,"夫曰天下安且治者,非至愚无知,固谀者耳,皆非事实知治乱之体者也。夫抱火措之积薪之下而寝其上,火未及燃,因谓之安,偷安者也。方今之势,何以异此!"①这些"非愚则谀"的进言只能使最高统治者陷于盲目乐观,坐失治理的良机。

贾谊认为动摇汉家政权稳定的最主要危险来自势力强大的诸侯王。贾谊从刘邦主观预设的"镇抚四海,用承卫天子"的格局中觉察出潜在的巨大危险。《新书·藩强》云:"窃迹前事,大抵强者先反。淮阴王楚最强,则最先反;韩王信倚胡,则又反;贯高因赵资,则又反;陈豨兵精强,则又反;彭越用

---

① 吴云、李春台:《贾谊集校注》,第28页。

梁,则又反;黥布用淮南,则又反;卢绾国北最弱,则最后反。长沙乃才二万五千户耳,力不足以行逆,则少功而最完,势疏而最忠。全骨肉时长沙无故者,非独性异人也,其形势然矣。"①到文帝时,刘邦分封的异姓王只有长沙王尚在,其他诸王都先后被灭。贾谊认为并不是长沙王的天性与其他诸王有所差异,而是他的势力弱小,"力不足以行逆",才显得他对朝廷忠心耿耿。贾谊从利益制衡与实力强弱的角度进行分析,透视"少功而最完,势疏而最忠"这一看似荒谬的现象,得出"强者先反"的警策结论。

《新书·宗首》云:"今或亲弟谋为东帝,亲兄之子西向而击,今吴又见告矣。天子春秋鼎盛,行义未过,德泽有加焉,犹尚若此,况莫大诸侯,权势十此者乎?"②贾谊尖锐地指出文帝初年诸侯王反叛的历史教训。"亲弟谋为东帝"即淮南厉王刘长谋反一事。据《史记·淮南衡山列传》载,淮南厉王长,高帝少子,文帝之弟,骄横不轨,不用汉法,出入警跸,自作法令,谋反,流徙蜀郡,死于途中。"亲兄之子西向而击",指济北王刘兴居谋反一事。《史记·齐悼惠王世家》载,齐悼惠王刘肥,高祖长庶男,文帝之庶兄。悼惠王薨,其子兴居封济北王,立二年,反。"今吴又见告矣",指吴与中央王朝结怨的事。太子(即后来的景帝)与吴太子刘贤在游戏时发生争执,太子投棋盘误杀刘贤,吴王怒,拒收尸体,从而与中央王朝产生尖锐的矛盾。这几件大事都发生在文帝初年。贾谊通过对本朝诸侯王势力消长及其同中央王朝关系的变化,透视这几起叛乱事件背后更深刻的借鉴意义。这里虽未明言吴、楚必反,但贾谊已经预见到景帝时七国之乱的根源,并从保持中央王朝与诸侯王长久关系的角度,揭示了诸侯势力在其间的决定性因素。

《新书·大都》一文论述楚灵王盲目扩建四座城,造成大臣与公子弃疾作乱,灵王死于乾溪的结局。针对父子相残的宫廷悲剧,贾谊感慨:"为计若此,岂不痛也哉!悲夫!本细末大,弛必至心。时乎!时乎!可痛惜者此也。"他由论说历史转入分析现实,尖锐地指出:"天下之势方病大瘇:一胫之大几如要,一指之大几如股,恶病也。平居不可屈信,一二指搐,身固无聊也。失今弗治,必为锢疾,后虽有扁鹊,弗能为已。"③

贾谊大声疾呼,抒发对臣弑君、子弑父这类事件的痛心与感慨。为了避免这类悲剧在汉代宫廷发生,他在《新书·藩伤》中提出了"活大臣,全爱子"的策略:

---

① 吴云、李春台:《贾谊集校注》,第39页。
② 同上书,第24页。
③ 同上书,第42页。

> 夫树国必审相疑之势,下数被其殃,上数爽其忧。凶饥数动,彼必将有怪者生焉。祸之所罹,岂可预知!故甚非所以安主上,非所以活大臣者也,甚非所以全爱子者也。既已令之为藩臣矣,为人臣下矣,而厚其力,重其权,使有骄心而难服从也,何异于善砥莫邪而予邪子?自祸必矣。爱之,故使饱粱肉之味,玩金石之声;臣民之众,土地之博,足以奉养宿卫其身。然而权力不足以侥幸,势不足以行逆,故无骄心,无邪行。奉法畏令,听从必顺,长生安乐,而无上下相疑之祸。活大臣,全爱子,孰精于此!①

他所上策略的核心是从势力消长着眼,希望朝廷对诸侯不要"厚其力,重其权",而要削弱他们的势力,将他们的实力定位在"足以奉养宿卫其身"的程度,要让他们沉湎于享乐的生活中,"使饱粱肉之味,玩金石之声"。只有这样诸侯才会醉心于歌舞、宴乐之中,朝廷才会对诸侯放心,彼此相安无事。贾谊的策略在"爱之"的动听宣示下,令诸侯放弃对自己臣民的关心,醉生梦死,游玩佚乐,沉迷于声色犬马。这一策略在文帝时未能付诸实施,但经景帝、武帝采纳,成为治理诸侯的基本国策。

贾谊的政论文能敏锐地捕捉事势中的重要问题,能预见潜在问题的严重性与走向。他的论文开创了"切于世事"的传统,其鞭辟入里的分析阐述,显示出充溢昂扬的气势,以理服人,以气势夺人,具有雄辩的说服力和强烈的感染力。

贾谊的政论文中往往运用夸张的语言和生动的比喻,如他论述诸侯与中央王朝的关系,运用"一胫之大几如要,一指之大几如股"的比喻,生动警策。又如他论述人民卖儿卖女,"民卖产子,得为之绣衣、编丝履、偏诸缘,入之闲中,是古者天子后之服也,后之所以庙而不以燕也,而众庶得以衣孽妾"②。这些夸张的语言和生动的比喻给文章增添了鲜明生动的效果。

贾谊的政论文既以理服人,又以情动人,在论说事理时,插入抒发感慨的文字。说理与抒情错综运用,使他的文章在理性阐述的基本上,又可唤起感情的共鸣,使以文帝为代表的最高统治者更易于接受他的思想观点,增强了作品的艺术感染力。

三、黄老思想与贾谊的辞赋创作

贾谊的赋表现出很高的艺术造诣,影响极大。《文心雕龙·体性》云:

---

① 吴云、李春台:《贾谊集校注》,第36页。
② 同上书,第96页。

"贾生俊发,故文洁而体清。"刘勰认为贾谊等作家的创作"气以实志,志以定言,吐纳英华,莫非情性"。这是对贾谊的志趣、才情的肯定。同时,《文心雕龙》还对贾谊的《鵩鸟》和《吊屈原赋》两篇特色鲜明,富有开创性的作品给予了高度的评价。《文心雕龙·诠赋》云:"贾谊《鵩鸟》,致辨于情理。"《文心雕龙·哀吊》云:"自贾谊浮湘,发愤吊屈,体同而事核,辞清而理哀,盖首出之作也。"①

《吊屈原赋》是中国最早的吊古抒怀的作品,是中国凭吊文学之祖。《史记·屈原贾生列传》云:"自屈原沉汨罗后百有余年,汉有贾生,为长沙王太傅,过湘水,投书以吊屈原。""贾生既辞往行,闻长沙卑湿,自以寿不得长,又以谪去,意不自得。及渡湘水,为赋以吊屈原。"②这段文字揭示出《吊屈原赋》创作的重要信息,贾谊遭贬谪,渡湘水伤悼屈原的不幸,抒发自己的"意不自得"。后来,扬雄也效仿贾谊,做出类似的举动。《汉书·扬雄传》云:(扬雄)"又怪屈原文过相如,至不容,作《离骚》,自投江而死,悲其文,读之未尝不流涕也。以为君子得时则大行,不得时则龙蛇,遇不遇命也,何必湛身哉!乃作书,往往摭《离骚》文而反之,自岷山投诸江流以吊屈原,名曰《反离骚》。"③

贾谊在作品中也说明了自己的创作动机:"共承嘉惠兮,俟罪长沙。侧闻屈原兮,自沉汨罗。造托湘流兮,敬吊先生。"④"共承",《文选》作"恭承",李善注引张晏曰:"恭,敬也。"贾谊说自己敬承朝廷恩惠,待罪于长沙。李善注曰:"言至湘水托流而吊。"⑤贾谊直接以屈原为对话人,又在赋中云:"嗟苦先生,独离此咎兮。"以第二人称的口吻,表达对屈原的同情、不平。

贾谊用"呜乎哀哉,逢时不祥"领起抒情,抒发了对屈原生不逢时的同情,表达了对黑白颠倒的社会现实的不满:

> 呜乎哀哉,逢时不祥!鸾凤伏窜兮,鸱枭翱翔。阘茸尊显兮,谗谀得志。贤圣逆曳兮,方正倒植。世谓随夷为溷兮,谓跖蹻为廉。莫邪为钝兮,铅刀为铦。⑥

这里描绘的都是"逢时不祥"的种种乱象:鸾凤本为凌云翱翔之鸟,而今却被

---

① [清]黄叔琳:《增订文心雕龙校注》,第380、96、168页。
② [汉]司马迁:《史记》,第2491—2493页。
③ [汉]班固:《汉书》,第3515页。
④ [汉]司马迁:《史记》,第2493页。
⑤ [南朝梁]萧统编,[唐]李善注:《文选》,第832页。
⑥ 同上。

迫伏窜于草丛中,鸱枭之类不祥的恶鸟,却翱翔天际。这两种鸟的对比是社会现实种种不祥的开端,无才无德、谄佞之徒居于显赫的高位,而应该得到社会尊重的贤圣却遭受压抑。"世谓"四句揭示出社会评价尺度的混乱、颠倒,揭露出社会现实的污浊。

> 吁嗟默默,生之无故兮。斡弃周鼎,宝康瓠兮。腾驾罢牛,骖蹇驴兮;骥垂两耳,服盐车兮。章甫荐履,渐不可久兮。嗟苦先生,独离此咎兮。①

"逢时不祥"已令人困惑、烦恼,更何况还要遭遇种种不幸!作者以三组对比鲜明的意象暗喻屈原的厄运。

在抒发对屈原不幸遭遇的同情之后,作者又以对话的写法转入对逝者的宽慰。《文心雕龙·哀吊》云:"吊者,至也。诗云'神之吊矣',言神至也。……凡斯之例,吊之所设也。或骄贵以殒身,或狷忿以乖道,或有志而无时,或美才而兼累,追而慰之,并名为吊。"②贾谊对屈原"追而慰之",表达了两层含义:其一是对待污浊的现实表现出自我宽慰的态度,要"自引而远去""深潜以自珍""远浊世而自藏"。其二是对待君主要"历九州而相其君",而不必拘执于一地一君。要像凤凰翱翔于千仞,发现道德高尚的君主才降落,发现道德衰败的征兆就要离去。

《吊屈原赋》中"远浊世而自藏"的情感,乃是对道家持身主张与思想的演绎,而与儒家"道不同,不相为谋"③、"穷则独善其身,达则兼善天下"④的主张有明显的差异。贾谊引用、化用《庄子》《文子》的观点、意象,作品中"深潜以自珍""远浊世而自藏"的思想都是以自身价值的肯定为前提,是从《庄子》"全汝形,抱汝生,无使汝思虑营营"⑤的思想衍生的文学意象,作品结尾四句:"彼寻常之污渎兮,岂能容夫吞舟之巨鱼?横江湖之鳣鲸兮,固将制于蝼蚁。"⑥这更是对《庄子》中庚桑楚与弟子对话的诗意转换。

这篇作品与其说是诉之于屈原,毋宁说是自我宽慰,在为屈原不平的宣泄中注入了自我伤悼的情绪。作者入朝以来短短几年间,竟然提出一系列超越众大臣的建言和策略,在汉初政权巩固与建设中发挥了独特的作用,然而,

---

① [南朝梁]萧统编,[唐]李善注:《文选》,第832页。
② [清]黄叔琳:《增订文心雕龙校注》,第168页。
③ [清]刘宝楠:《论语正义》,北京:中华书局,1990年,第641页。
④ [清]焦循:《孟子正义》,北京:中华书局,1987年,第891页。
⑤ [清]郭庆藩:《庄子集释》,第777页。
⑥ [南朝梁]萧统编,[唐]李善注:《文选》,第832页。

他的才华与超拔引起周勃等众大臣的嫉妒、排斥。因此,他在作品中对屈原的宽慰,实际上乃是对自己坎坷经历和未来命运的深入思考。"深潜以自珍""远浊世而自藏",贾谊所强调的人生道路,也正是他自己经历深刻思考后的人生选择。

《吊屈原赋》在文体和艺术构思方面,较接近《九章》中的《惜诵》《涉江》,以直接诉说的方式表达对屈原的同情。作品中"鸾凤伏窜兮,鸱枭翱翔"几句,"兮"字用于两分句中间,两句换韵,显得节奏激切。"斡弃周鼎,宝康瓠兮"以下几句,"兮"字用于两分句末,显得韵味沉缓。作品采用诉说、对话的方式,增加了亲切感、真切感。

贾谊的《惜誓》,严忌的《哀时命》、淮南小山的《招隐士》,收录在《楚辞》一书中,这些作品多缅怀屈原,甚至作品中的文学意象也多与屈原笔下的意象相近。贾谊的《惜誓》云:

> 攀北极而一息兮,吸沆瀣以充虚。飞朱鸟使先驱兮,驾太一之象舆。苍龙蚴虬于左骖兮,白虎骋而为右骓。建日月以为盖兮,载玉女于后车。驰骛于杳冥之中兮,休息乎昆仑之墟。①

这里的北极、朱鸟、苍龙、白虎、玉女、昆仑等文学意象皆与屈原作品雷同,而且从作品中的艺术联想也可看出《离骚》的痕迹。可见贾谊的《惜誓》带有较明显的因袭成分,创新不足。

贾谊的《鵩鸟赋》也是一篇形式、立意都别出心裁的作品。司马迁在《史记·屈原贾生列传》中阐述《鵩鸟赋》的创作缘起:"贾生为长沙王太傅三年,有鸮飞入贾生舍,止于坐隅。楚人命鸮曰'服'。贾生既以谪居长沙,长沙卑湿,自以为寿不得长,伤悼之,乃为赋以自广。"②贾谊自己在作品中对其创作动机亦有明确交代。《鵩鸟赋》云:

> 单阏之岁兮,四月孟夏,庚子日施兮,服集予舍,止于坐隅,貌甚闲暇。异物来集兮,私怪其故,发书占之兮,谶言其度。曰:"野鸟入处兮,主人将去。"请问于服兮:"予去何之? 吉乎告我,凶言其灾。淹数之度兮,语予其期。"服乃叹息,举首奋翼,口不能言,请对以意。③

---

① 吴云、李春台:《贾谊集校注》,第345页。
② [汉]司马迁:《史记》,第2496页。
③ 同上书,第2497页。

据《史记集解》引徐广曰："岁在卯曰单阏。文帝六年岁在丁卯。"这是发生在文帝六年(前174)四月庚子日傍晚的怪事。贾谊是被贬之人，谪居潮湿的长沙，现在又有只鹏鸟飞入他的室中。楚人认为这是不祥之鸟。巫卜之书又有不利于主人的记载。这种种不如意接连而至，使作者产生困惑。于是，他向鹏鸟发问。他的疑惑紧承巫卜之书所言"野鸟入处兮，主人将去"而来。自己将去往何处？是吉是凶？这不祥结局发生的时间是快？还是慢？这篇《鹏鸟赋》假托鹏鸟对上述疑惑的答复构成全篇。

贾谊首先陈述了对祸福关系的理解，针对楚俗及巫卜之书所谓的"不祥"，言祸福相倚，理论与事例，未可简单视为祥与不祥。他引用《鹖冠子》关于祸福相倚的命题，从理论与历史两方面阐述了"祸兮福所倚，福兮祸所伏"的观点，阐述了"忧喜聚门兮，吉凶同域"的观点。这是要人们淡化对所谓"不祥"谶言的畏惧，从而淡化对所谓凶咎的心理阴影。他以吴越盛衰的历史和李斯、傅说荣辱的典故，说明不能片面孤立地看待人生的幸运或不遇的问题。于是，作者反复陈述："命不可说兮，孰知其极？""天不可与虑兮，道不可与谋。迟数有命兮，恶识其时？"这是对鹏鸟入室预示的"不祥"的否定，是对种种疑惑的否定。

借由种种不可获释的疑惑，贾谊笔锋一转，进入更为玄妙境界的思考：

> 通人大观兮，物无不可。贪夫殉财兮，烈士殉名。夸者死权兮，品庶冯生。怵迫之徒兮，或趋西东。大人不曲兮，亿变齐同。拘士系俗兮，窘如囚拘。至人遗物兮，独与道俱。众人或或兮，好恶积意。真人淡漠兮，独与道息。释知遗形兮，超然自丧。①

文中对达人、至人、真人的称赞可以看出《庄子》《鹖冠子》《列子》《文子》话语的回响，"独与道俱""独与道息"的精神境界，都是黄老之外其他学派不能企及的。当自己处境不顺利的时候，他在艺术联想中出现了"殉财""殉名""死权""冯(贪)生"的世俗形象，他们为各种物欲牵制，"窘如囚拘"。他对种种"物累"的否定，实际上也是内心世界的一次升华。谪居、卑湿、损寿、不祥鸟等带来的不快、失意，在精神升华中被理性思考所取代。《鹏鸟赋》中出现的另一些形象则是超脱俗累，超升三界外，不在五行中，独与道相往还的至人、真人、德人。两相比较，贾谊不沉湎于自我宽慰，而是表现出超然物外、"知命不忧"的精神追求。《鹏鸟赋》表现出贾谊对人生顺逆的深刻思考，对

---

① [汉]司马迁：《史记》，第2500页。

外在束缚的超越。

《鹏鸟赋》表现出较深的黄老思想,其引用、化用最多的是《庄子》与《鹖冠子》。《汉书·艺文志》道家载《鹖冠子》一篇。注曰:"楚人,居深山,以鹖为冠。"①《文心雕龙·诸子》云:"《鹖冠》绵绵,亟发深言。"②因其论理深奥,故为贾谊所推崇。《文心雕龙·事类》云:"唯贾谊《鹏赋》,始用《鹖冠》之说。"③刘勰也揭示出贾谊同《鹖冠子》思想的内在关系。

总之,贾谊的《鹏鸟赋》和《吊屈原赋》两篇赋的思想和艺术都带有鲜明的黄老道家印记。这也是汉初文学受到黄老道家影响的最有代表性的作品。

---

① [汉]班固:《汉书》,第 1730 页。
② [清]黄叔琳:《增订文心雕龙校注》,第 230 页。
③ 同上书,第 473 页。

第二章　汉代文化建构与辉煌的大汉文学

汉景帝崩,太子刘彻即位,是为武帝(前140—前87)。武帝十六岁即位,他在位的53年,是汉代文化建设与文学创作的鼎盛期。这个时期足以区别于周秦的汉家文化已经基本确立。此时,儒家思想被确立为王朝的主流思想与官方学术,经过儒家阐释的宗周礼乐文明被尊崇为主流文化。在这一前提下,尚存在秦楚文化的不同成分,呈现出主从分明的多元文化格局。在思想学术领域,虽号称"罢黜百家,独尊儒术",但一些活跃并取得不同成就的士人,却兼修道家、刑名、纵横等学派,而在各自领域显示出独特的创造性。此时的社会环境为各种文化要素的积极发展留有充分的空间,这一时期的文化显示出巨大的活力,为贤能之士提供施展才华的机遇。

这一时期文人个性鲜明,创作力活跃。他们造就了无愧于时代、无愧于历史的文学辉煌,创造了永垂史册的文坛佳构,为中国文学树立了光辉的艺术典范。这一时期涌现出中国文化史、文学史上成就卓著、影响深远的三个大家:董仲舒、司马迁、司马相如。他们构成了汉代文化与文学的永恒标志。

班固盛赞这一时代说:

> 是时,汉兴六十余载,海内艾安,府库充实,而四夷未宾,制度多阙。上方欲用文武,求之如弗及,始以蒲轮迎枚生,见主父而叹息。群士慕向,异人并出。卜式拔于刍牧,弘羊擢于贾竖,卫青奋于奴仆,日䃅出于降虏,斯亦曩时版筑饭牛之朋已。汉之得人,于兹为盛,儒雅则公孙弘、董仲舒、兒宽,笃行则石建、石庆,质直则汲黯、卜式,推贤则韩安国、郑当时,定令则赵禹、张汤,文章则司马迁、相如,滑稽则东方朔、枚皋,应对则严助、朱买臣,历数则唐都、洛下闳,协律则李延年,运筹则桑弘羊,奉使则张骞、苏武,将率则卫青、霍去病,受遗则霍光、金日䃅,其余不可胜纪。是以兴造功业,制度遗文,后世莫及。①

这个时代的辉煌是经过几代人持续努力造就的。无数人为探索并建设汉家

---

① [汉]班固:《汉书》,第2633—2634页。

文化,思考着,奋斗着,将自己的文化艺术才能融入这个伟大的时代。

第一节 儒家与黄老争胜:文化转型中的思想激荡

在文化转型的过程中,一些精英预感到旧文化即将终结,新时代即将到来,他们率先在思想领域和相关的文化层面进行探索与斗争。同时,儒家学说的信奉者对各种不同学说在汉家文化发展中所能发挥的作用进行重新阐述,引导最高统治者对国家治理的思想定位。

这是一个较为漫长的思想转变过程,从景帝后期到武帝即位后十余年,精英们的前卫认识终于被天子代表的最高统治者所接受,成为影响新的决策制定的思想认识。《史记·礼书》云:"今上即位,招致儒术之士,令共定仪,十余年不就。"①"十余年不就"表明这一转变过程的艰难,也可以看出,从汉初黄老思想占主导地位到儒家学说独尊的局面转变,是不可能顺利的。儒家与道家思想的成熟程度,不同思想观点在士林的接受及其在文学、史学乃至政策解读中的深入,王朝最高统治者对不同学说的认知,都对这一转变产生影响。

黄老道家的思想学说经曹参引入朝廷,便成为汉初的主流思想。这一学说在最高统治者中得到文帝、窦太后的扶持。窦太后对黄老道家思想的信奉可谓达到痴迷的程度,不仅自己喜好,还以道家的著作、思想,培养自己的儿子、自己的兄弟、子侄。黄老道家思想主导汉初政治,在经济发展与安定人民方面收到良好效果。当时的文臣武将对国力的提升,对王朝的发展,对时代都充满信心,积极渴望建功立业的机遇。随着汉政权的稳固与国力的发展,一些敏锐的士大夫逐渐认识到,标榜清静、无为的黄老道家并不能指导强势进取的汉家文化建设。士人的思想、学术虽然取向各异,但都要为已经稳定发展的汉政权效力,于是,作为汉初主流思想的黄老道家与正处于上升趋势的儒家不断地发生思想纠葛甚至是正面冲突。

儒、道思想冲突首先发生在儒家经师辕固生与窦太后之间。窦太后崇尚黄老之学,令太子和自己的亲属都读黄老道家书,儒家经师辕固生敢于当面贬低窦太后所信奉的黄老道家,则表现出一批儒家精英力图颠覆黄老学说主流地位,极力扩大儒家思想传播的共同愿望。

《史记·儒林列传》云:

---

① [汉]司马迁:《史记》,第1160页。

及高皇帝诛项籍,举兵围鲁,鲁中诸儒尚讲诵习礼乐,弦歌之音不绝,岂非圣人之遗化,好礼乐之国哉?故孔子在陈,曰"归与归与!吾党之小子狂简,斐然成章,不知所以裁之"。夫齐鲁之间于文学,自古以来,其天性也。故汉兴,然后诸儒始得修其经艺,讲习大射乡饮之礼。叔孙通作汉礼仪,因为太常,诸生弟子共定者,咸为选首,于是喟然叹兴于学。①

齐鲁人民对礼乐文化的热爱与坚持,已经成为根深蒂固的传统,《史记》称之为"天性",并非溢美之词。司马迁所称赞的"圣人之遗化",即是对儒家文化的热衷,甚至表现为冒着生命危险保护儒家典籍。

在秦始皇焚书期间,精英们保护文化典籍,伏生是其中杰出的代表,据《史记·儒林列传》载,济南人伏生原为秦王朝博士。秦始皇焚书,伏生将《尚书》藏于夹壁墙中。其后爆发战争,伏生流亡在外。汉定天下,伏生返回家乡,寻找墙中书,遗失数十篇,仅存二十九篇,他便用这个残本《尚书》做教材进行讲授。于是齐鲁很多学者都掌握了《尚书》的相关知识。此外,孔子后裔也将大量的文献藏在夹壁墙中,《汉书·艺文志》云:"《古文尚书》者,出孔子壁中。武帝末,鲁共王坏孔子宅,欲以广其宫。而得《古文尚书》及《礼记》《论语》《孝经》凡数十篇,皆古字也。"②士人中的精英在严酷残暴的统治下,各以自己的方式保护古代文献,表现出对文化的执着热爱,对理想与信念的守护,这也是中国古代文化强大生命力之所在。

与此同时,在各地也产生一批传播儒家学说的大师,《汉书·儒林传》云:"汉兴,言《易》自淄川田生;言《书》自济南伏生;言《诗》,于鲁则申培公,于齐则辕固生,燕则韩太傅;言《礼》,则鲁高堂生;言《春秋》,于齐则胡母生,于赵则董仲舒。"③通过诸多大师的研究、讲授,儒家经典在各地传播开来。

辕固生批评《老子》之学,是儒家精英向黄老道家发难,争取主流地位的表现。同时,他的论说也在告诫景帝,儒家学说在建立稳定的社会秩序方面,将具有黄老道家无法替代的作用。在这次思想交锋中,辕固生得到景帝的暗中支持,但因窦太后的坚持与固执,儒家争取主流地位的努力仍然告负。

在此之前,辕固生还同道家的代表人物黄生就"受命"与政权更迭问题展开过一场论争。《史记·儒林列传》云:

---

① [汉]司马迁:《史记》,第 3117 页。
② [汉]班固:《汉书》,第 1706 页。
③ 同上书,第 3593 页。

(辕固生)与黄生争论景帝前。黄生曰:"汤武非受命,乃弑也。"辕固生曰:"不然。夫桀纣虐乱,天下之心皆归汤武,汤武与天下之心而诛桀纣,桀纣之民不为之使而归汤武,汤武不得已而立,非受命为何?"黄生曰:"冠虽敝,必加于首;履虽新,必关于足。何者,上下之分也。今桀纣虽失道,然君上也;汤武虽圣,臣下也。夫主有失行,臣下不能正言匡过以尊天子,反因过而诛之,代立践南面,非弑而何也?"辕固生曰:"必若所云,是高帝代秦即天子之位,非邪?"于是,景帝曰:"食肉不食马肝,不为不知味;言学者无言汤武受命,不为愚。"遂罢。是后学者莫敢明受命放杀者。①

这是一场具有特殊意义的论辩。辩论双方都借汤、武和桀、纣这两组人物的历史命运,引申到对汉家政权"受命"是否具有永恒意义的阐释。

在黄生看来,君臣上下的等级关系是不可改变的。一旦受命为天子,无论其如何残暴荒淫,他都是受到老天保佑的君主,人民只能接受他和他的家族世世代代的统治。即使商汤、周武王这样的圣贤,在遭逢桀、纣一类暴君统治时,也只能辅佐并维护君主,"正言匡过以尊天子"。他发出这样的论断,并非为早已被铲除的暴君桀、纣鸣不平。其言下之意,刘邦既已"受命"为天子,则其子孙无论如何荒淫残暴,即使成为新一代桀、纣,他们仍是"天命"所归的统治者,任何时代、任何人都不能推翻他。否则就是弑君逆臣。

辕固生的论述明显地继承了《诗经》中"天命靡常"的思想,继承了儒家关于扶义诛暴的思想。他的表达几乎就是孟子论辩在汉代的翻版。《孟子·梁惠王下》载孟子与齐宣王就汤、武与桀、纣两组历史人物的对话:

齐宣王问曰:"汤放桀,武王伐纣,有诸?"孟子对曰:"于传有之。"曰:"臣弑其君,可乎?"曰:"贼仁者谓之'贼',贼义者谓之'残'。残贼之人,谓之'一夫'。闻诛一夫纣矣,未闻弑君也。"②

孟子认为,桀、纣暴虐,伤天害理,已经失去作为君主的资格,堕落为独夫民贼,武王只是杀了一个恶人而已。辕固生直接继承了孟子的观点,而从"受命"与天理、民心的角度申明自己的观点。"桀纣虐乱,天下之心皆归汤武,汤武与天下之心而诛桀纣",表明桀纣虐乱失掉天下之心,汤武顺应民心而诛桀纣正是天命所归。这一论述的深刻意义在于肯定现有政权的合理性,同

---

① [汉]司马迁:《史记》,第 3122—3123 页。
② [清]焦循:《孟子正义》,第 145 页。

时,又以桀纣失"天命"被诛的历史命运作为汉家统治者的警示,告诫景帝及其子孙不要重蹈桀纣的覆辙,要求汉王朝统治者立德顺天以保社稷。

黄生所论的话题范畴并非道家所长,在论历史是非时表现出对当前统治者的维护,甚至于将这一原则引向愚忠的极端,而辕固生则从汉家统治合理性的阐释中,提出了一个规约汉代统治者乃至一切统治者的"天命"理念。

这场论争给景帝提出一个无法破解的难题,他既要肯定黄生论述中对自己及刘氏现实利益的维护,又乐于承认辕固生论述中对刘氏政权取代秦政权的"天命"解释,却又无法否定这一天命论对现实统治者倒行逆施的规约。于是,景帝只能无奈地进行调和,将这一论题搁置起来,"是后学者莫敢明受命放杀者",使其成为汉代学术的禁区。但这一论辩充分表现出辕固生观点的普遍性意义和理论探讨的勇气。

儒、道思想的第二次冲突发生在武帝时。景帝去世,武帝即位,立即下诏,要求丞相、御史、列侯、中二千石、二千石、诸侯相举贤良方正直言极谏之士。丞相卫绾奏:"所举贤良,或治申、商、韩非、苏秦、张仪之言,乱国政,请皆罢。"丞相的建议获得了允许①。朝廷对以往贤良标准的重新审视,要从思想与学识修养层面进行掌控,排除受名、法、纵横家影响较深的人。这是朝中主流思想更新的开端,也是进一步提出思想领域问题的一个明显的信号。

不久,武帝便选用受儒家思想影响较深的人授以要职,魏其侯窦婴为丞相,武安侯田蚡为太尉。《史记·魏其武安侯列传》云:

> 魏其、武安俱好儒术,推毂赵绾为御史大夫,王臧为郎中令。迎鲁申公,欲设明堂,令列侯就国,除关,以礼为服制,以兴太平。举适(谪)诸窦宗室毋节行者,除其属籍。时诸外家为列侯,列侯多尚公主,皆不欲就国,以故毁日至窦太后。太后好黄老之言,而魏其、武安、赵绾、王臧等务隆推儒术,贬道家言,是以窦太后滋不说魏其等。及建元二年,御史大夫赵绾请无奏事东宫。窦太后大怒,乃罢逐赵绾、王臧等,而免丞相、太尉。②

魏其侯窦婴是太皇窦太后的堂侄,他的思想信仰已同文帝时被要求接受黄老思想的"诸窦"有所不同。武安侯田蚡是景帝时王皇后的同母弟。《汉书·窦田灌韩传》载,田蚡"辩有口,学《盘盂》诸书"③。《汉书·艺文志》杂

---

① [汉]班固:《汉书》,第156页。
② [汉]司马迁:《史记》,第2843页。
③ [汉]班固:《汉书》,第2377—2378页。

家类载:"孔甲《盘盂》二十六篇。"注曰:"黄帝之史,或曰夏帝孔甲,似皆非。"又曰:"杂家者流,盖出于议官。兼儒、墨,合名、法,知国体之有此,见王治之无不贯,此其所长也。"①王皇后很赏识田蚡。在景帝晚年,田蚡受到器重,为中大夫。两代外戚之间虽有矛盾,但他们都接受儒家思想,并提拔学习儒术的新人。据《史记·儒林列传》载,赵绾尝受诗于申公。王臧亦从申公受诗,在景帝时为太子少傅,即武帝为太子时的老师。他们都是儒学大师鲁诗学派的创立宗师申公的弟子。同时也可以看出,武帝从小受儒家思想的教育与影响,并在他周围形成一个具有儒家思想倾向的政坛核心。

这次冲突发生在武帝即位之初的建元二年(前139),窦太后以垂暮之年捍卫黄老思想的主流地位。《史记·儒林列传》记载此事云:"绾、臧请天子,欲立明堂以朝诸侯,……太皇窦太后好老子言,不说(悦)儒术,得赵绾、王臧之过以让上,上因废明堂事,尽下赵绾、王臧吏,后皆自杀。"②终以窦婴、田蚡免官,赵绾、王臧下狱死为结局。

武帝赞同儒家思想主张及其所倡导的礼乐制度,他的态度比较鲜明。但他对自己年迈的祖母固守黄老思想体系的做法却只能忍让。赵绾、王臧下狱死,窦婴、田蚡被免官,成为这次思想文化激烈冲突的牺牲品。儒家争夺政治主导作用的努力再次受挫。

这次思想冲突及其所伴随的政坛冲突,是统治集团内部不同思想与政治势力对立的必然。武帝十六岁即位,不能说是成熟的政治家。但他执政之初的几任丞相赵绾、魏其侯窦婴、武安侯田蚡与这位少年天子构成的统治集团的核心,是受儒家思想影响较深的。他们都在用人政策方面明确提出了排斥名家、法家、纵横家的主张,并得到朝廷批准。上层统治集团的思想倾向及士人对儒家思想的认同,预示着汉家文化不可逆转的走向。

第三次儒、道思想冲突中,以武帝为代表的统治集团迎来了大力推进文化转型的有利时机。

建元六年(前135)五月,窦太后去世,信守黄老道家的主要政治势力崩塌。武帝重新起用武安侯田蚡为丞相,以韩安国为御史大夫。田蚡为丞相后,"绌黄老、刑名百家之言,延文学儒者数百人"③。执政者在用人方面进行调整,大量提拔接受儒家思想的士人任职。在排斥刑名、纵横等思想流派的基础上,执政者更将窦太皇太后所维护的黄老家列于罢黜的首位,发出了思想文化转变的明确信号。

---

① [汉]班固:《汉书》,第1740、1742页。
② [汉]司马迁:《史记》,第3121—3122页。
③ 同上书,第3118页。

在汉家文化建构的有利形势下,最重要、最关键的人物董仲舒出现在了政治舞台上。元光元年(前134)初,朝廷令郡国举孝廉各一人。董仲舒被举荐入朝。在贤良对策中他表达了一系列对汉家思想文化建设的建议和主张,经武帝采纳,作为政策实施。

武帝在制策中提出:"欲闻大道之要,至论之极",从五帝三王礼乐之盛,至于大道微缺,桀、纣逆行,王道大坏,这样天翻地覆的巨变令武帝十分困惑。于是,他发问:"岂其所持操或悖缪而失其统与?固天降命不可复反,必推之于大衰而后息与?""三代受命,其符安在?灾异之变,何缘而起?性命之情,或夭或寿,或仁或鄙,习闻其号,未烛厥理。"①此制策提出的"大道之要"就是三代受命以至于后王衰败的问题。

董仲舒对曰:

> 天命与情性,皆非愚臣之所能及也。臣谨案《春秋》之中,视前世已行之事,以观天人相与之际,甚可畏也。国家将有失道之败,而天乃先出灾害以谴告之;不知自省,又出怪异以警惧之;尚不知变,而伤败乃至。以此见天心之仁爱人君而欲止其乱也。

他自谦地说自己的智慧无法解释"天命与情性",他要引用当时朝廷和士大夫尚不够重视的经典《春秋》来回答武帝的问题。董仲舒言下之意,孔子作《春秋》,就是对天命的权威解释。他认为,《春秋》所记载的历史事件中透露出天人关系的信息。策问提出的核心问题是夏商周三代受命至于灭亡,其间天命与灾异的关系究竟如何。汉代统治者非常关心自己王朝的命运,要从历史中汲取教益。董仲舒认为,上天既对受命的圣君及其后代十分关爱,为防止王朝的覆灭,上天对君主"大道"的缺失十分关心,并不断地发出警告,董仲舒将"天心"的关爱分为三层次:"先出灾害以谴告之","又出怪异以警惧之",实在无可挽救,"伤败乃至"。董仲舒此论意在用天命引导统治者,用灾异警示君主。在对策中,董仲舒以《春秋》为依据,谈灾异,论阴阳。他指出,"王者欲有所为,宜求其端于天。天道之大者在阴阳。阳为德,阴为刑","王者承天意以从事,故任德教而不任刑"。他告诫武帝,要尊天道,实施德教,要按照天意"使阳出布施于上","使阴入伏于下",这样就能使阴阳发挥出应有的作用。相反,"废德教而任刑罚。刑罚不中,则生邪气;邪气积于下,怨恶畜于上。上下不和,则阴阳缪戾而妖孽生矣。此灾异所缘而起也"。

---

① 董仲舒对策均见《汉书》,第2495—2523页。不另注。

在策对中,董仲舒提出了自己完整的天命学说,即圣王受命,按着天意实施统治。如果继任者背离大道,政乱国危,逐渐衰败,上天就会视其衰败的程度,降下不同的灾异,以示警诫。夏桀、商纣之所以败亡,就在于他们不接受上天示警,不奉行天道。在董仲舒看来,圣王当尊天而行,任德政,行教化,而兴太学、讲六艺就是施行教化的主要途径。武帝应该通过这样的文化建构,彻底改变清静无为之政,建立具有强烈进取态势的汉家文化。

在这番阐述中,《春秋》、阴阳、灾异是董仲舒论说中三个主要支点。董仲舒面对一个想在文治武功方面大有作为的年少君主,充分发挥了自己对《春秋》经典的理解,给他以极具震撼力的思想引导。按着阴阳和谐的规律实施国家治理,这是董仲舒对策中一个关键命题。遵循这一规律施政,便合于天命的要求,否则便在不同程度上违背天命。于是,上天便以灾异警告乃至惩戒君主。灾异是天意对王者的惩戒,也是王者背离天意的信号。他认为《春秋》的记载清楚地透露出天意同君主施政的关系,因此,他认为《春秋》是人们认识天命的唯一的权威的依据。

针对武帝的困惑,董仲舒援引《春秋》的记载,集中阐释天命变迁与君主性情的关系问题,论说雄辩,根据确凿,极具说服力。武帝赞扬他"子大夫明于阴阳所以造化,习于先圣之道业",因此,"天子览其对而异焉,乃复册之"。武帝给他以充分肯定,并且又发下两个制问,让他详尽地阐述自己的思想观点。这在当时的贤良对策中是绝无仅有的。当时举荐待诏的贤良百余人,但他们在对策中所谈,"或道世务而未济,稽诸上古之不同,考之于今而难行,毋乃牵于文系而不得骋与?将所繇异术,所闻殊方与?"有的解决不了当务之急,有的食古不化,引用古代的人和事却无法为现实政治提供参考。武帝已经感到不同思想流派在解决现实的治国方略上的差异性,因此要求董仲舒"各悉对,著于篇,毋讳有司。明其指略,切磋究之。以称朕意"。

在第二策对中,武帝要求董仲舒回答政务方面的困惑。虞舜垂拱无为,而天下太平。周文王至于日昃不暇食,而宇内亦治。同为圣王,却劳逸悬殊。武帝自言勤政而功不就,"今阴阳错缪,氛气充塞,群生寡遂,黎民未济,廉耻贸乱,贤不肖浑淆,未得其真",这都是他深感棘手之事。因此要求董仲舒阐述对治道和太平的看法,认为培养、举荐贤良乃是治道之要务。周王朝之成功在于此,秦迅速败亡也在于此。然而当前朝廷却缺少真正的贤士,他认为,天子是圣贤之主,但今之郡守、县令不贤,"则主德不宣,恩泽不流","或不承用主上之法,暴虐百姓,与奸为市,贫穷孤弱,冤苦失职,甚不称陛下之意"。制问中所提出的"阴阳错缪,氛气充塞,群生寡遂,黎民未济"等问题,都是因为皆长吏不明,缺少贤士造成的。针对这样的现实,他在对策中说,"君子不学,不成其德","故养士之大者,莫大乎太学;太学者,贤士之所关也,教化之本原也"。于是他说:"愿陛下兴太学,置明师,以养天下之士,数考问以尽其材,则英俊宜可得矣。"

董仲舒的论辩逻辑就是:治道必待养士求贤,而太学乃培养贤士之途。故为政应兴太学,培养贤士,再由他们宣主德,布恩泽,实施教化。这一对策着重论述了治国仅仅有帝王勤政是不够的,朝廷的政令,包括所谓的主德、恩泽、教化,都要众多的贤士、官吏去执行。而贤士、官吏的培养则要通过兴办太学才能实现。因此,朝廷要从根本上确立当时举贤良政策的方向性问题。

第三策是对前面"条贯靡竟,统纪未终"的补充,在"既已著大道之极,陈治乱之端"基础上,就天人之应与当世之务"悉之究之",基本原则作出必要的阐述。于是,董仲舒提出了解决治道、提升贤良素质的基本原则,即要在思想文化领域确立儒家思想的指导地位,确立儒家六艺为官方学术。他强调:

> 《春秋》大一统者,天地之常经,古今之通谊也。今师异道,人异论,百家殊方,指意不同,是以上亡以持一统;法制数变,下不知所守。臣愚以为诸不在"六艺"之科孔子之术者,皆绝其道,勿使并进。邪辟之说灭息,然后统纪可一而法度可明,民知所从矣。①

董仲舒对百家争鸣的自由状况极为不满,"师异道,人异论,百家殊方,指意不同",在有些人看来是思想活跃的好事,足以启发人们的智慧,为人们提供多种思考与选择。董仲舒则从大一统的角度,将这样的思想格局视为政令混乱的根源,视为制订与执行统一政令的阻力,斥之为"邪辟之说",吁请"皆绝其道,勿使并进"。董仲舒要求建立单一的、以儒家思想为内涵的官方思想,将"六艺"确立为官方学术,要通过排斥其他思想流派,保证主流文化的纯正。这是一套充分体现汉王朝统治集团利益的理论主张,有利于封建统治与封建制度的稳固。

同时,董仲舒将"六艺之科孔子之术"以外的诸子百家贬斥为"邪辟之说",希望运用政治力量"皆绝其道",这一主张表现出极端的文化专制的思想倾向,表现出反对、压抑思想自由与民主的倾向,对思想领域积极、健康的发展产生不利影响。同时,它也给予汉代及其以后王朝的文化专制政策提供了理论依据。

---

① [汉]班固:《汉书》,第2523页。

董仲舒的贤良对策从思想理论层面解决了汉家文化走向的根本问题。因此,他的主张受到武帝的肯定,并在此后的一系列决策中付诸实施。《汉书·董仲舒传》云:"自武帝初立,魏其、武安侯为相而隆儒矣。及仲舒对册,推明孔氏,抑黜百家,立学校之官,州郡举茂材孝廉,皆自仲舒发之。"①《汉书·儒林传》亦云:"及窦太后崩,武安君田蚡为丞相,黜黄老、刑名百家之言,延文学儒者以百数,而公孙弘以治《春秋》为丞相,封侯,天下学士靡然乡风矣。"②这样的局面正可看出董仲舒对策在朝廷政策和汉代文化转向过程中发挥的直接成效。

董仲舒的贤良对策及朝廷对其思想观点的认同,标志着汉家文化基本结束了前期多元的文化状况,开创了汉家文化的新纪元。

第二节 汉家典法与文化建构

《汉书·武帝纪》赞曰:

> 汉承百王之弊,高祖拨乱反正,文、景务在养民,至于稽古礼文之事,犹多阙焉。孝武初立,卓然罢黜百家,表章六经。遂畴咨海内,举其俊茂,与之立功。兴太学,修郊祀,改正朔,定历数,协音律,作诗乐,建封禅,礼百神,绍周后,号令文章,焕焉可述。后嗣得遵洪业,而有三代之风。③

这段赞语对汉代文化建设的内容与性质作了精辟概括,明确地指出在高祖、文帝、武帝三个阶段,汉代政权建设面临的主要问题。从汉代文化的角度来说,前两个时期为汉家文化建设作了物质方面的准备,直到武帝时,文化建设才全面展开,取得巨大成功。

《史记·礼书》云:"今上即位,招致儒术之士,令共定仪,十余年不就。或言古者太平,万民和喜,瑞应辨至,乃采风俗,定制作。上闻之,制诏御史曰:'盖受命而王,各有所由兴,殊路而同归,谓因民而作,追俗为制也。议者咸称太古,百姓何望?汉亦一家之事,典法不传,谓子孙哉?化隆者闳博,治浅者褊狭,可不勉与!'乃以太初之元改正朔,易服色,封太山,定宗庙百官之

---

① [汉]班固:《汉书》,第2525页。
② 同上书,第3593页。
③ 同上书,第212页。

仪,以为典常,垂之于后云。"①即使武帝统治时期,大批人才汇聚王朝,仍然"十余年不就",可见更改前朝之法的复杂艰难程度。同时,尽管士人搜寻多种可资参考的文献,却无非是对秦文化的亲近,或对周文化的趋同。武帝制诏御史时提出"汉亦一家之事",则表现出鲜明的汉家意识,也提出了制汉家礼乐的基本思想。自此,真正的汉家文化才全面展开。

汉王朝进行文化建设,建立了一个具有独立内涵、特色鲜明、完整的文化体系。这是汉王朝的需要,也是中国历史的需要。汉王朝文化建设一个关键性前提是要摆脱秦文化的束缚。这需要杰出士人对秦文化有明确而深刻的认识,对自己时代文化需求有所探索,对上古文化特别是周文化有所反思与提炼。

汉代文化建设的内容可以有不同的阐释,但其根本性质,且足以表明其与周文化、秦文化相区别的标志,当有三方面的建设:独尊儒学的主流思想的形成,封禅制度的建立,正朔、历数、服色的确立。

一、独尊儒术的主流思想的形成

前文已论及汉代前期儒、道两大学派为占据汉文化中的主流地位而展开的争斗。到武帝初年,已经有一批以儒学起家的士人进入政治权力中心。《史记·儒林列传》云:"及今上即位,赵绾、王臧之属明儒学,而上亦乡之,于是招方正贤良文学之士。"②武帝不仅征召贤士,而且请儒家经学大师入京。

《诗经》鲁诗学派的开宗大师申公弟子自远方至受业者百余人,其中兰陵王臧和赵绾都很突出。王臧接受鲁诗学派的教育后,为太子少傅,武帝即位,王臧受到重用多次升迁,为郎中令。赵绾为御史大夫。赵绾、王臧建议武帝立明堂以朝诸侯,为将这一制度阐述明白,他们推荐自己的老师申公。申公发现武帝喜好文词,便说:"为治者不在多言,顾力行何如耳。"意在启发武帝在文化建设方面采取实际行动。武帝以隆重的礼仪迎接申公,可惜申公只针对"天子方好文词",要他多做实事。武帝很失望,但申公八十多岁,已招致京师,便任命为太中大夫,只是让他参与议论明堂事③。申公师徒所论均未顾及文化建设的本质与当时问题的关键,当属于"十余年不就"的议论而已。

在汉代文化建设中,首先从主流思想的角度进行阐述,并有效推进这一问题解决的思想家,非董仲舒莫属。董仲舒从儒、道、名、法等几大学派的思

---

① [汉]司马迁:《史记》,第 1160—1161 页。
② 同上书,第 3118 页。
③ 同上书,第 3121—3122 页。

想体系比较中,阐述其与施政的关系,提出应对当务之急的办法在《春秋》和儒家六艺,故排斥"百家"为异说。

《汉书·礼乐志》载董仲舒对策言:

> 王者欲有所为,宜求其端于天。天道大者,在于阴阳。阳为德,阴为刑。天使阳常居大夏,而以生育长养为事;阴常居大冬,而积于空虚不用之处,以此见天之任德不任刑也。……王者承天意以从事,故务德教而省刑罚。刑罚不可任以治世,犹阴之不可任以成岁也。今废先王之德教,独用执法之吏治民,而欲德化被四海,故难成也。是故古之王者莫不以教化为大务,立大学以教于国,设庠序以化于邑。教化已明,习俗已成,天下尝无一人之狱矣。至周末世大为无道,以失天下。秦继其后,又益甚之。自古以来,未尝以乱济乱,大败天下如秦者也。习俗薄恶,民人抵冒。今汉继秦之后,虽欲治之,无可奈何。……今临政而愿治七十余岁矣,不如退而更化。更化则可善治,而灾害日去,福禄日来矣。①

董仲舒从天命论起,用天命约束最高统治者,也要将自己的观点与天意连在一起,使人不敢不从。在他的论述中,天命、阴与阳、德与刑之间被赋予必然的联系,进而归之于兴太学培养能够尊天行事的官吏,而太学则要以"六艺"为教学内容,培养合于主流文化要求的官吏。董仲舒的论述,在此前丞相卫绾改革的基础上为汉代主流文化确立了基调。《汉书·武帝纪》赞曰:"孝武初立,卓然罢黜百家,表章六经。"这是对武帝时文化建设的基本概括,表明罢黜百家,独尊儒术的主流文化建构体系已经确立②。

此后,朝廷用人更突出了以儒家思想作为衡量标准,特别是武帝重用儒生公孙弘。公孙弘为学官,为丞相,封平津侯,为天下学子树立了榜样,这无异于告诉士人,凭借儒学的修养就可平步青云。

《史记·儒林列传》云:

> 及窦太后崩,武安侯田蚡为丞相,绌黄老、刑名百家之言,延文学儒者数百人,而公孙弘以《春秋》白衣为天子三公,封以平津侯。天下之学士靡然乡风矣。
>
> 公孙弘为学官,悼道之郁滞,乃请曰:"丞相御史言:制曰:'盖闻导民以礼,风之以乐。婚姻者,居室之大伦也。今礼废乐崩,朕甚愍焉。故

---

① [汉]班固:《汉书》,第1031—1032页。
② 同上书,第212页。

详延天下方正博闻之士,咸登诸朝。其令礼官劝学,讲议洽闻兴礼,以为天下先。太常议,与博士弟子,崇乡里之化,以广贤材焉。'谨与太常臧、博士平等议曰:闻三代之道,乡里有教,夏曰校,殷曰序,周曰庠。其劝善也,显之朝廷;其惩恶也,加之刑罚。故教化之行也,建首善自京师始,由内及外。今陛下昭至德,开大明,配天地,本人伦,劝学修礼,崇化厉贤,以风四方,太平之原也。古者政教未洽,不备其礼,请因旧官而兴焉。为博士官置弟子五十人,复其身。太常择民年十八已上,仪状端正者,补博士弟子。郡国县道邑有好文学,敬长上,肃政教,顺乡里,出入不悖所闻者,令相长丞上属所二千石,二千石谨察可者,当与计偕,诣太常,得受业如弟子。一岁皆辄试,能通一艺以上,补文学掌故缺;其高弟可以为郎中者,太常籍奏。即有秀才异等,辄以名闻。"①

公孙弘的上疏得到了朝廷认可,"自此以来,则公卿大夫士吏斌斌多文学之士矣"。

将儒家学术确立为官方学术,兴太学、立五经博士,将儒家经典确立为官方教材,用以统一学子的思想教育,通过这一系列步骤,儒家思想通过教育和人才选拔演变为通往士人晋升之路的权威思想。由此,儒家思想也被确立为主流文化的核心,成为汉王朝的统治思想。

二、封禅制度的建立

封禅是汉代宗教祭祀中最盛大的典礼,也是汉王朝文化建设中最隆重的大事。《史记正义》曰:"此泰山上筑土为坛以祭天,报天之功,故曰封。此泰山下小山上除地,报地之功,故曰禅。言禅者,神之也。《五经通义》云:'易姓而王,致太平,必封泰山,禅梁父,何?天命以为王,使理群生,告太平于天,报群神之功。'"②

其实,自文帝时起,一些方士、儒生就曾建言封禅事。《汉书·郊祀志》云:"使博士、诸生刺六经中作《王制》,谋议巡狩、封禅事。"③让博士们搜寻资料,了解并准备封禅,表明文帝对此有些兴趣。后来,辛垣平的骗术败露,文帝不再关心礼乐文化建设,封禅的提议也作罢。

武帝时,热衷封禅的方士、儒生重新看到机会。特别是李少君、公孙卿、丁公、公玉带等方士,更将封禅同黄帝、同长生不死联系在一起,更增加了封

---

① [汉]司马迁:《史记》,第3118—3120页。
② 同上书,第1355页。
③ [汉]班固:《汉书》,第1214页。

禅的诱惑力。

《史记·封禅书》载,武帝君臣"以为少君神,数百岁人也"。李少君对武帝说:"祠灶则致物,致物而丹沙可化为黄金,黄金成以为饮食器则益寿,益寿而海中蓬莱仙者乃可见,见之以封禅则不死,黄帝是也。臣尝游海上,见安期生,安期生食巨枣,大如瓜。安期生仙者,通蓬莱中,合则见人,不合则隐。"①他自吹已活数百岁,曾与神仙交往,又编造出封禅可实现长生不死的谎言,武帝心驰神往,将李少君奉若神明。

《汉书·郊祀志》载,齐人方士公孙卿欲通过所忠献《鼎书》。所忠怀疑他是虚妄的杜撰,婉言谢绝。公孙卿通过武帝宠信的人转奏。武帝大悦,召问公孙卿。公孙卿说自己是从申公那里得到此书。又说申公是齐人,"与安期生通,受黄帝言,无书,独有此鼎书。曰'汉兴复当黄帝之时'。曰'汉之圣者,在高祖之孙且曾孙也。宝鼎出而与神通,封禅。封禅七十二王,唯黄帝得上泰山封'。申公曰:'汉帝亦当上封,上封则能仙登天矣。'"公孙卿又引述申公讲的话:黄帝封禅、铸鼎,有龙垂胡髯下迎黄帝。黄帝骑上龙背,群臣、后宫嫔妃跟随黄帝爬上龙身的七十余人,龙飞腾而去。武帝听得入神,感叹地说:"嗟乎!诚得如黄帝,吾视去妻子如脱屣耳。"他也大谈铸鼎、封禅及长寿,更以黄帝升天相诱惑。武帝很感兴趣,拜公孙卿为郎,命他专门在太室守候神灵②。

这期间还有济南人公玉带呈献黄帝时的《明堂图》,为封禅典礼的现场设置提供了样本。在商讨封禅典礼时,儒生努力从传世经典中搜求依据,但结果却令武帝失望,而公孙卿、丁公等方士所谈的内容却得到了武帝肯定。《史记·封禅书》云:

> 上与公卿诸生议封禅。封禅用希旷绝,莫知其仪礼,而群儒采封禅《尚书》《周官》《王制》之望祀射牛事。齐人丁公年九十余,曰:"封禅者,合不死之名也。秦皇帝不得上封。陛下必欲上,稍上即无风雨,遂上封矣。"上于是乃令诸儒习射牛,草封禅仪。数年,至且行。天子既闻公孙卿及方士之言,黄帝以上封禅皆致怪物与神通,欲放黄帝以上接神仙人蓬莱士,高世比德于九皇,而颇采儒术以文之。群儒既已不能辨明封禅事,又牵拘于《诗》《书》、古文而不能骋。上为封禅祠器示群儒,群儒或曰"不与古同",徐偃又曰:"太常诸生行礼不如鲁善。"周霸属图封禅事,于是上黜偃、霸,而尽罢诸儒不用。……上念诸儒及方士言封禅人人

---

① [汉]班固:《汉书》,第1385页。
② 同上书,第1228页。

殊,不经,难施行。天子至梁父,礼祠地主。乙卯,令侍中儒者皮弁荐绅,射牛行事。封泰山下东方,如郊祠太一之礼。封广丈二尺,高九尺,其下则有玉牒书,书秘。礼毕,天子独与侍中奉车子侯上泰山,亦有封。其事皆禁。①

儒生引经据典,既说不清楚,又不合圣鉴,反倒是方士每每说得活灵活现。在祭祀的关键环节,武帝只"独与侍中奉车子侯"即霍去病之子上泰山。行事非常机密。

在隆重的封禅典礼准备与实施过程中,产生了很多作品。《汉书·艺文志》礼类载:《古封禅群祀》二十二篇;《封禅议对》十九篇;《汉封禅群祀》三十六篇;《封禅方说》十八篇。《汉书·东方朔传》载,东方朔有《封泰山》一篇。

在这一大典酝酿期间,司马相如的《封禅文》最为著名。《汉书·司马相如传》载,司马相如因病免官,家居茂陵。武帝遣所忠去他家取他的作品。但相如已死,家无遗书。问其妻,对曰:"长卿未尝有书也。时时著书,人又取去。长卿未死时,为一卷书,曰:'有使来求书,奏之。'"所忠便将这篇作品带回上奏,"天子异之"②。这篇令武帝惊异的作品就是《封禅文》。

武帝封禅是汉王朝引以为荣的文化盛事,是武帝突出的政绩之一。这项盛举由几代方士建言献策,而用儒术进行点缀。《汉书·公孙弘卜式儿宽传》云:

及议欲放古巡狩封禅之事,诸儒对者五十余人,未能有所定。先是,司马相如病死,有遗书,颂功德,言符瑞,足以封泰山。上奇其书,以问宽,宽对曰:"陛下躬发圣德,统楫群元,宗祀天地,荐礼百神,精神所乡,征兆必报,天地并应,符瑞昭明。其封泰山,禅梁父,昭姓考,瑞帝王之盛节也。然享荐之义不著于经,以为封禅告成,合袪于天地神祇,祇戒精专以接神明。总百官之职,各称事宜而为之节文。唯圣主所由,制定其当,非群臣之所能列。今将举大事,优游数年,使群臣得人自尽,终莫能成。唯天子建中和之极,兼总条贯,金声而玉振之,以顺成天庆,垂万世之基。"上然之,乃自制仪,采儒术以文焉。③

在儒生们为搜寻经典中圣王封禅依据而茫然、苦恼时,以治《尚书》出身的左

---

① [汉]司马迁:《史记》,第1397—1398页。
② [汉]班固:《汉书》,第2600页。
③ 同上书,第2630—2631页。

内史倪宽(又作兒宽)解开了武帝的烦恼。"唯圣主所由,制定其当",天子的圣裁总是正确的。于是,武帝"乃自制仪,采儒术以文焉",既出自圣主心意,又装点上儒家色彩,遂成就垂范后世的一番盛事。

三、正朔、历数、服色的确立

中国古代以农业为主,先民对农业生产周期及相关的节气、日月运行规律,都有丰富的经验积累和客观的总结。历代统治者也都非常重视历法,朝廷设专门研究星象运行的官员。可见,正历法、定正朔,是王朝政治、经济攸关的大事,是文化建设的大事。

《周礼·春官宗伯·大史》云:"颁告朔于邦国。"郑玄注曰:"天子颁朔于诸侯,诸侯藏之祖庙。至朔,朝于庙,告而受行之。郑司农云:'颁读为班。班,布也。以十二月朔,布告天下诸侯。'"①《左传》僖公五年云:"春,王正月,辛亥,朔,日南至。公既视朔,遂登观台以望。而书,礼也。"杜预注曰:"周正月,今十一月。冬至之日,日南极。视朔,亲告朔也。观台,台上构屋,可以远观者也。朔旦冬至,历数之所始。治历者因此则可以明其术数,审别阴阳,叙事训民。"②天子于每年冬诸侯来朝时,将来年日历及应作的礼乐大事布告诸侯。诸侯藏之祖庙。每月初一,诸侯朝祖庙,布告当月应作大事。

刘邦入关封汉王,张苍为计相。张苍熟悉秦正朔。而秦用颛顼历,张苍便用颛顼历于汉王朝。此后贾谊、公孙臣均提出改正朔、易服色的建议,但因诸多条件不具备,汉初一直未改。

汉以前有六种历法,即黄帝、颛顼、夏、殷、周、鲁历。《汉书·律历志》云:

> 汉兴,方纲纪大基,庶事草创,袭秦正朔。以北平侯张苍言,用《颛顼历》,比于六历,疏阔中最为微近。然正朔、服色,未睹其真,而朔晦月见,弦望满亏,多非是。至武帝元封七年,汉兴百二岁矣,大中大夫公孙卿、壶遂、太史令司马迁等言"历纪坏废,宜改正朔"。是时御史大夫兒宽明经术,上乃诏宽曰:"与博士共议,今宜何以为正朔?服色何上?"宽与博士赐等议,皆曰:"帝王必改正朔,易服色,所以明受命于天也。"③

---

① [唐]贾公彦:《周礼注疏》,《十三经注疏》本,北京:中华书局,1980年,第817页。
② [唐]孔颖达:《春秋左氏传正义》,《十三经注疏》本,北京:中华书局,1980年,第1794页。
③ [汉]班固:《汉书》,第974—975页。

连每月的月初、月末,月亮的圆缺都不能准确反映在颛顼历中,说明颛顼历也不再适用了。公孙卿、壶遂、司马迁等发现颛顼历与实际天象的误差,上疏建言改历数。这项重要的提议标志着汉代文化同秦文化的差别。朝廷命公孙卿、壶遂、司马迁与侍郎尊、大典星射姓等研究制订《汉历》,设立日晷等仪器,观察、记录日月运行轨迹,确定每月的初一、十五和二十四节气。朝廷选精通历法的邓平及长乐司马可、酒泉候宜君及民间治历的共二十余人,其中还有长于历算的方士唐都、巴郡落下闳等人,各有分工,而由落下闳集中运算转历。落下闳与邓平都观察记录星度,运算推测。朝廷最终降诏太史司马迁,选用邓平所造八十一分律历,放弃不够精确的十七家,又使宦官淳于陵渠核对《太初历》,无论是月末、月初的考察,半月、满月的观测,都与天象运行吻合,于是邓平研究编制的《太初历》被确定为汉家历法。太初历的创立是武帝时一项重要的文化建设成果,它标志汉代文化已同秦文化分清界限,建立起恢宏且影响深远的汉家文化。

《汉历》充分表现出汉代士人创造力的伟大。汉代士人不再满足于前人已有的文化的、文学的、艺术的成果。他们在各个领域创建无愧于时代和民族的丰功伟绩,也显示出卓越的人格精神。

四、主流文化与多元文化的和谐建构

汉王朝在确立儒家思想为主流意识的过程中,也伴随着政策制定中的思想抉择,对非主流思想表现出抑制、排斥的态度。

武帝初年的用人政策,体现出儒家学说独尊地位的确立。朝廷推崇儒家思想,设五经博士,在选拔贤良等人才方面,要求以儒学出身为主要依据。《汉书·百官公卿表》云:"武帝建元五年初置五经博士。"[①]博士本为秦官,掌通古今,待咨询而已。武帝将其定性为专门传授儒家经典的官职,进而使儒家思想成为专职官员传播的主流思想和官方思想。

仅就武帝时举荐贤良不取法家、纵横家的政策来说,实际上,武帝重用的人才并不合于这样的要求。当时内政、外交需要大批人才,武帝根据贤臣的才能委以重任。《汉书·严朱吾丘主父徐严终王贾传》云:

> 郡举贤良,对策百余人,武帝善(严)助对,由是独擢助为中大夫。后得朱买臣、吾丘寿王、司马相如、主父偃、徐乐、严安、东方朔、枚皋、胶仓、终军、严葱奇等,并在左右。是时,征伐四夷,开置边郡,军旅数发,内

---

① [汉]班固:《汉书》,第726页。

改制度,朝廷多事,娄举贤良文学之士。公孙弘起徒步,数年至丞相,开东阁,延贤人与谋议,朝觐奏事,因言国家便宜。上令助等与大臣辩论,中外相应以义理之文,大臣数诎。其尤亲幸者,东方朔、枚皋、严助、吾丘寿王、司马相如。相如常称疾避事。朔、皋不根持论,上颇俳优畜之。唯助与寿王见任用,而助最先进。①

这里提到名字的近臣十二人,尤亲幸者五人。我们不妨考察这些人的学行,以见主流思想在武帝用人方面贯彻的程度。

东方朔"不根持论",他的言谈中缺少儒家思想根基。《汉书·东方朔传》云:

> 武帝既招英俊,程其器能,用之如不及。时方外事胡、越,内兴制度,国家多事,自公孙弘以下至司马迁,皆奉使方外,或为郡国守相至公卿,而朔尝至太中大夫,后常为郎,与枚皋、郭舍人俱在左右,诙啁而已。久之,朔上书陈农战强国之计,因自讼独不得大官,欲求试用。其言专商鞅、韩非之语也,指意放荡,颇复诙谐,辞数万言,终不见用。②

武帝善于发现臣僚的才能,"程其器能"。东方朔不甘心"俳优畜之"的境地,很羡慕严助"使于四方,不辱君命"的成功,也想谈论强国之计,却暴露出其思想学术的根本不足。其文多用法家语,已背离主流思想,又兼"指意放荡",不能严正地讨论问题故而"终不见用"。

枚皋不通经术,平时谈话多诙笑幽默,类似俳倡,他创作的赋颂也多诙谐。他与东方朔、郭舍人等都是武帝身边近臣。他们都不通经术,又不能严正地探讨问题,武帝自然不能委以重任。但这并不妨碍他们成为最受亲幸的近臣。

吾丘寿王,年少,以善"格五"棋游戏为待诏,是陪同天子休闲娱乐的弄臣。吾丘寿王在待诏之初并不具备学术根底。后来武帝使他从中大夫董仲舒学习《春秋》。吾丘寿王很聪明,大有长进,摆脱了弄臣身份,成为值得信任的大臣。

主父偃,学长短纵横术,年纪大了才学《易》《春秋》、百家之言。游齐、燕、赵、中山等地,不被众儒生接纳。元光元年(前134),入长安,上书阙下。主父偃善于针对现实上书,所言九事,八事被定为律令。可见他对现实政治

---

① [汉]班固:《汉书》,第2775页。
② 同上书,第2863—2864页。

很敏感,能及时发现亟待处理的要务,并能提出恰当的治理方略。

严助拜为会稽太守,数年间不向朝廷汇报。武帝赐书令其上疏,并且要求他"具以《春秋》对,毋以苏秦从横"①。武帝明确要求严助上疏时不能用纵横家说,表明严助的学养与主父偃相类似,既有经学基础,又怀长短纵横之术。

公孙弘是武帝最器重的大臣,数年间拜相、封侯。其初,家贫,牧豕海上。年四十余,乃学《春秋》杂说,武帝"察其行慎厚,辩论有余,习文法吏事,缘饰以儒术,上说(悦)之"②。在武帝看来,公孙弘在官吏任职方面很内行,又能将自己的言行装点上儒学思想。

汲黯学黄老之言,好学,游侠,任气节,内行修洁,好直谏,数犯主之颜色。治官理民,好清静,择丞史而任之。其治,责大指而已,不苛小。召以为主爵都尉,列于九卿。武帝视其为社稷之臣。

从以上武帝重用、亲幸大臣的情况看,赵绾提出的举贤良标准并未得到严格的落实,"所举贤良,或治申、商、韩非、苏秦、张仪之言"③的现象依然存在。甚至武帝明知其人学长短纵横术,仍不妨碍他对他们的信任、重用。可见,武帝重视解决实际问题的能力。

建元三年(前138),武帝年仅十九岁,闽越举兵围东瓯,东瓯告急于汉。武帝问太尉田蚡有何对策。田蚡认为越人相互攻击是常有的事,他们数次反覆,不值得朝廷前往救援。并说,自秦时已放弃瓯越,不作为属国。武帝令严助与之辩论,严助说:"特患力不能救,德不能覆,诚能,何故弃之?且秦举咸阳而弃之,何但越也!今小国以穷困来告急,天子不振,尚安所诉,又何以子万国乎?"武帝感慨地说:"太尉不足与计。"④在武帝看来,这不是策略的对与错的问题,而是看问题的胸怀、眼光的问题。在这场辩论中,思想的学术属性同解决问题的胸怀、眼界相比,武帝显然更重视后者。

武帝在举贤良和用亲信方面显示出用人标准的二重性,而宣帝则更明确地向太子揭示了汉家文化的本质,宣帝曰:

> 汉家自有制度,本以霸王道杂之,奈何纯任德教,用周政乎!且俗儒不达时宜,好是古非今,使人眩于名实,不知所守,何足委任?⑤

---

① [汉]班固:《汉书》,第2789页。
② 同上书,第2618页。
③ 同上书,第156页。
④ 同上书,第2776页。
⑤ 同上书,第277页。

宣帝在汉代帝王中儒学修养很高,从师受《诗》《论语》《孝经》,在他统治期间临决五经异义,亲自裁定经学问题。然而,元帝为太子时,发现"宣帝所用多文法吏,以刑名绳下"。宣帝作了上述阐释。儒家主张行王道,主张以德治天下。汉王朝的统治经验却是不能纯用儒家思想,尤其在人才方面不能任用纯儒。

由此可以看出,这一时期汉代文化的本质在于,以儒家思想为核心的主流文化,同时,也存在着有助于社会发展与稳定的非主流文化。主流文化与非主流文化和谐共存,主次得当。武帝时建立以儒家文化为核心的主流文化,而非主流文化也有恰当的生存空间。这样的文化建构蕴含生机勃勃的创造力,培育了士人的聪明才智。同时,这样的文化机制给予具有潜在素质的人以发挥才干的机会。

第三节　大汉盛世情怀与文学精神

武帝时建立起的大汉盛世文化,主流文化鲜明,既有高度凝聚力,又表现出开放性特点,兼容并包。武帝时期,汉王朝在文治、武功方面都取得了辉煌的成就。《汉书·宣帝纪》载本始二年(前72)诏曰:"孝武皇帝躬履仁义,选明将,讨不服,匈奴远遁;平氐、羌、昆明、南越,百蛮乡风,款塞来享;建太学,修郊祀,定正朔,协音律;封泰山,塞宣房,符瑞应,宝鼎出,白麟获。功德茂盛,不能尽宣。"①这里的评价有一定的溢美之词,如符瑞、宝鼎之类,不过神秘色彩之外的事项皆合于史实。武帝统治时期,外耀武威,内修文学,延揽贤才,造就了汉代盛世。

哀帝与群臣讨论庙制,对高祖以下各代君主的功业进行评价,光禄勋彭宣、詹事满昌、博士左咸等人认为武帝虽有功烈,但辈分相隔太远,祭祀礼仪应减少。于是,太仆王舜、中垒校尉刘歆力辩孝武的功德,他们指出:

> 及汉兴,冒顿始强,破东胡,禽月氏,并其土地,地广兵强,为中国害。南越尉佗总百粤,自称帝。故中国虽平,犹有四夷之患,且无宁岁。一方有急,三面救之,是天下皆动而被其害也。孝文皇帝厚以货赂,与结和亲,犹侵暴无已。甚者,兴师十余万众,近屯京师及四边,岁发屯备虏,其为患久矣,非一世之渐也。诸侯、郡守连匈奴及百粤以为逆者非一人也。匈奴所杀郡守、都尉,略取人民,不可胜数。孝武皇帝愍中国罢劳无安宁

---

① [汉]班固:《汉书》,第243页。

之时,乃遣大将军、骠骑、伏波、楼船之属,南灭百粤,起七郡;北攘匈奴,降昆邪十万之众,置五属国,起朔方,以夺其肥饶之地;东伐朝鲜,起玄菟、乐浪,以断匈奴之左臂;西伐大宛,并三十六国,结乌孙,起敦煌、酒泉、张掖,以隔婼羌,裂匈奴之右肩。单于孤特,远遁于幕北。四垂无事,斥地远境,起十余郡。功业既定,乃封丞相为富民侯,以大安天下,富实百姓,其规模可见。又招集天下贤俊,与协心同谋,兴制度,改正朔,易服色,立天下之祠,建封禅,殊官号,存周后,定诸侯之制,永无逆争之心,至今累世赖之。单于守藩,百蛮服从,万世之基也。中兴之功未有高焉者也。①

朝廷论辩中,王舜、刘歆精辟地概括了武帝的功烈,肯定其在文治武功方面都给汉王朝带来福祉,"至今累世赖之",意在告诫哀帝君臣不可数典忘祖。这场论辩表现出武帝去世八十余年后汉朝臣子们对王朝历史的重新认识,这里已经没有符瑞、宝鼎、白麟之类的虚幻表述,更多的是后人对西汉几代君主的历史观照。

从中华民族历史进程的角度看,武帝及其所代表的时代,武帝与他周围汇聚的精英,共同开启了一个伟大的时代,他们所创造的丰功伟绩,都给中国二千余年的历史以深刻的影响。从中国古代文化与文学发展的角度看,当时文化建设仍存在一些经不起审视的环节。但是,这些不完全合于人类理性原则的制度、法令、举措,与那些永垂青史的业绩共同构成了这个时代的足迹。

武帝大力推进礼乐文化建设的同时,汉代文学也强势发展,呈现前所未有的繁荣。这个时期人才济济,他们当中的佼佼者怀着报效国家的雄心壮志、建功立业的人生追求和奋不顾身的实践精神,在当时的政治舞台留下可歌可泣的事迹。同时,他们的文学作品中表现出气吞天地、昂扬进取的时代精神。司马相如《谕巴蜀檄》云:"计深虑远,急国家之难,而乐尽人臣之道也。故有剖符之封,析珪而爵,位为通侯,居列东第。终则遗显号于后世,传土地于子孙,行事甚忠敬,居位甚安佚,名声施于无穷,功烈著而不灭。是以贤人君子,肝脑涂中原,膏液润野草而不辞也。"《难蜀父老》云:"盖世必有非常之人,然后有非常之事;有非常之事,然后有非常之功。"②这是对汉代盛世人文精神的概括。这个时代气象恢宏,襟怀博大,厉志竭精,奋发有为,以辉煌的功业彪炳千秋。

武帝时文坛涌现出大批优秀作家和作品。《文心雕龙·时序》云:"逮孝

---

① [汉]班固:《汉书》,第3126页。
② [汉]司马迁:《史记》,第3045、3050页。

武崇儒,润色鸿业,礼乐争辉,辞藻竞骛,柏梁展朝宴之诗,金堤制恤民之咏,征枚乘以蒲轮,申主父以鼎食,擢公孙之对策,叹儿宽之拟奏,买臣负薪而衣锦,相如涤器而被绣。于是史迁、寿王之徒,严、终、枚皋之属,应对固无方,篇章亦不匮,遗风余采,莫与比盛。"①

赋是汉代主要的文学样式。这一领域作家之多、作品之繁盛、艺术精神与艺术表现均在此时达到高度繁荣的程度。武帝朝文士所作赋,见于《汉书·艺文志》记载的有枚乘赋九篇、司马相如赋二十九篇、淮南王赋八十二篇、淮南王群臣赋四十四篇、太常蓼侯孔臧赋二十篇、阳丘侯刘郾赋十九篇、吾丘寿王赋十五篇、蔡甲赋二篇、倪宽赋二篇、枚皋赋一百二十篇、朱建赋二篇、常侍郎庄忽奇赋十一篇(枚皋同时)、严助赋三十五篇、朱买臣赋三篇、宗正刘辟强赋八篇、司马迁赋八篇、郎中臣婴齐赋十篇②。其他杂赋尚不在内。可以说,当时文坛自天子至于大臣多能作赋。

当时文坛的成就不仅在于诗赋创作,散文的创作也表现出强烈的时代精神和高度的艺术匠心。当时的散文创作包括专论、奏议、谏疏、诏告等多种文体样式,其中不乏传世名篇。

《汉书·艺文志》归入儒家的有河间献王《对上下三雍宫》三篇;董仲舒一百二十三篇;倪宽九篇;公孙弘十篇;终军八篇;吾丘寿王六篇;虞丘说一篇;严助四篇。归于纵横家的有邹阳七篇;主父偃二十八篇;徐乐一篇;严安一篇;待诏金马门聊苍三篇。归入杂家的有淮南王刘安的《淮南内》二十一篇,《淮南外》三十三篇;东方朔二十篇;伯象先生一篇;司马相如等《荆轲论》五篇;博士臣贤对一篇;臣说三篇。归入小说家的有《封禅方说》十八篇;待诏臣饶《心术》二十五篇;待诏臣安成《未央术》一篇;虞初《周说》九百四十三篇。足见当时文章之盛。这些文章在表现政治见解的同时,也表现充沛的感情和艺术个性。

"上方欲用文武,求之如弗及。"③武帝对这些文学之士求贤若渴,又因材任用。班固《汉书·公孙弘卜式儿宽传》对武帝的用人之道作了归纳,将文武贤才按性格、修养、才能分为十四类:儒雅则公孙弘、董仲舒、倪宽;笃行则石建、石庆;质直则汲黯、卜式;推贤则韩安国、郑当时;定令则赵禹、张汤;应对则严助、朱买臣;运筹则桑弘羊;奉使则张骞、苏武;将率则卫青、霍去病;受遗则霍光、金日磾;文章则司马迁、相如;滑稽则东方朔、枚皋;历数则唐都、洛下闳;协律则李延年。

---

① [清]黄叔琳:《增订文心雕龙校注》,第539—540页。
② [汉]班固:《汉书》,第1747—1749页。
③ [汉]司马迁:《史记》,第2964页。

前面十类,儒雅、笃行、质直等涉及对人品、学行的全面考察,值得信任,故委以重任。推贤、应对等虽不及前三类,但他们必须有高度的责任感,为朝廷负责。后四类文章、滑稽、历数、协律,在当时都属于具备某一方面专门知识才能或技艺的人才,是不能委以重大使命的。

据《汉书·严朱吾丘主父徐严终王贾传》载,武帝尤亲幸者五人,即东方朔、枚皋、严助、吾丘寿王、司马相如。司马相如自称有病回避朝中事务。东方朔、枚皋缺少学术修养,以诙谐幽默立足朝堂。严助与吾丘寿王受到武帝信任重用。严助更因能够恰当地表达武帝的想法,成为武帝的心腹大臣。

综合以上,武帝朝文坛英俊可分为五类:第一类文士,政治精明,具有远见卓识,能够参与制订重要决策,解决当时重大问题,应对论议足令朝野叹服。这类文士以严助、主父偃为代表。第二类文士,精通政务吏治,在处理朝廷事务中能体察武帝意旨,又能以儒家学说为自己的言行找到理论依据,如公孙弘、张汤。第三类文士,才思敏捷,能为赋颂,作品多轻松闲适,以东方朔、枚皋为代表。第四类文士,长于歌诗乐舞,多郑卫之声,以李延年为代表。第五类文士,深闳博大,精思伟构,其文学精神深刻地体现出时代精神和民族精髓,以司马迁、司马相如、董仲舒为代表。

一、非常之人与非常之文

武帝即位后求贤若渴,用人不拘出身,唯才是举。很多俊逸之士得到超拔、重用,各献其能,建立殊勋。《汉书·东方朔传》云:"武帝初即位,征天下举方正贤良文学材力之士,待以不次之位,四方士多上书言得失,自炫鬻者以千数。"①《汉书·武帝纪》载元封五年(前106)武帝降诏求贤曰:"盖有非常之功,必待非常之人,故马或奔踶而致千里,士或有负俗之累而立功名。夫泛驾之马,跅弛之士,亦在御之而已。其令州、郡察吏、民有茂材、异等可为将、相及使绝国者。"②武帝要求地方守令给贤士创造宽松的环境,即使是有缺点的人,只要有特长就要向朝廷推荐。因才录用的宽松政策使得武帝朝人才济济,远非其他时期可比。

武帝朝一些文士善于分析纷繁复杂的社会矛盾,能从宏观的角度统览全局,以昂扬的气势和远见卓识,积极参与制订重要决策,解决当时的重大问题。他们的应对论议,往往能发人所不能发,见人所不能见,洋溢着大汉盛世气象,令朝野叹服。这类文士以严助最为突出。

严助本名庄助,汉代史家避明帝讳改庄为严,故后世多称为严助,会稽吴

---

① [汉]班固:《汉书》,第2841页。
② 同上书,第197页。

人,梁孝王宾客严忌之子,也有的说是严忌同族人之子。郡举贤良,对策百余人,武帝称赞严助对策,超拔他为中大夫。严助拜为会稽太守,数年后,武帝又将他召回,留在身边任侍中。《汉书》本传称其"有奇异,辄使为文,及作赋颂数十篇"①。

前文有关中央王朝是否应救援东瓯而展开的论辩,太尉田蚡代表守旧势力,严助驳斥田蚡,表现出昂扬的气势和强烈的进取精神,这正是汉代盛世精神的集中表现。

严助的政论文多表现出宏大视野、昂扬气势与大汉盛世精神。闽越兴兵攻击南越,武帝遣两将军将兵诛闽越。淮南王刘安上书谏阻,希望武帝以三代及汉初对待胡越的安抚政策作为参考。他认为,胡越是"不居之地,不牧之民,不足以烦中国","陛下发兵救之,是反以中国而劳蛮夷也"②。他从利益角度衡量,认为伐越得不偿失。淮南王还表达了另一重要观点,即"兵者凶事",要"施德垂赏以招致之"③,而不应以武力征讨。闽越兵平息后,武帝令严助向淮南王阐述中央王朝此举的意义。严助对淮南王十分尊重,但在汉王朝决策的思想与施治原则方面,却辞义凛然:

> 夫兵固凶器,明主之所重出也,然自五帝、三王禁暴止乱,非兵,未之闻也。汉为天下宗,操杀生之柄,以制海内之命,危者望安,乱者卬(仰)治。……天子诛而不伐,焉有劳百姓苦士卒乎?故遣两将屯于境上,震威武,扬声乡,屯曾未会,天诱其衷,闽王陨命,辄遣使者罢屯,毋后农时。南越王甚嘉被惠泽,蒙休德,愿革心易行,身从使者入谢。……此一举,不挫一兵之锋,不用一卒之死,而闽王伏辜,南越被泽,威震暴王,义存危国,此则陛下深计远虑之所出也。④

严助先代表武帝嘉勉淮南王上书之意,继而转入正题,针对"兵者凶事"之论加以驳斥,尖锐地提出大汉王朝的战争观:"禁暴止乱,非兵,未之闻也。"然后,严助又论闽王之罪,势在必诛;进而阐明"诛而不伐"的用兵原则。这些思想观念都是淮南王不曾虑及的,也是武帝时代不同于汉初的新观念。

以上所举严助的《诘太尉田蚡》《谕淮南王》两篇论文,鲜明而又深刻地阐述了大一统思想观照下的胡越观。文章谈锋犀利、富于雄辩,既以理服人,

---

① [汉]班固:《汉书》,第2790页。
② 同上书,第2777—2778页。
③ 同上书,第2782页。
④ 同上书,第2787—2788页。

又以昂扬充沛的气势胜人。

主父偃《说武帝令诸侯得分封子弟》是一篇在汉代影响巨大的作品。该文曰：

> 古者诸侯地不过百里，强弱之形易制。今诸侯或连城数十，地方千里。缓则骄奢易为淫乱；急则阻其强而合从以逆京师。今以法割削，则逆节萌起，前日朝错是也。今诸侯子弟或十数，而嫡嗣代立，余虽骨肉，无尺地之封，则仁孝之道不宣。愿陛下令诸侯得推恩分子弟，以地侯之。彼人人喜得所愿，上以德施，实分其国。必稍自销弱矣。①

自汉王朝建立以来，君位统绪采用周王朝嫡长子继承制的原则。各诸侯国都以王后之子为继承人，其他庶孽子弟只能居于嫡子周围。主父偃所上策略以广施恩惠的名义，拆分诸侯国，一国变多国，大国变小国，即"实分其国。必稍自销弱矣"。诸侯明知其中的阴谋，却无法反对，否则不仅抗拒朝廷法令，还会引起内部子弟之间的矛盾、争夺。

武帝采纳了他的策略，《汉书·武帝纪》云："（元朔）二年春正月，诏曰：'梁王、城阳王亲慈同生，愿以邑分弟，其许之。诸侯王请与子弟邑者，朕将亲览，使有列位焉。'于是藩国始分，而子弟毕侯矣。"②《汉书·王子侯表》云："大哉，圣祖之建业也！后嗣承序，以广亲亲。至于孝武，以诸侯王疆土过制，或替差失轨，而子弟为匹夫，轻重不相准，于是制诏御史：'诸侯王或欲推私恩分子弟邑者，令各条上，朕且临定其号名。'自是支庶毕侯矣。"③"支庶毕侯"的结果就是诸侯的数量增多，其实力减弱，造成朝廷与诸侯力量对比悬殊的局面，故而中央王朝权力得以强化。

《汉书·诸侯王表》云：

> 然诸侯原本以大，末流滥以致溢，小者淫荒越法，大者睽孤横逆，以害身丧国。故文帝采贾生之议分齐、赵，景帝用晁错之计削吴、楚。武帝施主父之册，下推恩之令，使诸侯王得分户邑以封子弟，不行黜陟。而藩国自析。自此以来，齐分为七，赵分为六，梁分为五，淮南分为三。皇子始立者，大国不过十余城。长沙、燕、代虽有旧名，皆亡南北边矣。景遭七国之难，抑损诸侯，减黜其官。武有衡山、淮南之谋，作左官之律，设附

---

① [汉]班固：《汉书》，第2802页。
② 同上书，第170页。
③ 同上书，第427页。

益之法,诸侯惟得衣食税租,不与政事。①

主父偃上疏的目的在于削弱诸侯王的势力。他与晁错的动机相同。但晁错明确地提出严察诸侯罪过,削其地。这就造成汉王朝与诸侯王间的对立。诸侯王之间也同病相怜,以诛晁错为名,结成同盟,反抗朝廷。主父偃上疏标榜仁孝之道,冠冕堂皇,又离间诸侯王家族嫡庶之间的关系。以至于诸侯王明知这一政令的本质,却无法团结一致地反对朝廷。主父偃的这篇上疏在简短的文字中分析了中央王朝与诸侯势力之间矛盾的根本原因,分析了朝廷以往对策的失误,提出现在应采取的策略,并论述了这一政策深远的政治意义。主父偃文笔犀利,观点鲜明,切中时弊,论证简捷明快。

此外,朱买臣、吾丘寿王、终军、徐乐、庄忽奇等人都在承担朝廷重要使命的同时,展现了杰出的文学才华,都有优秀的文章传世。他们每以深刻见解、雄辩谈锋,释疑解惑,在朝廷重大决策中发挥作用。同时,他们的疏奏、论议也是当时文坛的名篇佳构。

二、指意放荡与依隐诙笑

东方朔、枚皋同严助、吾丘寿王相比属于另一种类型人才。《汉书·严朱吾丘主父徐严终王贾传》称"朔、皋不根持论,上颇俳优畜之"②。在武帝看来,他们缺少正确的理论主张,不能像严助、吾丘寿王那样敏锐、深刻地讨论现实问题,提出建设性意见,更不能参与重大决策。《汉书·贾邹枚路传》称"皋不通经术,诙笑类俳倡,为赋颂好嫚戏"③。《汉书·东方朔传》称其"指意放荡,颇复诙谐,辞数万言,终不见用"④。他们不是治理国家的人才,故无法委以重任。

东方朔字曼倩,平原厌次(今山东陵县东北)人。武帝即位,命各州郡举荐方正贤良之士,东方朔未得到州郡推荐,便上书极尽自我炫耀之能事。他在上书中说:

> 臣朔少失父母,长养兄嫂。年十三学书,三冬文史足用。十五学击剑。十六学《诗》《书》,诵二十二万言。十九学孙、吴兵法,战阵之具,钲鼓之教,亦诵二十二万言。凡臣朔固已诵四十四万言。又常服子路之

---

① [汉]班固:《汉书》,第395页。
② 同上书,第2775页。
③ 同上书,第2366页。
④ 同上书,第2864页。

言。臣朔年二十二,长九尺三寸,目若悬珠,齿若编贝,勇若孟贲,捷若庆忌,廉若鲍叔,信若尾生。若此,可以为天子大臣矣。臣朔昧死再拜以闻。①

他夸耀自己文武兼备,文史、六经、兵法无所不通,又是美男子,更具备义、勇、廉、信各种美德。他将自己说成是完美无缺的士人。"朔文辞不逊,高自称誉"②,武帝觉得他言过其实,但并不反感,令待诏公车,后待诏金马门,稍有亲近。东方朔官位曾升至太中大夫,但常年为郎,东方朔与枚皋、郭舍人在武帝左右,多以幽默的方式进言、献赋。

《汉书·东方朔传》赞曰:

> 刘向言少时数问长老贤人通于事及朔时者,皆曰朔口谐倡辩,不能持论,喜为庸人诵说,故令后世多传闻者。而扬雄亦以为朔言不纯师,行不纯德,其流风遗书蔑如也。然朔名过实者,以其诙达多端,不名一行,应谐似优,不穷似智,正谏似直,秽德似隐。非夷、齐而是柳下惠,戒其子以"上容","首阳为拙,柱下为工;饱食安步,以仕易农;依隐玩世,诡时不逢"。其滑稽之雄乎!朔之诙谐,逢占射覆,其事浮浅,行于众庶,童儿牧竖莫不眩耀。而后世好事者因取奇言怪语附着之朔,故详录焉。③

这是以当时主流文化为依据,对东方朔的人格素养与文学的评价。

《文选》载夏侯湛《东方朔画赞》云:

> 夫其明济开豁,包含弘大,凌轹卿相,嘲哂豪桀,笼罩靡前,跆籍贵势。出不休显,贱不忧戚,戏万乘若寮友,视俦列如草芥。雄节迈伦,高气盖世,可谓拔乎其萃,游方之外者已。④

这篇画赞不为汉代主流文化所囿,不为汉朝廷选贤任能的标准所局限,对东方朔的人格精神、处世态度进行公允评述,肯定其"雄节""高气"。同时,夏侯湛的评论也启发了人们对东方朔文学创作的认识。

作为文学研究,我们不仅要关注他们是否能写出杰出的政论散文,还应

---

① [汉]班固:《汉书》,第2841页。
② 同上书,第2842页。
③ 同上书,第2873—2874页。
④ [南朝梁]萧统编,[唐]李善注:《文选》,第668页。

从审美的、文学的角度给其多方位的阐释。

东方朔的文学作品以《答客难》和《非有先生论》两篇成就最为突出。

在《答客难》中,东方朔假托客对自己发问。作者在回答客时,强化自己与苏秦、张仪的对比,认为时代不同,自己未获机遇,贤愚难辨。他认为苏秦、张仪生逢战国时代,凭借武力争夺领土,各国君主得士者强,失士者亡,故游说纵横之策一旦被采纳,就身处尊位,财富也随之而来。自己所处的时代是中央集权、天下震慑、诸侯宾服的时代。在这样的形势下,"贤不肖何以异哉?"文中又为当今处士之不遇申诉不平:"今世之处士,魁然无徒,廓然独居,上观许由,下察接舆,计同范蠡,忠合子胥,天下和平,与义相扶,寡耦少徒,固其宜也。"①当今处士即使道德高尚、计谋过人,在和平时代也没有显露才能的机会。他为处士申诉,实际上还是抒发自己心中块垒,以当今处士自居。如果机遇来临,他会像燕之乐毅、秦之李斯那样建立功勋。

《非有先生论》假设非有先生与吴王问对。非有先生仕于吴,默然无言三年,吴王怪而问之,遂提出"谈何容易"的话题,对谈说之道进行分析。非有先生指出,谈说有两种,"夫谈有悖于目而拂于耳,谬于心而便于身者,或有说于目,顺于耳,快于心,而毁于行者,非有明王圣主,孰能听之?"他以关龙逢深谏于桀、王子比干直言于纣为例,关龙逢和王子比干两位大贤,都以直言进谏遭杀身。"辅弼之臣瓦解,而邪谄之人并进",这本是历史上很多贤士的不幸,而今"直言其失,切谏其邪者","反以为诽谤君之行,无人臣之礼",表现出作者对谈说之道的疑惑。作品通过非有先生之口高度赞扬了隐逸之士的人生选择:"故养寿命之士莫肯进也,遂居深山之间,积土为室,编蓬为户,弹琴其中,以咏先王之风,亦可以乐而忘死矣。"②这明显是作者人生理想的艺术折射。

除上述两篇作品外,《汉书》本传记载东方朔的作品还有《封泰山》《责和氏璧》《皇太子生禖》《屏风》《殿上柏柱》《平乐观赋猎》《从公孙弘借车》等。这些作品多已失传,但从篇题就可知多为随从天子即兴而作。他的上书都免不了诙谐,其他作品的旨趣可见一斑。

《艺文类聚》卷二十三《人部》载东方朔《诫子》曰:

> 明者处世,莫尚于中。优哉游哉,与道相从。首阳为拙,柳惠为工。饱食安步,以仕代农。依隐玩世,诡时不逢。是故才尽者身危,好名者得华,有群者累生,孤贵者失和。遗余者不匮,自尽者无多。圣人之道,一

---

① [汉]班固:《汉书》,第2867页。
② 同上书,第2868—2870页。

龙一蛇,形见神藏,与物变化,随时之宜,无有常家。①

这段引文与《汉书·东方朔传》的引述略有异文。东方朔《诫子》一文当作于其晚年,文中所述当是他人生的总结,也是他给儿子的人生指点。文中表现出对道家思想的笃信,"依隐玩世",表明自己以玩世、诙谐的外观,作为他隐于朝的生存方式。

从本传的记载和作品可以看出,亦宦亦隐的人生选择和诙谐幽默的审美追求构成了东方朔独特的文学精神。

枚皋也是武帝"俳优畜之"的作家。枚皋则因其"不通经术",艺术上带有较多非自觉性的特点。武帝自为太子时就是枚乘的崇拜者,即位后,征召这位老作家,他却又死于途中。武帝深感遗憾,诏问枚乘的子嗣文学修养情况,被告知没有善长文学的。枚皋为枚乘的庶子,是枚乘妾所生。《汉书·贾邹枚路传》记载,在武帝问讯枚乘儿子的情况后,枚皋上书自荐:

> (皋)上书北阙,自陈枚乘之子。上得之大喜,召入见待诏,皋因赋殿中。诏使赋平乐馆,善之。拜为郎,使匈奴。皋不通经术,诙笑类俳倡,为赋颂好嫚戏,以故得媟渎贵幸,比东方朔、郭舍人等,而不得比严助等得尊官。
>
> 武帝春秋二十九乃得皇子,群臣喜,故皋与东方朔作《皇太子生赋》及《立皇子禖祝》,受诏所为,皆不从故事,重皇子也。初,卫皇后立,皋奏赋以戒终。皋为赋善于朔也。从行至甘泉、雍、河东,东巡狩,封泰山,塞决河宣房,游观三辅离宫馆,临山泽,弋猎、射驭、狗马、蹴鞠、刻镂,上有所感,辄使赋之。为文疾,受诏辄成,故所赋者多。司马相如善为文而迟,故所作少而善于皋。皋赋辞中自言为赋不如相如,又言为赋乃俳,见视如倡,自悔类倡也。故其赋有诋娸东方朔,又自诋娸。其文骩骳,曲随其事,皆得其意,颇诙笑,不甚闲靡。凡可读者百二十篇,其尤嫚戏不可读者尚数十篇。②

从上述记载中可以看出枚皋的文学观念和创作态度。《汉书·艺文志》记载枚皋赋百二十篇,而本传称"凡可读者百二十篇,其尤嫚戏不可读者尚数十篇",他的作品数量可算武帝朝之最,在汉代文坛亦尤为突出。他的创作题材涉及广泛,从皇子出生、天子东巡狩、封泰山、塞决河等大事,到弋猎、射驭、

---

① [唐]欧阳询撰,汪绍楹校:《艺文类聚》,第418页。
② [汉]班固:《汉书》,第2366—2367页。

狗马、蹴鞠、刻镂等休闲娱乐活动,无不入其赋中。他的写作动机并非自己对这些事物有特殊的理解与感动,而是"上有所感,辄使赋之"。没有自己真情的作品,自然不会有艺术感染力。他的写作态度也不同于其他作家,"诙笑类俳倡,为赋颂好嫚戏",表明他追求的不是讽喻、寄托或深刻的思想宗旨,而是重谐趣,即文学的娱乐性。

在自我评价方面,枚皋不像东方朔那样目空一切,"皋赋辞中自言为赋不如相如","其赋有诋娸东方朔,又自诋娸",他能看到自己与其他文人间的差距,也能看到自己作品与他人作品的差距,表明他对艺术的高下有一定的见解,只是限于自己的修养无法转轨。

三、歌诗与郑声

《汉书·武帝纪》论述武帝时的文化建设,提及"协音律,作诗乐"①,有关音乐艺术的建设也是其中的重要内容。

(一) 音乐体制建设

《汉书·艺文志》云:"自孝武立乐府而采歌谣,于是有代赵之讴,秦楚之风,皆感于哀乐,缘事而发,亦可以观风俗,知薄厚云。"②其实,乐府并非武帝始立。秦立乐府,据《汉书·百官公卿表》,秦官中有乐府。汉初移植秦文化,亦设立乐府。《汉书·礼乐志》载,孝惠二年(前193),使乐府令夏侯宽备其箫管。可见乐府并非武帝始立。但武帝对乐府及相关的音乐管理制度进行了新的建设,足以区别于前代,并由此开启了音乐发展的重要时期。

《汉书·礼乐志》云:

> 初,高祖既定天下,过沛,与故人父老相乐,醉酒欢哀,作"风起"之诗,令沛中僮儿百二十人习而歌之。至孝惠时,以沛宫为原庙,皆令歌儿习吹以相和,常以百二十人为员。文、景之间,礼官肄业而已。至武帝定郊祀之礼,祠太一于甘泉,就乾位也;祭后土于汾阴,泽中方丘也。乃立乐府,采诗夜诵,有赵、代、秦、楚之讴。以李延年为协律都尉,多举司马相如等数十人造为诗赋,略论律吕,以合八音之调,作十九章之歌。以正月上辛用事甘泉圜丘,使童男女七十人俱歌,昏祠至明。③

汉代作乐与制礼的宗旨都定位于政治统治的稳固,乐是作为文化建设中的一

---

① [汉]班固:《汉书》,第212页。
② 同上书,第1756页。
③ 同上书,第1045页。

个部分,因而其与文化建设的步伐是一致的。刘邦作《大风歌》即"风起"之诗,乃一时抒情之作,令沛中童儿歌之,或令歌儿习吹以相和于沛宫,皆属纪念刘邦的个别事件,还没涉及汉家文化建设问题。到武帝时,在开展宗教祭祀礼仪建设的同时,乐舞歌诗的需求也成为朝廷乃至民间普遍的呼声。

《史记·封禅书》云:"上有嬖臣李延年以好音见。上善之,下公卿议,曰:'民间祠尚有鼓舞乐,今郊祀而无乐,岂称乎?'公卿曰:'古者祠天地皆有乐,而神祇可得而礼。'或曰:'太帝使素女鼓五十弦瑟,悲,帝禁不止,故破其瑟为二十五弦。'于是塞南越,祷祠太一、后土,始用乐舞。益召歌儿,作二十五弦及空侯琴瑟自此起。"①从以上记载可以看出,武帝时歌诗乐舞同宗庙祭祀等文化建设协调发展。乐舞成为汉代各类宗教仪式的重要组成部分。这次朝廷讨论明确了祭祀同歌舞的关系,即从制度建设方面确定重大的祭神仪式中要用歌舞。于是,某些音乐舞蹈作为宗教仪式中的环节和组成部分,也作为制度确定下来。②

所谓武帝"立乐府",乃是在原有乐舞机构外建立新的机构。汉初改秦礼官奉常曰太常,下有太乐署,设大乐令。这一机构的职能就是掌管音乐教育、表演,也包括保存管理歌舞作品。《汉书·礼乐志》云:"河间献王有雅材,亦以为治道非礼乐不成,因献所集雅乐。天子下大乐官,常存肄之,岁时以备数,然不常御,常御及郊庙皆非雅声。"③武帝将河间献王所进呈的雅乐交大乐署保存,但并不用于郊庙祭祀中。前文曾谈到,其原因之一是因为这些雅乐是诸侯王搜集整理的,中央王朝对这些文化持抵制态度。同时,武帝也不喜欢前代这些典雅的歌舞。另外,从文献记载看,大乐署管理下的歌舞人员都是贵族子弟。如《周礼·大胥》郑玄注引《汉大乐律》曰:"卑者之子不得舞宗庙之酎。除吏二千石到六百石及关内侯到五大夫子,先取嫡子,高七尺已上,年十二到年三十,颜色和顺,身体修治者,以为舞人。"④

武帝立乐府隶属于少府,单纯为天子宗庙郊祀、宴饮娱乐进行表演,而不承担大乐署的教育、法令等项职责。后来哀帝下诏调整乐府官,"郊祭乐及古兵法武乐,在经非郑卫之乐者,条奏,别属他官"⑤。遂将宗庙、郊祀及军队所用乐,归属大乐署管理。

但乐府仅仅是武帝对音乐机构扩建的一部分。《汉书·礼乐志》云:"内

---

① [汉]司马迁:《史记》,第1396页。
② 关于武帝扩大乐府规模及用新声于郊祀盛典的问题,赵敏俐《汉代乐府制度与歌诗研究》一书有详细论述,对本书在这一问题的研究颇有助益。
③ [汉]班固:《汉书》,第1070页。
④ [唐]贾公彦:《周礼注疏》,《十三经注疏》本,第156页。
⑤ [汉]班固:《汉书》,第1072页。

有掖庭材人,外有上林乐府。"①掖庭是汉代宫廷机构之一。秦置宫嫔所曰永巷,汉武帝更名掖庭。汉置掖庭局,掖庭局令掌宫人簿帐、养蚕及女工等事。汉武帝时,扩大掖庭,于是有以"掖庭材人"作歌舞表演之事。"掖庭材人"是武帝时专门为天子皇后、皇太后服务的歌舞人员。

(二) 贬抑雅乐,弘扬郑声

武帝扩建后的音乐机构,其成员多来自民间。特别是将新声用于宗庙、郊祀等盛典中,这就将雅乐适用的传统领域也由郑声所取代。郑、卫之声在当时的语境中是作为俗乐、新声的同义语而出现的。这类被斥之为亡国之音的艺术,却在武帝时代成为郊庙、宴乐的主要艺术类型。尽管已建立起以儒家思想为主导的主流文化,但在歌舞艺术领域,统治者还是不自觉地突出了它的赏心悦目的审美功能,而淡化对教化意义的追求。主流文化强调"治道非礼乐不成",实际上,"今汉郊庙诗歌,未有祖宗之事,八音调均,又不协于钟律,而内有掖庭材人,外有上林乐府,皆以郑声施于朝廷"。② 这表明即使庄重肃穆的场合,统治者也不再需要雅乐,即使"不协于钟律"也没关系。

之所以在雅乐、俗乐的需求方面出现如此鲜明的转变,其根本原因在于上层社会对物质享乐的追求衍成风气。《汉书·窦田灌韩传》载,武安侯田蚡为丞相,"由此滋骄,治宅甲诸第,田园极膏腴,市买郡县器物相属于道。前堂罗钟鼓,立曲旃;后房妇女以百数。诸奏珍物狗马玩好,不可胜数"。他在武帝面前自述曰:"天下幸而安乐无事,蚡得为肺附,所好音乐、狗马、田宅,所爱倡优、巧匠之属。"③可见当时风气。成帝时,郑声流传广泛。黄门名倡丙强、景武等人十分富有,上层贵族列侯、外戚之家淫侈过度,甚至同天子争女乐。这样的风气都可追溯到武帝时代,追溯到武帝个人对郑声的偏爱。

武帝好声色犬马,也直接影响他的宫闱生活。《汉书·外戚传》载,武帝即位,数年无子。武帝姊平阳公主寻求良家女十余人,准备献给武帝。武帝祭祀归途,到平阳公主家。公主让武帝见她挑选的美人,武帝都不喜欢。席间开始歌舞表演,武帝独悦子夫。可见武帝的喜好。他爱歌女,也爱歌舞艺术,后来李夫人也因此受到宠幸。武帝先后宠爱的皇后、嫔妃多是擅于新声俗乐表演的美女,这也可以看出武帝的审美偏爱。

乐府大力采集各地歌谣,供朝廷祭祀、宴饮等场合演唱。《汉书·艺文志》称"自孝武立乐府而采歌谣,于是有代赵之讴,秦楚之风",歌诗类载《李夫人及幸贵人歌诗》三篇,当是武帝时作品,另有《吴楚汝南歌诗》十五篇、

---

① [汉]班固:《汉书》,第 1071 页。
② 同上。
③ 同上书,第 2380、2389 页。

《燕代讴雁门云中陇西歌诗》九篇、《邯郸河间歌诗》四篇、《齐郑歌诗》四篇、《淮南歌诗》四篇、《左冯翊秦歌诗》三篇、《京兆尹秦歌诗》五篇、《河东蒲反歌诗》一篇、《洛阳歌诗》四篇、《河南周歌诗》七篇、《河南周歌声曲折》七篇、《周谣歌诗》七十五篇、《周谣歌诗声曲折》七十五篇、《诸神歌诗》三篇、《送迎灵颂歌诗》三篇、《周歌诗》二篇、《南郡歌诗》五篇等,虽未必作于武帝时,但"立乐府而采歌谣",将各地乐歌采集到王朝乐府,也是武帝朝文学艺术成就的一部分。

乐府到各地采歌诗,也选用善于演奏、表演歌舞的乐人。当时乐府人员的构成,可以从哀帝时乐府现有队伍及淘汰人员的分析中,看出大致情形。《汉书·礼乐志》载丞相孔光、大司空何武奏:

> 郊祭乐人员六十二人,给祠南北郊。大乐鼓员六人,《嘉至》鼓员十人,邯郸鼓员二人,骑吹鼓员三人,江南鼓员二人,淮南鼓员四人,巴俞鼓员三十六人,歌鼓员二十四人,楚严鼓员一人,梁皇鼓员四人,临淮鼓员二十五人,兹邡鼓员三人,凡鼓十二,员百二十八人,朝贺置酒陈殿下,应古兵法。外郊祭员十三人,诸族乐人兼《云招》给祠南郊用六十七人,兼给事雅乐用四人,夜诵员五人,刚、别柎员二人,给《盛德》主调麃员二人,听工以律知日冬、夏至一人,钟工、磬工、箫工员各一人,仆射二人主领诸乐人,皆不可罢。竽工员三人,一人可罢。琴工员五人,三人可罢。柱工员二人,一人可罢。绳弦工员六人,四人可罢。郑四会员六十二人,一人给事雅乐,六十一人可罢。张瑟员八人,七人可罢。《安世乐》鼓员二十人,十九人可罢。沛吹鼓员十二人,族歌鼓员二十七人,陈吹鼓员十三人,商乐鼓员十四人,东海鼓员十六人,长乐鼓员十三人,缦乐鼓员十三人,凡鼓八,员百二十八人,朝贺置酒,陈前殿房中,不应经法,治竽员五人,楚鼓员六人,常从倡三十人,常从象人四人,诏随常从倡十六人,秦倡员二十九人,秦倡象人员三人,诏随秦倡一人,雅大人员九人,朝贺置酒为乐。楚四会员十七人,巴四会员十二人,铫四会员十二人,齐四会员十九人,蔡讴员三人,齐讴员六人,竽、瑟、钟、磬员五人,皆郑声,可罢。师学百四十二人,其七十二人给大官挏马酒,其七十人可罢。大凡八百二十九人,其三百八十八人不可罢,可领属大乐,其四百四十一人不应经法,或郑、卫之声,皆可罢。①

---

① [汉]班固:《汉书》,第1073—1074页。

这份奏章中有几点信息值得重视。奏章反映了当时朝廷对乐舞机构设置的调整。武帝时,大乐署、乐府都有演艺队伍。奏章以乐府为奢靡的标志,主张撤销乐府,将其功能还给大乐署。因此,奏章详细开列乐府八百二十九人的演艺人员的各类专业分布,提出可裁减与保留的方案,即撤销乐府机构,将留用人员转归大乐署。奏章提出裁减方案的依据是"不应经法",即完全按照书本条文为依据,而置当时普遍的审美取向于不顾。如此武断的做法,在机构设置与裁减方面,只要"奏可",就会实施。但是贵族乃至世俗社会的审美取向却并不因权势或"奏可"而改变。《汉书·礼乐志》在孔光、何武奏章后指出,"然百姓渐渍日久,又不制雅乐有以相变,豪富吏民湛沔自若"。奏章的裁减方案中,演奏十二种鼓的一百二十八位专业艺人不是轻易练就的,不可裁;而各类新声的歌唱、舞蹈人员才是裁减的主要对象,保留的人员尚不到原乐府的演艺队伍一半。由此可以推知武帝时乐府歌舞之盛况。

总之,时代的因素和帝王个人的因素,都导致武帝时整个社会对郑声欣赏热情的高涨。于是,在宗庙、郊祀等盛典中世俗的感情取代对神的敬畏,活泼生动的郑声取代雍容典正的雅乐,成为歌诗乐舞的时代性特征。

(三) 造新声,制变曲

乐府除了采集各地作品之外,还要进行歌舞艺术创作,提供新的作品供上流社会欣赏。李延年就是当时最具才华的音乐艺术家。

《汉书·佞幸传》云:

> 李延年,中山人,身及父母兄弟皆故倡也。延年坐法腐刑,给事狗监中。女弟得幸于上,号李夫人,列《外戚传》。延年善歌,为新变声。是时,上方兴天地诸祠,欲造乐,令司马相如等作诗颂。延年辄承意弦歌所造诗,为之新声曲。而李夫人产昌邑王,延年由是贵为协律都尉,佩二千石印绶,而与上卧起。①

不仅有当时文坛作家司马相如等人作品,经乐府配乐后,用于重大场合表现。武帝自己的作品也经李延年配乐歌唱。《汉书·艺文志》载武帝自作赋二篇,《汉书·武帝纪》载武帝作《瓠子歌》《宝鼎歌》《天马歌》《西极天马歌》等篇。

《汉书·沟洫志》载,黄河在瓠子地区决堤,二十余年治理不善,农业和

---

① [汉]班固:《汉书》,第3725—3726页。

人民生计深受其害,而梁楚之地尤甚。武帝既临河决,悼功之不成,乃作歌曰:

> 瓠子决兮将奈何?浩浩洋洋,虑殚为河。殚为河兮地不得宁,功无已时兮吾山平。吾山平兮钜野溢,鱼弗郁兮柏冬日。正道弛兮离常流,蛟龙骋兮放远游。归旧川兮神哉沛,不封禅兮安知外!皇谓河公兮何不仁,泛滥不止兮愁吾人!啮桑浮兮淮、泗满,久不反兮水维缓。①

武帝非常关心黄河决口造成灾害的严重程度及其对人民生命、生计的危害。他察看灾情,亲自到河边祭奠,令大臣背负柴草参与堵塞决口的斗争,表现出他对洪水泛滥造成危害的忧虑。作品表现出一代英主率领臣民抗击严重洪涝灾害的情感与胸怀。

武帝值得注意的文学作品是怀念李夫人的诗与赋。《汉书·外戚传》载,李夫人卒,武帝以皇后之礼安葬。武帝思念李夫人不已,图画其形于甘泉宫。方士利用武帝的思念之情,自称能召李夫人鬼魂,便布置了亦真亦幻、朦胧缥缈的场景,武帝见帏帐中的女子很像李夫人,却又无法接近,引起武帝更加强烈的思念与悲伤,表现出对眼前景象的迷茫。武帝作诗曰:"是邪,非邪?立而望之,偏何姗姗其来迟!"②

他还将这首歌交乐府艺人演奏、演唱,借以表达自己对李夫人的思念。李延年最成功、最著名的作品是《乐府诗集》称之为《李延年歌》的歌舞曲。《汉书·外戚传》云:

> 孝武李夫人,本以倡进。初,夫人兄延年性知音,善歌舞,武帝爱之。每为新声变曲,闻者莫不感动。延年侍上起舞,歌曰:"北方有佳人,绝世而独立,一顾倾人城,再顾倾人国。宁不知倾城与倾国,佳人难再得!"上叹息曰:"善!世岂有此人乎?"平阳主因言延年有女弟,上乃召见之,实妙丽善舞。由是得幸。③

李延年的这支歌感动了武帝,引起他的好奇和发问。而在现实利益方面,李延年将自己的妹妹塑造成倾城与倾国的佳人,使她由民间艺人进身后宫,成为武帝宠爱的嫔妃,李夫人一家都得以晋升,李延年为协律都尉,李广利为贰

---

① [汉]班固:《汉书》,第1682页。
② 同上书,第3952页。
③ 同上书,第3951页。

师将军。

又《乐府诗集·相和歌辞》引《古今乐录》曰:"张永《元嘉技录》有《四弦》一曲,《蜀国四弦》是也,居相和之末,三调之首。古有四曲,其《张女四弦》《李延年四弦》《严卯四弦》三曲,阙《蜀国四弦》。节家旧有六解,宋歌有五解,今亦阙。"①则李延年还创作一首《四弦》曲,后世已失传。

李延年"承意弦歌所造诗,为之新声曲"②,进行创作。此外,他还对流传的歌舞作品进行改编,整理胡乐而有所创新。《乐府诗集·横吹曲辞》云:"横吹有双角,即胡乐也。汉博望侯张骞入西域,传其法于西京,唯得《摩诃兜勒》一曲,李延年因胡曲更造新声二十八解。"③

李延年还整理前代流传的乐曲,使之更广泛的传播。《乐府诗集·相和歌辞》引崔豹《古今注》曰:"《薤露》《蒿里》泣丧歌也。本出田横门人,横自杀,门人伤之,为作悲歌。言人命奄忽,如薤上之露,易晞灭也。亦谓人死魂魄归于蒿里。至汉武帝时,李延年分为二曲,《薤露》送王公贵人,《蒿里》送士大夫庶人。使挽柩者歌之,亦谓之挽歌。"④

《汉书·公孙弘卜式儿宽传》称赞武帝时代云:"汉之得人,于兹为盛,儒雅则公孙弘、董仲舒、儿宽,笃行则石建、石庆,质直则汲黯、卜式,推贤则韩安国、郑当时,定令则赵禹、张汤,文章则司马迁、相如,滑稽则东方朔、枚皋,应对则严助、朱买臣,历数则唐都、洛下闳,协律则李延年。"⑤李延年本出自社会下层,他能够被列于"汉之得人"中,不是因为他善于逢迎乃至成为佞幸,而是因为他的卓越的艺术天分和艺术成就。

总之,武帝时歌诗乐舞的创作表演十分活跃,其中尤以郑声为代表的新声俗乐传播广泛,受到社会各阶层的欢迎。

第四节 董仲舒《春秋》学的现实关怀

董仲舒在汉家文化建设方面的作用是无与伦比的,他在汉代经学发展中的作用也是非常突出的。同时,他有关文学艺术的思想观点,在汉代主流文化建构中也是无可替代的。他的文学思想是汉代主流意识与官方文化在文学艺术领域的经典性阐述。

司马迁曾从董仲舒游,但他对董仲舒在汉家文化建构中的作用和意义,

---

① [宋]郭茂倩:《乐府诗集》,第440页。
② [汉]班固:《汉书》,第3725页。
③ [宋]郭茂倩:《乐府诗集》,第309页。
④ 同上书,第396页。
⑤ [汉]班固:《汉书》,第2634页。

对董仲舒的思想建树的广泛而深远的意义,似乎认识不够。因此,司马迁还仅仅将其视为儒学大师之一,写入《儒林列传》中。

刘向对董仲舒历史贡献的评价极高。《汉书·董仲舒传赞》引刘向语曰:"董仲舒有王佐之材,虽伊、吕亡以加,管、晏之属,伯者之佐,殆不及也。"①班固对董仲舒的评价高于司马迁,因此在《汉书》中为董仲舒单独立传,并详引他的贤良对策,充分肯定他在汉代政治、文化建构方面的作用。但他对刘向的"王佐"之论并不赞同。《汉书·董仲舒传赞》又引刘歆的评论:"伊、吕乃圣人之耦,王者不得则不兴。故颜渊死,孔子曰:'噫!天丧余。'唯此一人为能当之,自宰我、子赣、子游、子夏不与焉。仲舒遭汉承秦灭学之后,六经离析,下帷发愤,潜心大业,令后学者有所统一,为群儒首。然考其师友渊源所渐,犹未及乎游、夏,而曰管、晏弗及,伊、吕不加,过矣。"②刘歆的评价是比较公允的。在这样的对比引述中,也表现出班固对刘歆的认同。

董仲舒生活在汉文帝元年至汉武帝中期,广川(今河北省枣强县)人,治《公羊春秋》,景帝时立为博士。《史记·儒林列传》说:"汉兴至于五世之间,唯董仲舒名为明于《春秋》。其传公羊氏也。"③这一说法表明自汉王朝建立以来,以研究、讲授《公羊春秋》闻名于世的只有董仲舒一人。

《汉书·儒林传》的记载有所不同,班固则认为,汉兴以来,"言《春秋》,于齐则胡母生,于赵则董仲舒"④。胡母生和董仲舒在不同地区讲授《公羊春秋》,都很有成就,并都培养出优秀的弟子。"胡母生字子都,齐人也。治《公羊春秋》,为景帝博士。与董仲舒同业,仲舒著书称其德。年老,归教于齐,齐之言《春秋》者宗事之,公孙弘亦颇受焉。而董生为江都相,自有传。弟子遂之者,兰陵褚大、东平嬴公、广川段仲、温吕步舒。大至梁相,步舒丞相长史,唯嬴公守学不失师法,为昭帝谏大夫,授东海孟卿、鲁眭孟。孟为符节令,坐说灾异诛,自有传。"⑤董仲舒与胡母生都以治《公羊春秋》为景帝博士。胡母生的弟子公孙弘后来成为丞相。董仲舒的弟子中有成就的更多,使《公羊春秋》成为显学的,乃是董仲舒。

董仲舒专心治学,心无旁骛,《史记·儒林传》云:"下帷讲诵,弟子传以久次相受业,或莫见其面,盖三年董仲舒不观于舍园,其精如此。进退容止,非礼不行,学士皆师尊之。"⑥这一记载既表明他对儒家"六艺"的执着追求,

---

① [汉]班固:《汉书》,第2526页。
② 同上。
③ [汉]司马迁:《史记》,第3128页。
④ [汉]班固:《汉书》,第3593页。
⑤ 同上书,第3615—3616页。
⑥ [汉]司马迁:《史记》,第3127页。

同时，也可以看出他的素养更偏重于学术与思想，而不是善于治理纷繁事物。因此，他的贤良对策虽得到武帝高度赞许，但却未授以要职。《汉书·董仲舒传》云："对既毕，天子以仲舒为江都相，事易王。易王，帝兄，素骄，好勇。仲舒以礼谊匡正，王敬重焉。"①《汉书·景十三王传》载，江都易王刘非为景帝子，程姬所生，尚勇武气力，好治宫馆，招四方豪杰，一向骄奢②。董仲舒既要辅佐江都王治国，又要从思想文化方面给这位骄奢的诸侯以引导。

《汉书·董仲舒传》载，易王问仲舒曰："粤（越）王勾践与大夫泄庸、种、蠡谋伐吴，遂灭之。孔子称殷有三仁，寡人亦以为粤有三仁。桓公决疑于管仲，寡人决疑于君。"仲舒对曰："臣愚不足以奉大对。闻昔者鲁君问柳下惠：'吾欲伐齐，何如？'柳下惠曰：'不可。'归而有忧色，曰：'吾闻伐国不问仁人，此言何为至于我哉！'徒见问耳，且犹羞之，况设诈以伐吴乎？由此言之，粤本无一仁。夫仁人者，正其谊不谋其利，明其道不计其功。是以仲尼之门，五尺之童羞称五伯，为其先诈力而后仁谊也。苟为诈而已，故不足称于大君子之门也。五伯比于他诸侯为贤，其比三王，犹武夫之与美玉也。"易王曰："善。"③刘非上书愿击匈奴，武帝不许，与他好气力而又骄奢的性格有密切关系。在这次谈话中，刘非谈论越国三臣，是以灭吴的作用衡量三人。董仲舒借机引申到仁与诈的问题，要其认识"先诈力而后仁谊"为不足取，而应"正其谊不谋其利，明其道不计其功。"在那个时代，诸侯王动辄获咎，易王刘非好气力而又骄奢，更易招致杀身之祸。董仲舒要以这样的观点和思想引导刘非，至少江都王对这位贤相并不反感。

在辅佐刘非治理江都国方面，董仲舒显得书生气十足。他以《春秋》所记载的灾异之变推演出政务中的阴阳交错关系，并付诸实施。元朔元年（前128）易王薨，他的儿子刘建即位为江都王。元朔五年公孙弘任丞相，董仲舒作《诣丞相公孙弘记室》一文，自署"江都相"，表明易王去世后，董仲舒仍为江都相。刘建淫虐无度，六年国除。董仲舒在此之前离开江都相位置，改任中大夫。

公孙弘四十多岁才跟随公羊学大师胡母生治《春秋》，学术造诣远不如董仲舒。但他善于察言观色，百般迎合天子，几年内位至公卿。董仲舒认为公孙弘专以阿谀事上。公孙弘嫉恨董仲舒，便设法刁难他。胶西王也是武帝的兄长，尤纵恣，多次迫害朝廷委派的官吏。公孙弘便对武帝说："独董仲舒

---

① ［汉］班固：《汉书》，第 2523 页。
② 同上书，第 2409—2414 页。
③ 同上书，第 2523—2524 页。

可使相胶西王。"①胶西王久闻仲舒大名,很敬重他。董仲舒先后任江都相和胶西相,辅佐的都是骄王。但他正身以率下,数上疏谏争,得到两位君主及同僚的敬重,两个诸侯王国都得到较好的治理。

董仲舒任胶西相不久便告病归家,继续研究公羊春秋的现实作用,以《春秋》、阴阳和灾异三要素沟通历史与现实的联系。他在《灾异记》一文中,对武帝建元六年(前135)辽东高庙和长安高祖陵园的便殿先后发生的两起火灾作了《春秋》学的阐释:

> 《春秋》之道举往以明来,是故天下有物,视《春秋》所举与同比者,精微眇以存其意,通伦类以贯其理,天地之变,国家之事,粲然皆见,亡所疑矣。按《春秋》鲁定公、哀公时,季氏之恶已孰,而孔子之圣方盛。夫以盛圣而易孰恶,季孙虽重,鲁君虽轻,其势可成也。故定公二年五月两观灾。两观,僭礼之物。天灾之者,若曰,僭礼之臣可以去。已见罪征,而后告可去,此天意也。定公不知省。至哀公三年五月,桓宫、釐宫灾。二者同事,所为一也,若曰燔贵而去不义云尔。哀公未能见,故四年六月亳社灾。两观、桓、釐庙、亳社,四者皆不当立,天皆燔其不当立者以示鲁,欲其去乱臣而用圣人也。季氏亡道久矣,前是天不见灾者,鲁未有贤圣臣,虽欲去季孙,其力不能,昭公是也。至定、哀乃见之,其时可也。不时不见,天之道也。今高庙不当居辽东,高园殿不当居陵旁,于礼亦不当立,与鲁所灾同。其不当立久矣,至于陛下时天乃灾之者,殆亦其时可也。昔秦受亡周之敝,而亡以化之;汉受亡秦之敝,又亡以化之。夫继二敝之后,承其下流,兼受其猥,难治甚矣。又多兄弟亲戚骨肉之连,骄扬奢侈,恣睢者众,所谓重难之时者也。陛下正当大敝之后,又遭重难之时,甚可忧也。故天灾若语陛下:"当今之世,虽敝而重难,非以太平至公,不能治也。视亲戚贵属在诸侯远正最甚者,忍而诛之,如吾燔辽东高庙乃可;视近臣在国中处旁仄及贵而不正者,忍而诛之,如吾燔高园殿乃可"云尔。在外而不正者,虽贵如高庙,犹灾燔之,况诸侯乎!在内不正者,虽贵如高园殿,犹燔灾之,况大臣乎!此天意也。罪在外者天灾外,罪在内者天灾内,燔甚罪当重,燔简罪当轻,承天意之道也。②

董仲舒关注的重点是诸侯王和近臣骄奢淫逸、背离法度约束的现实。他将《春秋》视为揭示现实问题本质的法宝。在他看来,《春秋》能观照几百年后

---

① [汉]班固:《汉书》,第2525页。
② 同上书,第1331—1333页。

的汉代现实。"《春秋》之道举往以明来",人们要将社会现实中发生的事物同《春秋》的记载相比对。"视《春秋》所举与同比者,精微眇以存其意,通伦类以贯其理,天地之变,国家之事,粲然皆见,亡所疑矣。"这是董仲舒以《春秋》阐释现实的基本方法。《春秋》载鲁定公二年(前508)两观灾,即宫门前建立的城楼发生火灾,哀公三年(前492)五月,桓公和僖公庙发生火灾。董仲舒认为这两次灾害都是上天向鲁君示警,"燔贵而去不义","两观,僭礼之物。天灾之者,若曰,僭礼之臣可以去。已见罪征,而后告可去,此天意也"。

董仲舒拟就《灾异记》,尚未进呈武帝。主父偃探望董仲舒时,发现此文,出于嫉妒,便偷窃草稿上奏朝廷。汉武帝召诸儒审阅。董仲舒的弟子吕步舒并不知道这是自己老师写的,便称这是非常愚蠢的文章。于是将董仲舒交廷尉审理,依法当死。武帝下诏赦免。从此,董仲舒不敢再谈论灾异问题。

董仲舒居家著述,朝廷商议重要事情时,武帝便派使者及廷尉张汤到他家中征求意见,他每每据经义法度作深刻的阐述。在这些方面都表现出武帝对董仲舒的器重。但在武帝看来,董仲舒是儒学大师,也是正直的学者,时有妙论,能为朝廷决策理清思想方面的疑惑,但却不能委以重任。武帝最喜欢的是公孙弘这样的人。

公孙弘论经术不及董仲舒,论政事也不如当时几位杰出的大臣。公孙弘升任御史大夫时,汉武帝东置沧海郡,北筑朔方郡。公孙弘多次进谏,认为建立这些边城是疲弊中国以奉无用之地,建议撤销两郡。于是,武帝使朱买臣等与公孙弘就设置朔方郡是否有利进行论辩。朱买臣等人提出十条策问,公孙弘竟不能就任何一条策问谈出有价值的见解。于是谢罪道:"山东鄙人,不知其便若是,愿罢西南夷、沧海而专奉朔方。"①

这次论辩的失利并未影响武帝对公孙弘的信任。公孙弘一向不以才智见称。他善于察言观色、逢迎主上,并巧妙地用儒家言辞点缀自己。公孙弘对武帝的错误决策从不肯当庭争辩。在武帝面前,他甚至放弃与公卿事先的约定,完全顺从天子的意思讲话。汲黯当庭指责公孙弘:"齐人多诈而无情,始为与臣等建此议,今皆背之,不忠。"公孙弘却回避事前统一意见的事,反而向武帝谢罪说:"夫知臣者以臣为忠,不知臣者以臣为不忠。"②公孙弘意在表明,尽管他背叛了与公卿的约定,但自己维护天子的威望便是忠。武帝认为公孙弘所言极是。

左右亲幸大臣多揭露公孙弘为人奸诈,武帝却对他越发信任,他说的话多被采纳。在武帝看来,公孙弘"其行慎厚,辩论有余,习文法吏事,缘饰以儒

---

① [汉]司马迁:《史记》,第2950页。
② [汉]班固:《汉书》,第2619页。

术",视为难得的人才,武帝信任、重用公孙弘,以至于数年间,公孙弘以布衣取卿相之位,开创了汉代历史上无特殊功勋而封侯的先例。

同样是以治《公羊春秋》著称的董仲舒、公孙弘,由于人品不同,人生取向不同,而在仕途和学术道路上,有天壤之别。董仲舒在仕途方面没有野心,也没有大的发展。但他的诸多论述对当时政治产生过直接的作用。他因《灾异记》一文中有所刺讥而受到惩罚,但该文的一些观点、论述,却触发了武帝的心病。文中说:"视亲戚贵属在诸侯远正最甚者,忍而诛之,如吾燔辽东高庙乃可。"这些诸侯王,特别是有杰出才能的诸侯王,都是武帝特别关注、疑忌的对象。

《汉书·五行志》云:

> 先是,淮南王安入朝,始与帝舅太尉武安侯田蚡有逆言。其后胶西於王、赵敬肃王、常山宪王皆数犯法,或至夷灭人家,药杀二千石,而淮南、衡山王遂谋反。胶东、江都王皆知其谋,阴治兵弩,欲以应之。至元朔六年,乃发觉而伏辜。时田蚡已死,不及诛。上思仲舒前言,使仲舒弟子吕步舒持斧钺治淮南狱,以《春秋》谊专断于外,不请。既还奏事,上皆是之。①

"犯法""谋反"成为当时诸侯王人生的魔咒,他们一个个陷入其中,逐个被消灭。其所株连更为残酷,《汉书·五行志》记载,淮南、衡山王谋反案,"使者行郡国,治党与,坐死者数万人"②。张汤"治狱所巧排大臣自以为功","由是益尊任"③。

董仲舒不同于公孙弘、张汤,并非想用诸侯王的鲜血筑就自己晋升之阶。但他的《灾异记》却给武帝提供了冠冕堂皇的理由,可以将铲除诸侯王的行为归于天意的警示,是合于《春秋》经义的行为。武帝给吕步舒以专断权,命他治淮南狱,并要以《春秋》谊专断于外。武帝对他在此案中的处置很满意。

武帝时常命大臣就政事进行论辩,作为他决策的参考。同时,他也令身边的学者进行专题性议论,以作为学术思想的考量。当时,董仲舒、韩婴、瑕丘江公同为儒学大师,议论中也时有交锋。《汉书·儒林传》云:

---

① [汉]班固:《汉书》,第1333—1334页。
② 同上书,第1424页。
③ 同上书,第2640页。

> 瑕丘江公,受《穀梁春秋》及《诗》于鲁申公,传子至孙为博士。武帝时,江公与董仲舒并。仲舒通五经,能持论,善属文。江公呐于口,上使与仲舒议,不如仲舒。而丞相公孙弘本为公羊学,比辑其议,卒用董生。于是,上因尊"公羊"家,诏太子受《公羊春秋》,由是公羊大兴。①

瑕丘江公是鲁诗学派传人,虽然也学《穀梁春秋》,但他的老师申公以阐释《诗经》、开创鲁诗学派著称,因此,其弟子也以说诗为主,《穀梁春秋》似乎非申公所长。况且江公不善于言谈。而董仲舒博通五经,尤精于《春秋》,在论辩中显出高下之别,也不足为怪。

又《汉书·儒林传》云:

> 韩婴,燕人也。孝文时为博士,景帝时至常山太傅。婴推诗人之意,而作内、外《传》数万言,其语颇与齐、鲁间殊,然归一也。淮南贲生受之。燕、赵间言《诗》者由韩生。韩生亦以《易》授人,推《易》意而为之传。燕、赵间好《诗》,故其《易》微,唯韩氏自传之。武帝时,婴尝与董仲舒论于上前,其人精悍,处事分明,仲舒不能难也。后其孙商为博士。孝宣时,涿郡韩生其后也,以《易》征,待诏殿中,曰:"所受《易》即先太傅所传也。尝受《韩诗》,不如韩氏《易》深,太傅故专传之。"②

韩婴虽然也以阐释《诗经》著称,并开创了韩诗学派,但他对《周易》的研究颇有独到见解。只是限于燕、赵学子多学《诗经》,因此,他的"韩诗"传播较广,而他的"易学"遭到冷遇。但他将《周易》研究变为自己专门之学,传给自己子孙,而成为家学。他精通《诗经》《周易》,又为人精明善辩,与董仲舒论辩难分伯仲。

在这些论辩中,董仲舒表现出高深的学术造诣,也造成《穀梁春秋》逊色于《公羊春秋》的影响。而在公孙弘与董仲舒的比较中,又突显出公羊学中"董家"的优势。公孙弘也以治《公羊春秋》见重于朝廷,但他对《春秋》的阐释远不如董仲舒,这也导致他所师事的胡母生门派的"胡家"在经义阐释方面不被武帝认同。

董仲舒在思想与经学方面的造诣使他登上汉代学术巅峰。汉武帝对他的肯定也主要在思想学术方面。作为学术大师,著述并传授儒家经典,培养学术传人,乃是他人生的主要追求。他在这方面的成就也是非常卓著的。

---

① [汉]班固:《汉书》,第3617页。
② 同上书,第3613—3614页。

《汉书·董仲舒传》云:"下帷讲诵,弟子传以久次相授业,或莫见其面。盖三年不窥园,其精如此。进退容止,非礼不行,学士皆师尊之。"①桓谭《新论·本造》云:"董仲舒专精于述古,年至六十余,不窥园井菜。"②《汉书·儒林传》云:"(董仲舒)弟子遂之者,兰陵褚大、东平嬴公、广川段仲、温吕步舒。大至梁相,步舒丞相长史。唯嬴公守学不失师法,为昭帝谏大夫,授东海孟卿、鲁眭孟。"③

在众多弟子中,为传承董家公羊学做出重要贡献的是嬴公。他被称为"守学不失师法"的经师,也就是弘扬董家公羊学最得力的学者。嬴公的弟子眭弘成为第三代传人。眭弘字孟,世人尊重他,以其字称为眭孟。眭孟弟子百余人,严彭祖、颜安乐是其中的佼佼者。眭孟去世后,彭祖、安乐各立门户专门教授。由是《公羊春秋》有颜、严之学④。至东汉,《严氏春秋》《颜氏春秋》名家辈出,朝廷立二家博士。

据本传载,董仲舒的著作"皆明经术之意,及上疏条教,凡百二十三篇。而说《春秋》事得失,《闻举》《玉杯》《蕃露》《清明》《竹林》之属,复数十篇,十余万言,皆传于后世"。《汉书·艺文志》中《春秋》类载,《公羊董仲舒治狱》十六篇。儒家类载,《董仲舒》一百二十三篇。

今传世有董仲舒撰《春秋繁露》,《汉书·艺文志》及本传皆不载。据本传载,董仲舒著作中有《蕃露》,"蕃"与"繁"为古今字,即《繁露》,乃所著篇名之一。而《隋书·经籍志》载:"《春秋繁露》十七卷,汉胶西相董仲舒撰。"⑤已在《繁露》前增"春秋"二字,作为书名。至于其内容则涵盖本传所载"皆明经术之意",而《玉杯》《竹林》亦作为篇章收在其中。则此书乃是经后人汇编整理之本,非董仲舒自编之本。《四库全书总目》载《春秋繁露》提要云:"其书发挥《春秋》之旨多主公羊,而往往及阴阳、五行。考仲舒本传,《繁露》《玉杯》《竹林》皆所著书名,而今本《玉杯》《竹林》乃在此书之中,故《崇文总目》颇疑之,而程大昌攻之尤力。今观其文,虽未必全出仲舒,然中多根极理要之言,非后人所能依托也。"⑥

另有《董仲舒集》一卷,陈振孙曰:"汉胶西相广川董仲舒撰。隋、唐《志》皆二卷。今惟录本传中三策,及《古文苑》所载《士不遇赋》《诣公孙弘记室

---

① [汉]班固:《汉书》,第2495页。
② [汉]桓谭:《新论》,上海:上海人民出版社,1977年版,第1页。
③ [汉]班固:《汉书》,第3616页。
④ 同上。
⑤ [唐]魏徵等:《隋书》,第930页。
⑥ [清]永瑢等:《四库全书总目》,第244页。

书》二篇而已。其序篇略本传语,亦载《古文苑》。"①这也是后人编辑本,与《汉书·艺文志》所载"《董仲舒》百二十三篇"不同。后佚。

今有《全汉文》辑本《董仲舒集》,辑有贤良对策三篇,《古文苑》所载《士不遇赋》《诣公孙弘记室书》,以及《汉书·五行志》《汉书·食货志》等载录的董仲舒论说。虽然董仲舒的作品散失严重,但前人收集整理包括辑佚的文献,已为人们研究董仲舒的思想与文学提供了重要依据。

第五节　旷世辞宗司马相如

司马相如是汉代文学转型的突出代表。他以卓越的艺术才华推动了辞赋文学汉家体制的建立,同时,他将文学创作与社会担当融合在一起,创立了具有长久艺术生命力的文学范式。

一、超群才艺与文学追求

司马相如,蜀郡成都人,字长卿。少时好读书,学击剑。文翁为蜀守,遣相如受七经,受到良好的教育。《汉书·艺文志》小学类载《凡将》一篇,注曰司马相如作。小学类叙曰:"武帝时司马相如作《凡将篇》,无复字。"②可见其学识之渊博。相如又颇通音律,善鼓琴。傅玄《琴赋叙》曰:"齐桓有鸣琴曰号钟,楚庄王有琴曰绕梁,司马相如有绿绮,蔡邕有焦尾,皆名器也。"③相如一生以文学立身,而以音乐改变其人生。

相如以赀为郎,为景帝武骑常侍,常随从天子狩猎,格斗猛兽。这很不合其心意。相如擅长文学,而景帝不好辞赋,自己的才华得不到肯定。梁孝王入朝,随从众多宾客,邹阳、枚乘、庄忌夫子等都是著名文士。相如非常羡慕,于是托病辞武骑常侍一职,客游梁,做梁王的宾客。这是相如在文学与仕宦间一次重要抉择。

在这期间司马相如作《美人赋》。其文云:

> 司马相如美丽闲都,游于梁王,梁王说之。邹阳谮之于王曰:"相如美则美矣,然服色容冶,妖丽不忠,将欲媚辞取说,游王后宫,王不察之乎!"王问相如曰:"子好色乎?"相如曰:"臣不好色也。"④

---

① [元]马端临:《文献通考》,第1838页。
② [汉]班固:《汉书》,第1721页。
③ [宋]李昉等编:《太平御览》,第2605页。
④ [清]严可均辑:《全汉文》,北京:商务印书馆,1999年,第218页。

这篇作品明显带有模拟宋玉《登徒子好色赋》《讽赋》的痕迹。

相如与梁孝王及其宾客交游,数岁后,创作了《子虚赋》。然而,这篇作品并未引起梁王重视。相如在梁园只是年轻宾客和刚刚进入文坛的新人。或许《美人赋》的模拟倾向影响了人们对其文学才华的认同。当时的相如只能处于梁园巨星枚乘的光照下。

梁孝王去世,相如回归故里。相如少怀壮志,《华阳国志》载:"蜀城十里,有升迁桥,送客观。司马相如初入长安,题其门曰:'不乘赤车驷马,不过汝下。'"①然而,时运未至,他"不乘赤车驷马",也得过升迁桥还乡。

还乡后,相如度过一段贫困而又富于传奇色彩的生活。临邛令王吉是相如好友。王吉邀请相如赴临邛作客。相如前往,住在临邛城下的都亭。王吉十分友好,每天都去看望相如。不久,相如倦于应酬交往,乃称病谢绝来访。临邛中富豪卓王孙、程郑等邀请相如。相如托病辞谢。王吉亲自去迎接相如,相如不得已而赴宴。相如善鼓琴,宴席间,王吉请相如鼓琴,曰:"窃闻长卿好之,愿以自娱。"②相如再三推辞,不得已乃奏琴。恰好卓王孙的女儿文君新寡家居,她又精通音律。相如便乘机展示才艺,通过乐曲向文君传达心意。据《史记·司马相如列传》司马贞《索隐》引相如所奏琴曲曰:"凤兮凤兮归故乡,游遨四海求其皇,有一艳女在此堂,室迩人遐毒我肠,何由交接为鸳鸯。"又曰:"凤兮凤兮从皇栖,得托子尾永为妃。交情通体必和谐,中夜相从别有谁。"③《艺文类聚·乐部三》载司马相如《琴歌》亦同④。文君闻相如才华出众,又听出他奏琴传达的心意,心中喜悦,乃乘夜私奔相如,驰归成都。相如一向贫困,家中除四面墙壁,空无钱粮器物,他又只知学文,缺少谋生本领。后经卓王孙资助,过起富裕生活。

武帝即位给相如的人生带来转机。武帝喜好文学,酷爱艺术。自为太子时就爱读书,敬佩枚乘的文名,及即位,以安车蒲轮征召年老的枚乘。由此可以看出武帝对文学有极大兴趣。

武帝偶读《子虚赋》,十分称赞,感叹:"朕独不得与此人同时哉!"恰好任狗监的杨得意在旁侍奉,得意曰:"臣邑人司马相如自言为此赋。"武帝惊喜,乃召相如入朝⑤。其他士人都是通过举方正贤良文学的途径到长安,再经过贤良对策,赐以不同的官职。而相如凭借自己十年前创作的《子虚赋》赢得武帝的激赏,确立了不同于其他文士的起点。

---

① [唐]欧阳询撰,汪绍楹校:《艺文类聚》,上海:上海古籍出版社,1982年版,第773页。
② [汉]司马迁:《史记》,第3000页。
③ 同上书,第3001页。
④ [唐]欧阳询撰,汪绍楹校:《艺文类聚》,第773页。
⑤ [汉]司马迁:《史记》,第3002页。

相如在武帝面前承认《子虚赋》为自己所作,进而又曰:"有是。然此乃诸侯之事,未足观也。请为天子游猎赋。"①武帝命他创作。赋成上奏,武帝大悦,任相如为郎。

元光五年(前130),鄱阳令唐蒙开辟西南夷夜郎、僰中等地,发吏卒千人,郡又征调万余人转运粮草物质,法令严酷,巴蜀人民非常惊恐。武帝乃遣相如谴责唐蒙等。相如到西南后作《喻巴蜀檄》,通告巴、蜀人民,唐蒙等人惊扰巴蜀的做法并非天子本意,以此安抚民众。檄文指出:"今闻其乃发军兴制,惊惧子弟,忧患长老,郡又擅为转粟运输,皆非陛下之意也。"②檄文将激化矛盾的责任归咎于唐蒙,以维护朝廷的威望。同时,又谴责当地作乱的首恶,被征调者有的逃跑,有的反抗,也不符合人臣之节,批评他们"身死无名,谥为至愚,耻及父母,为天下笑"③。进而指出,"然此非独行者之罪也,父兄之教不先,子弟之率不谨也,寡廉鲜耻,而俗不长厚也。其被刑戮,不亦宜乎!"④指出这些青年作乱,乃是当地教育不够而产生的恶果。"陛下患使者有司之若彼,悼不肖愚民之如此,故遣信使,晓谕百姓以发卒之事,因数之以不忠死亡之罪,让三老孝弟以不教诲之过。"⑤最后要求各级地方官,尽快将朝廷之意晓喻溪谷山泽之民。这篇檄文传达了朝廷对巴蜀民的关爱,宣扬了汉王朝的声威,镇抚巴蜀民众,很好地完成了使命。

在是否应开发西南夷的问题上,朝野争论很大。相如出使邛、筰、冉各部时,蜀耆老大夫缙绅先生等二三十人登门拜访,多言通西南夷没有益处;朝中大臣也持有相同看法。相如针对这些疑虑,写作《难蜀父老》一文,假托蜀父老与自己论辩,阐述开发西南夷的意义,上以讽喻天子,下则晓喻天下,令百姓明白朝廷的意图。文中借蜀父老之口传达出对开发西南夷的非议,他们认为通西南是劳民伤财,士卒劳倦,万民不赡,是"割齐民以附夷狄,弊所恃以事无用"⑥。文中"使者"的回答大气磅礴:

> 盖世必有非常之人,然后有非常之事;有非常之事,然后有非常之功。非常者,固常人之所异也。故曰非常之原,黎民惧焉;及臻厥成,天下晏如也。
>
> 且夫贤君之践位也,岂特委琐握龊,拘文牵俗,循诵习传,当世取说

---

① [汉]司马迁:《史记》,第3002页。
② 同上书,第3044—3045页。
③ 同上书,第3045页。
④ 同上。
⑤ 同上书,第3046页。
⑥ 同上书,第3049页。

云尔哉！必将崇论闳议，创业垂统，为万世规。故驰骛乎兼容并包，而勤思乎参天贰地。且《诗》不云乎："普天之下，莫非王土；率土之滨，莫非王臣。"是以六合之内，八方之外，浸浔衍溢，怀生之物有不浸润于泽者，贤君耻之。今封疆之内，冠带之伦，咸获嘉祉，靡有阙遗矣。

夫拯民于沉溺，奉至尊之休德，反衰世之陵迟，继周氏之绝业，斯乃天子之急务也。百姓虽劳，又恶可以已哉？①

他指出，大禹治水，是非常之人，建立非常之功。"当斯之勤，岂唯民哉？心烦于虑，而身亲其劳。"君主与人民共同劳苦，建立起丰功伟绩。汉王朝正面临"非常之事"，"非常之功"需要"非常之人"去建设，文中阐述了朝廷"驰骛乎兼容并包，而勤思乎参天贰地"的气度与胸怀，要求臣民、百姓不辞辛苦，实现这一宏图。作品表现出前所未有的气度、襟怀，很有感染力。

据《汉书·严朱吾丘主父徐严终王贾传》载，司马相如是武帝最亲幸的五个人之一，但相如与东方朔、枚皋、严助、吾丘寿王等人不同。相如既能承担重要使命，又具有非凡的文学才华，可是他"常称疾避事"，"不慕官爵"是他的人生定位。东方朔想高官而不可得，相如却以恬淡的态度看待仕途利禄，将更多的热情投入文学中。这在汉代文人中是极为少见的。

《西京杂记》云："司马相如为《上林》《子虚》赋。意思萧散，不复与外事相关，控引天地，错综古今，忽然如睡，焕然而兴，几百日而后成。其友人盛览字长通，牂牁名士，尝问以作赋。相如曰：'合綦组以成文，列锦绣而为质。一经一纬，一宫一商，此赋之迹也。赋家之心，苞括宇宙，总览人物，斯乃得之于内，不可得而传。'览乃作《合组歌》《列锦赋》而退，终身不复敢言作赋之心矣。"②这则文献记载了相如创作的状态，也概括地阐述了"赋家之心"，当视为相如的创作经验之谈。

司马相如的作品见于《汉书·艺文志》记载的有赋二十九篇，《凡将》一篇，《荆轲论》五篇，颜师古注曰："轲为燕刺秦王，不成而死，司马相如等论之。"③《文心雕龙·颂赞》云："至相如属笔，始赞荆轲。"④相如当是其中主要作者。《史记·司马相如列传》载其《子虚赋》《上林赋》《喻巴蜀檄》《难蜀父老》《谏猎疏》《哀秦二世赋》《大人赋》《封禅文》等，且云："相如它所著，若《遗平陵侯书》《与五公子相难》《草木书篇》，不采，采其尤著公卿者云。"⑤采

---

① [汉]司马迁：《史记》，第 3050—3051 页。
② [汉]刘歆：《西京杂记》，上海古籍出版社，2012 年，第 19 页。
③ [汉]班固：《汉书》，第 1741 页。
④ [清]黄叔琳：《增订文心雕龙校注》，第 109 页。
⑤ [汉]司马迁：《史记》，第 3073 页。

入本传的都是流传广泛、深受公卿喜爱的作品。此外,《长门赋》见于《文选》卷十六,《美人赋》见于《古文苑》、《艺文类聚》卷十八、《初学记》卷十九,《琴歌》见于《艺文类聚》卷四十三《乐部三》。

又《汉书·礼乐志》云:"至武帝定郊祀之礼,祠太一于甘泉,就乾位也;祭后土于汾阴,泽中方丘也。乃立乐府,采诗夜诵,有赵、代、秦、楚之讴。以李延年为协律都尉,多举司马相如等数十人造为诗赋,略论律吕,以合八音之调,作十九章之歌。以正月上辛用事甘泉圆丘,使童男女七十人俱歌,昏祠至明。"①则《郊祀歌》十九章出于众人之手,司马相如自然也是其重要创作者。

司马相如的作品表现出昂扬奋进的时代精神,表现出巨丽峻爽的文学风格,造就了汉代韵文创作的最高成就。《史记·司马相如列传》太史公曰:"《春秋》推见至隐,《易》本隐之以显,《大雅》言王公大人,而德逮黎庶,《小雅》讥小己之得失,其流及上。所以言虽外殊,其合德一也。相如虽多虚辞滥说,然其要归引之节俭,此与《诗》之风谏何异?"②这是从文学的讽谏意义角度给予司马相如以极高的称誉。

司马相如运用辞体抒情,却不为楚辞樊篱所囿,推动抒情文学超越楚境,进入汉界。他的《长门赋》就是这方面的代表作。《长门赋》在构思方面有取于《湘君》《湘夫人》《山鬼》,托言代笔,与作品人物融合为一。但在文学意象的创造、艺术境界的描绘等方面,却完全摆脱了楚辞的影响,深入细致也更真实地展现宫廷的环境,展现嫔妃奢华的物质生活与情感落寞间的不对称,在对人性需求与艺术美的探寻中,表现出作者艺术创新的勇气和可贵建树。司马相如对辞体的创新,极大地丰富了这一文体的艺术表现力,为汉代文人创作抒情之作提供了成功经验,推动了这类文学样式的发展。

司马相如又是体物写志赋文体新变的重要推动者和最杰出的作家。体物赋的内容是体物写志,其风格特点是侈丽闳衍,其表现形式是假设客主问对以展开。这样的体制是宋玉创立的。宋玉的赋都有序,都是虚拟两个或多个人物形象,在序中通过人物对话,引出故事,构成作品的背景、语境,然后,以赋重点渲染,铺叙成篇。如《高唐赋序》言楚襄王与宋玉游于云梦之台,望高唐之观。其上独有云气,变化无穷。宋玉讲述巫山神女故事,然后,宋玉受楚王命赋之。其他作品的结构也基本相同。

司马相如的《子虚赋》《上林赋》不再沿袭宋玉作品形式中"序言—赋"的常见结构,而是简单介绍子虚、乌有、亡是公三个人物,而且作品中人物避免使用楚王、宋玉、唐勒等真实姓名,使人物的名字就显示其为虚拟的形象。

---

① [汉]班固:《汉书》,第1045页。
② [汉]司马迁:《史记》,第3073页。

作品不作单独的背景说明,而是以畋猎为核心,展现齐、楚诸侯与天子的声势,同时将作品的宗旨融入侈靡绚丽的体物描摹中,以人物为筋脉,构成波澜,转折跌宕。《子虚赋》《上林赋》文体方面的新变,铺张扬厉的体物描写、昂扬奋发的精神灌注、巨丽恢宏风格的创立,都标志着汉代文学卓然矗立,司马相如的作品也成为旷世经典。

司马相如的《上林赋》(含《子虚赋》)、《长门赋》《封禅文》三篇作品,创立了三类文学典范,规模、影响了汉代乃至后代文学的发展。

二、黍离之思与个体精神交融

《上林赋》及其上篇《子虚赋》是作者将社稷之情、黍离之思与个体精神交融在一起而创作的作品,时代精神与个性气质完美结合,确立了汉代主流文学范式,表现出昂扬的大汉盛世气象;其基本构思与艺术表现,也成为汉赋的典范;在对上层社会生活的铺展陈述中,见出作家的审美取向与精神追求。这成为司马相如确立的一种文学范式。

在《子虚赋》中,子虚、乌有先生的言谈中流露出的思想,是当时以诸侯分立为前提的比权量力、明争暗斗为背景的,因此,言说的一方要夸大其词地渲染实力,企图压倒对方。齐王与子虚狩猎,既表现出对使臣的热情接待,也在他面前炫耀实力。齐王问子虚曰:"楚亦有平原广泽游猎之地饶乐若此者乎? 楚王之猎何与寡人?"①其猎后发问,的确有彰显齐国,压倒楚国之意。

子虚对齐王的回答,也以自炫和夸张国力为意。这是诸侯及其使臣建立在国力崇拜基点上的对话。齐王在子虚面前炫耀实力,成为全篇铺叙的基础。子虚的陈述表现出同一种使命意识的明争暗斗。

子虚的回答,针对齐王问题的两个方面,即猎与乐。猎以土地广博为前提,故子虚夸耀楚国苑囿之大。称"楚有七泽,尝见其一,未睹其余也。臣之所见,盖特其小小者耳,名曰云梦。云梦者,方九百里,其中有山焉"②。然后描绘山、土、石,进而展开铺写,其东则有蕙圃,其南则有平原广泽,其西则有涌泉清池,其北则有阴林巨树。写楚王猎于阴林,博猛兽,"于是楚王乃弭节徘徊,翱翔容与览乎阴林,观壮士之暴怒,与猛兽之恐惧"③。猎于蕙圃,射飞禽,罔(网)毒冒。这里既写出楚地之广博,又写出猎的活动内容,固然也是猎之乐,然而,子虚认为楚王之乐不只在此:

---

① [汉]司马迁:《史记》,第 3003 页。
② 同上书,第 3003—3004 页。
③ 同上书,第 3009 页。

> 于是楚王乃登阳云之台,泊乎无为,澹乎自持,勺药之和具而后御之。不若大王终日驰骋,而不下舆,脟割轮淬,自以为娱。①

子虚称赞楚王之乐不独在猎,而在登阳云之台无为自持。他否定齐王"终日驰骋,而不下舆",否定单纯的杀戮之快。

乌有反驳子虚:"今足下不称楚王之德厚,而盛推云梦以为高,奢言淫乐而显侈靡,窃为足下不取也。必若所言,固非楚国之美也。有而言之,是章君之恶;无而言之,是害足下之信。章君之恶而伤私义,二者无一可,而先生行之,必且轻于齐而累于楚矣。"②乌有先生对子虚的回答,将对话提升到一个新的思想高度,其间固然有对齐王的回护,更多的则是对子虚比强斗富的使命意识给予否定。他是旧的使命意识支配下的使臣,难以胜任新的使命意识的要求。

《上林赋》紧承上篇乌有先生的言论展开,写出亡是公对子虚、乌有乃至齐、楚诸侯的批评。在《上林赋》中,亡是公以"楚则失矣,齐亦未为得也"③一语起势,将全篇的意蕴提到一个新的高度。在作者看来,子虚自炫物资繁富、奢侈逾度的思想最为浅陋;乌有先生重精神、尚道义,从较高的基点上对它进行了否定。然而,乌有先生的谈话与大一统的盛世强国的精神,尚有明显的高下之别。他明确指出:

> 且二君之论,不务明君臣之义而正诸侯之礼,徒事争游猎之乐、苑囿之大,欲以奢侈相胜,荒淫相越,此不可以扬名发誉,而适足以贬君自损也。④

针对他们二人共同的失误给予总体批评。他们"欲以奢侈相胜,荒淫相越",比强斗富,这无异于是诸侯间的蠢事。他们的失误在于"不务明君臣之义而正诸侯之礼"⑤,这就告诉二人,大汉王朝在上,他们奢侈、荒淫的行为都要在朝廷规定的礼乐范围内。

然后,乌有先生话锋一转,"且夫齐楚之事又焉足道邪!君未睹夫巨丽也,独不闻天子之上林乎?"⑥这不同于齐楚争胜,而是说,在低层次的物质方

---

① [汉]司马迁:《史记》,第3014页。
② 同上书,第3014—3015页。
③ 同上书,第3016页。
④ 同上书,第3016页。
⑤ 同上书,第3016页。
⑥ 同上。

面的争胜,你们也是眼界狭小的。要以天子的巨丽压倒诸侯的广博,以上林的巨丽之美否定了齐、楚的辽远盛大,使诸侯国相形见绌。

司马相如极写上林苑囿的广阔、物产之丰厚、天子畋猎声势的浩大、离宫别馆声色的淫乐。描写上林苑的文字占据了作品的绝大部分篇幅,作品以浓墨重彩,生动地描绘出庞大帝国统治中心前所未有的富庶、繁荣、气势充溢、信心十足;通过畋猎这一侧面,写出汉帝国中央王朝在享乐生活方面也独具坚实丰厚的物质基础。

> 于是酒中乐酣,天子芒然而思,似若有亡。曰:"嗟乎,此泰奢侈!朕以览听余间,无事弃日,顺天道以杀伐,时休息于此,恐后世靡丽,遂往而不反,非所以为继嗣创业垂统也。"①

在作者的笔下,居于这个庞大帝国统治中心的天子是个既懂得享乐奢侈,又勤政爱民、为国家计之久远的英明君主。他在酒足乐酣之时,想到自己的行为对后世的影响,一方面感到"此泰奢侈",另一方面想到自己是以勤于政事的闲暇率众出猎,奢侈而不废政务。他担心后嗣陷于"靡丽"歧途,"遂往而不反"。他不想对后世产生误导,遂发布了一个同以往设立上林苑迥然不同的命令:

> 于是乃解酒罢猎,而命有司,曰:"地可以垦辟,悉为农郊,以赡萌隶;隤墙填堑,使山泽之人得至焉;实陂池而勿禁,虚宫馆而勿仞。发仓廪以振贫穷,补不足,恤鳏寡,存孤独。出德号,省刑罚,改制度,易服色,更正朔,与天下为始。"②

这个新的命令否定此前对上林物质之美的追求,取消天子苑囿,使之有利于人民生计,也就是取消自己独乐之地,将其变为与民同乐的物质条件。同时,推进礼乐文化建设,为上林的巨丽之美注入精神文化内涵。

> 于是历吉日以斋戒,袭朝衣,乘法驾,建华旗,鸣玉鸾,游乎六艺之囿,骛乎仁义之涂,览观《春秋》之林,射《狸首》,兼《驺虞》,弋玄鹤,建干戚,载云罕,揜群雅,悲《伐檀》,乐乐胥,修容乎《礼》园,翱翔乎《书》圃,述《易》道,放怪兽,登明堂,坐清庙,恣群臣,奏得失,四海之内,靡不受

---

① [汉]司马迁:《史记》,第 3041 页。
② 同上书,第 3041 页。

获。于斯之时,天下大说,向风而听,随流而化,喟然兴道而迁义,刑错而不用,德隆乎三皇,功羡于五帝。若此,故猎乃可喜也。①

天子罢猎,溃苑之后,大力兴文。司马相如巧妙地借用儒家经典中书名、篇名,以铺写礼乐文化活动。最后写道:"若此,故猎乃可喜也。"猎不再是单纯的纵情逸乐的事,而是物质之美满足君主、百姓需求,文化兴盛。

应该看到,相如作此赋时,礼乐文化建设未尽展开。但作者感受到自贾谊以来士人之呼吁、谏说,将其融入自己作品中。这表现出作者有意于讽喻,将自己希望的礼乐文化建设思想假想为天子的政令。

这个命令否定上林的巨丽之美,而代之以天下之治,采取了一系列措施,尚德崇义,按照儒家理想和经典以治天下。作品描绘出一幅天下大治的盛世景象,所展现的景象同前面所描绘的上林巨丽之美有着本质的差别。这里不渲染地域的辽阔、物质的饶富、气势的充溢,而是突出道德的、政治的潜在力量和功效。这是对物质方面巨丽之美的补充,以盛世文化的繁盛与之交相辉映,建构完整的汉家气象,同时,也表现出励精图治、适时享乐、又能率先垂范的英主形象。于是,天下大治的理想又成为对上林巨丽之美的升华。

在《上林赋》中,作品的宗旨得到进一步升华。亡是公所描绘的盛世景象成为"猎乃可喜"的前提条件。他从天子对后世子孙的垂范作用,从天子对人民、对社稷所负使命的角度,看待畋猎之事。他要以自己构想出的盛世蓝图及对畋猎的态度诱导君主,以达到讽谏的目的。

作品最后,亡是公话锋又转向齐楚:

> 若夫终日暴露驰骋,劳神苦形,罢车马之用,抗士卒之精,费府库之财,而无德厚之恩,务在独乐,不顾众庶,忘国家之政,而贪雉兔之获,则仁者不由也。从此观之,齐、楚之事,岂不哀哉!地方不过千里,而囿居九百,是草木不得垦辟,而民无所食也。夫以诸侯之细,而乐万乘之所侈,仆恐百姓之被其尤也。②

这是以天子普天同庆之猎,批评齐楚"务在独乐,不顾众庶"的思想行为。独乐失民,乐侈失诸侯之礼。"以诸侯之细,而乐万乘之所侈",天子否定的独乐之猎,诸侯及其大夫却津津乐道,自炫并炫耀于人,由此归结前文"楚则失矣,齐亦未为得"。

---

① [汉]司马迁:《史记》,第 3041—3042 页。
② 同上书,第 3043 页。

《子虚赋》《上林赋》对楚国云梦和天子上林苑的辽阔,两地物产的丰富,特别是对天子畋猎的声势,作了极其夸张的描绘,使之超出事物的现实可能性。这也就是扬雄所说的"极丽靡之辞,闳侈钜衍,竞于使人不能加"。这样极度夸张的描写赋予作品以强烈的艺术感染力,使作品具有超乎寻常的巨丽之美。同时,在司马相如的笔下,夸张描绘的艺术渲染原则和严正的艺术旨趣紧密地结合在一起,对艺术巨丽之美的追求和对艺术社会意义即讽谏作用的依归,较好地融为一体。

这篇作品气势恢宏,波澜起伏,一转再转,而又血脉贯通。《西京杂记》谓司马相如创作此赋,"控引天地,错综古今","不似从人间来,其神化所至邪",的确不是虚论①。他的艺术想象之精妙、篇章结体之绵密、气势的镕铸、风格的创立、语言运用之丰富,都足以度越前人而成为一代文坛巨擘。当代作家叹服,后世引以为式,也是其文学成就之必然。

相如为梁王宾客,对梁与诸侯的情况有直接的、深刻的了解与体验,又亲见梁孝王去世和梁的衰落,对"诸侯之事"与"天子之事"的感受已不同于他人。因此,经过十年的沉寂与反思,召于武帝面前时,他的认识已经产生很大的变化。他首先肯定了《子虚赋》是自己所作,然后说:"此乃诸侯之事,未足观。"这就说明他此时的认识已经发生了变化。以前如果他也认为诸侯之事"未足观"的话,便不会有《子虚赋》之作。而这其中的转变,我们正应从社会的变动中、从才智之士的认识中去寻求答案。

时代观念的转变,也导致审美取向的更新。《上林赋》中谈到的"未睹夫巨丽",是要将中央王朝恢宏巨丽的汉家气象之美充分展示在人们面前。同时,还要将中央王朝的文物制度建设所标志的新的精神,作为对品物繁富之美的超越。这样的审美取向是十年前相如的作品中不曾涉及的,更不是枚乘等作家可以企及的。

司马相如的《子虚赋》《上林赋》在文学气象、规模、艺术结构等方面都做出了可贵的创新,为汉代文学树立了典范。屈原、宋玉、贾谊的作品在所表现的感情和艺术构思方面各具特点,却不以气势取胜。较早注重气势充溢的作品当属枚乘的《七发》。在《七发》中,吴客为楚太子讲述弛逐争胜和曲江观涛的场面,都很有气势。但它却无法窥及《子虚赋》中齐、楚的苑囿,更不要说《上林赋》中地域之辽阔、品物之繁盛、气势之充溢。《上林赋》所表现出的审美意识的种种变化,远非《七发》所能想象得出。相如的《子虚赋》《上林赋》虚拟子虚、乌有先生、亡是公三个人物,夸齐、夸楚,盛赞上林,篇幅宏

---

① [汉]刘歆:《西京杂记》,第19页。

大,气势逐层推进,一波胜过一波,充分展现汉家气象之巨丽。此后的杰出作家如扬雄、班固、张衡无不从选题、气势方面继踪、效仿,这也从另一个角度证明了相如赋在表现汉家气象方面的开创意义。

《上林赋》中亡是公对子虚、乌有先生的言论、思想提出全面批评否定,他尖锐地指出:齐、楚均有所失。其所失的关键在于"不务明君臣之义而正诸侯之礼",他们在争强斗胜之时,只知道自己与对方的比较,竟忘却了他们作为诸侯的由来,忘却了还有凌驾于他们之上的天子的存在。

于是,他要以汉家在物质方面对诸侯的超越,表明诸侯间的比权量力,都是目光短浅的。在充分展示了汉家品物繁盛之美后,作者笔锋陡转,引出天子的"芒然而思",否定了此前对物质逸乐的追求,转而述诸对文化制度的追寻。作品中的文气振荡反复、波峰起落、跌宕有致,逐渐由诸侯间浅层次的比权量力,进入到对道义的崇尚,再进而呈现天子的品物之盛,更升华到汉家的文物声明之美。文章一波三折的振荡,直指作品的最高艺术旨趣的实现。这样的艺术构思在相如以前的文学创作中是不曾出现过的。这是司马相如的艺术创新,也是他历经时代巨变和精思巧构而后的创作结晶。

作品后部写天子"芒然而思",本出于虚拟,其作用在于对社会乃至君主的诱导。《史记·司马相如列传》云:"空借此三人为辞,以推天子诸侯之苑囿,其卒章归之于节俭,因以风谏。"①正道出作者的良苦用心,即他较为重视文学的社会功用,对所谓"风雅美刺"的传统有所继承。而在赋的创作中,这也是相如与枚皋、东方朔等大异其趣之处。

笔者曾提出一个推想:在《子虚赋》中,亡是公仅仅是一个旁听者。而在《上林赋》中,则以亡是公对二子的批评构成了上下篇之间的过渡,并在《上林赋》中充分表现这位来自天朝人物对中央王朝从品物之盛到文物声明之美的全方位称赞。由这个人物在上篇中无所作为的地位,与下篇唱独角戏的作用,似乎可以看出,这个人物连同他对二子的批评一段文字应是十年后相如完成下篇,即《上林赋》时惊心构造的神来之笔。它使得前后两个部分成为有机的整体。而当相如创作《子虚赋》之时,可能仅有两个虚拟的人物,即子虚、乌有先生。十年后,当相如创作《上林赋》时,才构想出亡是公其人,并让这个来自中央王朝的人物承载新的时代精神和新的审美意识的重担。相如的《哀秦二世赋》《大人赋》等作也属于这一类型。

司马相如的《子虚赋》《上林赋》问世之后,即产生巨大的社会反响,成为一个时代的艺术典范。《汉书·扬雄传》云:"蜀有司马相如,作赋甚弘丽温

---

① [汉]司马迁:《史记》,第3002页。

雅,雄心壮之,每作赋,常拟之以为式。"①而班固的《两都赋》在规模、体制、假设问对的展开方式、虚拟人物等方面,都可以看出《子虚赋》《上林赋》的影响。

三、荣华与际遇:真情的讴歌

《长门赋》突显个体际遇、情感的复杂状态,在富贵与情感的不对称中,表现出作者对人性美与艺术美的追寻。此赋更以托言代笔的方式实现作者与作品人物的情感转换,开创了宫怨文学的先声。

《长门赋》收录于《文选》卷十六,题为"《长门赋(并序)》"。序云:

> 孝武皇帝陈皇后时得幸,颇妒。别在长门宫,愁闷悲思。闻蜀郡成都司马相如天下工为文,奉黄金百斤,为相如、文君取酒,因于解悲愁之辞。而相如为文以悟主上,陈皇后复得亲幸。②

这段文字引起了后世有关《长门赋》的真伪之辩。

顾炎武《日知录》引王楙《野客丛书》曰:"作文受谢,非起于晋宋。观陈皇后失宠于汉武帝,别在长门宫,闻司马相如天下工为文,奉黄金百斤为文君取酒,相如因为文,以悟主上,皇后复得幸。此风西汉已然。"原注:"按陈皇后无复幸之事,此文盖后人拟作,然亦汉人之笔也。"《日知录》又曰:"古人为赋,多假设之辞。序述往事,以为点缀,不必一一符同也。子虚、亡是公、乌有先生之文,已肇始于相如矣。""而《长门赋》所云,'陈皇后复得幸'者,亦本无其事。徘谐之文不当与之庄论矣。陈后复幸之云,正如马融《长笛赋》所谓'屈平适乐国,介推还受禄'也。"原注:"《长门赋》乃后人托名之作,相如以元狩五年卒,安得言'孝武皇帝'哉?"③顾炎武否定《长门赋》为司马相如作的依据有两条:一、陈皇后无复幸之事;二、司马相如先于武帝去世,不应用"孝武"谥号。

《史记·外戚世家》司马贞《索隐》引《长门赋序》后曰:"作颂信有之也,复亲幸之恐非实也。"④司马贞将序与作品分开,认定《长门赋》为相如作。

古人辞赋虽有自称其名者,但《长门赋序》中说"闻蜀郡成都司马相如"不合于相如口吻,当是萧统等人编选时所加的题解而谓之"并序",乃传刻之

---

① [汉]班固:《汉书》,第 3515 页。
② [梁]萧统编,[唐]李善注:《文选》,第 227 页。
③ [清]顾炎武著,[清]黄汝成集释:《日知录集释》,石家庄:花山文艺出版社,1990 年版,第 863—864、867—868 页。
④ [汉]司马迁:《史记》,第 1979 页。

误所致。司马贞《索隐》说的"作颂信有之"较为可信。

作品围绕一位后宫嫔妃等待君主临幸的情节展开,表现出她对爱的渴盼与失望,揭示出宫廷荣华中的孤独落寞,讴歌真情的可贵。作品所描绘的时间从日暮到翌日天明,写出这位尊贵的后宫宠妃由怨到盼,再到失望的感情经历。作者善于描写环境的变化,以衬托人物的心情,写出外部与内部两种不同的环境。作品中的女子感到疾风袭来,遂"登兰台而遥望",可是,不见君主,但见浮云四塞,听到隆隆的声响,却不是君之车音,而是雷声殷殷。这风、云、雷已令她惆怅。眼前所见所闻,飘风乱帷,禽鸣猿吟,更使她心中烦恼。这是外部环境。她"步从容于深宫",正殿高耸造天,玉户金铺,雕梁画栋,罗绮幔帷,十分奢华。周览深宫,华堂虚设,不见其人。她抚柱楣、览曲台的行动,表现出内心的熬煎。这是内部环境。

> 日黄昏而望绝兮,怅独托于空堂。悬明月以自照兮,徂清夜于洞房。援雅琴以变调兮,奏愁思之不可长。案流徵以却转兮,声幼妙而复扬。贯历览其中操兮,意慷慨而自卬。左右悲而垂泪兮,涕流离而纵横。①

前面的描写,在盼望中有狐疑,有期待。此时则写出她的感情已变为失望。月照孤影,悲不自胜。埋怨君主失信,回想自己的过错,彷徨无聊,颓思而就床。这是抒情主人公无奈的行动。

> 忽寝寐而梦想兮,魄若君之在旁。惕寤觉而无见兮,魂迋迋若有亡。②

睡梦中君主来到自己身旁,醒来却枕席空设,独卧兰床,鸳鸯梦醒,更增惆怅。梦境与现实的巨大反差形象刻画出长夜如年的艺术效果。作品展现出深宫荣华生活的富有与爱情缺失下女子的内心世界,表现出对真情真爱的追求与向往。作者或直接描写主人公的愿望与心情,或写形体动作以表现其内心,或写环境以渲染、衬托情感,表现出主人公期盼、渴望、失望、绝望的情感变化,幽怨深婉,情味隽永,匠心独具。《长门赋》为后世宫怨、闺怨文学树立了杰出的榜样和成功的艺术经验。

---

① [梁]萧统编,[唐]李善注:《文选》,第228—229页。
② 同上书,第229页。

四、个性融于时代鸿业的创作

《封禅文》以朝廷热议是否封禅为背景,称汉德,赞符瑞,建言封禅以成大典,是宫廷文学之典范。

司马相如极力赞美封禅:"续昭夏,崇号谥,略可道者七十有二君。罔若淑而不昌,畴逆失而能存?"①历史上有七十二位君主相继封禅于泰山。他们始于善,没有不昌盛的。始善,就要封禅。作者暗示汉天子,要效法历史上的七十二君,祭天以报答天的恩德。

《封禅文》以历史上功德卓著的七十二君相继封禅于泰山,说明顺善必昌,逆失必亡,圣君应效法他们,遵天行事。周是古代礼乐文明建设最突出的王朝,孔子及其弟子言必称文王、武王、周公。汉王朝要摆脱秦文化制度的影响,以周文化为楷模。于是司马相如以周与汉相对比,阐述封禅的必要性。周成王在周公辅佐下,制礼作乐,致太平,功德超越文王、武王。其业绩比起汉武帝,略逊一筹,"然犹蹑梁父,登泰山,建显号,施尊名"②。他认为,大汉之德,逢涌原泉,广被四野,充塞天地,贞祥符瑞接踵而至,获周鼎这样特殊的瑞兆。而周的符瑞不过是武王渡河、白鱼入于王舟,比汉瑞差得很多。

> 钦哉,符瑞臻兹,犹以为薄,不敢道封禅。盖周跃鱼陨杭,休之以燎,微夫斯之为符也,以登介丘,不亦恧乎!③

汉文帝时贾谊、张苍已提出兴礼乐,改服色等主张,但文帝以谦恭的态度推迟了文化制度建设。武帝想要有所作为,但百业待兴,也未能提上日程。《封禅文》又假托大司马之口进言。这位大司马颂扬武帝功德说:

> 诸夏乐贡,百蛮执贽,德侔往初,功无与二,休烈浃洽,符瑞众变,期应绍至,不特创见。④

功德盖世无双,于是贞祥符瑞随之呈现。他还进而设想,"意者泰山、梁父设坛场望幸",诸神也期待武帝去封禅,否则他们也会感到失望。他又说:

---

① [汉]司马迁:《史记》,第 3064 页。
② 同上书,第 3065 页。
③ 同上。
④ 同上书,第 3067 页。

> 夫修德以锡符,奉符以行事,不为进越。故圣王弗替,而修礼地祇,谒款天神,勒功中岳,以彰至尊,舒盛德,发号荣,受厚福,以浸黎民也。皇皇哉斯事!天下之壮观,王者之丕业,不可贬也。愿陛下全之。①

按照符瑞以行事,就是合于天意。圣王要按天意行事,敬礼天地众神。

文章最后写天子沛然改容,接受众臣的建议,准备实施封禅之事。

《汉书·公孙弘卜式兒宽传》云:"及议欲放古巡狩封禅之事,诸儒对者五十余人,未能有所定。先是,司马相如病死,有遗书,颂功德,言符瑞,足以封泰山。上奇其书。"②相如本传云:"相如既卒五岁,上始祭后土。八年而遂礼中岳,封于太山,至梁甫,禅肃然。"③

这篇作品以文学笔法表现出对天子与王朝功德的颂美,表现出对汉家拟议中封禅盛事的热烈赞同。在此基调上,对政治的亲和、王朝利益的诉求超越了个体情感。无论是假托的人物,还是作者的直接铺陈,作者个体的情感已淹没于颂美声中。

历代统治者都笼络大批御用文人,即使不处身最高统治者周围,主流文化也以功名利禄为诱饵,于是,润色鸿业,褒美圣德之作争相进呈。然而,只有真正讴歌时代功业,吟咏民族精神,融个性于这样的鸿篇巨制之中,才能流传千古。班固《典引》云:"伏惟相如《封禅》,靡而不典;扬雄《美新》,典而亡实。然皆游扬后世,垂为旧式。"④对《封禅文》有所批评,但更予以肯定。《文心雕龙·封禅》云:"铺观两汉隆盛,孝武禅号于肃然,光武巡封于梁父,诵德铭勋,乃鸿笔耳。观相如《封禅》,蔚为唱首,尔其表权舆,序皇王,炳玄符,镜鸿业,驱前古于当今之下,腾休明于列圣之上,歌之以祯瑞,赞之以介邱,绝笔兹文,固维新之作也。"⑤

第六节 千古良史 不朽文豪:司马迁与《史记》

司马迁是超越时代的巨人,是中国历史上最伟大的思想家、史学家、文学家。他以卓绝千古的著作、深邃的思想、鲜明的个性、高度的艺术修养,雄踞史学与文学的高峰。历代史学家、文学家都盛赞他的成就,奉为千古典范。

郑樵《通志总序》云:

---

① [汉]司马迁:《史记》,第3067—3068页。
② [汉]班固:《汉书》,第2630页。
③ [汉]司马迁:《史记》,第3072页。
④ [南朝宋]范晔:《后汉书》,第1375页。
⑤ [清]黄叔琳:《增订文心雕龙校注》,第295—296页。

> 司马氏世司典籍,工于制作,故能上稽仲尼之意,会《诗》《书》《左传》《国语》《世本》《战国策》《楚汉春秋》之言,通黄帝、尧、舜至于秦、汉之世,勒成一书,分为五体。《本纪》纪年,《世家》传代,《表》以正历,《书》以类事,《传》以著人,使百代而下,史官不能易其法,学者不能舍其书,六经之后,惟有此作。①

郑樵充分肯定了《史记》在体例方面的开创意义,将其奉为历代正史遵循的典范,同时,这部著作的学术思想价值也被视为六经之后最重要的文本。《文献通考》引吕祖谦曰:

> 太史公之书法,岂拘儒曲士所能通其说乎?其指意之深远,寄兴之悠长,微而显,绝而续,正而变,文见于此而起义于彼,有若鱼龙之变化,不可得而踪迹者矣!读是书者,可不参考互观,以究其大指之所归乎?②

这是从散文艺术的角度给予的高度评价,《史记》一书就是古代散文艺术的结晶,为后世作者提供了丰富的创作经验。叶燮《原诗》云:

> 吾尝观古之才人,合诗与文而论之,如左丘明、司马迁、贾谊、李白、杜甫、韩愈、苏轼之徒,天地万物智递开辟于其笔端,无有不可举,无有不能胜,前不必有所承,后不必有所继,而各有其愉快。如是之才,必有其力以载之;惟力大而才能坚,故至坚而不可摧也。历千百代而不朽者以此。③

这里称司马迁为最杰出的不朽的作家。刘熙载《艺概·文概》云:

> 史记叙事,文外无穷,虽一溪一壑,皆与长江、大河相若。
> 文如云龙雾豹,出没隐见,变化无方,此《庄》《骚》、太史所同。
> 太史公文,韩得其雄,欧得其逸。雄者善用直捷,故发端便见出奇;逸者善用纡徐,故引绪乃觇入妙。④

---

① [宋]郑樵:《通志》,北京:中华书局,1987年版,第1页。
② [元]马端临:《文献通考》,北京:中华书局,1986年版,第1621页。
③ [清]叶燮著,霍松林校注:《原诗》,北京:人民文学出版社,1979年版,第27页。
④ [清]刘熙载:《艺概》,第12—13页。

古代文论家都对司马迁文学成就给予极最高的评价,将《史记》称为历史著作和文学散文的最高典范。

一、学养及境遇

司马迁在史学与文学领域的辉煌成就,同他的生平学养、人生经历及境遇,有直接关系。正是外在条件与主观追求的适度结合,才造就出前无古人、后无来者的旷世英才。

司马迁生于龙门,出生在一个世代史官的家庭。他的父亲司马谈在武帝初年任太史令。司马迁早年受到良好的教育,十岁时已学会篆字,能诵读用篆字写的先秦古文。同时,他很重视实地考察。二十岁时,漫游历史名城,访求轶闻遗说,又奉命出使西南巴、蜀、邛、笮、昆明等地,直接深入地了解各地的历史掌故,以很多第一手资料弥补了文献记载的不足。

司马迁除了耳濡目染之外,还受到良好的史官传统教育。元封元年(前110),他的父亲病危时,临终对他叮嘱,要他继承自己史官家族的传统,并将自己未完成的事业交给他。司马谈去世的第三年,司马迁任太史令,为他实现父辈的遗愿和自己理想提供了切实的保障。

元封七年,司马迁等人分析当时使用的颛顼历的失误,建言修订历法,受命研究并完成了汉代文化建设重点工程之一《汉历》的测算、制订。此后,司马迁开始撰写《史记》。

正当《史记》编撰顺利进展之时,沉重的打击几乎葬送他的人生与事业。天汉二年(前99),贰师将军李广利率三万大军出酒泉击匈奴右贤王。他的部下将领李陵率步卒五千人深入胡地,与单于遭遇,被数万匈奴军包围。李陵奋战数日,矢尽粮绝,兵败而降。武帝闻讯大怒,群臣都谴责李陵。武帝问太史令司马迁的看法。司马迁对这件事前后众人所表现出的世态炎凉十分鄙视。"陵未没时,使有来报,汉公卿王侯皆奉觞上寿。后数日,陵败书闻,主上为之食不甘味,听朝不怡。大臣忧惧,不知所出。"①短短几天内,众人对李陵的态度竟有如此大的变化,大臣忧惧,唯恐一言不当而触怒武帝,招致祸端。司马迁"见主上惨凄怛悼,诚欲效其款款之愚"。在此时谴责李陵,迎合武帝是极容易的事,但无助于认识事件的本质。于是,他说:

> 陵事亲孝,与士信,常奋不顾身以殉国家之急。其素所畜积也,有国士之风。今举事一不幸,全躯保妻子之臣随而媒蘖其短,诚可痛也!

---

① [汉]班固:《汉书》,第2729页。

> 且陵提步卒不满五千,深輮戎马之地,抑数万之师,虏救死扶伤不暇,悉举引弓之民共攻围之。转斗千里,矢尽道穷,士张空拳,冒白刃,北首争死敌,得人之死力,虽古名将不过也。身虽陷败,然其所摧败亦足暴于天下。彼之不死,宜欲得当以报汉也。①

这样一位名将的失败是可悲的。司马迁分析了失败的原因,既有利于理智地看待并处理这一事件以及相关人员,同时,也有利于总结教训。然而,他的回答不仅有为李陵辩护之嫌,而且在无意中刺痛了天子。

武帝所信任的主将卫青、霍去病、李广利都是外戚,都是任人唯亲,而不是任人唯贤。在这三人中,李广利尤为平庸。刘向上疏曰:"贰师将军李广利捐五万之师,靡亿万之费,经四年之劳,而廑获骏马三十匹,虽斩宛王母鼓之首,犹不足以复费,其私罪恶甚多。孝武以为万里征伐,不录其过。"②以极其昂贵的代价仅仅获得三十匹骏马,又罪过甚多,都被"万里征伐"掩盖过去。

在李陵事件中,司马迁讲述李陵战败经过,称李陵为名将,言下之意则谓主将李广利指挥、部署、救援等方面不利,乃至李陵孤军作战。武帝以诬罔之罪名,下命对司马迁施以腐刑。

司马迁家贫,没有钱赎罪,他又没有亲戚,朋友也不肯救助。只能忍受极大的耻辱,承受宫刑。这时候,他内心非常苦痛,徘徊于生死的抉择中。《太史公自序》记录了他内心经历的痛苦思考:

> 于是论次其文。七年而太史公遭李陵之祸,幽于缧绁。乃喟然而叹曰:"是余之罪也夫!是余之罪也夫!身毁不用矣。"退而深惟曰:"夫《诗》《书》隐约者,欲遂其志之思也。昔西伯拘羑里,演《周易》;孔子厄陈蔡,作《春秋》;屈原放逐,著《离骚》;左丘失明,厥有《国语》;孙子膑脚,而论兵法;不韦迁蜀,世传《吕览》;韩非囚秦,《说难》《孤愤》;《诗》三百篇,大抵贤圣发愤之所为作也。此人皆意有所郁结,不得通其道也,故述往事,思来者。"③

在人生巨大打击面前,伟大的人物都能表现出常人不可企及的精神力量,而做出非常的业绩,这些人被司马迁视为楷模。他在《报任少卿书》中对老友

---

① [汉]班固:《汉书》,第2455—2456页。
② 同上书,第3017—3018页。
③ [汉]司马迁:《史记》,第3300页。

任安讲述自己承受的精神痛苦:人生十大耻辱,"最下腐刑,极矣","祸莫憯于欲利,悲莫痛于伤心,行莫丑于辱先,而诟莫大于宫刑"。世俗下流多谤议。他万分痛苦,"肠一日而九回,居则忽忽若有所亡,出则不知所如往。每念斯耻,汗未尝不发背沾衣也"。面临生死抉择,他还在思考人生的意义之所在。《报任少卿书》曰:

> 假令仆伏法受诛,若九牛亡一毛,与蝼蚁何异!而世又不与能死节者比,特以为智穷罪极,不能自免,卒就死耳。何也?素所自树立使然。人固有一死,死有重于泰山,或轻于鸿毛,用之所趋异也。①

许多古代圣贤,都在受迫害受苦难的境遇中,坚持他们的人生追求,完成不朽的著作。《报任少卿书》又云:

> 仆虽怯懦欲苟活,亦颇识去就之分矣,何至自湛溺累绁之辱哉!且夫臧获婢妾犹能引决,况若仆之不得已乎!所以隐忍苟活,函粪土之中而不辞者,恨私心有所不尽,鄙没世而文采不表于后也。
>
> 古者富贵而名摩灭,不可胜记,唯俶傥非常之人称焉。盖西伯拘而演《周易》,仲尼厄而作《春秋》,屈原放逐,乃赋《离骚》,左丘失明,厥有《国语》,孙子膑脚,《兵法》修列,不韦迁蜀,世传《吕览》,韩非囚秦,《说难》《孤愤》,诗三百篇,大底圣贤发愤之所为作也。此人皆意有所郁结,不得通其道,故述往事,思来者。……仆窃不逊,近自托于无能之辞,网罗天下放失旧闻,考之行事,稽其成败兴坏之理,凡百三十篇,亦欲以究天人之际,通古今之变,成一家之言。草创未就,适会此祸,惜其不成,是以就极刑而无愠色。仆诚已著此书,藏之名山,传之其人,通邑大都,则仆偿前辱之责,虽万被戮,岂有悔哉!②

无数先哲发愤著书的榜样行为及他们立言立身信念的激励,使司马迁建立起自己的精神支柱。那些"俶傥非常之人",使他看到人生的目标,他想到自己"草创未就"的《史记》,得到了精神上的鼓励,于是"就极刑而无愠色",将巨大的痛苦深埋心中,以坚忍的意志,承受最为耻辱的宫刑,忍受着那种"隐忍苟活,幽于粪土之中而不辞"的生活,他内心极其痛苦,周围又无人理解或安慰,他只能向这位朋友倾诉。

---

① [汉]班固:《汉书》,第 2732 页。
② 同上书,第 2733—2735 页。

受刑后,司马迁的事迹缺少记载。武帝征和二年(前91)司马迁的朋友任安受太子事牵连下狱,司马迁作《报任少卿书》。这一年,司马迁受腐刑二十余年。《史记·太史公自序》裴骃《集解》引卫宏《汉书旧仪注》曰:"司马迁作《景帝本纪》,极言其短及武帝过,武帝怒而削去之。后坐举李陵,陵降匈奴,故下迁蚕室。有怨言,下狱死。"①《太平御览》卷六〇四引《西京杂记》也有同样的记载。"下蚕室""下狱死"当为两件事。即在司马迁作《报任少卿书》之后,他又无端获罪,下狱死。《汉书·司马迁传》谓《太史公书》上呈朝廷后,"而十篇缺,有录无书"②。缺少的十篇中,《景帝本纪》《今上本纪》两篇,"武帝怒而削去之",其他八篇不见解释。但从《报任少卿书》中谈到"凡百三十篇"看,当时已经完成全稿。

大约五十三四岁时,司马迁终于完成了《史记》这部辉煌巨著的撰写。《汉书·司马迁传》云:"迁既死后,其书稍出。宣帝时,迁外孙平通侯杨恽祖述其书,遂宣布焉。"③遗憾的是,《史记》流传后,已阙十篇,即《景帝本纪》《今上本纪》《礼书》《乐书》《律书》《三王世家》《汉兴以来将相年表》《日者列传》《龟策列传》《靳蒯列传》。元、成帝时,褚少孙追补这十篇,并增补武帝以后事。但他补写的部分辞旨浅鄙,远不如司马迁原著。

司马迁的著作除《史记》外,《汉书·司马迁传》载其《报任少卿书》,《汉书·艺文志》载司马迁赋八篇,现在可见的唯有从类书中辑录的《悲士不遇赋》残卷。

在司马迁的成长中,至少有三方面因素对他成为伟大的史学家和文学家有密切的关系。

(一) 史官精神的传承与弘扬

司马迁出身于史官世家,他以此自豪。在《史记·太史公自序》中他概述了自己家族的历史,远溯到颛顼时代的重、黎,经唐尧、虞舜、夏、商、周,到周宣王时,其先人失其守而为司马氏。司马氏世典周史,建立起自己家族的史学根基。司马迁的父亲司马谈在汉武帝建元至元封年间任太史令,即武帝即位后的三十年间,司马谈任太史令。武帝到泰山封禅,司马谈作为太史令却因病不能从行,留滞洛阳。这对他是极大的打击,"故发愤且卒"。司马迁出使回来,在病榻前司马谈对他进行临终的叮嘱、教育,既要他继承自己史官家族的传统,又将自己未完成的事业交给他。

---

① [汉]司马迁:《史记》,第3321页。
② [汉]班固:《汉书》,第2724页。
③ 同上书,第2737页。

"余先周室之太史也。自上世尝显功名于虞夏,典天官事。后世中衰,绝于予乎?汝复为太史,则续吾祖矣。今天子接千岁之统,封泰山,而余不得从行,是命也夫,命也夫!余死,汝必为太史;为太史,无忘吾所欲论著矣。且夫孝始于事亲,中于事君,终于立身。扬名于后世,以显父母,此孝之大者。夫天下称诵周公,言其能论歌文武之德,宣周邵之风,达太王王季之思虑,爰及公刘,以尊后稷也。幽厉之后,王道缺,礼乐衰,孔子修旧起废,论《诗》《书》,作《春秋》,则学者至今则之。自获麟以来四百有余岁,而诸侯相兼,史记放绝。今汉兴,海内一统,明主贤君忠臣死义之士,余为太史而弗论载,废天下之史文,余甚惧焉,汝其念哉!"迁俯首流涕曰:"小子不敏,请悉论先人所次旧闻,弗敢阙。"①

司马谈所说的两位伟人,即周公和孔子,他们都是司马谈仰慕的巨人,也是司马谈为儿子树立的榜样。最后,司马谈明确谈到自己终生的遗憾,即未能写出孔子修《春秋》以后的历史。

这是一个意义重大的遗嘱。这份遗嘱体现出司马谈对良史传统的继承,体现出他对史官精神的新的阐释。他的这份遗嘱要求儿子以周公和孔子为榜样,树立起文化、思想使命的观念。这份遗嘱表明,司马谈是一个志向高远的史官,他要求儿子不是仅做记言、记事的文字工作,而是要做立言以不朽的文化巨人。司马谈在交给儿子史官职责的同时,也留给他崇高的理想和重大的历史使命。

(二) 家学、师承与学术修养

司马谈是一位具有很高学术修养并怀有远大志向的史官。他学天官于唐都,受《易》于杨何,习道论于黄子。这三人都是极富学术造诣的大师。

唐都精通天文学,尤善于星象的测算。《史记·天官书》云:"夫自汉之为天数者,星则唐都,气则王朔,占岁则魏鲜。"②《史记·历书》云:"至今上即位,招致方士唐都,分其天部。"③所谓分天部即测算二十八宿等星象距离。《汉书·律历志》载,为制订《汉太初历》,"乃选治历邓平及长乐司马可、酒泉候宜君、侍郎尊及与民间治历者,凡二十余人,方士唐都、巴郡落下闳与焉。都分天部,而闳运算转历"④。《汉书·艺文志》云:"数术者,皆明堂羲和史卜之职也。史官之废久矣,其书既不能具,虽有其书而无其人。《易》曰:'苟

---

① [汉]司马迁:《史记》,第3295页。
② 同上书,第1349页。
③ 同上书,第1260页。
④ [汉]班固:《汉书》,第975页。

非其人,道不虚行。'春秋时鲁有梓慎,郑有裨灶,晋有卜偃,宋有子韦。六国时楚有甘公,魏有石申夫。汉有唐都,庶得粗粗。盖有因而成易,无因而成难。"①《汉书·公孙弘卜式兒宽传》论"汉之得人,于兹为盛",其中,"历数则唐都、洛下闳"②。这些资料从不同的角度谈到天文及星象,均以唐都最为擅长,因此制订汉代太初历的复杂工程也要由他承担一部分。

田何为《易》学大师。《汉书·儒林传》载自鲁商瞿子木受《易》孔子,此后《易》学传授,历代不乏名师。杨何也是这些名师中的一位。杨何,字叔元,淄川人。武帝元光中征为太中大夫。他的弟子中最杰出者当属京房,京房又培养了梁丘贺,师生均为《易》学大师,《汉书·艺文志》中都有其著作载录。

黄子,是司马迁对其父之师的尊称,《汉书》称之为黄生,所谓的"习道论于黄子"③,即从黄生学习黄老道家学说。《史记·儒林列传》载辕固生与黄生在景帝面前就"汤、武是受命,还是弑君"展开论争,黄生曰:"汤、武非受命,乃弑也。"又曰:"冠虽敝,必加于首;履虽新,必关于足。"④这则关于冠和履的命题,乃是黄生引述黄老道家经典《六韬》的论述,其文曰:"冠虽敝,礼加之于首;履虽新,法践之于地。"可见黄生对黄老思想的修养。

司马谈师从这样杰出的学者,他自己的学术造诣也很高。正因为如此,他撰写了著名的《论六家要指》,他评论儒、道、墨、法各家学说云:

《易大传》:"天下一致而百虑,同归而殊涂。"夫阴阳、儒、墨、名、法、道德,此务为治者也,直所从言之异路,有省不省耳。尝窃观阴阳之术,大祥而众忌讳,使人拘而多所畏;然其序四时之大顺,不可失也。儒者博而寡要,劳而少功,是以其事难尽从;然其序君臣父子之礼,列夫妇长幼之别,不可易也。墨者俭而难遵,是以其事不可遍循;然其强本节用,不可废也。法家严而少恩;然其正君臣上下之分,不可改矣。名家使人俭而善失真;然其正名实,不可不察也。道家使人精神专一,动合无形,赡足万物。其为术也,因阴阳之大顺,采儒墨之善,撮名法之要,与时迁移,应物变化,立俗施事,无所不宜,指约而易操,事少而功多。儒者则不然。以为人主天下之仪表也,主倡而臣和,主先而臣随。如此则主劳而臣逸。至于大道之要,去健羡,绌聪明,释此而任术。夫神大用则竭,形大劳则

---

① [汉]班固:《汉书》,第1775页。
② 同上书,第2634页。
③ 同上书,第2709页。
④ [汉]司马迁:《史记》,第3123页。

散。形神骚动,欲与天地长久,非所闻也。①

司马谈从诸子百家学说同治国方略的关系着眼,即"务为治者",他引《易大传》"一致而百虑,同归而殊涂"也是认为各家学说的出发点都是为解决治国的指导思想。他列举最具影响的六家,概括了各学派的特点及其在施治的政治思想方面的欠缺,其中特别对比了儒家与道家两派。

司马谈肯定儒家学说中礼的思想原则,"其序君臣父子之礼,列夫妇长幼之别,不可易也",认为儒家要建立社会尊卑秩序乃是治国方略中最重要的贡献,但他指出儒家学说中两点缺陷,即"博而寡要,劳而少功"和"主劳臣逸""形神骚动"。

"博而寡要,劳而少功",意在批评儒家学说过于烦琐。儒家思想没有独立完整的理论阐述,而是通过对儒家经典的阐述提出具体观点,"六艺经传以千万数,累世不能通其学,当年不能究其礼",经传文献浩繁,又以随文阐述的形态出现,致使人们阅读耗时费力,且不易把握要领。

"主劳臣逸""形神骚动",这是儒家强调尊尊宗旨而产生的问题。"序君臣父子之礼",实现尊卑等级的严格有序,因此要尊尊。一方面君主要率先垂范,进德修身,为天下之仪表。另一方面,在国家治理中君为主导,"主倡而臣和",君主位尊,因此,"主上圣明",无不通晓,其聪明才智高于群臣,百官如圣主棋盘中棋子,任由君主摆布。而群臣因其地位卑下而不能提出独立的治国方略。

与儒家学说的两个缺陷相比,道家学说具有明显的优势。以老子、庄子为代表的道家有自己完整的理论著述,对自己的思想主张有充分的理论阐述,人们通过这些著作可以把握其基本观点与思想。司马谈认为道家学说"指约而易操,事少而功多",恰与儒家构成鲜明对比。他又进而阐述:

> 道家无为,又曰无不为,其实易行,其辞难知。其术以虚无为本,以因循为用。无成势,无常形,故能究万物之情。不为物先,不为物后,故能为万物主。有法无法,因时为业;有度无度,因物与合。故曰:圣人不朽,时变是守。虚者道之常也,因者君之纲也。群臣并至,使各自明也。其实中其声者谓之端,实不中其声者谓之窾。窾言不听,奸乃不生,贤不肖自分,白黑乃形。在所欲用耳,何事不成。乃合大道,混混冥冥。光耀天下,复反无名。凡人所生者神也,所托者形也。神大用则竭,形大劳则

---

① [汉]司马迁:《史记》,第3288—3289页。

敝,形神离则死。死者不可复生,离者不可复反,故圣人重之。由是观之,神者生之本也,形者生之具也。不先定其神[形],而曰"我有以治天下",何由哉?①

司马谈归纳《老子》《鬼谷子》及汉初黄老道家的思想,阐述了道家"清静无为"基本观点,并阐述了这一基本观点在治国方略中的意义。这里对道家思想的概括中,肯定了其对"有以治天下"的指导意义,认为不遵循黄老道家思想,则不能得治天下的根本。

除了家学之外,司马迁师从孔安国、董仲舒两位儒学大师。

《汉书·儒林传》云:"孔氏有古文《尚书》,孔安国以今文字读之,因以起其家逸《书》,得十篇,盖《尚书》兹多于是矣。遭巫蛊,未立于学官。安国为谏大夫,授都尉朝,而司马迁亦从安国问故。迁书载《尧典》《禹贡》《洪范》《微子》《金縢》诸篇,多古文说。"②孔安国不同于伏生。伏生家中拼着性命保存的《尚书》已残缺不全,他便以这一残本教授弟子,这就是汉代今文经学中《尚书》传承的起点。孔安国以家中的古文《尚书》教授弟子,其很多内容是伏生的今文《尚书》已经丢失的。司马迁师从孔安国,在学习上古乃至商周历史知识方面及在学术传统方面,都大有裨益。

董仲舒是《春秋》公羊学的大师,也是汉代主流思想的代表人物。《史记·太史公自序》载司马迁与上大夫壶遂的对话,壶遂问曰:"昔孔子何为而作春秋哉?"司马迁援引董仲舒的大段论述,阐释《公羊春秋》的观点。③ 这里用董仲舒的论述回答对话,表明司马迁对老师董仲舒的观点完全认同。

从家学传统、师承传授等方面都可以看出,司马迁受到良好的教育,而且,这些给他以直接的深刻影响的人中,司马谈具有天文历法方面的知识,又有来自黄老道家的思想承袭。司马迁的老师中,孔安国、董仲舒都是儒学大师。这些文化、思想条件,为司马迁提供了广阔的发展空间,帮助他积累了博大精深的知识,形成博采众长的思想。

(三) 实地考察与采集遗文异说

司马迁对历史事件、历史人物乃至历史演进规律的把握,得自于他对文献资料的详尽搜辑,也得自他对名胜古迹的实地考察、对史书以外遗文异说的大量采集与分析。司马迁将实地考察与文献结合在一起进行深入的思考、审视、辨析,而作出新的阐述。

---

① [汉]司马迁:《史记》,第 3292 页。
② [汉]班固:《汉书》,第 3607 页。
③ [汉]司马迁:《史记》,第 3297—3298 页。

司马迁的实地考察分三种情况,即独立的游览考察、奉使远足和随从天子巡游。三种方式各有不同的益处,帮助司马迁矫正了一些从书本上形成的历史认识。

《汉旧仪》曰:"承周史官,至武帝置太史公。司马迁父谈,世为太史。迁年十三,使乘传行天下,求古诸侯之史记。"①《西京杂记》卷六云:"太史公司马谈世为太史,子迁年十三,使乘传行天下,求古诸侯史记,续孔氏古文,序世事,作传百三十卷,五十万字。"②这里说的应是司马迁早期的出游,寻访各诸侯国散失的文献。

据《史记·太史公自序》载,司马迁二十岁时游览、考察名胜古迹,寻访遗文异说。他南游江、淮,考察禹的遗迹,上会稽,探禹穴。到九疑山,浮沅、湘,这里有屈原的行踪。北涉汶、泗,考察儒家学说发源地,在齐鲁之都,了解学术活动,观夫子遗风,在孟子故乡邹峄,他参与当地举行的乡射之礼;在鄱、薛、彭城等地遭遇困厄,经过梁、楚等地,返回长安。在漫游考察之后,他还奉使西征巴、蜀以南,南略邛、筰、昆明,这是他个人考察不易到达的地区,也是汉武帝时新设立的五郡。能在出使时对这些地区的文化历史、自然环境有直观的了解,是十分可贵的。此外,司马迁为太史令以后,武帝巡幸天下,或祭祀大典,他都随从参与,也对各地历史名人及其踪迹有多方面的了解。而"自序"所载仅仅是他对自己考察路线的大体描绘。

从《史记》各篇所透露的信息看,他结合文献阅读,对各地考察、访问,往往很深入,也获得了许多宝贵的遗文异说,补充、纠正了文献记载的不足。游览江南,他上会稽,探访称为"禹穴"的禹王陵。他登上九疑山,考察舜帝南巡的遗迹,对上古传说有了新的理解。《史记·五帝本纪》云:"余尝西至空桐,北过涿鹿,东渐于海,南浮江淮矣。至长老皆各往往称黄帝、尧、舜之处,风教固殊焉,总之不离古文者近是。"③他考察传说中黄帝问道于广成子的崆峒山,请父老讲述黄帝、尧、舜的事迹,比较诸子百家的记载,对于扑朔迷离的上古传说有了新的阐述。

《史记·河渠书》云:"余南登庐山,观禹疏九江,遂至于会稽太湟,上姑苏,望五湖;东窥洛汭、大邳,迎河,行淮、泗、济、漯洛渠;西瞻蜀之岷山及离碓;北自龙门至于朔方。"④尽管这些考察范围非常广,时间跨度很大,但他能将这些断断续续的印象进行排比梳理,跨地域、跨时间而后综合到一起。

---

① [宋]李昉等编:《太平御览》,第 1114 页。
② 同上书,第 2719 页。
③ [汉]司马迁:《史记》,第 46 页。
④ 同上书,第 1415 页。

"观禹疏九江"这样浩大的工程尤其需要不断地积累,而不是一朝一夕所能完成的。

他游历了孟尝君的封地薛,随后南下彭城,这是楚汉历史的发祥地,也是英雄用武之地。《樊郦滕灌列传》篇末太史公曰:"吾适丰、沛,问其遗老,观故萧、曹、樊哙、滕公之家,及其素,异哉所闻! 方其鼓刀屠狗卖缯之时,岂自知附骥之尾,垂名汉廷,德流子孙哉?"①他从樊哙之孙处听到很多萧何、曹参、樊哙、滕公的事迹。

他不满足于文献记载,而要通过自己亲见亲闻的考察,掌握第一手资料。他考察了春申君的遗址,访问韩信的故里淮阴。所到之处,听父老们讲述战国时期的传闻,听他们讲述自己亲眼看到、接触到的楚汉之际的掌故,既补充了文献记载的不足,又对历史人物有了更直接、更生动的了解。

司马迁又北渡汶水、泗水,详细考察齐鲁文化,观孔子之遗风。《孔子世家》云:

> 余读孔氏书,想见其为人。适鲁观仲尼庙堂,车服礼器,诸生以时习礼其家,余祗回留之,不能去云。②

他在孔子家乡参加乡射活动,体验儒家所提倡的礼乐文明。他的足迹到过孟子故乡邹,这为他解读儒家文化提供了很多文献中所没有的重要依据,也有助于提升他对儒家文化的理解。

司马迁南游长江、淮河地区,泛舟沅水、湘江,凭吊诗人屈原。他在《太史公自序》中说:"余读离骚、天问、招魂、哀郢,悲其志。适长沙,观屈原所自沉渊,未尝不垂涕,想见其为人。"③屈原的作品感染他,屈原的悲剧性遭遇引起他无限的同情和赞叹,也给他精神上、人格上以巨大的影响。漫游期间,司马迁又对贾谊《吊屈原赋》《鵩鸟赋》有了新的理解。

二、博采众长与归本黄老的思想

司马迁生于黄老道家盛行的时代,长于尊崇黄老学的家庭,这为他的思想中注入较多黄老思想与观点。此外,他学习儒家之术,师从当时最著名的儒家宗师,又从他对齐鲁广泛深入的考察中,直接接触到诸多儒生,接触甚至参与儒家礼乐实践活动,他还大量阅读儒家经典,这使他对儒家思想及其学

---

① [汉]司马迁:《史记》,第2673页。
② 同上书,第1947页。
③ 同上书,第2503页。

派有较深入的理解。他又从文献中对诸子百家之学多所考察。不仅形成他的思想的主导倾向,也建立起其富于多元化的思想。

司马迁对道家学说也有所批评,如《货殖列传》云:

> 老子曰:"至治之极,邻国相望,鸡狗之声相闻,民各甘其食,美其服,安其俗,乐其业,至老死不相往来。"必用此为务,晚近世涂民耳目,则几无行矣。
>
> 太史公曰:"夫神农以前,吾不知已。至若《诗》《书》所述虞夏以来,耳目欲极声色之好,口欲穷刍豢之味,身安逸乐,而心夸矜势能之荣使。俗之渐民久矣,虽户说以眇论,终不能化。故善者因之,其次利道之,其次教诲之,其次整齐之,最下者与之争。"①

很明显,司马迁不赞同老子有关"小国寡民"的社会理想,他论述了《诗经》《尚书》等文献所记载的人们对各类欲望的追求,认为应承认"俗之渐民久矣"的现实,采取合理的治理措施,而不是回到"小国寡民"社会。司马迁对各家学说绝不盲目、僵化地信从,而是博观约取,采众家之长,熔铸自己的思想。

班彪、班固父子对司马迁的《史记》及其思想提出尖锐的批评,其观点集中体现在《汉书·司马迁传》的论赞中:

> 自古书契之作而有史官,其载籍博矣。至孔氏纂之,上继唐尧,下讫秦缪。唐、虞以前,虽有遗文,其语不经,故言黄帝、颛顼之事未可明也。及孔子因鲁史记而作《春秋》,而左丘明论辑其本事以为之传,又纂异同为《国语》。又有《世本》,录黄帝以来至春秋时帝王、公、侯、卿、大夫祖世所出。春秋之后,七国并争,秦兼诸侯,有《战国策》。汉兴伐秦定天下,有《楚汉春秋》。故司马迁据《左氏》《国语》,采《世本》《战国策》,述《楚汉春秋》,接其后事,讫于天汉。其言秦、汉,详矣。至于采经摭传,分散数家之事,甚多疏略,或有抵梧。亦其涉猎者广博,贯穿经传,驰骋古今,上下数千载间,斯以勤矣。又,其是非颇缪于圣人,论大道则先黄、老而后六经,序游侠则退处士而进奸雄,述货殖则崇势利而羞贱贫,此其所蔽也。然自刘向、扬雄博极群书,皆称迁有良史之材,服其善序事理,辨而不华,质而不俚,其文直,其事核,不虚美,不隐恶,故谓之实

---

① [汉]司马迁:《史记》,第3253页。

录。呜呼！以迁之博物洽闻，而不能以知自全，既陷极刑，幽而发愤，书亦信矣。迹其所以自伤悼，《小雅》巷伯之伦。夫唯《大雅》"既明且哲，能保其身"，难矣哉！①

班固的论赞虽然引刘向、扬雄称赞司马迁有良史之才，对《史记》的成功也给予了一定肯定，但对司马迁的批评却有些苛刻。文中以"采经摭传，分散数家之事，甚多疏略"，置司马迁的开创之功于不顾，认识不到司马迁主要成就之所在，以微瑕而弃美玉。又因司马迁遭遇不白之冤而批评他"不能以知自全"，将自己的处世态度强加于人。《后汉书·班彪列传》云："固伤迁博物洽闻，不能以智免极刑；然亦身陷大戮，智及之而不能守之。呜呼，古人所以致论于目睫也！"②至于"其是非颇缪于圣人，论大道而先黄、老而后六经"，应该看到，司马迁在儒家、道家两大学术体系间都有很深的造诣，也有主从倾向，不必视为诬妄。

总体来说，司马迁的思想以黄老道家为主，兼取儒家思想中的积极成分，而对刑名、纵横等学派也有一定的汲取。司马迁在学术思想领域博采众长，而较倾向于黄老道家，这样开放式的思想体系与贾谊有相似处。

家学渊源对司马迁思想的形成起到主导作用。司马迁少年时代是在黄老道家学说与儒家、刑名等学说都十分活跃的时代。《史记·屈原贾生列传》太史公曰："余读《离骚》《天问》《招魂》《哀郢》，悲其志。适长沙，观屈原所自沉渊，未尝不垂涕，想见其为人。及见贾生吊之，又怪屈原以彼其材，游诸侯，何国不容，而自令若是。读《鵩鸟赋》，同死生，轻去就，又爽然自失矣。"③这里记载了司马迁阅读、理解屈原作品的三种境界及其变化过程：初读时"悲其志"，对屈原的不遇产生共鸣，表示同情；读贾谊《屈原赋》而埋怨屈原过于执着，既然不被楚怀王重用，就应游诸侯国，以实现"两美必合"的君臣际遇理想；进而读《鵩鸟赋》，同死生，轻去就，摆脱物累，"又爽然自失"，表明他认为自己以前的感受都处于较低的精神层面，而从黄老道家的思想高度对屈原的解读乃是自己新的认识。

司马迁对《鵩鸟赋》的阐释，以及从《鵩鸟赋》引申出的对人生与持身的认识，加之他对司马谈论六家思想的概括，可以看出司马迁学术思想的取向。不仅如此，司马迁在《史记》中对各学派代表人物人生事迹的记述，也表现出他的褒贬与评价。

---

① [汉]班固：《汉书》，第2737—2738页。
② [南朝宋]范晔：《后汉书》，第1386页。
③ [汉]司马迁：《史记》，第2503页。

在对法家商君、李斯的记载中,司马迁考察了他们的性格、为人及其学说思想。《商君列传》载赵良见商君,司马迁以百里奚与之对比,引《书》曰:"恃德者昌,恃力者亡。"批评商鞅治理秦引导人民追求功利,刻暴寡恩。篇末太史公曰:"商君,其天资刻薄人也。迹其欲干孝公以帝王术,挟持浮说,非其质矣。且所因由嬖臣,及得用,刑公子虔,欺魏将卬,不师赵良之言,亦足发明商君之少恩矣。余尝读商君开塞耕战书,与其人行事相类。卒受恶名于秦,有以也夫!"①这篇传记中既可看出他对秦迅速增强实力的效果描写,同时,也表现出他对民风、民心方面导向的否定。

司马迁对孔子、老子都是非常崇拜的,将他们尊为圣人。《孔子世家》记载了孔子去世后,历代儒生对他的崇拜:

> 鲁世世相传以岁时奉祠孔子冢,而诸儒亦讲礼、乡饮、大射于孔子冢。孔子冢大一顷。故所居堂弟子内,后世因庙藏孔子衣冠琴车书,至于汉二百余年不绝。高皇帝过鲁,以太牢祠焉。诸侯卿相至,常先谒然后从政。

> 太史公曰:《诗》有之:"高山仰止,景行行止。"虽不能至,然心乡往之。余读孔氏书,想见其为人。适鲁,观仲尼庙堂车服礼器,诸生以时习礼其家,余祗回留之,不能去云。天下君王至于贤人众矣,当时则荣,没则已焉。孔子布衣,传十余世,学者宗之。自天子王侯,中国言六艺者折中于夫子,可谓至圣矣!②

司马迁行文的字里行间都透露出对孔子的崇敬,更对他倡导礼乐文明方面的贡献,作了较充分的记述。

对老子的记载与评论,文字比较简括。但司马迁引述孔子与他的交往,以及孔子对他的评价,却言之凿凿。同时,司马迁所表达的感情与思想认同也十分清楚。《史记·老子韩非列传》云:

> 孔子适周,将问礼于老子。老子曰:"子所言者,其人与骨皆已朽矣,独其言在耳。且君子得其时则驾,不得其时则蓬累而行。吾闻之,良贾深藏若虚,君子盛德,容貌若愚。去子之骄气与多欲,态色与淫志,是皆无益于子之身。吾所以告子,若是而已。"孔子去,谓弟子曰:"鸟,吾知其能飞;鱼,吾知其能游;兽,吾知其能走。走者可以为罔,游者可以为

---

① [汉]司马迁:《史记》,第 2237 页。
② 同上书,第 1945—1947 页。

纶,飞者可以为矰。至于龙吾不能知,其乘风云而上天。吾今日见老子,其犹龙邪!"

  太史公曰:老子所贵道,虚无,因应变化于无为,故著书辞称微妙难识。庄子散道德,放论,要亦归之自然。……皆原于道德之意,而老子深远矣。①

  此外,从《史记》所记载的信奉儒道学说的人的事迹中,也反映出他的思想倾向性。《史记》记述惠帝至景帝的历史发展时,对几十年间黄老学说为主导的政治及其成效给予充分的肯定。《史记·曹相国世家》云:"孝惠帝元年,除诸侯相国法,更以参为齐丞相。参之相齐,齐七十城。天下初定,悼惠王富于春秋,参尽召长老诸生,问所以安集百姓,如齐故诸儒以百数,言人人殊,参未知所定。闻胶西有盖公,善治黄老言,使人厚币请之。既见盖公,盖公为言治道贵清静而民自定,推此类具言之。参于是避正堂,舍盖公焉。其治要用黄老术,故相齐九年,齐国安集,大称贤相。"《吕太后本纪》云:"孝惠皇帝、高后之时,黎民得离战国之苦,君臣俱欲休息乎无为,故惠帝垂拱,高后女主称制,政不出房户,天下晏然。刑罚罕用,罪人是希。民务稼穑,衣食滋殖。"《史记·曹相国世家》云:"参为汉相国,清静极言合道。然百姓离秦之酷后,参与休息无为,故天下俱称其美矣。"《史记·律书》云:"文帝时,会天下新去汤火,人民乐业,因其欲,然能不扰乱,故百姓遂安。自年六七十翁亦未尝至市井,游敖嬉戏如小儿状。孔子所称有德君子者邪!"②这些记述体现出司马迁对黄老道家思想与汉初政治的肯定。固然,他所强调的是在民生凋敝形势下,黄老道家主清静无为的思想,在政治上采取与民休息政策的合理性,这也是时代的需要。

  在个人持身处世方面,司马迁重视士人道德的自我完善,同时,他更看重摆脱物累的高蹈精神。在《史记·伯夷列传》中,他虽然将伯夷、叔齐作为列传的开端,但他又认为,道家所称颂的许由是更值得大书特书的人物。其文云:

  夫学者载籍极博,犹考信于六艺。诗书虽缺,然虞夏之文可知也。尧将逊位,让于虞舜,舜禹之间,岳牧咸荐,乃试之于位,典职数十年,功用既兴,然后授政。示天下重器,王者大统,传天下若斯之难也。而说者曰尧让天下于许由,许由不受,耻之逃隐。及夏之时,有卞随、务光者。

---

① [汉]司马迁:《史记》,第2140、2156页。
② 同上书,第2028—2029、412、2031、1243页。

此何以称焉？太史公曰：余登箕山，其上盖有许由冢云。孔子序列古之仁圣贤人，如吴太伯、伯夷之伦详矣。余以所闻由、光义至高，其文辞不少概见，何哉？①

司马迁论隐逸之士，首推许由，然而，许由不受尧让天下的传说，载于《庄子·逍遥游》，却不见于《诗经》《尚书》等文献的记载，太史公为此感到遗憾。

在对同一时代的精英的记载中，可以看出司马迁评价的差异。如在汉王朝建立过程中功勋卓著的张良与萧何，司马迁都给予很高的评价。司马迁评价萧何曰："楚人围我荥阳，相守三年；萧何填抚山西，推计踵兵，给粮食不绝，使百姓爱汉，不乐为楚。""萧相国何于秦时为刀笔吏，录录未有奇节。及汉兴，依日月之末光，何谨守管钥，因民之疾秦法，顺流与之更始。淮阴、黥布等皆以诛灭，而何之勋烂焉。位冠群臣，声施后世，与闳夭、散宜生等争烈矣。"②评价张良："运筹帷幄之中，制胜于无形，子房计谋其事，无知名，无勇功，图难于易，为大于细。""学者多言无鬼神，然言有物。至如留侯所见老父予书，亦可怪矣。高祖离困者数矣，而留侯常有功力焉，岂可谓非天乎？上曰：'夫运筹策帷帐之中，决胜千里外，吾不如子房。'"③这些评论固然基于对两人功绩、性格、才能的概括，但从中也可以看出司马迁的思想倾向。

此外，在《越王句践世家》和《货殖列传》中，司马迁对范蠡功成身退、不为物累的思想言行表现出高度认同。灭吴之后，"范蠡以为大名之下，难以久居，且勾践为人可与同患，难与处安，为书辞勾践"，乃乘舟浮海离去。至齐，范蠡变姓名，自谓鸱夷子皮，耕于海畔，苦身戮力，父子治产，致产数十万。齐人闻其贤，以为相。范蠡喟然叹曰："居家则致千金，居官则至卿相，此布衣之极也。久受尊名，不祥。"④乃归相印，尽散其财，以分与知友乡党，而怀其重宝，间行以去，止于陶，自谓陶朱公。范蠡归相印，尽散其财，正符合黄老道家思想的体现，而司马迁在《越王句践世家》篇末特别写出这样一段生动的文字，可以看出司马迁对他是十分赞赏的。

三、立言不朽的人生定位

《左传》襄公二十四年云："大上有立德，其次有立功，其次有立言，虽久不废，此之谓不朽。"⑤这是古代贤人志士的人生追求，也就是"三不朽"的人

---

① ［汉］司马迁：《史记》，第 2121 页。
② 同上书，第 3311、2020 页。
③ 同上书，第 3312、2049 页。
④ 同上书，第 1752 页。
⑤ ［唐］孔颖达：《春秋左传正义》，《十三经注疏》本，第 1979 页。

生理想。司马迁正是以此作为他的人生追求。

司马迁在《孔子世家》中对孔子的事迹做了详尽的记述之后,特别记载了他"三不朽"的人生追求与实践:

> 子曰:"弗乎弗乎,君子病没世而名不称焉。吾道不行矣,吾何以自见于后世哉?"乃因史记作春秋,上至隐公,下讫哀公十四年,十二公。据鲁,亲周,故殷,运之三代。约其文辞而指博。故吴楚之君自称王,而春秋贬之曰"子";践土之会实召周天子,而春秋讳之曰"天王狩于河阳":推此类以绳当世。贬损之义,后有王者举而开之。春秋之义行,则天下乱臣贼子惧焉。
>
> 孔子在位听讼,文辞有可与人共者,弗独有也。至于为《春秋》,笔则笔,削则削,子夏之徒不能赞一辞。弟子受《春秋》,孔子曰:"后世知丘者以《春秋》,而罪丘者亦以《春秋》。"①

在司马迁看来,孔子这样的圣人之所以不朽,不仅在立言,也见于立德。然而,他却担心自己"没世而名不称",因此还要通过著书立说,将"春秋之义"传之万世。

身虽废,而言立,人虽死,其书传,这就是司马迁撰写《史记》所要实现的人生目标。他要使自己的著作像《春秋》那样不朽,以圣人为榜样,要追踪孔子,做傲立于历史上的圣贤。《太史公自序》云:

> 先人有言:"自周公卒五百岁而有孔子。孔子卒后至于今五百岁,有能绍明世,正《易传》,继《春秋》,本《诗》《书》礼乐之际?"意在斯乎!意在斯乎!小子何敢让焉。②

《春秋》公羊学认为历史上出现圣人有一定规律,即五百年而圣人出。周公之后五百年,孔子成为圣人,到现在又五百年,司马迁生逢其时,又立志著书。谁能汲取六艺精髓,继承《春秋》的伟业?"小子何敢让焉",这是司马谈的期许,也是司马迁自己最高的追求。

司马迁通过一生奋斗写成《史记》,真正实现了他"立言不朽"的宏伟目标。郑樵《通志总序》云:"使百代而下,史官不能易其法,学者不能舍其书,六经之后,惟有此作。"肯定了《史记》与孔子所修《春秋》同样不朽的地位。

---

① [汉]司马迁:《史记》,第 1943—1944 页。
② 同上书,第 3296 页。

四、君臣遇合的理想追寻

司马迁大量考察历史上明主贤臣的关系,通过一些人的事迹和言论,赞美君臣际遇的理想关系。在他看来,明主贤臣相知是极为难得的。明主待贤臣才能建立不朽功业,贤臣只有将自己的人生融入明主的宏图中,才能建立功勋、名垂青史。

司马迁憧憬明主贤君及君臣遇合理想,因此,他热情褒美孟尝君、平原君、信陵君等战国公子敬礼贤士的明主风范,特别对信陵君赞美有加,称赞他"仁而下士,士无贤不肖皆谦而礼交之,不敢以其富贵骄士"①。《魏公子列传》云:

> 魏有隐士曰侯嬴,年七十,家贫,为大梁夷门监者。公子闻之,往请,欲厚遗之。不肯受。曰:"臣修身洁行数十年,终不以监门困故而受公子财。"公子于是乃置酒大会宾客。坐定,公子从车骑,虚左,自迎夷门侯生。侯生摄敝衣冠,直上载公子上坐,不让,欲以观公子。公子执辔愈恭。侯生又谓公子曰:"臣有客在市屠中,愿枉车骑过之。"公子引车入市,侯生下见其客朱亥,俾倪故久立,与其客语,微察公子。公子颜色愈和。当是时,魏将相宗室宾客满堂,待公子举酒。市人皆观公子执辔。从骑皆窃骂侯生。侯生视公子色终不变,乃谢客就车。至家,公子引侯生坐上坐,遍赞宾客,宾客皆惊。酒酣,公子起,为寿侯生前。侯生因谓公子曰:"今日嬴之为公子亦足矣。嬴乃夷门抱关者也,而公子亲枉车骑,自迎嬴于众人广坐之中。不宜有所过,今公子故过之。然嬴欲就公子之名,故久立公子车骑市中,过客以观公子,公子愈恭。市人皆以嬴为小人,而以公子为长者能下士也。"于是罢酒。侯生遂为上客。②

侯嬴只是魏都城的一个守门人,信陵君亲自去接他,他却故意做出怠慢、不懂礼节的举动,既以观察公子,又让众人看到自己的无礼,更加敬佩公子。文中写信陵君表现出一个真心诚意敬礼贤士的明主形象。他之所以能够赢得士人拥戴,使众人为之效力,甚至为之付出生命,就在于他的襟怀与修养。

《魏公子列传》篇末太史公曰:

> 吾过大梁之墟,求问其所谓夷门。夷门者,城之东门也。天下诸公

---

① [汉]司马迁:《史记》,第 2377 页。
② 同上书,第 2378—2379 页。

子亦有喜士者矣,然信陵君之接岩穴隐者,不耻下交,有以也。名冠诸侯,不虚耳。高祖每过之而令民奉祠不绝也。①

君主敬礼贤士,是建立君臣遇合关系的主导方面。另一方面,受到特殊礼遇的贤士,也必然像侯嬴那样竭尽全力,甚至不惜生命,报答明主对自己的理解与尊重。司马迁纵观古今历史,赞美明主贤君与贤士遇合的良好关系。司马迁"稽其成败兴坏之理",将明主贤士遇合视为人生理想与事业成败的症结所在。

五、贬势力、崇气节的道义精神

重节操、尚气节是古代士人精神的主要特点,也是中华民族传统美德的重要组成部分。与之相对的则是倚仗势力为非作歹,士人之无行者阿附权势、助纣为虐;司马迁通过人和事的记载表现出对种种倚势逆行的蔑视,以及对重操守气节之士的赞美。

在《魏其武安列传》中,司马迁描绘了田蚡得势前后的鲜明变化。

田蚡是景帝王夫人的同母弟。王夫人立为皇后,田蚡益贵幸。武帝即位,田蚡倚仗太后弄权,位至丞相,封武安侯,势力膨胀。他骄横至于无所顾忌,为扩大自家府第,占用少府考工室土地。在家族宴饮,安排其兄田胜坐次席,自己坐主席,"以为汉相尊,不可以兄故私桡"②。田蚡对以往"跪起如子姓"③般侍奉的魏其侯十分傲慢,甚至要夺魏其侯的城南美田。魏其侯曰:"老仆虽弃,将军虽贵,宁可以势夺乎!"④后来田蚡竟然在武帝面前讽刺魏其侯招至宾客有不臣之心,并拉拢御史大夫打击陷害魏其侯,致其灭亡。

田蚡这类人,无势时奴颜婢膝,像儿子一般跪拜献媚;一旦得势,作威作福,不可一世。司马迁通过对田蚡言行的描绘,揭示出一幅小人得志的丑态,也描写了一些趋炎附势的士人形象。

李斯也是这类人物的代表。《史记·李斯列传》载:

且夫俭节仁义之人立于朝,则荒肆之乐辍矣;谏说论理之臣间于侧,则流漫之志诎矣;烈士死节之行显于世,则淫康之虞废矣。故明主能外此三者,而独操主术以制听从之臣,而修其明法,故身尊而势重也。凡

---

① [汉]司马迁:《史记》,第2385页。
② 同上书,第2844页。
③ 同上书,第2841页。
④ 同上书,第2849页。

贤主者,必将能拂世磨俗,而废其所恶,立其所欲,故生则有尊重之势,死则有贤明之谥也。是以明君独断,故权不在臣也。然后能灭仁义之涂,掩驰说之口,困烈士之行,塞聪掩明,内独视听,故外不可倾以仁义烈士之行,而内不可夺以谏说忿争之辩。故能荦然独行恣睢之心而莫之敢逆。若此然后可谓能明申、韩之术,而修商君之法。法修术明而天下乱者,未之闻也。①

"俭节仁义之人""谏说论理之臣"和"烈士死节之行",这是古代正直品质的三种表现,李斯建议二世要将这些正直之士清除朝廷,只选用俯首帖耳的奴才,要"独操主术以制听从之臣",这样才能拥有"尊重之势",为所欲为。李斯谄事权势,利用君主的威势和权术驾驭群臣,协助君主建立起暴力统治。

司马迁的这篇传记揭示出一个很有才能,但又极端自私、阿谀逢迎的佞臣。在上述这段论述中,司马迁揭示出势力与气节之间矛盾的甚至是对立的关系。司马迁通过对历史的深入考察,通过对大量精英之士人格风范的考察,褒奖道义,推崇气节,贬抑势力,提倡美好的情操,也揭示出拜倒在势力面前的奴才的丑态。

因此,《史记·李斯列传》云:

> 李斯以闾阎历诸侯,入事秦,因以瑕衅,以辅始皇,卒成帝业,斯为三公,可谓尊用矣。斯知"六艺"之归,不务明政以补主上之缺,持爵禄之重,阿顺苟合,严威酷刑,听高邪说,废嫡立庶。诸侯已畔,斯乃欲谏争,不亦末乎!人皆以斯极忠而被五刑死,察其本,乃与俗议之异。不然,斯之功且与周、召列矣。②

司马迁通过对李斯言行的记载,纠正俗议对李斯"极忠而被五刑死"的错误评价,还其阿谀权势的佞臣本相。

在《史记》中,司马迁还塑造了一些重操守、尚气节的耿介慷慨之士的形象。这种崇尚气节的精神在蔺相如的形象中表现得很鲜明。《史记·廉颇蔺相如列传》云:

> 秦王使使者告赵王,欲与王为好会于西河外渑池。赵王畏秦,欲毋行。廉颇、蔺相如计曰:"王不行,示赵弱且怯也。"赵王遂行,相如从。

---

① [汉]司马迁:《史记》,第2557页。
② 同上书,第2563页。

廉颇送至境,与王诀曰:"王行,度道里会遇之礼毕,还,不过三十日。三十日不还,则请立太子为王。以绝秦望。"王许之,遂与秦王会渑池。秦王饮酒酣,曰:"寡人窃闻赵王好音,请奏瑟。"赵王鼓瑟。秦御史前书曰"某年月日,秦王与赵王会饮,令赵王鼓瑟"。蔺相如前曰:"赵王窃闻秦王善为秦声,请奏盆缻秦王,以相娱乐。"秦王怒,不许。于是相如前进缻,因跪请秦王。秦王不肯击缻。相如曰:"五步之内,相如请得以颈血溅大王矣!"左右欲刃相如,相如张目叱之,左右皆靡。于是秦王不怿,为一击缻。相如顾召赵御史书曰"某年月日,秦王为赵王击缻"。秦之群臣曰:"请以赵十五城为秦王寿。"蔺相如亦曰:"请以秦之咸阳为赵王寿。"秦王竟酒,终不能加胜于赵。赵亦盛设兵以待秦,秦不敢动。①

秦以虎狼之威胁迫赵王,逼赵王鼓瑟,羞辱赵国。相如只是一个文士,却大胆地捧缻要求秦王敲击奏乐。在秦王与武士的淫威面前,他要"以颈血溅"秦王,这样凛然的正气,终于使秦王屈服。这是气节与势力的抗争,而以气节胜。

田横也是以高节著称,是历史上广受称赞的至贤。《田儋列传》云:

(汉王立为皇帝)田横惧诛,而与其徒属五百余人入海,居岛中。高帝闻之,以为田横兄弟本定齐,齐人贤者多附焉,今在海中不收,后恐为乱,乃使使赦田横罪而召之。……曰:"田横来,大者王,小者乃侯耳;不来,且举兵加诛焉。"田横乃与其客二人乘传诣洛阳。

未至三十里,至尸乡厩置,横谢使者曰:"人臣见天子当洗沐。"止留。谓其客曰:"横始与汉王俱南面称孤,今汉王为天子,而横乃为亡虏而北面事之,其耻固已甚矣。且吾亨人之兄,与其弟并肩而事其主,纵彼畏天子之诏,不敢动我,我独不愧于心乎?且陛下所以欲见我者,不过欲一见吾面貌耳。今陛下在洛阳,今斩吾头,驰三十里间,形容尚未能败,犹可观也。"遂自刭,令客奉其头,从使者驰奏之高帝。高帝曰:"嗟乎,有以也夫!起自布衣,兄弟三人更王,岂不贤乎哉!"为之流涕,而拜其二客为都尉,发卒二千人,以王者礼葬田横。

既葬,二客穿其冢旁孔,皆自刭,下从之。高帝闻之,乃大惊,以田横之客皆贤。吾闻其余尚五百人在海中,使使召之。至则闻田横死,亦皆自杀。于是乃知田横兄弟能得士也。

---

① [汉]司马迁:《史记》,第 2442 页。

> 太史公曰:田横之高节,宾客慕义而从横死,岂非至贤!①

田横能得士,并非运用张汤那样的小恩小惠,而是他自己的气节人格赢得士的敬佩、信赖。正直的君主得到高节之士,乃是两美相合的必然。司马迁赞扬田横的高节,是十分中肯的。

司马迁在《伯夷列传》中发出深深的感慨:

> 或曰:"天道无亲,常与善人。"若伯夷、叔齐,可谓善人者非邪?积仁洁行如此而饿死!且七十子之徒,仲尼独荐颜渊为好学。然回也屡空,糟糠不厌,而卒蚤夭。天之报施善人,其何如哉?盗跖日杀不辜,肝人之肉,暴戾恣睢,聚党数千人横行天下,竟以寿终。是遵何德哉?此其尤大彰明较著者也。若至近世,操行不轨,专犯忌讳,而终身逸乐,富厚累世不绝。或择地而蹈之,时然后出言,行不由径,非公正不发愤,而遇祸灾者,不可胜数也。余甚惑焉,傥所谓天道,是邪非邪?
>
> 岩穴之士,趣舍有时若此,类名湮灭而不称,悲夫!闾巷之人,欲砥行立名者,非附青云之士,恶能施于后世哉?②

司马迁感叹世道、天道之不公。伯夷有德而饿死,盗跖暴戾而寿终,贤者不遇时,而恶人得其所欲,这两个人的处境与结局,充分反映了天道不公正。近世不轨之人而逸乐,公正者而遇灾害,太史公深感困惑。现实世界重视操行不轨者,他们富厚累代,福禄寿都可以得到,这是社会、天道对他们的偏袒。而坚守名节的人、岩穴之士、闾巷之人、"欲砥行立名者",如果没有圣人提携奖掖,便很难为社会所承认。而公正发愤的人往往遭遇不公正对待,甚至遇祸灾,这是天道对他们的轻慢。古书中所说的"天道无亲,常与善人"在现实面前何等苍白!

司马迁修炼自己的操行气节,与伯夷相类,与"砥行立名者"为同类。他要使这些人名节彰显于世,要通过著述而表彰士的人格美。生不遇明主,死遇孔子而名显。盗跖生时得意寿终,天道不惩,文人要承担起社会责任给他们以合于天理人心的评价。司马迁敬佩孔子令善恶有所遇。他以孔子自况,使欲砥行立名者的形象载于史册、活在人们心中,他要以道合于圣人。

---

① [汉]司马迁:《史记》,第 2647—2649 页。
② 同上书,第 2124—2125、2127 页。

六、《史记》书法

《史记》作为纪传体史书,其记述的中心是人,通过人记述历史事件,记述历史的发展、变化,又从历史的角度看人的作用,揭示人的性格、命运同历史的关系,司马迁"稽其成败兴坏之理","究天人之际,通古今之变",都要"考之行事",要考察人的性格、命运同历史的联系。

作为传记文学的《史记》,其人物塑造是在对历史的真实记录中实现的。《汉书·司马迁传》赞曰:"自刘向、扬雄博极群书,皆称迁有良史之材,服其善序事理,辨而不华,质而不俚,其文直,其事核,不虚美,不隐恶,故谓之实录。"这是综合了刘向、扬雄、班彪及班固自己的看法而提出的论断,他们对司马迁"善序事理"给予了充分肯定。

在《史记》创作撰写中,司马迁推崇、效法一个伟大的榜样,即孔子撰写的《春秋》。司马迁认为,孔子修《春秋》,在对历史事实的记录中表现自己鲜明的态度,以《春秋》书法记事,将是非、顺逆、善恶、美丑的评价融入历史叙述中。

司马迁称赞《春秋》,将其视为立言不朽的最高典范,他对《春秋》大义、《春秋》书法有精深的研究与领悟。《左传》宣公二年孔子曰:"董狐,古之良史也,书法不隐。"孔子赞扬董狐,也以"书法不隐"为核心,构建《春秋》书法。《春秋》秉笔直书,寓褒贬,明善恶,《春秋》的作者不是态度漠然的历史旁观者,而是冷峻的审视者。孔子在对春秋二百四十二年历史的记述中表现出自己对历史事件、历史人物的审视,表达了自己的善恶判断。

《史记》效法《春秋》,却又不止于此。《史记》不仅诉诸价值判断,还诉诸审美判断,要在叙事中取得鲜明生动的效果,不仅叙事以见义理,还要以情感人,写出人物性格、命运同历史事件的关联。司马迁继承、发展《春秋》书法,在《史记》中体现出高超的叙事艺术。我们将司马迁的叙事艺术称为"《史记》书法"。

"《史记》书法"的艺术内涵十分丰富,本书认为以下八个方面关系到《史记》的文学成就,分别是:秉笔直书,辞微指博,微辞婉讽,精气充溢,见微知著,同中见异,传主视角,宾主呼应。

(一) 秉笔直书

《史记》叙事的首要特点是直书其事、具文见意,即忠实地记录历史事实。《西京杂记》云:"太史公序事如古春秋法,司马氏本古周史佚后也,作景帝本纪,极言其短,及武帝之过,帝怒而削去之。"①《三国志·魏书·钟繇华歆王朗传》载王肃曰:"司马迁记事,不虚美,不隐恶。刘向、扬雄服其善叙事,有良史之才,谓之实录。汉武帝闻其述史记,取孝景及己本纪览之,于是大怒,削而投之。于今此两纪有录无书。"②

这两则记载表明司马迁作《孝景帝本纪》和《今上本纪》虽然有所避讳,但还是记述了景帝和武帝的过失。武帝不满,销毁了两篇本纪,足见司马迁忠实于历史,不为最高统治者文过饰非的态度。

司马迁秉笔直书的态度,在他对汉代历史的记述中表现得非常鲜明。

刘邦总结自己之所以得天下,在于他能重用张良、萧何、韩信,但刘邦对他们始终怀有戒心。萧何深知刘邦对自己不放心,每每以特殊的方式表现自己的忠诚,证明自己没有政治野心。《萧相国世家》记述了他们君臣间多次智斗。萧何作为一代贤相,其晚年竟要时时自保,以避免重蹈韩信的覆辙:

> 汉十二年秋,黥布反,上自将击之,数使使问相国何为。相国为上在军,乃拊循勉力百姓,悉以所有佐军,如陈豨时。客有说相国曰:"君灭族不久矣。夫君位为相国,功第一,可复加哉?然君初入关中,得百姓心,十余年矣,皆附君,常复孳孳得民和。上所为数问君者,畏君倾动关中。今君胡不多买田地,贱贳贷以自污?上心乃安。"于是相国从其计,上乃大说。
>
> 上罢布军归,民道遮行上书,言相国贱强买民田宅数千万。上至,相国谒。上笑曰:"夫相国乃利民!"民所上书皆以与相国,曰:"君自谢民。"相国因为民请曰:"长安地狭,上林中多空地,弃,愿令民得入田,毋收藁为禽兽食。"上大怒曰:"相国多受贾人财物,乃为请吾苑!"乃下相国廷尉,械系之。数日,王卫尉侍,前问曰:"相国何大罪,陛下系之暴也?"上曰:"吾闻李斯相秦皇帝,有善归主,有恶自与。今相国多受贾竖金而为民请吾苑,以自媚于民,故系治之。"王卫尉曰:"夫职事苟有便于民而请之,真宰相事,陛下奈何乃疑相国受贾人钱乎!且陛下距楚数岁,陈豨、黥布反,陛下自将而往,当是时,相国守关中,摇足则关以西非陛下有也。相国不以此时为利,今乃利贾人之金乎?且秦以不闻其过亡天下,李斯之分过,又何足法哉。陛下何疑宰相之浅也。"高帝不怿。是日,使使持节赦出相国。相国年老,素恭谨,入,徒跣谢。高帝曰:"相国

---

① [宋]李昉等编:《太平御览》,第2719页。
② [晋]陈寿撰:《三国志》,第418页。

休矣!相国为民请苑,吾不许,我不过为桀纣主,而相国为贤相。吾故系相国,欲令百姓闻吾过也。"①

萧何将子弟送往军中,是要消除刘邦对自己的怀疑;萧何强买人民的土地,与民争利,自污其人品,自贬其在人民心中的形象,是要刘邦认为自己就是一个贪得无厌的人,对政治却毫无兴趣,以此消解刘邦的疑虑。即便如此,刘邦还要凭借自己的猜疑惩治萧何。

通过这样的直书,司马迁揭示了汉王朝统治集团内部无法掩盖的利益纠结与矛盾。韩信、彭越的人生悲剧更是如此。如有人进谗言,谓楚王韩信谋反,谓彭越叛变,刘邦便以莫须有的罪名诛杀功臣,消除对自己政权的潜在威胁,树立天子绝对权威,《史记》的叙事中揭示出权力斗争的血腥与诡诈。

司马迁秉笔直书,以确凿的事实揭示历史真相,使读者从直接阅读中就可以认识是非、善恶,而不需要另外的评论。

(二)辞微指博

《史记·儒林列传》谓孔子"因史记作《春秋》,以当王法,其辞微而指博"②。司马迁将"辞微指博"视为《春秋》书法的主要内涵,意味着他对文辞与义指的关系非常重视,他也将这一叙述艺术广泛地运用于《史记》中。辞微义显,看似寻常的记述,却别有深刻的意蕴。

《高祖本纪》记述刘邦年轻时的种种欺诈行为。他与单父人吕公相识,吕公与沛令是好友,因避仇人,携带家眷投奔沛令。沛中豪杰闻沛令有尊贵客人,都去祝贺。主管礼金者宣布:"进不满千钱,坐之堂下。"③刘邦为亭长,一向轻慢,谎称"贺钱万",实际上却没进献任何礼金。吕公听说有人"贺钱万",大惊,亲迎于门,引入上坐,酒席结束之后,不仅没责怪他,又将女儿许配刘邦。此女即后来的吕后。

《史记》记叙皇后事都在《外戚世家》中,而刘邦以诈结识吕公并成就婚姻一事,却写入《高祖本纪》,在这一事件的记述中,似乎要表现吕公善于相人,看出刘邦有贵相,又叙述刘邦狎侮诸客、傲视县吏,但在寻常记述中却描写了刘邦多诈的人品。文中叙萧何对吕公曰:"刘季固多大言,少成事。"④虽然有衬托吕公独具慧眼的意义,但更借这样的语境寄寓对刘邦人格的认识。

又《高祖本纪》叙项羽与刘邦大战彭城灵壁东睢水上,项羽大破汉军,多

---

① [汉]司马迁:《史记》,第2018—2019页。
② 同上书,第3115页。
③ 同上书,第344页。
④ 同上书,第344页。

杀士卒，睢水为之不流。刘邦兵败彭城向西逃跑，派人寻找自己家眷，"家室亦亡，不相得。败后乃独得孝惠，六月，立为太子"①。从《高祖本纪》对彭城战败的记述看，似乎刘邦很关心家人的状况。然而，比较其他记载就可看出，《高祖本纪》就这一情节的记载，"为尊者讳"之处很多。《樊郦滕灌列传》载，夏侯婴随刘邦大军至彭城，项羽大破汉军。汉王兵败，疾驰而去。"见孝惠、鲁元，载之。汉王急，马罢（疲），虏在后，常蹶两儿欲弃之，婴常收，竟载之，徐行面雍树乃驰。汉王怒，行欲斩婴者十余，卒得脱，而致孝惠、鲁元于丰。"②《项羽本纪》载："楚军大乱，坏散，而汉王乃得与数十骑遁去，欲过沛，收家室而西；楚亦使人追之沛，取汉王家，家皆亡，不与汉王相见。汉王道逢得孝惠、鲁元，乃载行。楚骑追汉王，汉王急，推堕孝惠、鲁元车下，滕公常下收载之。如是者三。曰：'虽急不可以驱，奈何弃之？'于是遂得脱。"③比较三篇传记有关同一事件的记载可以看出，《高祖本纪》中以"败后乃独得孝惠"一语带过，但作者并未在《春秋》"为尊者讳"这一原则下，掩盖刘邦人性恶与丑的一面，而在滕公、项羽传记中写出刘邦逃跑时的惶恐及其对子女的狠毒。

《绛侯周勃世家》载，景帝召见绛侯周亚夫，单独给他大块肉，既不切开，又不给他筷子。绛侯心不平，让主持宴席的侍从取筷子。景帝视而笑曰："此不足君所乎？"绛侯免冠谢罪。景帝命其起身，绛侯不等景帝再说话，径直离去。景帝目送之，曰："此怏怏者非少主臣也！"④景帝名为召见赐食，实乃刁难，要考察周亚夫是否有不满情绪，一旦认定有不满，便可治罪。周亚夫的儿子因预备周亚夫去世时所用陪葬物品，竟被诬陷谋反：

廷尉责曰："君侯欲反邪？"亚夫曰："臣所买器，乃葬器也，何谓反邪？"吏曰："君侯纵不反地上，即欲反地下耳。"⑤

平息吴楚七国叛乱的杰出统帅，被文帝称为"真将军"的周亚夫，竟以"欲反地下"的罪名遭受酷刑，屈死狱中。文章暗示读者，在景帝目送他下殿的感叹中，便已注定周亚夫命运的走向。

（三）微辞婉讽

委婉设言，旨在言外，微辞婉讽，文见于此，义趣在彼。《匈奴列传》太史公曰："孔氏著《春秋》，隐、桓之间则章，至定、哀之际则微，为其切当世之文

---

① [汉]司马迁：《史记》，第372页。
② 同上书，第2665页。
③ 同上书，第321—322页。
④ 同上书，第2078页。
⑤ 同上书，第2079页。

而罔褒忌讳之辞也。"①司马迁叙述汉代历史,也深刻体会孔子记录定公、哀公历史的艰难,既要有所避讳,又要揭示天人之际、古今之变的真谛,于是,微其辞,婉其旨,要读者通过阅读、思考而认识历史之所以然。

《佞幸列传》云:

> 昔以色幸者多矣。至汉兴,高祖至暴抗也,然籍孺以佞幸;孝惠时有闳孺。此两人非有材能,徒以婉佞贵幸,与上卧起,公卿皆因关说。故孝惠时郎侍中皆冠鵕鸃,贝带,傅脂粉,化闳、籍之属也。两人徙家安陵。②

作品写这些男宠,写他们的媚态,男人作女妆,都是因帝王的特殊需要。正如王充《论衡·幸偶篇》所云:"佞幸之徒,闳孺、籍孺之辈,无德薄才,以色称媚,不宜爱而受宠,不当亲而得附,非道理之宜。故太史公为之作传,邪人反道而受恩宠,与此同科,故合其名谓之《佞幸》。"③记述佞幸,意在人主。

武帝时征匈奴,取得巨大胜利,这是大汉王朝强盛的体现,然而,仅仅凭借武帝的雄才大略是不够的。自曹参力倡黄老思想,采取宽缓政治,大力发展经济,经文帝、景帝几十年积累,国力日益充实、强大,在物质条件方面做了坚实的准备。同时,武帝的丰功伟绩也付出了极大的代价。《史记》在不同的篇章中都有所揭示。

《卫将军骠骑列传》更是通过对卫青、霍去病两将军征匈奴的记述,塑造了特殊形势造就的英雄形象,肯定了这些军事行动对汉王朝、对边陲人民的重要意义。但作者又以冷峻的目光审视这些征战的代价。这在当时无疑是个十分敏感的话题。于是,司马迁以微辞委婉的方式诉诸世人。《卫将军骠骑列传》从边塞守关人的视角观察大军出征:"两军之出塞,塞阅官及私马凡十四万匹,而复入塞者不满三万匹。"④作品记述两将军出征,写军队强大,进攻顺利,又以微辞点染,记述边塞守关人所见到的事实,出征时官马、私马共十四万匹,而胜利返回时,战马不足三万匹。这一叙述揭示出战争的惨烈及丰功伟绩背后沉重的代价。

《卫将军骠骑列传》篇末太史公曰:

---

① [汉]司马迁:《史记》,第2919页。
② 同上书,第3191页。
③ [汉]王充:《论衡》,第16页。
④ [汉]司马迁:《史记》,第2938页。

苏建语余曰:"吾尝责大将军至尊重,而天下之贤大夫毋称焉,愿将军观古名将所招选择贤者,勉之哉。大将军谢曰:'自魏其、武安之厚宾客,天子常切齿。彼亲附士大夫,招贤绌不肖者,人主之柄也。人臣奉法遵职而已,何与招士!'"骠骑亦放此意,其为将如此。①

苏建因大将军卫青不推贤进士,而委婉地责难卫青。这一批评逼出卫青深藏于内心的真言。卫青是武帝宠爱的卫皇后之兄。他们都以裙带关系荣显。魏其、武安也曾有卫青今日之尊贵显赫,二人的下场也给卫青以警示。《卫将军骠骑列传》引述苏建的责难和卫青的回答,表面看是批评卫青在贤士大夫中缺少威望,批评卫青不向朝廷举荐贤才,但更深刻的寓意是揭示武帝对权臣的疑忌。卫青不荐贤,乃是他自我保护的策略。

《封禅书》记述方士李少君和齐人少翁种种欺骗行为,记述他们骗术拙劣却得到武帝的欣赏:

少君言上曰:"祠灶则致物,致物而丹沙可化为黄金,黄金成以为饮食器则益寿,益寿而海中蓬莱仙者乃可见,见之以封禅则不死,黄帝是也。臣尝游海上,见安期生,安期生食巨枣,大如瓜。安期生仙者,通蓬莱中,合则见人,不合则隐。"于是天子始亲祠灶,遣方士入海求蓬莱安期生之属,而事化丹沙诸药齐为黄金矣。居久之,李少君病死。天子以为化去不死,而使黄锤史宽舒受其方。求蓬莱安期生莫能得,而海上燕齐怪迂之方士多更来言神事矣。

其明年,齐人少翁以鬼神方见上。上有所幸王夫人,夫人卒,少翁以方盖夜致王夫人及灶鬼之貌云,天子自帷中望见焉。于是乃拜少翁为文成将军,赏赐甚多,以客礼礼之。文成言曰:"上即欲与神通,宫室被服非象神,神物不至。"乃作画云气车,及各以胜日驾车辟恶鬼。又作甘泉宫,中为台室,画天、地、太一诸鬼神,而置祭具以致天神。居岁余,其方益衰,神不至。乃为帛书以饭牛,详不知,言曰:"此牛腹中有奇。"杀视得书,书言甚怪。天子识其手书,问其人,果是伪书,于是诛文成将军,隐之。②

方士李少君和齐人少翁的骗术得到武帝欣赏,编造谎言,画几幅传说中的云

---

① [汉]司马迁:《史记》,第 2946 页。
② 同上书,第 1385、1387—1388 页。

气、鬼怪,都能令武帝魂牵梦绕;骗子病死,天子以为他未死,而是羽化成仙升天;骗子将帛书塞到牛肚子里,制造怪异,真相败露后却要"隐之"。《封禅书》写方士骗子,意在揭示骗术何以得逞,行骗的方士何以受尊崇。

(四) 精气充溢

《史记》叙事,气势充沛,或迂徐舒缓,或紧张激切。《艺概·文概》云:"太史公文,精神气血,无所不具。学者不得其真际,而袭其形似。"① 司马迁多以自己的人生感悟驾驭人物与事件的叙述,获得极大的艺术感染效果。

《史记》写战争及英雄,精气充溢,场面宏大,搏杀激烈,特别是秦楚、楚汉战争中的项羽等人物形象,雄烈豪迈,所向披靡。如《项羽本纪》对钜鹿之战的描写:

> 项羽已杀卿子冠军,威震楚国,名闻诸侯。乃遣当阳君、蒲将军将卒二万渡河,救钜鹿。战少利,陈余复请兵。项羽乃悉引兵渡河,皆沉船,破釜甑,烧庐舍,持三日粮,以示士卒必死,无一还心。于是至则围王离,与秦军遇,九战,绝其甬道,大破之,杀苏角,虏王离。涉间不降楚,自烧杀。当是时,楚兵冠诸侯。诸侯军救钜鹿下者十余壁,莫敢纵兵。及楚击秦,诸将皆从壁上观。楚战士无不一以当十,楚兵呼声动天,诸侯军无不人人惴恐。于是已破秦军,项羽召见诸侯将,入辕门,无不膝行而前,莫敢仰视。项羽由是始为诸侯上将军,诸侯皆属焉。②

这是一场非常惨烈的战斗。作品连续运用短语,渲染战场紧张激烈的气氛,表现出项羽的雄烈和无坚不摧的气势。

《史记》的叙事中不仅对战争的描写体现出精气充溢,这一特点还依据所写人物、场合而有不同的表现。《刺客列传》写荆轲刺秦王临行时场面:

> 太子及宾客知其事者,皆白衣冠以送之。至易水之上,既祖,取道,高渐离击筑,荆轲和而歌,为变徵之声,士皆垂泪涕泣。又前而为歌曰:"风萧萧兮易水寒,壮士一去兮不复还!"复为羽声慷慨,士皆瞋目,发尽上指冠。于是荆轲就车而去,终已不顾。③

荆轲为刺秦王而入秦,抱定必死之志,太子及宾客"皆白衣冠以送之",壮士

---

① [清]刘熙载:《艺概》,第12页。
② [汉]司马迁:《史记》,第307页。
③ 同上书,第2534页。

出发,生死永诀,场面悲凉。而出发之际,高渐离击筑,荆轲放歌,烘托出荆轲坚毅果敢的形象。

司马迁的史笔以精气灌注于叙事,不仅善于叙述紧张激切、壮怀慷慨的人和事,甚至在一些近乎寻常的场合,发现并描绘出感人至深的情境。《外戚世家》载皇后弟窦广国四五岁时,家贫,被人所卖,后听说窦皇后姓氏和家乡,窦广国上书陈述自己的身世,终于和窦皇后相认:

> 窦皇后言之于文帝,召见,问之,具言其故,果是。又复问他何以为验?对曰:"姊去我西时,与我决于传舍中,丐沐沐我,请食饭我,乃去。"于是窦后持之而泣,泣涕交横下。侍御左右皆伏地泣,助皇后悲哀。①

窦姬被征为宫女,临行看到幼小的弟弟,窦姬请求到一些水,为弟弟清洗,乞求一点饭,喂弟弟吃,这一细节深深地留在幼小广国心中,重逢之日,从他口中道出此情此景,少女对幼弟的诚挚深情,以及幼弟对姐姐的敬爱,洋溢于字里行间,读之无不动容。

(五) 见微知著

杰出人物建立殊勋伟业,既有风云际会,也与个人性情、才能密切相关。寻常人只见到英雄、圣贤的辉煌,而见不到处于市井细民中,或暂困于逆境中,他们与俗人的差别。《淮阴侯列传》篇末太史公曰:"吾如淮阴,淮阴人为余言,韩信虽为布衣时,其志与众异。其母死,贫无以葬,然乃行营高敞地,令其旁可置万家。余视其母冢,良然。"②《史记》写人物,多关注英雄人物微少布衣时的言行,发掘平凡与成功的内在联系,从人物、事件的细微处,从平凡时的言行中,揭示人物性情、命运、成败、荣辱的关联,事近旨远,渊源有自,巨细多端,见微知著。

《陈丞相世家》载陈平贫贱时事云:

> 里中社,平为宰,分肉食甚均。父老曰:"善,陈孺子之为宰!"平曰:"嗟乎,使平得宰天下,亦如是肉矣!"③

陈平从平凡小事的处理能力,引申出大道理,说出大志向。故《陈丞相世家》篇末太史公曰:"陈丞相平少时,本好黄帝、老子之术。方其割肉俎上之时,其

---

① [汉]司马迁:《史记》,第 1973 页。
② 同上书,第 2629—2630 页。
③ 同上书,第 2052 页。

意固已远矣。"①

　　《史记》的有些细节虽然仅仅几个字,看似平常之笔,实则寓有深意。《项羽本纪》云:"项籍者,下相人也,字羽。初起时,年二十四。其季父项梁,梁父即楚将项燕,为秦将王翦所戮者也。项氏世世为楚将,封于项,故姓项氏。"②这是叙述项羽身世的文字,很简略。《汉书·陈胜项籍传》基本引用《项羽本纪》这段文字,略作提炼,而删"为秦将王翦所戮者也"一句。在班固看来,为秦将王翦所戮,不足以说明项燕为名将,也非项家值得骄傲之事。然而,班固未解司马迁此语深意。司马迁写项燕结局,正与项梁结局相呼应,表明项羽同秦乃是世代仇恨,诸将畏惧强秦,唯独项羽不肯退缩。

　　《项羽本纪》又云:

> 　　项籍少时,学书不成,去,学剑,又不成。项梁怒之。籍曰:"书足以记名姓而已。剑一人敌,不足学,学万人敌。"于是项梁乃教籍兵法,籍大喜,略知其意,又不肯竟学。③

　　项羽不愿学书,不愿学剑,认为这是小的本事,要"学万人敌",表明他的志向远大,然而,"不肯竟学",又表现出他的性格浮躁,学道不精。正是这样的性格与修养,注定了他失败的结局,而他至临终都不知道失败的原因。

　　事涉成败,细微处关联盛衰成败的诱因,琐事细节昭示出人物命运的大趋势。《史记》叙事善于发现并放大这样的因果逻辑。

　　张良是韩国贵族子弟,其祖父及父为韩五代君王之丞相。秦灭韩,张良以全部家财求客刺秦王,为韩报仇。后经十年读书、研究,转变为满腹韬略,运筹帷幄,掌控楚汉大局的战略家,在汉王朝创立过程中,发挥无与伦比的作用。之所以会有这样天翻地覆的变化,就在于偶遇黄石公并得到他的亲传。《留侯世家》云:

> 　　良尝间从容步游下邳圯上,有一老父,衣褐,至良所,直堕其履圯下,顾谓良曰:"孺子,下取履!"良愕然,欲殴之。为其老,强忍,下取履。父曰:"履我!"良业为取履,因长跪履之。父以足受,笑而去。良殊大惊,随目之。父去里所,复还,曰:"孺子可教矣。后五日平明,与我会此。"良因怪之,跪曰:"诺。"五日平明,良往。父已先在,怒曰:"与老人期,

---

① 〔汉〕司马迁:《史记》,第2062页。
② 同上书,第295页。
③ 同上。

后,何也?"去,曰:"后五日早会。"五日鸡鸣,良往。父又先在,复怒曰:"后,何也?"去,曰:"后五日复早来。"五日,良夜未半往。有顷,父亦来,喜曰:"当如是。"出一编书,曰:"读此则为王者师矣。后十年兴。十三年孺子见我济北,谷城山下黄石即我矣。"遂去,无他言,不复见。旦日视其书,乃《太公兵法》也。良因异之,常习诵读之。①

黄石公要张良为自己取鞋、穿鞋,三次约其凌晨见面,都是改造他的性情与人格,告诉他"后十年兴",也是教育他坚持长期学习,要成为"王者师"。因此,十年后,陈涉起兵,张良进入秦楚斗争舞台时,已经是一个智慧韬略超人的"王者师"了。

(六) 类同见异

司马迁记述人物既注意到某些人的类型化特征,又突显出人物的个性化特征。《史记》中多篇为合传,传主有相同处,有关联处,却也写出其不同处。

林纾《春觉斋论文·流别论》云:

> 此着史公似有专长,能于复中见单,令眉目皎然,不至于淆乱。但以樊、郦、滕、灌四传论之,四人悉从高帝,未尝特将,为功多同,史公颇患其涸,故于四传中,各异其书法以别之。②

林纾详细比较司马迁对四人的叙述,如《樊哙传》用"先登"二字,以表樊哙之功。《郦商传》则每从征,必领以官衔。夏侯婴一生位竟太仆,则即以太仆为全传之眼目。《灌婴传》则用"所将卒"三字,以别灌婴之功。"由此观之,四人皆从高帝,虽有分功之事,而序事能各判其人,此谓因事设权者也。"③林纾《春觉斋论文》所说"此着史公似有专长",正是对《史记》叙事艺术特征的很好阐释。这里所说的"复中见单",即是对类型化与个性化特征的准确把握。

《魏其武安侯列传》中,魏其侯窦婴、武安侯田蚡都以外戚荣显,两人之败亡又有关联,故两人合传。但窦婴在捍卫王朝,勘除吴楚之乱中立功,其人又重操守;而田蚡则完全仰仗王太后权势,未得势时,低声下气,一登尊位,便睥睨士林,完全是小人得志的嘴脸。

《卫将军骠骑列传》中大将军卫青是卫皇后之兄,骠骑将军霍去病是卫皇后姐姐所生。他们都在卫皇后荫庇下荣显。卫青帅大军多次出征匈奴有

---

① [汉]司马迁:《史记》,第2034—2035页。
② 林纾:《论文偶见 初月楼古文绪论 春觉斋论文》,人民文学出版社,1959年,第59页。
③ 同上书,第60页。

功。霍去病年少气盛,独率精锐骑兵深入匈奴腹地,斩获尤多。故司马迁将两人合传。

屈原、贾谊隔代合传,二人都因谗言而被贬,且先后都到过湘水,贾谊又有《吊屈原赋》。然而,两人性格、作品差异很大,且贾谊对屈原自沉汨罗的人生选择颇有微词。

在同类型的人物塑造中可以看出司马迁的深入思考和对差异性、个性化的关注与把握。

(七)传主视角

司马迁以纪传体叙事,在各篇中以传主视角观物,以传主视角处事,使读者有亲见、亲历感。传主视角在《史记》中有多方面的表现。

首先,以传主声口记事。《高祖本纪》载,高祖自往击匈奴与韩王信,"匈奴围我平城,七日而后罢去"。以刘邦与汉王朝角度记述,这里的"我"代指高祖与王朝军队。《韩世家》云:"秦败我二十四万","秦拔我宛","秦败我师于夏山"①。《魏世家》云:"齐败我观津","太子朝于秦。秦来伐我皮氏,未拔而解"。"秦拔我两城","又拔我二城,军大梁下,韩来救,予秦温以和","秦破我及韩、赵,杀十五万人,走我将芒卯"②。文中不仅以"我"的口吻记述战争或交往中各方关系,而且,"朝于""来伐""来救"等行动,也都是从传主角度进行记述。

其次,称谓随传主身份而变化。纪传记述传主经历,其官职、身份时有变化,本传中对传主的称谓随之改变。即使传主经历复杂,身份不断变化,本传记述中也次第井然,最具代表性的当属《高祖本纪》。作品篇首纵览高祖一生,"高祖,沛丰邑中阳里人,姓刘氏";沛令、萧何、曹参等召刘邦,共议起兵,"于是樊哙从刘季来";"父老乃率子弟共杀沛令,开城门迎刘季,……乃立季为沛公","沛公引兵西","沛公兵遂先诸侯至霸上";项羽自立为西楚霸王,更立沛公为汉王,兵罢戏下,"汉王之国";诸侯及将相相与共请尊汉王为皇帝,"皇帝曰……"后文皆以高祖称之,"高祖都洛阳","高祖置酒洛阳南宫"③。其中除沛令、萧何等召刘邦议起兵事而称字,其余均以官职、身份称。"沛公""汉王""皇帝""高祖",称谓的变化体现出传主人生经历作的变化。

再次,传主观物行事。《史记》叙事多从传主视角落笔,从传主角度观物行事。《淮阴侯列传》云:

---

① [汉]司马迁:《史记》,第1876页。
② 同上书,第1850、1852、1854页。
③ 同上书,第341、350、352、362、367、380页。

> 及项梁渡淮,信杖剑从之,居戏下,无所知名。项梁败,又属项羽,羽以为郎中。数以策干项羽,羽不用。汉王之入蜀,信亡楚归汉,未得知名,为连敖。坐法当斩,其辈十三人皆已斩,次至信,信乃仰视,适见滕公,曰:"上不欲就天下乎?何为斩壮士!"滕公奇其言,壮其貌,释而不斩。与语,大说之。言于上,上拜以为治粟都尉,上未之奇也。①

司马迁从韩信的角度记述其经历、事件。

《李斯列传》载李斯欲西入秦,辞于其师荀卿曰:

> 斯闻得时无怠,今万乘方争时,游者主事。今秦王欲吞天下,称帝而治,此布衣驰骛之时而游说者之秋也。处卑贱之位而计不为者,此禽鹿视肉,人面而能强行者耳。故诟莫大于卑贱,而悲莫甚于穷困。久处卑贱之位,困苦之地,非世而恶利,自托于无为,此非士之情也。故斯将西说秦王矣。②

这是在告别恩师时对自己人生选择的剖白。这番谈话反映了李斯想改变地位卑贱和生活穷困的处境,但这一人生目标却建立在权力、地位、金钱的单一评价体系中,缺乏道义、精神底线的起码规约。这番话语充分表现出李斯的人格修养的缺陷,也预示他此后的人生将不惜采用任何手段谋取功名利禄。

《刺客列传》记述豫让为智伯报仇的经历,记述豫让的行动,追随他的视角入宫、行刺、失败、漆身、吞炭、毁容、行乞,展现一个坚毅、忠贞的刺客形象,也令读者感受传主处境的风险及传主的志向坚定,给人以亲历、亲见的效果。

(八) 宾主呼应

在一些重大历史事件中,往往事关多人。《史记》要完整地记述事件发生、发展的全过程,又要以事件写人,于是,对同一事件往往从不同角度记述。秉笔直书,以正面记述为主,对人物做直接的描写,从传主的角度处事,有时又从事件中次要角色叙述,从客位观察,侧面书写。这样书写往往收到特殊的艺术效果。

《项羽本纪》叙述钜鹿之战,先正面写项羽对秦军的搏杀,然后又写诸侯所看到的这场搏杀,写他们眼中的项羽及他们的所见所感。"诸侯军救钜鹿下者十余壁,莫敢纵兵。及楚击秦,诸将皆从壁上观。楚战士无不一以当十,

---

① [汉]司马迁:《史记》,第 2610 页。
② 同上书,第 2539—2540 页。

楚兵呼声动天,诸侯军无不人人惴恐。"①诸侯军是项羽的友军,只是慑于秦军的强大,不敢投入战斗。项羽面对强敌,坚毅勇猛地拼杀,这是诸侯军亲眼看到的结果,他们还看到楚军的士气。"诸侯军无不人人惴恐",更何况遭受项羽正面冲击的秦军?司马迁以此写出项羽军的勇猛顽强和无坚不摧的军威。

《吕太后本纪》记述丞相陈平、太尉周勃、朱虚侯刘章等铲除吕禄、吕产及诸吕,云:

> 诸大臣相与阴谋曰:"少帝及梁、淮阳、常山王,皆非真孝惠子也。吕后以计诈名他人子,杀其母,养后宫,令孝惠子之,立以为后,及诸王,以强吕氏。今皆已夷灭诸吕,而置所立,即长用事,吾属无类矣。不如视诸王最贤者立之。"或言:"齐悼惠王高帝长子,今其适子为齐王,推本言之,高帝适长孙,可立也。"大臣皆曰:"吕氏以外家恶而几危宗庙,乱功臣。今齐王母家驷,驷钧,恶人也。即立齐王,则复为吕氏。"欲立淮南王,以为少,母家又恶。乃曰:"代王方今高帝见子,最长,仁孝宽厚。太后家薄氏谨良。且立长故顺,以仁孝闻于天下,便。"乃相与共阴使人召代王。②

铲除诸吕之后,帝位空虚,汉王朝命运操纵在大臣手中。他们关注的只有"危宗庙","乱功臣","吾属无类矣"。这些都是丞相陈平、太尉周勃、颍阴侯灌婴及诸大臣的忧虑,司马迁记述"诸大臣相与阴谋",以客位旁白,从侧面书写帝室、大臣间利益的纠结,揭示出政权更迭中的角逐。

《张释之冯唐列传》云:

> 王生者,善为黄老言,处士也。尝召居廷中,三公九卿尽会立,王生老人,曰"吾袜解",顾谓张廷尉:"为我结袜!"释之跪而结之。既已,人或谓王生曰:"独奈何廷辱张廷尉,使跪结袜?"王生曰:"吾老且贱,自度终无益于张廷尉。张廷尉方今天下名臣,吾故聊辱廷尉,使跪结袜,欲以重之。"诸公闻之,贤王生而重张廷尉。③

在三公九卿齐聚的朝廷,让廷尉跪着结袜,这在众人看来是很大的侮辱。张

---

① [汉]司马迁:《史记》,第307页。
② 同上书,第410—411页。
③ 同上书,第2756页。

释之毫无愠色地去做,显示出他人品之高尚。张释之位尊权重,王生以自己的傲慢成就张释之的高尚,让众人都看到他折节敬事长者的品格。司马迁从客位角度叙述王生的言行,借以补充描写张释之的形象。

客位观察,侧面书写,这一叙事艺术手法在《史记》中运用得十分广泛,又灵活多变,有时甚至寥寥数语,皆得事半功倍之效。这一手法与传主视角叙事相配合,往往可以起到正面叙述所无法取代的效果。

《范雎蔡泽列传》云:"是日观范雎之见者,群臣莫不洒然变色易容者。""秦王乃拜范雎为相。收穰侯之印,使归陶,因使县官给车牛以徙,千乘有余。到关,关阅其宝器,宝器珍怪多于王室。"①这些记述,或从宫中侍卫眼中审视,或从守关人角度观察,这与正面描写有不同的效果。

《汉书·司马迁传》赞曰:"自刘向、扬雄博极群书,皆称迁有良史之材,服其善序事理;辨而不华,质而不俚;其文直,其事核;不虚美,不隐恶,故谓之实录。"②这段文字充分肯定了司马迁良史之德与才。仅就《史记》书法而言,刘向、扬雄、班彪、班固,无不从《史记》中汲取叙事艺术的精华,然而,他们的作品却远未达到《史记》书法的境界。

自司马迁的外孙杨恽将《太史公书》献之朝廷,《史记》便成为文人撰述的典范。历代文人竞相研究、借鉴《史记》书法,学习司马迁的叙事艺术,因此在后世散文创作乃至小说写作中都可以看到《史记》书法的影响。

---

① [汉]司马迁:《史记》,第 2406、2412 页。
② [汉]班固:《汉书》,第 2738 页。

第三章　广建文物声名与发展文学形态

从宣帝到章帝约一百五十余年，汉王朝社会经历了从稳定发展到政局动荡、天下纷争，再到汉室再造、重新安定的过程。在这一大环境下，汉王朝的文化建设与文学出现一些重要的变化。宣帝与章帝前后呼应，强化主流学术思想，称制临决经义，导致主流文化内部产生结构性转变；两汉之际，王莽、光武帝侈言符命，谶纬之学兴盛，给予思想、文化以巨大的冲击。主流文化的这些转变也深刻影响士人的人生追求。文人的学术修养同武帝时期的文人修养有显著的差异。此时的文学不再追求恢宏巨丽之美，而较多地表现出对人生、社会的深入思考。士人的人生追求、时代的审美取向与文学精神及风貌，都发生了重要转变。

《后汉书·党锢列传》云：

> 及汉祖杖剑，武夫勃兴，宪令宽赊，文礼简阔，绪余四豪之烈，人怀陵上之心，轻死重气，怨惠必仇，令行私庭，权移匹庶，任侠之方，成其俗矣。自武帝以后，崇尚儒学，怀经协术，所在雾会，至有石渠分争之论，党同伐异之说，守文之徒，盛于时矣。至王莽专伪，终于篡国，忠义之流，耻见缨绋，遂乃荣华丘壑，甘足枯槁。虽中兴在运，汉德重开，而保身怀方，弥相慕袭，去就之节，重于时矣。①

从西汉宣帝至东汉章帝，汉朝廷推进汉家文化制度建设，强化官方话语，主流意识与儒家思想强势结合，汉家文化在以儒学为官方学术的前提下发展。但在这似乎单一的主流意识中，却涌动着今文经学与古文经学的激烈的思想冲突。宣帝亲临石渠阁裁决五经异义，章帝会群儒于白虎观，他们以天子之尊，崇尚儒学，强化主流学术的思想建构，故而士人必从儒家经学中谋求进取。文坛中兴起的学术热情表现为文人多好湛深之思，文学风貌追求规矩美、制度美。

---

① ［南朝宋］范晔：《后汉书》，第2184—2185页。

第一节　称制临决经义与主流学术调整

武帝"罢黜百家,表章六经",彻底改变了汉初黄老道家对政治文化的影响,建立了以儒家学说为核心的主流文化,确立了主流学术与权力的关系。从此,儒家与道、法、墨家之争转变为主流文化内部,即儒家各门派之争。

一、石渠、白虎论议

武帝时,儒家学说被推崇为官方学术,其中又以《春秋》公羊学的思想为核心。武帝重视的两位大儒公孙弘和董仲舒都以治公羊学著称。公孙弘治《公羊春秋》,受到武帝重用,为学官,强化儒学出身,主导天下学子进身路径,后为丞相,封平津侯,使天下学子从他的经历中看到公羊学就是仕途的终南捷径。因此,儒家学说成为士人谋求利禄的必修课。董仲舒治《公羊春秋》为当时思想界之宗师,他对思想领域问题与走向的分析,成为汉王朝主流文化建设的蓝图。人臣进言献策,必引《春秋》为据。朝廷面对重大决策、疑难问题,一定要从公羊学说中寻求答案。公孙弘的经历,董仲舒的思想阐述。再加上武帝的特殊推崇,公羊学成为当时最有效、最容易与天子沟通的话语,于是《春秋》公羊学大行于世。

《汉书·严朱吾丘主父徐严终王贾传》载,元鼎中,博士徐偃奉命巡视各地。徐偃擅作主张,准许胶东、鲁国私制盐铁,返京后徙为太常丞。御史大夫张汤弹劾徐偃假传王命造成后患,依法当论死。徐偃辩解中引述《春秋》之义,大夫出疆,可以安社稷、存万民,便可专断于外。张汤只能引述法令,不能驳斥其从《春秋》引出的依据,天子令终军审议发问,终军责问徐偃曰:"古者诸侯国异俗分,百里不通,时有聘会之事,安危之势,呼吸成变,故有不受辞造命颛己之宜;今天下为一,万里同风,故《春秋》'王者无外'。偃巡封域之中,称以出疆何也?"徐偃以《春秋》自我辩解,终军以《春秋》之义发难,指出对方曲解《春秋》的错误,徐偃理屈词穷,承认自己的罪过。① 这是汉代以《春秋》断狱的经典案例。因此,武帝降诏将终军的诘问作为朝臣学习的范本。

严助最受武帝宠信,拜为会稽太守,数年不向朝廷汇报。武帝赐书曰:"间者,阔焉久不闻问,具有《春秋》对,毋以苏秦从横。"②严助便引《春秋》作自我批评。另一受武帝宠信的吾丘寿王,年轻时缺少学术根基,武帝便命他从董仲舒受《春秋》,有很大的长进。武帝十分尊崇公羊学,亦曾命太子学习

---

① [汉]班固:《汉书》,第2818页。
② 同上书,第2789页。

《公羊春秋》,规定其思想、学术门径。公羊学作为主流学术话语给予统治阶级以思想指引,在武帝朝文化建设中居功至伟,前文已有论述,此不赘述。

公羊学以微言大义解经,不作章句考究功夫,不将经典视为僵化的文本,给论者发挥思想活力留下足够的空间。然而,其解经的主观性极为明显,"微言"与"大义"间的联系究竟是存在于文本中,还是出于论者主观臆断,有时难以令人信服,甚至使论者因此招致罪过。

《汉书·董仲舒传》云:

> 仲舒治国,以《春秋》灾异之变推阴阳所以错行,故求雨,闭诸阳,纵诸阴,其止雨反是;行之一国,未尝不得所欲。中废为中大夫。先是辽东高庙、长陵高园殿灾,仲舒居家推说其意,草稿未上,主父偃候仲舒,私见,嫉之,窃其书而奏焉。上召视诸儒,仲舒弟子吕步舒不知其师书,以为大愚。于是下仲舒吏,当死,诏赦之,仲舒遂不敢复言灾异。①

董仲舒以《春秋》所记载的灾异之变推测阴阳,印证现实。吕步舒"不知其师书",遂"以为大愚"。由此可以看出,微言大义的解经,有时是以人胜,而不是以道理胜。

另外,《汉书·眭两夏侯京翼李传》载,眭弘字孟,鲁国蕃人。年轻时为人仗义,爱管不平之事,斗鸡走马,后来性格改变,跟随嬴公学习《春秋》,成为公羊学的传人,解释灾异,预言吉凶,尤以倡言"匹夫受命"著称。

> 孝昭元凤三年正月,泰山、莱芜山南匈匈有数千人声,民视之,有大石自立,高丈五尺,大四十八围,入地深八尺,三石为足。石立后有白乌数千下集其旁。是时,昌邑有枯社木卧复生,又上林苑中大柳树断枯卧地,亦自立生,有虫食树叶成文字,曰"公孙病已立",孟推《春秋》之意,以为"石、柳,皆阴类,下民之象;泰山者,岱宗之岳,王者易姓告代之处。今大石自立,僵柳复起,非人力所为,此当有从匹夫为天子者。枯社木复生,故废之家公孙氏当复兴者也"。孟意亦不知其所在,即说曰:"先师董仲舒有言,虽有继体守文之君,不害圣人之受命。汉家尧后,有传国之运。汉帝宜谁差天下,求索贤人,禅以帝位,而退自封百里,如殷、周二王后,以承顺天命。"孟使友人内官长赐上此书。时,昭帝幼,大将军霍光秉政,恶之,下其书廷尉。奏赐、孟妄设祅言惑众,大逆不道,皆伏诛。后

---

① [汉]班固:《汉书》,第2524页。

五年,孝宣帝兴于民间,即位,征孟子为郎。①

公羊学的传人眭弘以善于解释灾异立于朝,但他竟敢说刘氏统治天下时,还有匹夫可以成为天子,遂招致杀身之祸,为他转呈上书的友人还受牵连一起被杀。实际上,公羊学解经即使不触及敏感问题,也会因缺少文本的直接证据,而缺乏评价的客观标准。

武帝命太子学习《公羊春秋》,戾太子既通公羊学,又私下请教榖梁学,自己更喜欢这一学说。但武帝及公孙弘的强力推行,致使《春秋》榖梁学走向衰落,只有鲁荣广王孙、皓星公二人坚持讲授,谋求利禄的士人俗儒,纷纷投向公羊学,造成儒学中一家独大的局面。

戾太子兼修公羊、榖梁,实际上代表士人学子不满公羊学家"微言大义"、徒逞臆说的做法,而要从榖梁中得到对经义的客观阐述。《汉书·儒林传》云:

> 瑕丘江公,受《榖梁春秋》及《诗》于鲁申公,传子至孙为博士。武帝时,江公与董仲舒并。仲舒通五经,能持论,善属文。江公呐于口,上使与仲舒议,不如仲舒。而丞相公孙弘本为公羊学,比辑其议,卒用董生。于是上因尊公羊家,诏太子受《公羊春秋》,由是公羊大兴。太子既通,复私问榖梁而善之。其后浸微,唯鲁荣广王孙、皓星公二人受焉。广尽能传其《诗》《春秋》,高材捷敏,与公羊大师眭孟等论,数困之,故好学者颇复受榖梁。沛蔡千秋少君、梁周庆幼君、丁姓子孙皆从广受。千秋又事皓星公,为学最笃。宣帝即位,闻卫太子好《榖梁春秋》,以问丞相韦贤、长信少府夏侯胜及侍中乐陵侯史高,皆鲁人也,言榖梁子本鲁学,公羊氏乃齐学也,宜兴榖梁。时千秋为郎,召见,与公羊家并说,上善榖梁说,擢千秋为谏大夫给事中,后有过,左迁平陵令。复求能为榖梁者,莫及千秋。上悯其学且绝,乃以千秋为郎中户将,选郎十人从受。汝南尹更始翁君本自事千秋,能说矣,会千秋病死,征江公孙为博士。刘向以故谏大夫通达待诏,受榖梁,欲令助之。江博士复死,乃征周庆、丁姓待诏保官,使卒授十人。自元康中始讲,至甘露元年,积十余岁,皆明习。②

宣帝乃戾太子之孙,武帝之曾孙。戾太子对公羊、榖梁二家的权衡,给予宣帝以极大的启发。公羊、榖梁两家《春秋》学的论争又表现为鲁学与齐学的比

---

① [汉]班固:《汉书》,第3153—3154页。
② 同上书,第3617—3618页。

较。因此,丞相韦贤、长信少府夏侯胜及侍中乐陵侯史高等人从鲁学、齐学的角度指出:公羊,齐学也,未必为孔门之正传,世徒以汉武好之,而又得公孙弘、董仲舒之力,乃大行于世;穀梁乃鲁学,振兴穀梁,则是从儒学的门派家法层面延续主流学术的走向。

其实,所谓鲁学、齐学,不过是迎合宣帝而找个冠冕堂皇的理由。又《汉书·景十三王传》云:

> 河间献王德以孝景前二年立,修学好古,实事求是。从民得善书,必为好写与之,留其真,加金帛赐以招之。由是四方道术之人不远千里,或有先祖旧书,多奉以奏献王者,故得书多,与汉朝等。是时,淮南王安亦好书,所招致率多浮辩。献王所得书皆古文先秦旧书,《周官》《尚书》《礼》《礼记》《孟子》《老子》之属,皆经传说记,七十子之徒所论。其学举六艺,立《毛氏诗》《左氏春秋》博士。修礼乐,被服儒术,造次必于儒者。山东诸儒多从而游。①

汉初为五经的传播,鲁、齐、韩、赵的儒学大师都做出了巨大贡献。河间献王致力于古文献的收集,并立《毛氏诗》《左氏春秋》博士,在儒家经典传播和汉代文化建设方面居功至伟,岂能以其非鲁学而予以否定?

宣帝咨询的这三人并非《春秋》学两派中人。丞相韦贤为人质朴少欲,笃志治学,兼通《礼》《尚书》,以《诗》教授,号称邹鲁大儒。征为博士,给事中,为昭帝讲授《诗经》。韦贤不以《春秋》学立足于朝廷,因此,他的回答更具有客观性,也易于为人所接受。夏侯胜主要研究《尚书》及《洪范五行传》,常说灾异。他治学精孰,转益多师,不局限于一宗一派之师,夏侯胜为光禄大夫,谈论《春秋》学也能超越门派的狭隘偏见。史高是宣帝祖母史良娣的侄儿,宣帝年幼贫寒时养在史家,后来即皇帝位,史高兄弟三人都以外戚旧恩封为列侯。史高很受宣帝宠信。他因揭发大司马霍禹谋逆有功,封乐陵侯。宣帝病重时,拜史高为大司马、车骑将军,领尚书事,让他做辅政大臣。② 可见史高在朝地位之尊贵。这三人中两人精通儒学,为尊官,论公羊、穀梁二家不带学术偏见,较为公允可信。史高最受信任,所言多被天子采纳。因此,这次咨询为宣帝朝主流学术的转向奠定了基础。

元康中,宣帝即位已十年,为纠正公羊家以"微言大义"解经的主观性偏差,扶持穀梁春秋,将被贬的蔡千秋调回教授,经十余年的努力,至甘露元年,

---

① [汉]班固:《汉书》,第2410页。
② 事见《汉书》,第3375—3376页。

已经培养出一批对穀梁学具备相当修养的新人。

可见,在主流学术思想建设与更新方面,宣帝作了长期的充分准备。《汉书·宣帝本纪》云:"甘露三年三月己丑诏诸儒讲五经同异,太子太傅萧望之等平奏其议,上亲称制临决焉。"①《汉书·儒林传》云:

> 乃召五经名儒太子太傅萧望之等大议殿中,平公羊、穀梁同异,各以经处是非。时,公羊博士严彭祖、侍郎申挽、伊推、宋显,穀梁议郎尹更始、待诏刘向、周庆、丁姓并论。公羊家多不见从,愿请内侍郎许广,使者亦并内穀梁家中郎王亥,各五人,议三十余事。望之等十一人各以经谊对,多从穀梁。由是穀梁之学大盛。庆、姓皆为博士。②

诸儒讲五经同异,韦玄成、萧望之等作评论、上奏经师的议论,宣帝亲自临决。所谓"称制临决"五经异义,即天子亲自主持御前学术会议,裁定其间学术的、思想的是非,特别集中评议公羊家与穀梁家的学术异同。经评议,对经义的解说多从穀梁家。

临决五经异义是汉代经学史上的特殊现象。这一思想、文化领域的大事起因乃在于儒家内部的学术分歧,主要是《春秋》学中的公羊家与穀梁家两派争夺其在王朝主流思想中的支配地位。

据《汉书·儒林传》载,这次会议的结果是穀梁之学大盛,并"立梁丘《易》、小大夏侯《尚书》《穀梁春秋》博士"③。

《汉书·艺文志》载,《尚书》类《议奏》四十二篇,礼类《议奏》三十八篇,《春秋》类《议奏》三十九篇,《论语》类《议奏》十八篇,《孝经》类《五经杂议》十八篇。分别注曰:"宣帝时石渠论。"④这是石渠论议的文献成果。这里所记的是会议讨论的直接结果。它改变了武帝时公羊学在主流文化的独家话语权,在原有的基础上增加了穀梁家,此外,在《易》《尚书》领域也增加了新的门派。这样就将儒家经典与学术成果更全面地纳入主流学术中,丰富充实了主流文化的内涵。

石渠论议除了这样一些具体的结果之外,还有更重要的思想、文化建设方面的意义。它标志着最高统治者对学术的干预,标志权力在学术分歧和论争中发挥独特的作用。同时也可以看出,《春秋》学或《春秋》中的公羊学、穀

---

① 事见《汉书》,第272页。
② 同上书,第3618页。
③ [汉]班固:《汉书》,第272页。
④ 同上书,第1705页。

梁学,一旦成为主流学术,成为官方学术,其学术价值与学术发展便同权力产生密切联系。正因为如此,石渠论议的结论和影响,都超出了单纯的学术是非,而显示出君主和最高统治集团对文化建设的关注。

白虎论议是石渠论议在东汉产生的历史回响。

《后汉书·杨李翟应霍爰徐列传》载,章帝建初四年,校书郎杨终建言:"宣帝博征群儒,论定五经于石渠阁,方今天下少事,学者得成其业,而章句之徒破坏大体,宜如石渠故事,永为后世则。"①章帝采纳了他的建议。

杨终建言的直接动机,主要针对主流学术的学风不良,"章句之徒破坏大体",也就是经师们的解说过于烦琐,影响对经义和经学思想的把握。因此,要通过临决经义为后世树立主流学术建设的楷模。同时,他的建言还有一个不言自明的意义,就是告诉章帝在主流文化建设方面留下一笔永垂史册的业绩。

其实,杨终所说的章句烦琐问题早已存在。班固《汉书·儒林传》赞曰:"自武帝立五经博士,开弟子员,设科射策,劝以官禄,讫于元始,百有余年,传业者浸盛,支叶蕃滋,一经说至百余万言,大师众至千余人,盖禄利之路然也。"②元始为平帝年号。西汉末年,一方面是经学昌盛,另一方面则出现经学烦琐,也成为制造大师的时期,主流学术出现严重的弊端。杨终建言的语气较为和缓,但却有鲜明的针对性。

杨终建言得到章帝认同,建初四年十一月壬戌,诏曰:

> 盖三代导人,教学为本。汉承暴秦,褒显儒术,建立五经,为置博士。其后学者精进,虽曰承师,亦别名家。孝宣皇帝以为去圣久远,学不厌博,故遂立大、小夏侯《尚书》,后又立《京氏易》。至建武中,复置颜氏、严氏《春秋》,大、小戴《礼》博士。此皆所以扶进微学,尊广道艺也。中元元年诏书,五经章句烦多,议欲减省。至永平元年,长水校尉儵奏言,先帝大业,当以时施行。欲使诸儒共正经义,颇令学者得以自助。孔子曰:"学之不讲,是吾忧也。"又曰:"博学而笃志,切问而近思,仁在其中矣。"於戏,其勉之哉!③

于是章帝召集大夫、博士、议郎、诸生、诸儒,会于白虎观,讲议五经同异,使五官中郎将魏应承制发问,侍中淳于恭上奏,名儒丁鸿、楼望、成封、桓郁、班固、

---

① [南朝宋]范晔:《后汉书》,第1599页。
② [汉]班固:《汉书》,第3620—3621页。
③ [南朝宋]范晔:《后汉书》,第137—138页。

贾逵及广平王羡等都参与了这次论议。章帝效法宣帝石渠论议的做法,在白虎观亲自主持讨论,裁决五经经义的阐释。

《后汉书·儒林列传》云:"建初中,大会诸儒于白虎观,考详同异,连月乃罢。肃宗亲临称制,如石渠故事,顾命史臣,著为通义。又诏高才生受《古文尚书》《毛诗》《穀梁》《左氏春秋》,虽不立学官,然皆擢高第为讲郎,给事近署,所以网罗遗逸,博存众家。"①《后汉书·班彪列传》云:"天子会诸儒讲论五经,作《白虎通德论》,令固撰集其事。"②论议中有承问,有条奏,有议奏,班固汇集这次讨论而撰成《白虎通德论》。书中每以发问写起,然后记录对该问题的阐述。这里对每一个问题的阐述都是博士、诸儒的回答,经条奏,而由章帝决定取某一解说。如《白虎通·性情》云:

性情者,何谓也?性者,阳之施;情者,阴之化也。人禀阴阳气而生,故内怀五性六情。情者,静也,性者,生也,此人所禀六气以生者也。故《钩命决》曰:"情生于阴,欲以时念也;性生于阳,以就理也。阳气者仁,阴气者贪,故情有利欲,性有仁也。"③

《白虎通德论》是班固整理的综论性著作,其间博士、诸儒的观点,章帝的观点都有所体现,但班固对这些论议资料的选择、整理中也融入自己的理解。

白虎论议的必要性和意义首先体现在章帝建初四年(79)的诏书中。该诏书反映了王朝对五经章句繁多的关注,是从明帝即位之初开始,已有二十余年。这与杨终上疏的针对性是一致的,即"章句之徒破坏大体",经师们以烦琐的章句之学炫渊示博,而忽略、淆乱对经义和经学思想的阐述。

宣帝与章帝临决五经异义,这是汉王朝对主流思想、主流学术的强化,是学术垄断与官方话语的亲和。汉宣帝、章帝称制临决五经异义,清楚地揭示出汉代经学的本质,即它是官方学术,是学术与权力结合的产物,它要求以强势话语君临学术界,它要否定同官方话语不合拍的思想与学术,为学术问题的阐释规定出独断的话语。通过话语权的垄断而达到对思想的控制,不仅视异端邪说为洪水猛兽,对经义的不同理解,也必使其无法滋生。

《文献通考》引戴氏曰:

---

① [南朝宋]范晔:《后汉书》,第2546页。
② 同上书,第1373页。
③ [清]陈立:《白虎通疏证》,北京:中华书局,1994年,第381页。

> 天下是非析于理,不析于势。君子论学,无庸于挟贵为也。天子之尊,群臣承望不及,是是非非,岂能尽断于天下之理乎?明、章皆崇儒重道之君也,尊礼师傅,是正经义,岂不尽善尽美哉!明帝临幸辟雍,自为辩说,已失人君之体矣。章帝患五经同异,博集诸儒会议白虎观,天子称制临决,去圣久远,六经残阙,诸儒论难,前后异说,而欲以天子之尊临,定是非于一言之间,难矣哉!鸿都之兴,蔡邕言之,以为章帝白虎释义,其事尤大。彼灵帝之童心稚识,何足语此。愚谓启帝之私心者,往往自白虎观之称制临决始。①

宣帝临决石渠论议对主流学术以公羊学官方话语的状态有所矫正,章帝临决白虎论议对古文经学如《古文尚书》《毛诗》《左氏春秋》的传播有一定作用,但其思想、文化的影响却远不止此。

不论从哪一个角度去看,宣帝称制临决经义乃是汉代主流文化建设中的大事,其给予文化、文学以及硕儒文人的影响是多方面的。

二、谶纬与主流文化

谶纬是汉代中后期文化的特殊现象,这一时期的思想、文化、文学无不受其影响,而显示出时代印迹。

谶纬是谶与纬的合称。谶指图谶、谶记。纬指纬书,相对经书而言,是一些托名孔子的著作。

在两汉之际,谶纬以说符命、预言未来为主要内容,大行于世。

(一) 图谶的兴起

图谶或谶记早在战国时代已经见于记载。

《墨子·非攻》载:

> 逮至乎商王纣,天不序其德,祀用失时,兼夜中,十日雨土于薄,九鼎迁止,妇妖宵出,有鬼宵吟,有女为男,天雨肉,棘生乎国道,王兄自纵也。赤鸟衔珪,降周之岐社,曰:"天命周文王伐殷有国。"泰颠来宾,河出绿图,地出乘黄。武王践功,梦见三神,曰:"予既沉渍殷纣于酒德矣,往攻之,予必使汝大堪之。"武王乃攻狂夫,反商之周,天赐武王黄鸟之旗,王既已克殷,成帝之来,分主诸神,祀纣先王,通维四夷,而天下莫不宾。②

---

① [元]马端临:《文献通考》,第387页。
② 《墨子》,上海:上海古籍出版社,1989年,第41页。

商纣无道,于是天降图谶——"赤乌衔珪,降周之岐社""河出绿图,地出乘黄",武王遂感天意伐纣。"赤乌衔珪""河出绿图""地出乘黄"即为图谶,而"天命周文王伐殷有国"则为谶语。

《史记·赵世家》云:

> 赵简子疾,五日不知人,大夫皆惧。医扁鹊视之,出,董安于问。扁鹊曰:"血脉治也,而何怪!在昔秦缪公尝如此,七日而寤。寤之日,告公孙支与子舆曰:'我之帝所甚乐。吾所以久者,适有学也。帝告我:"晋国将大乱,五世不安;其后将霸,未老而死;霸者之子且令而国男女无别。"'公孙支书而藏之,秦谶于是出矣。献公之乱,文公之霸,而襄公败秦师于殽而归纵淫,此子之所闻。今主君之疾与之同,不出三日疾必间,间必有言也。"
>
> 居二日半,简子寤。语大夫曰:"我之帝所甚乐,与百神游于钧天,广乐九奏万舞,不类三代之乐,其声动人心。有一熊欲来援我,帝命我射之,中熊,熊死。又有一罴来,我又射之,中罴,罴死。帝甚喜,赐我二笥,皆有副。吾见儿在帝侧,帝属我一翟犬,曰:'及而子之壮也,以赐之。'帝告我:'晋国且世衰,七世而亡;嬴姓将大败周人于范魁之西,而亦不能有也;今余思虞舜之勋,余将以其胄女孟姚配而七世之孙。'"董安于受言而书藏之。以扁鹊言告简子,简子赐扁鹊田四万亩。①

这里记录的是春秋时代事。扁鹊以秦谶解说赵简子的怪病,说明秦谶最晚出于赵简子之前,即春秋后期。赵简子述说梦中所见,应称之为赵谶。

赵谶预言的三件事均为后来的事实所验证。

其一,晋国七世而亡。赵简子病,事在晋定公十一年(前501)。晋定公之后为出公、哀公、幽公、烈公、孝公、静公共七世。静公二年(前376),韩、赵、魏三家灭晋。

其二,嬴姓败周于范魁之西。赵简子姓嬴氏。周人指卫侯。赵成侯三年伐卫,取都鄙七十三。

其三,孟姚配七世孙。赵简子七世之孙即赵武灵王。

秦谶、赵谶都有很大的影响。但与秦始皇时代图谶的影响还不能同日而语。《史记·秦始皇本纪》载,秦始皇祈求长生不老,多次派遣方士求仙人不死之药。燕人卢生奉使入海还,大谈鬼神事,又谈及图谶,曰"亡秦者胡也"。

---

① [汉]司马迁:《史记》,第1786—1787页。

秦始皇认为图谶意味着胡人是颠覆秦王朝的主要威胁,乃使将军蒙恬发兵三十万人北击胡。《集解》引郑玄曰:"胡,胡亥,秦二世名也。秦见图书,不知此为人名,反备北胡。"①

《史记·秦始皇本纪》另载:

> 三十六年,荧惑守心。有坠星下东郡,至地为石,黔首或刻其石曰"始皇帝死而地分"。始皇闻之,遣御史逐问,莫服,尽取石旁居人诛之,因燔销其石。始皇不乐,使博士为仙真人诗,及行所游天下,传令乐人歌弦之。秋,使者从关东夜过华阴平舒道,有人持璧遮使者曰:"为吾遗滈池君。"因言曰:"今年祖龙死。"使者问其故,因忽不见,置其璧去。使者奉璧具以闻。始皇默然良久,曰:"山鬼固不过知一岁事也。"退言曰:"祖龙者,人之先也。"使御府视璧,乃二十八年行渡江所沉璧也。于是始皇卜之,卦得游徙吉。迁北河榆中三万家。拜爵一级。②

"亡秦者胡也";以前渡江祭神的玉璧重现,并言"今年祖龙死",都是秦始皇时代图谶。燕人卢生等方士在图谶的传播中起了重要作用,也对汉代谶纬之学具有先导作用。

《史记·陈涉世家》载,陈胜、吴广商量起义大事:

> 乃行卜。卜者知其指意,曰:"足下事皆成,有功。然足下卜之鬼乎!"陈胜、吴广喜,念鬼,曰:"此教我先威众耳。"乃丹书帛曰"陈胜王",置人所罾鱼腹中。卒买鱼烹食,得鱼腹中书,固以怪之矣。又间令吴广之次所旁丛祠中,夜篝火,狐鸣呼曰"大楚兴,陈胜王"。卒皆夜惊恐。旦日,卒中往往语,皆指目陈胜。③

用红笔在绢帛上写"陈胜王",然后塞到鱼肚子里,制造天降谶语的神话。很显然,陈胜、吴广之所以这样做,是因为他们知道图谶的欺骗性,知道图谶是假借神意蒙蔽众人的重要手段,于是自己也制造图谶。

图谶在汉初也见于记载。贾谊《鵩鸟赋》云:"发书占之,谶言其度。曰

---

① [汉]司马迁:《史记》,第252—253页。
② 同上书,第259页。
③ 同上书,第1950页。

'野鸟入室,主人将去。'"①"野鸟"二句就是图谶中语。贾谊对鵩鸟飞入自己室中感到困惑,遂检索图谶中的相关记载。《论衡·案书篇》载,谶书云:"董仲舒乱我书。"②谓孔子预见到董仲舒治《春秋》,而使《春秋》学大显于世。以上所征引可以看出,图谶或谶记早已流传,但其影响的范围、影响的强度都很有限。

纬书产生于西汉后期,哀帝、平帝时,王莽利用图谶、纬书大谈符命,谶纬盛行,以至士人俗儒以谶纬迎合权贵、谋求私利。

《隋书·经籍志》云:

> 《易》曰:"河出图,洛出书。"然则圣人之受命也,必因积德累业,丰功厚利,诚著天地,泽被生人,万物之所归往,神明之所福飨,则有天命之应。盖龟龙衔负,出于河、洛,以纪易代之征,其理幽昧,究极神道。先王恐其惑人,秘而不传。说者又云,孔子既叙六经,以明天人之道,知后世不能稽同其意,故别立纬及谶,以遗来世。其书出于前汉,有《河图》九篇,《洛书》六篇,云自黄帝至周文王所受本文。又别有三十篇,云自初起至于孔子,九圣之所增演,以广其意。又有《七经纬》三十六篇,并云孔子所作,并前合为八十一篇。而又有《尚书中候》《洛罪级》《五行传》《诗推度灾》《氾历枢》《含神雾》《孝经钩命诀》《援神契》《杂谶》等书。汉代有郗氏、袁氏说。汉末,郎中郗萌集图、纬、谶、杂占为五十篇,谓之《春秋灾异》。宋均、郑玄并为谶律之注。然其文辞浅俗,颠倒舛谬,不类圣人之旨。相传疑世人造为之后,或者又加点窜,非其实录。起王莽好符命,光武以图谶兴,遂盛行于世。汉时,又诏东平王苍,正五经章句,皆命从谶。俗儒趋时,益为其学,篇卷第目,转加增广。言五经者,皆凭谶为说。唯孔安国、毛公、王璜、贾逵之徒独非之,相承以为妖妄,乱中庸之典。故因汉鲁恭王、河间献王所得古文,参而考之,以成其义,谓之"古学"。当世之儒,又非毁之,竟不得行。魏代王肃,推引古学,以难其义。王弼、杜预,从而明之,自是古学稍立。至宋大明中,始禁图谶,梁天监已后,又重其制。及高祖受禅,禁之逾切。炀帝即位,乃发使四出,搜天下书籍与谶纬相涉者,皆焚之,为吏所纠者至死。自是无复其学,秘府之内,亦多散亡。今录其见存,列于六经之下,以备异说。③

---

① [汉]司马迁:《史记》,第2497页。
② [汉]王充:《论衡》,第439页。
③ [唐]魏徵等:《隋书》,第940—941页。

这里给谶纬加上神圣光环的说法明显来自谶纬神话的制造者。称谶纬为孔子所作，而且说孔子预知后世思想不完全合于六经，又以谶纬给后世以指引。东汉光武帝借助谶纬证明自己的统治合于天命，主流学术不仅以谶纬解释儒家经典，甚至要求六经章句牵合谶纬。《隋书·经籍志》以"说者又云"，转引其说，表明作者对孔子立纬及谶的说法保持一定距离；而对谶纬"文辞浅俗，颠倒舛谬，不类圣人之旨"等批评，又可以看出作者的观点。

(二) 谶纬与受命

谶纬大兴于两汉之际，这同当时皇权动荡有密切关系。西汉末年，汉王朝陷于严重的政治危机中，王莽利用谶纬为自己制造符命神话。《汉书·王莽传》云："是月，前辉光谢嚣奏武功长孟通浚井得白石，上圆下方，有丹书著石，文曰：'告安汉公莽为皇帝。'符命之起，自此始矣。"①从此以后，陆续有谶纬符命之说出现。谶纬符命不仅来自各地，还时时出现在政治中心，以致瑞兆异征层出不穷。王莽利用谶纬一步一步地将自己的皇帝梦变为现实，终于登车到汉氏高庙受命，成为新朝皇帝。

光武帝起初并不相信图谶之说，《后汉书·光武帝纪》记载曰：

> 莽末，天下连岁灾蝗，寇盗锋起。地皇三年，南阳荒饥，诸家宾客多为小盗。光武避吏新野，因卖谷于宛。宛人李通等以图谶说光武云："刘氏复起，李氏为辅。"光武初不敢当，然独念兄伯升素结轻客，必举大事，且王莽败亡已兆，天下方乱，遂与定谋，于是乃市兵弩。十月，与李通从弟轶等起于宛，时年二十八。②

李通的游说，使光武帝明白了谶纬对自己大有益处，于是开始热衷谶纬。《后汉书·光武帝纪》云：

> 行至鄗，光武先在长安时同舍生强华自关中奉《赤伏符》，曰："刘秀发兵捕不道，四夷云集龙斗野，四七之际火为主。"群臣因复奏曰："受命之符，人应为大，万里合信，不议同情，周之白鱼，曷足比焉？今上无天子，海内淆乱，符瑞之应，昭然著闻，宜答天神，以塞群望。"③

光武帝采纳谶记，命有司设坛场即皇帝位。自此，光武帝越来越喜欢谶纬，每

---

① [汉]班固：《汉书》，第4078—4079页。
② [南朝宋]范晔：《后汉书》，第2页。
③ 同上书，第21—22页。

有大事，必从谶纬汲取力量、获得自信。

《后汉书·祭祀志》载，光武帝夜读《河图会昌符》曰："赤刘之九，会命岱宗。不慎克用，何益于承！诚善用之，奸伪不萌。"①乃命诸臣检索谶纬中所说的九世封禅的资料。武帝封禅泰山，成就汉家盛大典礼。光武帝也想封禅泰山，既可标榜功德伟业，又可证明自己登上皇帝宝座乃天命神授，从而更利于自己统治的稳固。光武帝举行封禅大礼，还效法秦始皇刻石纪功的办法，命人将相关谶纬符命及自己按照谶纬所做的事，撰文刻于石上，以求不朽。其文曰：

> 维建武三十有二年二月，皇帝东巡狩，至于岱宗，柴，望秩于山川，班于群神，遂觐东后。从臣太尉熹、行司徒事特进高密侯禹等。汉宾二王之后在位。孔子之后褒成侯，序在东后，蕃王十二，咸来助祭。《河图赤伏符》曰："刘秀发兵捕不道，四夷云集龙斗野，四七之际火为主。"《河图会昌符》曰："赤帝九世，巡省得中，治平则封，诚合帝道孔矩，则天文灵出，地祇瑞兴。帝刘之九，会命岱宗，诚善用之，奸伪不萌。赤汉德兴，九世会昌，巡岱皆当。天地扶九，崇经之常。汉大兴之，道在九世之王。封于泰山，刻石著纪，禅于梁父，退省考五。"《河图合古篇》曰："帝刘之秀，九名之世，帝行德，封刻政。"《河图提刘予》曰："九世之帝，方明圣，持衡拒，九州平，天下予。"《洛书甄曜度》曰："赤三德，昌九世，会修符，合帝际，勉刻封。"《孝经钩命决》曰："予谁行，赤刘用帝，三建孝，九会修，专兹竭行封岱青。"《河》《洛》命后，经谶所传。昔在帝尧，聪明密微，让与舜庶，后裔握机。王莽以舅后之家、三司鼎足冢宰之权势，依托周公、霍光辅幼归政之义，遂以篡叛，僭号自立。宗庙堕坏，社稷丧亡，不得血食，十有八年。杨、徐、青三州首乱，兵革横行，延及荆州，豪杰并兼，百里屯聚，往往僭号。北夷作寇，千里无烟，无鸡鸣狗吠之声。皇天眷顾皇帝，以匹庶受命中兴，年二十八载兴兵，以次诛讨，十有余年，罪人斯得。黎庶得居尔田，安尔宅。书同文，车同轨，人同伦。舟舆所通，人迹所至，靡不贡职。建明堂，立辟雍，起灵台，设庠序。同律、度、量、衡。修五礼，五玉，三帛，二牲，一死，贽。吏各修职，复于旧典。在位三十有二年，年六十二。乾乾日昃，不敢荒宁，涉危历险，亲巡黎元，恭肃神祇，惠恤耆老，理庶遵古，聪允明恕。皇帝唯慎《河图》《洛书》正文，是月辛卯，柴，登封泰山。甲午，禅于梁阴。以承灵瑞，以为兆民，永兹一宇，垂于后昆。百

---

① ［南朝宋］范晔：《后汉书》，第 3163 页。

僚从臣,郡守师尹,咸蒙祉福,永永无极。秦相李斯燔《诗》《书》,乐崩礼坏。建武元年已前,文书散亡,旧典不具,不能明经文,以章句细微相况八十一卷,明者为验,又其十卷,皆不昭晰。子贡欲去告朔之饩羊,子曰:"赐也,尔爱其羊,我爱其礼。"后有圣人,正失误,刻石记。①

文章罗列谶记谬说和光武功业,颇有炫人眼目之效。帝王借谶纬造势,谶纬依倚皇权而风行天下,光武之世谶纬这一文化怪象达到极盛。

(三) 谶纬与经学

帝王借谶纬造势,借以宣扬自己的统治符合天意。于是,光武帝中元元年(56),宣布图谶于天下。同时,还要将谶纬与西汉主流学术合流,将儒家经学与谶纬撮合在一起,制造新的学术话语。这样的文化氛围在《后汉书》中屡屡谈及。

曹充、曹褒父子二人都将谶纬作为邀宠荣升之术。《后汉书·张曹郑列传》载,明帝即位,曹充进谏说:"汉再受命,仍有封禅之事,而礼乐崩阙,不可为后嗣法。五帝不相沿乐,三王不相袭礼,大汉当自制礼,以示百世。"明帝问:"制礼乐云何?"曹充回答说:"《河图括地象》曰:'有汉世礼乐文雅出。'《尚书璇机钤》曰:'有帝汉出,德洽作乐,名予。'"明帝很高兴,下诏规定:"今且改太乐官曰太予乐,歌诗曲操,以俟君子。"拜曹充为侍中。②

曹褒侍章帝,征拜博士。曹褒上疏请求修订汉家礼制,章帝拜曹褒为侍中,将汉初叔孙通所制《汉仪》十二篇交给曹褒,要他依据经典修订,制作新的礼仪规范。曹褒便辑录五经谶记文字,区分礼的类别,撰次天子至于庶人冠、婚、吉凶等礼仪制度共一百五十篇,上奏。章帝觉得大臣的意见很难统一,故直接采纳,不交群臣评议③。

天子言必称谶纬,大臣以谶纬迎合圣意,其他群僚有非议,则是"群僚拘挛,难与图治"故《后汉书·张衡列传》云:"初,光武善谶,及显宗、肃宗因祖述焉。自中兴之后,儒者争学图纬,兼复附以妖言。"④

《后汉书·苏竟杨厚列传》载苏竟论两汉之际文化大势说:

世之俗儒末学,醒醉不分,而稽论当世,疑误视听。或谓天下迭兴,未知谁是,称兵据土,可图非冀。或曰圣王未启,宜观时变,倚强附大,顾

---

① [南朝宋]范晔:《后汉书》,第 3165—3166 页。
② 同上书,第 1201 页。
③ 同上书,第 1202—1203 页。
④ 同上书,第 1911 页。

望自守。二者之论,岂其然乎?夫孔丘秘经,为汉赤制,玄包幽室,文隐事明。①

图谶之占,众变之验,皆君所明。善恶之分,去就之决,不可不察。②

苏竟矜夸自己通晓图谶之占,污蔑不学谶纬者为"俗儒末学",但这不过是趋时谋利、不学无术之徒妄自尊大而已。

《后汉书·苏竟杨厚列传》载,杨厚祖孙三代都学谶纬。祖父春卿,善长图谶学。春卿临终前,告诫其子杨统曰:"吾绨帙中有先祖所传秘记,为汉家用,尔其修之。"杨统感父遗言,服孝期满,辞家游学,从同郡郑伯山学习《河洛书》及天文推步之术。太守宗湛使杨统为郡求雨,得到老天回应。从此,杨统远近闻名,朝廷有灾异,也多访求他解说。杨统作《家法章句》及《内谶》等书,位至光禄大夫。杨厚从小继承父业,专心致力于祖传秘籍,多次以图谶解说灾异,任为中郎。邓太后特别召见,询问图谶,杨厚知识面狭窄,他的回答与文献记载不合,被免官③。

善说谶纬,被统治者视为最高的学术修养,这样的人就可以成为大师。《后汉书·儒林列传》云:"薛汉字公子,淮阳人也。世习《韩诗》,父子以章句著名。汉少传父业,尤善说灾异谶纬,教授常数百人。建武初,为博士,受诏校定图谶。当世言《诗》者,推汉为长。"④

《后汉书·郑范陈贾张列传》载,章帝既喜欢谶纬,又重视儒家经典,尤好《古文尚书》《左氏传》。建初元年,诏贾逵到北宫白虎观、南宫云台讲解两部经典。章帝很称赞贾逵的解说,命贾逵总结《左传》胜过《公羊传》《穀梁传》之处。贾逵于是上书说:

臣以永平中上言《左氏》与图谶合者,先帝不遗刍荛,省纳臣言,写其传诂,藏之秘书。建平中,侍中刘歆欲立《左氏》,不先暴论大义,而轻移太常,恃其义长,诋挫诸儒,诸儒内怀不服,相与排之。孝哀皇帝重逆众心,故出歆为河内太守。从是攻击《左氏》,遂为重仇。至光武皇帝,奋独见之明,兴立《左氏》《穀梁》,会二家先师不晓图谶,故令中道而废。凡所以存先王之道者,要在安上理民也。今《左氏》崇君父,卑臣子,强干弱枝,劝善戒善,至明至切,至直至顺。且三代异物,损益随时,故先帝

---

① [南朝宋]范晔:《后汉书》,第1043页。
② 同上书,第1046页。
③ 同上书,第1047—1048页。
④ 同上书,第2573页。

博观异家,各有所采。《易》有施、孟,复立梁丘,《尚书》欧阳,复有大小夏侯,今三传之异亦犹是也。又五经家皆无以证图谶明刘氏为尧后者,而《左氏》独有明文。五经家皆言颛顼代黄帝,而尧不得为火德。《左氏》以为少昊代黄帝,即图谶所谓帝宣也。如令尧不得为火,则汉不得为赤。其所发明,补益实多。①

贾逵的书奏受到章帝嘉奖,章帝令贾逵从公羊学派中选优秀人才,教授《左传》,改变古文经学与今文经学的阵容。贾逵认为,以往《左传》学者几次争立,得不到朝廷支持,就在于其经师不懂得图谶。而他自己能够被朝廷认可,还能选公羊诸生高才者二十人转归自己门下,就在于他发现并利用《左传》中的图谶之语,为"刘氏为尧后"提供了证据,满足了统治者"君命天授"的政治需要,而且"《左氏》崇君父,卑臣子,强干弱枝,劝善戒善,至明至切,至直至顺"。这也正满足汉家统治者利用经学教化百姓恪守"君臣之义""尊卑之序"的政治需求。贾逵将儒家经典与谶纬捏合在一起,因此取得了话语权。

精通谶纬,可以平步青云。不通谶纬者为"俗儒末学",被排挤于朝廷和官方学术之外,甚至引来杀身之祸。谶纬于是成为主流学术的时尚倾向和官方学术话语。当时的学术评价体系褒奖曲学阿世之徒,强迫严肃的学者拜倒在这一学术体系下。这是汉代文化逆流对学术的严重摧残,也是对学术传统的严重破坏。

《后汉书·郑范陈贾张列传》载,光武帝问郑兴有关郊祀方面的事,并说:"吾欲以谶断之,何如?"郑兴对曰:"臣不为谶。"帝大怒说:"卿之不为谶,非之邪?"郑兴惶恐说:"臣于书有所未学,而无所非也。"②郑兴以固守儒家经典的经师著称,又承认自己学识有所欠缺,才避免了杀身大祸。

然而,尽管有王莽、刘秀等人以强权推行谶纬,但总有些学者表现出求真求实的学风,甚至比郑兴还要执着。贾逵虽然谈到《左传》中有谶语,但他还是坚持古文经学、批评谶纬的,他摘引谶纬中互相矛盾之说三十余处,令那些以谶纬发迹的人都无法解释。

《后汉书·桓谭冯衍列传》载,光武帝迷信图谶,常以图谶决定犹豫不定的问题。于是桓谭上疏曰:

今诸巧慧小才伎数之人,增益图书,矫称谶记,以欺惑贪邪,诖误人主,焉可不抑远之哉!臣谭伏闻陛下穷折方士黄白之术,甚为明矣;而乃

---

① [南朝宋]范晔:《后汉书》,第 1237 页。
② 同上书,第 1223 页。

欲听纳谶记,又何误也! 其事虽有时合,譬犹卜数只偶之类。陛下宜垂明听,发圣意,屏群小之曲说,述《五经》之正义,略雷同之俗语,详通人之雅谋。①

光武帝读到桓谭的奏章很不高兴。不久,又令众臣讨论灵台建设地址,光武帝对桓谭说:"吾欲以谶决之,何如?"桓谭沉默一会儿,然后说:"臣不读谶。"光武帝追问他为什么不读这些书,桓谭强调图谶不是经典。光武帝大怒,斥责他"非圣无法",要将他斩首。桓谭叩头流血,很久才得赦免②。

在正直的士人中,始终有些人敢于揭示谶纬谬说的本质。但统治者为了维护自身利益,而以强权压制对谬误的批评。《后汉书·张衡传》载,光武帝推崇谶纬,明帝、章帝也跟着吹捧,造成强劲的风气,儒者争学图纬,兼复附以妖言。张衡认为谶纬极其虚妄,非圣人之法,乃上疏曰:

> 臣闻圣人明审律历以定吉凶,重之以卜筮,杂之以九宫,经天验道,本尽于此。或观星辰逆顺,寒燠所由,或察龟策之占,巫觋之言,其所因者,非一术也。立言于前,有征于后,故智者贵焉,谓之谶书。谶书始出,盖知之者寡。自汉取秦,用兵力战,功成业遂,可谓大事,当此之时,莫或称谶。若夏侯胜、眭孟之徒,以道术立名,其所述著,无谶一言。刘向父子领校秘书,阅定九流,亦无谶录。成、哀之后,乃始闻之。《尚书》尧使鲧理洪水,九载绩用不成,鲧则殛死,禹乃嗣兴。而《春秋谶》云"共工理水"。凡谶皆云黄帝伐蚩尤,而《诗谶》独以为"蚩尤败,然后尧受命"。《春秋元命包》中有公输班与墨翟,事见战国,非春秋时也。又言"别有益州"。益州之置,在于汉世。其名三辅诸陵,世数可知。至于图中迄于成帝。一卷之书,互异数事,圣人之言,势无若是,殆必虚伪之徒,以要世取资。往者侍中贾逵摘谶互异三十余事,诸言谶者皆不能说。至于王莽篡位,汉世大祸,八十篇何为不戒? 则知图谶成于哀、平之际也。且《河》《洛》、"六艺",篇录已定,后人皮傅,无所容篹。永元中,清河宋景遂以历纪推言水灾,而伪称洞视玉版。或者至于弃家业,入山林。后皆无效,而复采前世成事,以为证验。至于永建复统,则不能知。此皆欺世罔俗,以昧势位,情伪较然,莫之纠禁。且律历、封候、九宫、风角,数有征效,世莫肯学,而竟称不占之书。譬犹画工。恶图犬马而好作鬼魅,诚以实事难形,而虚伪不穷也。宜收藏图谶,一禁绝之,则朱紫无所眩,典籍无

---

① [南朝宋]范晔:《后汉书》,第960页。
② 同上书,第960—961页。

瑕玷矣。①

张衡在上疏中列举了谶纬文本的自相矛盾处,指出谶纬出现的时代,表明其不合于儒家经典,不足凭信。张衡所论证据确凿,他要从谶纬产生的源头证明这一学说的荒诞、虚妄,证明它是伪学术。张衡告诫人们,只要能以冷静、客观的态度进行分析,就可以看出这些证据是不容置疑的。坚持求真求实的士人经过持久的努力,不断地对弥漫于汉代中期思想界的谬误进行清理。这是汉代中期文化的重要曲折,其给予文学的影响也是不容低估的。

第二节　汉代中期文学的多元发展

宣帝致力于文化建设,文人学子恰逢发挥才智、建立勋业之机。哀帝至王莽时期,政局动荡,异说并起,各种文化怪象屡现,文人处境艰难。有人阿谀取容,有人动辄获咎,不测之虞时有发生,正直之士惴惴不安。光武帝平息纷争,再造汉室,但他侈言符命,多信谶纬,给汉代思想文化和文学领域深刻制衡。文化的转变,也深刻影响了这一时期审美取向的变化,影响士人的人生追求,文人的艺术理想与文学创作呈现出重要的转折。

《汉书·公孙弘卜式儿宽传》赞曰:"孝宣承统,纂修洪业,亦讲论六艺,招选茂异,而萧望之、梁丘贺、夏侯胜、韦玄成、严彭祖、尹更始以儒术进,刘向、王褒以文章显,将相则张安世、赵充国、魏相、丙吉、于定国、杜延年,治民则黄霸、王成、龚遂、郑弘、召信臣、韩延寿、尹翁归、赵广汉、严延年、张敞之属,皆有功迹见述于世。参其名臣,亦其次也。"②在这段论述中,班固所提及的以文章著称的仅有刘向、王褒二人。其实,汉代士大夫多能著述,取得成就的大有人在。而两汉之际最受推崇的文人扬雄,班固却并未论及。

宣帝刘询"受《诗》于东海澓中翁,高材好学",善作歌诗。宣帝仿效武帝旧制,讲论六艺群书,追新猎奇,征召九江被公诵读楚辞;召刘向、张子侨、华龙、柳褒等待诏金马门;又兴办乐府歌舞等事,丞相魏相推荐音乐修养较高、善于鼓琴的渤海赵定、梁国龚德,都召见待诏。文坛士气为之一振。成帝刘骜精于《诗》《书》,喜欢阅读古文,又广求天下遗书图籍,命刘向等典校经籍,这也为汉代文学的发展提供了有利条件。

宣帝以后的君主多好文学。他们出于本身的兴趣,大量招揽文士,许多

---

① ［南朝宋］范晔:《后汉书》,第1911—1912页。
② ［汉］班固:《汉书》,第2633—2634页。

人就是因为有文才而得以在朝廷任职。因擅长文章辞赋而被录用的著名作家有王褒、扬雄、刘向等。有些人虽然不是靠文学创作才能而进入仕途,但是,他们成为朝廷命官之后,在天子的倡导下也加入了辞赋创作的行列。自武帝起,创作辞赋成为西汉朝廷一大雅事,许多高官显宦都参与其间,由此形成了向天子进献辞赋的风尚。光武帝、明帝都不爱好辞赋,但是,进献辞赋之风依然延续,基本上保持了它的连贯性。同时,光武帝、明帝虽然对辞赋没有兴趣,但对其他文学样式时时关注,许多文人就是因才华出众而倍受青睐。

这个时期,待诏金马门的文学之士很多,前代文学家司马相如等人,对西汉中后期文坛具有垂范作用和极大的吸引力。于是,文学之士呼朋引类,竞相造作,推动了各体文学的持续兴盛和发展。在辞赋创作中,前期作家所热衷的苑囿、狩猎题材,仍为作家们所重视,他们不断探求新意,创作出较多作品;其他如祭祀、品物类题材的作品也层出不穷。

一、王褒、杨恽、桓宽

这一时期的文人,因受主流文化建设的影响,普遍较他们的前辈具有更高的文化修养。在人生定位方面,有的文士沿袭武帝时东方朔、枚皋的轨迹,以文学侍从之臣的身份活跃在朝堂,创作多以传统的"润色鸿业"及应制之作为主;而以枚皋为代表的追求审美娱乐,不以讽喻为意的创作倾向也在发展,并产生出一些较具艺术成就的作品;有的文士则因自身人格与修养的不同,不满足于文学侍从之臣的角色,也不甘于创作娱乐性作品,他们多具有较高的学识修养,好深湛之思,在文学创作中表现出较多的人文关怀。

王褒字子渊,蜀人。《汉书·严朱吾丘主父徐严终王贾传》载,宣帝重视文化与文学,讲论儒家经典与经学,征召文学之士待诏金马门;宣帝又作歌诗,振兴乐府,制作歌舞;汇集一批精通音律、善鼓雅琴的艺术家如渤海赵定、梁国龚德等在自己身边。益州刺史王襄为迎合宣帝的兴趣,命王褒作《中和》《乐职》《宣布》等诗,选人用《鹿鸣》乐曲歌唱这些诗篇,以颂扬宣帝功德。宣帝听到后说:"此盛德之事,吾何足以当之!"①但他其实是很欣赏的。王褒替刺史作颂,又为这些作品撰文解说。王褒的才华引起朝廷的关注,宣帝命他作《圣主得贤臣颂》,王褒受命制作。作品写道:

夫荷旃被毳者,难与道纯绵之丽密;羹藜含糗者,不足与论太牢之滋味。今臣辟在西蜀,生于穷巷之中,长于蓬茨之下,无有游观广览之

---

① [汉]班固:《汉书》,第2822页。

知,顾有至愚极陋之累,不足以塞厚望,应明指。虽然,敢不略陈愚而抒情素!

记曰:"共惟《春秋》法五始之要,在乎审己正统而已。"夫贤者,国家之器用也。所任贤,则趋舍省而功施普;器用利,则用力少而就效众。故工人之用钝器也,劳筋苦骨,终日矻矻。及至巧冶铸干将之朴,清水焠其锋,越砥敛其咢,水断蛟龙,陆剸犀革,忽若彗氾画涂。如此,则使离娄督绳,公输削墨,虽崇台五增,延袤百丈,而不溷者,工用相得也。庸人之御驽马,亦伤吻敝策而不进于行,胸喘肤汗,人极马倦。及至驾啮膝,骖乘旦,王良执靶,韩哀附舆,纵驰骋骛,忽如景靡,过都越国,蹶如历块;追奔电,逐遗风,周流八极,万里一息。何其辽哉?人马相得也。故服絺绤之凉者,不苦盛暑之郁燠;袭貂狐之暖者,不忧至寒之凄怆。何则?有其具者易其备。贤人君子,亦圣王之所以易海内也。是以呕喻受之,开宽裕之路,以延天下英俊也。夫竭知附贤者,必建仁策;索人求士者,必树伯迹。昔周公躬吐捉之劳,故有圉空之隆;齐桓设庭燎之礼,故有匡合之功。由此观之,君人者勤于求贤而逸于得人。

人臣亦然。昔贤者之未遭遇也,图事揆策则君不用其谋,陈见悃诚则上不然其信,进仕不得施效,斥逐又非其愆。是故伊尹勤于鼎俎,太公困于鼓刀,百里自鬻,宁子饭牛,离此患也。及其遇明君遭圣主也,运筹合上意,谏诤即见听,进退得关其忠,任职得行其术,去卑辱奥渫而升本朝,离疏释蹻而享膏粱,剖符锡壤而光祖考,传之子孙,以资说士。故世必有圣知之君,而后有贤明之臣。故虎啸而风冽,龙兴而致云,蟋蟀俟秋吟,蜉蝣出以阴。《易》曰:"飞龙在天,利见大人。"《诗》曰:"思皇多士,生此王国。"故世平主圣,俊艾将自至,若尧、舜、禹、汤、文、武之君,获稷、契、皋陶、伊尹、吕望,明明在朝,穆穆列布,聚精会神,相得益章。虽伯牙操递钟,逢门子弯乌号,犹未足以喻其意也。

故圣主必待贤臣而弘功业,俊士亦俟明主以显其德。上下俱欲,欢然交欣,千载一合,论说无疑,翼乎如鸿毛过顺风,沛乎如巨鱼纵大壑。①

王褒大量运用比喻和历史掌故,从圣君和贤臣两方面展开论述,说明"贤者为国家之器用,任贤则趋舍省而功施普"。任用贤才,将有利于国家治理;任用贤人,君主才能成就丰功伟绩。同时,作品又写出贤才得遇明主的渴望。作品表达了对圣主、贤臣美好关系的憧憬:"圣主必待贤臣而弘功业,俊士亦

---

① [汉]班固:《汉书》,第2822—2827页。

俟明主以显其德。上下俱欲,欢然交欣,千载壹合,论说无疑。翼乎如鸿毛过顺风,沛乎如巨鱼纵大壑。"对圣主、贤臣遇合的赞美,也表现出王褒对君主、贤才能否有所作为的历史阐述。

宣帝喜欢神仙长生之类方术,王褒遂在作品结尾处写道:

其得意若此,则胡禁不止,曷令不行? 化溢四表,横被无穷,遐夷贡献,万祥毕溱。是以圣王不遍窥望而视已明,不单顷耳而听已聪;恩从祥风翱,德与和气游,太平之责塞,优游之望得;遵游自然之势,恬淡无为之场,休征自至,寿考无疆,雍容垂拱,永永万年,何必偃卬詘信若彭祖,呴嘘呼吸如侨、松,眇然绝俗离世哉!《诗》云"济济多士,文王以宁",盖信乎其以宁也!①

圣主得到贤臣,才能"恬淡无为""雍容垂拱",其间也略寓讽喻之意,流露出对神仙之类虚妄邪说的否定。文章以历史传说为据,又善用比喻,反复对比,意象鲜明,纵览古今,事理充沛。文中写贤臣渴望机遇,已融入王褒自己的期望,更有感人之效。

宣帝对王褒这篇作品很满意,遂令他与张子侨等为待诏,时常跟随在身边畋猎,所到宫馆,都令王褒等创作诗赋,品评其高下,予以赏赐。

当时有人认为这些作品多表达闲适情趣,离政治较远,是"淫靡不急"的休闲之作,不应屡屡获得赏赐。宣帝却说:"不有博弈者乎,为之犹贤乎已!辞赋大者与古诗同义,小者辩丽可喜。辟如女工有绮縠,音乐有郑、卫,今世俗犹皆以此虞说耳目。辞赋比之,尚有仁义风谕,鸟兽草木多闻之观,贤于倡优博弈远矣。"②

这是当时关于赋的社会意义乃至文学性质的讨论。有的大臣不赞同朝廷奖掖赋的创作,他们从政治文化的功利角度看问题,排斥赋为"淫靡不急"之事。宣帝将赋分为两类,"赋之大者,与古诗同义;小者辩丽可喜"。所谓"大者"即讽喻的,或"润色鸿业"的作品;所谓"小者"即各类闲适之作。宣帝将这些闲适类作品同华丽的丝织品,同欢快的郑卫乐舞相比,表明社会对赏心悦目的文学艺术的需求,至于认为这比单纯的倡优、博弈等娱乐大有裨益,更是为这类文学的生存找了个堂皇的理由。

宣帝指出了某些不以讽喻为宗旨的文学作品存在的合理性,对以娱乐为旨归的文学艺术流派给予必要的肯定。这对汉代文学乃至后世文学的发展,

---

① [汉]班固:《汉书》,第2828—2829页。
② 同上书,第2829页。

都产生了不可低估的影响。正是在这种思潮支持下,西汉中后期一些以"辩丽可喜"为特征的赋,也取得了较大的成绩。

在这场论辩之际,正值太子身体欠安,善忘不乐,神情恍惚。宣帝令王褒等赴太子宫,朝夕诵读奇文和他们自己的诗赋。太子特别喜爱王褒所作的《洞箫赋》《甘泉赋》,令后宫贵人、左右经常诵读。文学愉悦耳目和陶冶情操的作用,似乎印证了宣帝的主张,也表明这一时期文学获得多样性发展的空间。

《汉书·艺文志》载王褒赋十六篇,多已失传。王褒的代表作是《洞箫赋》。《洞箫赋》是西汉文坛具有"辩丽可喜""虞说耳目"特点的代表作,它以善于描摹物态在文学史上占有一席之地。作品以洞箫演奏时音调的美妙和艺术感染力为中心,从几个不同的方面展开描写,力求展现这动人的艺术得以形成的原因。

在王褒看来,制作洞箫的竹不是普通的植物,而是具有特殊的艺术潜质的本体,是天地阴阳乃至鸣禽走兽合力铸就的特殊材质。《洞箫赋》首先描写了制箫所用之竹的特性及其成因。其辞曰:

> 原夫箫干之所生兮,于江南之丘墟。洞条畅而罕节兮,标敷纷以扶疏。徒观其旁山侧兮,则岖嵚岿崎倚巇迤巇,诚可悲乎其不安也。弥望傥莽,联延旷荡,又足乐乎其敞闲也。托身躯于后土兮,经万载而不迁。吸至精之滋熙兮,禀苍色之润坚。感阴阳之变化兮,附性命乎皇天。翔风萧萧而径其末兮,回江流川而溉其山。扬素波而挥连珠兮,声礚礚而澍渊。朝露清泠而陨其侧兮,玉液浸润而承其根。孤雌寡鹤娱优乎其下兮,春禽群嬉翱翔乎其颠。秋蜩不食,抱朴而长吟兮;玄猿悲啸,搜索乎其间。处幽隐而奥屏兮,密漠泊以猎猔。①

制箫的竹生长在江南山中,作者泛言之,并未确指某地。李善注引《丹阳记》曰:"江宁县慈母山临江生箫管竹。王褒赋云:于江南之丘墟,即此处也。其竹圆,异众处。自伶伦采竹嶰谷后,见此奇,故历代常给乐府,而呼鼓吹山。"当即其地之竹。然而,所描写之环境又未必尽在该山。这竹干具有良好特征,竹管内通畅,竹节较少,竹之末端茂盛伸展,非常适于制箫。之所以如此,在于其得天独厚的生长环境:其旁则险峻异常,其前则宽广。在这山林沃土中,竹蒙皇天的恩惠而得到生命,得后土滋养以茁壮成长,感受着阴阳的变

---

① [南朝梁]萧统编,[唐]李善注:《文选》,第244页。

化,深深扎根于泥土之中,吸吮着江南山川的朝露玉液和山间的翔风。这些条件决定了竹的先天资性。四季之所感,春日孤雌寡鹤欢叫群戏,秋时昆虫玄猿长吟悲鸣,都环绕在山川翠竹周围。在这样环境下成长的竹具有处幽、宜清静的特性。竹得到圣主的厚恩,制为洞箫,乃顺其自然之性,发挥其在音乐艺术方面的特殊作用。竹已非寻常之竹,而是具有特殊艺术潜质的竹,是独具箫的气质的本体。在王褒看来,正是这样的艺术潜质,才决定了竹制作成箫之后,经演奏产生绝妙的艺术。

王褒着重写竹在春秋两季来自周围动物的感受:春天,寻找伴侣的鸟在竹下欢乐地游玩,成群的鸟在竹枝顶上嬉戏飞翔;秋日,蝉等昆虫感受到清秋凄冷不再进食,只是长长地苦吟,猿猴在竹间寻找,悲凉地长啸。禽鸟、昆虫、猿猴,或孤独,或成群,或欢快地嬉戏,或悲伤地哀鸣,情感的强烈变化,似乎伴随着季节变化,浸润竹的全身,特别深刻地承接了动物的乐与悲。于是,欢乐与悲伤,苦痛与恩泽,形成了王褒笔下竹的丰富感情。

在王褒笔下,演奏者不是一般的乐工,而是极为敏感、艺术修养很高的盲乐师。演奏者的生理缺憾同他的感情特质发生了直接的联系:

> 于是乃使夫性昧之宕冥,生不睹天地之体势,暗于白黑之貌形。愤伊郁而酷㤄,愍眸子之丧精。寡所舒其思虑兮,专发愤乎音声。①

演奏者生下来便未能见到天地万物,无法辨别白天与黑夜,失眸之痛使他们心中抑郁悲愤。"不睹天地""暗于白黑""眸子丧精",生理缺憾造成其与外界的隔绝,也包括精神的隔绝,"愤伊郁而酷㤄",感情无法宣泄,郁积心中。老天的不公,内心的忧愤,只能借助于声音传达给外部世界,也就是借洞箫演奏,使其感情喷涌而出。

在王褒的作品中,洞箫的演奏及其艺术感染力,不是单纯的技巧所能奏效的。演奏者的内在感情,是音乐艺术效果的前提。因此,盲乐师的演奏与寻常乐工有极大的不同。作品对箫演奏的美妙艺术作了充分的描绘,这是王褒对音乐艺术的成功描写。《洞箫赋》云:

> 或浑沌而潺湲兮,猎若枚折。或漫衍而骆驿兮,沛焉竞溢。……风鸿洞而不绝兮,优娆娆以婆娑。翩绵连以牢落兮,漂乍弃而为他。……故听其巨音,则周流泛滥,并包吐含,若慈父之畜子也。其妙声,则清静

---

① [南朝梁]萧统编,[唐]李善注:《文选》,第245页。

> 厌瘛,顺叙卑达,若孝子之事父也。……澎濞慷慨,一何壮士。优柔温润,又似君子。故其武声,则若雷霆輘輷,佚豫以沸㥜。其仁声,则若覜风纷披,容与而施惠。或杂遝以聚敛兮,或拔㧓以奋弃。悲怆怳以恻惐兮,时恬淡以绥肆。被淋洒其靡靡兮,时横溃以阳遂。①

人们听着箫的演奏,逐渐进入艺术境界中。"听其巨音",是箫吹奏出的响亮之声。"其武声",则是音调、节奏雄壮激昂之声。"妙声"以静为主,美妙轻柔的乐声。"仁声"以节奏舒缓,音声和谐的乐声。作者将乐音的轻重、节奏的缓急绘声绘色地描写出来。其中,"若慈父之畜子也""若孝子之事父也""澎濞慷慨,一何壮士。优柔温润,又似君子"诸句,以壮士、君子的形象,以慈父、孝子之心,比喻乐声的不同变化。《文心雕龙》称赞"子渊《洞箫》,穷变于声貌"②,又称赞他善于"以声比心"③,评价公允。

王褒在描写箫在演奏中的艺术境界之后,进而写出箫对听乐者心灵的净化作用:

> 故贪饕者听之而廉隅兮,狼戾者闻之而不怼。刚毅强虣反仁恩兮,啴咺逸豫戒其失。钟期、牙、旷怅然而愕兮,杞梁之妻,不能为其气。师襄、严春不敢窜其巧兮,浸淫叔子远其类。罼、顽、朱、均惕复惠兮,桀、跖、鬻、傅僄以顿悴。吹参差而入道德兮,故永御而可贵。时奏狡弄,则彷徨翱翔。或留而不行,或行而不留。愺恅澜漫,亡耦失畴。薄索合沓,罔象相求。故知音者乐而悲之;不知音者怪而伟之。故闻其悲声则莫不怆然累欷,撇涕抆泪。其奏欢娱则莫不惮漫衍凯,阿那腲腇者已。是以蟋蟀蚸蠖,蚑行喘息,蝼蚁蝘蜒,蝇蝇翊翊。迁延徙迤,鱼瞰鸡睨。垂喙蚩转,瞪瞢忘食。况感阴阳之龢,而化风俗之伦哉?

在这里,王褒集中描写了音乐对人心的净化。在洞箫的音乐旋律中,贪婪成性的人变得好让不争,意狠心毒的人变得心平气和,残忍暴虐的人变得仁慈,狂放自恣的人变得收敛。甚至连不讲信义的人,冥顽不化的人,夏桀、盗跖等大逆不道的人都在乐音的感召中转变。洞箫的精美艺术引导丑恶归之于美善,非但感人,而且感动万物,蟋蟀、蚸蠖闻乐止步,蝼蛄、蚂蚁停滞不前,鸡、鱼瞪目,闻之忘食。音乐艺术之美同时荷载着引人向善的道德效应。作者也

---

① [南朝梁]萧统编,[唐]李善注:《文选》,第245页。
② [清]黄叔琳:《增订文心雕龙校注》,第96页。
③ 同上书,第457页。

看到,听到洞箫音乐的人,有深通音律的,也有不懂音乐的,但却无不受到音乐的感化,只是净化的程度不同而已。

杨恽字子幼,华阴人。他的父亲杨敞官至大司农,与霍光一起废昌邑王,立宣帝。杨恽任为郎,补常侍骑。杨恽的母亲是司马迁之女。杨恽早年阅读外祖《太史公书》,进入仕途后,将此书献于朝廷。从此《史记》广为流传。杨恽才能出众,好交结英俊、诸儒,名显朝廷。他因揭发霍氏谋反事有功,封为平通侯,迁中郎将,仕途顺畅。

杨恽廉洁无私,受到广泛称赞。但是杨恽好炫耀业绩,又生性刻薄,好揭发人阴私,在朝廷结怨很多。宿敌、同僚也揭发他的言行,最终导致他的失败。宣帝不忍心杀他,免其为庶人。

杨恽失去爵位,在家治产业,建豪宅,淡出仕途,以田舍翁的生活为乐。他的朋友安定太守孙会宗听说他的现状,写信告诫杨恽:"大臣废退,当阖门惶惧,为可怜之意,不当治产业,通宾客,有称誉。"①孙会宗让他做出可怜相,做闭门思过的姿态,企盼朝廷垂怜。可是,杨恽性格倔强,出身宰相之家,年轻时便十分显赫,仅仅因私下议论就严加惩处,内怀不服。见孙会宗要他作摇尾乞怜状,极为不满,遂作《报孙会宗书》,严斥孙会宗贪图功利、人品不端,与之绝交。

杨恽的侄儿安平侯杨谭为典属国,叔侄交谈,杨谭说:"西河太守建平杜侯前以罪过出,今征为御史大夫。侯罪薄,又有功,且复用。"意在委婉地告诉杨恽,一旦有机会,他还会被再度起用。杨恽曰:"有功何益?县官不足为尽力。"他对宣帝已不抱希望,认为不值得为他效力。恰好发生日食,有人乘机上书告恽"骄奢不悔过,日食之咎,此人所致"。宣帝见到《报孙会宗书》十分反感。廷尉乘机判杨恽大逆无道,处腰斩,妻子徙酒泉郡。杨谭则以未能谏正杨恽,与之交谈相应,有怨望语,被免为庶人。一些在位而与杨恽交往密切者,如未央卫尉韦玄成、京兆尹张敞及孙会宗等,皆免官②。

这是宣帝时影响深远的一件大案。杨恽与几个亲戚、朋友间的闲谈或通信,竟成腰斩的罪证,且株连几个大臣。杨恽的遭遇给士人带来很大冲击。《汉书·元帝纪》记载,元帝为太子,"柔仁好儒。见宣帝所用多文法吏,以刑名绳下,大臣杨恽、盖宽饶等坐刺讥辞语为罪而诛,尝侍燕从容言:'陛下持刑太深,宜用儒生。'宣帝作色曰:'汉家自有制度,本以霸王道杂之,奈何纯任德教,用周政乎!且俗儒不达时宜,好是古非今,使人眩于名实,不知所守,何

---

① [汉]班固:《汉书》,第 2894 页。
② 同上书,第 2897—2898 页。

足委任?'乃叹曰:'乱我家者,太子也!'"①连太子都对杨恽因"刺讥辞语"被杀感到不当,更何况是士人。

杨恽的《报孙会宗书》是一篇抒写怀抱的散文,是一篇艺术特点鲜明的文学作品。其文曰:

> 恽材朽行秽,文质无所底,幸赖先人余业得备宿卫,遭遇时变以获爵位,终非其任,卒与祸会。足下哀其愚,蒙赐书,教督以所不及,殷勤甚厚。然窃恨足下不深惟其终始,而猥随俗之毁誉也。言鄙陋之愚心,若逆指而文过,默而息乎,恐违孔氏"各言尔志"之义,故敢略陈其愚,唯君子察焉!
>
> 恽家方隆盛时,乘朱轮者十人,位在列卿,爵为通侯,总领从官,与闻政事,曾不能以此时有所建明,以宣德化,又不能与群僚同心并力,陪辅朝廷之遗忘,已负窃位素餐之责久矣。怀禄贪势,不能自退,遭遇变故,横被口语,身幽北阙,妻子满狱。当此之时,自以夷灭不足以塞责,岂意得全首领,复奉先人之丘墓乎? 伏惟圣主之恩,不可胜量。君子游道,乐以忘忧;小人全躯,说以忘罪。窃自思念,过已大矣,行已亏矣,长为农夫以没世矣。是故身率妻子,戮力耕桑,灌园治产,以给公上,不意当复用此为讥议也。
>
> 夫人情所不能止者,圣人弗禁,故君父至尊亲,送其终也,有时而既。臣之得罪,已三年矣。田家作苦,岁时伏腊,亨羊炰羔,斗酒自劳。家本秦也,能为秦声。妇,赵女也,雅善鼓瑟。奴婢歌者数人,酒后耳热,仰天拊缶而呼乌乌。其诗曰:"田彼南山,芜秽不治,种一顷豆,落而为萁。人生行乐耳,须富贵何时!"是日也,拂衣而喜,奋袖低卬,顿足起舞,诚淫荒无度,不知其不可也。恽幸有余禄,方籴贱贩贵,逐什一之利,此贾竖之事,污辱之处,恽亲行之。下流之人,众毁所归,不寒而栗。虽雅知恽者,犹随风而靡,尚何称誉之有!董生不云乎?"明明求仁义,常恐不能化民者,卿大夫意也;明明求财利,常恐困乏者,庶人之事也。"故"道不同,不相为谋"。今子尚安得以卿大夫之制而责仆哉!
>
> 夫西河魏土,文侯所兴,有段干木、田子方之遗风,漂然皆有节概,知去就之分。顷者,足下离旧土,临安定。安定山谷之间,昆戎旧壤,子弟贪鄙,岂习俗之移人哉? 于今乃睹子之志矣。方当盛汉之隆,愿勉旃,毋多谈。②

---

① [汉]班固:《汉书》,第277页。
② 同上书,第2894—2897页。

信中针对孙会宗告诫自己"当阖门惶惧,为可怜之意",等待赦免的机会,委婉地表示自己对朝廷不存奢望,"横被口语,身幽北阙,妻子满狱",流露出对无辜获罪的委屈和不平;甘愿"长为农夫以没世",表现出对朝廷已彻底失望,而要选择新的人生道路,他在看清仕途险恶之后,竟乐于选择当前的生活。被贬为庶人的三年,他已接受了农村生活的乐趣。劳作之后,饮酒、歌舞、作诗,他虽自称为下流之人,实际却在书信中描绘了自己新的人生。最后,笔锋转向孙会宗,他是西河人,本应继承段干木、田子方等前贤之遗风,应该有气节,但他却很缺乏骨气。书信表明两人志趣、人格迥然不同。

《文心雕龙·书记》云:"汉来笔札,辞气纷纭。观史迁之《报任安》,东方之《难公孙》,杨恽之《酬会宗》,子云之《答刘歆》,志气盘桓,各含殊采,并杼轴乎尺素,抑扬乎寸心。"①《报孙会宗书》感情充沛,写出作者内心的不平,成为书信体文学的杰作。

桓宽字次公,汝南人,宣帝时,以治《公羊春秋》举荐为郎,官至庐江太守丞,是个下层文人。《汉书·艺文志》儒家类载,桓宽《盐铁论》六十篇。桓宽生平事迹仅见于《汉书·公孙刘田王杨蔡陈郑传》卷末论赞的简略记载。

桓宽的《盐铁论》是一篇别具特色的作品。

盐铁的生产、销售、征税是昭帝时的经济问题。但在讨论中却广泛涉及国家治理乃至文化建设问题,表现出管理层同士人间的思想分歧。

武帝连年用兵,海内虚耗,御史大夫桑弘羊主张对造酒和盐铁加强税收管理,增加国库收入。这一举措引起强烈反响。于是,昭帝始元六年(前81),诏丞相、御史与贤良文学士议论盐铁问题。《汉书·公孙刘田王杨蔡陈郑传》赞曰:"所谓盐铁议者,起(昭帝)始元中,征文学贤良问以治乱,皆对愿罢郡国盐铁、酒榷均输,务本抑末,毋与天下争利,然后教化可兴。御史大夫弘羊以为此乃所以安边竟,制四夷,国家大业,不可废也。当时相诘难,颇有其议文。"②当时的论争有详细的记录。至宣帝时,桓宽对记录文稿进行再提炼,推衍盐铁之议,增广条目,极其论难,著数万言。这就是《盐铁论》一书的缘起。

《盐铁论》一书反映了西汉政治方面一条可贵的经验,即有大事则令群臣议政,然后制订法令。同时,尽管公卿、贤良文学的治国观点不同,但朝廷能提供一个较为宽松的氛围,使他们充分表达自己的主张。

全书共六十篇,桓宽将记录整理为五十九个专题,广泛涉及思想、学术、经济等方面问题,不列讨论者姓名,以大夫、文学代表论辩双方。第六十篇

---

① [清]黄叔琳:《增订文心雕龙校注》,第346页。
② [汉]班固:《汉书》,第2903页。

《杂论》实为全书结语。论辩在第五十九篇《大论》篇末已有结果:大夫抚然内惭,四据而不言。当此之时,顺风承意之士如编,口张而不歙,舌举而不下,已经张口结舌,无言可辩。大夫曰:"诺,胶车倏逢雨,请与诸生解。"①书中写大夫理屈词穷,向文学表示和解,即承认文学一方主张正确。

《杂论》云:

> 客曰:"余睹盐、铁之义,观乎公卿、文学、贤良之论,意指殊路,各有所出,或上仁义,或务权利。"
>
> "异哉吾所闻。周、秦粲然,皆有天下而南面焉,然安危长久殊世。始汝南朱子伯为予言:当此之时,豪俊并进,四方辐凑。贤良茂陵唐生、文学鲁国万生之伦,六十余人,咸聚阙庭,舒《六艺》之风,论太平之原。智者赞其虑,仁者明其施,勇者见其断,辩者骋其辞,斷斷焉,侃侃焉,虽未能详备,斯可略观矣。然蔽于云雾,终废而不行,悲夫!公卿知任武可以辟地,而不知广德可以附远;知权利可以广用,而不知稼穑可以富国也。近者亲附,远者说德,则何为而不成,何求而不得?不出于斯路,而务畜利长威,岂不谬哉!中山刘子雍言王道,矫当世,复诸正,务在乎反本。直而不徼,切而不索,斌斌然斯可谓弘博君子矣。九江祝生奋由、路之意,推史鱼之节,发愤懑,刺讥公卿,介然直而不挠,可谓不畏强御矣。桑大夫据当世,合时变,推道术,尚权利,辟略小辩,虽非正法,然巨儒宿学恧然,不能自解,可谓博物通士矣。然摄卿相之位,不引准绳,以道化下,放于利末,不师始古。《易》曰:'焚如弃如。'处非其位,行非其道,果陨其性,以及厥宗。车丞相即周、吕之列,当轴处中,括囊不言,容身而去,彼哉!彼哉!若夫群丞相、御史,不能正议,以辅宰相,成同类,长同行,阿意苟合,以说其上,斗筲之人,道谀之徒,何足算哉。"②

作者对宰相、御史大夫不能采纳贤良文学的主张表示不满,斥责他们阿意苟合、谄媚事上,又引《论语·子路篇》孔子贬斥执政者为"斗筲之人"③,表现出对宰相、御史大夫的蔑视。

作者赞美贤良茂陵唐生、文学鲁国万生等贤良文学的学者风范。文中,中山刘子雍阐述王道观点,义正词严;九江祝生慷慨激昂、傲岸凛然,刺讥公卿,不畏强御,可见作者的思想倾向与感情亲疏。作者将其思想与感情融于

---

① [汉]桓宽撰,王利器校注:《盐铁论校注》,天津:天津古籍出版社,1983年,第621页。
② 同上书,第629—630页。
③ [清]刘宝楠:《论语正义》,北京:中华书局,1990年,第540页。

论辩的叙述中,读双方的辩论,也可感受到双方感情的细微变化。

二、杜笃、桓谭、冯衍

杜笃字季雅,京兆杜陵人,其先祖杜延年在宣帝时为御史大夫,也是世家出身。杜笃年少博学,不修小节,不为乡里人所接受。后来到美阳,与美阳令关系密切,因琐事与美阳令结怨,美阳令挟私报复,将杜笃拘捕,押送京师。适逢大司马吴汉去世,光武帝命众儒生、文士撰写祭悼文章。于是,杜笃在狱中作《大司马吴汉诔(并序)》。其文云:

> 笃以为尧隆稷、契,舜嘉皋陶,伊尹佐殷,吕尚翼周。若此五臣,功无与畴。今汉吴公,追而六之,乃作诔曰:
> 朝失鲠臣,国丧牙爪,天子愍悼,中宫咨嗟。四方残暴,公不征兹,征兹海内,公其攸平。泯泯群黎,赖公以宁。勋业既崇,持盈守虚,功成即退,挹而损诸。死而不朽,名勒丹书,功著金石,与日月俱。①

作品写出天子对吴汉的哀悼,赞美他戡乱止暴、安定天下之功,又赞美他功成身退、淡泊名利的品德。《大司马吴汉诔》被推许为"辞最高",光武帝赞赏不已,赐帛免刑。这篇作品为他赢得自由,也令他享誉京师。

杜笃所著赋、诔、吊、书、赞并《七言》《女诫》及杂文,共十八篇。又著《明世论》十五篇。其中以《论都赋》成就较高。《后汉书·循吏列传》云:"杜笃奏上《论都赋》,欲令车驾迁还长安。耆老闻者,皆动怀土之心,莫不眷然伫立西望。"②

光武帝定都洛阳,杜笃认为关中有山河之固,长安为先帝旧京,不应建都洛阳,便创作了《论都赋》上奏。

杜笃的《论都赋》,假设主客问答以论建都长安还是洛阳的问题,其基本观点认为都洛只是权宜之计,唯长安乃"帝王渊囿,而守国之利器"③,因此主张返都长安。在这篇赋中,传统的铺陈手法和讽喻的宗旨都体现于对新的题材、新的对象的描摹中。他历数汉王朝自高祖至平帝传十一世的发展变化,指出"德衰而复盈,道微而复章,皆莫能迁于雍州而背于咸阳"④,申明长安为王气之所在。杜笃同时从几个方面夸张地描写了西都王气,最后归结为"利

---

① [唐]欧阳询撰,汪绍楹校:《艺文类聚》,第834页。
② [南朝宋]范晔《后汉书》,第2466页。
③ 同上书,第2604页。
④ 同上书,第2600页。

器不可久虚,而国家亦不忘乎西都"①。

杜笃这篇作品是东汉赋风转变的重要标志。它从以往天子、王侯生活的题材转向关乎国家、社会的重大问题,作品中所表达的思想感情也具有更广泛的社会基础。

桓谭是两汉之际非常有个性的文人。桓谭字君山,沛国相人。他的父亲在成帝时为太乐令,受家庭熏陶,桓谭精通音律,善鼓琴。他学识渊博,遍习五经,掌握训诂大义,而不在章句方面用功。他经常向刘歆、扬雄请教学术问题,辨析疑难。桓谭特别喜欢倡伎乐舞,不注重仪表修饰,又常诋毁俗儒,为此受士人抵制。

哀帝、平帝时,桓谭长期为郎。王莽建立新朝前后,天下趋炎附势者,纷纷阿谀奉承,假作符命以邀宠。桓谭却以默然的态度,甘居郎署。王莽时,桓谭因精通音律被任为掌乐大夫。

光武帝即位,征桓谭待诏。桓谭上书,所谈的事不合光武帝意,不得任用。据《后汉书·宋弘传》载,光武帝曾要大司空宋弘举荐学识渊博之士,宋弘举荐桓谭,称赞他是扬雄、刘向一类人才。于是召拜桓谭为议郎、给事中。光武帝每次宴饮,都命桓谭鼓琴。光武帝爱听郑声,桓谭便演奏这类乐曲。宋弘很不高兴,极为严肃地批评桓谭说:"吾所以荐子者,欲令辅国家以道德也,而今数进郑声以乱《雅》《颂》,非忠正者也。能自改邪?将令相举以法乎?"后来光武帝大会群臣,命桓谭鼓琴,桓谭见宋弘在场,内心畏惧,演奏失常。光武帝问他原因。宋弘离席免冠谢罪说:"臣所以荐桓谭者,望能以忠正导主,而令朝廷耽悦郑声,臣之罪也。"光武帝改容承认失误,令宋弘整理好服装,其后再不用桓谭②。

当时,光武帝迷信谶纬,常常以谶纬决定疑难问题。桓谭上疏说:

臣前献瞽言,未蒙诏报,不胜愤懑,冒死得陈。愚夫策谋,有益于政道者,以合人心而得事理也。凡人情忽于见事而贵于异闻,观先王之所记述,咸以仁义正道为本,非有奇怪虚诞之事。盖天道性命,圣人所难言也。自子贡以下,不得而闻,况后世浅儒,能通之乎!今诸巧慧小才伎数之人,增益图书,矫称谶记,以欺惑贪邪,诖误人主,焉可不抑远之哉!臣谭伏闻陛下穷折方士黄白之术,甚为明矣;而乃欲听纳谶记,又何误也!其事虽有时合,譬犹卜数只偶之类。陛下宜垂明听,发圣意,屏群小之曲

---

① [南朝宋]范晔:《后汉书》,第2609页。
② 同上书,第904页。

说,述五经之正义,略雷同之俗语,详通人之雅谋。①

他上书矫正时弊,批评谶纬,指出这都是巧慧小才之人所编造的。然而光武帝喜好图谶,并且借用图谶为自己夺取皇权而制造舆论,因此,从某种程度上说,光武帝乃是当时推行谶纬邪说之根源。桓谭上疏所谈的问题直触光武帝的要害处。光武帝阅读他的奏章后极为不悦。桓谭连续上书谏谶纬,非但不被采用,而且为他日后遭受打击埋下祸根。

光武帝令群臣讨论灵台地址,光武帝谓桓谭曰:"吾欲以谶决之,何如?"桓谭默然良久,曰:"臣不读谶。"帝问其故,桓谭复极言谶不合于经典。帝大怒曰:"桓谭非圣无法,将下斩之!"桓谭叩头流血才免死罪,随后贬为六安郡丞。桓谭郁郁不乐,死于途中,时年七十余②。

《后汉书·方术列传》云:"汉自武帝颇好方术,天下怀协道艺之士,莫不负策抵掌,顺风而届焉。后王莽矫用符命,及光武尤信谶言,士之赴趣时宜者,皆骋驰穿凿,争谈之也。故王梁、孙咸,名应图录,越登槐鼎之任;郑兴、贾逵,以附同称显;桓谭、尹敏,以乖忤沦败。自是习为内学,尚奇文,贵异数,不乏于时矣。是以通儒硕生,忿其奸妄不经,奏议慷慨,以为宜见藏摈。"③桓谭是当时思想界的勇士,敢于揭露谶纬邪说的荒谬,甚至尖锐地批评光武的错误,那些曲学阿世的儒生、大臣虽得到荣华富贵,但其恶名丑行著于史册,足令后人唾骂千载。元和中,章帝东巡狩,到沛郡,派使者到桓谭陵墓祭奠,表现出对桓谭的钦敬。

桓谭著书二十九篇,号曰《新论》。《新论》久佚,自明清以来,学者珍视之,有辑本。《琴道》一篇未成,班固补写。此外,所著赋、诔、书、奏,共二十六篇。王充给予桓谭以极高的评价,《论衡·案书篇》云:"质定世事,论说世疑,桓君山莫上也。故仲舒之文可及,而君山之论难追也。"④这里论述桓谭矫正现实思想的疑惑,实际上指其对谶纬邪说的批评,表现出王充高度的认同与充分的肯定。《论衡·超奇篇》云:"又作《新论》,论世间事,辩照然否,虚妄之言,伪饰之辞,莫不证定。彼子长、子云论说之徒,君山为甲。自君山以来,皆为鸿眇之才,故有嘉令之文。"⑤认为桓谭的《新论》是作者阐述自己的见解,比缀辑前人遗文的著作更富于创新精神,对《新论》极为推崇。

冯衍字敬通,京兆杜陵人。出生于官宦世家,祖父在元帝时为大鸿胪,地

---

① [南朝宋]范晔:《后汉书》,第959—960页。
② 同上书,第961页。
③ 同上书,第2705页。
④ [汉]王充:《论衡》,第440页。
⑤ 同上书,第212页。

位较高。冯衍年幼就被称为奇才,九岁能诵《诗》,至二十岁便博通群书。王莽时,公卿多人荐举他,但冯衍不肯入仕。

当时,各地反对王莽的势力崛起,王莽派更始将军廉丹讨伐赤眉军。廉丹召冯衍入幕府。王莽对廉丹进兵迟缓颇为不满,催促他速战。廉丹惶恐,夜召冯衍,把书信拿给他看。冯衍建议廉丹拥兵自重,坐观形势之变,他说:"今海内溃乱,人怀汉德,甚于诗人思召公也,爱其甘棠,而况子孙乎?人所歌舞,天必从之。方今为将军计,莫若屯据大郡,镇抚吏士,砥厉其节,百里之内,牛酒日赐,纳雄桀之士,询忠智之谋,要将来之心,待从横之变,兴社稷之利,除万人之害,则福禄流于无穷,功烈著于不灭。何与军覆于中原,身膏于草野,功败名丧,耻及先祖哉?"①劝说廉丹驻守大郡要地,脱离王莽。廉丹犹豫不决,冯衍再次进谏,廉丹不听。尽管如此,前后几次谈话表明他对天下大势的看法还是比较清醒的。

更始二年(23),尚书仆射鲍永行大将军事,想要安定北方。冯衍为鲍永论天下形势说:

> 今生人之命,县于将军,将军所杖,必须良才,宜改易非任,更选贤能。夫十室之邑,必有忠信。审得其人,以承大将军之明,虽则山泽之人,无不感德,思乐为用矣。然后简精锐之卒,发屯守之士,三军既整,甲兵已具,相其土地之饶,观其水泉之利,制屯田之术,习战射之教,则威风远畅,人安其业矣。若镇太原,抚上党,收百姓之欢心,树名贤之良佐,天下无变,则足以显声誉,一朝有事,则可以建大功。②

他劝说鲍永离开更始,选择易于独立的太原建立基业。鲍永向来重视冯衍,于是采纳他的意见,并任命冯衍为立汉将军屯兵太原。后来形势变化,更始去世,鲍永、冯衍罢兵投降。

光武帝对冯衍等人在败局已定时才投降很不满,将冯衍黜免不用。后来,冯衍为曲阳令,诛斩著名盗贼郭胜等,降伏五千余人。冯衍的这一功劳也因有人进谗言而得不到朝廷褒奖③。后来,冯衍回到故郡,闭门自保,不再与亲故交往。

冯衍有大才,但生逢乱世,又不肯趋炎附势,故终生坎坷。冯衍既能看清天下大势,又善于著述。他所著赋、诔、铭、说、自序及《问交》《德诰》《慎情》

---

① [南朝宋]范晔:《后汉书》,第963页。
② 同上书,第968页。
③ 同上书,第976—977页。

等共五十篇。

冯衍归故郡,娶任氏女为妻。任氏凶悍妒忌,不许冯衍纳妾;又虐待前妻儿女,令他们做繁重的劳动,极为刻薄。冯衍作《与妇弟任武达书》,描述了任氏的性情、行为及娶她后的家庭生活。在这封书信中,他阐述古代骄悍嫉妒之妇不利于家国的事例,然后写道:

> 古之大患,今始于衍。醉饱过差,辄为桀、纣,房中调戏,布散海外,张目扺掌,以有为无。痛彻苍天,毒流五脏,愁令人不赖生,忿令人不顾祸。
> 縑谷放散,冬衣不补,端坐化乱,一缕不贯。既无妇道,又无母仪,恣见侵犯,恨见狼籍,依倚郑令,如居天上。持质相劫,词语百车,剑戟在门,何暇有让?百弩环舍,何可强复?举宗达人解说,词如循环,口如布谷。①

书信谴责任氏生性暴虐,无端生事,室家不宁;不理家务,不事女工;虐待前妻之子,既不保暖,又令他们干繁重的田间劳动;甚至不知廉耻,将夫妻房中嬉戏的事向外散布,严重损害冯衍的名声与形象。这是一篇独特的散文,善绘声色,但言辞刻薄,恩断义绝,也不是常人能做得出的。

冯衍不得志时,创作《显志赋》,表达他的人生态度:

> 冯子以为夫人之德,不碌碌如玉,落落如石。风兴云蒸,一龙一蛇,与道翱翔,与时变化,夫岂守一节哉?用之则行,舍之则臧,进退无主,屈申无常。故曰:"有法无法,因时为业,有度无度,与物趣舍。"常务道德之实,而不求当世之名,阔略杪小之礼,荡佚人间之事。正身直行,恬然肆志。
> 年衰岁暮,悼无成功,将西田牧肥饶之野,殖生产,修孝道,营宗庙,广祭祀。然后阖门讲习道德,观览乎孔老之论,庶几乎松、乔之福,上陇阪,陟高冈,游精宇宙,流目八纮。历观九州山川之体,追览上古得失之风,愍道陵迟,伤德分崩。夫睹其终必原其始,故存其人而咏其道。疆理九野,经营五山,眇然有思陵云之意。②

冯衍阐述自己的人格操守和人生理想:"常务道德之实,而不求当世之名,阔

---

① [南朝宋]范晔:《后汉书》,第1003页。
② 费振刚、胡双宝、宗明华辑校:《全汉赋》,第258—259页。

略杪小之礼，荡佚人间之事。正身直行，恬然肆志。"从他在动荡时期的言行看，确实需要坚持自己对现实的清醒认识，而不是趋炎附势。他谈到人生态度时所说的龙蛇变化、与时屈申，都带有鲜明的《庄子》话语风格。文中对自己"顾尝好倜傥之策，时莫能听用其谋"的经历，喟然长叹，自伤不遭。但自己年事已高，要在田园劳作的同时，"阖门讲习道德，观览乎孔老之论"，"游精宇宙，流目八纮。历观九州山川之体，追览上古得失之风"，要在精神生活中"恬然肆志""眇然有思陵云之意"。

他自己解释《显志赋》的宗旨说："显志者，言光明风化之情，昭章玄妙之思也"，他要以志趣为中心，展现自己的人生追求。文中说：

> 开岁发春兮，百卉含英。甲子之朝兮，汨吾西征。发轫新丰兮，裴回镐京。陵飞廉而太息兮，登平阳而怀伤。悲时俗之险厄兮，哀好恶之无常。弃衡石而意量兮，随风波而飞扬。纷纭流于权利兮，亲雷同而妒异；独耿介而慕古兮，岂时人之所喜？
>
> 行劲直以离尤兮，羌前人之所有；内自省而不惭兮，遂定志而弗改。欣吾党之唐、虞兮，愍吾生之愁勤；聊发愤而扬情兮，将以荡夫忧心。往者不可攀援兮，来者不可与期；病没世之不称兮，愿横逝而无由。①

作品中，他痛快淋漓地抒写自己因坚守人格而陷于孤立的处境，他称自己与前代圣人在精神上相近，他要坚持自己"劲直"的人格。他联想起历史上无数贤哲的坎坷经历，感叹贤人失志、逸谄横行，于是，他在艺术想象中还世界以公正：

> 恶丛巧之乱世兮，毒纵横之败俗；流苏秦于洹水兮，幽张仪于鬼谷。澄德化之陵迟兮，烈刑罚之峭峻；燔商鞅之法术兮，烧韩非之说论。诮始皇之跋扈兮，投李斯于四裔；灭先王之法则兮，祸浸淫而弘大。②

他的理想是"凿岩石而为室兮，托高阳以养仙。神雀翔于鸿崖兮，玄武潜于婴冥；伏朱楼而四望兮，采三秀之华英"。他要在超然物外的环境中寻求自己精神的自由与充实。

> 诵古今以散思兮，览圣贤以自镇；嘉孔丘之知命兮，大老聃之贵玄；

---

① 费振刚、胡双宝、宗明华辑校：《全汉赋》，第259页。
② 同上书，第261页。

德与道其孰宝兮；名与身其孰亲？陂山谷而闲处兮，守寂寞而存神。夫庄周之钓鱼兮，辞卿相之显位。①

作品充分揭示了冯衍的内心世界，表现出他对现实的尖锐批评，对理想世界、对理想环境的向往，特别赞美了岩穴幽隐的环境与精神。

《后汉书》本传载冯衍自述其为人云："衍少事名贤，经历显位，怀金垂紫，揭节奉使，不求苟得，常有陵云之志。三公之贵，千金之富，不得其愿，不概于怀。贫而不衰，贱而不恨，年虽疲曳，犹庶几名贤之风。修道德于幽冥之路，以终身名，为后世法。"②冯衍的《显志赋》对自己仕途的记述不免有夸大失实之嫌，然其引老庄之论，思考"名与身其孰亲"的人生抉择，仰慕庄子辞卿相显位的人生态度，都是他的人格与内心世界的艺术显现。

《后汉书·桓谭冯衍传》论曰："夫贵者负势而骄人，才士负能而遗行，其大略然也。二子不其然乎！冯衍之引挑妻之譬，得矣。夫纳妻皆知取嫓己者，而取士则不能。何也？岂非反妒情易，而恕义情难。光武虽得之于鲍永，犹失之于冯衍。夫然，义直所以见屈于既往，守节故亦弥阻于来情。呜呼！"③赞扬冯衍慎去就的道义精神，也是对动荡时代士人趋利多变的委婉批评。

《文心雕龙·才略》云："敬通雅好辞说，而坎壈盛世，《显志》自序，亦蚌病成珠矣。"④因其仕途坎坷，遂成就了《显志赋》之传世佳作。

三、王充、傅毅、崔骃

王充字仲任，会稽上虞人，年幼即聪慧过人，八岁开始学习《论语》《尚书》，勤奋读书，每天诵读，又有才华，他的文笔受到众人称赞。后到京师，进入太学，得到班彪的传授。他好博览，不喜欢章句式的经生学习方法。他家贫无书，常常到洛阳卖书的店铺里读书。他记忆力惊人，过目成诵，经过刻苦努力，博通众流百家之言。后回到乡里教授弟子。郡守召他为功曹，因多次谏争不合而离去。后有人荐于朝廷，章帝命公车征召，他已年高患病，不能远行。年近七十，精力衰耗，便撰写《养性书》十六篇，主张裁节嗜欲，颐神自守。永元中，在家中病逝⑤。

王充性情澹泊，不慕富贵，不博取虚名，不因利害而改变志节。虽贫无一

---

① 费振刚、胡双宝、宗明华辑校：《全汉赋》，第262页。
② [南朝宋]范晔：《后汉书》，第1003页。
③ 同上书，第1005页。
④ [清]黄叔琳：《增订文心雕龙校注》，第574页。
⑤ [南朝宋]范晔：《后汉书》，第1629页。

亩庇身,但他志佚于王公;虽贱无斗石之秩,但其意若食万钟。他得官不喜,失位不恨。王充常常谈论他人长处,很少指责别人缺点,有宽厚长者之风。

王充好论说,谈锋诡异,往往从人们的言行归结出理义。他针对俗人薄情寡义,故作《讥俗》《节义》等十二篇。他希望通过自己的书能启发俗人自觉醒悟,故行文深入浅出。他认为君主施行政治,想要治理人民,却举措失当,愁精苦思,看不到方向,故作《政务》一书。他认为俗儒苦读记诵,多失其真谛,乃闭门潜思,谢绝世俗交往,户牖墙壁各置刀笔,随时记录自己的思考,著《论衡》八十五篇,二十余万言,阐述物类同异,矫正时俗。

晁公武《郡斋读书志》曰:"充好论说,始如诡异,终有实理。以俗儒守文,多失其真,乃闭门潜思,户牖墙壁各置刀笔,著《论衡》八十五篇,释物类同异,正时俗嫌疑。后蔡邕得之,秘玩以为谈助云。世为汉文章温厚尔雅,及其东也已衰。观此书与《潜夫论》《风俗通义》之类,比西京诸书骤不及远甚,乃知世人之言不诬。"①

高似孙《子略》曰:"书八十五篇,二十余万言。其为言皆叙天证,敷人事,析物类,道古今,大略如仲舒《玉杯》《繁露》,而其文详,详则礼义莫能专而精,辞莫能肃而括,几于芜且杂矣。袁崧《后汉书》云:'充作《论衡》,中土未有传者,蔡邕入吴,始见之,以为谈助。'谈助之言,可以了此书矣。客有难充书烦重者,曰:'石多玉寡,寡者为珍;龙少鱼众,少者为神乎?'充曰:'文众可以胜寡矣。人无一引吾百篇,人无一字吾万言,为可贵矣。'予所谓乏精核而少肃括者,正此谓欤!"②

上述评论多注意到《论衡》内容杂驳不精,倘与贾谊、董仲舒、桓宽相比,确实不够精审。然而,作者自称其书要使人易于阅读,则"人无一字吾万言",不避烦琐,论说务求详尽、不失宗旨。《论衡·佚文篇》云:"观文以知情。《诗》三百,一言以蔽之,曰:'思无邪。'《论衡》篇以十数,亦一言也,曰:'疾虚妄。'"③《论衡·对作篇》云:"若夫'九虚''三增'《论死》《订鬼》,世俗久所惑,人所不能觉也。人君遭弊,改教于上;人臣愚惑,作论于下。下实得,则上教从矣。冀悟迷惑之心,使知虚实之分。实虚之分定,而华伪之文灭;华伪之文灭,则纯诚之化日以孳矣。"④反对各种虚妄,平而论之,这就是作者预设的宗旨。所谓"九虚""三增",指《书虚》《变虚》《异虚》等九篇、《语增》《儒增》等四篇,他指出很多失实的说法,他写《论衡》的目的,就是要"使俗务实

---

① [元]马端临:《文献通考》,第1749页。
② [宋]高似孙:《史略 子略》,第61页。
③ [汉]王充:《论衡》,第315页。
④ 同上书,第443页。

诚"。《论衡·对作篇》云:"是故《论衡》之造也,起众书并失实,虚妄之言胜真美也。故虚妄之语不黜,则华文不见息;华文放流,则实事不见用。故《论衡》者,所以铨轻重之言,立真伪之平,非苟调文饰辞,为奇伟之观也。其本皆起人间有非,故尽思极心,以讥世俗。世俗之性,好奇怪之语,说虚妄之文。"①

王充"疾虚妄"的论说宗旨在当时具有厘清思想谬误的意义。当时朝野弥漫着谶纬迷雾,王充根据文献记载予以反驳。《实知》云:"孔子将死,遗谶书,曰:'不知何一男子,自谓秦始皇,上我之堂,踞我之床,颠倒我衣裳,至沙丘而亡。'其后,秦王兼吞天下,号始皇,巡狩至鲁,观孔子宅,乃至沙丘,道病而崩。又曰:'董仲舒乱我书。'其后,江都相董仲舒,论思《春秋》,造著传记。又书曰:'亡秦者,胡也。'其后,二世胡亥,竟亡天下。用三者论之,圣人后知万世之效也。"②王充明确指出:"此皆虚也。案神怪之言,皆在谶记,所表皆效图书。'亡秦者胡',《河图》之文也。孔子条畅增益以表神怪,或后人诈记,以明效验。"③又列举其他文献证明孔子并不能预知上述三件事。

王充《论衡》广泛论述文化、文学领域中人物与事件,在汉代中期的文学散文中具有特殊的价值。

崔骃少年成名,年十三便熟读《诗》《易》《春秋》,博学多识,精通古今训诂,善于撰文著述。年轻时游太学,与班固、傅毅齐名。认真求学,不汲汲于功名利禄。当时有人讥讽他名不副实。崔骃便模拟扬雄《解嘲》,创作《达旨》以回应责难④。

元和年间,章帝施行古礼,巡狩山河。崔骃创作《四巡颂》以称汉德,文辞典雅优美。章帝读后,称赞不已,要侍中窦宪关注崔骃,并同他交往。章帝说:"公爱班固而忽崔骃,此叶公之好龙也。试请见之。"崔骃拜谒窦宪。窦宪非常客气地迎接,还说自己是"受诏交公",尊他为上客⑤。章帝打算授崔骃官职,遗憾的是章帝突然去世,其想法未能实现,崔骃也失去了重要机会。

窦太后临朝,窦宪位尊权重。崔骃献书警诫他说:

> 传曰:"生而富者骄,生而贵者傲。"生富贵而能不骄傲者,未之有也。今宠禄初隆,百僚观行,当尧、舜之盛世,处光华之显时,岂可不庶几夙夜,以永众誉,弘申伯之美,致周、邵之事乎?

---

① [汉]王充:《论衡》,第442页。
② 同上书,第397页。
③ 同上。
④ [南朝宋]范晔:《后汉书》,第1708—1709页。
⑤ 同上书,第1718—1719页。

> 汉兴以后,迄于哀、平,外家二十,保族全身,四人而已。《书》曰:"鉴于有殷。"可不慎哉!①

崔骃在书中告诫窦宪应"内以忠诚自固,外以法度自守",要他遵循《周易》所讲的"谦德"之光,"满溢之位,道家所戒",告诫他不要骄横跋扈。

后窦宪为车骑将军,召崔骃入幕府为掾。窦宪幕府掾属三十人,都曾经位居刺史、二千石,地位很高,只有崔骃既年轻,又没有官职。窦宪擅权骄恣,崔骃多次进谏。在出击匈奴时,窦宪及其下属多不法行为。崔骃为主簿,前后奏记数十篇,陈说问题的严重性,窦宪不能容,渐渐疏远他。后来调任边远,官位较低,崔骃很不得意,遂不赴任而归。永元四年(92)卒于家。所著诗、赋、铭、颂、书、记、表及《七依》《婚礼结言》《达旨》《酒警》合二十一篇②。

《达旨》是崔骃的主要作品。作品以答时人责难的方式抒发内心感受。作品假设的责难者说:"今子韫椟六经,服膺道术,历世而游,高谈有日,俯钩深于重渊,仰探远乎九乾,穷至赜于幽微,测潜隐之无源。……独师友道德,合符曩真,抱景特立,与士不群。"作品描绘了一个高蹈不群、抱道而居、不食人间烟火的学者形象。作者站在很高的立足点回答责难。他认为,贤人志士重出处去就,将因时、因事而不同。文中说:

> 故士或掩目而渊潜,或盥耳而山栖;或草耕而仅饱,或木茹而长饥;或重聘而不来,或屡黜而不去;或冒訽以干进,或望色而斯举;或以役夫发梦于王公,或以渔父见兆于元龟。若夫纷纆塞路,凶虐播流,人有昏垫之厄,主有畴咨之忧,条垂蕇蔓,上下相求。于是乎贤人授手,援世之灾,跋涉赴俗,急斯时也。昔尧含戚而皋陶谟,高祖叹而子房虑;祸不散而曹、绛奋,结不解而陈平权。及其策合道从,克乱弭冲,乃将镂玄珪,册显功,铭昆吾之冶,勒景、襄之钟。与其有事,则褰裳濡足,冠挂不顾,人溺不拯,则非仁也;当其无事,则躐缨整襟,规矩其步,德让不修,则非忠也。是以险则救俗,平则守礼,举以公心,不私其体。③

崔骃援引历史上圣贤仕与隐的经历,表明自己在条件、环境适合时,追求君臣际遇,要有所作为而出世,建立勋业,金石记功;而当外在环境无法实现自己的怀抱时,则"渊潜""山栖",独善其身。他认为,仁与忠、是与非,都应根据

---

① [南朝宋]范晔:《后汉书》,第1718—1720页。
② 同上书,第1721—1722页。
③ 同上书,第1711页。

自己的情况审时度势,社会的需求、君主的政治,将成为自己的志向与人格实现方式的前提。"君子通变,各审所履。"他对责难者的回答中,表现出对志向、对人生价值的追求。这篇作品较为深刻地展现出作者的情感与操守,将一个充满自信,欲比肩圣贤的士人形象展示于读者面前。

傅毅字武仲,扶风茂陵人。少以博学知名。年轻时作四言体《迪志诗》。其文曰:

> 咨尔庶士,迪时斯勖。日月逾迈,岂云旋复!哀我经营,旅力靡及。在兹弱寇,靡所庶立。
>
> 於赫我祖,显于殷国。二迹阿衡,克光其则。武丁兴商,伊宗皇士。爰作股肱,万邦是纪。
>
> 奕世载德,迄我显考。保膺淑懿,缵修其道。汉之中叶,俊乂式序,秩彼殷宗,光此勋绪。
>
> 伊余小子,秽陋靡逮。惧我世烈,自兹以坠。谁能革浊,清我濯溉?谁能昭暗,启我童昧?
>
> 先人有训,我讯我诰。训我嘉务,诲我博学。爰率朋友,寻此旧则。契阔夙夜,庶不懈忒。
>
> 秩秩大猷,纪纲庶式。匪勤匪昭,匪壹匪测。农夫不怠,越有黍稷,谁能云作,考之居息?
>
> 二事败业,多疾我力。如彼遵衢,则罔所极。二志靡成,聿劳我心。如彼兼听,则溷于音。
>
> 于戏君子,无恒自逸。徂年如流,鲜兹暇日。行迈屡税,胡能有迄。密勿朝夕,聿同始卒。①

傅毅自豪地歌颂先祖,从傅说辅佐殷王武丁开始,傅氏家族世修圣贤之道,功业显赫。他以先祖为荣,同时,也表示要以先人为榜样:"先人有训,我讯我诰。训我嘉务,诲我博学。爰率朋友,寻此旧则。"以"契阔夙夜,庶不懈忒"的精神勤勉向学,光大祖上勋业。诗中充满了强烈的自豪感和积极向上的精神。

傅毅认为,明帝缺乏求贤诚意,不能赢得贤士的信任,因此,很多贤士选择隐居的生活。为此,他作《七激》以讽。其辞曰:

---

① [南朝宋]范晔:《后汉书》,第 2610—2613 页。

徒华公子,托病幽处,游心于玄妙,清思乎黄老。于是玄通子闻而往属曰:"仆闻君子当世而光迹,因时以舒志,必将铭勒功勋,悬著隆高。今公子削迹藏体,当年陆沉,变度易趣,违拂雅心。挟六经之旨,守偏塞之术,意亦有所蔽与,何图身之谬也。仆将为公子论天下之至妙,列耳目之通好,原情心之性理,综道德之弥奥,岂欲闻之乎?"公子曰:"仆虽不敏,固愿闻之。"

玄通子曰:"洪梧幽生,生于遐荒。阳春后荣,涉秋先彫。晨飙飞砾,孙禽相求。积雪洩洩,中夏不流。于是乃使夫游宦失势,穷摈之士,泳溺水,越炎火,穷林薄,历隐深。三秋乃获断之高岑,梓匠摹度,拟以斧斤。然后背洞壑,临绝溪,听迅波,望曾崖。大师奏操,荣期清歌。歌曰:'陟景山兮采芳苓,哀不惨伤,乐不流声。弹羽跃水,叩角奋荣,沉微玄穆,感物悟灵。此亦天下之妙音也,子能强起而听之乎?"

玄通子曰:"单极滋味,嘉旨之膳,刍豢常珍,庶羞异馔,凫鸽之羹,粉粱之饭,潨养之鱼,脍其鲤鲂,分毫之割,纤如发芒,散如绝谷,积如委红。芳甘百品,并仰累重,殊芳异味,厥和不同。既食日晏,乃进夫雍州之梨,出于丽阴,下生芷蒻,上托桂林。甘露润其叶,醴泉渐其根。脆不抗齿,在口流液。握之摧沮,批之离坼。可以解烦,悁悦心意,子能起而食之乎?"

玄通子曰:"骥骝之乘,龙骧超摅,腾虚鸟踊,莫能执御。于是乃使王良理辔,操以术教,践路促节,机登飚驱。前不可先,后不可追。逾埃绝影,倏忽若飞。日不转曜,穷远旋归。此盖天下之骏马,子能强起而乘之乎?"

玄通子曰:"三时既逝,季冬暮岁,玄冥终统,庶卉零悴。王在灵囿,讲戎简旅。于是驷骥骝,乘轻轩,麾旄旗,鸣八鸾。陈众车于广,散列骑乎平原。属罘网以弥野,连罽罗以营山。部曲周匝,风动云旋。合团促陈,禽兽骇殚。仆不暇起,穷不及旋,击不待刃,骨解肉离,摧牙碎首,分其文皮,流血丹野,羽毛翳日。于是下兰皋,临流泉,观通毂,望景山,酌旨酒,割芳鲜。此天下之至娱也,子能强起而观之乎?"

玄通子曰:"当馆侈饰,洞房华屋,楹桷雕藻,文以朱绿,曾台百仞,临望博见。俯视云雾,骋目穷观。园薮平夷,沼池漫衍。禽兽群交,芳草华蔓。于是宾友所欢,近览从容,詹公沉饵,蒲且飞红。纶不虚出,矢不徒降,投钩必获,控弦加双。俯尽深潜,仰弹轻翼。日移怠倦,然后宴息。列觞酌醴,妖靡侍侧。被华文,曳绫縠,珥随珠,珮琚玉。红颜呈素,蛾眉不画,唇不施朱,发不加泽。升龙舟,浮华池。纤帷翳而永望,镜形影于玄流。偏滔滔以南北,似汉女之神游。笑比目之双跃,乐偏禽之匹嬉。此亦天下之欢也,子能强起而与之游乎?"

玄通子曰:"汉之盛世,存乎永平,太和协畅,万机穆清。于是群俊学士,云集辟雍。含咏圣术,文质发朦。达牺农之妙旨,照虞夏之典坟。遵孔氏之宪则,投颜闵之高迹。推义穷类,靡不博观。光润嘉美,世宗其言。"公子瞿然而兴曰:"至乎,主得圣道,天基允臧。明哲用思,君子所常。自知沉溺,久蔽不悟,请诵斯语,仰子法度。"

仰归云,朔游风。无物可乐,顾望怀愁。

暗君逐臣,顽父放子。排挫礼学,讥谴世伪。①

《七激》的篇章结构与枚乘的《七发》相类,属于"七体"赋,但思想取向不同。从行文上看,《七发》是说七事以启发楚太子,《七激》也是陈妙音、美食、骏骑、校猎、嬉游、要言妙道等七事来激发徒华公子,二者十分相像。但思想取向上二者截然不同:《七发》引导人们摆脱奢华的物质生活,追求精神旨趣,文中的要言妙道涵盖了老庄、孔孟、杨朱、墨翟等诸家思想;而《七激》中的徒华公子幽处隐居,清思黄老道家,是一个高蹈出世的形象,作品中的玄通子则是关注现实、积极入世的形象,其对徒华公子的启发,表现出对儒家思想推崇,"遵孔氏之宪则,投颜闵之高迹",即要遵循儒家的教诲,投身于盛世伟业中。文中不乏对现实政治的赞美,"汉之盛世,存乎永平,太和协畅,万机穆清"。

《七激》虚拟的人物也有与众不同处,作品设徒华公子与玄通子两个形象,但其人名实相反,徒华公子不慕奢华、向往清静,玄通子并不长于玄思,反而热衷现实功名,这样的构想不免带有一定的反讽意味。

章帝建初中,傅毅为兰台令史,拜郎中,与班固、贾逵共典校书。傅毅发现祭祀明帝的庙颂还未确立,便仿效《诗经·清庙》作《显宗颂》十篇上奏,《显宗颂》高度赞扬了汉明帝的功德,与《七激》中玄通子对汉德的称颂相似。《显宗颂》为傅毅赢得赞誉,他以文章大显于朝廷。在朝廷任职期间,傅毅还写下了著名的《洛都赋》和《舞赋》②。

拥有权势的外戚车骑将军马防请傅毅入幕府,任军司马,待以师友之礼。后马氏衰败,傅毅被免官。窦宪掌权后,又请傅毅、崔骃、班固入其幕府。窦宪府文章之盛,冠于当世。傅毅早卒,著诗、赋、诔、颂、祝文及《七激》、连珠

---

① 费振刚、胡双宝、宗明华辑校:《全汉赋》,第292—294页。
② 参见金前文《傅毅诸赋创作时间考》,载于《博奇·博记文学选刊》,2010年8月。

共二十八篇①。

第三节 渊默深思 清静自处：扬雄的思想与文学

扬雄字子云，蜀郡成都人。年少好学，不在章句上下工夫，着重理解训诂辞意，博览群书。扬雄性格单纯随和，口吃不善于畅谈，而喜欢深思，主张清静无为，少耆欲，不汲汲于富贵，不戚戚于贫贱，不张扬个性博取虚名。家资贫乏，粮米不足，仍泰然处之。他的人生信条是："非圣哲之书不好也；非其意，虽富贵不事也。"

扬雄青少年时好辞赋，仰慕司马相如，每作赋，常以相如赋为范本。又喜欢读屈原《离骚》，悲其文，对屈原受楚王君臣排挤，以至于投江而死的命运深表同情，为屈原的情操和遭遇所感动。但他认为君子得时则大行，不得时则龙蛇潜藏，遇不遇都是命运安排，何必沉江而死！乃作《反离骚》，摘取《离骚》中词句，反其意而言之。他将《反离骚》投入岷江以吊屈原；又模仿《离骚》作《广骚》；模仿《惜诵》等《九章》中作品，作《畔牢愁》②。这些作品虽然在立意方面与屈原不同，但基本都是些模拟之作。

扬雄四十余岁入京师，大司马车骑将军王音惊叹他的文才，召入幕府为门下史。王音称赞扬雄文似司马相如，向成帝推荐。成帝正热衷于祭祀典礼，郊祠甘泉泰畤、汾阴后土，祈求子嗣，于是，召扬雄待诏承明殿，将他作为文学侍从，时时随行。

扬雄跟随成帝到甘泉宫，归来后作《甘泉赋》。

甘泉宫是在秦离宫基础上扩建而成，本已十分奢侈，武帝又扩建通天、高光、迎风等殿，瑰丽雄伟，奢靡已极。扬雄想要针对奢华进谏，但甘泉宫并不是成帝建造；要缄口不言，却又不能。他在《甘泉赋》中夸张铺饰，极力描绘，盛赞它"似紫宫之峥嵘"，将此宫殿与传说中上帝的宫殿相比拟，希望对统治者有所警诫。

当时成帝宠幸赵昭仪，每次去甘泉宫，都带赵昭仪在随从车帐中。扬雄在作品中盛言车骑众多、华丽之状，意在说明这样奢华不合于敬神祭祀的规范。文中写道："屏玉女而却宓妃"，"玉女无所眺其清庐兮，宓妃曾不得施其蛾眉。方揽道德之精刚兮，侔神明与之为资"③。这是针对成帝过分宠幸赵昭仪进行委婉地讽喻。尽管扬雄想要融入讽喻的意图，然而从作品的阅读

---

① ［南朝宋］范晔：《后汉书》，第 2613 页。
② ［汉］班固：《汉书》，第 3515 页。
③ 同上书，第 3531 页。

中,读者感受更多的却是宫殿之美和宫廷生活的穷奢极侈,很难直观体会出婉讽的宗旨。

《甘泉赋》上奏,成帝惊异他的才华,对《甘泉赋》大加赞许。这篇作品为扬雄奠定了在朝廷立足的基础。

成帝将祭后土,于是帅群臣横渡黄河,祭汾阴。典礼之后,游介山、龙门、西岳,观览胜境,沿途经过殷、周旧墟,谈论唐尧、虞舜的遗风。扬雄以为,临川羡鱼不如归而结网,游历前代圣王遗迹,应有效法的实际措施,于是他回京后上《河东赋》以为劝诫。

成帝为了娱乐,也为了显示大国多珍禽猛兽,便命右扶风发动人民进南山,捕熊罴、豪猪、虎豹、狐兔、麋鹿等,输送到长杨馆。令胡人手搏猛兽,成帝亲临观赏取乐。当时,农民收成不好,还要捕猛兽为天子取乐,加重了人民的负担。扬雄从行至射熊馆,深有感触,遂作《长杨赋》,假托翰林主人与子墨客卿两个人物问对构成文章,略寓讽谏之意。针对成帝喜欢打猎,扬雄创作了《羽猎赋》。

《汉书·游侠传》载:黄门郎扬雄作《酒箴》以讽谏成帝,作品中酒客难法度士,将不饮酒的法度士比喻为井中汲水的瓶子,自譬为盛酒的鸱夷:"子犹瓶矣。观瓶之居,居井之眉,处高临深,动常近危。酒醪不入口,臧水满怀,不得左右,牵于纆徽。……自用如此,不如鸱夷。鸱夷滑稽,腹如大壶,尽日盛酒,人复借酤。常为国器,托于属车,出入两宫,经营公家。由是言之,酒何过乎!"①作品比喻生动谐谑有趣。这样的风格在扬雄的作品中是绝无仅有的。

扬雄长年为郎,位居下僚。与他同时为郎的王莽、刘歆、董贤等,都连连升迁,官位显赫。哀帝时,扬雄正撰写《太玄》,他有自己的追求,对官位利禄淡泊处之。但同僚中却不乏嘲笑之人,于是,扬雄作《解嘲》以回答俗论。哀帝、平帝时,王莽、董贤位至三公,权倾人主,所举荐无不拔擢,而扬雄三世不徙官,仍在郎署。王莽废汉自立,趋炎附势之徒大谈符命,阿谀奉承,称颂王莽功德,多获封爵禄。扬雄处身谶纬符命喧嚣之外,仅以年老,由郎升为大夫。

王莽以符命自立,为神化自己,遂寻衅诛杀刘歆等与他一起编造谶纬谬说的人。而扬雄一向不参与政事,得免一死。天凤五年卒,年七十一。

刘歆读扬雄的《太玄》《法言》,曾对扬雄说:"空自苦!今学者有禄利,然尚不能明《易》,又如《玄》何?吾恐后人用覆酱瓿也。"②对扬雄致力于学术的人生选择不屑一顾。扬雄笑而不应。他们虽曾为同僚,而刘歆也以学术著

---

① [汉]班固:《汉书》,第 3712—3713 页。
② 同上书,第 3585 页。

称,但与扬雄的人生追求、学术造诣截然不同。

扬雄的著作见于《汉书·艺文志》记载,诸子略儒家类载扬雄所序三十八篇(《太玄》十九篇,《法言》十三篇,《乐》四篇,《箴》二篇),诗赋略载扬雄赋十二篇,六艺略小学类有《训纂》一篇。

大司空王邑、纳言严尤听说扬雄死,对桓谭曰:"子常称扬雄书,岂能传于后世乎?"桓谭曰:"必传。顾君与谭不及见也。凡人贱近而贵远,亲见扬子云禄位容貌不能动人,故轻其书。昔老聃著虚无之言两篇,薄仁义,非礼学,然后世好之者尚以为过于五经,自汉文、景之君及司马迁皆有是言。今扬子之书文义至深,而论不诡于圣人,若使遭遇时君,更阅贤知,为所称善,则必度越诸子矣。"①有些士大夫、儒生讥笑扬雄,自己不是圣人而要撰写经典,是应诛杀的罪行,而桓谭却认为扬雄的著述内涵深刻、丰富,必能广泛传播。

扬雄对待仕途的态度表现出他的人生追求,他恬淡于势利,好古而乐道,要以文章成名于后世,立言不朽。他要效法圣贤,创造新的经典。他以为经的最高典范是《周易》,于是创作《太玄》;传说类最高典范是《论语》,于是作《法言》;小学字典类最高典范是《仓颉》,于是作《训纂》;楚辞类最深刻感人的作品要属《离骚》,于是他反其意而铺展;赋类最华美的作品出于司马相如,于是他作四赋。

《汉书·扬雄传》说他的创作,"皆斟酌其本,相与放依而驰骋"②,也就是说,他的创作都是模拟某种典范,借以抒发自己的思想、感情。这表明他在形式上多有所借鉴,创新不足,而用心于立意,务求在思想内涵方面有所发明、有所超越。

扬雄创作的赋,以《甘泉赋》《河东赋》《羽猎赋》《长杨赋》四篇最著名。这些作品多注重夸饰的审美效果,他竭力要在作品中融入讽谏的宗旨,但有时他所描写的内容显得牵强,其主观上所设定的意图远不能和司马相如的作品相比。他所奏四赋的讽谏之意不为读者所理解,而赋的华丽之美倒是给人留下深刻的印象。

扬雄的赋驰骋想象、铺排夸饰,同时又有典丽深湛、词语蕴藉的特点。同司马相如赋的意气风发、雄肆恢宏相比,呈现出另一种风格。

扬雄认为诸子之学说,各以片面的思想观点论述事理,诋毁圣人,提出一些怪诞的主张,虽有小的智慧,终有损大道,又惑乱世人,使人沉迷于所闻的邪说而不自知其非。他认为司马迁撰写《史记》,思想观点不与孔门圣人同,是非观点背离儒家经典。因此,他依据儒家经典的思想观点,解释、回答人们

---

① [汉]班固:《汉书》,第3585页。
② 同上书,第3583页。

平时提出的问题,汇编整理为十三卷,模拟《论语》的体例,自称其书为《法言》。①

扬雄赋多模拟前人,艺术创新不多。其中能较真实地表现其内心情感与思想的作品,当推《解嘲》《法言》。

《解嘲》是扬雄剖白内心世界的作品。扬雄入朝为郎,王莽、刘歆也都给事黄门为郎。哀帝之初,董贤也为郎。后来,王莽为大司马,刘歆为奉车光禄大夫,董贤年二十二为大司马,封侯,居上公之位,而扬雄仍居郎署。同僚、朋友中有人为他不平,有人不理解,还有人嘲讽他,扬雄便创作《解嘲》。其辞曰:

> 客嘲扬子曰:"吾闻上世之士,人纲人纪,不生则已,生则上尊人君,下荣父母。析人之圭,儋人之爵,怀人之符,分人之禄,纡青拖紫,朱丹其毂。今子幸得遭明盛之世,处不讳之朝,与群贤同行,历金门上玉堂有日矣,曾不能画一奇,出一策,上说人主,下谈公卿。目如耀星,舌如电光,一从一衡,论者莫当,顾而作《太玄》五千文,支叶扶疏,独说十余万言,深者入黄泉,高者出苍天,大者含元气,纤者入无伦,然而位不过侍郎,擢才给事黄门。意者玄得毋尚白乎?何为官之拓落也?"②

客嘲扬子,以"上尊人君,下荣父母"的功利目标责难扬雄,认为他作《太玄》,理论高深,不能切合朝廷实际上书进谏,不能取得显官厚禄,对他的才能和著作的意义表示怀疑,这是批评他理论脱离实际,建造空中楼阁。

> 扬子笑而应之曰:"客徒欲朱丹吾毂,不知一跌将赤吾之族也!往者周罔解结,群鹿争逸,离为十二,合为六七,四分五剖,并为战国。士无常君,国亡定臣,得士者富,失士者贫,矫翼厉翮,恣意所存,战士或自盛以橐,或凿坏以遁。是故驺衍以颉亢而取世资,孟轲虽连蹇,犹为万乘师。
>
> "今大汉左东海,右渠搜,前番禺,后陶涂。东南一尉,西北一候。徽以纠墨,制以质铁,散以礼乐,风以《诗》《书》,旷以岁月,结以倚庐。天下之士,雷动云合,鱼鳞杂袭,咸营于八区,家家自以为稷、契,人人自以为咎繇,戴縰垂缨而谈者皆拟于阿衡,五尺童子羞比晏婴与夷吾,当涂者入青云,失路者委沟渠,旦握权则为卿相,夕失势则为匹夫;譬若江湖

---

① [汉]班固:《汉书》,第3580页。
② 同上书,第3566页。

之雀,勃解之鸟,乘雁集不为之多,双凫飞不为之少。昔三仁去而殷虚,二老归而周炽,子胥死而吴亡,种、蠡存而粤伯,五羖入而秦喜,乐毅出而燕惧,范雎以折摺而危穰侯,蔡泽虽噤吟而笑唐举。故当其有事也,非萧、曹、子房、平、勃、樊、霍则不能安;当其亡事也,章句之徒相与坐而守之,亦亡所患。故世乱,则圣哲驰骛而不足;世治,则庸夫高枕而有余。

"夫上世之士,或解缚而相,或释褐而傅;或倚夷门而笑,或横江潭而渔;或七十说而不遇,或立谈间而封侯;或枉千乘于陋巷,或拥帚彗而先驱。是以士颇得信其舌而奋其笔,窒隙蹈瑕而无所诎也。当今县令不请士,郡守不迎师,群卿不揖客,将相不俯眉;言奇者见疑,行殊者得辟,是以欲谈者宛舌而固声,欲行者拟足而投迹。乡使上世之士处乎今,策非甲科,行非孝廉,举非方正,独可抗疏,时道是非,高得待诏,下触闻罢,又安得青紫?

"且吾闻之,炎炎者灭,隆隆者绝;观雷观火,为盈为实,天收其声,地藏其热。高明之家,鬼瞰其室。攫拿者亡,默默者存;位极者宗危,自守者身全。是故知玄知默,守道之极;爱清爱静,游神之廷;惟寂惟莫,守德之宅。世异事变,人道不殊,彼我易时,未知何如。今子乃以鸱枭而笑凤皇,执蝘蜓而嘲龟龙,不亦病乎!子徒笑我玄之尚白,吾亦笑子之病甚,不遭臾跗、扁鹊,悲夫!"①

扬雄以历史上成功贤士的经历与现实相比,指出那些贤士之所以成功,重要的是外部环境有利于他们才能的发挥。对比当前,从县郡到朝廷,不仅缺乏礼贤下士之风,而且对士人百般刁难、怀疑,动辄获咎,官场污秽和仕途凶险令扬雄十分鄙视。随后,他在文中阐述自己的人生信念,指出玄默、清静,乃是自己守道之极。"夫蔺先生收功于章台,四皓采荣于南山,公孙创业于金马,票骑发迹于祁连,司马长卿窃訾于卓氏,东方朔割炙于细君。仆诚不能与此数公者并,故默然独守吾《太玄》。"②人生信念不同,追求各异,自己虽位居下僚,却愿意淡泊自守、泰然处之。

扬雄长期为郎,校书天禄阁,同僚飞黄腾达,他无动于心。董贤迅速败亡,刘歆、王莽盛极而衰,都在他的历史观照与哲理思考中。"客徒欲朱丹吾毂,不知一跌将赤吾之族也。"他生活在两汉之际的动荡中,封侯拜相、杀身灭族的事不断出现在他身边,他却是个冷峻的观察者。

扬雄早年喜欢文学,对汉代盛行的赋尤为热衷。司马相如的文学成就令

---

① [汉]班固:《汉书》,第3567—3571页。
② 同上书,第3573页。

后代文人羡慕不已。扬雄也是这些仰慕追随者之一。他为郎给事黄门,从成帝巡幸各地,参加盛大典礼,每每有所奏进,受到天子褒奖。后来注重理论思考和学术著述,于是,对赋这一文学样式的认识也产生很大的变化。

《法言·吾子》载:

> 或问:"吾子少而好赋。"曰:"然。童子雕虫篆刻。"俄而曰:"壮夫不为也。"或曰:"赋可以讽乎?"曰:"讽乎!讽则已,不已,吾恐不免于劝也。"①

扬雄认为赋要以讽喻为宗旨,就一定要铺排渲染,必推类而言,极丽靡之辞,闳侈巨衍,竞于使人不能加,然后乃归之于正面的讽喻,但此时阅读者已沉潜于铺张描写的华丽之美中,跟不上作品意义的转折。他以司马相如的《大人赋》为例,武帝好神仙,相如上《大人赋》欲以讽喻,武帝反而缥缥有凌云之志。他认为,这是赋劝而不止的确凿证据,表明赋不可能实现讽喻的宗旨;又感到辞赋作家颇似俳优淳于髡、优孟之徒,非法度所存,贤人君子诗赋之正。他称赋为"童子雕虫篆刻""壮夫不为",是志向高远的士人不屑一顾的小道。

扬雄对辞赋的认识与他转向思想理论研究有关,同时,他在辞赋创作中缺少新的突破,始终处理不好辞赋艺术与讽喻意义的关系,在写作中又多因袭、少创新,于是弃而不为,悔其少作。

扬雄对辞赋文学本质的理解较为片面。这样的文学观也导致他对前人作品的误读。

> 或问:"景差、唐勒、宋玉、枚乘之赋也,益乎?"曰:"必也淫。""淫则奈何?"曰:"诗人之赋丽以则,辞人之赋丽以淫。如孔氏之门用赋也,则贾谊升堂,相如入室矣。如其不用何?"②

这是一段经常为学术界引用的论述,是扬雄对自己文学思想的概括。这一论述阐述了赋的语言与思想、形式与内容的关系。所谓的"丽",即辞赋这一文学样式的语言华美,要极尽夸张之能事。所谓的"则",乃是对作品的思想的、社会意义的要求,也就是要实现讽喻的作用,要归结于儒家思想。但即便如此,他认为赋的文学意义也是很有限的。他认为,从儒家思想的角度看,如果用赋,就应以贾谊、司马相如为榜样,但从更高的思想角度看,则此二人也

---

① 汪荣宝:《法言义疏》,第45页。
② 同上书,第49—50页。

不足道。他否定赋的文学意义,将景差、唐勒、宋玉、枚乘等人的作品斥之为"丽以淫",而加以否定。

此外,桓谭《新论·袪蔽》云:

> 余少时见扬子云之丽文高论,不自量年少新进,而猥欲逮及。尝激一事,而作小赋,用精思太剧,而立感动发病,弥日瘳。子云亦言,成帝时,赵昭仪方大幸,每上甘泉,诏使作赋,为之卒暴,思精苦,始成,遂因倦小卧,梦其五藏出在地,以手收而内之。及觉,病喘悸,大少气。病一岁。①

扬雄创作时搜肠刮肚,表明他在创作中缺少灵感,缺少不吐不快的内在冲动。他体会不到文学创作中将内心情感完美表达出来的兴奋。同时,他每作赋都要有所模拟,也就缺少艺术创新的成就感与喜悦。再者,他后来致力于《太玄》《法言》的写作,更需要理性的思考,而不是感情冲动的抒发。

扬雄文学思想的核心是倡导文学创作必须合乎儒家之道。《法言·吾子》云:

> 或曰:"君子尚辞乎?"曰:"君子事之为尚。事胜辞则伉,辞胜事则赋,事辞称则经。足言足容,德之藻矣。"
> 或曰:"有人焉,自云姓孔,而字仲尼。入其门,升其堂,伏其几,袭其裳,则可谓仲尼乎?"曰:"其文是也,其质非也。""敢问质。"曰:"羊质而虎皮,见草而说,见豺而战,忘其皮之虎矣。"②

即使穿上孔子的衣服,坐在孔子的位置上,缺乏其精神、思想,仍与孔子存在本质的差别。"羊质而虎皮"的比喻十分生动,穿孔子的衣服,开口便显现出思想观点方面的差距。他认为士人著书立说要归本于孔子,归之于儒家经典中的思想观点。这段论述,还涉及文质关系,外表与内在的关系。徒有其文而质不相符,这样的假象是不可取的。这一论述无疑是对当时各种各样以儒学装点门面,而骨子里却不择手段地谋求禄位的士人的批评。同时,在文学思想方面,这一论述也传达出他对文学艺术的形式与内容关系的理解。

扬雄对文学内容的、思想的要求,就是要合于儒家思想的道,而这里所说的道,就是儒家经典所阐述的义理。《法言·吾子》云:

---

① [汉]桓谭:《新论》,第30页。
② 汪荣宝:《法言义疏》,第60、71页。

舍舟航而济乎渎者,末矣,舍五经而济乎道者,末矣。弃常珍而嗜乎异馔者,恶睹其识味也? 委大圣而好乎诸子者,恶睹其识道也?①

本与末、文与质,都要折中于儒家五经。这是当时儒家文学思想的具有代表性的阐述。

在扬雄这样的纯儒看来,那些华美的、赏心悦目的、个人化的文学,都不符合他的观点,他对赋的看法的转变,正是他思想衍变的必然。《文献通考·经籍考》引晁公武《郡斋读书志》曰:"自秦之后,缀文之士有补于世者,称(刘)向与扬雄为最。雄之言,莫不步趋孔、孟;向之言,不皆概诸圣,故议者多谓雄优于向。考其行事,则反是。何哉? 今观其书,盖向虽杂博而自得者多,雄虽精深而自得者少故也。然则向之书可遵而行,殆过于雄矣,学者其可易之哉!"②在肯定扬雄、刘向著述的同时,也指出了扬雄亦步亦趋地追随孔、孟,但"自得者少",即缺乏原创性思想的、文学的阐述。这一评价足可发人深思。

第四节　博学精思 述古鉴今:刘向的文学成就

刘向是汉室宗亲,其父刘德信奉黄老道家学说,有智慧,受到武帝赏识,称之为"千里驹",昭帝初为宗正丞。刘德坚信《老子》"知足"之说,不慕荣利。他的妻子死后,大将军霍光要将女儿许配他为妻。刘德不敢娶,他畏惧霍氏盛满必衰。为此遭谗言,免为庶人,退居山田,不与外界交往。后又登仕途,复为宗正,与霍光等拥立宣帝,以定策之功赐爵封侯。

刘向字子政,本名更生,是刘德的次子。十二岁时,因父亲的地位,在宫中为辇郎。成年后,因修身严谨擢为谏大夫。宣帝招选名儒俊才在自己左右,更生以才华出众,善于文辞,与王褒、张子侨等并列其中,献赋颂数十篇。宣帝又爱好神仙方术之事,恰刘德家有《枕中鸿宝苑秘书》。这是淮南王刘安与其宾客撰写的黄白术秘籍。武帝时,淮南王被诬谋反,刘德治淮南狱得到此书,秘而不宣。书中言神仙驱使鬼物炼金之术,又有邹衍重道延寿的秘方,都是世人无法见到的秘本。刘向自幼读这些书,认为很神奇,于是献给宣帝。宣帝令刘向以秘方炼金,花费甚多却没炼成。宣帝颇为扫兴,于是将刘向下狱,要以铸伪黄金罪处死。刘向的兄长阳城侯刘安民献出自己封国一半,赎刘向罪。宣帝称赞刘向的才能,于是免刘向死罪,命他学习《穀梁春

---

① 汪荣宝:《法言义疏》,第 67 页。
② [元]马端临:《文献通考》,第 1719 页。

秋》。后来，宣帝于石渠阁裁定五经异义，刘向以《穀梁春秋》的学者参与讨论，后又拜为郎，逐步升迁，官至谏大夫。

元帝时，政治斗争几经起伏，外戚、宦官得势，刘向经历大起大落，被免为庶人。刘向感叹朝政败坏，乃著《疾谗》《摘要》《救危》《世颂》等作品，援引古代轶闻事迹，伤悼自己和同僚的遭遇。

当时，大将军王凤专擅国权，兄弟七人皆封为列侯，外戚贵盛。刘向见《尚书·洪范》载箕子为武王陈说五行阴阳休咎征兆，于是，他搜集上古、春秋至秦、汉有关符瑞灾异的记载，梳理人事、灾异、后果之间的关联，编辑整理，推论吉凶祸福，著成《洪范五行传论》上奏。成帝心知刘向精忠，是针对王凤兄弟而著此书，但始终不能夺王氏之权。

刘向目睹朝廷、豪门日益奢淫，而赵皇后、卫婕妤等后宫嫔妃，受宠后无视礼制。于是选取《诗》《书》所载贤妃贞妇，兴国显家值得效法者，或恃色骄蛮至于乱亡者，撰成《列女传》，以诫天子。又采传记行事，著《新序》《说苑》奏之。他还上疏数十篇，阐述历史人物得失，要给人们以启发和借鉴。成帝虽不能尽用，然知其良苦用心，称赞他的作品①。

刘向在成帝面前多次建议增强宗室的势力，以挽救朝廷的衰败，他说："公族者国之枝叶，枝叶落则本根无所庇荫；方今同姓疏远，母党专政，禄去公室，权在外家，非所以强汉宗、卑私门、保守社稷、安固后嗣也。"②刘向常批评宗室，讥刺王氏及在位大臣，其言多痛切，发于至诚。

成帝多次欲用刘向为九卿，都受到王氏家族及丞相、御史的抵制。

刘向为人随和不重威仪，清高乐道，不交接世俗，专积思于经术，昼诵书传，夜观星宿，常通宵达旦地进行研究，他学识渊博，校理群书，见闻宏富且勤于著述。成帝时，刘向等校理天下图书，成为汉代文化、文学领域的一件大事。《汉书·艺文志》云：

> 汉兴，改秦之败，大收篇籍，广开献书之路。迄孝武世，书缺简脱，礼坏乐崩，圣上喟然而称曰："朕甚闵焉！"于是建藏书之策，置写书之官，下及诸子传说，皆充秘府。至成帝时，以书颇散亡，使谒者陈农求遗书于天下。诏光禄大夫刘向校经传诸子诗赋，步兵校尉任宏校兵书，太史令尹咸校数术，侍医李柱国校方技。每一书已，向辄条其篇目，撮其指意，录而奏之。会向卒，哀帝复使向子侍中奉车都尉歆卒父业。歆于是总群

---

① 事见《汉书》，第1957—1958页。
② [汉]班固：《汉书》，第1966页。

书而奏其《七略》。①

刘向著述见于《汉书·艺文志》记载的有《五行传记》十一卷,《稽疑》一篇,《新序》《说苑》《世说》《列女传颂图》等六十七篇,《说老子》四篇,赋三十三篇,《琴颂》一篇。

刘向著述论说有两个鲜明的特点:其一,多引前代历史人物、事件,从中发掘可资借鉴的思想观点,希望统治者能汲取前人的经验教训,改善自己的治国方略;其二,自董仲舒以来,儒家学者多谈灾异,刘向在这方面尤为突出,他多次上疏谈灾变事,以灾示警,分析天子政策的失误,希望天子有所警惕,及时改进。

刘向的论说散文以《条灾异封事》为代表。元帝、成帝时,朝臣间争权夺势、互相倾轧,太傅萧望之受谗言而死,新提拔的周堪及其弟子张猛大获信任。宦官又多次进谗言诋毁他们师生。刘向担心他们再次被谗倾危,乃梳理古今灾异与政治的关系,撰写《条灾异封事》上奏。文中表示"窃见灾异并起,天地失常,征表为国。欲终不言,念忠臣虽在畎亩,犹不忘君,惓惓之义也。况重以骨肉之亲,又加以旧恩未报乎!欲竭愚诚,又恐越职,然惟二恩未报,忠臣之义,一杼愚意,退就农亩,死无所恨。"②天变异常,这样的征兆令他不安,他担忧国家社稷,忧虑君主,一定要向天子上奏。文中论述舜命九官,"济济相让,和之至也。众贤和于朝,则万物和于野"。周文王"杂遝众贤,罔不肃和,崇推让之风,以销分争之讼"。诸侯和于下,天应报于上,以和致和,获得天助。随后,笔锋指向末世,下至幽、厉之际,朝廷不和,争斗怨恨,灾害频生。其文云:

> 是后尹氏世卿而专恣,诸侯背畔而不朝,周室卑微。二百四十二年之间,日食三十六,地震五,山陵崩阤二,彗星三见,夜常星不见,夜中星陨如雨一,火灾十四。长狄入三国,五石陨坠,……七月霜降,草木不死。八月杀菽。大雨雹。雨雪雷霆失序相乘。水、旱、饥、蝝鱼、螟蜂午并起。当是时,祸乱辄应,弑君三十六,亡国五十二,诸侯奔走,不得保其社稷者,不可胜数也。
>
> 今以陛下明知,诚深思天地之心,迹察两观之诛,览"否""泰"之卦,观雨雪之诗,历周、唐之所进以为法,原秦、鲁之所消以为戒,考祥应之

---

① [汉]班固:《汉书》,第1701页。
② 同上书,第1932—1933页。

福,省灾异之祸,以揆当世之变,放远佞邪之党,坏散险诐之聚,杜闭群枉之门,广开众正之路,决断狐疑,分别犹豫,使是非炳然可知,则百异消灭,而众祥并至,太平之基,万世之利也。①

刘向表示,自己之所以这样剖白肺腑,"诚见阴阳不调,不敢不通所闻。窃推《春秋》灾异,以救今事一二"。这篇《条灾异封事》论述周幽王、厉王之际,朝廷不和,互相指摘埋怨,尹氏专横跋扈,诸侯背叛,而朝廷是非不辨、举措失当,刘向认为,这是灾异频繁发生的直接原因,这是上天垂象示警。在一切正确的意见都不能被采纳之时,天地示警,以灾异告诫,作为对天子和执政权臣的约束力,既是当时思想界理性的误区,也是志士仁人的无奈之举。

《论衡·超奇》云:"刘向之切议,以知为本,笔墨之文,将而送之,岂徒雕文饰辞,苟为华叶之言哉? 精诚由中,故其文语感动人深。""书疏文义,夺于肝心,非徒博览者所能造,习熟者所能为也。"②《文心雕龙·才略》云:"刘向之奏议,旨切而调缓。"③这些对刘向疏奏的评价甚为公允。

《说苑》《新序》《列女传》是刘向散文创作的主要成果。这些著作是他辑录经史百家之言而成,所记述的人物从上古传说时代、夏、商、周至于汉代,多以人记言,以事记言,作品睿智明哲、洗练精辟、形象鲜明。

《说苑·君道》云:"楚庄王既服郑伯,败晋师,将军子重三言而不当。庄王归,过申侯之邑。申侯进饭,日中而王不食,申侯请罪,庄王喟然叹曰:'吾闻之,其君贤君也,而又有师者王;其君中君也,而又有师者霸;其君下君也,而群臣又莫若君者亡。今我,下君也,而群臣又莫若不谷,不谷恐亡。且世不绝圣,国不绝贤,天下有贤而我独不得,若吾生者,何以食为!'故战服大国,义从诸侯,戚然忧恐,圣知不在乎身,自惜不肖,思得贤佐,日中忘饭,可谓明君矣。"④然后就庄王谈到君主贤不肖,论述明主有三惧:"一曰处尊位而恐不闻其过;二曰得意而恐骄;三曰闻天下之至言而恐不能行。"⑤作品列举前代君主言行以论述"三惧",意在阐述明主应如何作为。

《说苑·君道》云:"夫天之生人也,盖非以为君也;天之立君也,盖非以为位也。夫为人君,行其私欲而不顾其人,是不承天意,忘其位之所以宜事

---

① [汉]班固:《汉书》,第1936—1946页。
② [汉]王充:《论衡》,第214页。
③ [清]黄叔琳:《增订文心雕龙校注》,第575页。
④ [汉]刘向,赵善诒疏证:《说苑疏证》,上海:华东师范大学出版社,1985年,第15—16页。
⑤ 同上书,第17页。

也。如此者,《春秋》不予能君,而夷、狄之。"①刘向从君主是否秉承天意角度论述为君之道,又引《春秋》对逆行之君的贬斥作论据,然后曰:

> 齐人弑其君,鲁襄公援戈而起曰:"孰臣而敢杀其君乎?"师惧曰:"夫齐君治之不能,任之不肖,纵一人之欲,以虐万夫之性,非所以立君也。其身死,自取之也。今君不爱万夫之命,而伤一人之死,奚其过也?其臣已无道矣,其君亦不足惜也。"②

这是以违反为君之道的事例引出教训,将"纵一人之欲"和"虐万夫之性"对比,说明一个君主不能治国,不能任贤,淫佚无度,又残酷地压迫人民,其死不足惜,其被杀正合于天理民心。在这些论述中表现出刘向对纷乱时局的关切,对社稷危亡的思考。

《说苑·臣术》曰:

> 人臣之术,顺从而复命,无所敢专,义不苟合,位不苟尊,必有益于国,必有补于君,故其身尊而子孙保之。故人臣之行有"六正""六邪",行"六正"则荣,犯"六邪"则辱。夫荣辱者,祸福之门也。③

作者认为,作为大臣立于朝廷,有必须信守的原则,即"六正""六邪",进而展开论述"六正""六邪"的含义与例证。

《说苑·立节》云:"士君子之有勇而果于行者,不以立节行谊而以妄死非名,岂不痛哉!士有杀身以成仁,触害以立义,倚于节理而不议死地,故能身死名流于来世,非有勇断,孰能行之?"④作品盛赞士大夫杀身成仁,触害立义的节操,将"立节行谊"视为士人生死意义之关键。然后又说:

> 王子比干杀身以成其忠,尾生杀身以成其信,伯夷、叔齐杀身以成其廉,此四子者,皆天下之通士也,岂不爱其身哉?以为夫义之不立,名之不著,是士之耻也,故杀身以遂其行。因此观之,卑贱贫穷,非士之耻也。夫士之所耻者,天下举忠而士不与焉,举信而士不与焉,举廉而士不与焉,三者在乎身,名传于后世,与日月并而不息,虽无道之世不能污焉。⑤

---

① [汉]刘向,赵善诒疏证:《说苑疏证》,第33页。
② 同上。
③ 同上书,第37页。
④ 同上书,第83页。
⑤ 同上书,第84页。

这是对士大夫立节行谊的颂歌,是对中国古代士大夫节义精神的经典概括。这些论述,在当时士人、儒者多阿附权贵、谄媚事上、人格卑贱的现实中,具有鲜明的针对性,同时对发扬士人的传统美德具有重要意义。

《列女传》共七卷,分为《母仪传》《贤明传》《仁智传》《贞顺传》《节义传》《辨通传》《孽嬖传》。

《母仪传》记述妇德最高的典范,可视作天下为人妻、为人母之楷模,其中有堪称圣母的王后(虞舜二妃、弃母姜嫄、契母简狄)、周室三母(大姜、大任、大姒);也有身居下层,德照天下的贤德妇女,邹孟轲母以三迁其家而教子,成为贤母典范,齐女傅母以教育卫庄公夫人著称,其文云:

> 傅母者,齐女之傅母也。女为卫庄公夫人,号曰庄姜。姜交好。始往,操行衰惰,有冶容之行,淫泆之心。傅母见其妇道不正,谕之云:"子之家世世尊荣,当为民法则。子之质聪达于事,当为人表式。仪貌壮丽,不可不自修整。衣锦绷裳,饰在舆马,是不贵德也。"乃作诗曰:"硕人其颀,衣锦绷衣,齐侯之子,卫侯之妻,东宫之妹,邢侯之姨,谭公维私。"砥厉女之心以高节,以为人君之子弟,为国君之夫人,尤不可有邪僻之行焉。女遂感而自修。君子善傅母之防未然也。①

庄姜的傅母,是君夫人的侍臣,也是她的老师。傅母能纠正君夫人的过失,令其感而修德,这也是妇女之俊杰。

《孽嬖传》记载的都是惑乱宫廷的女性形象,多为后妃,如夏桀末喜、殷纣妲己、周幽褒姒、卫宣公姜。也有并非后妃,但君主贪其色而政乱身亡。如陈女夏姬是绝色美女,陈灵公与夏姬淫乱,最终身死国灭;齐东郭姜有美色,为齐大夫崔杼的妻子,齐庄公与姜氏淫乱,并公然侮辱崔杼,崔杼遂弑庄公。

刘向在作品中描写这些女性形象有明显的讽喻目的。自成帝时,后宫跋扈,太皇太后、太后干政,外戚争权。皇后、嫔妃多失妇德,赵飞燕姊妹专宠乱政。刘向写这些女性形象就是要为她们树立母仪的榜样,同时,又以不修妇德而骂名千载的反面形象作为皇后、嫔妃的鉴戒。

高似孙《子略》曰:"向以区区宗臣,老于文学,穷经之苦,崛出诸儒。炯炯丹心,在汉社稷,奏篇每上,无言不危。吁!亦非以其遭时遇主者如是欤?先秦古书甫脱烬劫,一入向笔,采撷不遗。至其正纪纲、迪教化、辨邪正、黜异端,以为汉规鉴者,尽在此书,号《说苑》《新序》之旨也。呜乎,向诚忠矣,向

---

① [汉]刘向,[清]王照圆注:《列女传补注》,上海:华东师范大学出版社,2012年,第21页。

之书诚切切矣。"①《文心雕龙·才略》云:"然自卿、渊已前,多俊才而不课学;雄、向已后,颇引书以助文。此取与之大际,其分不可乱者也。"②这些评论都很有见地,也对刘向著述的良苦用心有较深刻的理解。

第五节 班固的文学成就

班氏家族是汉代最有成就的文学世家、史学世家。班彪的史传著述、史学思想都有很高的造诣。他的长子班固是汉代最杰出的文学家、史学家之一,其文学、史学成就永垂史册。次子班超习文,后投笔从戎,以武功著称。女儿班昭以才学显名于当世,并对其兄班固的著述有补写完善之功。

一、家世与经历

班彪字叔皮,扶风安陵人。性情稳重好古,善于文学著述。二十多岁时,战乱不断。当时隗嚣拥兵占据天水,班彪避难投奔隗嚣。

从长安到安定郡城(今宁夏固原),一路向西,所经之地,留下前朝圣贤、名人的遗迹,"野萧条以莽荡,迥千里而无家"③,社会的凋敝令班彪不忍目睹。吊古伤今,感慨良多,于是,他创作了《北征赋》。他的情思随着旅途延伸和思绪而展开,随着现实的变化而激荡。

隗嚣认为天下形势与战国相似,大有诸侯割据之势,他对班彪讲了自己的看法,并提出疑问:"往者周亡,战国并争,天下分裂,数世然后定。意者从横之事复起于今乎?将承运迭兴,在于一人也?愿生试论之。"班彪为他分析天下形势说:"周之废兴,与汉殊异。昔周爵五等,诸侯从政,本根既微,枝叶强大,故其末流有从横之事,势数然也。汉承秦制,改立郡县,主有专己之威,臣无百年之柄。至于成帝,假借外家,哀、平短祚,国嗣三绝,故王氏擅朝,因窃号位。危自上起,伤不及下","方今雄桀带州域者,皆无七国世业之资,而百姓讴吟,思仰汉德,已可知矣"④。班彪指出,即使拥兵占据重镇,也不能像战国诸侯那样独立,汉统治时间已久,人思汉德,渴望统一,分裂不可能长久。班彪不赞成隗嚣的态度,又感到时代动荡、人心淆乱,乃著《王命论》,阐述汉德承尧,有符命启示,都与天命相关,王者兴起,非诈力所致。他启发隗嚣不要怀有野心,隗嚣终不省悟。班彪遂离开天水,避地河西。河西大将军

---

① [宋]高似孙:《史略 子略》,第63页。
② [清]黄叔琳:《增订文心雕龙校注》,第575页。
③ [清]严可均辑:《全后汉文》,北京:商务印书馆,1999年,第228页。
④ [南朝宋]范晔:《后汉书》,第1323页。

窦融请他进入幕府为从事,对他格外尊敬,待以师友之礼。班彪为窦融划策,劝他归于光武帝,据守西河抵御隗嚣,并为窦融草拟章奏。

光武帝平定天下,征召窦融还京师。光武帝很欣赏窦融幕府的章奏,得知都出自班彪手笔,于是召班彪入见,举司隶茂才,拜徐令,后多次应三公征召,在任时间都不长①。

班彪才华出众,又好述作,遂专心史籍之间。司马迁著《史记》,自太初以后,阙而不录,其后多人补写、缀集时事,然多鄙俗,无法和《史记》相比。班彪采集西汉轶闻遗事,作后传数十篇。他又研究西汉史书,发掘史官记述的正误得失,作《史记论》,论述上古至于战国的史官著述:

> 汉兴定天下,太中大夫陆贾记录时功,作《楚汉春秋》九篇。孝武之世,太史令司马迁采《左氏》《国语》,删《世本》《战国策》,据楚、汉列国时事,上自黄帝,下讫获麟,作本纪、世家、列传、书、表凡百三十篇,而十篇缺焉。迁之所记,从汉元至武以绝,则其功也。至于采经摭传,分散百家之事,甚多疏略,不如其本,务欲以多闻广载为功,论议浅而不笃。其论术学,则崇黄、老而薄五经;序货殖,则轻仁义而羞贫穷;道游侠,而贱守节而贵俗功,此其大敝伤道,所以遇极刑之咎也。然善述序事理,辩而不华,质而不野,文质相称,盖良史之才也。诚令迁依五经之法言,同圣人之是非,意亦庶几矣。夫百家之书,犹可法也。若《左氏》《国语》《世本》《战国策》《楚汉春秋》《太史公书》,今之所以知古,后之所由观前,圣人之耳目也。司马迁序帝王则曰《本纪》,公侯传国则曰《世家》,卿士特起则曰《列传》。又进项羽,陈涉而黜淮南、衡山细意委曲,条例不经。若迁之著作,采获古今,贯穿经传,至广博也。一人之精,文重思烦,故其书刊落不尽,尚有盈辞,多不齐一。若序司马相如,举郡县,著其字,至萧、曹、陈平之属,及董仲舒并时之人,不记其字,或县而不郡者,盖不暇也。今此后篇,慎核其事,整齐其文,不为世家,唯纪、传而已。传曰:"杀史见极,平易正直,《春秋》之义也。"②

班彪总论前代史书得失,而重点分析《史记》的写作经验,比较分析《史记》的不足,这是其史学观和文学思想的概括,也是他续写《史记》的基本设想。他批评司马迁"崇黄老而薄五经",乃是以儒家正统思想观点苛责前人,所谓的"轻仁义而羞贫穷""贱守节而贵俗功"等,也是对道义、节操的狭隘理解,

---

① [南朝宋]范晔:《后汉书》,第1324页。
② 同上书,第1325—1327页。

实际上,班氏父子在《汉书》中所表现的人格、道义,远不能与《史记》中的人格美相提并论。他对司马迁的肯定,也为刘知几等人所认同。

建武三十年(54),班彪卒于官,享年五十二岁。所著赋、论、书、记、奏事等九篇。班彪续《史记》,补写昭帝以后传记数十篇,经班固缀集所闻,补充修改,成为《汉书》中的重要部分。

班固是班彪之子,字孟坚。九岁即能撰写文章,诵读诗赋,长大后博贯群书,九流百家之言,无不通晓。所学无常师,不固守章句,着重理解书中大义。班固性格宽和容众,不以才能傲视他人。

班固的《幽通赋》是抒情之辞。《汉书·叙传》称:"弱冠而孤,作《幽通之赋》,以致命遂志。"①表明这是在其父班彪去世不久所作。作品自述班氏为楚之支脉,成帝初,班况之女为婕妤,班氏家族开始荣显。《汉书·成帝纪》载班彪赞曰:"臣之姑充后宫为婕妤,父子昆弟侍帷幄。"②班固在《幽通赋》中自豪地叙述家族这段幸运的历史。作品追述家族遭乱世而不泯的历程,思考如何继承父亲遗志,不辱没先人。他静思冥想,梦与神通,他思考梦中所见,坚信自己的信念与人生选择,"道遐通而不迷",他感叹世事多艰而人之智寡,圣人遇艰难而自拔,大有作为,群黎庶人难免事与愿违,"变化故而相诡兮,孰云豫其终始"。社会、人生变化,幽昧难明,古往今来的人事兴衰、家族成败,接踵继影地出现在他面前。"谟先圣之大繇兮,亦邻德而助信。《虞韶》美而仪凤兮,孔忘味于千载。"他要探究先圣的人生之路,在精神追求方面与德为邻,他钦佩孔子闻《韶》乐,三月不知肉味的精神境界,他要以圣贤为榜样,"复心弘道",他要像民之表率那样,"保身遗名"。这篇赋颇多幽深哲理的思考,文风典雅深邃,语言古奥。

明帝即位,重用宗室东平王刘苍,刘苍"以至戚为骠骑将军辅政,开东阁,延英雄"③。班固欲有所作为,上奏记给刘苍,劝他纳贤,并举荐故司空掾桓梁、京兆祭酒晋冯等六人,称"此六子者,皆有殊行绝才,德隆当世"④。东平王采纳了班固的意见,同时感到班固虽然年少,却很有见识。班固又作《光武受命中兴颂》,明帝很欣赏。这篇作品典雅深奥,不易读,明帝特令校书郎贾逵为之训诂。班固以父亲续《史记》所写传记不够详赡,乃潜精研思,要完成父亲未竟之业。不久,有人告发班固私自编写国史,为此,班固被拘系京兆狱,他所写的书也被收缴。

---

① [汉]班固:《汉书》,第4213页。
② 同上书,第330页。
③ [南朝宋]范晔:《后汉书》,第1330页。
④ 同上书,第1332页。

班超担心兄长在州郡狱中遭遇不测,乃上书朝廷为他辩护,恰好郡里也呈上班固所写的书。明帝很惊奇,遂召班固入京,除兰台令史,命他参与《世祖本纪》即光武帝传记的撰写。书成,班固迁为郎,典校秘书。此后,班固又撰功臣平林、新市、公孙述等人事迹,作列传、载记二十八篇,上奏后,明帝对他的才华给予充分肯定,乃命他继续著书。班固遂采《史记》,广泛搜集、编纂,潜精积思二十余年,至建初年撰写成《汉书》。《汉书》起于高祖,终于王莽被诛,分为本纪、表、志、传四体,共百篇。当世学者都争相阅读,《汉书》获得巨大成功。

班固自为郎后,见当时洛阳营造宫室,浚缮城池,而长安父老还盼望朝廷迁回西京。班固乃上《两都赋》,盛称洛邑制度之美,以此反驳留恋西宾的言论。

章帝喜好文章,班固受到赏识,经常入宫中读书。章帝每行巡狩,都要班固从行,时时献上赋颂;朝廷议论大事,则使班固与公卿辩论,便于天子裁断,为此,给予班固的赏赐恩宠格外优厚。

班固认为父亲和自己的才华、学术过人,职位却仅仅为郎,又有感于东方朔、扬雄解嘲自论的著作,感叹自己不能像苏秦、张仪、范雎等人那样在游说中展示才华,遂作《宾戏》以抒发感慨。后来,章帝聚会群儒,在白虎观讲论五经,班固参与论议,并受命撰辑这次论争,作《白虎通德论》。

班固又创作了《典引》,叙述汉德。他认为司马相如的《封禅文》,夸张而不够典雅,扬雄的《剧秦美新》,较为典雅但却不合事实。他想兼取二者之美创作《典引》。作品赞扬殷、周德业以为铺垫,然后盛赞汉王朝功德伟业,"赫赫圣汉,巍巍唐基","盛哉!皇家帝世,德臣列辟,功君百王,荣镜宇宙,尊无与抗"。歌颂汉家历代君主,更颂美当朝的章帝:"是时,圣上固已垂精游神,包举艺文,屡访群儒,谕咨故老,与之乎斟酌道德之渊源,肴核仁义之林薮,以望元符之臻焉。"①颂扬章帝在精神文化方面的伟业。《典引》是班固"润色鸿业"的代表作。

后来,班固因为母丧去官。永元初,大将军窦宪出征匈奴,召班固入幕府为中护军,参议军事。窦宪征匈奴,登燕然山,刻石勒功,班固作《封燕然山铭》,歌颂窦宪征匈奴之功,"兹可谓一劳而永逸,暂费而永宁也。乃遂封山刊石,昭铭盛德"②。班固这篇作品对窦宪的功绩夸张失实,颇遭诟病。后来窦宪及窦氏家族失败,班固受牵连免官。班固之子与洛阳令种兢有纠纷,种兢以窦宪宾客党羽之名拘捕班固,致使班固死于狱中,时年六十一岁。

---

① [清]严可均辑:《全后汉文》,第257、257、258页。
② 同上书,第253页。

班固还有《拟连珠》,王先谦《后汉书集解》引沈钦韩曰:"《艺文类聚》有固《拟连珠》,《御览》五百九十傅玄叙:'连珠者,兴于汉章帝之世,班固、贾逵、傅毅三子受诏作之。固喻美词壮,文体宏丽,最得其体。'"①

班固所著《典引》《宾戏》《应讥》、诗、赋、铭、诔、颂、书、文、记、论、议、六言,存者共四十一篇。

二、赋颂的文学成就

班固在当时文坛极负盛名。他的史传散文倍受称赞,他的赋也成就极高,有《两都赋》《幽通赋》《竹扇赋》《终南山赋》《窦将军北征颂》《答宾戏》等作品传世。《两都赋》在规模体制、语言运用、艺术构思等方面都富有开创性,成为京都赋的典范,也是汉代辞赋创作的典范。

《两都赋》作于明帝永平九年。前有序言,说明此篇的创作原委和宗旨:一方面是"海内清平,朝廷无事,京师修宫室,浚城隍,起苑囿,以备制度";另一方面则是"西土耆老咸怀怨思,冀上之眷顾"。班固于是作《两都赋》,"以极众人之所眩曜,折以今之法度"②。他把西都与东都的差异,归结为法度的不同,从而赋予作品以较强的理性色彩。

《两都赋》分为《西都赋》和《东都赋》两部分,实为上下篇。作品虚拟"西都宾""东都主人"两个人物,通过他们的谈话构成过渡;两个人物分别代表都雍、都洛两种不同的态度、主张;而在宾主的设定之间,作者的立场已明晰可辨。

《西都赋》重在抒发"怀旧之蓄念""思古之幽情"。通过"西都宾"之口,盛赞长安形胜为中土之最:"三成帝畿",周、秦、汉三代在这里建立帝王基业,认为这是作为国都得天独厚的条件。"西都宾"极言西京无可比拟的物质基础,建设之宏大,郊畿之富饶,坚城深池之固,士女游侠之众。封畿之内,品物繁盛,兼华夏之所有;华阙崇殿,巨丽辉煌,各呈异观;掖庭椒房之尊贵,离宫别苑之壮丽,皆冠于天下。在作者笔下,西京城市、宫殿的壮美别具特色:

> 昭阳特盛,隆乎孝成。屋不呈材,墙不露形。裹以藻绣,络以纶连。隋侯明月,错落其间。金釭衔璧,是为列钱。翡翠火齐,流耀含英。悬黎垂棘,夜光在焉。于是玄墀扣砌,玉阶彤庭。碝磩彩致,琳珉青荧。珊瑚碧树,周阿而生。红罗飒纚,绮组缤纷。精曜华烛,俯仰如神。后宫之

---

① [清]王先谦:《后汉书集解》,北京:中华书局,1984年,第485页。
② 费振刚、胡双宝、宗明华辑校:《全汉赋》,第311页。

号,十有四位。窈窕繁华,更盛迭贵。处乎斯列者,盖以百数。①

在众多的宫室寝殿中,昭阳殿富丽堂皇,达到空前绝后的程度。镶金嵌璧,奇珍异宝遍布殿中。到处流光溢彩、馥郁芬芳。浓墨重彩的描绘,展现了西都的豪华、丰腴,表现出华阙崇殿的壮丽之美。这是以西土耆老为代表的众人所炫耀的,是"国家之遗美"。长安这个得天独厚的古城在周、秦、汉三代受命建都的历史进程中发挥了无可比拟的作用,"西都宾"引以为豪。

从汉赋艺术表现的传统来说,作品中铺张描绘的事物未必是作者所肯定的,有时恰恰是作者所否定的。然而,从《西都赋》对长安热情洋溢的赞美中可以看出,作者对这三代帝京所体现的巨丽之美还是非常欣赏的。只是他对西京的欣赏与肯定,同作品中"西都宾"所代表的西土耆老有所不同。在后者看来,京都只能像长安那样,否则便不配作为都城。这是旧的京都意识。在这旧的意识中,品物繁盛成为唯一标志。班固同"西都宾"及其所代表的西土耆老的分歧也正在于此。

班固的京都意识、京都美理想,集中体现在《东都赋》中。作者借"东都主人"之口,否定了"西都宾"所代表的旧的京都美理想和京都意识。他指出:"西都宾"之所以力主返都长安,就在于他们是秦人,他们不能立足天下审视这一关乎全局的问题,因此带有明显的狭隘性。他进而指出,这些只知秦昭襄王、始皇的建都理由,只知他们的京都之美,并不理解大汉的京都需求与京都之美。他们过分看重河山之固、宫廷奢华、品物繁盛。《两都赋》的宗旨就在于批评旧的京都意识,确立新的京都观。作品的立意在《东都赋》的结尾表述得很充分。他指出,主张定都长安的人"颇识旧典,又徒驰骋乎末流,温故知新已难,而知德者鲜矣"②。他们明于知古而昧于察今,他们孤立地、片面地强调城池、宫廷建设的品物之美,而不知礼乐文明建设对于京都的重要性。赋中"东都主人"以礼乐文明的新的京都观,扬弃"西都宾"所代表的京都意识。这就是序言中所说的"折以今之法度",而这正是《两都赋》宗旨的集中体现。

作品的讽喻对象可分为直接针对者和间接讽喻者两类。直接批评的是以西土耆老为代表的坚持旧京都观的人;间接讽喻的,也是作品最主要的讽喻对象则是天子及其周围的决策群体。作品盛称洛邑制度之美,固然希望天子不要迁返长安,而其深层意图在于通过西京与东京的对比,对当前政治有所规谏。他的京都观具有深刻的内涵。序言云:"朝廷无事,京师修宫室,浚

---

① 费振刚、胡双宝、宗明华辑校:《全汉赋》,第313—314页。
② 同上书,第331页。

城隍,起苑囿,以备制度。"他要用光武帝、明帝在礼乐文明方面所取得的成就,引导决策者沿着这个方向发展,以期在进贤修德,在完善文治方面超越古代圣王。

在《东都赋》中,他着力描绘了洛阳的法度,也就是后汉的制度之美。他盛赞光武帝重造纲纪的赫赫帝功,颂扬他迁都改邑的重要决策。为了与西都的巨丽之美相对比而着力描绘的东都的法度之美,作品充分肯定明帝朝崇盛礼乐、修明法度、巡狩万国、稽考声教所取得的成就。在作者笔下,这是东都区别于西都的主要特点。体现了法度之美的东都在很多重要方面都表现出与西都的差异。在宫室苑囿建设中,它不追求令人登临生畏的崇殿华阙,而是强调宫室光明神丽、"奢不可逾,俭不能侈"的中和之美;它不追求太液池的波涛浩渺、昆明湖的茫茫无涯,而要发萍藻以潜鱼,使池沼得以化育生灵。天子定都洛阳之后的田猎,不是为了"盛娱游之壮观",而是"简车徒以讲武";其间也有浩大的声势、有勇猛的搏杀,但却不是"风毛雨血,洒野蔽天",不是"草木无余,禽兽殄灭",而是"乐不极盘,杀不尽物",要在田猎中体现出礼制、法度,在与西都相同、相近的活动中表现出不同的旨趣。"目中夏而布德",使得武帝所不征、宣帝所不臣的远人,纷纷来朝;会同之期,盛礼兴乐,庆贺承平,"班宪度""昭节俭",布教化于海内,这些成就更是东都法度的效应,前代无法比拟。

在新旧两个都城的比较之中,作者的政治理想、审美情趣,都得到了充分表现。在他看来,京都就应该体现出天子的风范,而天子的风范应当集中地表现在重声教、崇文德、尚礼治的法度之中。

《两都赋》对天子风范的向往和描绘,带有鲜明的理想化色彩。然而这正来自于他对京都和京都生活的认识和感悟,也是他赋予作品的较高的宗旨。这一宗旨与其同时代的杜笃、傅毅等人的有关作品相比,无疑要远胜一筹。

《两都赋》在艺术表现方面吸收了司马相如的成功经验,如上下篇相互对比的结构,主客问答的过渡形式,划分畛域、逐次铺叙的展开过程等。然而,他是在承袭中大力创新的作家。《两都赋》充分表现出班固艺术创新的努力与成效。

以往的赋,对所不赞成的社会现象或事物,常常是极尽铺张描写之能事,而作者的正面主张则在文章结尾处以画龙点睛之笔简括写出。这就是被称为"劝百讽一"的表现原则。在有些作家那里,对一些社会现象或事物进行的铺张描写之中,寄寓了自己并不赞同的态度。然而,其意图深藏不露,表现得过于迂曲隐晦,这样就使作者设定的主观意图与作品的客观效果不相合。

班固则不然。在《两都赋》中，作者一改传统表现方法中"劝"与"讽"篇幅相差悬殊的结构模式，其下篇《东都赋》通篇是讽喻、诱导。作者的主张、见解十分自然地融入对东都各方面事物的陈述中，表现出他的较为进步的京都观。这是他对赋的艺术表现和篇章结构关系处理上的重大突破，也是他推动汉代文学思想发展的可贵贡献。

在展现新旧京都美的不同内涵时，他极尽艺术描绘之能事。在他的笔下，既有大处泼墨、酣畅淋漓的挥洒，也有工笔描摹的精雕细刻。在对宫殿的描写中，着力渲染建章宫崇殿华阙的雄伟、太液池波涛的浩瀚无垠；对于后宫，则将细腻的画笔集中于昭阳殿的粉墙、玉阶的装饰，椒房内珍宝异物的陈列。作品的风格同其所描写的内容契合无间，《西都赋》汪洋恣肆，气势和华彩充溢其间；《东都赋》则以平正典实见长，法度风范随处可见。作品中大量运用对偶句式，增强了文学语言的表现力，使作品大大增色。

三、《汉书》的文学成就

《汉书》是班固最重要的史学成果和传记散文成果。

班固改《史记》之通史，撰写西汉断代史，起于高祖，终于王莽伏诛。在体例方面，设纪、表、志、传四体，去掉《史记》中世家一体，又改《史记》中八书为十志。武帝以前的历史多取自《史记》而有所订正、增补，武帝以后的历史多取扬雄、刘向、班彪等人著述，经修改、补充、重新撰写，积二十余年，仅八表及《天文志》未成，后由其妹班昭及马续写成。班固《汉书》共一百篇。这是纪传体断代史的开创之作，也是历代官修史书的典范。

班固《汉书》对武帝以前的历史虽多取《史记》的记述，但也有自己的思考，并作补充，如《贾谊传》补写了贾谊对当时政治的分析，引述其《陈政事疏》，完整真实地再现贾谊作为汉初政治家的形象。

《汉书·司马迁传》赞曰："自刘向、扬雄博极群书，皆称迁有良史之材，服其善序事理，辨而不华，质而不俚，其文直，其事核，不虚美，不隐恶，故谓之实录。"①这既是班固对司马迁的肯定，也表现出班固对《史记》的借鉴。班固《汉书》效法《史记》"实录"精神，以"不虚美，不隐恶"的态度记述汉代历史，揭示出西汉后期王朝衰落的症结所在。

班固《汉书》也继承《春秋》《史记》为"尊者讳"的做法，但又委婉地记述了这段历史事实。《成帝纪》为"尊者讳"尤多。这篇传记多记灾异、诏书、封赏等事，而传主作为一代君主，他注重仪容，行动持重，却徒有其表。班固在

---

① [汉]班固：《汉书》，第2738页。

《汉书》其他传记中记述了他"湛于酒色",赵飞燕姐妹专宠十余年,以致后宫发生很多血腥、残忍的事件;而在治国方面,他不理朝政,外戚干政,失去为君之道。

在《外戚传》中,班固记述了司隶解光的奏章,考据精审,证据确凿,讲述了许美人及中宫史曹宫为成帝生子,而后母子被害的残酷事实:

> 昭仪谓成帝曰:"常诒我言从中宫来,即从中宫来,许美人儿何从生中?许氏竟当复立邪!"怼,以手自捣,以头击壁户柱,从床上自投地,啼泣不肯食,曰:"今当安置我,欲归耳!"帝曰:"今故告之,反怒为!殊不可晓也。"帝亦不食。昭仪曰:"陛下自知是,不食为何?陛下常自言'约不负女',今美人有子,竟负约,谓何?"帝曰:"约以赵氏,故不立许氏。使天下无出赵氏上者,毋忧也!"后诏使严持绿囊书予许美人,告严曰:"美人当有以予女,受来,置饰室中廉南。"美人以苇箧一合盛所生儿,缄封,及绿囊报书予严。严持箧书,置饰室帘南去。帝与昭仪坐,使客子解箧缄。未已,帝使客子、偏、兼皆出,自闭户,独与昭仪在。须臾开户,呼客子、偏、兼,使缄封箧及绿绨方底,推置屏风东。恭受诏,持箧方底予武,皆封以御史中丞印,曰:"告武:箧中有死儿,埋屏处,勿令人知。"武穿狱楼垣下为坎,埋其中。①

通过宫女亲见、亲闻,每件事,每个环节都以直接当事人的讲述为据,环环相扣,铁证如山。成帝与赵昭仪的残忍令人发指,赵昭仪美丽躯体内是蛇蝎心肠,而成帝杀死自己儿子,更是灭绝人伦的行为。

班固在《元后传》中记述元帝王皇后自为皇太后把持朝政,由孝元后历汉四世为天下母,飨国六十余载,群弟世权,更持国柄,其兄弟王凤、王根,到其侄王莽,其家族家凡十侯,五大司马,终于废汉自立。《元后传》的宗旨就是要揭示在王太后干政的五十多年间,如何扶持王氏家族势力、削弱皇权,致使汉王朝走向灭亡。

《元后传》中元后本人事迹不多见,而详载其兄弟王凤到王莽五大司马掌权的经历,故这篇作品记史较详,文学形象较为单薄。但作品记述元后暮年,王莽废汉自立形势已成之时的几个情节,具有极大的文学讽刺意味。

王莽以符命自立为真皇帝,先奉诸符瑞以白太后,太后大惊。当时,汉传国玺在太后长乐宫。王莽命人请玺。太后怒骂之曰:"而属父子宗族蒙汉家

---

① [汉]班固:《汉书》,第3993—3994页。

力,富贵累世,既无以报,受人孤寄,乘便利时,夺取其国,不复顾恩义。人如此者,狗猪不食其余,天下岂有而兄弟邪!"且曰:"我汉家老寡妇,旦暮且死,欲与此玺俱葬,终不可得!"①王莽即位后,也要改正朔,易服色,"莽更汉家黑貂,著黄貂,又改汉正朔伏腊日。太后令其官属黑貂,至汉家正腊日,独与其左右相对饮酒食"②。太后一步步控制、夺取汉家政权,交到王氏家族手中有权,她也接受了"新室文母太皇太后"③的尊号,同时,还要以"汉家老寡妇"的身份与汉传国玺共存亡,还要穿汉家风尚的黑貂,过汉家的节日。这些描写具有很强的文学性,它展示出一个利欲熏心、舍本逐末,却又刚愎自用的太后形象。

班固以儒家思想衡量人和事,肯定严格修身的道德之士。《霍光传》云:

> 光为人沉静详审,长财七尺三寸,白皙,疏眉目,美须髯。每出入下殿门,止进有常处,郎、仆射窃识视之,不失尺寸。其资性端正如此。初辅幼主,政自己出,天下想闻其风采。殿中尝有怪,一夜群臣相惊,光召尚符玺郎,郎不肯授光。光欲夺之,郎按剑曰:"臣头可得,玺不可得也!"光甚谊之。明日,诏增此郎秩二等。众庶莫不多光。④

作品以两件小事描写霍光的人品。第一件事是从诸郎、仆射等下级官吏眼中看他的行为举止,从进退容止的描写中,处处显示他自律很严,遵守礼仪规范。而这正是他能得到武帝信任的主要原因。"其资性端正如此",这既是诸郎、仆射的感受,也是班固借同僚之口所作的评价。第二件事,霍光为辅政大臣,权倾朝野,众人无不俯首听命,然而,尚符玺郎不听霍光命令,以死捍卫传国玺,霍光并未因尚符玺郎抗拒自己命令而打击报复,反而给予二级秩禄奖赏。这使群臣看到他处事公正,以汉家社稷为重,足令朝野敬佩的辅政大臣。这样的描写表明武帝知人善任,同时,霍光不仅凭借武帝遗诏掌权,也是以自己的人格建立威望。

金日磾之母教诲两子甚有法度,受到武帝赞赏。金母病死后,武帝命人为她画像陈列在甘泉宫,画像题名"休屠王阏氏",给后宫嫔妃树立榜样。金日磾每见画常拜,在画像前涕泣。日磾有两个儿子,都深受武帝宠爱,为武帝弄儿,常在武帝身边。弄儿有时从身后抱武帝脖子,日磾在前,见他行动轻率

---

① [汉]班固:《汉书》,第4032页。
② 同上书,第4035页。
③ 同上书,第4033页。
④ 同上书,第2933—2934页。

而怒视他。吓得弄儿边跑边哭。后弄儿长大,在宫中嬉戏已成习惯,在殿下与宫人戏耍,恰被日䃅看见,斥责他淫乱,更怕给自己家族招致灭门之祸,遂杀弄儿。武帝听说后大怒,日䃅叩头谢罪,陈诉杀弄儿的原因。武帝也很难过,同时,也敬佩金日䃅①。

霍光和金日䃅都是班固笔下持身守法度的人物。但作品写到两个家族命运迥异,霍光强盛之时,不能以法度治家,他的妻、子、侄、婿等多不法之行,去世仅三年,霍家被抄斩,与霍氏相连坐诛灭者数千家。金日䃅持身严谨,以笃敬侍奉君主,忠信显著,传国后嗣,世世以忠孝闻名,七世内侍,得到君主的信任。这正与霍光不得善终形成鲜明的对照。

班固称赞资性端正的人,即使他们未必有辉煌的业绩,也因其人格操守而载于《汉书》中。

《冯奉世传》记述冯奉世家族的事迹,冯奉世多次率兵安定西域诸国,为折冲宿将,有突出功劳,载誉史册。冯奉世长女为元帝昭仪,冯奉世的几个儿子也仕途顺畅,各有不同业绩。冯参以重操守,严格自律著称,平时好修饰容仪,进退有法度。当时,王太后干政,王凤掌权,王氏家族五人封侯,但冯参素以威严著称,王氏五侯也敬畏他。丞相翟方进敬重冯参,多次劝他卑躬屈节地同五侯交往。但冯参终不改其一贯操守,对五侯不屑一顾。哀帝即位,帝祖母傅太后陷害冯参姐姐,令其自杀,冯参受牵连下狱而死。《冯奉世传》论赞独对冯参的人格、遭遇发表评论:

> 《诗》称"抑抑威仪,惟德之隅"。宜乡侯参鞠躬履方,择地而行,可谓淑人君子,然卒死于非罪,不能自免,哀哉!谗邪交乱,贞良被害,自古而然。故伯奇放流,孟子宫刑,申生雉经,屈原赴湘,《小弁》之诗作,《离骚》之辞兴。经曰:"心之忧矣,涕既陨之。"冯参姊弟,亦云悲矣!②

《冯奉世传》载奉世及其子弟事迹,而篇末独论冯参鞠躬履方而遭不幸,这正是班固审美取向的表现。

汉代建立起稳固的中央帝国,同以往周代诸侯分立的国家有本质的差别,而爱国精神和大汉民族气节也成为中国民族精神的核心。班固在《汉书》中标榜这种前所未有的爱国情怀与民族精神。他笔下的苏武就是这一精神的典型。

《汉书·李广苏建传》以细致的笔墨刻画苏武凛然不可侵犯的爱国精神

---

① 参见《汉书》,第2960页。
② 同上书,第3308页。

和民族气节:

> 单于使卫律治其事。张胜闻之,恐前语发,以状语武。武曰:"事如此,此必及我。见犯乃死,重负国。"欲自杀,胜、惠共止之。虞常果引张胜。单于怒,召诸贵人议,欲杀汉使者。左伊秩訾曰:"即谋单于,何以复加? 宜皆降之。"单于使卫律召武受辞,武谓惠等:"屈节辱命,虽生,何面目以归汉!"引佩刀自刺。卫律惊,自抱持武,驰召医,凿地为坎,置煴火,覆武其上,蹈其背以出血。武气绝半日,复息。惠等哭,舆归营。单于壮其节,朝夕遣人候问武,而收系张胜。①

苏武作为汉王朝使臣临危不惧,以生命维护国家、民族的尊严,赢得了异族的钦佩敬重。

> 单于愈益欲降之。乃幽武,置大窖中,绝不饮食;天雨雪,武卧啮雪与旃毛,并咽之,数日不死。匈奴以为神。乃徙武北海上无人处,使牧羝,羝乳,乃得归。别其官属常惠等,各置他所。武既至海上,廪食不至,掘野鼠去草实而食之。杖汉节牧羊,卧起操持,节旄尽落。积五六年,单于弟於靬王弋射海上,武能网纺缴,檠弓弩,於靬王爱之,给其衣食。三岁余,王病,赐武马畜、服匿、穹庐。王死后,人众徙去。其冬,丁令盗武牛羊,武复穷厄。②

苏武是第一个充分表现出爱国精神和气节的民族英雄,他杖节牧羊,受尽饥寒,威胁利诱,毫不动摇,陷匈奴十九年,大义凛然,高扬中华民族的气节和爱国精神。昭帝始元六年(前81)春苏武返回至京师。诏苏武奉一太守拜谒武帝园庙,拜为典属国,宣帝甘露三年(前51),朝野为表彰他的民族气节和爱国精神,画苏武于麒麟阁,永为世人瞻仰,也为大臣树立光辉的榜样。《汉书》中的苏武是班固笔下最成功的文学形象之一。

刘向是深受班固称赞的汉代文人,也是班固倾注热情描写的文学形象。《汉书·楚元王传》描绘出刘向博辩守礼、关心国家社稷安危的杰出学者和思想家形象。

成帝时,大将军王凤倚仗太后,专擅国权,兄弟七人封为列侯。刘向身为光禄大夫,无法直接批评太后与王凤,便借灾异论时事。成帝为自己建造陵

---

① [汉]班固:《汉书》,第2461页。
② 同上书,第2462—2463页。

墓,数年不成,制度泰奢。刘向上疏,引用前代三代圣君、汉文帝、孔子、季札等人对墓葬的态度为榜样,指出"德弥厚者葬弥薄,知愈深者葬愈微。无德寡知,其葬愈厚,丘陇弥高,宫庙甚丽,发掘必速"①。他告诫成帝,那些建造奢华陵墓的,都很快被盗墓,应该修德薄葬。成帝宠爱赵飞燕姐妹,奢侈淫逸无度,刘向撰《列女传》,采《诗》《书》所载贤妃贞妇事迹以及骄奢淫逸导致乱亡的事例,告诫统治阶级。

刘向见王氏操纵朝政,预见到外家日盛,必危刘氏江山,遂上封事进谏。他在上疏中列举战国之初,晋被六卿分割,齐被田氏取代等历史教训,尖锐地指出:"人君莫不欲安,然而常危;莫不欲存,然而常亡,失御臣之术也。夫大臣操权柄,持国政,未有不为害者也。"②随即,他旗帜鲜明地批评太后干政及王氏擅权的严重性:

> 今王氏一姓乘朱轮华毂者二十三人,青紫貂蝉充盈幄内,鱼鳞左右。大将军秉事用权,五侯骄奢僭盛,并作威福,击断自恣,行污而寄治,身私而托公,依东宫之尊,假甥舅之亲,以为威重。尚书、九卿、州牧、郡守皆出其门,管执枢机,朋党比周。称誉者登进,忤恨者诛伤;游谈者助之说,执政者为之言。排挤宗室,孤弱公族,其有智能者,尤非毁而不进。远绝宗室之任,不令得给事朝省,恐其与己分权;数称燕王、盖主以疑上心,避讳吕、霍而弗肯称。内有管、蔡之萌,外假周公之论,兄弟据重,宗族磐互。历上古至秦、汉,外戚僭贵未有如王氏者也。③

刘向又提出逐步改变权力格局的方案。书奏,成帝召见刘向,叹息曰:"君且休矣,吾将思之。"④成帝为刘向的忠心所感动,也知道政治危机的严重,但他性格软弱,缺少政治手段和谋略,无法改变恶性发展趋势。尽管如此,作品中描写的刘向形象却是成功的。

《汉书》中也有一些篇幅较短的传记,从一个角度或一个事件表现人物的特殊言行、品德乃至精神追求。《杨胡朱梅云传》中的杨王孙传就是一篇短小却并不单薄的传记。

杨王孙是武帝时人,信奉黄、老道家学说。他家业殷实,注重养生之道。后患病将死,叮嘱其子,自己死后,要以布囊盛尸"裸葬"。其子感到父命难

---

① [汉]班固:《汉书》,第 1955 页。
② 同上书,第 1958 页。
③ 同上书,第 1960 页。
④ 同上书,第 1963 页。

以执行，又无法反对，遂求助于父亲的老友祁侯。祁侯致书劝说杨王孙放弃"裸葬"的念头，并且说，死者"若其有知，是戮尸地下，将裸见先人，窃为王孙不取也"。于是，杨王孙回信申明自己"裸葬"的理由：

> 盖闻古之圣王，缘人情不忍其亲，故为制礼。今则越之，吾是以裸葬，将以矫世也。夫厚葬诚亡益于死者，而俗人竞以相高，靡财单币，腐之地下。或乃今日入而明日发，此真与暴骸于中野何异！且夫死者，终生之化，而物之归者也。归者得至，化者得变，是物各反其真也。反真冥冥，亡形亡声，乃合道情。夫饰外以华众，厚葬以隔真，使归者不得至，化者不得变，是使物各失其所也。且吾闻之，精神者天之有也，形骸者地之有也。精神离形，各归其真，故谓之鬼，鬼之为言归也。其尸块然独处，岂有知哉？裹以币帛，鬲以棺椁，支体络束，口含玉石，欲化不得，郁为枯腊，千载之后，棺椁朽腐，乃得归土，就其真宅。①

作品以"裸葬"为中心，在对"裸葬"理由的阐述中，赞美杨王孙与世俗风气抗争，反对靡财厚葬的勇气。杨王孙将死看作生之化，看作归真，躬行道家思想，这虽与班固的思想有较大距离，但他对杨王孙超然物外的生死观和行动，还是给予赞扬。

班固《汉书》善于在传记篇末另写"赞曰"，以阐明自己的史学观与人生感悟。班固的论赞往往有助于揭示全文宗旨的作用。试比较《汉书》与《史记》同一人物传记后的论赞，便可看出差异。

《史记·孝文本纪》篇末太史公曰：

> 孔子言："必世然后仁。善人之治国百年，亦可以胜残去杀。"诚哉是言！汉兴，至孝文四十有余载，德至盛也。廪廪乡改正服封禅矣，谦让未成于今。呜呼，岂不仁哉！②

班固《汉书·文帝纪》赞曰：

> 孝文皇帝即位二十三年，宫室、苑囿、车骑、服御无所增益。有不便，辄弛以利民。尝欲作露台，召匠计之，直百金。上曰："百金，中人十家之产也。吾奉先帝宫室，常恐羞之，何以台为！"身衣弋绨，所幸慎夫人

---

① [汉]班固：《汉书》，第2908页。
② [汉]司马迁：《史记》，第437—438页。

衣不曳地,帷帐无文绣,以示敦朴,为天下先。治霸陵,皆瓦器,不得以金、银、铜、锡为饰,因其山,不起坟。南越尉佗自立为帝,召贵佗兄弟,以德怀之,佗遂称臣。与匈奴结和亲,后而背约入盗,令边备守,不发兵深入,恐烦百姓。吴王诈病不朝,赐以几杖。群臣袁盎等谏说虽切,常假借纳用焉。张武等受赂金钱,觉,更加赏赐,以愧其心。专务以德化民,是以海内殷富,兴于礼义,断狱数百,几致刑措。呜呼,仁哉!①

司马迁肯定文帝之德,文帝对贾谊提出"改正朔"等建议,感到有价值,却暂不施行,司马迁也视为谦恭,而归之于文帝之仁。班固赞扬文帝之仁,从文帝"以德化民"、宫殿建设、后宫宠妃服饰、陵墓陪葬、对诸侯与大臣的安抚等方面,赞美文帝作为仁德之君的形象,给读者以全面的鲜明的印象。

《史通·论赞》云:"孟坚辞惟温雅,理多惬当。其尤美者,有典诰之风,翩翩奕奕,良可咏也。"②对《汉书》论赞的意义和文风给予恰当的评价。《文心雕龙·史传》又云:"班固述汉,因循前业,观司马迁之辞,思实过半。其十志该富,赞序弘丽,儒雅彬彬,信有遗味。"③这里对班固传记文学置而不论,对论赞和十志则赞誉有加。

《后汉书·班彪传》评论《汉书》叙事艺术说:"若固之序事,不激诡,不抑抗,赡而不秽,详而有体,使读之者亹亹而不厌,信哉其能成名也。"④这一评价较为公允。《汉书》叙事严谨,篇章布局,语言运用等方面都有独特成就。因此,其成为后世官修史书的典范,与《史记》同样作为传记文学与纪传体史书的杰作,影响后世。

---

① [汉]班固:《汉书》,第134—135页。
② [唐]刘知几撰,[清]浦起龙释:《史通通释》,上海:上海古籍出版社,1978年,第82页。
③ [清]黄叔琳:《增订文心雕龙校注》,第206页。
④ [南朝宋]范晔:《后汉书》,第1386页。

第四章 汉家文化重构与文学走向

和帝刘肇年仅十岁即位,从此至汉末,汉代文学进入震荡期。这一时期,主弱臣强,主荒政缪,宦官、外戚争权,纪纲松弛,宫廷争斗倾轧不断,门阀竞起,体制崩坏。这一历史时期,汉家主流文化失去权威性,失去制衡人们思想的能力,古文经学对谶纬谬说和今文经学的批判,表明主流文化的分裂与重构,儒家内部不同派别冲突加剧。统治者以日趋僵化的主流文化钳制思想、学术,以暴力残害士人。宦官、外戚掌控王朝命运,排挤、打击正义之士。士大夫也以同宦官交往为耻辱。于是,士大夫弘扬正义、追求气节、操守,激昂慷慨,议论朝政,品核公卿,对社稷民生的关怀,对衰败、堕落体制的抗争,超越个体生命的价值。此时的文学表现出审美取向的转变、生命意识的升华、人文精神的高举,伴随激切慷慨的风貌,士人对独立性与气节的追求充分表现在文学创作中。

第一节 主流文化的裂变与重构

这一时期,朝政日败,主流文化紊乱、裂变,造成文人作家思想震荡,终于导致汉家政权的瓦解。

一、主弱政缪、术数迭兴

东汉中期以后,皇帝多英年早逝,幼主君临天下:和帝十岁即位,顺帝十一岁即位,冲帝两岁即位,质帝八岁即位,桓帝十五岁即位,灵帝十三岁即位,献帝九岁即位。他们年幼无知,不懂政事,仅以血统高贵,登上皇帝宝座。历史上,周成王、汉昭帝虽年幼即位,但赖有周公、霍光这样的大臣摄政,国家机器可以正常运转,甚至于能造就辉煌。东汉的幼主们却没有这样幸运。他们仅凭出生于帝王家的血统,不可能掌握权柄。于是,只能受制于外戚、宦官,成为政治傀儡,给外戚、宦官干政、乱政以可乘之机。

外戚擅权是东汉王朝的普遍现象。《后汉书·皇后纪》云:"自古虽主幼时艰,王家多衅,必委成冢宰,简求忠贤,未有专任妇人,断割重器。唯秦芈太后始摄政事,故穰侯权重于昭王,家富于嬴国。汉仍其谬,知患莫改。东京皇统屡绝,权归女主,外立者四帝,临朝者六后,莫不定策帷帟,委事父兄,贪孩童以久其政,抑明贤以专其威。任重道悠,利深祸速。身犯雾露于云台之上,家婴缧绁于圄犴之下。湮灭连踵,倾辀继路。"①

褚少孙补《史记·外戚世家》引武帝语曰:"往古国家所以乱也,由主少母壮也。女主独居骄蹇,淫乱自恣,莫能禁也。女不闻吕后邪?"②武帝是从吕后干政引出的教训。而东汉"主少母壮"的情况更为严重。东汉政坛混乱的根源正在于此。天子幼弱,太后干政,于是排斥大臣,起用自己的兄弟。太后主政于宫内,外戚专权于朝堂,结党营私,打击贤良。《后汉书》深刻地揭示了外戚擅权的乱象,并对其"湮灭连踵,倾辀继路"的亡国后果进行了深刻的揭露。

王夫之《读通鉴论》曰:"汉之将亡也,天子之废立,操于宫闱,外戚宦寺,迭相争胜,孙程废而梁氏兴,梁冀诛而单超起,汉安得有天子哉!"③东汉后期,外戚专权莫甚于梁翼。质帝年幼聪慧,知道梁冀专横,曾在群臣面前说他是"跋扈将军",梁冀听到后非常痛恨,即将他鸩死而立桓帝。此后,梁冀专权达到了登峰造极的地步。"元嘉元年,帝以冀有援立之功,欲崇殊典,乃大会公卿,共议其礼。于是有司奏冀入朝不趋,剑履上殿,谒赞不名,礼仪比萧何;悉以定陶、成阳余户增封为四县,比邓禹;赏赐金钱、奴婢、采帛、车马、衣服、甲第,比霍光;以殊元勋。每朝会,与三公绝席。十日一入,平尚书事。宣布天下,为万世法。冀犹以所奏礼薄,意不悦。专擅威柄,凶恣日积,机事大小,莫不咨决之。宫卫近侍,并所亲树,禁省起居,纤微必知。百官迁召,皆先到冀门笺檄谢恩,然后敢诣尚书。"④梁冀作为外戚,既有后宫的支持,又有权柄在手,飞扬跋扈至于无以复加。他享有萧何、邓禹、霍光等人所有的荣耀、待遇却并不满足,朝廷大小事都要过问,都要由己决定;宫廷侍卫都要用自己的亲信、耳目;天子的一举一动都要探知。君臣之礼,朝廷纲纪,在他心中荡然无存,又怎能把年幼的天子放在眼里。

除了外戚擅权,宦官也时时窥测皇权,把持朝政,他们培植党羽,控制君主,甚至图谋不轨,成为东汉中后期政坛存在的另一个严重问题。《后汉书·宦者列传》云:

刑余之丑,理谢全生,声荣无辉于门阀,肌肤莫传于来体,推情未鉴

---

① [南朝宋]范晔:《后汉书》,第400—401页。
② [汉]司马迁:《史记》,第1986页。
③ [清]王夫之:《读通鉴论》,北京:中华书局,1975年,第567页。
④ [南朝宋]范晔:《后汉书》,第1183页。

其敝,即事易以取信,加渐染朝事,颇识典物,故少主凭谨旧之庸,女君资出内之命,顾访无猜惮之心,恩狎有可悦之色。亦有忠厚平端,怀术纠邪;或敏才给对,饰巧乱实;或借誉贞良,先时荐誉。非直苟恣凶德,止于暴横而已。然莫邪并行,情貌相越,故能回惑昏幼,迷瞽视听,盖亦有其理焉。诈利既滋,朋徒日广,直臣抗议,必漏先言之间,至戚发愤,方启专夺之隙,斯忠贤所以智屈,社稷故其为墟。

手握王爵,口含天宪,非复披廷永巷之职,闺牖房闼之任也。其后孙程定立顺之功,曹腾参建桓之策,续以五侯合谋,梁冀受钺,迹因公正,恩固主心,故中外服从,上下屏气。或称伊、霍之勋,无谢于往载;或谓良、平之画,复兴于当今。虽时有忠公,而竟见排斥。举动回山海,呼吸变霜露。阿旨曲求,则光宠三族;直情忤意,则参夷五宗。汉之纲纪大乱矣。①

女主的亲信多用自己兄弟,兼用宦官。而幼主长期幽居宫禁,所信任的唯有宦官。于是,一代又一代少主即位、亲政,即成为宦官荣显、干政的契机。一些宦官竟然参与废立君主的大事,邀功擅权。

这些宦官一方面穷奢极侈、聚敛财富,另一方面,也是更为严重的是结党营私、把持朝政、左右天子。"构害明贤,专树党类。其有更相援引,希附权强者,皆腐身熏子,以自炫达。……虽忠良怀愤,时或奋发,而言出祸从,旋见孥戮。因复大考钩党,转相诬染。凡称善士,莫不离被灾毒。"②他们掌控少主,却不能堂堂正正地将自己的主张付诸实施,便只能培植党羽,迫害仗义执言之士,甚至谋害大臣。外戚干政与宦官乱政加剧了统治集团内部的矛盾,使东汉帝国的礼制日益松动,朝纲日陵。皇权弱化,皇帝威仪丧失,外戚与宦官对君臣之礼的藐视乃至僭越,从根本上动摇了礼制的社会基础,加剧了东汉王朝统治的危机。

幼主长大后,因权在外戚、宦官手中,自己无法主持朝政,于是骄奢佚乐、纵情声色犬马。《后汉书·皇后纪》云:"(桓)帝多内幸,博采宫女至五六千人,及驱役从使,复兼倍于此。"③灵帝之时尤甚,据《后汉书·孝灵帝纪》载,"是岁,帝作列肆于后宫,使诸采女贩卖,更相盗窃争斗。帝著商估服,饮宴为乐。又于西园弄狗,著进贤冠,带绶。又驾四驴,帝躬自操辔,驱驰周旋,京师

---

① [南朝宋]范晔:《后汉书》,第2537—2538、2509—2510页。
② 同上书,第2510页。
③ 同上书,第445页。

转相放效"①。《后汉书·五行志》云:"熹平中,省内冠狗带绶,以为笑乐。有一狗突出,走入司徒府门,或见之者,莫不惊怪。京房《易传》曰:'君不正,臣欲篡,厥妖狗冠出。'后灵帝宠用便嬖子弟,永乐宾客、鸿都群小,传相汲引,公卿牧守,比肩是也。又遣御史于西邸卖官,关内侯顾五百万者,赐与金紫。""灵帝数游戏于西园中,令后宫采女为客舍主人,身为商贾服。行至舍,采女下酒食,因共饮食以为戏乐。"②天子骄奢淫逸,将王朝政治当作儿戏。

  汉代主流思想主张进德修身,多取法于周代礼乐文明。不论西汉还是东汉,想要有所作为的君主,都努力整肃朝纲,建设与维护政治文化制度,包括对后宫生活娱乐的约束。东汉前期在文化建设方面的努力与成效也是明显的。班固在《两都赋》中盛赞东京的制度之美,固然带有理想主义色彩,但也有一定的事实依据。东汉中期以后的君主多幼年即位,朝臣忙于争权夺利,并不引导、辅佐他们,使之成为圣主贤君。相反,醉心于声色犬马的君主,才更有利于他们窃取权柄,维护、发展自己的实力。而像桓帝、灵帝这样的君主,缺少基本的政治素养,弃天下、宗庙于不顾,恣意放诞,贪图口腹耳目之欲,游戏人生,游戏政治,竟然到了无所顾忌的程度。进贤冠乃正直的校尉所戴,又是儒者之服饰③,灵帝竟然将此冠戴在狗头上,这样的游戏,无异于对朝廷制度与群臣的蔑视与戏耍。这样的君主怎能得到臣民的拥戴?

  起初,灵帝好学,自作《皇羲篇》五十章,颇为自负,召有才华、善于为文作赋的人在身边。于是,一些舞文弄墨、书写工稳、擅长篆书者都互相引荐,遂至数十人。侍中祭酒乐松、贾护,多推荐品行不端、趋炎附势之徒,聚集鸿都门下。他们平时喜欢谈论各地习俗、闾里小事,灵帝很高兴,授予他们不同的官职。蔡邕上封事言曰:

> 古者取士,必使诸侯岁贡。孝武之时,郡举孝廉,又有贤良、文学之选,于是名臣辈出,文武并兴。汉之得人,数路而已。夫书画辞赋,才之小者,匡国理政,未有其能。陛下即位之初,先涉经术,听政余日,观省篇章,聊以游意,当代博弈,非以教化取士之本。而诸生竞利,作者鼎沸。其高者颇引经训风喻之言;下则连偶俗语,有类俳优;或窃成文,虚冒名氏。臣每受诏于盛化门,差次录第,其未及者,亦复随辈皆见拜擢。既加之恩,难复收改,但守奉禄,于义已弘,不可复使理人及仕州郡。昔孝宣会诸儒于石渠,章帝集学士于白虎,通经释义,其事优大,文武之道,所宜

---

① [南朝宋]范晔:《后汉书》,第346页。
② 同上书,第3272—3273页。
③ 同上书,第3666页。

从之。若乃小能小善,虽有可观,孔子以为"致远则泥",君子故当志其大者。①

蔡邕希望灵帝能学习武帝、宣帝进贤取士,任用通经之士。他指出,这些待制鸿都门下的人,只有小技艺,趣味低俗,甚至品行不端,是缺少治国能力的人,不应交给他们治理百姓或担任地方官吏这样的重任。然而,灵帝非但不采纳他的进谏,反而在这方面做得更甚。《后汉书·崔骃列传》载,灵帝又开鸿都门榜卖官爵,公卿州郡等官位各有标价。家资豪富者缴钱即可买到官职,贫穷者可以赊账,到官后以贪污聚敛的钱还账。段颎、樊陵、张温等买官而后登公位。崔烈通过傅母缴钱五百万,得为司徒。到拜官日,灵帝亲临现场,群臣百僚齐聚,灵帝对亲幸者曰:"悔不小靳,可至千万。"②他竟后悔标价低了。

鸿都门学成为天子培养亲信的场所。鸿都门诸生受到天子特殊关照,灵帝敕令州郡或三公从他们中选拔人才,委以重任。鸿都门诸生有出为刺史、太守,入为尚书、侍中者,甚至有的还封侯赐爵、荣登显位。鸿都门学又为梁松、江览等三十二亲信画像,将其与孔子及七十二弟子像并列,颠覆主流文化,无视历来任用贤士的传统。尽管鸿都门诸生仕途显赫,却为正人君子所不齿。士林颓风令有识之士痛心,更令士大夫痛心的则在于君主的荒诞。

蔡邕上封事直接批评这类倾向,并批评皇帝的做法"非以教化取士之本"。斥责学子、士人,"而诸生竞利,作者鼎沸。其高者颇引经训风喻之言;下则连偶俗语,有类俳优;或窃成文,虚冒名氏"③。痛斥浮躁的风气和剽窃的丑行。尚书阳球奏曰:"臣闻《传》曰:'君举必书,书而不法,后嗣何观!'案松、览等皆出于微蔑,斗筲小人,依凭世戚,附托权豪,俯眉承睫,徼进明时。或献赋一篇,或鸟篆盈简,而位升郎中,形图丹青。亦有笔不点牍,辞不辩心,假手请字,妖伪百品,莫不被蒙殊恩,蝉蜕滓浊。是以有识掩口,天下嗟叹。"④他们都认为鸿都门诸生既缺少必要的道德修养,又不具备治国才能,凭借一些雕虫小技,攀附权贵,败坏政纲。这些批评的锋芒既指向鸿都门诸生,实际上也直指向设立鸿都门学的灵帝。

太学是朝廷培养人才的机构,鸿都门学乃是天子一时兴趣的产物。鸿都门学成为士人晋升的新途径,其人才衡量标准取决于君主个人好恶兴趣,鸿都门诸生间的交往、引荐也背离了传统的士大夫精神,因此,鸿都门学成为士

---

① [南朝宋]范晔:《后汉书》,第1996—1997页。
② 同上书,第1731页。
③ 同上书,第1996页。
④ 同上书,第2499页。

人批评的焦点。

二、经学危机与思想冲突

汉代主流学术在较长的时期内是以《春秋》公羊学、穀梁学为代表的今文经学为核心。汉天下初定，硕儒名师便预感到新时期的到来，抓紧时间传播文化经典。伏生讲授《尚书》，高堂生讲授士礼，其他各经如《诗经》《周易》《春秋》也都成为专门之学，在士人间传授。这就是历史上所说的今文经学。以《公羊传》为代表的今文经学，在汉王朝文化和思想建设中发挥了重大作用。同时，在传播过程中，也形成了自己的学术宗旨与学派特点。今文经学注重对微言大义的阐发，又与流行的阴阳五行相结合，以解读儒家经典，较多地表现出对政治的亲和、依附。在汉代统治者的扶持下，这些学说被确立为官方学术而顺利发展。士人弃家游学就是为谋求晋身仕途，今文经学正是他们步入仕途的捷径。因此，今文经学传播广泛。

与之相对，以孔子旧宅壁中书为代表的古文经学则长期流传于民间。直到西汉末年，刘歆在推动古文经学的发展中起了重要的作用。《汉书·楚元王传》云：

> 歆及向始皆治《易》，宣帝时，诏向受《穀梁春秋》，十余年，大明习。及歆校秘书，见古文《春秋左氏传》，歆大好之。时丞相史尹咸以能治《左氏》，与歆共校经传。歆略从咸及丞相翟方进受，质问大义。初《左氏传》多古字古言，学者传训故而已，及歆治《左氏》，引传文以解经，转相发明，由是章句义理备焉。歆亦湛靖有谋，父子俱好古，博见强志，过绝于人。歆以为左丘明好恶与圣人同，亲见夫子，而公羊、穀梁在七十子后，传闻之与亲见之，其详略不同。歆数以难向，向不能非间也，然犹自持其《穀梁》义。及歆亲近，欲建立《左氏春秋》及《毛诗》《逸礼》《古文尚书》皆列于学官。①

然而，他的建议却遭到今文经学博士的强烈抵制。从此，古文经学或立或废，总是与今文经学处于尖锐的对立中。经今、古文之争持续不断，今文经学派指责古文经学派变乱师法，古文经学派指责今文经学派"党同妒真"，两派之间互相攻讦，达到了势不两立的地步。

两汉之际开始，主流文化、主流学术出现严重危机。主流学术的危机突

---

① [汉]班固：《汉书》，第1967页。

出表现在三个方面：

首先,经说烦琐,贻误学子。五经各立经师,经师建立门派、家法,导致"经有数家、家有数说"。在传承中,经师诸儒随意阐述经典中所谓的"微言大义",大搞章句之学,以烦琐争胜,以致一经说至百余万言。"秦近君能说《尧典》,篇目两字之说,至十余万言,但说'曰若稽古',三万言。"①《汉书·艺文志》云:"幼童而守一艺,白首而后能言;安其所习,毁所不见,终以自蔽。此学者之大患也。"②尽管东汉朝廷多次下令删减经说,但烦琐的弊病愈演愈烈。"学徒劳而少功,后生疑而莫正。"③弟子皓首穷经,既不能掌握经典的义理,又没学到治国的本事。书生学子长年苦读却看不到出路,同时,经学自身弊端丛生,面临着严重的危机。

面对太学的弊端,熹平五年(176),"试太学生年六十以上百余人,除郎中、太子舍人至王家郎、郡国文学吏"④。献帝时,再颁诏曰:"今耆儒年逾六十,去离本土,营求粮资,不得专业。结童入学,白首空归,长委农野,永绝荣望,朕甚悯焉。其依科罢者,听为太子舍人。"⑤这些都是对皓首穷经而不能卒业者的安慰,不能从根本上转变太学教育的弊病。

太学讲经烦琐,同时,对太学生的考核亦无客观标准,往往以主持者的好恶为转移。"太学试博士弟子,皆以意说,不修家法,私相容隐,开生奸路。每有策试,辄兴诤讼,论议纷错,互相是非。……今不依章句,妄生穿凿,以遵师为非义,意说为得理,轻侮道术,浸以成俗。"⑥《后汉书·儒林传》载,至安帝以后,博士倚席不讲。顺帝重修学舍,增甲乙科。梁太后诏大将军下至六百石官吏,都遣子入学。从此,太学生增至三万多人。规模虽大,但学风败坏,经学衰落⑦。

可以说,当时的太学在讲经、考核等方面都存在很大的问题。但它毕竟是当时全国的教育中心,是想要获得知识、想要求取功名者一心向往的地方。

其次,倡言图谶,阿附势位。西汉末年,方术之士鼓吹图谶说,东汉初立,光武帝相信图谶、符命,儒家经师迎合帝王意趣,也大谈图谶。刘秀用符命说自立为帝,中元元年,"初起明堂、灵台、辟雍,及北郊兆域。宣布图谶于天下"⑧。"光武善谶,及显宗、肃宗因祖述焉。自中兴之后,儒者争学图纬,兼

---

① [汉]桓谭:《新论》,第35页。
② [汉]班固:《汉书》,第1723页。
③ [南朝宋]范晔:《后汉书》,第1213页。
④ 同上书,第338页。
⑤ 同上书,第374页。
⑥ 同上书,第1500—1501页。
⑦ 同上书,第2547页。
⑧ 同上书,第84页。

复附以訞言。"①帝王倡导于上,儒生、方士鼓动于下,形成强大的势力,顺之者昌,逆之者灭。

光武帝准备建灵台,要以图谶确定灵台地址,他就此事问议郎桓谭,桓谭委婉地说明图谶不合于经典。光武帝大怒,斥责他否定圣人,要将他斩首。桓谭虽然免于死罪,但这一事件足以表明图谶邪说势力猖獗的程度。② 又杨厚很有才华。邓太后主政,"太后特引见,问以图谶,厚对不合,免归。"③当权者以图谶评价臣属,也以此评价学术。光武帝想要立《左氏春秋》与《穀梁传》博士,而这两家先师不谈图谶,此事随即作罢④。后贾逵上书,说《左氏春秋》与图谶合,认为五经中唯独《左传》以图谶证明刘氏为尧的后裔。贾逵的说法为《左传》找到晋级为主流学术的依据,遂得到天子肯定,立为学官⑤。

东汉中期以后,一些有识之士冒着极大的风险,揭示图谶的虚妄,竭力扭转世风。尹敏"博通经记,令校图谶,使蠲去崔发所为王莽著录次比。敏对曰:'谶书非圣人所作,其中多近鄙别字,颇类世俗之辞,恐疑误后生。'帝不纳。""虽竟不罪,而亦以此沉滞"⑥。贾逵摘录比较图谶互相矛盾的记载三十余事,那些靠图谶起家的人都无法自圆其说。张衡列举图谶与儒家经典不合,以及图谶自相矛盾等问题,指出"图谶成于哀、平之际",也就是说图谶之说产生于西汉后期,是一些虚妄之士编造的。他明确指出,图纬虚妄,非圣人之法,"此皆欺世罔俗,以昧势位,情伪较然,莫之纠禁。……譬犹画工。恶图犬马而好作鬼魅,诚以实事难形,而虚伪不穷也。宜收藏图谶,一禁绝之,则朱紫无所眩,典籍无瑕玷矣"⑦。这些论述尖锐地指出图谶的荒谬,也揭示了图谶制造者的本质。

其三,今文家法与古文胜义。

伏生、高堂生、董仲舒等今文经学大师聚徒讲学,各立门派,形成了自己的学术宗旨与学派特点。他们虽各有具体特点,但都重视学派的传承,强调学术的家法,形成学术壁垒。今文经学注重对微言大义的阐发,亲和政治,到西汉后期,又吸收图谶杂说,愈加削弱学术属性,而表现出对权势、政治的依附。

东汉中期以后,何休好《公羊》学,著《公羊墨守》《左氏膏肓》《穀梁废

---

① [南朝宋]范晔:《后汉书》,第1911页。
② [晋]袁宏:《后汉纪》,北京:中华书局,2002年,第155—156页。
③ [南朝宋]范晔:《后汉书》,第1048页。
④ 同上书,第1237页。
⑤ 同上书,第1236—1239页。
⑥ 同上书,第2558页。
⑦ 同上书,第1912页。

疾》,伸张《公羊》说。他认为《公羊》学说就像墨翟守城一样牢不可破,贬斥《左传》和《穀梁》,斥责其如病入膏肓,不可救药。

与之相对,以孔子旧宅壁中书为代表的古文经学则长期流传于民间。古文经学注重名物制度的阐释,在对名物制度的传注中,融入儒家思想,不同于以微言大义直接亲和政治,而是让人们更多地看到周代礼乐文明的丰富内涵,以周代礼乐文明充实、修正汉代主流文化。

西汉末年,刘歆建议朝廷将《左氏春秋》《毛诗》《逸礼》《古文尚书》列于学官,他的建议遭到今文经学博士的集体抵制。从此,古文经学与今文经学达到了势不两立的地步。

自西汉末直至东汉,古文经学的传习者越来越多。朝廷也认识到古文经学的重要,于是大力提倡。章帝诏曰:"五经剖判,去圣弥远,章句遗辞,乖疑难正,恐先师微言将遂废绝,非所以重稽古,求道真也。其令群儒选高才生,受学《左氏》《穀梁春秋》《古文尚书》《毛诗》,以扶微学,广异义焉。"①安帝诏:"选三署郎及吏人能通《古文尚书》《毛诗》《穀梁春秋》各一人。"②灵帝诏"公卿举能通《古文尚书》《毛诗》《左氏》《穀梁春秋》各一人,悉除议郎"③。学术界对古文经学的重视与研究,也远胜于前。东汉中期以后,有些学者能够打破学术壁垒,兼修今、古文经。

郑玄在党禁期间隐居著述达百余万言,完成了《六艺论》《答临孝存周礼难》等撰著。最为著名的"三礼"注即《周礼》注、《仪礼》注、《礼记》注也在此时完成。他"括囊大典,网罗众家,删裁繁诬,刊改漏失,自是学者略知所归"④。

郑玄又作《发墨守》《针膏肓》《起废疾》,围绕"春秋大义",引经据典批驳何休,切中今文经学的要害,何休不得不心悦诚服地感叹道:"康成入吾室,操吾矛,以伐我乎!"自东汉建立以后,范升、陈元、李育、贾逵、马融等学者持续不断地争论古今学,至郑玄对何休的论战,标志古文经学对今文经学的胜利,"及玄答何休,义据通深,由是古学遂明"⑤。

在此之前,刘歆等人提倡古文经学,都是很有见地的。然而,他们多借助于权力推动古文经学,奏请朝廷将其立为学官。马融、郑玄则不然,他们通过论辩,使士人认识到今文经学与古文经学的重大差异,大力阐述古文经学的优势,使人们知所去就。这是他们建立自己学术地位的奋争,也是他们对古

---

① [南朝宋]范晔:《后汉书》,第145页。
② 同上书,第237页。
③ 同上书,第344页。
④ 同上书,第1213页。
⑤ 同上书,第1208页。

文经学的巨大贡献。

何休和郑玄都是当时知名的学者。他们的论辩在学术界产生了相当大的影响。相比之下,郑玄更胜何休一筹。郑玄的博学与融通、对经学之旨的准确把握令很多学者折服,"求学者不远千里、赢粮而至,如细流之赴巨海。京师谓康成为'经神',何休为'学海'"①。两人的高下之别,通过这样的比喻也可以得到充分地展示。

"党禁"解除时,郑玄凭借在经学领域的成就雄霸士林。他与何休的论战更彰显了他的博学与深邃,一时间声名大震,"儒生所仰,群士楷式"②。

郑玄的学术转变,以及与何休的学术争论,标志主流学术乃至主流文化的自我修整。这给予思想界的影响是极其深刻的,对时代审美取向与文人思想的影响都具有不容置辩的意义。

第二节 文学思想的二重建构

汉代在文学思想领域取得很大的成就,一些杰出的论著如《毛诗序》《汉书·艺文志·诗赋略》,班固的《两都赋序》《离骚序》,郑玄的《诗谱》《诗谱序》,王逸的《楚辞章句叙》《离骚经序》等,都是古代文论的经典之作。这些著作广泛探讨、阐述了文学的本质、规律等重要问题。

东汉中后期主流思想激烈震荡,在文学思想领域引起强烈反应,促使人们思考文学艺术的规律问题。在这样的背景下,产生经学家和文学家对文学艺术的不同解读,形成文学观的二重建构。

一、郑玄的经学与文学思想

经学的文学思想当以郑玄为代表。

郑玄,字康成,北海高密(今山东高密市)人,是中国古代成就卓著的经学家、思想家,一生潜心经典,著述宏富。郑玄阐述文学艺术的著作有《诗谱》《诗谱序》,此外在《周礼注》《仪礼注》《礼记注》《毛诗笺》等经注类著作也有大量对文学的阐述。

郑玄在一系列著作中,广泛深入地探讨了文学艺术的本质与规律,特别是有关诗乐生成的重要规律性问题,形成了以诗乐的"正变""美刺""比兴""情志""通政""阴阳"等六个方面为核心的论述。这些有关诗乐生成方面的观点及论述构成了郑玄诗乐思想的重要组成部分,也是他对古代文学思想发

---

① [晋]王嘉:《拾遗记》,北京:中华书局,1981年,第155页。
② [南朝宋]范晔:《后汉书》,第2259页。

展的重要贡献。

(一) 诗乐正变论

郑玄文艺思想的重要内核之一是"诗乐正变论"[1],即以正变解读诗乐,解读文学。在郑玄看来,诗乐有"正"与"变"之分。"正"是诗乐的最佳属性,是美与善高度统一的诗乐品性,是诗乐的良性发展和理想局面,因此称为诗之"正"、乐之"正";而"变",则为诗乐的衰败属性,是丑与恶交互作用下的诗乐品性,是诗乐非理性发展的结果,称之为诗之"变"、乐之"变"。在对文学艺术的阐释中,他充分肯定"诗之正""乐之正",极力贬抑"诗之变""乐之变",力图引导文艺遵循它的理性发展。

《诗经》和古乐是郑玄经学研究、文学研究的主要对象之一。他认为古人的作品分属为两种品性完全不同的诗,即"正"诗与"变"诗。他极力推崇诗之正经,推崇"正风""正雅",贬抑、批评与之相对的"变风""变雅"。《诗谱序》云:

> 文、武之德,光熙前绪,以集大命于厥身,遂为天下父母,使民有政有居。其时诗,风有《周南》《召南》,雅有《鹿鸣》《文王》之属。及成王、周公致大平,制礼作乐,而有颂声兴焉,盛之至也。本之由此风、雅而来,故皆录之,谓之《诗》之正经。后王稍更陵迟,懿王始受谮亨齐哀公;夷身失礼之后,邶不尊贤。自是而下,厉也,幽也,政教尤衰,周室大坏,《十月之交》《民劳》《板》《荡》勃尔俱作。众国纷然,刺怨相寻。五霸之末,上无天子,下无方伯,善者谁赏?恶者谁罚?纪纲绝矣。故孔子录懿王、夷王时诗,讫于陈灵公淫乱之事,谓之变风、变雅。[2]

郑玄将《风》《雅》之诗分为"正"与"变"两类。他认为,《诗经》中的作品始于文王时代。"正风""正雅"产生的终极原因在于文王、武王超凡的道德修养,"文、武之德,光熙前绪",故能"集大命于厥身"。即文王获得天命、人民"有政有居",是文、武二君的道德效应,也是天命眷顾的直接显现。他认为,这时的诗乃是诗的最佳范本,"谓之《诗》之正经"。成王、周公时代多有建树,而"制礼作乐"乃旷世奇功,是对文、武之治的发展,于时已致太平,是"盛之至"的社会,故其作品与文、武之世连类,也属于《诗》之正经"。

在郑玄的论述中隐含着这样的逻辑:有圣德乃有盛世之治,盛世之诗人方有颂美之作。时代政治与文化的主流决定了诗歌的基调多为称颂赞美,即

---

[1] 详见杨允《郑玄"正变"文学观考论》,载《辽宁行政学院学报》,2009 年 7 月。
[2] [唐]孔颖达:《毛诗正义》,《十三经注疏》本,北京:中华书局,1980 年,第 262—263 页。

所表现的是"论功颂德所以将顺其美",是"颂声兴焉"。圣德与盛世的诗性表述,即为"正诗"。

当君主之德与政背离圣德与太平之治时,诗歌也会由"正风""正雅"发生质的变化。懿王"受谮亨",夷王"身失礼",都是君主昏德的表现,也是政治走向衰败的根源;厉王、幽王违礼之举更加严重,前者被放逐,后者国破身死。"陵迟""尤衰""大坏",郑玄揭示出一个值得君主和统治者警觉的危险趋势。

与政治衰颓过程同步演变的,则是诗由"颂美"转为"刺过"。从"陵迟""不尊贤",到"刺怨相寻",再进而到"纪纲绝矣",现实政治文化的颓势决定了诗人感受的变化。此时的社会现实已经无美可感、无善可颂。诗人感受最直接的,乃是君主的恶,是朝廷的过失,是政治的衰败。

这时的诗是"刺过讥失所以匡救其恶"的诗,也就是与"诗之正经"相对的"变风""变雅"。"变风""变雅"是王道陵迟、政教衰微、"刺怨相寻"的衰世之作,是君主的德与政衰败的艺术显现。

在郑玄眼里,"正""变"之诗的生成与时世之盛衰是息息相关的。"正风""正雅"是太平盛世的产物。于时,整个社会政治文化处于上升的趋势,君主德高,政治清明,百姓安居,此时的诗人所见到的,是政治与文化的良好态势,他们所感受的,是人民同这样的政治文化的和谐。"变风""变雅"是王纲陵迟、"周室大坏"情况下的作品,是"乱世之音",甚至是"亡国之音",是国运衰微、民怨沸腾之时的"刺怨相寻"之歌。

郑玄以为淳正的"德行"是"正"乐产生的根源,"德"乃"乐"之本。郑玄的这一思想在著述中有明显表现,其在为经文作注时多次释乐以"德",强调君主之"德"对于音乐的重要。在他看来,有"德"之音方谓"乐",德行昭著之"和"乐乃为"正乐","至德"之"和"乐则为尽善尽美之乐。

《礼记·乐记》云:"德音之谓乐。《诗》云:'莫其德音……施于孙子。'此之谓也。"郑玄注曰:"此有德之音,所谓乐也。"然后,他大段引述《左传》中的文字,盛赞文王之德。并说:"言文王之德,皆能如此,故受天福,延于后世也。"[1]郑玄在这些论述中,反复强调盛德与正乐的因果关系。

而在另外一些问题的注释中,郑玄则特别强调乐本质的、精神追求方面的宗旨,引导人们将对枝节问题的理解纳入到更高的精神追求中。《礼记·乐记》云:"乐者,非谓黄钟、大吕、弦歌、干扬也。乐之末节也,故童者舞之。铺筵席,陈尊俎,列笾豆,以升降为礼者,礼之末节也,故有司掌之。"郑玄注

---

[1] [唐]孔颖达:《礼记正义》,《十三经注疏》本,第1540页。

曰:"言礼乐之本,由人君也。礼本著诚去伪,乐本穷本知变。"①这里,《乐记》强调指出,黄钟、大吕等为"乐之末节",进而要人们区分"礼之末节"。这是很有意义的论述。因为,在日常生活中,人们往往关注具体的音乐问题和礼的问题。郑玄则由此生发开去,有意区分乐的本与末。他告诫人们,重视乐,就不应停止于对乐和礼末节的关注,而应追求乐和礼的本,即核心问题。黄钟、大吕、弦歌、干扬,只是器物方面、技能层面的东西,并非精神层面的、本质的东西。礼乐之"本"乃在于"人君之德""穷本知变"。

在郑玄看来,端庄、和谐的古乐为"正乐",与之相反的"溺音"则为"不正"之乐,或古乐的"变"种,这种音乐以"郑卫之音"为代表。经注中,郑玄明确表达了对这种有变于"古乐"的"溺音"的排斥与批评。

《论语·泰伯》云:"师挚之始,《关雎》之乱,洋洋乎,盈耳哉。"郑玄注曰:"周道既衰微,郑卫之音作,正乐废而失节。鲁太师挚识《关雎》之声而首理。其乱者,洋洋乎。盈耳哉,听而美也。"②在《论语·泰伯》这段文字中,孔子赞美鲁太师挚对"正乐"的重视,他在整理音乐时,从《关雎》开始。此处经文并未言"郑卫之音"的问题,而郑玄则在注释中力求解读孔子感慨的现实针对性,同时,揭示鲁太师挚推崇"正乐"的特殊意义。郑玄此注对"郑卫之音"的产生及其特征进行了揭示:其一,"郑卫之音"是周道衰微的产物,周道衰微而"正乐"废,"郑卫之音"作。"正乐"因盛世而兴,道衰乃有"溺音";其二,"郑卫之音"的特征是"失节",即其变乱了古乐"应律、有序、和谐"的特征,丧失"和律"之节。

这里,郑玄揭示了《乐记》作者和自己厌恶"新乐"的理由:首先,"新乐"从表演队形上看即缺少整齐划一的整体美;其次,更为重要的乃在于品性的"溺"——"声淫乱",且又"不止","无以治之";再次,演出队伍构成不合于礼的规定,"獶杂子女,不知父子"。

郑玄提倡"古乐",反对"新乐",是因为"古乐"凝聚德、合于礼,是"德音""和乐",是乐之"正";而"新乐"则失"德",违"礼",是"奸声""淫乐",是对传统"古乐"的变乱,因此为乐之"变"。可见,"德"与"礼"是郑玄衡量乐"正"与否的终极标准。

(二) 诗乐美刺论

"诗乐美刺论"③是郑玄对文学思想的另一个重要贡献。以美刺论诗、论乐是郑玄对诗乐生成考察的重要发现,因此,也成为他诗乐思想的重要组成

---

① [唐]孔颖达:《礼记正义》,《十三经注疏》本,第1538页。
② 安作璋主编:《郑玄集(下)》,济南:齐鲁书社,1997年,第594页。
③ 详见杨允《郑玄诗乐思想研究》,沈阳:辽宁大学出版社,2011年,第58—75页。

部分。

在郑玄的思想中,盛世与乱世、圣主与昏君,都会直接影响诗人、艺术家的感受,他们遂用诗乐表达自己的感受,并且用诗乐干政。他们的感情基调会有好恶、喜怒的不同,他们对君主,对社会现实会流露出不同的态度,于是在诗中或为"美",或为"刺"。现实政治状况合于诗人的理想,或君主功德卓著,诗人即会由衷地赞美他的时代、他的君主。相反,现实政治混乱,君主肆意妄为、荒淫无度,诗人则会感时伤怀,进而以诗乐刺世,表达自己对时弊的针砭。以美刺论诗是郑玄重要的诗学主张,他大力提倡诗歌的美刺之旨,"论功颂德所以将顺其美,刺过讥失所以匡救其恶,各于其党,则为法者彰显,为戒者著明"①,《诗谱序》中他明确地提出美刺的诗歌主张。

在郑玄看来,美刺是诗乐创作的宗旨,也是诗乐艺术的倾向性问题,是诗人、艺术家感情、立场的艺术表达。《周礼·春官·大师》云:"教六诗:曰风,曰赋,曰比,曰兴,曰雅,曰颂。"郑玄解释"六诗"曰:

> 风,言贤圣治道之遗化也。赋之言铺,直铺陈今之政教善恶。比,见今之失,不敢斥言,取比类以言之。兴,见今之美,嫌于媚谀,取善事以喻劝之。雅,正也,言今之正者,以为后世法。颂之言诵也,容也,诵今之德,广以美之。②

郑玄认为"六诗"是诗人因现实状况与自己感受的不同而产生的,从而表现了诗人的不同态度。现实与诗人理想相合,即诗人所见是"贤圣治道之遗化""之美""之正""之德",于是,诗乐乃有"风"、有"兴"、有"雅"、有"颂",四者都因现实政治而产生满足感。现实政治呈不良发展态势,诗人"见今之失",与自己的理想不合。于是,要有所批评、针砭。但又"不敢斥言",乃有所顾忌。但从诗歌宗旨及诗人的创作态度看,郑玄还是认为诗不外乎"颂美"或"讥失"两类基本倾向。

郑玄《六艺论》云:

> 诗者,弦歌讽喻之声也。自书契之兴,朴略尚质。面称不为谄,目谏不为谤,君臣之接如朋友然,在于恳诚而已。斯道稍衰,奸伪以生,上下相犯。及其制礼,尊君卑臣,君道刚严,臣道柔顺,于是箴谏者希。情

---

① [唐]孔颖达:《毛诗正义》,《十三经注疏》本,第262页。
② [唐]贾公彦:《周礼注疏》,《十三经注疏》本,北京:中华书局,1980年,第796页。

志不通,故作诗者以诵其美而讥其过。①

在这里,郑玄主要探讨诗歌的起源问题。他认为,诗歌的产生,与阶级对立、情感沟通有直接的关联。远古时期虽有君臣之分,但彼此并非对立关系,君臣交往如同朋友一样融洽。这样的关系有利于感情的沟通,"面称""目谏"都可直接表达,即便是面对君主的错误或过失也完全可以直言不讳。在他看来,此时的情感表达便无须运用诗歌。到了等级分化对立、礼乐制度建立之后,君臣尊卑关系愈加强化,君臣间感情不通,臣民的意见无法表达,倘有所"美"、有所"讥",则需系诸诗,"故作诗者以诵其美而讥其过"。这时候,诗歌不是为了颂扬君主之美,就是为了讥讽君主之过。诗歌的生成完全在于"美""讥"之旨的驱使。在这样的宗旨的关照下,催生了诗歌这种文学样式,也催生了诗的"美""讥"功能。

(三) 诗乐比兴论

比兴是郑玄一生都极为重视的文学理论范畴。他汲取前人有关比兴的思想,深入分析了前代诗乐艺术的表现功能,系统地阐述了作为文学理论范畴的比兴的丰富内涵,并在解读诗乐时,充分运用这一观点,分析、阐释诗乐艺术,取得令人信服的成就。从此,比兴作为文学思想中的重要理论范畴,为人们所接受,并在后世的理论探讨和艺术实践中,形成最具中国色彩的诗歌艺术特征。

郑玄的探讨与阐述,揭示出"兴"的艺术思维与表现方法在诗歌创作实践中的丰富性,标志比兴论经典形态的确立②。在《诗经》中,"比"的意象明显直接,"兴"的意象繁富,在诗人的艺术创作中更加丰富多彩。郑玄笺诗以"兴"这一理论范畴阐述诗人艺术联想的丰富性与生动性,揭示出喻体和被喻体之间的巧妙关联。郑玄比兴论中取象同义蕴的关系主要可分为四种类型:

象义显明类。在作品中"兴"的表现方法较明显,喻体和喻义的关联清楚,如"关关雎鸠,在河之洲"即属此类。在郑玄看来,雎鸠情意深厚,人们听到它的叫声,很容易想到男女间的情爱,这类比兴象义显明。

义取兴象表征类。郑玄认为,这一类比兴的特征是兴象的部分特征带着明显的喻义出现在诗人的艺术联想中,如《邶风·燕燕》,燕子的多重表征都是带有喻义的兴象,羽毛以喻夫人衣服,上下翻飞以喻进退行止,鸣叫以喻话别之声。

---

① [清]皮锡瑞:《六艺论疏证》,《续修四库全书》影印本,北京,2004年版,第280页。
② 详见杨允《郑玄对"比兴"论的阐释与发展》,载《社会科学战线》2011年第1期。

义存象性类。郑玄认为，有些诗人不取物的直观本体为兴象，而是着眼于喻体的某种性质、性状起"兴"，在这种情况下，象显而义隐，要从象的性状分析义之所在。《葛覃》笺曰："此因葛之性以兴焉。兴者，葛延蔓于谷中，喻女在父母之家，形体浸浸日长大也。叶萋萋然，喻其容色美盛也。"①指出理解此诗兴象的关键，即"因葛之性以兴焉"②。

反义兴象类。郑玄发现有些作品中象与义的关系并不是对等的、同向的。对于这些作品，他认为应从象的特征、品性相反的方面，或否定性方面理解兴象的意蕴，《召南·行露》"物有似而不同""物与事有似而非者"③，在这里，象与义的不对称，增加了理解的难度，而郑玄也通过这样的阐述丰富了比兴的内涵。

郑玄深入缜密地探讨周代诗人的艺术实践，将其提炼、升华为理论概括，丰富了比兴的内涵，赋予它以经典性形态，给后世文学思想的发展以极大的影响。

(四) 诗乐情志环境论

郑玄认为，地域不同，其地理物质条件自然不同，那么生存于其间的包括作家在内的居民所受的水土风气等环境的影响必然不同；与此同时，地域不同，由来已久的历史文化传统亦必然不同，那么身处其间的人信仰习惯也自然不同。地理物质和文化传统两方面的影响，导致生活在不同地域的人必然具有不同的性情与喜好，这对诗人情志的形成以及诗歌的艺术风格等必然带来直接的影响。本此思想，他依诗之地域作谱，阐释诗歌所属地域及国家山川物候等自然环境的差异，以及君主情欲、政治教化等人文环境的不同，揭示地理风俗、政治教化等对诗人情志及诗歌艺术的影响。

郑玄突出地考察了地理环境与诗情差异的关系④。郑玄以为，不同的地域条件及民俗风情对人的性情有直接的影响。《礼记·王制》云："中国戎夷，五方之民，皆有性也，不可推移。"郑玄注曰："地气使之然。"⑤郑玄注意到了地理条件对人性情的决定性作用，认为之所以五方之民皆有不可推移之性，乃在于"五方"的地气各不相同。地气之异决定性情之别。

不仅如此，郑玄还认为相异之地理环境及风俗传统还直接影响了诗人情志及诗歌风格的形成。郑玄的这一观点在《诗谱》中有明显的表述。如郑玄《诗谱序》云："欲知源流清浊之所处，则循其上下而省之；欲知风化芳臭气泽

---

① [唐]孔颖达:《毛诗正义》,《十三经注疏》本,第 276 页。
② 同上。
③ 同上书,第 288 页。
④ 详见杨允《郑玄诗乐思想研究》,第 95—109 页。
⑤ [唐]孔颖达:《礼记正义》,《十三经注疏》本,第 1338 页。

之所及,则傍行而观之,此《诗》之大纲也。"①《魏谱》曰:

> 魏者,虞舜、夏禹所都之地,在《禹贡》冀州雷首之北,析城之西,周以封同姓焉。其封域南枕河曲,北涉汾水。昔舜耕于历山,陶于河滨。禹菲饮食而致孝乎鬼神,恶衣服而致美乎黻冕,卑宫室而尽力乎沟洫。此一帝一王,俭约之化,于时犹存。及今魏君,啬且褊急,不务广修德于民,教以义方。其与秦、晋邻国,日见侵削,国人忧之。当周平、桓之世,魏之变风始作。至春秋鲁闵公元年,晋献公竟灭之,以其地赐大夫毕万。自尔而后,晋有魏氏。②

《魏谱》清晰地描述了魏地"俭约之化"的历史发展,揭示了后世魏君对俭约之化的扭曲。在郑玄看来,这正是"魏之变风"的根源。

人们的情感郁积于心,见诸诗咏,于是有诗与乐的创作。诗的内涵在于情志,而情志的定性取决于地缘文化,即各地的物质的、精神的条件。这就是郑玄以情志论诗的内在理路。

(五) 关于诗乐通政的思想

郑玄认为,诗歌是诗人情志的艺术表现③,认为"颂美"或"讥刺"为诗歌的宗旨。这都属于郑玄对诗乐生成中不同层面问题的考察。在郑玄的思想中,诗歌的终极关怀在于政治。诗歌与政治紧密相通。他认为,社会政治状况决定诗人的喜怒好恶,影响诗作的内容及诗歌的美刺指向,社会政治清明,诗人见之遂产生"颂美"之心;政治衰败,诗人见之则产生"讥刺"之心。他以为,"风""雅"之诗,皆缘政而作,政既不同,诗亦异体。政权影响力达于天下为"雅",政权影响力限于畿内则为"风"。在郑玄看来,诗与政治紧紧相应:政者,诗之源;诗者,政之花。

郑玄认为,诗乐与政治相通,这首先表现为现实政治的兴衰直接引发了诗人内心的情感,进而催生了与社会政治状况相对应的诗。郑玄在《诗谱序》及《诗谱》中明确阐述了自己对诗歌与政治相通的看法。在对周代诗歌的考察中,郑玄将西周政治分为三个历史阶段,即"盛世""陵迟""大坏"。"盛世"既从文王起至于成王,其间包括武王、周公。这一时期,周文王、武王道德纯正,获得上天眷顾,取得最高统治权,成王、周公制礼作乐,将王朝建成

---

① [唐]孔颖达:《礼记正义》,《十三经注疏》本,第264页。
② 同上书,第356页。
③ 详见杨允《诗者,政之花——郑玄"诗歌通政"论》,载《辽宁经济管理干部学院学报》2009年第1期。

太平盛世。"陵迟"即西周中期，以懿王、夷王为代表，他们听信谗言，违背礼法准则，在朝政治理方面都出现很多问题，导致政治逐渐衰败。"大坏"即西周后期，厉王、幽王是这一时期的君主，他们在自身修养和国家治理方面严重失误，终于走向王朝的崩溃。

郑玄认为，政令清明还是政治衰败直接影响诗歌的内容与性质。西周盛世是周王朝政治最佳时期，其政令教化深入人心，诗人的作品植根于盛世政治，由衷地赞美这个时代，他们的作品表现出昂扬的精神，于是，这些作品被人们称为"正"诗，称为《诗》的正经。后两个时期，既政治"陵迟""大坏"阶段，虽有区别，但政治的昏乱、社会的震荡，导致诗歌"刺怨"基调的形成。

在这些论述中，郑玄清晰地阐述了诗歌与政治有极为密切的关系，他以为政治的兴衰直接影响诗歌的创作及诗歌类型的变化：太平之世、民有政有居，则有"颂声"、"正"诗生成；政教尤衰、周室大坏，则"变"诗产生。诗的定性与走向，取决于政治。

郑玄在对国风的考察、论述中，也同样体现出诗歌与政治相通的思维惯性，他对各地"变风"类型、内容与性质的阐释中，更多地聚焦于各诸侯国政治，从而将其视为诗歌定性的重要依据。

（六）诗乐阴阳论

阴阳是中国古代哲学的范畴。《易·系辞传》曰："一阴一阳之谓道。"郑玄注曰："而万物所由者，一阴一阳而已。"①郑玄充分汲取古代阴阳学说的精华，用以解释事物生成的内在机理。他认为，世间万物的生成皆由阴阳的交互作用，作为上通神明、下化万民的音乐亦是如此，其本原、生成及存在皆遵循了阴阳之道。首先，音之制分阴阳，即作为音高标准的十二律存在着阳律、阴吕之别；其次，律之相生法阴阳，即阳律、阴吕，相合相化，衍生不同的乐律；再次，成乐之规循阴阳，即阳律阴吕、五声八音相济为用，"和谐统一"地构成了各种曲调音声。此外，乐与阴阳方位及节气相应。郑玄以此视角进行阐释，形成了诗乐阴阳论。

郑玄认为，阴、阳相偶相成，和谐统一地铸就了世间万物。音乐亦是如此。乐、律因阴阳属性的不同而有异，同时，乐、律又因阴阳相合而生成，乐、律的生成及存在皆取法阴阳之道。这一方面表现为阳律、阴吕的相化相生，另一方面表现为阳律、阴吕乃至"五声""八音"单独并不成乐，乐的生成有赖于它们的相谐相合。

---

① ［宋］李衡：《周易义海撮要》，上海：上海古籍出版社，1989年，第247页。

郑玄将"阴阳之道"视为影响诗乐生成的重要因素。在郑玄看来,不仅作为音高标准的十二律有阳律、阴吕之分,而且"律相化相生""乐相谐而成",乐律与自然方位及天地节气相应。郑玄的诗乐阴阳理论离不开前代的诗乐阴阳思想,但其又不是完全囿于前代学说,继承的同时,郑玄还丰富了前代学说,对传统的文艺思想进行了有益的补充和完善。比如对"阳声等次的划分",对十二律"转而相生"的明确阐释,对"八音并作,克谐曰乐"的强调,对"因阴阳含义不同所形成的音乐之别"的揭示,对"乐之所以与节气时令相应原因"的阐释等,都是前代所不及的。

二、王逸的文学思想

王逸字叔师,南郡宜城人,元初中,历任上计吏、校书郎。顺帝时为侍中。他最著名的著作是《楚辞章句》,又有赋、诔、书、论及杂文等二十一篇,作汉诗一百二十三篇①。其生平见于《后汉书·文苑传》。

东汉后期文坛的论争,表现出对个性的肯定,士人气节高涨。王逸对屈原的论述,为文学寻求经学的依据,力图在经学中寻求更高的精神力量,以孟子的独立精神,阐述士大夫人的独立精神。王逸论屈原,在清议的背景下,表现出文学对人格的善与美的追寻。当时在一些作家和士人的心里,表现出对文人精神的崇尚,他们在重新解读中,发现了屈原精神更高的价值,并以他为典范。

然而,自宣帝以后,王侯公卿论事,都要引儒家经典为据,否则便不能得到认可。同样的,王逸此时论屈原就必须找寻其与六经的切合点。王逸的文学思想主要见于《楚辞》解读中。《楚辞章句叙》云:

> 且人臣之义,以忠正为高,以伏节为贤。故有危言以存国,杀身以成仁。是以伍子胥不恨于浮江,比干不悔于剖心,然后忠立而行成,荣显而名著。若夫怀道以迷国,详愚而不言,颠则不能扶,危则不能安,婉娩以顺上,逡巡以避患,虽保黄耇,终寿百年,盖志士之所耻,愚夫之所贱也。今若屈原,膺忠贞之质,体清洁之性,直若砥矢,言若丹青,进不隐其谋,退不顾其命,此诚绝世之行,俊彦之英也。②

王逸认为,屈原在诗中所表现出的人格美是值得称颂的,他的节操足可为士人之楷模。

---

① [南朝宋]范晔:《后汉书》,第 2618 页。
② 郭绍虞主编:《中国历代文论选》,上海:上海古籍出版社,2001 年,第 149—150 页。

《离骚经序》云：

> 《离骚》之文，依《诗》取兴，引类譬谕，故善鸟香草，以配忠贞；恶禽臭物，以比谗佞；灵修美人，以媲于君；宓妃佚女，以譬贤臣；虬龙鸾凤，以托君子；飘风云霓，以为小人。其词温而雅，其义皎而朗。凡百君子，莫不慕其清高，嘉其文采，哀其不遇，而愍其志焉。①

王逸以儒学经师解经的方法解读屈原及其作品。他以忠正、伏节为人臣应有的节操，而反驳班固"明哲保身"的观点。他从正统儒家观点出发认为屈原的为人及其《离骚》等作品是完全符合于儒家思想的，《离骚》从思想到艺术都是模仿《诗经》的。他和班固都强调臣下对君上要绝对地忠。但是怎样才算忠？王逸和班固的看法不一致。班固认为君上虽然昏庸，臣下也不能直接显暴君过、怨刺君上，更不能因为君上不容，就"忿怼沉江"，与之决绝。王逸则认为要"忠"于君上，就应当对其昏庸之处敢于直谏，即使"危言以存国，杀身以成仁"，也毫不犹豫，"是以伍子胥不恨于浮江，比干不悔于剖心，然后忠立而行成，荣显而名著"。因此，他认为像班固那样的"忠"并不是真正的"忠"。他说："若夫怀道以迷国，详愚而不言，颠倒不能扶，危则不能安，婉娩以顺上，逡巡以避患，虽保黄耇，终寿百年，盖志士之所耻，愚夫之所贱也。"②这种对"忠"的看法不同，大概是和他们各自所处的不同社会地位有关的。班固出身世代显贵之家，又以文才得到汉明帝赏识，奉旨修汉史，为当时文坛领袖人物，代表官方正统观点。王逸虽也做过校书郎等官，但其社会地位显然是远不如班固的，更多地表现了失志文人的见解。

对于屈原的作品，王逸认为它并不违背"温柔敦厚"之旨，也更没有越出"礼义"规范。他明确表示不同意班固的评价。《楚辞章句序》云：

> 且诗人怨主刺上曰："呜呼！小子，未知臧否，匪面命之，言提其耳。"风谏之语，于斯为切。然仲尼论之，以为大雅。引此比彼，屈原之词，优游婉顺，宁以其君不智之故，欲提携其耳乎？而论者以为"露才扬己""怨刺其上""强非其人"，殆失厥中矣。③

以屈原之辞比附《诗经》，多少有些牵强，但是批评班固的贬斥，是正确的。

---

① 郭绍虞主编：《中国历代文论选》，第155页。
② 同上书，第149页。
③ 同上书，第150页。

至于王逸对《离骚》与儒家经典的比附,也是十分生硬的。他说:"夫《离骚》之文,依托五经以立义焉:'帝高阳之苗裔',则'厥初生民,时惟姜嫄'也;'纫秋兰以为佩',则'将翱将翔,佩玉琼琚'也;'夕揽洲之宿莽',则《易》'潜龙勿用'也;'驷玉虬而乘鹥',则'时乘六龙以御天'也;'就重华而陈词',则《尚书》咎繇之谋谟也;'登昆仑而涉流沙',则《禹贡》之敷土也。"①这种分析自然是不符合《离骚》本意的。

在对屈原作品艺术特点的论述方面,王逸也是认为屈原的作品与《诗经》的特点是一致的,是对《诗经》艺术方法的具体运用,所谓"依《诗》取兴,引类譬喻"。《楚辞》确有继承《诗经》艺术传统的方面,但在艺术表现上毫无疑问具有许多新的创造与突破,形成了自己特殊的艺术方法与表现手法。王逸由于要从儒家观点来肯定《楚辞》,比附《诗经》,因而对《楚辞》本身的艺术特征就看不到,也不愿意去研究了。但是,王逸对屈原及其作品的艺术分析也有可贵的贡献。他认为屈原作品中上天入地、奇异诡谲的描写,都是有所比喻和寄托的,也就是说都是有现实生活的基础的。《离骚经序》云:

《离骚》之文,依《诗》取兴,引类譬喻。故善鸟香草,以配忠贞;恶禽臭物,以比谗佞;灵修美人,以媲于君;宓妃佚女,以譬贤臣;虬龙鸾凤,以托君子;飘风云霓,以为小人。②

这里虽然是以比兴解释《离骚》,但也充分肯定了《离骚》的浪漫主义特征,不赞成像扬雄、班固那样否定屈原作品的浪漫主义艺术描写。《远游序》云:

屈原履方直之行,不容于世。上为谗佞所谮毁,下为俗人所困极,章皇山泽,无所告诉。乃深惟元一,修执恬漠。思欲济世,则意中愤然,文采秀发;遂叙妙思,托配仙人,与俱游戏,周历天地,无所不到。然犹怀念楚国,思慕旧故,忠信之笃,仁义之厚也。是以君子珍重其志,而玮其辞焉。③

王逸指出,屈原运用"妙思""仙人"等描写,乃是他处于受谗、受困境遇中特殊的抒情方式,与他无法排解的强烈愤慨、不平相关,是"意中愤然"的艺术表现。"周历天地""怀念楚国,思慕旧故"表现他忠信、仁义等礼义修养之

---

① 郭绍虞主编:《中国历代文论选》,第150页。
② 同上书,第155页。
③ 同上书,第156页。

深厚。

王逸以六经解释屈原,逐一反驳班固等对屈原及其作品的批评,并提出了自己对儒家文学思想的新的阐释,同时,他自己的文学主张在经典的庇护下得到更有利的生存空间,将作家的艺术追求与人文关怀有机地结合在一起。

第三节 岩穴幽隐与士人精神家园

隐居自适是古代一些文人追求的生命境界与生活境界。这种人生理想在《庄子》一书中阐述得较为充分。《史记》对许由、伯夷的隐逸之志表示特殊的敬佩和赞美。但西汉时,像司马相如那样隐于朝的人并不多见。

西汉末年迄至东汉后期,社会动荡,政局纷乱,谄佞当道,士人阶层的精神与人格发生激烈的震荡和裂变。一种倾向是丧失士节,阿附权势,谗谄媚上,奴颜婢膝;另一种倾向是高张正义,不畏强暴,必欲铲除奸佞而后快。前者拜倒在权势面前,追求物欲的满足,不知道义为何物;后者欲扶大厦于将倾,拯社稷于危亡,救百姓于苦难。在这样的形势下,众多守节之士向道家思想寻求人生寄托,他们羞于媚事权贵,多高蹈隐逸之行,向往岩穴的士人渐多,岩穴成为东汉士人重要的生活去向和精神栖居地。

一、志追巢父 傲视天子:岩穴情结的抗世精神

两汉之际,社会动荡不安,官场腐败,仕途凶险莫测。士人群体精神裂变,一些士人转向道家学说,以全性自适为人生归宿,向往山林。他们志向坚定,个性鲜明,志追巢父,栖居岩穴,轻慢王公,纵有征辟,抗节不就,表现出强烈的反抗意识和卓尔不群的精神。他们是岩穴隐居的第一种类型,也是最鲜明的代表。这方面影响深远的有严光、樊英和周黨,三人经历不同,精神相似,殊途而同归。

严光字子陵,会稽余姚人。年少时就有很高的声誉,与光武帝刘秀同游学。光武即位,严光恐朝廷征召,就改变名姓,隐身不见。光武帝思念他,便命令人按照画像寻访。后来齐国上书说:"有一男子,披羊裘钓泽中。"光武帝认为可能是严光,于是备安车玄纁,遣使聘请。三次往返,严光不得已,才随使者至洛阳。住在待诏人临时下榻的北军,朝廷派人按时送去饮食。司徒侯霸与严光是多年好友,派人带去亲笔信,并传话对严光说:"公闻先生至,区区欲即诣造。迫于典司,是以不获。愿因日暮,自屈语言。"要严光去拜访他。严光对侯霸装腔作势很不满,他高傲地将笔札扔给信使,让信

使记录自己的答复:"君房足下:位至鼎足,甚善。怀仁辅义天下悦,阿谀顺旨要领绝。"表示自己绝不屈膝折腰以事权贵。侯霸得到书信,封好,转奏给皇帝。光武帝笑着说:"狂奴故态也。"于是亲往会见。严光依然躺卧床上,光武帝到他床榻旁,拍抚严光肚子说:"咄咄子陵,不可相助为理邪?"严光不应,过了很久,才睁眼注视光武帝,说:"昔唐尧著德,巢父洗耳。士故有志,何至相迫乎!"表明自己有巢父有之志,希望光武帝不要强求。光武帝只好叹息而去。其后,光武帝引严光入宫,谈论道义和旧日友人,光武帝从容问严光说:"朕何如昔时?"严光对曰:"陛下差增于往。"晚上,共睡一床。严光沉睡中将脚搭在光武帝肚子上。第二天,太史奏夜里客星犯御坐很危急。光武帝笑着说:"朕故人严子陵共卧耳。"光武帝想留他在朝为官,严光不接受,返回富春山躬耕自乐。后人名严光垂钓处为严陵濑。后来朝廷又特别征召,他断然拒绝,不肯配合。年八十在隐居处去世①。

  严光与光武帝为布衣之交。光武帝了解他,并很重旧情,盛情邀请,叙旧。但他还是"狂奴故态",不因昔日朋友称帝而接受任命,表现出对岩穴之志的坚守。严光堪称古今最著名的隐士之一,也是给予后世影响最深远的岩穴逸民。严光不事著述,却有如此影响,乃在其隐逸之志坚决。

  樊英也以隐逸著称。樊英字季齐,南阳鲁阳人。年少时学习《京氏易》,兼修五经,又学习《河图》《洛书》七纬,善长风角、星算,推步灾异,为著名方士。学成后隐居壶山之阳,青年学子从四面八方前来学习。州郡多次聘请,公卿举荐于朝廷,征召为博士,都不从命。建光元年(121),朝廷复诏公车赐策书,征召樊英、孔乔等六人,樊英等四人都不肯入朝。永建二年(127),顺帝以更高礼节征召,樊英托病拒绝。朝廷乃下诏书,命郡县强行征召,樊英不得已,勉强就车驾上道。到京后,他推说有病,不肯起床,被人用舆抬入殿中,尽管如此,樊英还不肯叩拜天子。顺帝大怒对樊英说:"朕能生君,能杀君;能贵君,能贱君;能富君,能贫君。君何以慢朕命?"他要以自己握有生杀予夺之权,震服樊英。但樊英毫不示弱,说:"臣受命于天。生尽其命,天也;死不得其命,亦天也。陛下焉能生臣,焉能杀臣!臣见暴君如见仇雠,立其朝犹不肯,可得而贵乎?虽在布衣之列,环堵之中,晏然自得,不易万乘之尊,又可得而贱乎?陛下焉能贵臣,焉能贱臣!臣非礼之禄,虽万钟不受;若申其志,虽箪食不厌也。陛下焉能富臣,焉能贫臣!"②樊英高傲守节,将生死置之度外。顺帝不能令他屈服,也敬重他的名气,乃命太医给他治病,命人按时给他送去羊、酒,让他休养。

---

① 事见《后汉书》,第 2763—2764 页。
② 同上书,第 2723 页。

樊英著《易章句》，世称樊氏学；又以图谶纬书教授弟子。樊英精通方术，朝廷每有灾异，总要下诏书问讯吉凶。樊英屡征不就，在被强行抬入朝廷之后，敢于藐视天子权威，但求放归。正如他对顺帝所言："虽在布衣之列，环堵之中，晏然自得，不易万乘之尊。"这样的精神气节深受士大夫的称赞。

周黨是两汉之际的名士。周黨字伯况，太原广武人。家资富有，但年少丧父，被同族人收养。族人对他很刻薄，到他长大成人，也不将家产还给他。周黨到乡县诉讼，族人才将财产归还。周黨得到财产后散发给宗族，免除奴婢身价，遣放回家。自己到长安游学。

他学成后，坚持修身养性，受到州郡的普遍称赞。王莽时，托病闭门谢客，隐居不出。光武时，征召为议郎，他托病辞官，不久，被再次征召，不得已，他穿着短布单衣，以谷皮扎起头发，见到光武帝，伏身不行拜谒礼，再三表示愿守隐居之志。光武帝不得已才答应他的请求。

博士范升见周黨傲视公卿，朝廷并不责怪，很不满，便上奏诋毁周黨说："臣闻尧不须许由、巢父，而建号天下；周不待伯夷、叔齐，而王道以成。伏见太原周黨、东海王良、山阳王成等，蒙受厚恩，使者三聘，乃肯就车。及陛见帝廷，黨不以礼屈，伏而不谒，偃蹇骄悍，同时俱逝。黨等文不能演义，武不能死君，钓采华名，庶几三公之位。臣愿与坐云台之下，考试图国之道。不如臣言，伏虚妄之罪。而敢私窃虚名，夸上求高，皆大不敬。"

范升为维护天子的威严，请求与周黨辩论。光武帝却降诏说："自古明王圣主必有不宾之士。伯夷、叔齐不食周粟，太原周黨不受朕禄，亦各有志焉。其赐帛四十匹。"光武帝驳回范升打击隐逸高士的请求，又赐诏周黨曰："许由不仕有唐，帝德不衰。夷齐不食周粟，王道不亏。不忍使黨久逡巡于污君之朝，其赐帛四十匹，遣归田里。"①虽然自称"污君之朝"，语含讥讽，但还是同意周黨隐居的要求。从此，周黨隐居著书。周黨去世后，乡邑人都敬重他，建祠堂祭祀他。

二、隐居全道　志士怀仁：隐居市井的旷世情怀

有些怀道隐居之士，追求性情自适，淡泊名利，他们并未走向山林，而是隐居民间、市井，躬耕自给，清贫劳苦，泰然处之，这是岩穴隐居的第二种类型。他们以全性遂志为人生理想，多不著述，或偶有著述，也不追求立言传世的目标，见性抒怀，情动辞发，快意自足。

《后汉书·逸民列传》载，梁鸿字伯鸾，扶风平陵人。梁鸿年幼丧父，后

---

① ［南朝宋］范晔：《后汉书》，第2762页。

受业太学,勤奋好学,而不喜欢章句考证之类学问,博览群书无所不通。

梁鸿家虽贫,但崇尚节操,素怀隐逸之志。学成不仕,在上林苑中养猪。因失误引发火灾,烧毁邻舍。梁鸿寻访被烧者,以所有的猪赔偿其损失。邻舍主人嫌少。梁鸿没有其他钱财,愿以劳动补偿。梁鸿为他家做工朝夕不懈。众乡里耆老见梁鸿非同常人,于是谴责主人,而称梁鸿为长者。主人开始敬佩他,归还他的猪。梁鸿拒不接受。

梁鸿交游必求志同道合之友。友人京兆高恢,少好《老子》,隐居华阴山中。梁鸿东游思念高恢,作诗曰:"鸟嘤嘤兮友之期,念高子兮仆怀思,相念恢兮爰集兹。"①二人虽不见面,但心灵相通。高恢坚守自己志向,终身不仕。《太平御览》卷四百一十引《东观汉记》曰:"梁鸿初与京邑萧友善约不为陪臣,及友善为郡吏,鸿以书责之而去。"②梁鸿与高恢、萧友善都有岩穴隐居之志。高恢抗节不仕,梁鸿思念友情而赋诗;萧友善出为郡吏,梁鸿视为屈节,就写信谴责他。

梁鸿为实现隐居的志向,娶妻不求美艳,而要找与自己志趣相合的人。权势之家仰慕梁鸿名声,很多人愿将女儿许给他,梁鸿一概谢绝。同县孟氏有一女,体肥貌丑又黑,力大能举石臼,父母为她择婿都不肯嫁,至三十岁。父母问其故。女儿表示要找梁伯鸾那样的贤士做夫婿。梁鸿听说后便到孟氏家求婚。孟氏女准备了布衣、麻屦、纺织工具。结婚时,她以鲜艳妆饰入门。梁鸿却七日不理她。妻子跪床下请问对自己冷淡的原因,梁鸿曰:"吾欲裘褐之人,可与俱隐深山者尔。今乃衣绮缟,傅粉墨,岂鸿所愿哉?"妻曰:"以观夫子之志耳。妾自有隐居之服。"乃更为椎髻,着布衣,操作而前。鸿大喜曰:"此真梁鸿妻也。能奉我矣!"去掉华美装饰,衣着朴素的女人才是能同自己隐居的伴侣,于是,给她取名孟光,字之曰德曜。③

梁鸿择偶,以"欲裘褐之人,可与俱隐深山者"为标准,是寻求志同道合的女性。于是,梁鸿与其妻共入霸陵山中,以耕织为业,咏《诗》《书》,弹琴以自娱。

梁鸿仰慕前世高士,他以汉高祖刘邦与张良都非常敬重的"四皓"为首,选择汉代二十四位隐逸高士,为之作颂,赞美他们的情操志节。可惜所作颂均已散失,今仅存《安丘严平颂》残句"无营无欲,澹尔渊清"。为严可均《全后汉文》所收录。

梁鸿东出关,过洛阳,见到宫殿奢华,联想到官场污浊,遂作《五噫之

---

① [南朝宋]范晔:《后汉书》,第2768页。
② [宋]李昉等编:《太平御览》,第1893页。
③ [南朝宋]范晔:《后汉书》,第2766页。

歌》,含蓄地抒发自己的感慨曰:

> "陟彼北芒兮,噫! 顾览帝京兮,噫! 宫室崔嵬兮,噫! 人之劬劳兮,噫! 辽辽未央兮,噫!"①

章帝听了很不高兴,要征召梁鸿。梁鸿逃避征召,便改名换姓,与妻子隐居齐鲁之间。

梁鸿平生最崇拜的人是延陵季子,即《左传》中记载的吴公子季札。季札是吴王寿梦的幼子,以贤德著称。吴王寿梦要将王位传给他,季札辞让不受,于是乃立长子诸樊。寿梦死,诸樊守丧之后,让位季札,吴国人也坚持立季札。季札坚决不受,弃家在外耕作。后游鲁、郑等诸侯,不入吴。梁鸿仰慕季札,遂离开齐鲁,南下游吴。临行作诗表达了对季札的景仰:

> 逝旧邦兮遐征,将遥集兮东南。心惙怛兮伤悴,志菲菲兮升降。欲乘策兮纵迈,疾吾俗兮作谗。竞举枉兮措直,咸先佞兮唌唌。固靡惭兮独建,冀异州兮尚贤。聊逍遥兮遨嬉,缆仲尼兮周流。倘云睹兮我悦,遂舍车兮即浮。过季札兮延陵,求鲁连兮海隅。虽不察兮光貌,幸神灵兮与休。惟季春兮华阜,麦含含兮方秀。哀茂时兮逾迈,慜芳香兮日臭。悼吾心兮不获,长委结兮焉究! 口嚣嚣兮余讪,嗟恓恓兮谁留?②

梁鸿生活的现实是"竞举枉兮措直",是一个贤愚颠倒、曲直错乱的环境,自己要到崇尚贤德的吴越去,要寻访季札和鲁仲连的遗踪。

梁鸿至吴,借住富户皋伯通廊庑下,为人舂米。每天劳动回家,妻子为他端饭,不敢仰视梁鸿,举案齐眉。皋伯通看见感到诧异,说:"彼佣能使其妻敬之如此,非凡人也。"于是,让他们住在家里。后来,梁鸿患病很重,告诉皋伯通说:"昔延陵季子葬子于嬴博之间,不归乡里,慎勿令我子持丧归去。"梁鸿去世,伯通等将他埋葬在要离墓旁。他们说:"要离烈士,而伯鸾清高,可令相近。"下葬后,妻子归扶风老家。③

《太平御览》卷三百九十二引《东观汉记》曰,梁鸿常闭户潜思著书十余篇④。他无意于为文,见性抒怀,乃有佳作传世。

---

① [南朝宋]范晔:《后汉书》,第2766—2767页。
② 同上书,第2767页。
③ 同上书,第2765—2768页。
④ [宋]李昉等编:《太平御览》,第1812页。

三、身在魏阙 心驰岩穴:岩穴情结的精神困惑

有些士人要隐居避世,公车多次征召不就,这使那些一贯显示自己权势的州郡主宰和公卿很失面子,他们斥责这些不肯听从征召的人不识大体,甚至认为他们有辱朝廷,于是罗织罪名,伺机加害。像樊英那样置生死于度外,公然反抗天子之命者,乃是历史的特例。有些高节之士被迫屈从征辟。但他们身在魏阙,心驰岩穴,志与行分离,在身与心的矛盾中度日。

仲长统字公理,山阳高平人。年少好学,博览群书,又善写作。二十多岁时,游学青、徐、并、冀各州,与他交往的人多惊异地称赞其才能。并州刺史高幹是袁绍外甥,尊贵显赫,招致四方游士,士人多归附。仲长统路过并州,高幹很尊重他,向他请教群雄割据中的发展问题。仲长统谓高幹曰:"君有雄志而无雄才,好士而不能择人,所以为君深戒也。"①高幹一向高傲自满,不肯接受他的意见。仲长统遂离开并州。不久,高幹以并州叛乱导致失败。并州、冀州之士都敬佩仲长统有远见卓识。

仲长统为人倜傥,敢直言,不拘小节,时人称他为狂生。每当州郡征召,总是称病拒绝。后举为尚书郎,入丞相曹操幕府。每论说古今及时俗行事,常发愤叹息。著有《昌言》一书,共三十四篇,十余万言。卒年四十一岁。

他认为凡效力于帝王的士人,都要立身扬名。但往往扬名不成,人生也易于湮灭。不如悠闲修养,可以自娱。他要生活在清幽闲适之中,以满足自己的志趣,他自述其人生追求道:

> 使居有良田广宅,背山临流,沟池环匝,竹木周布,场圃筑前,果园树后。舟车足以代步涉之艰,使令足以息四体之役。养亲有兼珍之膳,妻孥无苦身之劳。良朋萃止,则陈酒肴以娱之;嘉时吉日,则亨羔豚以奉之。蹰躇畦苑,游戏平林,濯清水,追凉风,钓游鲤,弋高鸿。讽于舞雩之下,咏归高堂之上。安神闺房,思老氏之玄虚,呼吸精和,求至人之仿佛。与达者数子,论道讲书,俯仰二仪,错综人物。弹《南风》之雅操,发清商之妙曲。消摇一世之上,睥睨天地之间。不受当时之责,永保性命之期。如是,则可以陵霄汉,出宇宙之外矣。岂羡夫入帝王之门哉!②

这是一篇世外桃源的赞歌。他憧憬一个脱离世俗尘嚣的环境,良田广宅,山环流绕;这里有丰富的物质生活,可满足家人的需求;更有充裕的条件满足朋

---

① [南朝宋]范晔:《后汉书》,第 1644 页。
② 同上。

友聚会、游乐之需;精神生活也很充实,独自冥想,神驰老庄玄妙之境界;与通达玄理的人论道,弹琴啸歌,可以获得精神的自由舒展。"不受当时之责,永保性命之期",这正是他摆脱世俗羁绊,全性保真的最高理想。

仲长统憧憬隐居生活,他的理想与张衡较为接近,希望得到安逸自适的生活,充实的精神。他又作诗二篇,以见其志:

> 飞鸟遗迹,蝉蜕亡壳。腾蛇弃鳞,神龙丧角。至人能变,达士拔俗。乘云无辔,骋风无足。垂露成帏,张霄成幄。沆瀣当餐,九阳代烛。恒星艳珠,朝霞润玉。六合之内,恣心所欲。人事可遗,何为局促?
>
> 大道虽夷,见几者寡。任意无非,适物无可。古来绕绕,委曲如琐。百虑何为,至要在我。寄愁天上,埋忧地下。叛散五经,灭弃《风》《雅》。百家杂碎,请用从火。抗志山栖,游心海左。元气为舟,微风为舵。翱翔太清,纵意容冶。①

诗中表现出远离尘嚣,遨游天外的情怀,他要在"六合之内,恣心所欲",获得超然物外的自由。"寄愁天上,埋忧地下。"更是异想天开,全无半点烦恼忧愁,他要抛弃现实生活中的羁绊,连圣人的经典都不屑一顾,"翱翔太清,纵意容冶"。他的一篇文章、两首诗,道出多少岩穴之士的情怀。

张衡字平子,南阳西鄂人。年少时就以才华著称,又进入太学,遂全面学习贯通五经六艺。他虽才华出众,却从不傲视他人。他为人从容淡静,不好交接俗人。他多次拒绝举孝廉和公府的征召。当时天下表面太平,享乐成风,自王侯以下,无不骄奢淫逸。张衡不愿进入污浊的官场,而热心于文学创作。他模拟班固的《两都赋》创作《二京赋》。在作品中,他寄寓一定的讽谏意图,又要在规模方面超越班固,精思巧构,十年才完成。《二京赋》受到当时人的称赞。

张衡善于机巧制作,对天文、阴阳、历算的研究尤为精湛。安帝听说后特用公车征召,拜为郎中,后晋升为太史令。张衡深入研究阴阳,有独到的领悟,作浑天仪,著《灵宪》《算罔论》。

张衡不羡慕权势、利禄,以技艺自守,他多年不晋升官职,仍泰然处之。阳嘉元年(132),他制造候风地动仪,精确绝伦,几次检验,都与各地地震情况吻合。这样严密的科学计算与制作,亘古未有。张衡以此赢得世人的普遍敬佩。

---

① [南朝宋]范晔:《后汉书》,第1645—1646页。

东汉自光武以来谶纬愚妄之说盛行，光武凭借谶纬建立统治地位，此后儒者争学图纬，兼复附以妖言。张衡以图纬虚妄，非圣人之法，乃上疏批评。

张衡还创作了《思玄赋》《髑髅赋》《七辩》《归田赋》等辞赋作品，表现出他复杂的内心世界和人生追求。

和帝、顺帝时，张衡以特殊才能受到亲幸，宦官便共进谗言诬蔑他。国政衰微，宦官骄横，张衡关心时事政治，想要进谏，又顾虑宦官以谗言蒙蔽天子，阻塞言路。他志意不得舒展，想要摆脱羁绊，隐居世外，又无法违抗朝廷的任命。身心陷于矛盾之中，他为自身处境、出路而焦虑，进而思考人生荣辱兴亡的奥秘，乃作《思玄赋》，以宣寄情志。

在作品中，他诉说自己严格修身自律，"仰先哲之玄训兮，虽弥高其弗违。匪仁里其焉宅兮，匪义迹其焉追？"但社会现实却是非颠倒，美丑混淆，萧艾之类茅草受到珍视，蕙茝等香草反被排斥；美人遭到冷落，骏马被迫拉车。"行陂僻而获志兮，循法度而离殃。惟天地之无穷兮，何遭遇之无常！不抑操而苟容兮，譬临河而无航。欲巧笑以干媚兮，非余心之所尝。"①污浊的现实社会给坚持操守的士人造成巨大的压力。

这正是促使他思考人生、探寻玄远之道的逻辑起点。他因孤独、狐疑而问卜。文王为之筮，得"遁"卦，要他远"遁"他乡；又求龟卜，遇大鸟之兆，要他"游尘外而瞥天"，也是要他远离现实尘嚣。于是，他遵从卦象龟兆，决意远行。他向东，过少暤之穷野，登蓬莱而容与，留瀛洲而采芝；他寻找昔日梦境中的木禾，昆仑之高岗；他南下长沙，他遵从"遁"卦，周流四方，然羁旅无友，皆不可留。他向黄家求教命运的奥秘，然而，天道渺茫，死生吉凶交错复杂，连司命神也难以把握。他列举汉代四个人的盛衰荣辱，探讨命运难测：

> 窦号行于代路兮，后膺祚而繁庑。王肆侈于汉庭兮，卒衔恤而绝绪。尉龙眉而郎潜兮，逮三叶而遘武。董弱冠而司衮兮，设王隧而弗处。②

他在这里用了几个汉朝著名的典故以表达他心中的困惑。"窦"指宫女窦姬。刘邦去世后，吕太后将众多宫女分赐诸王。窦姬是赵人，请主管太监将自己送回赵国，宦者却将她分在赐给代王名单中。窦姬涕泣，不愿去，被迫至代，竟然受到代王的宠幸。后来，代王嗣位为天子，即文帝，窦姬生景帝，立为皇后，其子孙为天子。"王"指王莽父女。王莽专权，将女儿配平帝，为王皇

---

① 张震泽：《张衡诗文集校注》，上海：上海古籍出版社，1986年，第196—199页。
② 费振刚、胡双宝、宗明华辑校：《全汉赋》，第395页。

后。王莽想通过这一手段为自己家族牢牢地控制政权,但王莽被诛,他女儿王太后自投火中死。颜驷年老不遇。他在文帝时为郎,数十年后须发皆白,仍然官职依旧。他自己说,文帝好文,而自己好武,不得重用;景帝喜欢提拔英俊之士,而自己形貌丑陋,不得任用;武帝即位,多提拔年轻士人,而自己已老。所以三世都不合选拔标准,只能老于郎署。武帝听后感其言,擢拜会稽都尉。董贤少年得志,他受哀帝宠幸,年二十二为大司马,位极人臣。哀帝崩,太后命人收其印绶,董贤自杀。

  作者原想探究吉凶的规律,但所举汉代之事,却显出吉凶莫测。窦、王二女的命运与主观努力相反,窦姬回家的愿望没实现,却使她成了皇后,她的子孙掌握着汉家政权,窦氏家族也是汉代四百年间最昌盛的家族。王莽父女想当皇后,却给自己和家族带来灭顶之灾。颜驷年老不遇,董贤少年受宠,但宠极而衰。"吉凶之相仍兮,恒反仄而靡所",作者愈加茫然。而另一些记载又显示"天监孔明",为善有报。"仰矫首以遥望兮,魂恟悒而无俦。"他游于银台,会西王母,见玉女、宓妃,"虽色艳而赂美兮,志皓荡而不嘉"。他拒绝二女之情,"双材悲于不纳兮,并咏诗而清歌"。他又游于天皇之琼宫,聆广乐,素女抚弦,太容吟,得祥和愉悦,然非吾土。最后,他收逸豫之邋心,御"六艺"之珍驾,游道德之平林。既然无法认清玄奥之理,他所能做的只有归于道艺,以精神充实超越现实之污浊①。《思玄赋》篇幅较长,采用抒情的辞体,驰骋想象,遍访古圣先贤,以探求人生玄妙之理,表现作者出内心的苦恼和摆脱现实纷扰的精神追求。

  张衡的《髑髅赋》是一篇奇特的作品,其题材、立意皆取于《庄子·至乐》,假托作者与化为髑髅的庄子对话,展开全文。作品记述"张平子游目于九野,观化乎八方,……顾见髑髅,委于路旁,下居污壤,上负玄霜"。他遇见这处于污壤玄霜中可怜的髑髅,表示关切,遂与对话。髑髅自称"姓庄名周,游心方外,不能自修。寿命终极,来此玄幽"。在对话中,髑髅表现出对功名利禄的蔑视,"荣位在身,不亦轻于尘毛?"而自己修道之至,游心方外,获得超越现实条件束缚的自由:

    况我已化,与道逍遥。离朱不能见,子野不能听。尧舜不能赏,桀纣不能刑。虎豹不能害,剑戟不能伤。与阴阳同其流,与元气合其朴。以造化为父母,以天地为床褥。以雷电为鼓扇,以日月为灯烛。以云汉为川池,以星宿为珠玉。合体自然,无情无欲。澄之不清,浑之不浊。不

---

① 张震泽:《张衡诗文集校注》,第237页。

行而至,不疾而速。①

《髑髅赋》所表达的乃是道家玄妙之理的极境,从这一思想看,似乎是对"幽通"玄想的发挥。

张衡的《髑髅赋》《思玄赋》都表现出作者面对社会现实污浊而产生的焦虑,《归田赋》则似乎是他在艰难求索之后发现的新天地。仕途的污浊使张衡郁郁不快,但超越功名利禄的羁绊,像《髑髅赋》中所说的晋身"化"境、"与道逍遥"的只能是精神状态。《归田赋》展现了身体与精神的生存空间,作品描绘了一个同污浊的现实社会相对立的境界:

> 仲春令月,时和气清,原隰郁茂,百草滋荣。王雎鼓翼,鸧鹒哀鸣,交颈颉颃,关关嘤嘤。②

这是鲜明、亮丽充满勃勃生机的境界,阳春时节,百草繁茂,禽鸟和鸣。这里完全没有官场倾轧和现实污浊。同时,这里同髑髅污壤的处境相比,不仅适合精神的逍遥,也适合生命的存续。白天,他纵览田园美景,"仰飞纤缴,俯钓长流","极般游之至乐"。傍晚,返回蓬庐,弹奏尧舜等前代名曲,阅读周公、孔子等圣贤之书,撰写著述,阐释对"三皇"时代的憧憬。

在田园中,作者的身体与精神获得充分的自由,"纵心于物外,安知荣辱之所如",作品结尾处点出创作宗旨,表现出作者的人生理想与审美追求。

张衡的大多数作品都表现出现实与他的精神追求之间的矛盾。他探讨人生玄妙哲理,憧憬合于自己理想与性格的生活空间。于是,田园的环境与官场、仕途形成鲜明的对比。《归田赋》的艺术表现形式和语言运用,也同他所展现的内容相称。作者一反《思玄赋》等作品中的艺术表现习惯,采用清新自然的语言展现田园的环境和作者的心情。这些特点使《归田赋》成为中国文学史上第一篇描写田园隐居乐趣的作品,同时,它也是汉代第一篇比较成熟的骈体赋。无论从张衡的全部创作看,还是从汉赋的发展过程看,《归田赋》都具有重要的意义。前人评价说:"平子艳发,文以情变,绝唱高踪,久无嗣响。"③此赋与《二京赋》代表了张衡文学创作的两个不同侧面。

蔡邕的人生追求与张衡有相近之处。蔡邕字伯喈,陈留圉人。六世祖蔡勋好黄、老之学,王莽初年,蔡勋携家眷逃入深山,不仕新室。父亲蔡棱也以

---

① 张震泽:《张衡诗文集校注》,第 247—248 页。
② 费振刚、胡双宝、宗明华辑校:《全汉赋》,第 468 页。
③ [南朝梁]沈约:《宋书》,北京:中华书局,1974 年,第 1778 页。

清白正直知名。蔡邕性格笃厚,以孝闻名,他的母亲重病三年,他朝夕侍候,常常不解襟带,废寝忘食。母亲去世后,他在墓旁庐舍中守孝。蔡邕与叔父堂兄弟同居,三世不分财产,乡里人都称赞这个和睦的家族,称赞蔡邕重情守义。

蔡邕年少博学,喜好文学、数术、天文,精通音律。桓帝时,中常侍徐璜等擅权,听说邕善鼓琴,遂以天子名义征召,又命陈留太守督促执行。蔡邕不敢违抗,很不情愿地起身上路,行到偃师,假称有病而返回。蔡邕闲居,不与世人交往。他有感于东方朔《答客难》及扬雄、班固等人的同类作品,思考、提炼世人对自己的责难,创作《释诲》①。

蔡邕重视经典版本的校正。他校书东观,迁议郎,感到经籍去圣久远,流传中文字多有误差,俗儒穿凿附会,贻误后学,于是,乃与他人联合上奏,请求正定《六经》文字。经灵帝批准,蔡邕亲自书丹于碑,使工匠镌刻,立于太学门外。这就是中国最早的石经。于是,学子都有准确的石经版本作依据,避免俗儒传抄失误导致对经典的误读。蔡邕对群小败坏士风及朝廷任用亲佞给以尖锐批评。灵帝征召擅长篆书、尺牍等技艺的人及大谈市井俗趣的人,待制鸿都门下,委以显官要职。蔡邕上疏劝谏。灵帝不采纳,反而设置鸿都门学,扩大群小的队伍和势力。蔡邕又以灾异进谏,力求起到警示作用,为此蔡邕被下狱,几乎被害致死②。

董卓掌权时,为笼络人心,也要选用名气很高的贤才。他听说蔡邕才名后,强令州郡送蔡邕入京。蔡邕被迫踏入仕途,任尚书,拜左中郎将,封高阳乡侯。每集会宴饮,董卓常令蔡邕鼓琴助兴。蔡邕也时时对董卓提出建议。董卓被诛后,司徒王允以蔡邕同情董卓的罪名,将他下狱治罪,遂死狱中,时年六十一岁。

蔡邕著作很多,他作《灵纪》及列传四十二篇,因动乱散失殆尽。所著诗、赋、碑、诔、铭、赞、连珠、箴、吊、论议及《独断》《劝学》《释诲》《叙乐》《女训》《篆艺》、祝文、章表、书记等共百余篇③。

《述行赋》是蔡邕的代表作之一。《述行赋》序云:

> 延熹二年秋,霖雨逾月。是时梁冀新诛,而徐璜、左悺等五侯擅贵于其处,又起显明苑于城西,人徒冻饿不得其命者甚众。白马令李云以直言死,鸿胪陈君以救云抵罪。璜以余能鼓琴,白朝廷。敕陈留太守发

---

① 事见《后汉书》,第 1979—1980 页。
② 同上书,第 1991—2002 页。
③ 同上书,第 2005—2007 页。

遣。余到偃师,病不前,得归。心愤此事,遂托所过,述而成赋。①

这篇序揭示了创作《述行赋》密切相关的背景。这里记述了三件大事。其一是掌握大权的梁冀被诛,徐璜等五宦官封侯,把持朝政;另一件大事是,白马令李云上书批评"官位错乱,小人谄进"的弊端,竟以直言下狱,大鸿胪陈蕃等为李云辩护,也都遭受打击。"心愤此事",表明他对当时政治的深恶痛绝。汉王朝濒临灭亡时政治污浊,宦官、外戚不择手段地争权夺势,官场腐败,仕途凶险,在这样环境中想要保持自己的抱负、操守几乎是不可能的。徐璜等强行征召又想迫使他进入这污浊的逆流中。这也正是激发蔡邕创作的直接动因。

作品以他走过的地域为经,以历史事件为纬,陈述善恶美丑人物,寄托作者的感慨。蔡邕从陈留出发,宿大梁,过中牟、圃田、荥阳、虎牢、长坂,览太室、顾大河、瞰洛汭,到偃师而还。这段路程并不遥远。但这是古代政治舞台的中心区域,历史上各类角色都要在这个舞台上展现自己,善恶美丑、兴衰荣辱,遭人唾骂的,引人钦敬的,都汇集到蔡邕的艺术联想中。"登高斯赋,义有取兮;则善戒恶,岂云苟兮。"②

在大梁,他感叹善恶的颠倒,信陵君杀死晋军主帅,夺取兵权,本是乱臣,却被误称为贤公子。过中牟,他想到佛肸为赵简子管理中牟,却率众反叛。经圃田,他想到周武王封管叔为诸侯,希望他维护周王室的统治,他反而勾结殷商后裔作乱;过荥阳,他对帮助刘邦脱离险境的纪信表示景仰,在偃师,他称赞田横及其部下慷慨就义。在览太室,顾大河,瞰洛汭之际,他更是浮想联翩,伤悼太康失位,周襄王坎坷。但是,"前车覆而未远兮,后乘驱而竞及","周道鞠为茂草兮,哀正路之日涩。观风化之得失兮,犹纷挐其多违"③。历史教训如此丰富、深刻,然而现实中追名逐利的人却执迷不悟,一批又一批地疯狂,一代又一代地灭亡。

这篇作品表现出深沉的历史感,又有鲜明的现实针对性。作者将自己的经历和环境的渲染融合在一起,特色突出,发人深思。

这篇赋感情痛切沉着,幽思婉转。写历史上的人和事,几乎件件指斥现实;写山河云雨,仿佛句句有所寄托。从而将历史、现实、景物、情感有机地熔为一炉。赋的前半篇为吊古,后半篇为伤今,层次非常清晰。全篇以秋天的淫雨作为衬托,气氛悲凉沉重。山行景色的点缀,也写得生动传神。

---

① 费振刚、胡双宝、宗明华辑校:《全汉赋》,第566—567页。
② 同上书,第567—568页。
③ 同上书,第566—567页。

四、牺牛与孤豚：生命意义的追索

东汉一些文人以自己隐居实践诠释生命的意蕴。

《后汉书·逸民列传》载，南郡襄阳人庞公居岘山之南，不肯入城市官府。荆州刺史刘表多次邀请，庞公拒不接受。刘表只好亲自入山拜访，问曰："夫保全一身，孰若保全天下乎？"庞公笑曰："鸿鹄巢于高林之上，暮而得所栖；鼋鼍穴于深渊之下，夕而得所宿。夫趣舍行止，亦人之巢穴也。且各得其栖宿而已，天下非所保也。"在刘表看来，保全天下的人远远高于保全一身的人。庞公则以鸿鹄、鼋鼍志向不同作为回答。刘表又问曰："先生苦居畎亩而不肯官禄，后世何以遗子孙乎？"庞公曰："世人皆遗之以危，今独遗之以安。虽所遗不同，未为无所遗也。"刘表认为躬耕畎亩，没有厚禄，则不能给子孙留下财富。庞公在回答中表明，留给子孙财富的人，也给子孙留下危机；自己没给子孙留下财富，却给他们安全。很显然，刘表与庞公的对话中表现出两种截然不同的人生观和遗产观。后来，庞公携其妻子登鹿门山，隐居采药，不再接触世人①。

东汉文人的岩穴情结表现不尽相同，却都受道家思想影响，从而对人生意义与价值进行的重新考量。

《老子》云："名与身孰亲？身与货孰多？得与亡孰病？甚爱必大费，多藏必厚亡。故知足不辱，知止不殆，可以长久。"②这里明确地将功名、财富与自身生命进行比较，要人们从自身需求与生命存在意义的角度，审视功名、利禄的意义，审视得与失的意义。

《史记·老子韩非列传》云：

> 楚威王闻庄周贤，使使厚币迎之，许以为相。庄周笑谓楚使者曰："千金，重利；卿相，尊位也。子独不见郊祭之牺牛乎？养食之数岁，衣以文绣，以入大庙。当是之时，虽欲为孤豚，岂可得乎？子亟去，无污我。我宁游戏污渎之中自快，无为有国者所羁，终身不仕，以快吾志焉。"③

牺牛与孤豚，这是庄子话语中内涵截然不同的意象。前者高贵、荣华、尊显，代表物欲的追求，也代表自足自适之心的缺失。孤豚下贱、污浊、卑微，表现出在外物诱惑面前的冷峻清醒和主体精神的独立，追求心性的自足之快。牺

---

① [南朝宋]范晔：《后汉书》，第 2776 页。
② 陈鼓应：《老子今注今译》，商务印书馆，2003 年，第 241 页。
③ [汉]司马迁：《史记》，第 2143—2145 页。

牛与孤豚承载着完全不同的人生旨趣和人生态度。

牺牛与孤豚的意义指向在《庄子》一书中多次论述。《庄子·列御寇》的论述与《史记》的记载较为接近，只是孤豚变成孤犊，以同牺牛意象进行对比①。《庄子·秋水》载，惠子为魏国宰相，庄子前往拜见。惠子怕庄子取代自己，竟在大梁搜查三日三夜。庄子直接去见他，说："南方有鸟，其名曰鹓雏，子知之乎？夫鹓雏，发于南海而飞于北海，非梧桐不止，非练实不食，非醴泉不饮。于是鸱得腐鼠，鹓雏过之，仰而视之曰'吓！'今子欲以子之梁国而吓我邪？"②

这里的"鹓雏"是生性高洁的意象，"鸱枭"是仕途得意者的意象，"腐鼠"则为丞相尊位的意象。"鸱枭"得"腐鼠"而守护着，认为珍贵已极。"鹓雏"却不屑一顾。

《庄子·秋水》云：

> 庄子钓于濮水，楚王使大夫二人往先焉，曰："愿以境内累矣！"庄子持竿不顾，曰："吾闻楚有神龟，死已三千岁矣，王巾笥而藏之庙堂之上。此龟者，宁其死为留骨而贵乎？宁其生而曳尾于涂中乎？"
>
> 二大夫曰："宁生而曳尾涂中。"
>
> 庄子曰："往矣！吾将曳尾于涂中。"③

作品中的神龟获得死后的尊荣，其龟板作为占卜的灵物藏在庙堂之上；作品假设神龟未死时可以选择命运，一种是作为龟板享受尊荣，一种是曳尾于涂中，卑微但却是实实在在的生存。这是对生命意义的冷峻思考。

严光对光武帝说："昔唐尧著德，巢父洗耳。士故有志，何至相迫乎！"④他以自己的语言和坚定的态度，回应庄子有关牺牛与孤豚的迷局。尧与许由、光武与严光，圣王与逸民，他们代表人生取舍的两类极境。尧与光武都是建立丰功伟绩的君主，是永垂不朽的圣王，如果从主体的角度考察，他们的共同追求，都是重功业、重物质、重外在，与庄子的牺牛意象相通。许由、与严光则与孤豚、鹓雏意象相通，他们淡泊自守、清心寡欲，重精神、重自我、重自由。东汉寄情岩穴的文人以自己的生命实践与文学创作诠释了道家牺牛与孤豚意象的深刻意蕴。

---

① 郭庆藩：《庄子集释》，第1062页。
② 同上书，第605页。
③ 同上书，第603—604页。
④ ［南朝宋］范晔：《后汉书》，第2763页。

众多士人以立德、立功、立言"三不朽"为人生理想,都以经世济民、建立功业为目标。他们中有少数精英以道义担当为己任,为高尚的人生理想不惜牺牲自己的生命。而在更多士人的心中,成功就意味着仕途畅达与物质利益的获得,"春风得意马蹄疾,一日看尽长安花","生不五鼎食,死当五鼎烹",他们通过种种努力,封妻荫子,光宗耀祖,取得显赫的地位、丰厚的财富。

寄情岩穴的文人选择了与仕途显赫者完全不同的人生道路。《庄子·让王》云:"曾子居卫,缊袍无表,颜色肿哙,手足胼胝。三日不举火,十年不制衣,正冠而缨绝,捉衿而肘见,纳屦而踵决。曳縰而歌《商颂》,声满天地,若出金石。天子不得臣,诸侯不得友。故养志者忘形,养形者忘利,致道者忘心矣。"①这是《庄子》塑造的另一个孤豚,在这一形象中更明确地表现出物质生活与精神追求分裂,东汉贤士从《庄子》孤豚等形象中发现生命的新境界。他们不为物累、不愿心为形役。

东汉文人寄情岩穴的人生实践与文学创作,具有重要的文学史意义。他们为汉代文坛增加了清峻的风气,为后世文人树立了杰出的典范,严子陵、梁鸿更成为历代文人吟咏不衰的题材。

第四节 文网禁锢与激昂文学

东汉中期以后,社会矛盾激化,统治集团内部为权势争夺而频繁发生外戚与宦官的冲突与残杀;下层劳苦大众日益贫困,缺少必要的生活保障,社会危机日益严重,终于导致汉末的黄巾起义。面对日益尖锐的社会矛盾和朝纲衰败,士人不断地提出批评。上层统治集团找不到解决危机的有效办法,错误地以为士人的批评会动摇自己的政权,便采取残暴的手段,疯狂地迫害士人。

一、文网党锢与士人气节

政局不稳也导致统治阶级内部的分化,导致各阶级间矛盾激化、尖锐。士人批评朝政的"清议之风"和朝廷钳制舆论、打击直言之士的"党锢"形成尖锐的对立。宦官所代表的势力集团以"党锢"之名排斥异己,维护自己的利益,甚至一些不曾参与"清议"的士人,也因"党锢"的扩大化而受到牵连。

《后汉书·党锢列传》云:

---

① 郭庆藩:《庄子集释》,第977页。

> 及汉祖杖剑，武夫勃兴，宪令宽赊，文礼简阔，绪余四豪之烈，人怀陵上之心，轻死重气，怨惠必仇，令行私庭，权移匹庶，任侠之方，成其俗矣。自武帝以后，崇尚儒学，怀经协术，所在雾会，至有石渠分争之论，党同伐异之说，守文之徒，盛于时矣。至王莽专伪，终于篡国，忠义之流，耻见缨绋，遂乃荣华丘壑，甘足枯槁。虽中兴在运，汉德重开，而保身怀方，弥相慕袭，去就之节，重于时矣。逮桓、灵之间，主荒政缪，国命委于阉寺，士子羞与为伍，故匹夫抗愤，处士横议，遂乃激扬名声，互相题拂，品核公卿，裁量执政，婞直之风，于斯行矣。①

桓帝初年，帝师尚书周福、河南尹房植都很有名望，二人都是甘陵人，故乡人创作歌谣赞美他们说："天下规矩房伯武，因师获印周仲进。"他们两家都很有势力，他们的宾客互相讥讽攻击，各自结成门派，加深矛盾，从此甘陵形成南北两派，党人之说，自此产生。后汝南太守宗资信任功曹范滂，南阳太守成瑨重用功曹岑晊，两郡又流传歌谣说："汝南太守范孟博，南阳宗资主画诺。南阳太守岑公孝，弘农成瑨但坐啸。"②这些本是当地民谣，但它表明人民对吏治的关注。

这些民谣流言转入太学，以郭林宗、贾伟节为首的三万余太学生，对其很感兴趣。他们也开始将对朝政、对吏治的不满发泄出来，往往共同评议。他们对李膺、陈蕃、王畅大加褒重。太学中也作歌谣，评论时人时事说："天下模楷李元礼，不畏强御陈仲举，天下俊秀王叔茂。"③又渤海人公族进阶、扶风人魏齐卿，都直言评论，不避豪强。自公卿以下，无不畏惧他们的评议，纷纷与他们交往。

朝廷对疯狂制造文网冤狱十分热衷，敢于反对者，一并列为党人。永昌太守曹鸾上书为党人辩护，言辞激烈，切中时弊。天子读奏章大怒，即诏司隶、益州用槛车收捕曹鸾，送槐里狱拷打致死。于是又诏州郡进而牵连党人门生故吏、父子兄弟，凡是在位者，都免官监禁殃及他们的五服亲属。

李膺是"党锢"冤狱中受害者。从他的为人处事和蒙冤，就可以看出"党锢"冤狱残害士人的本质。

李膺字元礼，颍川襄城人。李膺性情孤傲清高，不喜欢官场应酬，只把同郡荀淑、陈寔视为师友。举孝廉不久，为司徒胡广所征召，受到赞扬、举荐，迁青州刺史，主督察官吏，检举不法者。守令都畏他威严，很多人听说他要审察

---

① [南朝宋]范晔：《后汉书》，第2185页。
② 同上书，第2186页。
③ 同上。

自己,便弃官。后迁渔阳太守、蜀郡太守等职。南阳樊陵求为门徒,李膺视其品行不端,推辞不肯接受。樊陵后来阿附宦官,官至太尉,被重节操的士大夫所鄙视。荀爽曾拜谒李膺,为他驾车,回来后高兴地说:"今日乃得御李君矣。"①可见人们仰慕的程度。

当时,宦官张让弟张朔为野王令,贪残无道,甚至残杀孕妇,闻李膺厉威严,逃还京师,隐匿在张让家,藏在空柱中。李膺察明后,率将吏卒破柱捕取张朔,交付洛阳狱。审理毕,立即处死。张让向皇帝诉冤,诏李膺入殿,桓帝亲自出面,责怪李膺不先请示便处死。李膺回答说:"昔晋文公执卫成公归于京师,《春秋》是焉。《礼》云公族有罪,虽曰宥之,有司执宪不从。昔仲尼为鲁司寇,七日而诛少正卯。今臣到官已积一旬,私惧以稽留为愆,不意获速疾之罪。诚自知衅责,死不旋踵,特乞留五日,克殄元恶,退就鼎镬,始生之意也。"他疾恶如仇,即使被惩罚,死前也要将罪大恶极之徒斩草除根。而且他的回答引《春秋》为据,义正词严。桓帝只好对张让说:"此汝弟之罪,司隶何愆?"乃遣出之。自此诸黄门常侍皆鞠躬屏气,连放假休息也不敢出宫门惹是生非,桓帝怪问其故,都叩头哭泣说:"畏李校尉。"②其刚正凌厉之风令谄佞小人闻风丧胆。朝廷日乱,纲纪颓弛,李膺弘扬正义,疾恶如仇,打击奸佞,声名大振。士人如被李膺接纳,都自称"登龙门",可见李膺在士大夫心中地位之高,影响之深。

《后汉书·党锢列传》云:"凡党事始自甘陵、汝南,成于李膺、张俭,海内涂炭,二十余年,诸所蔓衍,皆天下善士。"③又载太尉陈蕃语曰:"今所考案,皆海内人誉,忧国忠公之臣。此等犹将十世宥也,岂有罪名不章而致收掠者乎?"④"党锢"对士人的残害,从以上引述可见一斑。这也可以看出当时社会震荡的激烈程度。不仅如此,"党锢"之祸又与当时极其尖锐的社会矛盾交织在一起。这一点就连统治阶级中的人也看得很清楚。"中平元年,黄巾贼起,中常侍吕强言于帝曰:'党锢久积,人情多怨。若久不赦宥,轻与张角合谋,为变滋大,悔之无救。'帝惧其言,乃大赦党人,诛徙之家皆归故郡。其后黄巾遂盛,朝野崩离,纲纪文章荡然矣。"⑤

此前,李膺与廷尉冯绲、大司农刘祐等志同道合,要打击奸佞,惩治歪风。结果他们都遭诬陷获罪。司隶校尉应奉上疏为李膺等辩诬说:

---

① [南朝宋]范晔:《后汉书》,第2191页。
② 同上书,第2194页。
③ 同上书,第2189页。
④ 同上书,第2195页。
⑤ 同上书,第2189页。

> 窃见左校弛刑徒前廷尉冯绲、大司农刘祐、河南尹李膺等,执法不挠,诛举邪臣,肆之以法,众庶称宜。昔季孙行父亲逆君命,逐出莒仆,于舜之功二十之一。今膺等投身强御,毕力致罪,陛下既不听察,而猥受谮诉,遂令忠臣同愆元恶。自春迄冬,不蒙降恕,遐迩观听,为之叹息。①

应奉为他们深感不平。针对这桩冤狱,太尉陈蕃也上疏极谏说:

> 伏见前司隶校尉李膺、太仆杜密、太尉掾范滂等,正身无玷,死心社稷。以忠忤旨,横加考案,或禁锢闭隔,或死徙非所。杜塞天下之口,聋盲一世之人,与秦焚书坑儒,何以为异?昔武王克殷,表闾封墓,今陛下临政,先诛忠贤。遇善何薄?待恶何优?夫逸人似实,巧言如簧,使听之者惑,视之者昏。夫吉凶之效,存乎识善;成败之机,在于察言。人君者,摄天下之政,秉四海之维,举动不可以违圣法,进退不可以离道规。谬言出口,则乱及八方,何况髡无罪于狱,杀无辜于市乎!昔禹巡狩苍梧,见市杀人,下车而哭之曰:"万方有罪,在予一人!"故其兴也勃焉。又青、徐炎旱,五谷损伤,民物流迁,茹菽不足。而宫女积于房掖,国用尽于罗纨,外戚私门,贪财受赂,所谓"禄去公室,政在大夫"。昔春秋之末,周德衰微,数十年间无复灾眚者,天所弃也。天之于汉,恨恨无已,故殷勤示变,以悟陛下。除妖去孽,实在修德。臣位列台司,忧责深重,不敢尸禄惜生,坐观成败。如蒙采录,使身首分裂,异门而出,所不恨也。②

陈蕃慷慨陈词,为李膺等申辩,同时尖锐指出朝廷的腐败,甚至将批评的锋芒直接指向天子。"党锢"冤狱是当时正与邪的斗争。士人虽然遭受了沉重的打击,但他们坚持气节、顽强抗争,给予当时文学以极为深刻的影响。

二、王符、崔瑗、崔寔

王符字节信,安定临泾人。年少好学,有志操,与马融、窦章、张衡、崔瑗等友善。安定的风俗鄙视庶孽孤独之人,而王符没有亲戚,孑然一身,被乡人所轻视。自和帝、安帝之后,世人追求仕途荣显,掌权者互相引荐,而王符磊落正直不同于俗人,以此遂不得升进。他志意蕴愤不平,乃隐居著书三十余篇,名其书曰《潜夫论》,自谓沉潜之人,不欲彰显其名。《潜夫论》讥当时得

---

① [南朝宋]范晔:《后汉书》,第2192页。
② 同上书,第2166—2167页。

失,"指讦时短,讨谪物情",要对世道人心有所补救①。

尽管王符隐居,不欲彰显其名,但他的人品、学识已为人所知,为人所重。后度辽将军皇甫规解官归安定,同乡有人买官为雁门太守,也离职还家,带着名刺拜谒皇甫规。皇甫规卧而不迎,见他进来,便问:"卿前在郡食雁美乎?"对他显得很不屑。后来,仆人又报说王符在门前。皇甫规一向听说王符名声,匆忙起身,衣冠不整地出迎,拉着王符的手,谈得十分融洽。当时民谣为之语曰:"徒见二千石,不如一缝掖。"②称赞书生道义高尚,赢得人们的尊重。

王符《潜夫论·叙录》云:"夫生于当世,贵能成大功。太上有立德,其下有立言,蹋茸而不才,先器能当官。未尝服斯役,无所效其勋。中心时有感,援笔纪数文。字以缀愚情,财令不忽忘。刍荛虽微陋,先圣亦咨询。草创叙先贤三十六篇,以继前训左丘明五经。"③可见他著述宗旨在于立言,要以先圣为依据,表达对现实人生的感想。在《潜夫论·叙录》中作者自述各篇要义:

> 人皆智德,苦为利昏,行污求荣,戴盆望天。为仁不富,为富不仁,将修德行,必慎其原,故叙《遏利》第三。
>
> 世不识论,以士卒化,弗问志行,官爵是纪。不义富贵,仲尼所耻,伤俗陵迟,遂远圣述,故叙《论荣》第四。
>
> 惟贤所苦,察妒所患,皆嫉过己,以为深怨。或因类蛘,或空造端,痛君不察,而信谗言,故叙《贤难》第五。
>
> 览观古今,爰暨书传,君皆欲治,臣恒乐乱。忠佞溷淆,各以类进,常若不明,而信奸论,故叙《潜叹》第十。
>
> 夫位以德兴,德贵忠立,社稷所赖,安危是系。非夫谠直贞亮,仁慈惠和,事君如天,视民如子,则莫保爵位,而全令名,故叙《忠贵》第十一。④

这些论述表明他虽隐居著书,但也是身在江湖,心系魏阙,对现实十分关注,并未身心俱隐。

《潜夫论·忠贵》以天理公正为尺度评价忠,批评君主"偷天官以私己",任人唯亲,批评以谄媚顺上为忠,指出:

---

① [南朝宋]范晔:《后汉书》,第1630页。
② 同上书,第1643页。
③ [汉]王符著,[清]汪继培笺,彭锋校正:《潜夫论》,北京:中华书局,1979年,第465页。
④ 同上书,第467、468、471页。

> 是故德不称,其祸必酷;能不称,其殃必大。夫窃位之人,天夺其鉴。虽有明察之资,仁义之志,一旦富贵,则背亲捐旧,丧其本心,疏骨肉而亲便辟,薄知友而厚犬马,宁见朽贯千万,而不忍贷人一钱,情知积粟腐仓,而不忍贷人一斗,骨肉怨望于家,细人谤讟于道。前人以败,后争袭之,诚可伤也。①

> 不上顺天心,下育人物,而欲任其私智,窃弄君威,反戾天地,欺诬神明。居累卵之危,而图太山之安;为朝露之行,而思传世之功。岂不惑哉!岂不惑哉!②

这很显然是对东汉朝政的委婉批评。

《述赦》曰:

> 凡疗病者,必知脉之虚实,气之所结,然后为之方,故疾可愈而寿可长也。为国者,必先知民之所苦,祸之所起,然后为之禁,故奸可塞而国可安也。今日贼良民之甚者,莫大于数赦赎。赦赎数,则恶人昌而善人伤矣。何以明之哉?夫勤敕之人,身不蹈非,又有为吏正直,不避强御,而奸猾之党横加诬言者,皆知赦之不久故也。善人君子,被侵怨而能至阙庭自明者,万无数人;数人之中得省问者,百不过一;既对尚书而空遣去者,复什六七矣。其轻薄奸轨,既陷罪法,怨毒之家冀其辜戮,以解畜愤,而反一概悉蒙赦释,令恶人高会而夸咤,老盗服臧而过门,孝子见仇而不得讨,遭盗者睹物而不敢取,痛莫甚焉!③

这里揭露了刑法偏袒恶人,不保护良民的本质。奸猾之人也利用法令的不公,为非作歹,残害百姓。书中对当时是非颠倒的政治,对官吏的腐败、卑劣,从多方面进行批判。由此可见,王符虽身隐,但心中并不平静。

崔瑗字子玉,是崔骃的中子,早年丧父,锐志好学,全面继承、传播他父亲的事业。年十八到京师,跟随侍中贾逵学习,贾逵很喜欢他。于是崔瑗留在洛阳游学,精通天官、历数、京房《易传》,诸儒都以他为师。与扶风马融、南阳张衡关系密切。此前,崔瑗哥哥被州人所杀,崔瑗亲手报仇,因而逃亡在外,后逢大赦归家。家贫,兄弟同居数十年,乡邑受其影响,家族和睦。

年四十余,才担任郡吏。后因事牵连入狱。狱掾擅长礼学,崔瑗常趁被

---

① [南朝宋]范晔:《后汉书》,第1631页。
② 同上书,第1633页。
③ 同上书,第1642页。

审讯的间隙,请教有关礼的学说。崔瑗专心好学,即使遭遇颠沛也不停止钻研学问。崔瑗仕途不顺,两度进入将军幕府,都受到不同程度的牵连。其后举茂才,迁汲县令。在任七年,很关心民生实际,为人开稻田数百顷,受到百姓的爱戴、歌颂。后迁济北相。当时,李固为太山太守,赞赏崔瑗文辞优雅,与他往来密切。

崔瑗文辞出众,尤擅长书、记、箴、铭等文体创作,他所著赋、碑、铭、箴、颂及《七苏》《南阳文学官志》《叹辞》《移社文》《悔祈》《草书艺》七言,共五十七篇。他的《南阳文学官志》尤其受后人称赞。

崔瑗后人中,崔寔最为翘楚。崔寔字子真,一名台,字符始。少时沉静,爱好典籍。父亲去世,隐居在墓侧。除孝服,三公同时征召,他都不接受。桓帝初,诏告公卿郡国举荐至孝有操行之士。崔寔受州郡推举入京,因病不能对策,除为郎。太尉袁汤、大将军梁冀先后征辟,崔寔皆不应召。大司农羊傅、少府何豹上书举荐他才能高美,应在朝廷。于是拜崔寔为议郎,迁大将军梁冀司马,与边韶、延笃等一同在东观校书。

后来崔寔出任五原太守,见当地人民生活极其贫困,又不懂织绩,冬天无衣无被褥,便以自己的俸禄,为百姓制作纺织的工具并教导他们使用,百姓得以免除冻伤之苦。当时匈奴接连入侵云中、朔方,杀害掠夺吏民,一年中甚至九次逃奔。崔寔整顿士马,注重烽候,匈奴不敢侵犯,成为边境最强者,也给一方百姓带来安宁。崔寔为官清廉,以至病故时,家徒四壁,没有殡葬之资。他的人品赢得朝野称赞,大鸿胪袁隗为他树碑,盛赞他的品德。

崔寔对政治有清醒的认识,著书谈论当世便利之事数十条,名曰《政论》。《政论》见于各书记载,或作《政论》,或作《正论》,又作《本论》。《隋书·经籍志》载崔寔《正论》五卷,归于法家。原书宋代已佚,今有辑录本。范晔《后汉书》论曰:"寔之《政论》,言当世理乱,虽晁错之徒不能过也。"①评价很高,也合于实际。

崔寔论述当世政治,能发现王朝与社会的紧迫问题,指切时要,尖锐、明确而又雄辩。仲长统称赞其政论说:"凡为人主,宜写一通,置之坐侧。"②

崔寔有针对性地论述了明君待贤臣辅佐而施治的观点。"自尧、舜之帝,汤、武之王,皆赖明哲之佐,博物之臣。故皋陶陈谟而唐、虞以兴,伊、箕作训而殷、周用隆。"③指出后世君主"曷尝不赖贤哲之谋乎!"④他想说明,后世

---

① [南朝宋]范晔:《后汉书》,第1733页。
② 同上书,第1725页。
③ 同上。
④ 同上。

君主都有美好的愿望,希望治理国家、社稷,希望得到贤臣的帮助。但现实政治往往与这良好的愿望相反:

> 凡天下所以不理者,常由人主承平日久,俗渐敝而不悟,政浸衰而不改,习乱安危,怢不自睹。或荒耽嗜欲,不恤万机;或耳蔽箴诲,厌伪忽真;或犹豫歧路,莫适所从;或见信之佐,括囊守禄;或疏远之臣,言以贱废,是以王纲纵弛于上,智士郁伊于下。悲夫!①

崔寔认为,天下衰败而不能很好地治理,君臣双方都存在严重的失误。君主对混乱危亡的现实熟视无睹,荒淫成性,昏聩惑乱,不辨善恶美丑;受到信任的大臣,贪图俸禄,无所作为;被排斥的臣属因地位卑微,即使有很好的意见,也不被采纳。他清晰地阐明了汉世之弊:"自汉兴以来,三百五十余岁矣。政令垢玩,上下怠懈,风俗凋敝,人庶巧伪,百姓嚣然。"②他论述了天下三患之弊:天下之患一,法读废坏,人人追求诸侯的衣服,诸王的饮食,"僭至尊,逾天制","下僭其上,尊卑无别","故王政一倾,普天率土,莫不奢僭,非家至人告,乃时势驱之使然,此天下之患一也";"无用之器贵,本务之业贱矣。农桑勤而利薄,工商逸而入厚,故农夫辍耒而雕镂,工女投杼而刺绣。躬耕者少,末作者众","根拔则本颠。此最国家之毒忧。可为热心者也。斯则天下之患二也";"在位者则犯王法以聚敛,愚民则冒罪戮以为健,俗之坏败乃至于斯,此天下之患三也"③。

文章对社会矛盾尖锐程度的分析可谓入木三分。

正是因为汉遭时弊,因此文章随即提出了解决弊端的原则及方法。"济时拯世之术,岂必体尧蹈舜然后乃治哉?期于补绽决坏,枝柱邪倾,随形裁割,取时君所能行,要措斯世于安宁之域而已。故圣人执权,遭时定制,步骤之差,各有云设。不强人以不能,背急切而慕所闻也。""是以受命之君,每辄创制;中兴之主,亦匡时失。"④结合当时社会的实际情况,崔寔提出"(故宜)量力度德,《春秋》之义,今既不能纯法八代,故宜参以霸政,则宜重赏深罚以御之,明著法术以检之"⑤。阐述了他治理政治混乱的法治思想。

崔寔以匡正时弊为主旨,对社会政治的污浊展开尖锐的批判,表达忧国之情和政治见解。他们引发的社会批判思潮不仅在汉代产生了很大影响,在

---

① [南朝宋]范晔:《后汉书》,第1725页。
② 同上书,第1726页。
③ [汉]崔寔撰,孙启治校注:《政论校注》,北京:中华书局,2012年,第78、80、80、85、89页。
④ [南朝宋]范晔:《后汉书》,第1726页。
⑤ 同上书,第1727页。

整个思想史上都有着重要意义。《后汉书》论曰:"崔寔之《政论》,言当世理乱,虽晁错之徒不能过也。"①

三、赵壹、祢衡

赵壹字元叔,汉阳西县人。他身高九尺,美须豪眉,体貌魁梧英俊。但他恃才倨傲,受到乡里人排挤,于是作《解摈》。后屡次犯罪,几乎被处死,经友人搭救得免。赵壹致书谢恩,并作《穷鸟赋》。

光和元年(178),被举为郡上计,为郡守到京师呈交账簿。司徒袁逢接受、审理各地上报账目,计吏数百人,都拜伏庭中,莫敢仰视。赵壹独长揖而已。袁逢见他不跪拜很诧异,令左右去批评他,责问他:"下郡计吏而揖三公,何也?"赵壹回答说:"昔郦食其长揖汉王,今揖三公,何遽怪哉?"袁逢赶紧下堂,拉着他的手,请入上坐,向坐中宾客、诸吏介绍说:"此人汉阳赵元叔也。朝臣莫有过之者,吾请为诸君分坐。"②于是大受在座者瞩目。

赵壹拜访河南尹羊陟,不得见。赵壹认为公卿中只有羊陟值得自己结识,遂天天前往。羊陟勉强许其来访,尚卧未起。赵壹径直入上堂,当面对羊陟说:"窃伏西州,承高风久矣。乃今方遇而忽然,奈何命也!"于是,放声大哭,门下众人惊慌,纷纷奔入堂上。羊陟知道他不是寻常人,起身与赵壹交谈,极为称赞,让他先回住处。第二天,羊陟率领车骑众人,拿着名帖郑重地拜访赵壹。当时,各地赴京计吏多盛饰车马、帷幕,唯独赵壹柴车草屏,露宿车傍。他请羊陟坐于车下,左右莫不惊愕。羊陟与他交谈至黄昏,极欢而去,拉着他的手说:"良璞不剖,必有泣血以相明者矣!"③羊陟与袁逢共同举荐赵壹。赵壹遂名动京师,朝中士大夫都想望其风采。

赵壹返回汉阳,道经弘农,顺路拜访太守皇甫规,门者通报迟缓,赵壹遂离去。门吏因胆怯向太守报告。皇甫规闻赵壹名大惊,赶紧写信谢罪:

> 蹉跌不面,企德怀风,虚心委质,为日久矣。侧闻仁者愍其区区,冀承清诲,以释遥悚。今旦,外白有一尉两计吏,不道屈尊门下,更启乃知已去。如印绶可投,夜岂待旦。惟君明睿,平其夙心。宁当慢傲,加于所天。事在悖惑,不足具责。倘可原察,追修前好,则何福如之!谨遣主簿奉书。下笔气结,汗流竟趾。④

---

① [南朝宋]范晔:《后汉书》,第1733页。
② 同上书,第2632页。
③ 同上。
④ 同上书,第2633页。

皇甫规在信中诚恳地讲述手下人办事不力,造成未能会面的遗憾,希望赵壹谅解,并追修前好。赵壹回信举前人尊贤的榜样,然后说:

> 岂悟君子,自生怠倦,失恂恂善诱之德,同亡国骄悋之志!盖见机而作,不俟终日,是以凤退自引,畏使君劳。昔人或历说而不遇,或思士而无从,皆归之于天,不尤于物。今壹自谴而已,岂敢有猜!仁君忽一匹夫,于德何损?而远辱手笔,追路相寻,诚足愧也。壹之区区,曷云量己?其嗟可去,谢也可食,诚则顽薄,实识其趣。①

皇甫规邀请他返回,追修前好,但他在信中鲜明地指出皇甫规同真正尊贤礼士者的差距,甚至不无讥讽地说,你轻视一个普通人,对你的德没有损害,何必辛辛苦苦地写信呢?赵壹傲岸不羁的性格显现于字里行间。

赵壹的作品不多,著赋、颂、箴、诔、书、论及杂文十六篇。

赵壹受到乡里人的排挤、打击,多次因罪入狱,几乎被处死,经友人救援才获得解脱。获救后赵壹写信谢恩并说,自己畏惧文网,不敢直接陈述事情原委,作《穷鸟赋》②一篇,以倾诉自己的愤懑及对友人的感谢。作品写道:

> 有一穷鸟,戢翼原野。毕网加上,机阱在下,前见苍隼,后见驱者,缴弹张右,羿子彀左,飞丸激矢,交集于我。思飞不得,欲鸣不可,举头畏触,摇足恐堕。内独怖急,乍冰乍火。幸赖大贤,我矜我怜,昔济我南,今振我西。鸟也虽顽,犹识密恩。③

作品以象征的手法表达了自己像鸟困于原野,周围是各种伤害自己的危险,表现出自己处境的险恶,却又无法摆脱困境,也对援救自己的人表达了由衷的感谢。

赵壹的《穷鸟赋》为四言体的作品。作品并不描绘鸟的形貌,而是突出鸟"穷"的境遇:"有一穷鸟,戢翼原野。毕网加上,机阱在下,前见苍隼,后见驱者,缴弹张右,羿子彀左,飞丸激矢,交集于我。"这只鸟惊恐地收敛翅膀,落在原野的树上。它的上下、前后、左右都被人们设置了捕捉器具,到处都布满危险。"交集于我",总括写出鸟的困窘。

接下来写鸟的感受:"思飞不得,欲鸣不可,举头畏触,摇足恐堕。内独

---

① [南朝宋]范晔:《后汉书》,第2632—2634页。
② 同上书,第2628页。
③ 费振刚、胡双宝、宗明华辑校:《全汉赋》,第553页。以下《穷鸟赋》引文皆出于此。

怖急,乍冰乍火。"它觉察到四周的危险:飞、鸣、举头、摇足都遭到不测。环绕于外的威胁和充满内心的恐惧交织在一起,展现在读者面前的是穷困已极的鸟的形象。在十分危急的情况下,恩人出手救援。这位"大贤",同情并关心自己,多方救助,把自己从危难中救出。对此,它感恩戴德,无以复加。"鸟也虽顽,犹识密恩。内以书心,外用告天。"它颂扬恩人的贤德,为之祈福。作品的形象不关注鸟本体的描写,而以其困窘的处境和状态为主,又进而展现被救后感恩的内心世界。

赵壹更具有代表性的作品是他的《刺世疾邪赋》。

> 于兹迄今,情伪万方。佞谄日炽,刚克消亡。舐痔结驷,正色徒行。妪禹名势,抚拍豪强。偃蹇反俗,立致咎殃。捷慑逐物,日富月昌。浑然同惑,孰温孰凉?邪夫显进,直士幽藏。
>
> 原斯瘼之攸兴,实执政之匪贤。女谒掩其视听兮,近习秉其威权。所好则钻皮出其毛羽,所恶则洗垢求其瘢痕。虽欲谒诚而尽忠,路绝险而靡缘。九重既不可启,又群吠之狺狺。安危亡于旦夕,肆嗜欲于目前。奚异涉海之失舵,积薪而待燃?荣纳由于闪揄,孰知辩其蚩妍?故法禁屈挠于势族,恩泽不逮于单门。宁饥寒于尧、舜之荒岁兮,不饱暖于当今之丰年。乘理虽死而非亡,违义虽生而匪存。①

他把压抑在胸中的郁闷和不平化为激切的言词,公诸世人。他用简练的笔把那个污浊的社会现实勾勒出来。"舐痔结驷,正色徒行";"邪夫显进,直士幽藏"。他不同于一般文学家那样讥咒前朝,颂美当今;也不同于多数文人那样,一旦涉及社会现实的黑暗和执政权贵的暴虐,就往往采用含蓄的、委婉的表现方法。他直面现实,无所顾忌地指斥丑恶现象和丑恶势力。他指出,德政、赏罚都不足以挽救社会,汉代并不比秦朝治理得好,反而每况愈下。他甚至大胆地把批评的矛头直指"执政",即最高统治者:"原斯瘼之攸兴,实执政之匪贤。"这样勇敢的批判精神和爱憎鲜明的语言,只有赵壹写得出。他竟然表示:"宁饥寒于尧舜之荒岁兮,不饱暖于当今之丰年。"他由刺世竟至于发展到同世道决绝的程度。此赋在抒发自己感情时直率猛烈、痛快淋漓,对时政揭露批判的深度和力度都是空前的,有似一篇笔锋犀利的讨伐檄文。这篇作品在体制上活泼自由、不循常规,篇幅短小,语言刚劲朴素,具有独特的艺术成就。

---

① [南朝宋]范晔:《后汉书》,第 2630—2631 页。

祢衡字正平,平原般人。年少就以才辩著称,他性情刚烈傲岸,经常毫无顾忌地批评他人。建安初,他到颍川,身上带着名刺,看是否有值得自己拜访的,可惜直到名刺的字都模糊不清,也没发现值得自己递上名刺拜访的人。当时许都新建,贤士大夫纷纷汇集。有人问祢衡曰:"盍从陈长文、司马伯达乎?"对曰:"吾焉能从屠沽儿耶!"又问:"荀文若、赵稚长云何?"祢衡曰:"文若可借面吊丧,稚长可使监厨请客。"他蔑视当时文士,只对孔融、杨修表示认可。常称:"大儿孔文举,小儿杨德祖。余子碌碌,莫足数也。"他狂放不羁,傲视群贤,于此可见一斑①。

孔融亦深爱其才。孔融年四十,祢衡始弱冠,两人成为忘年交。孔融上疏举荐祢衡,对他极力称赞:

> 窃见处士平原祢衡,年二十四,字正平,淑质贞亮,英才卓砾。初涉艺文,升堂睹奥。目所一见,辄诵于口;耳所瞥闻,不忘于心。性与道合,思若有神。弘羊潜计,安世默识,以衡准之,诚不足怪。忠果正直,志怀霜雪。见善若惊,疾恶若仇。任座抗行,史鱼厉节,殆无以过也。鸷鸟累伯,不如一鹗。使衡立朝,必有可观。飞辩骋辞,溢气坌涌,解疑释结,临敌有余。昔贾谊求试属国,诡系单于;终军欲以长缨,牵致劲越。弱冠慷慨,前世美之。近日路粹、严象,亦用异才,擢拜台郎,衡宜与为比。如得龙跃天衢,振翼云汉,扬声紫微,垂光虹霓,足以昭近署之多士,增四门之穆穆。钧天广乐,必有奇丽之观;帝室皇居,必蓄非常之宝。若衡等辈,不可多得。②

孔融喜爱祢衡的才华,多次在曹操面前称赞他。曹操想见他,而祢衡傲慢成性,自称狂病,不肯前往。曹操很愤怒,但因他有才名,不想杀他。后听说祢衡善击鼓,便召他为鼓史。在大会宾客时,命鼓史表演。按规定,表演者都要穿演出服。其他人都已换装表演,祢衡却穿着普通衣服,奏《渔阳》参挝,声节悲壮,听者莫不慷慨。祢衡边击鼓,边进至曹操前,官吏斥责他不换服装是轻慢无礼,祢衡便脱掉外服内衣,裸身而立,慢慢地取规定的服装穿上,然后击鼓参挝而去。他以这样的举动藐视曹操的权威。

孔融事后责怪祢衡,又传达曹操想召见之意。祢衡答应前往。曹操很高兴,等待至很晚,祢衡穿着布单衣、疏巾,手持三尺杖,坐大营门,以杖捶地大骂。曹操大怒,对孔融说:"祢衡竖子,孤杀之犹雀鼠耳。顾此人素有虚名,远

---

① [南朝宋]范晔:《后汉书》,第2652—2653页。
② 同上书,第2653—2654页。

近将谓孤不能容之。"于是命人将祢衡送到刘表处。

刘表及荆州士大夫都叹服祢衡的才名,非常敬重他,重要的文章论议,都要经祢衡定稿。刘表曾与诸文人冥思苦想地共草章奏。当时祢衡外出,归来后阅读该文稿,未读完,便扔在地上。祢衡要来笔札,须臾立成,辞义可观。刘表虽然敬佩他的才华,但也嫌其狂傲,又将祢衡送与江夏太守黄祖。

黄祖对他也很好。祢衡为黄祖代笔撰写文章,轻重疏密,都十分得体。黄祖拉着他的手说:"处士,此正得祖意,如祖腹中之所欲言也。"称赞他的文章准确地传达了自己的心意。但祢衡终因触犯黄祖而被杀害。去世时年仅二十六,他的文章也多散失。

黄祖长子黄射为章陵太守,对祢衡非常友善。黄射大会宾客,有人献鹦鹉,黄射举卮向祢衡敬酒,并请他以鹦鹉为题作赋。祢衡"揽笔而作,文无加点,辞采甚丽"①。祢衡笔下的鹦鹉形象生动,意蕴丰富②:

> 惟西域之灵鸟兮,挺自然之奇姿。体金精之妙质兮,合火德之明辉。性辩慧而能言兮,才聪明以识机。故其嬉游高峻,栖跱幽深。飞不妄集,翔必择林。绀趾丹觜,绿衣翠衿。采采丽容,咬咬好音。虽同族于羽毛,固殊智而异心。配鸾皇而等美,焉比德于众禽?③

祢衡先写鹦鹉的奇姿、妙质。它生长于西域,又具有特殊的形貌,体现出五行中的金与火的精蕴,聪慧异常。它游戏、栖息、飞翔,都要选择高山幽谷、嘉树茂林。这是它超群妙质的体现。祢衡然后才对它的外貌进行描写,暗红的脚趾、丹红的嘴、翠绿的羽衣,色彩绚丽。内在的妙质与外在的体貌,展现出超脱众禽的形象。

奇姿、妙质标志鹦鹉的高洁品格,它也以此感到自豪,足以傲视群鸟。但这也为它带来厄运。主人因羡其芳声、灵表而命人从西域到昆仑,张罗捕捉。于是,鹦鹉的命运发生了巨大的转折。它只能接受命运的安排。"且其容止闲暇,守植安停。逼之不惧,抚之不惊。宁顺从以远害,不违迕以丧生。"它以贤者、智者的态度直面鸟生的转变。

作品从两个方面揭示鹦鹉的内心世界。一方面从鹦鹉被关在笼中,成为观赏的珍禽,抒发了离群羁旅的烦恼和归穷委命的无奈。从女子出嫁,到仕宦远游,都要离开家乡,都有离群羁旅的烦恼。处身笼中的鹦鹉同贤哲仕宦

---

① [南朝宋]范晔:《后汉书》,第2655—2657页。
② 详见杨允《赵壹、祢衡咏鸟赋研究》,载《社会科学战线》2013年第4期。
③ 费振刚、胡双宝、宗明华辑校:《全汉赋》,第611页。

远游一样,都感受到羁旅的烦恼,从这一角度看,自己作为小小的禽鸟,更不值得嗟叹。尽管如此,它十分牵挂家中的母亲、伉俪和众雏。人伦与鸟伦的联想,十分生动。"眷西路而长怀,望故乡而延伫",在每次的鸣叫声中都流露出对故乡的怀念,流露出对亲鸟的关切。鹦鹉内心世界的另一层面是表现出它的昆仑之恋和对自由的向往:

> 若乃少昊司辰,蓐收整辔。严霜初降,凉风萧瑟。长吟远慕,哀鸣感类。音声凄以激扬,容貌惨以憔悴。闻之者悲伤,见之者陨泪。放臣为之屡叹,弃妻为之歔欷。感平生之游处,若埙篪之相须。何今日之两绝,若胡越之异区?顺笼槛以俯仰,窥户牖以踟躅。想昆山之高岳,思邓林之扶疏。顾六翮之残毁,虽奋迅其焉如?①

这是鹦鹉失去自由的悲鸣。严霜与凉风的氛围中,鹦鹉发出深长的哀吟。这是对命运的感伤。鸣叫声凄厉,容貌憔悴,听到它的歌声的、看见它容颜的,都会产生共鸣,都会联想到自己的不幸。昔日的伴侣,相互唱和的伙伴,已经永远失去了。眼前的鸟笼,引起鹦鹉对昆山、邓林那自由境地的怀念。可叹自己的翅膀已经被毁,再展翅也无法奋飞。这里表现出鹦鹉身体与精神分裂的极度痛苦。笼中之身和昆仑之恋形成尖锐的对比。

"心怀归而弗果",自由只存在于向往中,笼槛和主人都是必须接受的现实,归穷委命也是不得已的心态。既不忘昔日的自由,也不能背弃新主的恩惠,"报德"和"效愚"成为生命中新的准则。

作品中的鹦鹉既有绚丽多彩的形貌、高洁的精神境界,更表现出对自由境界的向往及对现实处境的认识,祢衡塑造了一个意蕴丰富的笼中精灵形象。这是祢衡受到黄祖父子礼遇时的作品,可以说是在他的才华广受赞誉的背景下创作的。这虽是即席命题之作,但他借题发挥,将自己辗转诸侯间的感受,将自己被压抑的感情,融入鹦鹉的形象中。

祢衡笔下的鹦鹉似乎与他人生境遇的两方面息息相通。鹦鹉的奇姿、妙质,使人联想到作者盖世奇才;鹦鹉从翱翔西域,到被关在笼中,作为观赏的珍禽,赠送黄射,与他自己事曹,被遣人骑送与刘表,又被刘表转送黄祖,虽为座上宾,实与珍禽的命运相通。恩宠与自由,在个性狂放的祢衡看来是不能并存的。这似乎传达出祢衡对权势一定程度的妥协,但这样的心理只能出现在一时的权衡间,狂放的个性决定了他悲剧性的命运必然走向。

---

① 费振刚、胡双宝、宗明华辑校:《全汉赋》,第611—612页。

参考文献

一、古代文献及相关著述

《白虎通疏证》,[清]陈立撰,中华书局1994年版。
《楚辞补注》,[宋]洪兴祖撰,中华书局1983年版。
《初月楼古文绪论》,[清]吴德旋著,人民文学出版社1959年版。
《春觉斋论文》,林纾著,人民文学出版社1959年版。
《春秋繁露义证》,[清]苏舆撰,中华书局1992年版。
《春秋左氏传正义》,[唐]孔颖达,中华书局1980年版。
《春秋左传诂》,[清]洪亮吉撰,上海古籍出版社1994年版。
《大戴礼记解诂》,[清]王聘珍撰,中华书局1983年版。
《独断》,[汉]蔡邕撰,上海古籍出版社1990年版。
《法言义疏》,汪荣宝著,中华书局1987年版。
《汉纪》,[汉]荀悦撰;《后汉纪》,[晋]袁宏撰,中华书局2002年版。
《汉书》,[汉]班固撰,中华书局1962年版。
《汉书补注》,[清]王先谦撰,中华书局1983年版。
《后汉书》,[南朝宋]范晔撰,中华书局1965年版。
《后汉书集解》,[清]王先谦集解,中华书局1984年版。
《淮南鸿烈集解》,[汉]刘安撰,刘文典集解,中华书局1989年版。
《淮南子集释》,[汉]刘安撰,何宁集释,中华书局1998年版。
《贾谊集校注》,吴云、李春台校注,天津古籍出版社2010年版。
《经学历史》,[清]皮锡瑞撰,中华书局2004年版。
《经学通论》,[清]皮锡瑞撰,中华书局1954年版。
《空山堂史记评注校释》,[清]牛运震撰,中华书局2012年版。
《礼记训纂》,[清]朱彬撰,中华书局1996年版。
《列女传补注》,[汉]刘向撰,[清]王照圆注,华东师范大学出版社2012年版。
《论衡》,[汉]王充著,上海人民出版社1974年版。
《论语正义》,[清]刘宝楠撰,中华书局1990年版。
《论文偶记》,[清]刘大櫆著,人民文学出版社1959年版。
《孟子正义》,[清]焦循撰,中华书局1987年版。
《潜夫论》,[汉]王符著,[清]汪继培笺,彭锋校正,中华书局1979年版。

《全汉赋》,费振刚、胡双宝、宗明华辑校,北京大学出版社1993年版。
《全汉文》,[清]严可均辑,商务印书馆1999年版。
《全后汉文》,[清]严可均辑,商务印书馆1999年版。
《日知录集释》,[清]顾炎武著,[清]黄汝成集释 花山文艺出版社1990年版。
《三辅黄图校注》,何清谷校注,三秦出版社2006年版。
《三国志》,[晋]陈寿撰,[宋]裴松之注,中华书局1982年版。
《三秦记辑注》《关中记辑注》,刘庆柱辑注,三秦出版社2006年版。
《拾遗记》,[晋]王嘉撰,中华书局1981年版。
《史记》,[汉]司马迁撰,中华书局1982年版。
《史略校笺》,周天游校笺,书目文献出版社1987年版。
《史通通释》,[唐]刘知几撰,[清]浦起龙释,上海古籍出版社1978年版。
《说苑疏证》,[汉]刘向撰,赵善诒疏证,华东师范大学出版社1985年版。
《四库全书总目》,[清]永瑢等撰,中华书局1965年版。
《四库提要辨证》,余嘉锡著,中华书局1980年版。
《太平御览》,[宋]李昉等编,中华书局1960年版。
《通志》,[宋]郑樵撰,中华书局1987年版。
《文体明辨序说》,[明]徐师曾著,人民文学出版社1982年版。
《文献通考》,[元]马端临撰,中华书局1986年版。
《文选》,[梁]萧统编,[唐]李善注,中华书局1977年版。
《文选补遗》,[宋]陈仁子编,上海古籍出版社1993年版。
《文章辨体序说》,[明]吴讷著,人民文学出版社1982年版。
《新辑本桓谭新论》,[汉]桓谭著,中华书局2009年版。
《新书校注》,[汉]贾谊著,阎振益、钟夏校注,中华书局2000年版。
《新语校注》,[汉]陆贾著,王利器校注,中华书局1986年版。
《盐铁论校注》,[汉]桓宽撰,王利器校注,天津古籍出版社1983年版。
《扬雄集校注》,[汉]扬雄撰,张震泽校注,上海古籍出版社1993年版。
《艺概》,[清]刘熙载著,上海古籍出版社1978年版。
《艺文类聚》,[唐]欧阳询撰,上海古籍出版社1982年版。
《原诗》,[清]叶燮著,霍松林校注,人民文学出版社1979年版。
《乐府诗集》,[宋]郭茂倩撰,中华书局1979年版。
《增订文心雕龙校注》,[清]黄叔琳校注,中华书局2000年版。
《政论校注》,[汉]崔寔撰,孙启治校注,中华书局2012年版。
《庄子集释》,[清]郭庆藩撰,中华书局1997年版。
《史略 子略》,[宋]高似孙撰,辽宁教育出版社1998年版。

二、出土文献与研究论著

《帛书老子校注》,高明著,中华书局1996年版。

《阜阳汉简诗经研究》,胡平生、韩志强编著,上海古籍出版社1988年版。
《古墓丹青》,贺西林著,陕西人民美术出版社2001年版。
《郭店楚简研究》,《中国哲学》,第二十辑,辽宁教育出版社1999年版。
《郭店楚墓竹简》,荆门市博物馆编,文物出版社1998年版。
《郭店楚墓竹简思想研究》,丁四新著,东方出版社2000年版。
《汉代诸侯王墓研究》,刘尊志著,社会科学文献出版社2012年版。
《黄帝四经今注今译》,陈鼓应著,商务印书馆2007年版。
《马王堆帛书》,国家文物局古文献研究室编,文物出版社1980年版。
《马王堆汉墓帛书〈黄帝书〉笺证》,魏启鹏撰,中华书局2004年版。
《马王堆汉墓帛书五行研究》,〔日〕池田知久著,中国社会科学出版社2005年版。

三、现代论著

《班固文学思想研究》,吴崇明著,上海古籍出版社2010年版。
《长安史迹研究》,〔日〕足立喜六著,王双怀等译,三秦出版社2003年版。
《谶纬论略》,钟肇鹏著,辽宁教育出版社1991年版。
《春秋书法与左传学史》,张高评著,上海古籍出版社2005年版。
《董仲舒的经学诠释及天的哲学》,刘国民著,中国社会科学出版社2007年版。
《赋比兴与中国诗学研究》,刘怀荣著,人民出版社2007年版。
《汉代风俗文化与汉代文学》,昝风华著,中国社会科学出版社2009年版。
《汉代思想史》,金春峰著,中国社会科学出版社1997年版。
《汉代〈诗经〉学史论》,刘立志著,中华书局2007年版。
《汉代乐府制度与歌诗研究》,赵敏俐著,商务印书馆2009年版。
《汉代文人与文学观念的演进》,于迎春著,东方出版社1997年版。
《汉代文学的情理世界》,李炳海著,东北师范大学出版社2000年版。
《汉代文学思想史》,许结著,南京大学出版社1990年版。
《汉赋史略新证》,朱晓海著,陕西人民出版社2004年版。
《汉赋通义》,姜书阁著,齐鲁书社1988年版。
《汉末魏晋文人群落与文学变迁》,张朝富著,巴蜀书社2008年版。
《汉书文学论稿》,潘定武著,安徽大学出版社2008年版。
《汉书新证》,陈直著,天津人民出版社1979年版。
《汉魏文学嬗变研究》,胡旭著,厦门大学出版社2004年版。
《淮南子研究》,孙纪文著,学苑出版社2005年版。
《黄老学论纲》,丁原明著,山东大学出版社1997年版。
《黄钟大吕之音》,李炳海著,吉林人民出版社2001年版。
《今古文经学新论》,王葆玹著,中国社会科学出版社2004年版。
《两汉经学今古文平议》,钱穆著,商务印书馆2001年版。
《两汉三国学案》,唐晏著,中华书局1986年版。

《两汉思想史》，徐复观著，华东师范大学出版社 2001 年版。
《两汉宗族研究》，赵沛著，山东大学出版社 2002 年版。
《刘安评传》，王云度著，南京大学出版社 1997 年版。
《模拟与汉魏六朝文学嬗变》，陈恩维著，中国社会科学出版社 2010 年版。
《秦汉礼乐教化论》，苏志宏著，四川人民出版社 1991 年版。
《秦汉区域文化研究》，王子今著，四川人民出版社 1998 年版。
《秦汉新道家》，熊铁基著，上海人民出版社 2001 年版。
《全汉赋评注》，龚克昌等，花山文艺出版社 2003 年版。
《儒家乐教论》，祁海文著，河南人民出版社 2004 年版。
《诗经艺术论》，许志刚著，辽海出版社 2006 年版。
《史记集评》，周振甫编，重庆大学出版社 2010 年版。
《史记考索》，朱东润著，华东师范大学出版社 1996 年版。
《史记新证》，陈直著，天津人民出版社 1979 年版。
《司马迁评传》，张大可著，华文出版社 2005 年版。
《西汉文学思想史》，张峰屹著，南开大学出版社 2001 年版。
《西汉文章论稿》，王琳、邢培顺著，齐鲁书社 2006 年版。
《先秦两汉文学流变研究》，郭令原著，中国社会科学出版社 2009 年版。
《先秦两汉文学批评史》，蒋凡、顾易生撰，上海古籍出版社 1990 年版。
《郑玄诗乐思想研究》，杨允著，辽宁大学出版社 2011 年版。
《中国古代歌诗研究》，赵敏俐等著，北京大学出版社 2005 年版。
《中国古代思想史论》，李泽厚著，天津社会科学院出版社 2004 年版。
《中国古代音乐美学简论》，胡郁青著，西南师范大学出版社 2006 年版。
《中国古代音乐史稿》，杨荫浏著，人民音乐出版社 1981 年版。
《中国经学史》，马宗霍著，上海书店 1984 年版。
《中国美学史》，李泽厚、刘纲纪撰，安徽文艺出版社 1999 年版。
《中国思想通史》，侯外庐等著，人民出版社 1957 年版。
《中国文学》，杨公骥著，吉林人民出版社 1980 年版。
《中国文学理论批评发展史》，张少康、刘三富著，北京大学出版社 1995 年版。
《中国学术通史》，张立文著，人民出版社 2004 年版。
《中国音乐美学史》，蔡仲德著，人民音乐出版社 2004 年版。
《中国哲学史》，冯友兰著，华东师范大学出版社 2000 年版。
《中国哲学发展史(秦汉)》，任继愈著，人民出版社 1985 年版。
《中国中古文学史讲义》，刘师培著，中国人民大学出版社 2004 年版。

后　记

　　我研究汉代文学是从局部的个别的问题开始的。我在1978年做研究生期间，就详细对比《史记》《汉书》的一些篇章，发表了有关《史记》研究的论文。20世纪80年代中期，我从杨公骥师治先秦两汉文学，深感胡适及其影响下的中国古代文学研究对汉代文学颇多曲解，遂在博士论文答辩后，转而关注汉赋、赋史、赋论的研究，与友人合作主编《历代赋辞典》，撰写了一部赋史的小书，又在袁行霈先生主持的《中国文学史》中负责撰写汉赋部分。随着对儒家经典与文论研究的开展，我便产生全面研究汉代文学的构想，在我培养的博士生中，我先后引导几人以汉代文学、文论为课题，冀望能与弟子们在汉代文学研究领域做点工作。

　　可是，弟子们毕业后，多承担繁重的教学、科研任务，又有考核指标时时催促，于是，在此项课题中只得到杨允君的协助。

　　杨允君已出版《郑玄诗乐思想研究》《东汉幕府文学研究》两部专著和十多篇论文，连同我以往的研究，共同构成本课题的前期准备。

　　本课题由我提出基本设想，制订大纲，并同杨允君讨论。本书的绪论、第一、二章由我撰写，第三、四章由杨允君撰写。合作研究必然产生思路、观点乃至文章风格等方面的差异，本书力求在观点、思路、文献的运用方面达成一致，其他如作品解读、表述等方面，存在一定差异在所难免。

　　我对全稿作统一修改，杨允君对全稿提出修改意见，核对全部引文，做了大量艰苦的工作。

　　本课题研究、撰写中得力于国学宝典处甚多，谨向国学宝典的开发者尹小林先生致谢忱！

　　徐迈博士和北京大学出版社为本书的编辑出版做了大量工作，在此表示由衷的感谢！

许志刚
2013年9月12日